DANIELLE STEEL

RENAISSANCE

LE RANCH

PRESSES DE LA CITÉ

Titres originaux :

THE RANCH

SPECIAL DELIVERY

ISBN : 978-2-266-21942-6

DANIELLE STEEL

Avec près de 80 best-sellers publiés en France, plus d'un demi-milliard d'exemplaires vendus dans 47 pays et traduits en 28 langues, Danielle Steel est l'auteur contemporain le plus lu et le plus populaire au monde. Depuis 1981, ses romans figurent systématiquement en tête des meilleures ventes du *New York Times*. Elle est restée sur les listes des best-sellers pendant 390 semaines consécutives, ce qui lui a valu d'être citée dans *Le Livre Guinness des records*.

Mais Danielle Steel ne se contente pas d'être écrivain. Très active sur le plan social, elle a créé deux fondations s'occupant de victimes de maladies mentales, d'enfants abusés et de sans-abri.

Danielle Steel a longtemps vécu en Europe et a séjourné en France durant plusieurs années (elle parle parfaitement le français) avant de retourner à New York pour achever ses études. Elle a débuté dans la publicité et les relations publiques, puis s'est mise à écrire et a immédiatement conquis un immense public de tous âges et de tous milieux, très fidèle et en constante augmentation. Lorsqu'elle écrit (sur sa vieille Olympia mécanique de 1946), Danielle Steel peut travailler vingt heures par jour. Son exceptionnelle puissance de travail lui permet de mener trois romans de front, construisant la trame du premier, rédigeant le deuxième, peaufinant le troisième, et de s'occuper des adaptations télévisées de ses ouvrages. Toutes ces activités ne l'empêchent pas de donner la priorité absolue à sa vie personnelle. Avec ses huit enfants, elle forme une famille heureuse et unie, sa plus belle réussite et sa plus grande fierté. En 2002, Danielle Steel a été faite officier de l'ordre des Arts et des Lettres. En France, son fan-club compte plus de 29 000 membres.

Retrouvez toute l'actualité de l'auteur sur
www.danielle-steel.fr

RENAISSANCE

LE RANCH

DU MÊME AUTEUR
CHEZ POCKET

Coups de cœur
Un si grand amour
Joyaux
Naissances
Disparu
Le cadeau
Accident
Plein ciel
Cinq jours à Paris
La foudre
Malveillance
La maison des jours heureux
Au nom du cœur
Honneur et courage
Le ranch
Renaissance
Le fantôme
Un rayon de lumière
Le klone et moi
Un si long chemin
Double reflet
Douce amère
Forces irrésistibles
Le mariage
Mamie Dan
Voyage
Le baiser
Rue de l'Espoir
L'aigle solitaire
Le cottage
Courage
Vœux secrets
Coucher de soleil à Saint-Tropez
Rendez-vous
À bon port
L'ange gardien
Rançon
Les échos du passé
Seconde chance
Impossible
Éternels célibataires
La clé du bonheur
Miracle
Princesse
Sœurs et amies
Le bal
Villa numéro 2

RENAISSANCE

Traduit par
Hélène Seyrès

À Tom

Pour tous les moments heureux,
avec toute mon affection.

D.S.

1

Les pneus de la Ferrari rouge crissèrent en tournant le coin de la rue et Jack Watson vint se ranger sagement à la place qu'il se réservait devant sa boutique de Beverly Hills, Chez Julie. Vingt ans plus tôt, il l'avait ainsi baptisée en l'honneur de sa fille, alors âgée de neuf ans. À l'époque, il considérait l'ouverture de ce magasin comme une aventure plaisante, une occupation destinée à le distraire, après qu'il eut renoncé à la production de films. Il avait en effet produit sept ou huit films à petit budget, sans grand succès, et auparavant, au sortir de l'université, il avait passé six ans à tenter sa chance comme acteur. Sa carrière cinématographique avait été modeste, remplie d'espoirs et des habituelles promesses qui ne se concrétisent jamais comme prévu et se révèlent souvent décevantes. Toutefois, la chance avait tourné quand il s'était lancé dans le prêt-à-porter, grâce à l'aide inattendue d'un oncle qui lui avait légué un peu d'argent.

Sans effort apparent, il s'était soudain retrouvé à la tête de la boutique où toutes les femmes de Los Angeles rêvaient de s'habiller. Si, au début, son épouse l'avait guidé pour les achats, en moins de deux ans, il s'était rendu compte qu'il avait le don de choisir vêtements et accessoires, ainsi que celles qui les portaient. Les actrices et les femmes du monde, les mannequins et les femmes au foyer aisées de toute la ville rêvaient d'aller Chez Julie… et d'y rencontrer Jack Watson. Il appartenait à cette catégorie d'hommes qui n'ont aucun effort à fournir. Les clientes se précipitaient sur lui comme les abeilles sur le miel, et il leur rendait bien cette adoration.

Deux ans après l'inauguration de la boutique, nul, si ce n'est lui, n'avait été surpris de voir sa femme le quitter. Dix-huit années s'étaient écoulées depuis, et il devait admettre qu'elle ne lui avait pas manqué. Il l'avait rencontrée sur le tournage de l'un de ses films, alors qu'elle passait une audition, et ils avaient vécu deux semaines de passion dans sa petite villa de Malibu. Dès le début, il était tombé amoureux fou d'elle, et six mois plus tard, il l'épousait – ce devait être sa seule expérience du genre. Leur union, qui avait duré quinze ans et leur avait donné deux enfants, s'était achevée dans l'amertume et les échanges venimeux – indissociables, selon lui, du mariage. Par la suite, il avait essayé de nouveau, mais cette fois, la jeune femme, une artiste française de renom, s'était montrée trop intelligente pour accepter sa proposition. Il avait trouvé en elle quelqu'un à qui il désirait rester fidèle ; il avait alors la quarantaine et elle, trente-neuf ans. Ils avaient vécu ensemble deux ans, et quand elle était morte dans un accident, un jour où elle allait le retrouver à Palm Springs, il avait cru ne jamais s'en remettre. C'est à ce moment-là que Jack Watson avait découvert la souffrance. Dorianne Matthieu avait été la femme de ses rêves, et dans ses rares moments de grande lucidité, il soutenait encore qu'elle était la seule qu'il eût aimée. Amusante, piquante, sexy et belle, elle était à sa manière excentrique, ne lui passait rien et assurait qu'il aurait fallu être folle pour se marier avec lui. Il n'avait cependant pas douté un instant de l'amour qu'elle lui portait ; quant à lui, il l'adorait. Elle l'avait entraîné à Paris pour lui présenter ses amis, puis ensemble, ils avaient parcouru le monde : l'Europe, l'Asie, l'Afrique et l'Amérique du Sud. Les moments partagés avec elle lui semblaient toujours magiques. Sa mort lui avait donné le sentiment de l'inanité de l'existence et sa perte avait été si douloureuse qu'il avait pensé en mourir.

Des femmes, beaucoup d'autres femmes s'étaient ensuite succédé pour remplir ses nuits et ses jours. Depuis la disparition de Dorianne, douze ans plus tôt, il n'était presque jamais resté seul, mais il n'avait plus aimé personne et ne le souhaitait d'ailleurs pas. Selon lui, l'amour faisait trop mal, et il possédait maintenant tout ce qu'il pouvait désirer : une entreprise qui ne cessait de se développer et de prospérer.

Avant la mort de Dori, il avait ouvert une succursale à Palm Springs, puis une autre à New York, cinq ans plus tard. Et depuis deux ans, il envisageait de s'installer aussi à San Francisco. Cependant, il n'était pas sûr d'avoir envie d'affronter les tracas qu'occasionnerait l'ouverture d'une nouvelle boutique. Si son fils acceptait de s'associer à l'affaire… Mais jusqu'à présent, Jack n'avait pas pu le détourner du cinéma. Âgé de trente-deux ans, Paul était un producteur à succès. Il réussissait mieux dans la carrière que son père, et exerçait son métier avec passion. Pourtant, Jack se méfiait des incertitudes du cinéma et des déceptions presque inévitables qu'il réservait. Il aurait donné cher pour convaincre son fils de reprendre le flambeau… Un jour, peut-être… Pour le moment, ce dernier ne voulait rien entendre.

Paul aimait son travail et sa femme. Il était marié depuis deux ans et, à l'en croire, il ne manquait qu'un enfant pour que leur bonheur soit complet. Jack n'était pas certain que Paul y tienne autant que Jan, son épouse. Celle-ci travaillait dans une galerie d'art, et Jack avait l'impression qu'elle n'y resterait que jusqu'à ce qu'elle ait des enfants. Il la trouvait un peu terne, mais gentille, et elle rendait Paul très heureux. D'ailleurs, elle était belle. Sa mère, Amanda Robbins, était une ancienne actrice, à l'allure extraordinaire. Grande, mince et blonde, à cinquante ans, elle restait toujours très attirante. Vingt-six ans plus tôt, elle avait abandonné une brillante carrière pour épouser un banquier très conservateur du nom de Matthew Kingston – un homme des plus ennuyeux, à en croire Jack. Ils avaient deux filles ravissantes, une immense propriété dans le quartier de Bel Air et ne fréquentaient que des gens de leur milieu.

Amanda était l'une des rares femmes de Los Angeles à ne jamais être entrée dans la boutique de Jack, et ce dernier s'amusait toujours de constater qu'elle l'évitait à chacune de leurs rares rencontres. Elle paraissait détester tout ce qu'il représentait. Il n'aurait pas été surpris le moins du monde d'apprendre qu'Amanda avait tenté de toutes ses forces de dissuader sa fille d'épouser Paul Watson. Son mari et elle tenaient le monde du spectacle en piètre estime, et ils étaient persuadés que Paul se révélerait aussi volage que son père. Ce n'était pourtant pas le cas. Paul leur avait prouvé qu'il était un mari sérieux et digne de confiance. Ils avaient donc fini par l'accueillir au sein de leur famille ; en revanche, ils n'avaient jamais cherché à se rapprocher du père. Jack avait une réputation de séducteur impénitent. Bel homme, on le voyait dans tous les endroits à la mode et il était connu pour séduire toutes les starlettes et mannequins qu'il rencontrait. Toujours courtois, presque trop, même, de l'avis des femmes avec qui il sortait, il se montrait généreux, intelligent, agréable à vivre et amusant. De temps à autre, l'une d'elles était assez naïve pour s'imaginer qu'elle pourrait vivre avec lui plus qu'une brève idylle. Mais Jack était trop prudent pour se laisser prendre. Il veillait à ce qu'elles quittent sa vie dès qu'il sentait qu'elles voulaient s'y installer. Il était toujours très franc, ne promettait rien et ne cherchait pas à les leurrer. Il leur offrait de bons moments, les emmenait dans les endroits dont elles rêvaient, dînait avec elles dans les meilleurs restaurants et, avant qu'elles aient compris ce qui leur arrivait, il s'occupait déjà de la suivante. Elles en conservaient le souvenir d'une aventure agréable, bien que trop brève, vécue en compagnie d'un bel homme qui leur laissait le regret de ne pas avoir su le garder.

Il était impossible d'en vouloir à Jack ou d'éprouver de la rancune à son encontre. Tout en lui, jusqu'à sa façon de rompre, était d'une élégance irrésistible. S'il lui arrivait parfois de fréquenter une femme mariée, il disait le plus grand bien du mari. Jack Watson était attirant, doué pour l'amour, bref un play-boy incorrigible qui n'avait d'autre prétention que de s'amuser. À cinquante-neuf ans, il en paraissait dix de moins. Il faisait de la gymnastique, nageait souvent dans l'océan, occupait toujours sa maison de Malibu, et appréciait les femmes qui passaient dans sa vie à l'égal ou presque de sa Ferrari rouge. Il ne tenait vraiment qu'à ses enfants. Julie et Paul étaient sa véritable raison de vivre. Leur mère n'était plus qu'un lointain souvenir, et s'il pensait encore parfois à elle avec reconnaissance, c'était pour le bon sens qu'elle avait montré en le quittant. Après son départ, il n'en avait plus fait qu'à sa tête, même avec Dori. Il agissait en enfant gâté, avait beaucoup d'argent, une affaire prospère et se savait irrésistible. Le plus curieux, c'est que l'on ne trouvait pas trace d'arrogance chez lui. Séduisant et plein d'humour, il semblait toujours content de la vie. « Adorable » était l'adjectif que les femmes utilisaient à son propos, car il savait les mettre en valeur et leur faire plaisir.

— Bonjour, Jack, le salua le directeur adjoint de Chez Julie, en souriant.

Jack traversa la boutique d'un pas alerte et emprunta l'ascenseur privé qui menait à son bureau, tout d'acier et de cuir noir, au quatrième étage. Les plans en avaient été établis par une décoratrice italienne de renom – encore une femme qui avait traversé sa vie. Elle avait voulu quitter son architecte de mari et leurs trois enfants pour lui, mais Jack l'en avait dissuadée en lui faisant comprendre qu'il la rendrait folle. Voir évoluer Jack dans son petit univers suscitait tout à la fois la fascination et une certaine inquiétude.

Il savait qu'il trouverait du café sur sa table et que, s'il le désirait, on lui servirait un peu plus tard un déjeuner léger. Il jeta un coup d'œil à sa montre. Pour une fois, il était en retard. Il avait décidé de s'accorder une demi-heure pour aller nager dans l'océan. Pour le mois de janvier, l'air était déjà chaud, même si l'on ne pouvait en dire autant de l'eau. Il adorait nager, appréciait sa maison en bordure de mer et se passionnait pour son travail. S'il se permettait des écarts de conduite avec les femmes, il était en revanche extrêmement rigoureux pour tout ce qui concernait son affaire. Chez Julie n'était pas devenue par hasard l'une des entreprises les plus rentables du pays.

Depuis quelques années, on lui conseillait d'offrir une souscription au public afin d'attirer les investisseurs, mais il n'avait pas envie de se lancer dans une telle aventure. Il préférait conserver le contrôle et demeurer le seul maître à bord. Il n'éprouvait nul besoin de faire appel à des consultants avant de prendre une décision, de rendre des comptes, d'être harcelé ou de devoir se justifier. Chez Julie était sa propriété à cent pour cent.

En entrant dans son bureau, il trouva un tas de messages empilés sur la table, une liste des rendez-vous de l'après-midi et quelques échantillons en provenance de Paris. Ces derniers étaient d'une très grande qualité. C'est Dori qui l'avait initié aux splendides tissus français, ainsi qu'aux secrets de la gastronomie, aux vins… et aux femmes de ce pays. Il gardait un faible pour tout ce qui venait de France et Chez Julie offrait de nombreux articles en provenance directe. Il voulait proposer ce qu'il y avait de meilleur dans tous les domaines – et il y réussissait.

À peine s'était-il assis que le téléphone se mit à sonner. C'était la ligne intérieure, aussi décrocha-t-il, sans cesser d'étudier les échantillons.

— Bonjour, dit-il sans cérémonie, de cette voix qui troublait les femmes.

Gladdie, sa secrétaire, le connaissait cependant trop bien pour succomber à son charme. Depuis cinq ans qu'elle travaillait pour lui, elle avait appris tout ce qu'il importait de savoir à son propos. Car s'il tenait pour sacrée une catégorie de femmes, c'était bien celle de ses employées. Il n'avait jamais failli à la règle.

— De quoi s'agit-il ? demanda-t-il.

— Paul est en ligne. Voulez-vous lui parler ou dois-je lui dire que vous êtes occupé ? Votre rendez-vous de dix heures quinze devrait arriver d'une seconde à l'autre.

Il allait recevoir un fabricant de sacs à main, spécialisé dans le crocodile et le lézard.

— Le rendez-vous attendra. Faites patienter le bonhomme quelques minutes… Je veux d'abord parler à Paul.

Jack faisait en sorte d'être toujours disponible pour ses enfants. Il sourit en prenant le récepteur : Paul était un garçon remarquable, et il en était très fier.

— Salut à toi… Quoi de neuf ?

— J'appelle pour savoir si tu préfères que je passe te chercher ou si l'on se retrouve là-bas.

Peu expansif de nature, Paul semblait anormalement préoccupé.

— Te retrouver où ?

Jack ne se souvenait pas d'avoir pris rendez-vous avec son fils. En général, il n'oubliait pas ses engagements, du moins quand ils concernaient ses enfants, mais aujourd'hui…

— Enfin, papa, dit Paul d'une voix tendue, un peu agacée. L'affaire est grave, ne plaisante pas avec ça.

— Je ne plaisante pas, protesta Jack, qui reposa les échantillons et vérifia les notes sur son bureau, à la recherche d'un indice qui l'aiderait à comprendre à quoi son fils faisait allusion. Alors, où allons-nous ?

Soudain, la mémoire lui revint et il s'écria, plein de confusion :

— Oh, mon Dieu, je…

C'était ce jour-là qu'avait lieu l'enterrement du beau-père de Paul. Comment un événement pareil avait-il pu lui sortir de l'esprit ?

D'évidence, il n'avait rien noté et n'avait sans doute pas indiqué à Gladdie qu'il comptait s'y rendre, sinon elle le lui aurait rappelé la veille, puis à nouveau ce matin.

— Tu l'avais oublié, n'est-ce pas, papa ?

Le ton de Paul était accusateur.

— Ce n'est pas que j'avais oublié, mais sur le moment, je n'y pensais plus.

— À d'autres ! Tu avais bel et bien oublié. L'enterrement est à midi, et ensuite il est prévu de déjeuner chez eux. Tu n'es pas obligé de t'y rendre, mais je crois que ce serait bien si tu venais.

Sa sœur Julie avait pour sa part promis d'y assister.

— Ils attendent combien de personnes, à ton avis ?

Jack se demandait soudain comment il allait pouvoir reporter les rendez-vous qu'il avait acceptés pour l'après-midi. Cela n'allait pas être facile, mais si Paul attachait de l'importance à sa présence, il se libérerait.

— Au déjeuner ? Je ne sais pas… Ils connaissent un monde fou… Deux ou trois cents personnes, peut-être.

Jack se rappelait sa stupéfaction lorsqu'il avait vu plus de cinq cents invités assister au mariage de son fils. Ils venaient des quatre coins du pays, à la demande des Kingston pour la plupart.

— On ne s'apercevra même pas de mon absence, dans ce cas, remarqua Jack, pratique. Je te remercie d'avoir proposé de m'y conduire, mais je préfère te retrouver là-bas. De toute façon, tu seras auprès de Jan, de sa mère et de sa sœur. Moi, je resterai à l'arrière.

— Fais en sorte qu'Amanda sache que tu es venu, recommanda Paul. Jan serait bouleversée si sa mère s'imaginait que tu ne t'es pas dérangé pour l'enterrement.

— Elle serait sûrement beaucoup plus heureuse si je ne m'y montrais pas, s'exclama Jack en riant, car il ne faisait pas mystère de leur relative mauvaise entente.

Il avait dansé deux fois avec elle au mariage, sans lui adresser la parole. Amanda lui avait fait sentir qu'elle le détestait cordialement. Comme tout un chacun dans cette ville, elle voyait sans cesse son nom dans la chronique mondaine, et depuis qu'elle avait abandonné sa carrière, elle partageait l'opinion de son mari pour qui un nom ne devait figurer dans les journaux qu'en trois occasions, la naissance, le mariage et la mort. Celui de Jack était en général suivi de celui d'une actrice ou d'une starlette prometteuse, ou bien cité à l'occasion d'une réception de Chez Julie. La boutique était en effet renommée pour les somptueuses fêtes qu'on y donnait en l'honneur des stylistes ou des clients. Certains le suppliaient pour obtenir une invitation à ces soirées, mais pas les Kingston. Sachant que de toute façon ils ne se seraient pas dérangés, il ne prenait jamais la peine de les y convier.

— En tous les cas, sois à l'heure, papa. Tu serais en retard à ton propre enterrement, si tu le pouvais !

— Lequel n'est pas pour tout de suite, du moins espérons-le, répliqua Jack.

Il songeait à la crise cardiaque qui avait emporté Matthew Kingston. Ce dernier, foudroyé quatre jours plus tôt sur un court de tennis, avait deux ans de moins que lui. Les partenaires de tennis de Kingston avaient tout tenté pour le ranimer, sans résultat. En mourant à cinquante-sept ans, alors que sa femme venait d'atteindre la cinquantaine, le banquier allait être regretté par sa famille, par la communauté financière et par tous ceux qui l'avaient fréquenté. À l'exception de Jack, qui l'avait toujours trouvé pompeux et coincé, et ne l'avait jamais apprécié.

— Je te retrouve là-bas, papa. Il faut que je passe prendre Jan chez sa mère ; elle y a passé la nuit.

— A-t-elle besoin de quelque chose ? D'un chapeau ? D'une robe ? Je peux envoyer quelqu'un chercher ce qui lui manque dans les rayons et vous passeriez le prendre.

Paul sourit en entendant son père. Jack était parfois impossible, mais c'était un homme de cœur, et il l'adorait.

— Ça ira, papa, affirma-t-il. Je crois qu'Amanda a trouvé tout ce qui leur manquait. Bien que très marquée par la mort de Matt, elle reste maîtresse d'elle-même. C'est une personne remarquable.

— C'est la reine des Neiges, plaisanta Jack, qui regretta aussitôt qu'une telle réflexion lui ait échappé.

— Ce n'est pas une chose à dire d'une femme qui vient de perdre son mari !

— Pardonne-moi, j'ai parlé sans réfléchir.

Toutefois, ce n'était pas si mal observé. Amanda Kingston contrôlait toujours à la perfection son apparence et ses émotions. Chaque fois que Jack la voyait, il éprouvait une irrésistible envie de la décoiffer et de mettre du désordre dans sa tenue. Cette idée l'amusait encore quand il raccrocha, bien qu'il songeât fort rarement à elle.

En même temps, il éprouvait de la compassion pour elle, car il se souvenait de sa propre douleur lors de la disparition de Dori. Néanmoins, l'attitude distante et froide de la belle-mère de Paul rendait difficile toute expression de sympathie. Elle était d'une perfection insupportable ! Elle était restée à l'image de l'Amanda Robbins qu'elle était à vingt-quatre ans, avant qu'elle ne renonce au cinéma pour épouser Matthew Kingston. Ce mariage avait eu un énorme retentissement, et des années durant certains avaient continué à parier qu'elle s'ennuierait et reprendrait le chemin des studios. Pourtant, elle n'en avait rien fait. Elle avait conservé sa ligne et sa beauté glacée, mais n'avait pas repris sa carrière. Du reste, Matthew ne l'aurait sans doute pas toléré. Il se comportait comme si Amanda n'appartenait qu'à lui.

Jack ouvrit son placard et eut la satisfaction de voir qu'il y avait laissé un costume sombre. Bien que ce ne fût pas l'un de ses complets les mieux coupés, il conviendrait pour l'occasion ; en revanche, toutes les cravates qu'il rangeait là pour répondre à un cas d'urgence étaient rouges, bleues ou jaunes. D'un pas rapide, il alla trouver Gladdie dans le bureau voisin.

— Pourquoi ne m'avez-vous pas rappelé que l'enterrement avait lieu aujourd'hui ? gronda-t-il.

Jack n'était cependant pas réellement en colère, Gladdie le savait bien : il appartenait à l'espèce très rare des hommes qui assument leurs erreurs. Tout en passant pour léger et irresponsable, elle le savait capable de profondeur et doté de nombreuses qualités. C'était un patron qui savait se montrer compréhensif, généreux et digne de confiance, et elle éprouvait un grand plaisir à être sa collaboratrice.

— Je croyais que vous aviez bien compris. Vous l'aviez oublié ? demanda-t-elle aimablement.

Il eut un sourire confus et convint :

— Ce doit être freudien, j'imagine. Je déteste aller aux enterrements d'hommes plus jeunes que moi. Rendez-moi un service, Glad. Courez chez Hermès, au coin de la rue, et trouvez-moi une cravate foncée. Ne la prenez pas trop sinistre ; juste assez classique pour que Paul n'ait pas honte de moi. Évitez les modèles ornés de femmes nues.

Elle rit et s'empara de son sac, au moment même où le maroquinier entrait avec son représentant. Jack allait expédier cette affaire en un rien de temps.

À onze heures du matin, il avait commandé une centaine de sacs, et Gladdie était de retour avec une cravate gris fumé à motifs géométriques blancs qui conviendrait à merveille.

— Bravo pour votre choix ! dit-il, reconnaissant.

Il la passa et fit un nœud impeccable, sans même se mettre devant un miroir. Dans son complet gris anthracite et sa chemise blanche, il était très séduisant, avec ses cheveux d'un blond vénitien, ses yeux bruns et ses traits réguliers.

— Ai-je l'air respectable ?

— Je ne suis pas sûre que ce soit le terme pour vous décrire… Sublime conviendrait mieux, je crois, dit-elle en souriant.

Gladdie était blindée contre son charme et c'était une qualité qu'il appréciait beaucoup chez elle. Elle l'apaisait, car elle ne faisait attention ni à son physique, ni à sa réputation, ni à ses conquêtes ; elle ne s'intéressait qu'à la boutique.

— Sincèrement, vous avez fière allure, reprit-elle. Paul sera fier de vous.

— Je l'espère. Peut-être que sa charmante belle-mère s'abstiendra d'appeler la brigade des mœurs en me voyant. Mon Dieu, ce que je peux détester les enterrements…

Il sentait d'avance la tristesse le gagner, car cela allait lui rappeler la mort de Dori. Seigneur, qu'il avait souffert… D'abord le choc, puis l'insoutenable douleur, et enfin le mal à accepter qu'elle l'ait quitté à jamais. Il lui avait fallu des années pour s'en remettre, et même s'il avait tenté de combler ce vide en cherchant à se consoler auprès d'autres femmes, il n'en avait jamais trouvé une qui pût rivaliser avec elle. Dori avait été belle, séduisante, gaie, pleine d'enthousiasme et si attachante… C'était une femme hors du commun, et le seul fait de penser à elle, alors qu'il quittait son bureau, suffit à le déprimer profondément. Douze ans après sa mort, elle lui manquait toujours. Jack ne remarqua même pas que les femmes le regardaient avec admiration lorsqu'il sortit du magasin et prit le volant de sa

Ferrari. Il démarra en trombe et, cinq minutes plus tard, il roulait sur le boulevard Santa Monica, en direction de l'église épiscopale de Tous-les-Saints, où avait lieu la cérémonie. Il était midi dix et la circulation était plus dense qu'il ne s'y était attendu. C'était une belle journée de janvier, et tout le monde semblait s'être donné le mot pour aller se promener. Il arriva à l'église avec vingt minutes de retard et se faufila vers un banc du fond. Il avait du mal à se faire une idée du nombre de personnes présentes. De l'endroit où il se trouvait, il avait l'impression qu'il y avait au moins sept ou huit cents personnes, même si cela lui semblait impossible.

Il chercha vainement sa fille Julie, perdue dans la foule. Il ne parvint même pas à repérer Paul, assis au premier rang, entre sa femme et sa belle-sœur, pas plus que la veuve, complètement cachée à ses yeux. Jack ne voyait que le cercueil d'acajou rouge aux poignées de bronze, si sobre et si sévère, que recouvrait une couronne de petites orchidées blanches sur un coussin de mousse. L'ensemble dégageait une sombre beauté, tout comme les orchidées disposées sur l'autel. Jack comprit que c'était l'œuvre d'Amanda. Il reconnaissait son goût du raffinement qui l'avait frappé lors du mariage de leurs enfants et dont elle témoignait encore en de telles circonstances.

Cependant, il ne tarda pas à l'oublier pour fixer toute son attention sur la cérémonie. Un ami du défunt prit la parole, suivi des deux gendres. L'éloge funèbre de Paul fut bref, mais bien tourné et très émouvant.

Les yeux brillants de larmes, Jack l'en félicita à la sortie.

— Tu as été très bien, mon garçon, dit-il d'une voix enrouée. Le moment venu, tu pourras te charger du mien.

Il s'efforçait de garder un ton léger, mais Paul, l'air accablé, fit un signe de dénégation, avant de lui passer un bras autour des épaules.

— Ne te fais pas d'illusions. Personne n'aurait rien à dire en ta faveur, alors inutile d'y songer.

— Merci bien, je m'en souviendrai. Je devrais peut-être arrêter le tennis…

— Papa… dit Paul d'un ton de reproche, en lui jetant un bref coup d'œil d'avertissement.

Amanda approchait, fendant lentement la foule pour aller à l'endroit où elle recevrait les condoléances de ceux qui étaient venus. Avant d'avoir eu le temps de réagir, Jack se trouva en face d'elle. Sa beauté restait intacte et son aura, celle d'une star, en dépit des années passées loin des caméras. Coiffée d'un grand chapeau et d'un voile noirs, elle portait un tailleur à la coupe parfaite.

— Bonjour, Jack, le salua-t-elle d'une voix posée.

Elle se dominait à merveille, et pourtant, ses grands yeux bleus révélaient une telle souffrance qu'il eut un élan de compassion envers elle.

— Je suis désolé pour vous, Amanda, affirma-t-il.

Même s'il ne l'appréciait guère, il se rendait compte à quel point elle était affectée par la mort de son mari. Toutefois, il ne se sentait pas assez proche d'elle pour lui exprimer plus pleinement ses regrets. Déjà, elle détournait les yeux, prenait congé d'un signe de tête et poursuivait sa route. Paul quitta alors son père pour aller rejoindre Jan, qui était à côté de sa sœur.

Jack resta encore quelques minutes, n'aperçut personne de connaissance et décida de partir discrètement, sans déranger son fils, manifestement fort occupé.

Une demi-heure plus tard, Jack était de retour à son bureau. Il demeura grave tout l'après-midi, car ses pensées allaient à cette famille et à celui qui venait de les quitter. En dépit de ses réserves, il avait néanmoins éprouvé du respect pour Matthew, et il avait de la peine pour tous ceux qu'il laissait derrière lui. De plus, ce deuil lui remémorait Dori. Il ressortit même une photographie d'elle du fond d'un tiroir. Et tandis qu'il contemplait le sourire qu'elle arborait sur une plage de Saint-Tropez, il se sentit plus désemparé que jamais.

Venue voir à une ou deux reprises comment il allait, Gladdie devina qu'il préférait rester seul. Il lui fit d'ailleurs annuler les deux derniers rendez-vous de la journée. Elle trouva cependant que même dans la peine, il conservait sa prestance. De son côté, Jack ne se doutait guère qu'au même instant, dans sa maison de Bel Air, Amanda Kingston était justement en train de parler de lui.

— Votre père a été très aimable de venir, déclara-t-elle à Paul alors que les derniers invités se retiraient.

L'après-midi leur avait paru à tous interminable, et en dépit de son inébranlable assurance, Amanda paraissait à présent épuisée.

— Il a été très peiné pour Matthew, répondit Paul en lui effleurant le bras pour manifester sa sollicitude.

Amanda fit signe qu'elle comprenait et se tourna vers ses filles. Pour une fois, toutes deux, très affectées par la disparition de leur père, ne se disputaient pas. Jan et sa sœur Louise avaient un peu plus d'un an d'écart et différaient en tout point. Depuis l'enfance, elles ne cessaient de se chamailler. Pour l'instant, elles avaient conclu une trêve afin de soutenir leur mère. Sans mot dire, Paul les laissa toutes les trois pour aller se servir une tasse de café à la cuisine. Le personnel fourni par le traiteur achevait d'y nettoyer et d'y ranger la vaisselle et les verres dont s'étaient servies les quelque trois cents personnes venues témoigner leur sympathie aux Kingston.

— Je n'arrive pas à croire qu'il nous a quittées pour de bon, murmura Amanda, qui tournait le dos à ses filles et contemplait le jardin, entretenu à la perfection.

— Moi non plus, convint Jan en se mettant à pleurer.

Louise poussa un soupir agacé. Si elle avait éprouvé une affection profonde pour son père, elle ne s'était jamais entendue avec lui. Il lui avait paru plus dur et plus exigeant envers elle qu'envers Jan. Il s'était emporté quand elle avait renoncé à poursuivre des études de droit pour se marier, dès la fin du lycée. Pourtant, elle avait fait un bon mariage et, au cours des cinq premières années, elle avait mis au monde trois enfants. Il avait cependant également trouvé à redire sur ce point, estimant qu'elle avait trop d'enfants, alors qu'il n'avait pas poussé Jan à travailler, ce qu'elle n'envisageait d'ailleurs pas, et ne lui avait pas reproché d'avoir épousé un homme du monde du spectacle dont le père n'était rien de plus qu'un boutiquier de Rodeo Drive. Louise n'aimait pas Paul et ne s'en cachait pas. Son mari à elle était un Loeb, et un avocat du nom de Loeb était tout de même un parti plus convenable pour une Kingston. À la fin de cet après-midi douloureux, tout en regardant Jan verser des larmes, Louise pensait aux critiques que son père lui avait adressées, à son intransigeance et au nombre de fois où elle s'était demandé s'il l'aimait. Elle aurait souhaité en parler, mais sentait que ni sa mère ni sa sœur ne pourraient la comprendre. Sa mère détestait qu'elle émette la moindre réserve sur son père, car pour Amanda, Matthew était déjà en passe d'être canonisé.

— Je tiens à ce que vous gardiez en mémoire quel homme merveilleux il était, rappelait justement Amanda, le menton tremblant d'émotion.

Ses cheveux blonds étaient tirés en arrière, en un chignon strict, et les deux sœurs avaient conscience qu'elle était toujours d'une beauté supérieure à la leur. Louise n'avait jamais supporté que sa mère ait cette allure exceptionnelle. Il était presque impossible de lui arriver à la cheville, et Amanda insistait toujours pour qu'elles tendent vers la perfection. Jusqu'alors, Louise n'avait pas pu se rendre compte des faiblesses de sa mère, de sa vulnérabilité, des inquiétudes qu'elle avait éprouvées toute sa vie et cachées derrière cette apparence irréprochable. Jan était beaucoup plus proche d'Amanda, ce qui ne faisait du reste qu'accroître le ressentiment entre les deux sœurs. Louise accusait sa cadette d'être la favorite de leurs parents, et celle-ci prétendait ne s'en être jamais aperçue.

— Je veux que vous sachiez toutes les deux qu'il vous aimait très fort, reprit Amanda.

Elle ne put cependant poursuivre, car les sanglots l'étouffèrent. Elle n'acceptait pas l'idée qu'il était parti et ne l'étreindrait plus jamais. Son pire cauchemar devenait réalité, et elle ne parvenait pas à imaginer une existence sans lui.

— Maman, la réconforta Jan en la prenant dans ses bras comme si elle était une enfant.

Louise quitta la pièce sans mot dire et alla retrouver Paul, qui s'était assis dans la cuisine pour boire son café.

— Comment va-t-elle ? s'enquit-il, préoccupé.

Louise haussa les épaules ; comme à l'accoutumée, son propre chagrin était mêlé de révolte. Ses enfants étaient repartis à la maison sous la conduite de la jeune fille qui les surveillait, et son mari avait regagné son cabinet. Même si elle ne l'estimait pas beaucoup, elle n'avait personne à qui parler en dehors de Paul.

— Elle est en plein désarroi, dit-elle. Elle dépendait de lui pour tout. Il lui disait quand se lever et se coucher, ce qui était convenable et ne l'était pas, qui devaient être ses amies. J'ignore pourquoi elle se laissait ainsi dominer ; c'était révoltant.

— Elle éprouvait peut-être le besoin d'être sécurisée, suggéra Paul en étudiant sa belle-sœur avec intérêt.

Louise semblait toujours bouillir d'indignation et de rancune, et il se demandait si elle était vraiment heureuse avec son mari. Comme toute famille, celle-ci avait ses secrets et ses coins sombres. Ainsi, il avait toujours été étonné en entendant les deux filles parler de leur mère. Si chacune la voyait de façon différente, la femme qu'elles évoquaient n'avait rien à voir avec celle qui présentait un visage impassible au reste du monde. Elles la décrivaient comme un être impressionnable, qui s'était laissé asservir. Il se demandait si ce n'était pas la raison profonde du refus d'Amanda de poursuivre sa carrière au cinéma. Quelles qu'aient été les objections de Matthew à ce sujet, peut-être avait-elle redouté de s'y risquer.

— Elle s'en remettra, dit-il gauchement, pour rassurer Louise. Jan veillera sur elle.

Louise était en train de se verser un verre de vin, et bien que destinée à l'apaiser, cette dernière réflexion ranima sa colère.

— Ah, pour ça, c'est certain ! Elle cherche par tous les moyens à s'attirer ses bonnes grâces. Elle a toujours agi ainsi, même quand nous étions toutes petites. C'est même étonnant que vous n'ayez pas déjà proposé tous les deux de vous installer ici avec maman. Voilà qui serait touchant… Tu sais que maman va avoir besoin d'aide pour régler la succession. Je suis sûre que Jan et toi serez ravis de vous en occuper.

— Calme-toi, Lou.

Il avait employé le diminutif que Jan donnait à sa sœur, mais Louise lui jeta un regard furibond. Paul remarqua que ses yeux rappelaient de manière étonnante ceux de sa mère. Pour le reste, elle ressemblait trait pour trait à son père, et son physique était agréable, mais sans plus. Des deux sœurs, Jan était de loin la plus jolie.

— Personne ne cherche à te blesser, reprit-il.

— Il est trop tard pour cela, répliqua-t-elle en se resservant du vin. On s'en charge ici depuis des années. Peut-être maman va-t-elle se décider à grandir, maintenant que papa n'est plus là. Peut-être allons-nous même toutes devenir adultes.

Elle reposa le verre et sortit dans le jardin. Paul ne tenta pas de la suivre.

Du bureau où elles étaient maintenant assises, Jan et Amanda la suivirent des yeux.

— La voilà une fois de plus fâchée contre moi, remarqua Jan ; un rien l'irrite.

— J'aimerais que vous arrêtiez de vous quereller, toutes les deux, déclara Amanda avec tristesse, tout en se tournant vers sa plus jeune fille. J'ai toujours espéré que vous changeriez en grandissant et que vous deviendriez les meilleures amies du monde, quand vous seriez mariées et que vous auriez des enfants.

C'était ce qui lui tenait le plus à cœur depuis toujours, et pourtant sa remarque fit aussitôt naître une lueur de chagrin dans les yeux de Jan.

— Oui, mais moi, je n'en ai pas… n'est-ce pas ?

— Quoi ?

Sa mère avait l'air égarée et sa détresse était telle que Jan en eut le cœur serré.

— Des enfants, précisa-t-elle.

Le ton de sa voix attira l'attention d'Amanda. L'idée que sa fille puisse souhaiter ne pas avoir d'enfants lui paraissait impensable.

— Tu ne veux pas d'enfants ? demanda-t-elle, choquée.

— Si, affirma Jan, qui éprouvait de la jalousie envers sa sœur, qui avait eu trois enfants en cinq ans avec une facilité extrême. Bien sûr que si. Mais nous essayons depuis un an, sans le moindre succès.

— Cela ne veut rien dire, dit Amanda en souriant. Il arrive que cela prenne du temps ; soyez patients.

— Cela ne t'a pas pris beaucoup de temps. Papa et toi vous nous avez eues dans les deux ans qui ont suivi votre mariage.

Elle soupira. Sa mère lui caressa la main et leva la tête. Ce qu'Amanda lut alors dans le regard de sa fille fut pour elle un déchirement : le chagrin s'y mêlait à l'angoisse et à une déception amère.

— J'ai demandé à Paul de venir consulter un médecin avec moi, mais il refuse. Il estime que je suis folle de m'inquiéter.

— As-tu parlé toi-même au médecin ? Pense-t-il que vous avez un problème ?

— Le médecin l'ignore encore, et il juge préférable de s'en assurer. Il m'a donné le nom d'un spécialiste. Pourtant, quand j'en ai parlé à Paul il s'est mis en colère. Il m'a répondu que sa sœur a des enfants, que Lou aussi, et qu'il n'y a donc aucune raison pour que nous ayons des difficultés. Pourtant, ce n'est peut-être pas aussi simple qu'il le croit.

Sans oser la questionner, Amanda se demanda soudain si sa fille n'avait pas caché un épisode de sa jeunesse – une maladie, un écart de conduite, voire un avortement. Il valait mieux laisser cela au médecin.

— Eh bien, peut-être devrais-tu écouter Paul, du moins pour le moment, et essayer de ne pas t'inquiéter.

— Je ne pense plus qu'à cela, maman, avoua-t-elle, les joues baignées de larmes. Je voudrais tant avoir un enfant… et j'ai si peur que cela ne m'arrive jamais !

— Bien sûr que si…

Il lui était insupportable de voir sa fille malheureuse, surtout aussitôt après la disparition brutale de Matthew.

— Et si tu ne parviens pas à en avoir, tu pourras toujours en adopter un, poursuivit-elle.

— Paul ne veut pas en entendre parler. Il veut des enfants qui soient de lui.

Amanda se retint de dire que Paul n'aplanissait pas les choses, et qu'il se montrait égoïste et borné.

— Tu pourras toujours franchir cet obstacle-là plus tard. Pour le moment, pourquoi n'essaies-tu pas de te détendre un peu ? Je parie que tu te retrouveras enceinte en un rien de temps.

Jan approuva de la tête mais à voir l'expression de ses yeux, il était manifeste qu'elle était loin d'être convaincue. Voilà un an qu'elle se tourmentait à ce sujet, et l'inquiétude qui l'habitait menaçait de céder la place à une peur panique. Néanmoins, même si ses confidences n'avaient permis d'aboutir à aucune conclusion, elles avaient ouvert le dialogue entre la mère et la fille.

— Et toi, maman ? Comment vas-tu t'en sortir sans papa ?

C'était là une question si douloureuse qu'Amanda, les yeux humides, ne put que secouer la tête en signe d'impuissance.

— Je ne me vois pas vivre sans lui. Jamais personne ne le remplacera auprès de moi, Jan, jamais. Je ne le supporterai pas. Nous avons été mariés vingt-six ans – plus de la moitié de mon existence. Je ne sais pas ce que je vais devenir… Comment je vais me réveiller le matin et…

Jan étreignit sa mère et la laissa pleurer tout son soûl. Elle aurait aimé lui affirmer qu'elle se sentirait mieux plus tard, mais elle-même n'arrivait pas à imaginer Amanda seule. Matthew avait été le moteur de leur famille, protégeant sa mère du monde extérieur, lui indiquant quelle conduite tenir en toute occasion, et bien qu'il n'eût été son aîné que de sept ans, il s'était comporté comme un père avec elle.

— Continuer à vivre sans lui m'est intolérable, avoua Amanda.

Jan savait qu'elle était sincère. Elles demeurèrent encore une heure en tête à tête, puis Paul vint les rejoindre. Lou était partie sans leur dire au revoir, pleurant après les avoir vues ensemble, par la fenêtre. Paul devait rentrer pour travailler. Il serait bientôt six heures et ils allaient devoir laisser Amanda seule, si difficile que ce fût pour elle.

Amanda avait pourtant l'air si pitoyable, dans son tailleur noir, quand elle se tint sur le perron de sa maison pour leur dire au revoir d'un signe, au moment où ils démarraient, qu'après le premier virage Jan éclata de nouveau en sanglots.

— Mon Dieu, Paul, elle va tout bonnement se laisser mourir, sans papa.

Elle pleurait en pensant à son père qu'elle venait de perdre, à sa sœur qui la détestait, à sa mère qui souffrait tant, et à l'enfant qu'elle n'aurait peut-être jamais. Elle avait tant de peine que Paul dut lui tenir la main durant tout le trajet de retour pour la rassurer un peu.

— Elle ira mieux dans quelque temps, tu verras, affirma-t-il. Elle est toujours très belle. Je suis certain que dans six mois, tout Los Angeles l'invitera à sortir. Elle se remettra peut-être même à tourner des films. Elle est encore assez jeune pour faire un retour au cinéma.

— Jamais elle ne le ferait, même si elle en avait envie, car papa y était totalement opposé. Il la voulait pour lui tout seul, et elle avait accepté par amour pour lui.

Paul évita de répondre que si c'était vrai, Matthew avait été l'homme le plus égoïste que la terre ait porté. Jan lui en aurait voulu à mort. Déjà, elle poursuivait :

— Et puis, comment oses-tu insinuer que ma mère puisse sortir avec qui que ce soit d'autre ? C'est répugnant !

— Cela n'a rien de répugnant ; c'est la vie. Elle a cinquante ans, Jan. Ton père est mort, mais pas elle, et il ne faut pas qu'elle reste seule.

Tout en parlant, il avait eu un petit sourire. Quand Jan s'en rendit compte, elle s'écria avec violence :

— Il n'est pas question qu'elle sorte avec quelqu'un d'autre. Elle n'est pas comme ton père. Elle a vécu un mariage merveilleux, et elle adorait papa.

— Alors, elle voudra sans doute se remarier et ce ne sera pas un crime.

— Je n'arrive pas à croire qu'une idée pareille te soit venue à l'esprit, dit-elle d'une voix crispée, avant d'arracher sa main de la sienne et de le dévisager. Tu penses vraiment que ma mère va sortir avec des *hommes* ! Tu es malade ou tu ne respectes rien. On voit bien que tu ne connais pas ma mère.

— C'est sans doute vrai, ma chérie, lui dit-il d'un ton apaisant, mais je connais le genre humain.

Jan ne lui répondit pas. Révoltée par ses propos, elle se détourna pour regarder le paysage défiler par la vitre, et ils roulèrent en silence jusqu'à leur maison. Jan pouvait jurer que sa mère demeurerait fidèle à la mémoire de son père durant le restant de ses jours.

2

En juin, lors d'un week-end, Amanda invita ses deux filles à l'hôtel Biltmore de Santa Barbara. Paul était à New York, où il mettait au point les derniers détails d'un projet de film, et le mari de Louise, Jerry, assistait à un séminaire, à Denver. L'occasion lui avait semblé idéale pour passer un peu de temps avec Louise et Jan. Cependant, à peine arrivées, les deux jeunes femmes constatèrent l'état alarmant dans lequel se trouvait Amanda. Celle-ci portait toujours le deuil, avait les cheveux tirés en un chignon trop strict, ne portait aucun maquillage, et lorsque Jan lui demanda comment elle se sentait, elle fondit en larmes sans pouvoir s'arrêter. Inquiètes, les deux sœurs laissèrent de côté, pour une fois, leurs dissensions personnelles. Le dimanche matin, alors que Amanda dormait encore, elles descendirent à la salle à manger pour prendre ensemble le petit déjeuner. Tout en mangeant des crêpes aux myrtilles, Louise déclara :

— Elle devrait aller voir un médecin. Elle est beaucoup trop déprimée, cela m'inquiète. Je crois qu'il faudrait qu'elle prenne des anxiolytiques…

— Son état ne ferait qu'empirer. Ce qu'il lui faut, c'est sortir et voir des amis. Je suis tombée sur Mme Auberman, la semaine dernière, et elle m'a dit qu'elle n'avait plus de nouvelles de maman depuis la mort de papa. Or cela fait déjà cinq mois. Maman ne va tout de même pas rester enfermée jusqu'à la fin de ses jours.

— Peut-être que si, la contredit Louise, qui se demandait comme souvent si sa sœur et elle avaient quoi que ce soit en commun. Tu sais, papa aurait souhaité qu'elle réagisse de la sorte ; s'il avait pu laisser un testament en ce sens, il aurait exigé qu'elle soit enterrée vive avec lui.

Jan considéra sa sœur aînée avec indignation :

— Une réflexion pareille, c'est dégoûtant ! Tu sais qu'il détestait la voir malheureuse…

— Et toi, tu sais aussi parfaitement qu'il ne supportait pas qu'elle ait une vie à elle, sauf s'il s'agissait de nous emmener au cours de danse ou de jouer au bridge avec les femmes de ses associés. Je suis persuadée que dans son inconscient, elle sait qu'il aurait aimé la savoir désespérée. À mon avis, elle devrait consulter un psychiatre, conclut Louise sans ambages.

— Pourquoi ne pas l'emmener en vacances avec nous ? proposa Jan.

L'idée lui paraissait bonne, car elle n'aurait aucun mal à se libérer de son poste à la galerie, mais Louise ne voyait pas à qui elle laisserait ses enfants.

— Peut-être en septembre, insista Jan. Une fois qu'ils seront à l'école. On pourrait aller à Paris avec elle…

— Cela me paraît envisageable, approuva Louise.

Pourtant, au déjeuner, quand elles exposèrent leur projet à Amanda, cette dernière prétendit que cela lui serait impossible.

— Je ne peux pas m'absenter pour le moment, assura-t-elle avec fermeté. Il reste trop de problèmes à régler au sujet de la succession. Je ne tiens pas à ce que cette histoire se prolonge éternellement.

Toutes trois savaient qu'il s'agissait là d'un prétexte. Amanda ne voulait pas rejoindre le monde des vivants – pas sans Matthew. Lou, pleine de bon sens, revint à la charge :

— Laisse donc les hommes de loi s'en occuper, maman. Ils s'en chargeront de toute façon, et cela te fera du bien de partir un peu.

Sa mère hésita un long moment, secoua à nouveau la tête, les yeux pleins de larmes, et se résigna à avouer :

— Je n'y tiens pas ; je me sentirais trop coupable.

— De quoi ? De dépenser un peu d'argent ? Tu as quand même les moyens de t'offrir un voyage à Paris.

Et même plusieurs. Là n'était donc pas la question. Le problème était plus profond.

— Il ne s'agit pas de ça. Simplement... j'estime que je n'ai pas le droit de me lancer dans une telle entreprise sans Matthew... Pourquoi recommencer à sortir, à faire la fête ? Pourquoi prendrais-je du bon temps ?

Les sanglots lui nouaient la gorge, mais puisque ses deux filles la regardaient, elle irait jusqu'au bout.

— Pourquoi suis-je encore en vie et pas lui ? C'est si injuste ! dit-elle. Pourquoi a-t-il fallu que cela se produise ?

— C'est arrivé, un point c'est tout, maman, constata Jan avec douceur. On n'y peut rien. Ce n'est ni ta faute ni la sienne. C'est une terrible malchance. Pourtant, il faut que tu continues à vivre... pour toi... pour nous... Réfléchis à notre proposition.

— Si tu ne veux pas aller à Paris, nous irons quelques jours à New York ou à San Francisco, mais tu dois réagir. Tu ne peux renoncer à te battre. Papa ne l'aurait pas voulu.

Cependant, à l'entendre, sur le chemin du retour, il était clair qu'elle n'était pas prête. Elle était encore trop affectée par la mort de son mari pour envisager une activité constructive ou des loisirs.

— Comment va-t-elle ? demanda Paul, le dimanche soir, alors que Jan le ramenait en voiture de l'aéroport.

— Pas bien du tout. Elle est en piteux état. Lou se demande s'il ne faudrait pas lui prescrire des antidépresseurs, et moi, je ne sais plus que penser. On dirait qu'elle cherche à rejoindre papa.

— Peut-être l'aurait-il souhaité et le sent-elle.

— On croirait entendre ma sœur, remarqua Jan en jetant un coup d'œil au rétroviseur avant de se tourner vers lui. Je voudrais te demander quelque chose…

Elle avait prononcé ces mots d'un ton si solennel qu'il sourit, heureux de la retrouver après ce voyage à New York ; elle lui avait beaucoup manqué. Il plaisanta :

— Bien sûr, tu aimerais que je lui arrange un rendez-vous avec mon père ? Aucun problème, je m'en occupe. Il sera ravi.

L'idée parut si saugrenue à Jan qu'elle se mit à rire avec son mari. Un instant plus tard, elle redevint grave et il sentit que la question qui la préoccupait lui importait davantage.

— J'ai d'autres soucis en tête, avoua-t-elle, ne sachant pas comment lui présenter sa requête pour le convaincre.

— Allez, Jan, je t'écoute.

— Je voudrais que nous allions tous les deux voir un médecin, un spécialiste. Voilà six mois que nous n'en avons pas reparlé, et il ne s'est toujours rien passé.

Elle paraissait tout à la fois résolue et terrifiée en lui demandant cela, mais Paul ne se montra guère compréhensif.

— Seigneur ! Encore cette histoire ! Tu ne renonces jamais, n'est-ce pas ? Je travaille depuis six mois sur ce projet de film, le plus ambitieux de ma carrière, et toi, tu restes obsédée par l'idée d'avoir un enfant. C'est normal que ça n'ait pas marché, Jan. J'ai passé plus de temps en avion qu'à la maison. Comment peux-tu croire que nous avons un problème ?

Pour elle, ces paroles sonnaient comme un refus. Paul trouvait toujours de bonnes excuses, des raisons valables. Il n'en restait pas moins qu'elle n'était pas enceinte, même s'ils avaient essayé plus souvent qu'il ne voulait bien l'admettre.

— Je voudrais simplement savoir s'il y a ou non un problème. Peut-être sommes-nous tous les deux capables d'en avoir ou peut-être est-ce moi qui ne le peux pas. Je voudrais m'en assurer, voilà tout. Est-ce trop demander ?

Comme elle achevait sa phrase, les larmes lui montèrent aux yeux. Paul la regarda et soupira :

— Pourquoi ne lui demandes-tu pas de t'examiner la première ? Et quand il te recevra, tu seras probablement enceinte.

Mais Jan n'y croyait plus. Ils essayaient depuis plus d'un an et demi et, à présent, son gynécologue lui-même s'en inquiétait et lui conseillait de faire des examens. Elle n'osa avouer à son mari qu'elle était allée chez le spécialiste, trois semaines auparavant, et qu'il l'avait trouvée en parfaite santé, ce qui signifiait que c'était maintenant à Paul d'y aller.

— Est-ce que tu iras le voir, après moi ?

— Peut-être, dit-il sans s'engager.

Là-dessus, il mit la radio un peu plus fort, et Jan fixa la route avec tristesse. Étant donné l'attitude de Paul, la situation lui paraissait sans espoir.

Au mois d'août, le spécialiste lui confirma qu'il ne voyait aucun empêchement à ce qu'elle ait un enfant, et que soit le sperme de son mari et ses propres ovules étaient incompatibles, soit le problème, s'il y en avait un, venait de son mari. Quand elle en reparla à Paul, celui-ci se fâcha et l'accusa de chantage. Il traversait une mauvaise passe, son fameux projet de film était en train de sombrer, et il ne supportait plus d'avoir des relations à des dates imposées, ni de voir sa femme s'effondrer, deux semaines plus tard, quand elle s'apercevait qu'elle n'était pas enceinte.

— Oublie tout ça pour le moment ! explosa-t-il un soir où elle essayait de le séduire, sous prétexte qu'elle était dans une période favorable.

Il partit prendre un verre avec son père. Jack sortait à présent avec une actrice connue, et on parlait de lui presque chaque jour dans la presse. Il désirait plus que jamais que son fils entre dans son affaire, mais pour ce dernier, il n'en était pas question.

En septembre, Louise et Jan tentèrent une nouvelle fois de convaincre Amanda d'entreprendre un court voyage avec elles. Sans résultat. Leur mère avait perdu sept kilos, était toujours aussi déprimée et ne sortait jamais. Quand arriva le mois de décembre, les deux sœurs s'alarmèrent. Quinze jours après Thanksgiving, où le repas de fête avait été une épreuve pour tous, car Amanda, en larmes, avait bouleversé les enfants, Jan, prise de panique, appela Louise un après-midi.

— Il faut agir ! s'écria-t-elle. Je n'en peux plus.

— Peut-être vaut-il mieux la laisser tranquille, dit Louise avec philosophie. Peut-être préfère-t-elle passer ainsi le reste de son existence sans papa. Pourquoi aurions-nous le droit de décider à sa place ?

— Nous sommes ses filles, et nous ne pouvons la laisser continuer à se détruire de la sorte. Moi, je ne l'abandonnerai pas.

— Alors, trouve une idée pour l'en sortir ! Elle n'accepte aucune de mes suggestions. C'est toi sa préférée. Tu n'as qu'à aller chez elle tous les jours et glisser des comprimés dans son jus d'orange. Pour ma part, j'estime qu'elle a le droit de vivre comme elle l'entend.

— Louise, bon sang, elle se meurt ! s'écria Jan, malheureuse. Tu ne vois pas ce qui lui arrive ? Elle a renoncé à se battre. Elle aurait tout aussi bien pu mourir avec papa.

— Je n'ai pas de solution miracle, Jan. Elle est adulte, et moi, je ne suis pas psychiatre. Et en toute franchise, je n'en peux plus de la voir s'apitoyer sur son sort. C'est affreux, mais elle se plaît à se sentir coupable d'être vivante alors que papa ne Test plus. Peut-être y trouve-t-elle une satisfaction morbide, après tout.

— Je ne la laisserai pas continuer à se détruire ainsi, s'obstina Jan.

— Tu ne peux pas la contraindre à mener de nouveau une vie normale si elle ne le veut pas, Jan. Pour la première fois, elle mène son existence comme elle l'entend, alors si c'est ce qu'elle souhaite… Au moins, papa n'est plus là pour lui donner des ordres, à présent.

— À t'entendre, on dirait qu'il était un monstre, protesta Jan.

— Il l'était parfois. Avec moi, en tout cas.

Comme à leur habitude, les deux sœurs n'étaient d'accord sur rien.

Une semaine avant Noël, Jack invita Jan et Paul à assister à la traditionnelle réception de Chez Julie. Jan n'était pas d'humeur à s'y rendre, cette année-là. Son mari refusait toujours de prendre rendez-vous avec le spécialiste et elle s'inquiétait pour sa mère. Paul insista cependant, soulignant que son père se vexerait s'il ne faisait pas au moins une apparition à la boutique. Vint le matin de la fête.

— Pourquoi n'irais-tu pas sans moi ? suggéra Jan, qui ne se sentait aucune envie de sortir. J'ai promis à ma mère d'aller la voir cet après-midi, et je serai sûrement encore moins d'attaque après lui avoir rendu visite.

Amanda continuait à glisser vers la mort, et assister à ce spectacle tourmentait Jan, car elle se sentait impuissante à arrêter une telle dérive.

Sous le coup de l'inspiration, Paul proposa :

— Et pourquoi n'amènerais-tu pas ta mère ? Jan, irritée, le toisa.

— Tu n'as vraiment prêté aucune attention à ce que je te dis depuis un an ? Elle est déprimée, maigrit à vue d'œil, ne voit personne, et reste assise à attendre la mort, bon sang ! Crois-tu qu'elle irait à l'une des sauteries de ton père ? Tu rêves !

— Cela lui ferait sans doute du bien. Demande-le-lui, au moins.

Il eut un sourire malicieux qui donna à Jan l'envie de lui jeter quelque chose à la tête.

— Tu ne connais pas ma mère !

— Propose-le-lui quand même.

— Autant lui demander de se déshabiller et d'aller courir toute nue dans les rues de Bel Air.

— Au moins, ça réjouirait les voisins.

Malgré sa dépression, la beauté d'Amanda demeurait intacte. Paul avait même été tenté de lui proposer un rôle dans son prochain film, mais il n'avait pas osé demander à Jan ce qu'elle en pensait. Il connaissait d'avance la réponse. Il reprit sur un ton léger :

— En tous les cas, si elle venait, mon père en serait enchanté. Sa présence apporterait un peu de respectabilité à la boutique.

En sortant, il embrassa sa femme, qui, malgré elle, se laissa faire. Elle lui en voulait beaucoup de son refus de voir un spécialiste et pensait maintenant qu'ils n'auraient jamais d'enfants. Elle se sentait presque aussi déprimée que sa mère.

Cependant, lorsqu'elle vit Amanda dans l'après-midi, son cœur se serra. Sa mère, pâle et amaigrie, avait l'air épuisée. On aurait dit que plus rien ne la rattachait à cette terre… Jan mit tout en œuvre, suggéra tout ce qui lui passa par la tête, flatta, implora, menaça, puis assura à Amanda que si elle ne se ressaisissait pas très vite, Louise et elle la traîneraient hors de sa maison.

— Vous, mes filles, vous avez mieux à faire que de vous soucier de moi. Comment s'annonce le nouveau film de Paul ?

Elle changeait toujours le sujet de la conversation. À la fin de l'après-midi, Jan en était si perturbée qu'elle sentit la colère la gagner et elle en avertit Amanda :

— Tu sais, tu me rends folle de rage. Tu as toutes les raisons d'être heureuse, pas de soucis, une jolie maison, deux filles qui t'aiment, et tu te contentes de rester ici à te lamenter sur ton sort et à pleurer papa. N'as-tu donc aucune affection pour nous, maman ? Ne peux-tu songer aux autres ? Tu ne vois donc pas à quel point nous sommes inquiètes ? Seigneur ! Je n'arrive plus à penser à autre chose. À ça, et au fait que je n'aurai jamais d'enfants.

Soudain, elle se mit à pleurer. Sa mère la prit dans ses bras, tout émue, et lui demanda pardon pour le chagrin et l'inquiétude qu'elle leur causait. Le cri du cœur de Jan avait entraîné chez Amanda une réaction de libération, et elle paraissait un peu soulagée.

— Tu ne te maquilles même plus, maman. Tu ne t'habilles plus et tes cheveux sont dans un état lamentable.

Parler enfin en toute franchise fit du bien à la jeune femme, et Amanda se mit à rire avant de se regarder dans un miroir. L'image qu'elle y vit n'avait rien d'agréable ; c'était celle d'une femme encore belle, mais triste, pâle et négligée. Soudain, Jan décida de lui faire part de la proposition de Paul. Elle parla de la fête de Chez Julie, qui avait lieu le soir même. Comme prévu, Amanda se récria :

— Aller là-bas ? Au magasin ? Ce serait de la folie.

— Ce qui est fou, c'est ce que tu t'infliges depuis un an. Voyons, maman, fais-le pour moi. Tu ne rencontreras sans doute personne de connaissance, là-bas. Tu n'as qu'à enfiler une robe, te maquiller un peu et nous irons ensemble. Paul sera si content !

— Je vous emmènerai dîner dehors tous les deux un de ces soirs. Voilà qui lui fera plaisir. Nous irons chez Spago.

— C'est maintenant que je veux que tu viennes avec moi. Tu ne seras pas forcée de rester longtemps. Cinq minutes, c'est tout. Allons, un petit effort… pour moi… pour Lou… pour papa. Il n'aimerait pas te voir ainsi, maman. Je le pense sincèrement.

Elle retint sa respiration. Elle était persuadée que jamais Amanda ne l'accompagnerait, et pourtant, sa mère demeurait immobile et la regardait, hésitante.

— Tu crois vraiment que ton père attendrait ce geste de moi ?

Jan hocha lentement la tête, surprise de constater l'empire que Matthew gardait sur elle.

— J'en suis certaine, maman.

Alors, faisant demi-tour, Amanda se dirigea vers sa chambre. Jan, stupéfaite, l'y suivit. Sa mère ouvrit un placard, et Jan entendit le bruissement du tissu des robes qu'elle écartait. Cinq bonnes minutes s'écoulèrent avant qu'Amanda n'émerge en brandissant une austère robe noire.

— Que penses-tu de celle-ci ? demanda-t-elle.

Jan écarquillait les yeux, tant elle avait du mal à croire qu'elle était parvenue à arracher sa mère à sa maison et à la tombe de son mari.

— Elle me paraît un peu sévère, non ?

Elle redoutait de décourager Amanda, mais cette robe était par trop lugubre.

— Et pourquoi pas celle-ci ? proposa-t-elle.

Elle désignait une robe pourpre qu'elle savait adorée de sa mère et que son père avait lui aussi beaucoup aimée. Amanda fit un signe de dénégation. Elle sélectionna alors un joli modèle en lainage bleu marine, longtemps trop ajusté, et qui à présent soulignait sa silhouette à la perfection. Cette robe lui donnait une allure plus jeune que la précédente et rehaussait sa distinction naturelle. En l'essayant devant le miroir, Amanda redevint la star qu'elle avait été. Elle choisit une paire d'escarpins marine, des boucles d'oreille en saphir et releva ses cheveux en chignon lisse, la coiffure qu'elle avait adoptée dans la plupart de ses films. Elle appliqua son maquillage d'une main si légère que c'est à peine si Jan put le détecter.

— Tu devrais peut-être te farder un peu plus, maman, tu ne crois pas ?

Amanda étudia son image, jouant le jeu, puis concéda :

— Juste un petit peu, peut-être. Je ne voudrais pas avoir l'air d'une prostituée.

— Pour y parvenir, cela te demanderait beaucoup de travail, à mon avis, et pour cela, nous n'avons pas le temps ! répliqua Jan, ravie.

Sa mère, telle qu'en elle-même, retrouvait une allure extraordinaire, sans commune mesure avec la femme triste et déprimée qu'elle était devenue sous l'effet du deuil durant cette dernière année.

— Comment me trouves-tu ? s'enquit Amanda, nerveuse. Est-ce bien moi ou ai-je gardé quelque chose de la triste caricature que j'étais, ces temps-ci ?

— C'est bien toi, maman, affirma Jan avec des larmes de reconnaissance envers le destin qui avait enfin convaincu sa mère de s'arracher à sa tristesse. Si tu savais comme je t'aime…

Elle la serra dans ses bras. Amanda se moucha discrètement, retoucha son rouge à lèvres d'une main experte avant de rassembler les quelques objets dont elle aurait besoin dans une pochette marine, puis elle se tourna vers sa fille et l'étudia avec admiration. Jan portait une robe en lainage rouge qu'elle mettait toujours pour Noël. Debout, à côté l'une de l'autre, ainsi vêtues de rouge et de bleu, elles auraient presque pu passer pour deux sœurs.

— Tu es exceptionnelle, Jan, et moi aussi, je t'aime, murmura Amanda, tandis qu'elles se dirigeaient vers la porte. Nous ne resterons pas longtemps, n'est-ce pas ? Pas plus de quelques minutes ?

Elle prit dans le placard de l'entrée un manteau de vison qu'elle n'avait pas remis depuis la mort de son mari, mais refusa de s'attarder sur une telle pensée. Si elle acceptait de sortir, c'était pour faire plaisir à sa fille.

— Je te ramènerai chez toi dès que tu le voudras, maman, assura Jan. Je te le promets.

— Dans ce cas, allons-y.

Amanda paraissait étonnamment jeune et vulnérable alors qu'elle emboîtait le pas à sa fille. Au moment de franchir le seuil, elle jeta un coup d'œil par-dessus son épaule comme pour prendre congé de quelqu'un qui n'était plus là, puis referma en douceur la porte derrière elle.

3

Les préparatifs pour la réception offerte à la boutique avaient commencé dès l'aube. Des guirlandes festonnaient les portes et des couronnes ornaient chaque vitrine. La fermeture eut lieu à quatre heures juste. Toutes les décorations du superbe sapin étaient argentées, et Jack fut très satisfait en le découvrant.

— Je sais que l'on ne tient plus l'arbre de Noël pour « politiquement correct », mais moi, je l'adore. Et celui-ci est d'une grande beauté.

Où qu'il portât le regard, tout étincelait dans la salle. On avait dressé trois tables, et les caisses de Champagne attendaient au froid dans la cuisine. Quatre musiciens mettraient de l'ambiance. Deux cents personnes étaient invitées. Ce serait une soirée très privée, réservée à leurs meilleurs clients et à un certain nombre de personnalités dont on était sûr qu'elles se déplaceraient. Même les célébrités qui évitaient de se montrer en public ne manquaient jamais les fêtes de Jack. Tout le monde éprouvait de la sympathie pour lui et appréciait les réceptions de Chez Julie.

— Eh bien, Gladdie, qu'en pensez-vous ? demanda-t-il en jetant un dernier coup d'œil circulaire avant d'aller se changer.

Pour l'occasion il avait acheté un nouveau complet chez Armani.

— C'est superbe, Jack, vraiment superbe, assura-t-elle, éblouie par le raffinement de la décoration.

Elle adorait ses fêtes, qui étaient toujours réussies.

— Surveillez ce qui se passe à ma place. Je monte me changer.

Il s'engouffra dans l'ascenseur. Vingt minutes plus tard, il était de retour, aussi élégant que s'il posait pour la couverture d'une revue telle que *Gentleman's Quarterly*. Son complet bleu foncé n'avait rien d'austère, et il le portait avec l'aisance d'un mannequin professionnel.

— Très chic, commenta Gladdie à voix basse quand il vint la rejoindre. Vous êtes irrésistible. Serez-vous accompagné, ce soir ? demanda-t-elle avec intérêt.

La dernière starlette avec qui il était sorti avait quitté sa vie plusieurs semaines auparavant, et elle savait qu'il avait maintenant des vues sur un célèbre top-model.

— J'aurai au moins une dizaine de cavalières ! affirma-t-il en riant. Malheureusement, Starr est partie pour Paris ce matin, mais elle m'a recommandé d'inviter sa sœur.

— C'est très généreux... ou très imprudent de sa part, déclara Gladdie avec un petit sourire.

— Je crois qu'elle a un ami à Paris.

Il sourit à son tour, satisfait de la vie et surtout de ne pas avoir de contraintes, ce qui lui convenait à merveille.

— Vos enfants vont-ils venir ce soir ? s'informa Gladdie en prenant une coupe de Champagne.

Déjà, les premiers invités franchissaient les portes. Elizabeth Taylor venait d'arriver avec Michael Jackson, et Barbra Streisand, accompagnée d'un acteur, les suivait de près.

— Ils ont promis d'essayer, répondit Jack d'un ton absent, avant de se porter à la rencontre des invités.

Une demi-heure plus tard, la fête battait son plein. La musique contribuait à l'atmosphère joyeuse, et les célébrités affluaient, tandis qu'à l'extérieur les photographes guettaient l'occasion de les saisir au passage, puisque Jack leur refusait l'accès du magasin. Ce dernier tenait à ce que chacun puisse se détendre et profiter de la réception, sans avoir à craindre les clichés indiscrets ou les journaux à scandale.

Il était près de sept heures quand la voiture de Jan et d'Amanda s'arrêta devant la porte. Jan tendit ses clés au voiturier, et précéda sa mère pour entrer Chez Julie. Elle redoutait depuis un moment qu'Amanda ne s'affole et ne change d'avis, ce qui faillit d'ailleurs arriver par la faute des photographes qui les assaillaient. Jan réussit tout de même à entraîner rapidement sa mère dans la boutique. Une fois à l'intérieur, Amanda parut soudain à bout de souffle et comme égarée. Tout était si étincelant, joyeux et animé… Elle reconnaissait des visages familiers, et deux actrices avec qui elle avait tourné des années auparavant se précipitèrent sur elle pour l'embrasser. Il était manifeste qu'elles étaient ravies de la revoir et voulaient savoir ce qui lui était arrivé. Elle trouva la force de leur parler de Matt, puis leur confia que c'était sa première sortie depuis la mort de son mari. À quelques pas de là, Jan vit avec fierté que sa mère s'en tirait bien, et partit saluer sa belle-sœur Julie.

Jack, qui s'entretenait alors avec un vieil ami à l'autre bout de la pièce, découvrit leur présence avec stupéfaction.

— Incroyable… murmura-t-il, avant de s'excuser pour aller souhaiter la bienvenue à Jan. Serais-tu surprise si je te disais que je suis suffoqué ? chuchota-t-il à sa belle-fille, en jetant un coup d'œil dans la direction d'Amanda.

Jan se mit à rire et répondit sur le même ton :

— Pas autant que moi ! Voilà un an que j'essaie de la tirer hors de chez elle. C'est la première fois qu'elle consent à sortir depuis la mort de papa, et c'est sans doute aussi sa première soirée depuis qu'elle a quitté le monde du cinéma.

— J'en suis très honoré, dit-il en toute franchise.

Il attendit qu'Amanda ait terminé sa conversation, puis s'approcha d'elle pour la remercier de sa venue.

— Chez Julie ne sera plus jamais pareil après cela, affirma-t-il avec le sourire. Vous nous apportez enfin le cachet qui nous manquait.

Bien qu'il eût dit cela pour la taquiner un peu, il exagérait à peine.

— Permettez-moi d'en douter, Jack, répondit-elle. Je suis contente de vous voir. C'est une fête très réussie. J'y ai déjà retrouvé plusieurs amies de longue date.

— Je suis sûr qu'elles se réjouissent de votre retour. Il faudra que vous veniez plus souvent chez nous, à présent. Nous organiserons une réception en votre honneur chaque fois que vous viendrez ici.

Il paraissait d'excellente humeur, aussi Amanda accepta-t-elle la coupe de Champagne qu'il prit au passage sur le plateau d'un serveur. Jack nota que la main qu'elle tendait tremblait de manière imperceptible. Pourtant, elle ne laissait paraître aucun autre signe de tension. Elle avait gardé la maîtrise d'une grande professionnelle, et à la différence de certains de ses anciens partenaires à l'écran, elle avait su rester à la fois belle et distinguée.

— Vous êtes extraordinairement belle, Amanda, remarqua-t-il.

Il ne voulait pas se montrer trop entreprenant, mais il était impossible de rester insensible à son allure, même au milieu d'une foule de vedettes. Sa robe de lainage marine, admirablement coupée, et ses boucles d'oreille en saphir tranchaient de façon spectaculaire par leur sobriété sur les paillettes et satins brillants des tenues des autres invitées. Par politesse, Jack lui demanda :

— Vous allez mieux ?

Elle hésita un instant, avant de répondre de façon sincère :

— L'année a été plutôt dure. À la réflexion, j'ai de la chance d'y avoir survécu.

— Je suis passé par là, moi aussi, jadis, avoua-t-il, pensif.

Une fois encore, Amanda lui rappelait Dori. La ressemblance tenait davantage aux circonstances qu'à leur physique. Mais peut-être s'agissait-il simplement d'une impression.

— Je croyais que vous aviez divorcé ? s'étonna Amanda.

Un peu partout dans la salle, des gens la dévisageaient ou la montraient discrètement du doigt... « Vous avez vu là-bas ?... C'est Amanda Robbins... Estelle en tournage ? On ne l'avait pas vue depuis des années... Elle est fabuleuse ! Croyez-vous qu'elle ait fait un lifting ? Toujours aussi superbe... »

Les rumeurs allaient bon train, mais Amanda n'en avait pas conscience. Sa présence, son assurance étaient impressionnantes. Et dans son costume sobre, près d'elle, Jack avait l'air de lui servir de cavalier.

— En effet, j'ai divorcé, expliqua-t-il, mais il y a treize ans, j'ai perdu une amie très proche. Même si ce n'est pas comparable à l'épreuve que vous venez de traverser, ce fut difficile à vivre. Elle comptait beaucoup pour moi.

— J'en suis désolée pour vous, compatit Amanda avec douceur.

Son regard rencontra celui de Jack, et une étincelle jaillit entre eux, qui l'effraya presque quand il s'en rendit compte. Ainsi, sous cette apparente froideur, Amanda cachait un ascendant puissant. Et chose curieuse, après une année de tourments, elle lui paraissait bien plus vivante que du temps où elle accompagnait Matthew. Cependant, avant qu'il ait pu reprendre le fil de la conversation, il fut appelé pour régler un détail concernant la liste des invités. Deux acteurs célèbres, qui n'avaient pas été conviés, venaient de se présenter à la porte. Jack recommanda aux responsables de la sécurité de les laisser entrer, puis Gladdie vint le consulter pour résoudre une autre difficulté. Pendant son absence, Jan revint auprès de sa mère.

— Comment te sens-tu, maman ? Tout va bien ?

La jeune femme espérait qu'Amanda ne demanderait pas à repartir tout de suite. Elle estimait bénéfique pour sa mère de passer un peu de temps hors de chez elle. En outre, la soirée était une vraie réussite.

— Je vais très bien, ma chérie. Merci de m'avoir amenée. Voilà des années que je n'avais vu tous ces gens, et Jack s'est montré très aimable.

Elle semblait vouloir se faire pardonner d'avoir tant médit de lui depuis trois ans. Il est vrai qu'il lui semblait bien plus digne d'attention qu'auparavant. Elle n'aurait pas aimé l'admettre, mais elle le trouvait presque sympathique.

— Quand attends-tu Paul ? reprit-elle.

— D'une minute à l'autre, j'espère. Il était en réunion.

Peu après, Gladdie vint avertir Jan qu'on la demandait au téléphone. C'était son mari. Bien que la réunion ne fût pas terminée, il promettait de passer à la boutique.

— Tu ne devineras jamais qui est ici, lui lança Jan d'une voix gaie et mutine.

Il sourit en l'entendant, heureux de constater qu'elle était de meilleure humeur que d'habitude. La tension entre eux n'avait cessé de croître et de peser sur leurs relations.

— Connaissant mon père, ce pourrait être n'importe qui… Tom Cruise… Madonna…

— Encore mieux que ça ! Amanda Robbins.

— Tu es parvenue à la décider ? Bravo, ma chérie ! Je suis fier de toi. Comment s'en tire-t-elle ?

— Elle connaît presque tout le monde ici, et elle est superbe. Un coup de peigne, un peu de maquillage, et hop ! comme par magie, voilà la star de retour. Je voudrais bien avoir hérité de son physique.

— Tu la bats à plates coutures, mon amour. Ne l'oublie jamais.

— Je t'adore, souffla-t-elle, touchée par sa réaction, sincère ou non.

— Tâche de maintenir mon père à distance, si elle est vraiment en beauté. Voilà une complication dont nous n'avons pas besoin. S'il essayait de flirter avec elle, elle ne me le pardonnerait jamais, et toi non plus !

— Je ne crois pas que nous courions le moindre danger de ce côté-là, dit Jan en riant. Il y a un monde fou et il est très occupé. Il y a même des célébrités qui veulent forcer la porte.

— Des femmes, je parie. Le pauvre, elles vont sans doute lui arracher ses vêtements et le dévorer vivant ! La vie est dure pour certains d'entre nous. Je reconnais bien là mon père, tiens. Enfin, ma chérie, j'arrive aussi vite que je peux. Attends-moi là-bas, surtout. Je te rappelle juste avant de sortir du bureau.

— À tout à l'heure.

C'était la première fois depuis des semaines qu'ils avaient une conversation détendue. Quand Jan se remit en quête de sa mère, elle la vit qui s'entretenait à nouveau avec Jack et décida de les laisser tranquilles. Ce ne serait pas une mauvaise chose s'ils se liaient d'amitié, en fin de compte, et s'ils cessaient de se montrer aussi critiques l'un envers l'autre. D'ailleurs, de loin, la jeune femme voyait que sa mère souriait et que Jack paraissait très empressé auprès d'elle.

En réalité, il parlait à Amanda des voyages qu'il effectuait en Europe pour acheter des modèles, et précisait pourquoi il détestait Milan et adorait Paris. Puis ils échangèrent des souvenirs de séjours au Claridge, à Londres. Comme ils étaient en excellents termes, Jan partit bavarder avec une connaissance, et une heure s'écoula avant que Paul ne la rappelle. Cette fois, il semblait à bout ; la réunion ne s'était pas bien déroulée, et en sortant il avait découvert que sa voiture avait été embarquée à la fourrière. Pour se rendre à la boutique, il ne lui serait resté d'autre moyen que de prendre un taxi, mais il préférait que Jan vienne le chercher ; en échange, il proposait de l'emmener dîner dehors. Il était trop tard pour qu'il assiste à la fête.

— Tu oublies ma mère ? Je ne peux tout de même pas la laisser ici, objecta Jan, inquiète.

— Pourquoi ne pas demander à mon père de la mettre dans un taxi ? Il a peut-être même une ou deux limousines à sa disposition. Il en loue souvent pour pouvoir proposer une voiture à ses invités de marque. Va donc lui poser la question !

— D'accord, je vais voir. Si ma mère n'accepte pas, je te rappelle, car dans ce cas il faudra que je la raccompagne. Autrement, je te retrouve dans dix minutes.

— Viens vite, dit-il d'un ton ferme. J'ai passé un après-midi épouvantable, et j'ai besoin de te voir.

Jan se réjouissait également à l'idée d'un dîner tranquille, si sa mère acceptait que Jack la fasse reconduire.

Quand elle les retrouva, toujours en tête à tête dans un coin de la salle, elle leur expliqua la situation, et durant un instant, sa mère parut affolée. Avant même qu'Amanda ait pu protester, Jack intervenait :

— Paul a raison. J'ai deux voitures disponibles, juste devant la porte. Dès que ta mère voudra rentrer, je la ferai raccompagner. Cela vous convient-il ? ajouta-t-il en se tournant vers Amanda.

Bien qu'encore surprise par la nouvelle situation, celle-ci ne voulut pas être un fardeau pour sa fille, aussi se contenta-t-elle de dire :

— Je… Cela m'ira très bien… En réalité, vous n'êtes pas obligé de vous donner cette peine, Jack, je peux prendre un taxi. Nous ne sommes qu'à un saut de puce de Bel Air. J'appellerai une voiture.

— Non, répliqua-t-il d'une voix calme et déterminée, vous rentrerez en limousine. Vous n'allez pas courir de risque en prenant un taxi à une heure pareille.

Amanda rit de son ton décidé, puis, touchée de sa prévenance, elle accepta la limousine. Comme elle parlait d'un départ prochain, il se montra si déçu qu'elle en fut embarrassée et voulut bien rester encore un peu. D'ailleurs, elle passait un agréable moment. Comme Matthew détestait les réceptions, ils n'étaient presque jamais sortis. Jan l'embrassa et lui dit au revoir avant d'aller récupérer sa voiture pour rejoindre Paul, puis Jack s'occupa d'Amanda, veillant à ce que son verre soit plein et qu'on lui offre des canapés, avant de la présenter à ses amis, afin qu'elle se sente tout à fait à l'aise parmi eux. Au bout d'un long moment, elle ressentit un choc quand elle s'aperçut qu'elle faisait partie des derniers invités. Il était déjà vingt heures trente.

— Je suis honteuse… Vous allez devoir me chasser pour vous débarrasser de moi ! s'excusa-t-elle.

Comme elle lui tendait la main, il insista pour la raccompagner lui-même en limousine.

— Ne faites pas l'enfant, Amanda, cela ne me dérange pas du tout. Nous appartenons à la même famille, après tout, et par ailleurs, je trouve agréable de pouvoir bavarder avec vous, après toutes ces années. Cela me fait plaisir !

Amanda ne put le convaincre de la laisser rentrer seule, et il donna à Gladdie ses dernières instructions avant de partir. La soirée s'achevait et les amis avec lesquels il avait prévu de dîner étaient déjà au restaurant. Il leur avait dit qu'il les rejoindrait peut-être, mais que mieux valait ne pas trop compter sur lui. Une fois dans la voiture, alors qu'ils remontaient Rodeo Drive, Jack demanda à Amanda si elle accepterait de s'arrêter en route, le temps de manger quelque chose et d'en profiter pour parler de leurs enfants. Elle hésita, persuadée qu'il serait plus raisonnable de rentrer. D'un autre côté, elle n'avait plus à justifier ses allées et venues devant personne, et elle avait un peu faim. De plus, Jack avait raison sur un point : elle s'inquiétait au sujet de Jan et de Paul, et elle se demandait si de son côté il avait remarqué une tension entre eux. Peut-être était-ce la raison de son invitation à dîner. Elle le remercia et accepta l'offre avec reconnaissance.

Il demanda au chauffeur de les conduire à l'Ivy, sur North Robertson Boulevard, et, comme il y était connu, on lui donna une table dans un coin tranquille. Le journaliste George Christy était là, lui aussi, avec un groupe d'amis. Il salua Jack de la main et ouvrit des yeux ronds quand il le vit accompagné d'Amanda Robbins.

Amanda et Jack commandèrent des pâtes et de la salade, puis il engagea la conversation sur des sujets agréables. Comme plus tôt à la boutique, il parla voyages, art, littérature et théâtre. Il connaissait beaucoup de choses et se montrait un interlocuteur spirituel. Amanda se rendit très vite compte qu'il n'était pas simplement le don Juan qu'elle avait imaginé. Enfin, alors qu'on les servait, il aborda la question de leurs enfants.

— Pensez-vous qu'ils s'entendent bien ?

Quoiqu'il eût fait preuve d'une grande aisance, elle le sentait préoccupé. Ils pouvaient maintenant aborder ensemble tous les sujets.

— Je l'ignore, répondit-elle en toute honnêteté. Je me fais du souci pour eux depuis quelque temps, et je me rends compte que je n'ai pas été d'une grande aide pour Jan. J'ai passé l'année repliée sur moi-même, et à présent j'ai le sentiment d'avoir manqué à mes devoirs de mère en ce qui la concerne.

— C'est faux, dit-il avec gentillesse ; vous aviez besoin de temps pour vous reprendre, et l'on n'est pas toujours disponible. Je suis certain qu'elle l'aura compris… C'est quelqu'un de fantastique. J'espère simplement que Paul la traite bien. Elle n'a pas l'air heureuse.

Amanda poussa un soupir ; il lui déplaisait de dévoiler une confidence de sa fille, mais elle avait envie de partager ce qu'elle savait avec le père de Paul. Ils avaient là une occasion rêvée de rendre service à leurs enfants.

— Je ne voudrais pas trahir un secret, Jack, mais je crois que Jan est très perturbée de ne pas avoir d'enfant.

— Je pensais bien que c'était cela, dit-il, soucieux, en regardant Amanda. Ont-ils vraiment envie d'en avoir un ? Paul ne se confie jamais à moi dans ce domaine.

— Si j'ai bien compris, ils essaient depuis deux ans. Il y a de quoi se décourager.

— Ce peut être aussi très amusant, simple question de point de vue, riposta-t-il avec humour.

Amanda ne put s'empêcher de rire, puis ils reprirent leur sérieux.

— Ils n'ont pas l'air de s'amuser beaucoup, constata-t-elle. Cela dit, ce soir Jan avait l'air d'aller beaucoup mieux que tous ces derniers temps. C'est avec l'impatience d'une jeune fille amoureuse qu'elle est partie chercher Paul.

— Il est possible qu'elle soit simplement soulagée de voir que vous allez mieux, remarqua-t-il avec délicatesse.

Amanda approuva :

— Peut-être bien. La dernière fois que nous avons évoqué le problème, elle voulait que Paul voie un spécialiste, et il s'y refusait.

— Alors, ils ont des problèmes. Croyez-vous qu'il y soit allé entre-temps ?

— Pas à ma connaissance, mais elle, oui.

— Et alors ?

— Je n'ai pas su les détails, admit Amanda, mais ils n'attendent toujours pas d'enfant. Du moins, elle ne m'en a pas parlé.

— Ils nous l'auraient annoncé, si cela avait marché. C'est préoccupant. Je l'ai taquiné de temps à autre sur ce sujet, imbécile que je suis… et maintenant, je vois que je n'aurais pas dû. Je me demande si je parviendrai à aborder le sujet avec lui, conclut-il, songeur.

— Il me semble qu'il s'inquiète beaucoup à propos de son film, suggéra Amanda.

Au cours des trois dernières années, elle avait appris à apprécier Paul, tout comme Jack avait accepté sa fille. Les jeunes gens formaient un couple attachant.

— Paul s'inquiète pour tout, objecta Jack en fronçant les sourcils. C'est dans son caractère, et c'est aussi l'une des raisons de sa réussite dans ce métier. Un jour, il sera l'un des décideurs avec qui il faudra compter. Au contraire de son père, qui a produit quelques-uns des plus mauvais films de tous les temps. Seuls ceux où j'ai joué sont pires. J'ai beaucoup plus de flair en matière de vêtements féminins.

— Je suis sûre que vous péchez par modestie en ce qui concerne vos films, protesta Amanda en riant.

Elle lui confia alors combien elle avait apprécié la boutique :

— Elle est magnifique, Jack. Je reviendrai un après-midi pour y faire des achats.

À sa grande surprise, elle découvrait que Jack était sympathique. Intelligent, averti, c'était aussi un compagnon spirituel, et avec lui, la soirée avait passé très rapidement. À la sortie du restaurant, il lui promit de conseiller à Paul d'aller voir un spécialiste avec Jan.

— Il n'appréciera peut-être pas que je m'en mêle, mais je vais tout de même aborder la question avec lui.

— Je vous en serais très reconnaissante, dit-elle alors qu'ils remontaient dans la limousine.

— Je vous tiendrai informée du déroulement de cet entretien. Songez que si nous nous y prenons bien, nous pourrions devenir grands-parents d'ici l'an prochain, à la même époque. Voilà qui donne à réfléchir. J'aurai soixante ans tout de suite après Noël. Un tel virage est assez angoissant, sans qu'il soit besoin d'y ajouter la menace de petits-enfants. C'est suffisant pour me faire perdre ma réputation.

Amanda fut amusée de l'entendre plaisanter ainsi, mais il redevint grave quand il évoqua à nouveau Dori, l'importance du rôle qu'elle avait tenu dans sa vie et sa décision de ne plus s'impliquer depuis dans une relation suivie avec une femme.

— C'est trop dur, lui dit-il en toute franchise. Je ne veux plus jamais aimer quelqu'un aussi profondément, à l'exception de mes enfants. Quand les femmes qui passent dans ma vie me quittent, je veux pouvoir les saluer de la main et les oublier aussitôt, ne pas pleurer deux ans, ne pas penser à elles avec tristesse jusqu'à la fin de ma vie. Je ne peux me résoudre à recommencer.

— Peut-être n'avez-vous pas encore rencontré celle qui vous la fera oublier, dit Amanda, dont la voix s'adoucit en pensant à Matthew.

Comme elle ne se voyait pas tomber amoureuse de quelqu'un d'autre, elle non plus, elle le lui confia.

— La situation est différente pour vous, remarqua-t-il avec bon sens. Vous êtes demeurée mariée avec le même homme durant vingt-six ans. Vous n'avez pas gaspillé vos chances en courant un peu partout, comme je l'ai fait. Je m'amusais, et je ne cherchais pas plus loin. Vous, vous êtes faite pour partager à nouveau la vie de quelqu'un, car vous appréciez la vie de couple, mais regardez d'abord un peu autour de vous. Vous êtes restée coupée du monde très longtemps. Vous pourriez découvrir que vous l'appréciez, acheva-t-il à voix basse.

— J'en doute, répondit-elle sans détour. Je n'imagine pas que je puisse me laisser à nouveau courtiser par un homme, Jack. Pas après toutes ces années. Je crois que j'ai dépassé cela.

— On ne sait jamais ce que la vie vous réserve, ni qui l'on rencontrera. Parfois, l'existence vous offre un cadeau de manière imprévue – à moins qu'elle vous donne un grand coup de pied quelque part ; c'est tout l'un ou tout l'autre ! De toute façon, ce n'est jamais ce à quoi l'on s'attendait.

Elle acquiesça en souriant, car ses paroles avaient un fond de vérité, puis elle se tourna vers lui pour demander :

— Comment était la mère de Paul ?

Elle l'avait simplement aperçue au mariage ; l'agitation ambiante, la foule des invités et le nombre de détails urgents à régler ne lui avaient pas laissé le temps de s'en faire une idée.

— Barbara ? s'étonna-t-il, car la question le prenait au dépourvu. C'était un monstre. En réalité, c'est elle qui m'a dégoûté du mariage, et je suis certain que si vous l'interrogiez, elle vous en dirait autant à mon propos. Je ne me souviens presque plus de notre vie commune, et c'est fort heureux. Elle m'a quitté voilà dix-neuf ans, et l'an prochain, j'envisage de célébrer mes vingt ans d'indépendance.

À peine eut-il achevé qu'ils éclatèrent de rire.

— Jack, vous êtes aussi incorrigible qu'irrespectueux. Je parie que si la femme de vos rêves passait maintenant devant vous, vous l'épouseriez en un rien de temps. L'ennui, c'est que vous êtes trop occupé à séduire les starlettes et les mannequins pour la trouver.

— Comment le savez-vous ? dit-il, feignant l'innocence.

— Je lis la presse, rétorqua-t-elle, sûre de son fait.

Il eut la bonne grâce de prendre un air contrit durant un instant.

— Quoi qu'il en soit, je puis vous assurer que si je rencontrais la femme idéale, je me dirigerais tout droit vers le gratte-ciel le plus proche et je me jetterais aussitôt dans le vide. J'ai été échaudé. En toute honnêteté, Amanda, je ne pourrais pas recommencer.

— C'est ce que j'éprouve, moi aussi, même si c'est pour d'autres raisons. De toute manière, ce n'est pas un problème pour moi en ce moment, déclara-t-elle, alors qu'ils arrivaient devant sa porte. J'ai passé une soirée très agréable, Jack, et je vous remercie d'avoir pris soin de moi aussi gentiment et de m'avoir emmenée dîner pour parler des enfants.

À ces mots, il eut l'air un peu surpris, mais il acquiesça et lui sourit.

— Je vous appellerai pour vous tenir au courant de ce que Paul m'aura dit, réaffirma-t-il.

Sur un ultime remerciement, Amanda ouvrit sa porte, entra et referma derrière elle. Elle entendit la limousine s'éloigner, au moment où elle allumait les lumières, et fut surprise de constater à quel point elle s'était trompée à propos de Jack. C'était un coureur de jupons, il n'en faisait pas mystère, et pourtant, sa personnalité était beaucoup plus riche qu'elle ne l'avait cru. Elle le trouvait aussi attendrissant qu'un enfant qui aurait fait les quatre cents coups, mais dont le regard désemparé donnerait envie de le serrer contre son cœur. Durant une fraction de seconde, elle crut entendre retentir un signal d'alarme. Des hommes tels que Jack représentaient un danger, même pour les veuves atteignant la cinquantaine, et cependant, elle avait l'impression de n'avoir rien à craindre de lui. Il avait une ribambelle de jolies filles à sa disposition, et elle et lui n'avaient en commun que leurs enfants.

Pourtant, au même instant, tandis que Jack retournait à Rodeo Drive afin de s'assurer que la boutique avait été bien fermée, il se carrait sur le siège arrière de la voiture et fermait les yeux, et la seule image qui lui venait à l'esprit était celle d'Amanda.

4

Amanda n'eut plus de nouvelles de Jan durant quelques jours, mais une semaine après la réception, Jack l'appela. Désireux de discuter avec elle, il l'invitait à venir à la boutique pour déjeuner avec lui dans son bureau. Elle accepta sans hésiter, persuadée qu'il voulait lui apprendre du nouveau sur leurs enfants.

Dès son arrivée, il l'emmena à l'étage et la fit entrer dans la salle de réunion, voisine de son bureau, où la table avait été couverte d'une nappe blanche amidonnée et de serviettes assorties. On les laissa seuls déguster du caviar, puis une salade de crabe, le tout accompagné de Champagne – un déjeuner très raffiné.

— C'est là votre menu habituel ? lui demanda-t-elle d'un ton ironique.

Il répondit qu'il ne s'attablait ainsi que les jours où il voulait impressionner l'un de ses invités.

— Alors considérez-moi comme une invitée impressionnée, car d'ordinaire, je déjeune d'un vulgaire yaourt.

— Eh bien, cela vous réussit, car vous avez une ligne extraordinaire, Amanda.

Elle rougit, puis ils abordèrent les problèmes de leurs enfants. Jack lui apprit qu'il avait déjeuné avec Paul, et qu'il l'avait insensiblement amené sur le sujet. Il lui avait alors demandé pourquoi sa femme et lui n'avaient pas encore d'enfant, et Paul lui avait donné avec franchise une explication voisine de celle fournie par Amanda. Son fils avait admis qu'il ne souhaitait pas voir de médecin. Il trouvait embarrassant d'aborder devant autrui une question qui mettait sa virilité en doute. Toutefois, après leur conversation, et bien qu'il n'en eût guère envie, Paul avait accepté le principe d'une consultation en compagnie de Jan, aussitôt après Noël.

— J'estime que nous avons accompli notre mission, conclut Jack. Nous avons franchi la première étape, en tout cas ; l'opération « petit-fils » vient d'être lancée.

Heureusement surprise des excellents résultats qu'il avait obtenus, ravie qu'il ait pris les choses assez à cœur pour s'investir dans cette affaire, Amanda se cala sur sa chaise et lui adressa un grand sourire.

— Jack, vous êtes étonnant. Je n'arrive pas à le croire. Voilà un an que la pauvre Jan le supplie de se soumettre à des examens et qu'il refuse.

— Il a certainement eu peur de ma réaction. Je l'ai menacé de le déshériter s'il ne faisait rien.

Il lui sourit à son tour, enchanté de voir qu'elle éprouvait pour lui tant de reconnaissance.

— Mes remerciements sont sincères, Jack. Ma petite Jan désire tant avoir un bébé !

— Que croyez-vous qu'il arrivera s'ils n'y parviennent pas ?

Il avait l'air inquiet, et de son côté, Amanda se tourmentait depuis que Jan lui avait appris le refus de Paul d'envisager l'adoption.

— J'imagine qu'il leur faudra procéder par étapes, dit-elle. Ils devraient essayer d'adopter un enfant, si elle ne parvient pas à en concevoir un, bien que j'aie peine à croire qu'aucune des méthodes pour lutter contre la stérilité ne puisse leur venir en aide. Je suis persuadée qu'avec un peu de patience, cette affaire se terminera bien.

— Tout paraît compliqué, de nos jours, vous ne trouvez pas ? Quand j'étais jeune, si un garçon avait de la chance, il lui fallait six mois pour convaincre une fille de passer sur la banquette arrière de la voiture de son père, et on avait l'impression qu'une simple poignée de main suffisait pour qu'elle tombe enceinte. À présent, tout le monde a l'air de suivre un traitement contre la stérilité et d'avoir recours à l'assistance médicale. Il est certain que cela retire une grande partie du plaisir que l'on attend des relations avec une femme.

À ces mots, Amanda éclata de rire. Il était vrai qu'au cours de son mariage avec Matt, elle avait souvent redouté de se retrouver enceinte. Il ne lui restait plus qu'à souhaiter que Paul et Jan aient enfin la chance d'attendre un enfant.

— Je vous tiendrai au courant si j'apprends du nouveau, lui promit Jack.

— Je ferai de même, assura-t-elle.

Il lui proposa alors de faire le tour de la boutique. Elle céda à l'envie d'essayer quelques vêtements, aussi la confia-t-il à son directeur adjoint et à leur meilleure vendeuse. Elle remonta deux heures plus tard dans son bureau pour le remercier.

Il se leva dès qu'elle entra et lui demanda :

— Vous vous êtes bien amusée ?

Elle avait l'air heureuse et détendue, après avoir passé en revue les tentations de Chez Julie.

— Je me suis beaucoup amusée, en effet, et j'ai acheté une demi-douzaine des superbes maillots de votre ligne « croisière », pour l'été prochain.

Elle avait été séduite aussi par plusieurs belles chemises de nuit, une robe et un sac noir en crocodile.

— J'ai pris tout ce qui me tombait sous les yeux, ajouta-t-elle, un peu embarrassée. Je n'ai jamais commis de telles extravagances de toute ma vie, mais j'avoue que j'y ai pris un plaisir extrême.

Elle rit en avouant sa faiblesse, et Jack fut frappé de sa beauté ; il se demanda s'il ne pourrait pas l'inviter à dîner.

— Aimez-vous la cuisine thaïlandaise ? l'interrogea-t-il à brûle-pourpoint.

— Pourquoi ? Vous vendez aussi des plats thaïlandais ? Y aurait-il un rayon traiteur qui ait échappé à mon attention ?

Et comme elle riait à nouveau aux éclats, elle lui parut séduisante, jeune et heureuse.

— Eh bien, oui. Je vais vous montrer où nous les conservons, dit-il d'un ton persuasif. On les stocke dans un autre de nos points de vente, et pour y parvenir, il faut que vous montiez dans ma voiture.

— Ah ! quel effroyable menteur vous êtes, Jack. Vous êtes en train d'essayer de me kidnapper afin d'obtenir une rançon, je le sens.

— Quelle excellente idée ! s'exclama-t-il en riant avec elle. Quelles sont mes chances ?

— Maintenant ? Ce soir ?

Il était déjà dix-sept heures trente, mais la boutique demeurait ouverte jusqu'à vingt et une heures, afin que les clients puissent faire leurs achats de Noël.

— Vous m'avez invitée à déjeuner aujourd'hui ; vous n'êtes donc pas tenu de m'inviter ce soir aussi. J'ai une autre idée. Pourquoi ne feriez-vous pas un saut chez moi, un peu plus tard ? Je vous préparerais à dîner. Rien d'extraordinaire – à la fortune du pot.

— J'en serais ravi, dit-il en promettant aussitôt d'être chez elle à sept heures pour l'aider.

À peine fut-elle partie qu'il téléphona pour annuler un rendez-vous pris depuis des semaines pour la soirée. Il prétendit avoir la grippe, mais la jeune femme qu'il appelait se mit à rire. Elle le connaissait mieux qu'il ne le croyait.

— Comment s'appelle-t-elle ? demanda-t-elle pour le taquiner.

— Pourquoi crois-tu qu'il s'agit d'une autre femme ?

— Parce que tu n'es pas homosexuel et que tu n'as sans doute pas eu la grippe depuis l'âge de deux ans. À t'entendre, tu as l'air en parfaite santé, Jack… Bonne chance avec Miss Machintrucchouette…

Il savait qu'elle voyait également quelqu'un d'autre, et il lui fut reconnaissant de se montrer aussi compréhensive.

Il arriva à la porte d'Amanda à sept heures précises. Elle portait un pantalon gris et un twin-set bleu pâle, avec un rang de perles, et si elle n'avait eu un tablier, on l'aurait prise pour une jeune fille de bonne famille.

— Vous donnez là une belle image de la femme au foyer, commenta-t-il, tout en posant sur une table une bouteille de vin d'un grand cru.

La remarque la fit rire.

— Je l'espère bien, après vingt-six ans de mariage.

— Vous savez, je ne vous avais encore jamais imaginée en femme d'intérieur, avoua-t-il alors qu'il la suivait dans la cuisine et qu'elle le remerciait pour la bouteille. Je n'ai jamais vu en vous que la star de cinéma. Il est difficile d'oublier combien vous avez été célèbre. Vous n'avez d'ailleurs pas changé, et dans mon esprit, vous êtes demeurée Amanda Robbins.

— Même si beaucoup continuaient à me donner ce nom, Matt détestait qu'on m'appelle ainsi, dit-elle sobrement.

— Est-ce la raison pour laquelle vous n'avez jamais recommencé à tourner ? demanda-t-il, curieux.

— Sans doute. Matt ne m'aurait de toute façon jamais laissée retourner sur un plateau. Nous en avons beaucoup parlé avant de nous marier. Je n'étais pas depuis longtemps dans le métier, à l'époque, et cependant, j'étais déjà prête à renoncer... à mener une existence plus intéressante... auprès d'un homme que j'aimerais et de nos enfants.

— Est-ce que cela a été une meilleure vie ? Avez-vous été heureuse ? insista-t-il sans la quitter des yeux.

— J'ai beaucoup aimé pouvoir élever mes filles et vivre auprès de Matt. Ce fut une forme d'existence très satisfaisante, admit-elle, l'air pensive. Il est d'autant plus difficile d'accepter que tout se soit terminé de façon aussi brutale. Un jour, il est sorti de la maison une raquette de tennis à la main, et deux heures après, il était parti pour toujours. J'ai de la peine à m'y résigner.

Jack hocha la tête, puis fit remarquer :

— Vous savez au moins qu'il n'a pas souffert.

— C'est vrai, bien entendu, mais nous, nous avons beaucoup souffert. Je n'étais pas du tout préparée à sa disparition. Il était encore jeune. Nous ne parlions jamais de ce qui se passerait si l'un de nous deux mourait. Nous n'avions jamais pris le temps d'y réfléchir ni de nous dire adieu...

Comme ses yeux s'emplissaient de larmes, elle se détourna.

Aussitôt, Jack s'approcha d'elle et la prit par les épaules.

— Ne vous défendez pas... Je sais ce que c'est... Il m'est arrivé la même chose avec Dori. Elle a eu un accident de voiture, alors qu'elle venait me rejoindre. Le véhicule d'en face l'a heurtée de plein fouet, et elle n'a pas dû avoir vraiment conscience de ce qui lui arrivait. J'ai eu l'impression que c'était moi que le maudit camion avait touché. Durant longtemps, j'ai regretté qu'il ne l'ait pas fait. Je m'en voulais de toutes mes forces de n'avoir pas été à la place de Dori... Je me sentais si coupable...

— Moi aussi, reconnut Amanda en le regardant.

Il avait des yeux bruns pleins de bonté et des cheveux blonds qui commençaient à grisonner. Il était très beau.

— Toute l'année, poursuivit-elle, j'ai souvent regretté de ne pas être morte. Depuis une ou deux semaines, pourtant, je m'aperçois que je suis tout de même contente d'avoir survécu. Je prends plaisir à voir mes filles et à accomplir de petites choses... Il est curieux de constater qu'il suffit que s'opère un léger changement pour qu'on perçoive une différence.

Il acquiesça, puis prit l'un des tabliers d'Amanda et le noua autour de sa taille pour protéger son chandail à col roulé noir et son pantalon.

— Très bien, dit-il, trêve de graves considérations. Qu'y a-t-il au menu ? Voulez-vous que je découpe, hache menu, râpe, réduise quelque chose en purée ou préférez-vous me voir boire tranquillement un verre dans un coin de votre cuisine ? Il en sera comme vous voudrez.

Elle eut un rire léger, tandis qu'il la contemplait avec amusement. Il était si facile à vivre...

— Pourquoi ne pas vous asseoir et vous détendre ? proposa-t-elle. Tout est déjà prêt ou presque.

Elle lui servit un verre de vin, jeta un coup d'œil sur ce qui cuisait, mit en route la viande, et un quart d'heure plus tard, ils dégustaient des steaks, avec des pommes de terre au four et de la salade. Ils parlèrent des heures durant, assis à la table de la cuisine, puis passèrent au salon, et il examina quelques-unes des photographies qu'elle y conservait. Ils formaient une belle famille. Matt paraissait collet monté, et Amanda éclatante.

— Quel dommage que vos filles et vous soyez aussi vilaines…

— Vos enfants sont tout aussi réussis que les miens, le complimenta-t-elle, ce qui le fit sourire.

— Il se trouve par hasard que nous sommes tous bien faits de notre personne. Tout le monde est beau, à Los Angeles. Ici on oblige les gens laids à aller s'installer dans un autre État, une autre ville ou bien on leur fait franchir la frontière mexicaine à minuit. On les rassemble et on les emmène, et plus personne ne les revoit jamais… hop… plus de gens laids à l'horizon.

Il prenait tant de plaisir à plaisanter qu'elle comprenait pourquoi il avait du succès auprès des femmes.

— Vous ne vous en lassez jamais ? dit-elle de but en blanc, estimant qu'ils étaient amis, à présent. Je veux dire de toutes ces femmes qui se succèdent dans votre vie. Il me semble que ce doit être épuisant de se trouver sans cesse en face de parfaites étrangères. Je ne m'imagine pas dans une situation comme celle-là, obligée de recommencer tout à zéro, à chaque fois, de poser ces ennuyeuses questions…

— Stop ! gronda-t-il en levant une main pour l'arrêter. Vous êtes en train de réduire à néant mon mode de vie. Si vous me demandez de tout remettre en question, je n'en serais peut-être pas capable. C'est une façon de ne pas m'investir, voilà tout. Je n'ai pas éprouvé le besoin de m'engager davantage depuis Dori.

— J'aimerais mieux regarder la télévision ou lire un livre, lui déclara Amanda tout à trac, ce qui le mit en joie.

— Eh bien, voyez-vous… c'est là sans doute que réside la différence entre les hommes et les femmes. Jusqu'ici, s'il avait fallu choisir entre un livre, la télévision ou les femmes, j'aurais choisi les femmes. Pourtant, si vous m'obligez à regarder les choses en face, il est possible que j'aille acheter un nouveau poste de télévision dès demain matin.

— Vous êtes un cas désespéré.

— Rien n'est plus vrai. On m'a toujours dit que cela faisait partie de mon charme, mais je me rends compte que ce pourrait être désormais considéré comme un défaut. Je ne devrais peut-être pas m'appesantir là-dessus davantage.

Ils évoquèrent ensuite leurs familles d'origine, leurs rêves de jeunesse, la carrière qu'ils avaient choisie, puis ils revinrent à leurs enfants. La soirée passa comme un éclair, et il était plus de minuit quand il la quitta. Il attendit neuf heures, le lendemain matin, pour l'appeler afin de la remercier de son dîner. Elle dormait encore.

— Est-ce que je vous réveille ? demanda-t-il, surpris.

Il était persuadé qu'elle était une lève-tôt, et en temps normal, elle l'était en effet, mais elle avait veillé tard pour lire, et en fait, elle avait pensé à lui.

— Non, pas du tout, affirma-t-elle avec audace. J'étais debout.

Elle jeta un coup d'œil au réveil, étonnée de voir l'heure qu'il était. Elle avait un rendez-vous chez son dentiste, et elle allait le rater.

— Vous me racontez des histoires, dit Jack tandis qu'un sourire éclairait son visage. Vous dormiez du sommeil du juste et je vous en ai tirée. Ah, quelle existence que celle des gens riches et indolents… Moi, je suis à mon bureau depuis huit heures trente.

Il devait passer un certain nombre de coups de fil en Europe, où le décalage horaire était de neuf heures.

Cependant, comme l'image d'Amanda le hantait, il avait cédé à une impulsion et formé son numéro. À présent qu'il entendait sa voix, il se trouvait soudain dans un état de grande nervosité.

— Que diriez-vous de dîner avec moi, ce soir ? proposa-t-il sans autre préambule.

Amanda écarquilla les yeux et se demanda si elle avait bien entendu. Elle était invitée le lendemain, mais ce jour-là elle n'avait rien de prévu.

— Ce soir ? Je… N'allez-vous pas vous fatiguer de me voir ?

— Je ne crois pas que ce soit possible, et puis nous avons beaucoup à rattraper, vous ne trouvez pas ?

— À quoi songez-vous, par exemple ?

Elle était allongée sur le dos, et se souvenait avec une grande précision de son visage.

— À l'histoire de notre vie, à nous deux. Comme cela représente cent dix ans, il faut un certain temps pour tout raconter, et j'ai pensé que nous devrions nous y consacrer avec assiduité, même si nous avons bien commencé, hier soir.

— Est-ce donc ainsi que vous procédez ? dit-elle avec un léger rire. Vous déployez tout ce charme ? Cent dix ans d'histoire… Quelle curieuse façon de l'envisager ! Eh bien, c'est entendu, si vous présentez les choses de cette manière, mieux vaut que nous nous penchions sur le passé. Et qu'avez-vous prévu ?

— Que diriez-vous d'un dîner à l'Orangerie ? Je passerai vous prendre à dix-neuf heures trente.

— Parfait. Je serai prête.

Pourtant, à peine avait-elle raccroché qu'elle regretta sa décision. Elle se redressa dans son lit, puis jeta un coup d'œil circulaire à la chambre qu'elle avait partagée avec son mari. Qu'était-elle en train de faire ? Allait-elle devenir la énième conquête de Jack ? Elle se leva d'un bond pour annuler... Mais, quand elle eut le numéro de la boutique, Gladdie lui apprit que Jack était en réunion, et qu'elle ne pouvait que lui transmettre un message. Aux yeux d'Amanda, procéder de cette manière indirecte pour refuser un dîner était un véritable manque de savoir-vivre, aussi prétendit-elle que son appel était sans importance. Jack la rappela pourtant à midi, et dès qu'elle répondit, elle sentit qu'il était inquiet.

— Il s'est produit quelque chose ? Vous allez bien ? dit-il.

Il semblait s'intéresser si vivement à elle qu'Amanda en perdit plus encore son assurance.

— Je vais bien... Je me disais simplement... Ah, je ne sais pas, Jack, je me suis trouvée stupide d'avoir accepté, tout à coup. Je ne tiens pas à être une de vos conquêtes, vous comprenez. Je suis une femme mariée... du moins, je l'étais... et je le reste encore dans mon esprit. Je m'interroge sur ce qui me pousse à vous voir et à quel jeu je suis en train de jouer. Je n'arrive pas à me décider à enlever mon alliance, et voilà que je me retrouve en train de dîner avec vous tous les soirs. Je ne sais pas où cela m'entraîne.

Elle donnait l'impression d'être épuisée. À l'autre bout du fil, Jack se voulut rassurant :

— J'ignore où cela nous mène, moi aussi. Et si cela peut vous réconforter, je rachèterai une alliance, de mon côté, pour que nous soyons à égalité. Les gens croiront que nous trompons nos conjoints respectifs. Je sais que j'éprouve plus de plaisir en votre compagnie que je n'en ai connu depuis des années, et peut-être même de toute ma vie. C'est tout ce que je peux vous dire. Soudain, l'existence que je mène depuis vingt ans me semble d'aussi bon goût qu'une bande dessinée de *Play-boy*. J'en suis embarrassé, je voudrais m'en débarrasser, et j'avoue que je souhaiterais devenir le genre d'homme avec qui vous seriez fière d'être vue, car de mon côté, je suis fier comme Artaban quand je suis avec vous.

Elle lui répondit avec douceur :

— Je ne me sens pas prête à établir des relations suivies avec qui que ce soit, ni à me laisser faire la cour. J'ai perdu Matt il y a un an à peine, et je ne vois pas très bien ce que je peux avoir en commun avec vous. J'aime bien vous parler… et je ne tiens pas à cesser de vous voir, mais nous devrions peut-être l'envisager. Ne croyez-vous pas qu'il serait préférable d'annuler le dîner de ce soir ? N'avez-vous pas le sentiment que tout ceci est inconvenant ?

Elle avait l'air si tourmentée qu'il n'avait plus qu'un désir, la serrer contre lui.

— Absolument pas, lui répondit-il avec tendresse. Nous n'allons rien faire qui vous déplaise. Nous nous contenterons de parler de nos enfants et d'apprécier la compagnie l'un de l'autre. Inutile d'envisager d'aller plus loin pour le moment.

Il lui en coûtait beaucoup de prononcer de telles paroles, mais il ne voulait ni l'effrayer ni la perdre. Soudain, il lui importait beaucoup de continuer à la voir. Comme l'Orangerie était l'un des meilleurs restaurants de Los Angeles et qu'ils n'y passeraient pas inaperçus, une idée lui traversa l'esprit :

— Et si nous dînions dans un endroit plus discret ? Que diriez-vous d'un bistrot ou même d'une pizzeria ?

— Cela me plairait infiniment, Jack. Je regrette de paraître aussi lunatique. Pour tout vous dire, je ne m'attendais pas à ce que nous nous liions d'amitié… pas de cette manière, en tous les cas.

Elle eut un petit rire nerveux, et il chercha aussitôt à calmer ses inquiétudes.

— Je passerai vous prendre. Vous pourrez mettre des jeans, si vous voulez.

— Parfait.

Elle le prit au mot, car quand il arriva, elle portait un confortable sweater en angora rose sur des jeans d'un bleu délavé, qui moulaient parfaitement les courbes de son admirable silhouette. Jack mourait d'envie de lui dire combien il la trouvait charmante, mais il s'en abstint de crainte de l'effaroucher.

Ils roulèrent en direction de La Cienega Boulevard, et s'arrêtèrent devant un petit restaurant qu'Amanda n'avait jamais remarqué auparavant. Ils étaient lancés dans une conversation animée, mais à peine eurent-ils poussé la porte qu'Amanda saisit le bras de Jack et tourna vers lui un regard terrifié.

— Que se passe-t-il ?

Si son mari avait été encore en vie, il aurait juré qu'elle venait de l'apercevoir avec une autre femme, mais il n'y avait là qu'un jeune couple. Amanda sortit aussitôt et l'attendit sur le trottoir, le cœur battant.

— Qui était-ce donc ? insista-t-il.

— Ma fille Louise et son mari, Jerry.

— Ah, mon Dieu, quelle importance ! N'avons-nous pas le droit de dîner ? Nous sommes correctement vêtus, que je sache…

Il s'efforçait de prendre les choses à la légère, mais Amanda était sur le point de fuir, et il ne voulait pas qu'elle le quitte. Ils regagnèrent la voiture, et une fois en sécurité à l'intérieur, revinrent un peu plus longuement sur le sujet.

— Louise ne comprendrait pas.

— Pour l'amour du ciel, elle est adulte ! Qu'est-ce que vos filles attendent donc de vous ? Que vous restiez à la maison jusqu'à la fin de vos jours ? Je suis le beau-père de Jan, et donc inoffensif.

Son air faussement innocent fit rire Amanda.

— Vous êtes tout sauf inoffensif, et vous le savez très bien. Mes filles vous prennent d'ailleurs pour un coureur de jupons invétéré.

— Voilà qui est gentil… J'espère que Jan n'a pas une telle opinion de moi… Enfin, si j'y réfléchis, peut-être qu'elle le pense. Il est même vraisemblable que je l'ai été pas mal de temps. Néanmoins, il n'est pas impossible que je change. Est-ce que cela me rachètera à leurs yeux ?

— Non, et sûrement pas ce soir. Il vaudrait peut-être mieux que je rentre.

— Je vais vous dire ce qu'on va faire. On va aller chez Johnny Rocket.

Elle sourit à cette proposition. L'endroit était réputé auprès des jeunes pour la qualité de ses hamburgers et de ses milk-shakes, tout à fait comparables à ceux qu'ils avaient eux-mêmes appréciés à la fin des années cinquante.

Une fois là, ils prirent place au comptoir, choisirent des saucisses avec un assaisonnement pimenté au chili, des frites croustillantes, et burent du lait aromatisé avec une boule de glace battue. Avant même qu'on ne leur ait servi du café, Amanda avait retrouvé son sens de l'humour.

— Est-ce que j'ai eu l'air d'une parfaite idiote en fuyant, tout à l'heure ?

On aurait dit une toute jeune fille qui ne se pardonnait pas un faux pas, mais Jack aimait tout chez elle, y compris ses maladresses.

— Non, vous aviez l'air d'une femme mariée qui sort avec un autre homme, et qui vient de reconnaître son mari.

— C'est tout à fait ce que j'ai ressenti, convint-elle en cherchant son regard. Jack, je ne peux supporter ces parties de cache-cache. Je crois que vous devriez retourner à vos top-models ; vous auriez beaucoup moins de problèmes avec elles, croyez-moi.

— J'estime que dans ce domaine, c'est à moi de décider.

Et sans plus attendre, il lui demanda quels étaient ses projets pour Noël, qui tombait la semaine suivante.

— Mes filles viendront chez moi la veille de Noël, comme tous les ans. Et cette année, le déjeuner de Noël aura lieu chez Louise. Et vous ? Que faites-vous ?

— D'habitude, je dors… C'est vrai, je reste couché. Noël est un véritable cauchemar pour les commerçants. Nous restons ouverts jusqu'à minuit pour servir les clients qui ne pensent à acheter leurs cadeaux qu'à partir de neuf heures du soir ; les maris, en général. On jurerait qu'ils perdent leur calendrier et qu'ils découvrent en fin d'après-midi qu'on est à la veille de Noël ! Je me charge de la fermeture, et quand je rentre chez moi, je dors deux jours d'affilée. Cela me convient très bien. Mais je me demandais si vous n'accepteriez pas de venir skier avec moi, le lendemain. Vous savez, des chambres séparées, en tout bien tout honneur…

— Je ne pense pas que je puisse accepter. Si quelqu'un me voyait ? Cela ne fait pas un an encore…

— Et quand cette année de deuil prendra-t-elle fin ?

— Le 4 janvier, répondit-elle d'un ton solennel. Du reste, je ne suis pas une très bonne skieuse.

— Je pensais simplement que cela vous ferait du bien de respirer un peu d'air frais, de quitter la ville. Nous pourrions monter en voiture au lac Tahoe ou nous arrêter à San Francisco.

— Un jour, peut-être, répondit-elle, l'air vague.

Il acquiesça, car il sentait qu'il la pressait trop. Elle n'était pas encore prête.

— N'en parlons plus. Pourquoi ne viendriez-vous pas à la boutique, un jour prochain ? Je serai là toute la semaine. Nous pourrions déguster du caviar dans mon bureau ?

L'invitation la fit sourire. En dépit de sa réputation de séducteur et du fait qu'elle n'était pas disposée à partir en week-end avec lui, elle le trouvait sympathique, car il paraissait comprendre la moindre de ses réactions. Il y avait dans sa nature un côté chaleureux, attentif aux autres, qui la prenait au dépourvu. Il était plus jeune d'esprit que Matt et elle découvrait qu'elle appréciait vivement sa compagnie.

Ils abordèrent d'ailleurs la question sur le chemin du retour. Il lui confia qu'il la trouvait bien différente de ce qu'il avait cru. Elle était amusante, généreuse, ouverte, compatissante, mais aussi très vulnérable. Ses moindres faits et gestes lui donnaient envie de la protéger.

— Accepteriez-vous que nous restions simplement amis durant quelque temps… et peut-être même toujours ? voulut-elle savoir. J'ignore si je serai un jour à même d'établir à nouveau des relations plus étroites. Je ne suis pas certaine d'y parvenir.

— Personne ne vous demande de prendre une telle décision, dit-il, raisonnable, empêchant ainsi Amanda de se sentir coupable.

Elle le fit entrer, et ils burent de la menthe dans sa cuisine, puis il alluma un feu dans la cheminée du salon, et ils discutèrent longtemps sur ce qui comptait pour eux. Quand il prit congé, il était deux heures du matin, et Amanda se demanda pourquoi elle ne voyait pas les heures passer quand ils étaient ensemble. Le lendemain, il fut très pris à la boutique, et de son côté, elle passa la journée à préparer Noël, bien qu'elle eût déjà acheté le sapin. Le soir venu, elle était en train de le décorer quand Jack l'appela.

— Que faites-vous ? lui demanda-t-il d'une voix lasse, car il venait de passer douze heures au magasin.

— Je décore le sapin, lui dit-elle.

Elle paraissait triste ; elle avait mis un disque de chants de Noël, mais cela n'avait fait qu'accroître sa nostalgie. C'était le premier Noël depuis son veuvage.

— Voulez-vous que je passe chez vous ? Je quitte la boutique dans une demi-heure, et votre maison est sur ma route. J'aimerais beaucoup vous voir.

— Je ne crois pas que nous le devrions, répondit-elle en toute bonne foi.

Elle avait encore besoin de temps pour se recueillir, et ce moment particulier était l'un de ceux qui incitaient à une méditation solitaire. Pourtant, ils poursuivirent la conversation quelque temps encore, et quand il raccrocha, elle se sentait mieux. Jack, pour sa part, était déprimé, car la solitude lui pesait plus encore. Il se demandait si Amanda allait se résigner à oublier Matt et accepter que quelqu'un d'autre brise le mur qu'elle avait érigé autour d'elle. Il sentait qu'il avait brièvement touché son cœur, mais qu'elle redoutait de le laisser approcher davantage.

Il passa au ralenti devant sa porte et aperçut les guirlandes de l'arbre qui scintillaient, mais non la silhouette d'Amanda. Au même moment, elle pleurait dans sa chambre, car elle avait désespérément peur de tomber amoureuse de lui, et elle tenait par-dessus tout à ne pas trahir la mémoire de Matthew. Après vingt-six ans d'union, il n'était pas concevable qu'elle tombe amoureuse du premier homme qu'elle croisait, aussi séduisant fût-il. Que se passerait-il s'il la traitait comme l'une de celles qu'il avait l'habitude de fréquenter ? Elle se discréditerait pour rien. Or, par respect pour Matthew comme pour elle-même, elle savait qu'elle ne devait pas permettre que sa réputation soit ternie.

Une fois chez lui, Jack composa son numéro, mais elle sut d'instinct que c'était lui et ne décrocha pas. Elle souhaitait que cette aventure se termine avant même d'avoir commencé.

Quand elle éteignit les lumières avant d'aller se coucher, elle laissa le disque tourner, et tandis que *Douce Nuit* résonnait à travers la maison, elle versa des larmes sur deux hommes, le premier, parce qu'elle l'avait aimé très longtemps, et le second, parce qu'elle croyait ne l'aimer jamais. Il aurait été difficile, à cet instant, de préciser quel était celui qui lui causait la douleur la plus vive ou qu'elle désirait le plus ardemment revoir.

5

Jack ne l'appela qu'une ou deux fois durant les jours qui suivirent. Il devinait la crise qu'elle traversait et savait d'expérience combien la période des fêtes était alors pénible. Dori était morte en novembre, et il n'avait cessé de boire entre Noël et le jour de l'An.

Il eut la sagesse de laisser Amanda résoudre seule son dilemme, et le matin de Noël, il lui fit livrer un cadeau – un dessin du XVIIIe siècle, représentant un ange, qu'elle avait admiré à la boutique. Il y avait joint une carte, où il lui disait qu'il espérait qu'un ange veillerait sur elle en ce jour de Noël et jusqu'à la fin des temps. Il avait simplement signé « Jack ». Extrêmement touchée, elle le remercia un peu plus tard. Elle se montra plus distante, mais aussi plus calme qu'auparavant. Il était manifeste qu'elle allait sortir de la confusion de sentiments qui l'agitait. Et bien que Jack eût été heureux de l'entendre, il prit garde à ne pas l'effrayer en étant trop familier avec elle. De toute façon, dans l'immédiat sa boutique réclamait toute son énergie. Ils avaient dû résoudre les problèmes habituels en cas de forte affluence, un vol, un évanouissement, des enfants perdus, bref le cortège classique des tracas de la fin de l'année. On avait même égaré la robe pailletée d'or d'une grande vedette, avant de la retrouver par miracle, et deux femmes célèbres s'étaient violemment prises à partie à propos d'un homme au rayon des parfums. Les fêtes avaient donc apporté leur lot coutumier d'émotions.

— J'espère que vous passerez une bonne soirée avec vos filles. Je sais combien Matt va vous manquer.

— C'est toujours lui qui découpait la dinde, dit-elle avec nostalgie.

Elle lui paraissait si fragile qu'il aurait donné tout au monde pour la serrer contre lui.

— Demandez donc à Paul de s'en charger, dit-il à voix basse. Je lui ai appris tout ce que je savais en la matière.

Ces propos arrachèrent un sourire à Amanda, et elle voulut savoir s'il avait eu d'autres nouvelles au sujet de son fils. Jack lui répondit que Paul avait toujours rendez-vous avec un spécialiste entre les deux fêtes, puis il conclut, plein d'espoir :

— J'espère que ces examens aboutiront à une solution positive.

— Moi aussi, convint-elle.

Elle regretta soudain de ne pas l'avoir invité pour le réveillon, mais ses filles se seraient demandé ce qu'il faisait là. De toute manière, il n'aurait pu quitter la boutique assez tôt, alors à quoi cela aurait-il rimé de lui proposer de se joindre à eux ? Du reste, elle avait décidé qu'elle n'aurait plus de relations avec lui par la suite. Et tout en l'écoutant, Jack comprit qu'elle allait prendre ses distances avec lui. Il fut tenté d'appeler une amie pour qu'elle vienne passer avec lui le réveillon du Nouvel An, mais pour une fois, cette idée ne lui plut pas. Il avait réservé une chambre dans Tune des stations de ski de la région du lac Tahoe pour le lendemain de Noël, et il l'occuperait tout seul.

— Joyeux Noël, Amanda, dit-il, avant de raccrocher.

Il demeura un long moment assis dans son bureau à songer à elle. Il n'avait jamais rencontré de femme qui lui ressemblât. Au cours de la soirée, tandis qu'il faisait le tour du magasin, aidant les clients chaque fois qu'il le fallait, il les imagina tous en train de partager la dinde auprès de l'arbre, les petits-enfants, les deux filles et les gendres d'Amanda, dont son propre fils, et pour la première fois, il prit conscience du désert qu'était sa propre existence. Il avait passé la dernière décennie à séduire des filles à la jolie poitrine et au corps parfait, et quel souvenir en avait-il conservé ? Absolument aucun.

— Vous ne donnez pas l'impression d'être heureux, remarqua Gladdie avant de partir. Vous n'avez pas de problème ? Les enfants vont bien ?

Il lui avait offert un très beau manteau en cachemire et une grosse prime. Mais elle se souvenait qu'il avait appelé la belle-mère de Paul à plusieurs reprises et elle se demandait s'il n'était pas souffrant ou si le mariage du jeune couple ne battait pas de l'aile. Jack s'était délibérément abstenu de l'éclairer davantage.

— Non, je vais bien, mentit-il.

« Si ce n'est que j'ai gaspillé ma vie, que la seule femme que j'aie aimée jusqu'ici est morte il y a treize ans, et que la femme la plus intéressante que j'aie jamais rencontrée entend s'immoler sur la tombe de son mari. Tout cela est sans importance, Gladdie. Joyeux Noël. »

— Et que faites-vous ce soir ? s'enquit-il d'un ton enjoué, alors qu'elle enfilait avec plaisir son nouveau manteau bleu lavande.

— Je vais dormir avec mon mari. Je vous le jure. Le pauvre homme ne m'a pratiquement pas vue depuis six semaines, et ce régime va encore durer une semaine.

— Vous devriez vous arrêter deux jours ; vous l'avez bien mérité.

— Je verrai si c'est possible quand vous serez à Tahoe.

Mais il savait qu'elle n'en ferait rien. Elle était toujours là. Elle était le seul membre du personnel qui travaillât au moins aussi dur que lui.

Ainsi qu'il le faisait chaque année, il resta jusqu'à une heure du matin et fit la fermeture avec le veilleur de nuit.

— Joyeux Noël, monsieur Watson.

— Merci, Harry, vous aussi.

Il salua l'employé de la main, et se glissa avec peine derrière le volant de sa Ferrari rouge. Une fois chez lui, pourtant, en dépit de sa grande fatigue, il ne parvint pas à s'endormir. Il regarda un peu la télévision, puis pensa appeler l'une de ses ex-petites amies, mais il était alors trois heures du matin, et pour une raison indéfinissable, il lui sembla que le temps où il menait ce genre de vie était révolu. Aucune de ces filles ne l'attirait. Il n'y avait plus au monde de jambes assez longues, de poitrines assez voluptueuses ou de peaux assez douces pour le séduire.

— Seigneur, je suis peut-être déjà en train de mourir ! ironisa-t-il à son adresse, avant de s'allonger.

Il était possible que ce changement soit dû au passage du cap de la soixantaine, et pas seulement à sa rencontre avec Amanda. On sait bien que les vieux fous sont plus fous que les jeunes, et il n'avait pas fait preuve de beaucoup de bon sens.

Il dormit jusqu'à midi et composa le numéro d'Amanda, mais elle était déjà partie. Elle se trouvait chez Louise, où elle partageait une autre dinde. Il roula vers le nord de Los Angeles jusqu'à un traiteur chinois chez qui il acheta quelques plats, puis revint les manger sur son lit défait, tout en suivant un match de football.

Il savait qu'Amanda serait de retour chez elle dans la soirée, mais n'osa l'appeler. Que lui aurait-il dit ? Êtes-vous remise de la perte de votre mari ? Soudain, il se trouva stupide de la harceler. Cependant, il se tourna et retourna dans son lit toute la nuit en pensant à elle.

Enfin, au matin, il n'y tint plus et la rappela. Il allait partir pour Tahoe l'après-midi même, et cependant, quand elle décrocha, il lui demanda s'il pouvait passer chez elle boire un café. Elle parut surprise et un peu inquiète, et malgré cela, accepta aussitôt. Bien qu'elle ne l'eût pas pensé sérieusement, il était possible qu'il veuille lui parler de Paul ou de Jan. Et à une heure, quand elle lui ouvrit et aperçut son visage, elle sut aussitôt que sa visite n'avait rien à voir avec leurs enfants.

— Vous êtes fatigué, remarqua-t-elle, soucieuse.

— C'est vrai. Je ne dors plus. Le cap de la soixantaine est plus difficile à franchir que prévu, dit-il avec un sourire de dérision ; je crois que je commence à perdre la tête.

— Comment cela ?

Il la suivit et ils passèrent dans sa confortable cuisine. Comme elle venait de préparer le café, elle lui en servit une tasse et ils prirent place autour de la table.

Jack la regarda et l'interrogea sans ambages :

— Je vous ai ennuyée, n'est-ce pas ? Les don Juan ne se reconvertissent pas aussi facilement qu'on pourrait le croire, je suppose. Je me suis un peu trop précipité, et si je vous ai embarrassée, croyez que j'en suis désolé, car cela n'a jamais été dans mes intentions.

Il semblait très malheureux en prononçant ces mots.

— Je sais à quel point cette période est difficile pour vous, reprit-il, et si j'ai aggravé la situation, je le regrette.

— Ce n'est pas le cas, Jack, l'interrompit-elle avec douceur, en plongeant ses yeux dans les siens.

Il lut dans son regard qu'elle était aussi malheureuse que lui, et si déchirée qu'elle ne savait plus quel parti prendre.

— Je ne devrais pas vous l'avouer, et pourtant vous m'avez manqué, reconnut-elle.

Il s'efforça de garder son calme, mais à ces mots, son cœur bondit.

— Vraiment ? Et quand cela ?

— Depuis quelques jours. Cela me manquait de ne plus vous parler et de ne plus vous voir. Pour être franche, je ne sais plus où j'en suis.

— Moi non plus. Je me suis comporté comme un idiot et comme le plus grand des casse-pieds que la terre ait portés. J'ai essayé de vous laisser tranquille, parce que j'en ai conclu que c'était ce que vous souhaitiez.

— C'est juste.

Sa voix était tout de même devenue hésitante.

— Et à présent, c'est toujours le cas ? demanda-t-il en retenant son souffle.

— Je l'ignore.

Elle leva vers lui des yeux qui viraient à l'améthyste. Il mourait d'envie de l'embrasser, tout en se rendant compte qu'il ne le devait pas.

— Prenez tout votre temps. Vous n'êtes pas obligée de décider tout de suite. Je suis là et ne disparaîtrai pas…

Puis, se rappelant soudain ses projets, il rectifia :

— Je n'irai pas plus loin que le lac Tahoe.

— Vous y allez maintenant ?

Elle sourit, heureuse d'être en sa compagnie.

— Un peu plus tard. Il faut encore que je passe chez moi pour prendre mes tenues de ski. J'aurais dû préparer mes bagages hier soir, mais j'étais bien trop fatigué.

Elle hocha la tête et ils poursuivirent un peu la conversation. Au bout d'un moment, ils se sentirent à nouveau complices, si bien qu'elle rit de bon cœur quand il lui raconta comment deux de ses clientes s'étaient disputées au sujet de leur petit ami commun.

— Vous imaginez un peu ce que les journaux à scandale en auraient tiré ? Et bien sûr, si la presse s'était emparée de l'affaire, les deux femmes nous auraient accusés d'avoir vendu la mèche. Cela dit, elles l'auraient mérité !

Il ne lui avait pas révélé leurs noms et ne le ferait pas. Il se montrait toujours d'une louable discrétion à propos de la boutique.

— Qu'allez-vous faire ce week-end ? s'enquit-il.

— Pas grand-chose. J'irai peut-être voir mes filles, si elles ne sont pas trop occupées.

Il ne renouvela pas son invitation au lac Tahoe, comprenant qu'elle n'était pas encore prête à partir avec lui.

— Il est possible que j'aille voir un film, poursuivit-elle. Et vous ? Vous emmènerez quelqu'un avec vous ?

Elle voulait se convaincre qu'ils n'étaient que des amis et qu'elle ne serait pas affectée s'il partait aux sports d'hiver avec une autre, mais elle sentait qu'elle se mentait à elle-même.

— Non, je pars seul ; pour skier, c'est préférable.

Las de jouer à ce petit jeu d'esquive avec elle, il lui prit la main et la retint dans la sienne.

— Vous allez me manquer.

Elle acquiesça en silence. Quand elle le regarda, il eut l'impression que ses yeux le brûlaient jusqu'au fond de l'âme.

— Qu'avez-vous prévu pour le Nouvel An ? l'interrogea-t-il.

Elle rit :

— Je ferai comme d'habitude. Matthew détestait la Saint-Sylvestre. Nous allions nous coucher à dix heures du soir, et nous échangions des vœux le lendemain matin.

— Cela m'a l'air fascinant, dit-il avec le sourire.

Curieuse, elle lui retourna la question :

— Et vous ? Vous avez des projets ?

— Cette année, je pense que je ferai à peu près comme vous ; je veillerai peut-être plus tard, à Tahoe.

Soudain, il se risqua :

— D'un autre côté, Amanda… Nous pourrions tenter quelque chose de nouveau. Nous pourrions être ensemble, ici, en amis ?… Nous pourrions aller au cinéma et regarder la télévision tous les deux… Je ne suis pas obligé d'aller travailler, et il n'y a pas de loi qui nous interdise d'être des amis.

— Et votre voyage ?

— J'ai un genou en mauvais état, alors mon orthopédiste vous en serait reconnaissant.

— Et ensuite ? Je veux dire, que va-t-il nous arriver ? C'est cela qui m'inquiète.

Curieusement, elle était d'emblée plus à l'aise quand elle se montrait franche avec lui.

— Nous ne sommes pas forcés d'y penser tout de suite. Ce n'est pas un match où l'on compte les points. Nous avons bien le droit de ne pas passer les vacances de Noël en solitaires. Qu'est-ce que nous cherchons à prouver, et à qui ? À nous-mêmes ? À nos enfants ? À Matt ? Voilà un an que c'est arrivé. Vous avez porté le deuil assez longtemps. Nous avons au moins mérité un peu de sympathie et de réconfort. Que pourrait-il se produire de si terrible si nous allions ensemble au cinéma ?

Il savait se montrer très convaincant.

— Dans une salle de cinéma avec vous ? Tout peut arriver !

— J'irai m'asseoir tout seul au dernier rang, je ne vous approcherai même pas !

— Vous êtes fou !

Elle hocha la tête, le considéra, voulut trouver la force de lui dire non, de le renvoyer, ainsi qu'elle l'aurait dû, mais il émanait de lui un tel charme…

— Je suis parvenu à la même conclusion, hier. Je suis vraiment cinglé. C'en est presque alarmant.

— Moi aussi, je trouve tout ce qui vous concerne alarmant. Si j'avais le moindre bon sens, je vous interdirais ma porte jusqu'au baptême du premier enfant de Paul et de Jan, conclut-elle en riant.

— Cela risque d'être long. Dans le meilleur des cas, il y en aura pour neuf mois… C'est bien long pour se priver de cinéma. Alors, que décidez-vous ?

— Allez au lac Tahoe, et amusez-vous, Jack. Rappelez-moi un de ces jours, à votre retour.

— Très bien, s'inclina-t-il.

Il avait assez d'expérience pour admettre la défaite. Même si cela lui fendait le cœur de devoir la quitter, il se leva.

— Bonne année, murmura-t-il en déposant un baiser sur son front.

Il sortit de la cuisine.

Déjà, il avait gagné la porte principale et l'ouvrait, quand il entendit Amanda prononcer quelques mots. Il se retourna : elle se tenait dans l'embrasure de la cuisine.

— Qu'avez-vous dit ?

Le regard qu'elle lui lança le cloua sur place. Elle avait peur, mais se dominait assez pour donner une impression de grande force intérieure et ses yeux ne le quittaient pas.

— J'ai dit que j'aimerais bien voir un film qui passe au Beverly Center. La séance commence à quatre heures, si vous voulez vous joindre à moi.

— Vous acceptez vraiment ?

— Je crois… J'aimerais bien… Je ne sais pas trop…

— Je passe vous prendre à quinze heures trente. Mettez des jeans. Nous irons dans un restaurant thaïlandais pour le dîner. Entendu ?

Elle approuva, et il retrouva le sourire.

Sans perdre un instant, avant qu'elle n'ait changé d'avis, il rentra chez lui pour annuler sa réservation au lac Tahoe.

6

Les cinq jours qui suivirent leur parurent magiques. Ils eurent l'impression de dériver à travers l'espace, comme si le temps était suspendu. Ils allèrent au cinéma, se promenèrent dans le parc, parlèrent à bâtons rompus ou se contentèrent de demeurer assis l'un près de l'autre, en silence. Il leur semblait n'avoir plus d'obligations. Jack restait simplement en relation par téléphone avec la boutique, sachant que Gladdie s'y trouvait et l'y remplaçait. Pour la première fois depuis des années, Chez Julie n'était plus son premier souci. Il n'avait qu'une envie, demeurer auprès d'Amanda. Il ne lui avait rien dit de sa décision, elle ne l'avait pas interrogé sur sa disponibilité, et ils n'avaient échangé aucune promesse. Ils se contentaient de passer beaucoup de temps ensemble. C'était ce dont ils avaient besoin pour le moment, ce à quoi ils aspiraient le plus.

Jour après jour, Amanda avait l'impression d'aller mieux, et Jack sentait renaître en lui l'homme qu'il avait été au temps où il partageait la vie de Dori, si ce n'est que l'expérience était plus enrichissante, car avec l'âge il avait acquis de la sagesse, et il se rendait compte qu'au cours des treize années écoulées, il avait gaspillé beaucoup de temps. Il lui semblait soudain qu'il s'agissait de l'existence d'un autre homme, et que tout cela ne lui importait plus.

Si Amanda parlait parfois de Matt, elle paraissait se résigner. Elle en venait lentement à accepter le fait qu'il était mort, qu'elle avait survécu, et n'avait pas besoin de se sentir fautive. Sans en rien dire à Jack, elle avait enlevé son alliance et l'avait rangée dans sa boîte à bijoux. Elle avait versé quelques larmes, mais ne s'était plus senti le droit de la porter. Au moment de la retirer, elle avait cru que son cœur allait s'arrêter. Si elle n'y avait fait aucune allusion, Jack s'en était aperçu dès le premier déjeuner qu'ils avaient partagé ensuite. Sachant quel grand pas en avant cela représentait pour elle, il s'était abstenu du moindre commentaire.

Ils fréquentèrent plusieurs bons restaurants, où ils ne rencontrèrent aucun de leurs amis, et virent plusieurs films exécrables dont ils se moquèrent à la sortie. Il rentrait chez lui le soir, pour dormir, après être resté un long moment à la porte d'Amanda, afin de lui parler encore et de lui souhaiter une bonne nuit. La veille de la Saint-Sylvestre, alors qu'elle préparait le dîner, obéissant à une impulsion, il lui tendit les bras, l'attira contre lui et l'embrassa. Bien qu'il en ait eu envie depuis longtemps, il craignit soudain de l'avoir effrayée, mais elle se contenta de lever les yeux vers lui et de lui sourire.

Il en éprouva un grand soulagement ; il n'allait pas la perdre. Ils n'échangèrent pas une parole, et plus tard, il l'embrassa de nouveau, alors qu'ils étaient installés au salon et qu'ils se tenaient la main dans la pénombre, tout en contemplant le feu. Elle se trouvait merveilleusement à l'aise en sa compagnie.

À minuit, il rentra chez lui et lui téléphona aussitôt.

— Je me sens à nouveau une âme d'adolescent, Amanda, lui avoua-t-il de sa manière irrésistible.

— Moi aussi, répondit-elle. Merci de ne pas me presser. Cette semaine a été incroyable ; c'est tout à fait ce qu'il me fallait. Je voulais passer du temps avec toi… Ta présence a été un véritable cadeau… mieux qu'un cadeau de Noël.

Ils rirent ensemble en se rappelant que le téléphone avait sonné à une ou deux reprises, ce soir-là. Ils avaient supposé qu'il s'agissait des filles d'Amanda, mais elle n'avait pas décroché. Elle voulait se consacrer à Jack. Ses enfants, ainsi que Matt, avaient eu plus que leur part de son attention, au fil des ans, et elle estimait que son tour était venu. C'était la première fois qu'elle menait une existence à l'insu de tous et qu'elle n'incluait pas sa famille dans ses projets. Ce changement d'attitude lui était bénéfique, elle s'en rendait compte. Ils avaient prévu d'aller à la patinoire, le lendemain, puis d'assister à une autre séance de cinéma. Ils avaient vu presque tous les films récents et projetaient de se préparer un repas de réveillon chez elle pour la Saint-Sylvestre, de boire du Champagne et de veiller ensemble jusqu'à minuit.

Dans un élan de générosité, Amanda confia à Jack :

— Je regrette de t'avoir empêché d'aller skier.

— Eh bien, moi pas, répliqua-t-il en riant. Ce que nous vivons me plaît bien davantage. C'est ce qu'il m'est arrivé de plus romantique de toute ma vie, et je ne voudrais en être privé pour rien au monde.

Il lui souhaita alors bonne nuit, tout en déplorant de ne pouvoir l'embrasser encore, et le lendemain, ils s'amusèrent comme des fous à la patinoire. Pour le réveillon, elle prépara un canard rôti et un soufflé pour dessert. Ce fut un repas délicieux.

À dix heures du soir, ils se retrouvèrent devant la cheminée ; il se mit à l'embrasser et elle lui rendit ses baisers avec fièvre. Il leur servit une coupe de Champagne, qu'ils burent d'un trait. Entre la chaleur du feu et celle que le Champagne répandait dans ses veines, Amanda sentit que les baisers de Jack lui montaient à la tête, et elle avait perdu tout sens de la réalité quand il lui déclara de sa merveilleuse voix grave qu'il l'aimait et qu'il voulait passer la nuit avec elle. Elle se contenta de se serrer contre lui et de lui donner son consentement d'un signe de tête. Elle le voulait plus que tout au monde, et pour une fois, il ne prit pas le temps de se demander si elle ne le regretterait pas plus tard. L'envie qu'il avait d'elle était trop forte. Il la suivit donc dans sa chambre. Là, ce qu'il découvrit le remplit d'admiration : elle avait gardé un corps de jeune fille. Grande et mince, elle avait des seins plus pleins qu'il ne l'avait imaginé. Il ne se lassait pas de la caresser, et quand il la posséda, il l'entendit avouer qu'elle l'aimait aussi. C'est à peine si Amanda sentit le souffle lui manquer quand ils se mirent à bouger ensemble, sur un rythme lent. Elle n'avait jamais connu un tel accord, que ce fût avec son mari ou avec aucun des deux hommes qu'elle avait fréquentés avant lui. Pour une jeune actrice travaillant à Hollywood, à l'époque, elle avait mené une existence étonnamment chaste, mais pour l'instant, il n'était plus question, pour Jack et pour elle, de revenir sur leur histoire passée. Ils se contentaient de partager leur passion dans le moment présent, et quand ils parvinrent à l'extase, Amanda eut l'impression que l'univers entier explosait, tandis que son corps, comblé, demeurait soudé à celui de Jack. Elle avait aimé l'entendre gémir, les caresses qu'il lui avait prodiguées, sa présence en elle. Tout à lui, maintenant, elle sombra dans le sommeil entre ses bras, alors que minuit était passé depuis longtemps. Elle n'éprouvait ni tristesse, ni besoin d'expiation. Quand elle s'éveilla contre Jack, au matin, il lui caressait les seins, lui souriait, et les rayons du soleil inondaient la chambre qu'elle avait partagée avec son mari. Elle demeura silencieuse un long moment, puis elle regarda son compagnon sans savoir si elle devait rire, pleurer ou l'aimer à nouveau ; elle était tentée de céder à ces trois désirs à la fois. Elle se glissa hors du lit, traversa la chambre, puis se tourna vers Jack pour le fixer, telle une biche prête à fuir.

— Tu te sens bien ? demanda-t-il.

Il la contemplait, sentant son désir se raviver pour elle, puis soudain, l'inquiétude l'emporta, car elle lui paraissait avoir changé.

— Je n'en suis pas certaine, répondit-elle à voix basse.

Elle s'assit sur une chaise, sans chercher à cacher sa nudité, et le dévisagea en se demandant si elle était folle ou éperdue de bonheur.

— Je n'arrive pas à croire que je me suis comportée de la sorte, hier soir.

Il n'y parvenait pas non plus, à vrai dire, mais il n'avait jamais été plus heureux de sa vie et n'entendait pas renoncer à elle. Il avait compris qui elle était et ce qu'elle était, et il voulait absolument la garder.

D'ailleurs, elle lui avait avoué son amour…

— Tout ce que je te demande, c'est de ne pas prétendre que je t'ai enivrée pour abuser de toi la nuit dernière ; je ne pourrais pas le supporter.

— Tu n'y es pour rien, reconnut-elle en coulant vers lui un regard anxieux. Mais veux-tu dire que j'étais ivre ?

— Je ne vois pas comment tu aurais pu l'être. Tu n'as bu que deux coupes.

— C'était l'effet du feu… et de tes baisers… et puis…

— Amanda, ne commence pas. Arrête de te torturer.

Il traversa la pièce pour la rejoindre et s'agenouilla près d'elle, tandis qu'elle constatait :

— J'ai fait l'amour avec toi dans le lit que je partageais avec mon mari…

Il vit ses yeux s'embuer, mais se refusa à éprouver des regrets.

— Je n'arrive pas à admettre que j'aie fait une chose pareille, poursuivit-elle. Mon Dieu, Jack, quelle sorte de femme suis-je donc ? J'ai été mariée à cet homme durant vingt-six ans, et voilà que je partage son lit avec toi…

Elle se leva et se mit à arpenter la pièce de long en large, pendant qu'il s'efforçait de ne pas se laisser gagner par la colère.

— Ne dis pas cela comme s'il s'agissait d'un crime, Amanda… Je t'aime. Pour l'amour du ciel, nous sommes adultes. Tu es encore en vie… et Dieu sait si tu es bien vivante… Et moi, je me sens plus heureux de vivre que je ne l'ai été depuis vingt ou trente ans, et même de toute mon existence.

À peine achevait-il sa phrase que la sonnerie du téléphone retentit. Amanda ne fit pas un geste pour décrocher, car elle se moquait bien de savoir qui cherchait à la joindre. Elle était obsédée par la pensée qu'elle avait trahi son mari.

— C'est *son* lit, *notre* lit, affirma-t-elle.

Elle se mit à pleurer ouvertement. N'osant pas la toucher, il la regarda faire les cent pas dans la chambre, puis il s'écria malgré lui :

— Alors achètes-en un neuf ! C'est ton lit à toi, bon sang. La prochaine fois, nous nous aimerons sur le plancher ou nous irons chez moi…

— Il faudrait faire appel à un exorciste pour purifier ton lit ! s'exclama-t-elle à travers ses larmes.

Il se mit à rire.

— Ma chérie, calme-toi… Je t'en prie… Tu as eu un choc. C'est la première fois, je le comprends bien, mais c'est la plus belle nuit que j'aie jamais vécue… Nous nous aimons… Nous venons de passer une semaine ensemble et nous sommes fous l'un de l'autre. À quoi t'attendais-tu ? Seigneur ! Nous avons vu toutes les imbécillités au programme dans les cinémas de cette ville. Que désires-tu de plus ? Deux ans de fiançailles ?

— Peut-être bien. Il n'y a pas un an qu'il est mort.

Elle se laissa de nouveau tomber sur une chaise et se mit à sangloter comme une enfant. Il lui tendit un mouchoir, n'osant toujours pas la toucher.

— L'anniversaire de sa mort tombe dans trois jours. Nous attendrons donc jusque-là. Nous allons oublier que ceci s'est produit, décréta-t-il.

— Très bien. Nous allons redevenir des amis. Nous retournerons voir des films et nous n'aurons plus de rapports sexuels. Plus jamais.

Elle cherchait à retrouver la paix de sa conscience, mais il ne la suivrait pas jusque-là. Il l'aimait trop à présent pour renoncer à leurs relations, surtout à celles qu'ils avaient commencées la veille. À son avis, ensemble ils méritaient d'entrer dans la liste des amants légendaires.

— Ne perdons pas la tête, tu veux bien ? Allons plutôt boire un café, prendre une douche et faire une longue, une agréable promenade, et tu te sentiras mieux.

— Je ne suis pas quelqu'un de bien, Jack. Je ne vaux pas mieux que toutes celles avec qui tu couches d'habitude.

Le téléphone sonna à nouveau et tous deux continuèrent à l'ignorer.

— Tu es quelqu'un de bien. Et je ne couche plus qu'avec toi. Tu comprends cela ? Je n'ai pas regardé une autre femme depuis que tu es venue à la réception du magasin. Tu m'en as dégoûté. Mais je ne vais pas te laisser anéantir nos relations pour autant. Nous sommes amoureux l'un de l'autre, et nous avons le droit de l'être. Tu m'as bien suivi ?

— Je n'ai pas le droit de dormir avec qui que ce soit dans le lit de mon mari.

Bien qu'il se fût rendu compte de son trouble, il sentit l'exaspération le gagner. Il se dirigea vers elle, lui prit la main avec autorité et l'obligea à se lever.

— Viens, allons nous préparer une tasse de café.

Ni l'un ni l'autre n'enfilèrent le moindre vêtement et elle n'éprouva aucune gêne devant lui. Tout se passait comme s'ils avaient toujours vécu ensemble.

Toujours nu, il lui prépara du café qu'elle but noir et brûlant ; elle se calma peu à peu, tandis qu'ils prenaient place à la table de la cuisine. Il régnait une douce chaleur dans la pièce, aussi demeurèrent-ils là un bon moment.

— Aimerais-tu lire le journal ? proposa-t-elle spontanément.

Elle se demanda soudain si elle ne devenait pas schizophrène. Elle se sentait très à l'aise avec lui, puis l'instant suivant, elle était bourrelée de remords. Et pourtant, en le voyant acquiescer, elle sut qu'elle allait mieux.

— Oui, affirma-t-il. J'aimerais bien y jeter un coup d'œil.

— Je vais le chercher.

Elle se dirigea vers l'entrée, la tasse à la main, ouvrit la porte et se baissa sous le porche pour ramasser le journal. Sa porte était à l'abri des regards, et elle savait qu'aucun passant ne l'apercevrait de la rue. Pourtant, à l'instant même où elle était accroupie, elle vit la voiture de sa fille cadette s'engager dans son allée privée. Paul et Jan la fixaient, bouche bée. Amanda attrapa le journal, se rua à l'intérieur, claqua la porte, courut à la cuisine, et jeta le quotidien sur la table en renversant son café. Jack, ébahi, suivait ses mouvements.

— Il faut que tu partes ! ordonna-t-elle, horrifiée.

— Maintenant ?

— Oui… Oh ! Jack… Non, tu ne peux pas… Ils sont là, dehors… Passe par la porte de derrière… Au fond de la buanderie.

Elle tendait la main dans la direction qu'elle souhaitait lui voir prendre et l'agitait avec frénésie, comme pour le chasser.

— Tu voudrais que je m'en aille dans cette tenue ? Ou bien tu m'accordes une minute pour m'habiller ?

Il avait à peine posé la question que la sonnette de la porte d'entrée retentit. Amanda sursauta.

— Oh, mon Dieu… Ce sont eux… Oh, Seigneur… Jack, qu'allons-nous faire ?

Elle était à nouveau en pleurs, mais cette fois, Jack ne put s'empêcher de rire.

— Mais qui est-ce ? Un marchand de brosses qui fait du porte-à-porte ? C'est le jour de l'An. Ne réponds pas.

— Ce sont *nos enfants*, idiot ! Et ils m'ont vue… quand je suis allée ramasser le journal.

— Quels enfants ?

— Mon Dieu, combien d'enfants crois-tu que nous ayons ? Jan et Paul ! Ils m'ont regardée comme si j'étais devenue folle.

— Eh bien, sur ce point en tout cas, ils n'ont pas tout à fait tort. Veux-tu que j'aille leur ouvrir et que je les fasse entrer ?

— Non… Je veux que tu t'en ailles… Non… Cache-toi plutôt dans la chambre.

— Calme-toi, ma chérie. Dis-leur simplement que tu es occupée et qu'ils n'ont qu'à revenir plus tard.

— Très bien.

Il gagna rapidement la chambre, en referma la porte. Les mains tremblantes, Amanda mit la chaîne de sécurité et entrouvrit la porte de quelques centimètres pour parler à sa fille et à son gendre.

— Bonjour, leur dit-elle avec un grand sourire, en s'abritant derrière la porte. Bonne année !

— Maman, tu vas bien ?

— Non, à vrai dire… enfin, oui… Je vais bien, mais j'ai beaucoup à faire… et j'ai la migraine… ou plutôt la gueule de bois. Enfin, pas vraiment. J'ai bu deux coupes de Champagne, hier soir. Je crois que j'y suis allergique.

— Maman, pourquoi te promenais-tu toute nue sur le pas de la porte ? Les voisins auraient pu te voir…

— Personne ne m'a vue.

— Si, nous.

— J'en suis navrée. Eh bien, merci d'être venue, ma chérie. Pourquoi ne repasseriez-vous pas un peu plus tard tous les deux ? Ce soir ou demain ? Ce serait parfait.

— Et pourquoi pas maintenant ?

Si Jan était inquiète, Paul ne voulait pas s'imposer. Il voyait qu'Amanda n'était pas disposée à recevoir des visiteurs. Ils avaient cherché à la joindre au téléphone pour ne pas venir à l'improviste, mais elle n'avait pas décroché. À leur arrivée, il était persuadé pour sa part qu'ils ne la trouveraient pas chez elle.

— Vous ne pouvez pas entrer maintenant car mon… ma migraine m'oblige à rester couchée.

— Tu n'étais pas couchée ; tu étais sortie pour chercher le journal. Maman, qu'est-ce qui t'arrive ?

— Rien. Tout va bien. Préviens-moi la prochaine fois… Cela ne se fait pas, ma chérie, d'arriver comme cela, sans avoir donné signe de vie. Je suis contente tout de même de t'avoir vue… Je t'appellerai plus tard.

Elle les salua de la main puis leur ferma la porte au nez. Ils demeurèrent un instant sur place, puis firent demi-tour. Une fois dans la voiture, Jan tourna vers son mari des yeux angoissés.

— Crois-tu que ma mère ait un problème d'alcoolisme ?

— Bien sûr que non. Elle ne souhaitait pas recevoir de visites à cette heure-là, c'est son droit. Qui sait ? Elle a peut-être une liaison et le type est encore là. Elle est assez jeune pour prendre un amant, tu sais… et il s'est passé un an depuis la mort de ton père.

Comme cette idée avait l'air de le réjouir, Jan lui jeta un regard outré.

— Tu es fou ! Ma *mère ?* Tu crois qu'elle ferait une chose pareille ? Ne sois pas ridicule. Ce n'est pas parce que ton père saute d'un lit à l'autre, à son âge, que ma mère serait capable de se conduire de cette manière. Quelle idée abominable, Paul !

— On a déjà vu pire.

Ils avaient alors traversé la moitié de Bel Air, et Amanda, de son côté, avait regagné sa chambre. Jack, qui venait d'ouvrir les robinets de la douche, l'accueillit avec un large sourire quand il la vit refermer la porte et s'y appuyer, comme si, poursuivie par les représentants de la loi, elle venait de mettre une frontière entre eux et elle.

— Que leur as-tu dit ? Leur as-tu transmis mon bonjour ?

Il était amusé par la violence de sa réaction.

— Je ne me suis jamais sentie aussi embarrassée de ma vie. Les enfants ne me le pardonneront jamais.

— Pourquoi ? Parce que tu ne les as pas laissés entrer ? Ils auraient dû téléphoner d'abord.

— Ils l'ont fait. Nous n'avons pas répondu.

— Alors, ils n'auraient pas dû venir. Cela leur servira de leçon. Veux-tu prendre une douche ?

— Non, je voudrais mourir.

Elle se jeta de tout son long sur le lit. Il s'assit près d'elle et la contempla avec une profonde affection.

— Tu sais que tu as le génie de te faire souffrir ?

— Je le mérite, dit-elle. Je suis une femme abominable, et un jour mes enfants l'apprendront.

Elle leva vers Jack un regard effrayé et supplia :

— Tu ne diras rien à Paul, n'est-ce pas ? Ah, mon Dieu ! Il le raconterait aussitôt à Jan, qui le dirait à Louise…

— Et avant qu'on ait eu le temps de se retourner, ce serait dans toute la presse. Chérie, Paul et moi parlons toujours des femmes avec lesquelles je sors. Tu ne vas pas me l'interdire, maintenant ; il croirait que je suis devenu impuissant.

— Oh, Seigneur ! Sacrifiez-moi sans plus attendre.

Elle roula sur le ventre et s'enfouit le visage dans un oreiller. Jack se pencha pour couvrir sa colonne vertébrale de baisers légers. Il l'embrassa ainsi de la nuque au bas des reins, puis lui massa le dos jusqu'au moment où elle se retourna lentement. Elle lui jeta alors un regard qui lui rappela l'accueil qu'elle lui avait réservé la veille, entraînant aussitôt chez lui une réaction. Elle leva les bras vers lui sans mot dire, et il se pencha à nouveau pour l'embrasser, car il la désirait plus que jamais.

— Je t'adore, petite sotte.

C'était décidément un matin mémorable.

— Je t'adore, moi aussi, avoua-t-elle tout bas d'une voix rauque, avant de l'attirer contre elle.

Cette fois, pourtant, il résista et tint à l'interroger :

— Attends une minute avant de m'obliger à repasser par toutes ces émotions. Ne préfères-tu pas changer de pièce et quitter ce lit ? Que dirais-tu du divan ou de la baignoire ?

Tout en parlant, il avait couvert ses seins de caresses légères, puis s'était mis à explorer son corps en descendant toujours plus bas.

— Ne t'inquiète pas… Tout va bien, lui répondit-elle en souriant.

Il eut un petit rire, puis murmura :

— Tu le dis maintenant… mais qu'en penseras-tu plus tard ?

— Tu seras peut-être obligé de m'aimer à nouveau pour me calmer… Je trouve que tu as sur moi un effet très apaisant… Oui, c'est une excellente thérapie, affirma-t-elle.

Elle laissa à son tour ses lèvres errer sur le corps de Jack et lui arracha des gémissements de plaisir.

— Je t'aime, Jack, assura-t-elle, avant d'approfondir ses caresses.

— Moi aussi, ma chérie, je t'aime, avoua-t-il.

Puis la passion les emporta et balaya tous les doutes et les remords du matin.

7

Le reste du week-end du Nouvel An fut paisible. Jan appela sa mère, qui prit soin de la rassurer. Amanda téléphona à son tour à Louise, et Jack, de son côté, adressa ses bons vœux à Julie, puis à Jan et à Paul.

Tous deux passèrent le premier de l'An chez Amanda, s'aimèrent à nouveau dans l'après-midi, puis, le soir venu, partirent pour Malibu. La petite maison que Jack y possédait était confortable, et il l'avait peu à peu décorée d'objets auxquels il tenait, patines par le temps. On y trouvait de profonds fauteuils de cuir, des tables couvertes de livres, et quelques œuvres d'art de qualité. Amanda s'étonna de voir à quel point elle s'y plaisait.

Le lendemain, ils allèrent se promener sur la plage en se tenant par la main et la conversation tomba à nouveau sur leurs enfants. Amanda s'inquiétait pour Jan et espérait qu'elle serait bientôt enceinte.

— Elle en mourra, si elle n'y arrive pas, conclut-elle avec tristesse.

Le fait de mettre au monde des enfants avait beaucoup compté pour elle, aussi imaginait-elle volontiers combien Jan devait être traumatisée devant la menace de ne jamais en être capable.

— Et toi ? lui demanda Jack à voix basse, alors qu'ils regagnaient sa maison.

— Comment cela, moi ? s'étonna-t-elle sans comprendre le sens de sa question.

— Je ne voudrais pas que tu te retrouves enceinte, lui dit-il avec sincérité. Je suppose que cela pourrait encore t'arriver.

À cinquante ans, cela semblait improbable, mais elle paraissait encore si jeune qu'il ne pensait pas que son corps ait déjà changé. Ils avaient pris des précautions, car lui-même se montrait très attentif à ne pas courir le moindre risque de transmettre le sida, étant donné l'existence fort libre qu'il avait menée. Pourtant il y avait un bon moment qu'il était resté sans avoir de relations avec une femme, et depuis qu'Amanda était dans sa vie, il n'éprouvait plus aucun intérêt pour les autres. Aussi, dès qu'il aurait subi un examen de recherche du sida, dans les prochains jours, il avait l'intention de renoncer aux préservatifs. Il n'en restait pas moins que la dernière chose qu'il souhaitait au monde, c'était de la voir enceinte.

— Je n'y ai pas songé une minute, convint-elle, tandis que leurs yeux se rencontraient.

Elle était demeurée fidèle tout au long de son mariage, et seule durant son année de veuvage.

— Je ne pense pas que le problème se pose encore à mon âge, ajouta-t-elle.

Il s'était écoulé vingt ans depuis qu'elle avait fait une fausse couche, à l'époque où Jan était en maternelle. Elle se souvenait de sa déception d'alors et du choc qu'elle avait éprouvé. Néanmoins, l'idée de concevoir un enfant maintenant lui paraissait ridicule, et elle le dit à Jack.

— Pas si ridicule que de me voir m'enfuir au Brésil ou m'engager dans la marine marchande, lui déclara-t-il carrément.

Elle se mit à rire, mais lui ne partageait pas sa gaieté. Il s'était trop souvent trouvé dans cette situation, avec des femmes qui affirmaient attendre un enfant de lui, l'appelaient pour l'avertir qu'elles avaient du retard ou qu'elles avaient oublié de prendre la pilule. C'était devenu chez lui un souci permanent.

— Eh bien, attends encore un peu, lui dit-elle avec le sourire. Un jour prochain, le problème ne se posera plus du tout.

Il lui arrivait de penser au retour d'âge, mais elle n'en avait encore constaté aucun signe avant-coureur. Le médecin lui avait confié que cela ne se produirait pas avant un an ou deux, voire davantage. À la différence de Jan, elle n'avait jamais éprouvé de difficulté à être enceinte.

— J'ai hâte d'en arriver là, affirma Jack en répondant à son sourire.

Cependant, il en convenait avec elle : si, sur le plan biologique, elle était encore capable d'avoir des enfants, à l'âge de cinquante ans, cette éventualité était difficilement envisageable.

Il se chargea du dîner, ce soir-là, puis ils firent un feu dans la cheminée et regardèrent la lune briller au-dessus de l'océan. Il était plus facile pour Amanda de vivre là où rien ne lui rappelait Matt. Elle avait l'impression de s'engager dans une existence toute nouvelle avec Jack. Elle était stupéfaite de constater qu'après les souffrances endurées tout au long de l'année précédente, elle se sentait comme rajeunie et pleine de vitalité, avec en outre l'impression que Jack et elle étaient destinés l'un à l'autre. Peut-être avait-elle tort de s'engager dans cette voie, mais elle avait aussi conscience qu'elle ne parviendrait plus à y mettre un frein. Elle était animée du seul désir de tout partager avec lui.

Quand il reprit son travail, être privés l'un de l'autre fut tel qu'ils eurent le sentiment d'être devenus orphelins. Elle errait comme une âme en peine, et il l'appelait une demi-douzaine de fois par jour, venait à midi chez elle pour la voir, lui faire l'amour ou simplement lui tenir compagnie. Et quand il était de retour à la boutique, elle trouvait toujours un prétexte pour lui téléphoner.

Elle finit par lui demander :

— Est-ce que je te dérange ?

C'était la deuxième fois qu'elle l'appelait en une heure, et ils s'étaient quittés une demi-heure avant son premier coup de fil. Ils iraient dîner ce soir-là dans leur restaurant thaïlandais favori. C'était un endroit d'une discrétion absolue, où ils étaient certains de ne rencontrer aucune de leurs connaissances. Amanda souhaitait ne plus tomber sur ses enfants par hasard. Pour le moment, ils étaient convenus de garder le secret sur leur liaison.

— Tu ne m'importunes jamais. J'adore te parler, lui répondit-il en souriant, posant les pieds sur son bureau.

Gladdie entra alors pour lui apporter une tasse de café et il la remercia, puis il proposa à Amanda :

— Pourquoi n'irions-nous pas passer un week-end à San Francisco ? J'aimerais voir une boutique à acheter, là-bas, dans Post Street.

— J'adorerais cela, lui répondit-elle.

Ils prirent donc la décision de s'y rendre dès la fin de la semaine, et quand il eut raccroché, Jack appela Gladdie.

La secrétaire, les sourcils froncés, entra le bloc à la main.

— Vous avez des ennuis ?

Il leva les yeux vers elle.

— Je ne devrais sans doute pas vous poser la question, reprit-elle, mais est-ce que vos enfants vont bien ?

— Bien sûr. Pourquoi donc ?

Il eut l'air surpris. Savait-elle quelque chose qu'il ignorait ?

— J'ai simplement remarqué que Mme Kingston vous appelait. J'ai cru que peut-être... Je me suis demandé si Paul et Jan...

Elle était trop embarrassée pour préciser sa pensée, mais elle savait que Paul et Jan étaient mariés depuis trois ans, qu'ils n'avaient pas d'enfant, et que l'histoire des couples évoluait vite à Los Angeles. Si celui-là était en difficulté, Amanda et Jack se consultaient peut-être à son propos.

— Non, ils vont bien, dit-il sans s'étendre davantage.

Toutefois, quand leurs regards se croisèrent, Gladdie s'interrogea. Nulle autre femme ne l'appelait plus depuis Noël. Aucune de celles qui avaient compté pour lui, en tous les cas, et quand il recevait un appel de ce genre, il lui recommandait de dire qu'il était trop occupé. En moins d'une minute, la fine mouche comprit la situation.

— Je vois, dit-elle, amusée.

Amanda était une femme remarquable, mais Gladdie n'aurait jamais cru... Enfin, la vie réservait bien des surprises.

— Faites en sorte que personne d'autre ne sache, Glad. Nous ne voulons pas que les enfants l'apprennent, pour le moment.

— Et c'est sérieux ?

Elle était sa plus proche collaboratrice et pouvait se permettre des questions que personne d'autre ne se serait risqué à lui poser. Elle connaissait une foule de choses sur lui. Il hésita, puis répondit :

— Ça pourrait le devenir.

Puis il décida d'être franc avec elle. Il était amoureux fou d'Amanda. Il n'avait rien ressenti de comparable depuis la disparition de Dori et Gladdie ne l'ignorait pas. Elle avait assisté au défilé de jolies femmes qui s'étaient succédé dans sa vie, depuis qu'elle travaillait à son côté.

— Oui, ça l'est, avoua-t-il.

Ils échangèrent à nouveau un regard, et il lui parut plus détendu et plus jeune que jamais.

— Whaou ! Voilà qui est impressionnant et qui va faire plaisir à vos enfants, non ?

— Moi, je le pense, mais Amanda n'est pas de cet avis. Nous allons attendre un peu pour voir si tout va bien entre nous, avant de les prévenir.

Il la pria ensuite de leur réserver la suite présidentielle de l'hôtel Fairmont, puis de prendre rendez-vous avec l'agence immobilière pour le site qu'il convoitait dans Post Street.

Ils prirent l'avion pour San Francisco le vendredi après-midi, et quand Amanda pénétra dans la suite fabuleuse, d'où l'on avait une vue inoubliable sur la baie, elle eut l'impression de vivre une lune de miel. Ce soir-là, ils dînèrent à la Fleur de Lys, et le lendemain, ils firent appel au service d'étage. Au cours de cette journée du samedi, ils allèrent examiner le local commercial que Jack envisageait de racheter, et presque malgré lui, il fut enthousiasmé de cette visite. En dépit de l'importance du travail que représentait l'ouverture d'une succursale de Chez Julie, l'idée de s'installer à San Francisco lui paraissait maintenant irrésistible, et il confia à Amanda :

— Il faut que je sois fou pour envisager de me mettre tous ces problèmes sur le dos, à mon âge.

Cependant, depuis qu'il vivait avec elle, il paraissait avoir rajeuni de moitié. Il ne cessait de lui parler des projets qu'il formait pour ce magasin, de l'architecture, du décor, de la subtile différence qu'il souhaitait introduire dans cette nouvelle boutique. Il était animé d'un enthousiasme de jeune homme et reconnaissait qu'il avait toujours eu un faible pour San Francisco.

Au fond, la perspective de passer une partie de sa vie ici ne lui déplaisait pas, surtout s'il la partageait avec Amanda. Ils en discutèrent en allant à pied d'Union Square à leur hôtel. La pente était raide, aussi se retrouvèrent-ils essoufflés, mais joyeux, au sommet de la colline où se dressait le Fairmont. Jack était d'excellente humeur, et Amanda prenait part à sa joie, si bien qu'ils finirent la matinée dans leur lit.

Amanda ne repartit pas sans regrets, le dimanche après-midi, et elle était encore enchantée de son week-end quand elle alla retrouver ses filles au Bistro pour y déjeuner, le lundi à midi. Louise allait bien, mais Jan semblait déprimée, et Amanda craignit que le médecin ne lui ait donné de mauvaises nouvelles. Avant qu'elle ait pu s'en informer, ses deux filles la complimentèrent sur sa bonne mine.

— Tu parais en pleine forme, maman, se réjouit Jan.

Elle n'avait cessé de se tourmenter depuis le 1er janvier, chaque fois qu'elle songeait à sa mère et au comportement étrange qu'elle avait eu ce jour-là.

— Je te remercie, ma chérie, toi aussi.

On sentait toutefois qu'elle demeurait triste. Quand elles furent au milieu du déjeuner, profitant d'un silence, la jeune femme, les yeux embués de larmes, leur donna les dernières nouvelles :

— Eh bien, Paul s'est enfin décidé à aller voir un spécialiste.

Amanda tendit la main afin de serrer celle de sa fille, et pour une fois, Louise parut inquiète et la pressa d'en dire davantage.

— Alors ? Est-il stérile ?

— Non, répondit Jan en essuyant une larme, il n'a rien. Et moi non plus. Les médecins ne comprennent pas pourquoi je ne peux pas être enceinte. On nous a simplement dit que cela pourrait prendre davantage de temps, peut-être même ne jamais se produire. Il arrive, paraît-il, à des gens en parfaite santé de ne pas y parvenir, sans que l'on sache pourquoi. Je suppose que ce n'est pas leur destin.

Elle se mit à pleurer franchement, puis se moucha, poussa un soupir et reprit :

— Nous devons donc envisager de ne jamais avoir d'enfants. J'ai demandé à Paul si nous ne pourrions pas en adopter un, mais il préfère ne pas en avoir du tout. Il veut uniquement un bébé de nous, si bien que cela élimine toutes les formes d'adoption.

À la voir si bouleversée, Amanda crut que son cœur allait se briser.

— Il changera peut-être d'avis, ma chérie, et on peut encore espérer pour toi. Je suis sûre que cela peut t'arriver. Parfois, cela prend beaucoup de temps. Et un beau jour, tu mettras au monde quatre enfants à la file, et tu prieras le Bon Dieu pour que cela s'arrête.

Louise et elle tentèrent de la consoler, mais à la façon dubitative dont Jan les regardait, il était évident qu'elle ne prêtait pas foi à leurs dires.

Lorsque Amanda rapporta leur conversation à Jack, dans la soirée, il s'apitoya sur le sort du jeune couple.

— Les pauvres enfants ! Seigneur ! Quand je pense à toutes les fois où j'ai taquiné Paul sur la question… Il doit avoir envie de me tuer.

— Je ne sais pas si cela le touche autant qu'elle, remarqua Amanda, l'air songeuse.

Elle était pleine de regrets pour sa fille, car Jan lui avait paru très abattue, désespérée.

— S'ils n'y pensent plus durant quelque temps, cela viendra peut-être tout seul.

— Mais j'ai l'impression que lorsqu'on se trouve dans une telle situation, cela tourne à l'obsession. J'ai des amis à qui c'est arrivé.

Il approuva d'un signe de tête et ils changèrent de sujet de conversation. Ils semblaient toujours avoir des milliers de choses à se confier. Il lui parlait beaucoup de la boutique, lui demandait son opinion sur les lignes de vêtements et les accessoires qu'il commandait, en particulier aux fournisseurs haut de gamme. Elle avait beaucoup de goût, était attentive aux tendances qui se dessinaient et lui faisait souvent d'utiles suggestions. Ce qui intéressait surtout Jack, dans l'immédiat, c'étaient les idées qu'elle lui apportait pour la succursale de San Francisco. Même si le magasin ne devait pas ouvrir ses portes avant un an, il voulait que tout soit mis en œuvre dans cette perspective.

Amanda avait plaisir à le retrouver à la boutique de Rodeo Drive, et Gladdie était impressionnée chaque fois qu'elle la voyait arriver. Elle trouvait qu'Amanda avait beaucoup de classe, et appréciait qu'elle se montre si agréable quand elles échangeaient quelques paroles. Gladdie était fière d'être seule dans la confidence et de partager leur secret.

Le mois s'écoula sans qu'ils en aient pris vraiment conscience. Ils passèrent ensemble un week-end à Palm Springs, puis en février, il l'emmena skier à Aspen. Ils en furent enchantés et rencontrèrent un certain nombre d'amis de Jack, qui la reconnurent et furent très impressionnés de le voir en telle compagnie. Au grand regret d'Amanda, il y eut même un bref écho les concernant dans le journal d'Aspen.

— J'espère que personne ne communiquera la nouvelle à Los Angeles, dit-elle. Ce n'est pas une façon de l'apprendre aux enfants.

— Alors, nous ferions peut-être mieux de le leur annoncer nous-mêmes un jour prochain.

Ils étaient inséparables depuis deux mois, mais ils avaient pris soin d'éviter les journalistes en ne se rendant pas aux manifestations que couvraient les chroniqueurs mondains.

Cependant, le jour où Amanda déjeuna à nouveau avec Jan et Louise, elle trouva la première si désemparée qu'elle n'eut pas le courage de leur parler. Il lui parut égoïste de vouloir se vanter de son bonheur, à une période où Jan se sentait si malheureuse. Elle ne l'entendit rire qu'une fois, quand la jeune femme fit allusion à Jack.

— Paul pense qu'il a une liaison sérieuse avec l'une de ses amies. Il s'est beaucoup assagi. Il a l'air deux fois plus jeune et il a un perpétuel sourire de contentement, paraît-il. Pourtant, il ne parle pas beaucoup de la fille. C'est sans doute encore une écervelée de dix-neuf ans. En tout cas, elle le rend heureux et l'incite à se tenir tranquille.

— Le connaissant comme on le connaît, dit Louise d'un ton dédaigneux, il vit sans doute avec des quintuplées.

— Voyons, les filles, ce malheureux… il a bien le droit de vivre à sa guise, intervint Amanda, qui se sentait mal à l'aise.

— Depuis quand te montres-tu aussi charitable envers lui ? s'étonna Louise, avant que la conversation ne dévie.

Amanda les regarda à tour de rôle et se sentit oppressée ; elle se demanda comment elle allait jamais pouvoir les éclairer sur la situation. Elle fit part le soir même de ses inquiétudes à Jack, mais il se contenta d'en rire.

— Tu réagis comme si tu t'attendais à ce qu'elles te prennent pour une vierge sage.

— C'est pire. Pour leur mère. Tu comprends ce que cela signifie ? Ni sortie avec des hommes, ni flirt, ni sexe, si ce n'est avec leur père.

— Elles sont adultes ; elles devraient l'accepter.

— Peut-être.

Néanmoins, il ne l'avait pas convaincue ; elle connaissait trop ses filles.

Ils passaient beaucoup de temps à Malibu, à présent. Le temps était beau et chaud, la plage merveilleuse, et Amanda adorait vivre avec lui dans sa maison. Même après avoir surmonté le choc initial de le découvrir dans son lit, après leur première nuit, elle ne se sentait pas à l'aise lorsqu'ils étaient chez elle. Elle n'avait pas de telles réticences dans la maison de Jack. Elle lui préparait le petit déjeuner, avant qu'il ne parte travailler, puis rentrait chez elle. La semaine précédant la Saint-Valentin, elle était en train de faire cuire des œufs brouillés quand il entra dans la cuisine et fut surpris de lui voir l'air troublée.

— Tu ne te sens pas bien ?

Elle était toujours si souriante, le matin, qu'il fut étonné de la voir préoccupée. Le journal sous le bras, il s'arrêta près d'elle pour l'embrasser avant de se servir du café.

– Je ne sais pas... Ce n'est rien, en fait... Je ne me sens pas dans mon assiette, voilà tout.

Elle avait eu la migraine, la veille, et elle éprouvait encore un léger malaise. Par ailleurs, après avoir cru que cela ne lui arriverait jamais, elle percevait de légers changements dans son corps, depuis quelque temps, qui la surprenaient. Elle se contenta de jeter un coup d'œil par-dessus son épaule, sourit à Jack, et précisa :

— Les enfants de Louise avaient la grippe, la semaine dernière, quand je suis allée la voir. Je l'aurai sans doute attrapée là-bas… Ce n'est pas mortel, j'y survivrai.

— Je l'espère bien, dit-il, heureux et détendu, tout en lui servant une tasse de café.

Elle la prit, la posa près d'elle, puis termina la cuisson des œufs et fit griller des toasts. Elle lui avait en outre préparé un grand bol de fruits frais. Quand elle prit place à la table, à son tour, elle se contenta de griller un toast nature, puis but une gorgée de café. La simple odeur du café lui souleva le cœur. Jack s'en aperçut aussitôt.

— Ça va ? dit-il.

— Moi, je vais bien, mais j'ai l'impression que le café a un drôle de goût. Est-ce que tu l'as acheté il y a longtemps ?

Il fit signe que non, s'empara du journal et lui répondit :

— C'est toujours la même marque et je croyais que tu l'appréciais.

Il aimait lui être agréable et s'efforçait de lui plaire en tout.

— Je l'aime bien, d'habitude. Dans ce cas, cela doit venir de moi. J'irai mieux dans un moment.

Après son départ, elle alla pourtant s'étendre, et quand elle prit la route pour rentrer chez elle, elle avait toujours un peu mal au cœur. Lorsque Jack l'appela pour lui proposer de venir le rejoindre pour le déjeuner, elle répondit qu'il valait sans doute mieux qu'elle s'allonge pour dissiper complètement sa migraine. Le soir venu, il passa la prendre et la trouva mieux. Et le lendemain, elle se sentait en pleine forme. Elle mit donc le malaise sur le compte de la grippe. Le surlendemain, elle appréciait de nouveau le goût du café et parut retrouver tout son entrain. Cela dura jusqu'au jour de la Saint-Valentin, où il lui offrit une grosse boîte de plus de deux kilos de chocolats.

— Seigneur ! Je pèserai deux cents kilos quand j'aurai mangé tout cela.

— Parfait. Tu en as besoin.

Il lui avait fait porter deux douzaines de roses rouges à longue tige dans la matinée et avait retenu une table à l'Orangerie pour le dîner, en affirmant qu'il se moquait bien que leurs enfants les y voient. Lorsqu'il ouvrit la boîte de chocolats, elle choisit l'un de ceux qui lui paraissaient les plus tentants, mais au moment où elle le mit dans sa bouche, elle ne put le croquer. Il la vit changer de couleur et leva un sourcil interrogateur.

— Tu ne te sens pas bien, de nouveau ?

Elle avait été dans son état normal toute la semaine, et voilà soudain que comme le café, quelques jours auparavant, le chocolat ne lui inspirait que du dégoût.

— Si, si, je vais bien, le rassura-t-elle en faisant l'effort d'avaler le chocolat.

Toutefois, quand il commanda du caviar, plus tard, à l'Orangerie, elle eut la même réaction, et en dépit de ses efforts, elle ne put y toucher, alors que d'habitude, elle l'appréciait beaucoup.

— Je crois que tu devrais aller voir un médecin, lui dit-il, inquiet.

Elle débordait tellement de vie, d'ordinaire, et se montrait même si exubérante que la voir mal à l'aise l'effrayait plus qu'il n'aurait osé le lui avouer.

— Les enfants de Louise ont souffert de cela durant trois semaines, dit-elle. Je te jure que ce n'est rien.

Il n'en restait pas moins que son teint avait pris une couleur terreuse et qu'elle touchait à peine au dîner.

En dépit de l'inquiétude qu'elle lui inspirait, ils passèrent tout de même une bonne soirée. Ils retrouvèrent bientôt leur bonne humeur et décidèrent de dormir chez elle, ce soir-là. À peine y furent-ils arrivés qu'ils s'aimèrent, et Amanda estima que c'était la plus heureuse des Saint-Valentin qu'elle ait jamais connues.

Le lendemain matin, alors qu'ils étaient assis dans sa cuisine, elle laissa donc Jack la convaincre d'annoncer enfin à leurs enfants combien ils se plaisaient.

— Pourquoi ne pas partager notre bonheur avec eux ?

Leur accord était si merveilleux qu'il désirait que les enfants sachent ce qu'ils éprouvaient.

— Tu as sans doute raison, admit-elle. Ils sont assez grands pour l'accepter.

— Cela vaudra mieux pour eux. S'ils n'admettent pas que nous vivions ensemble, ils méritent une volée de bois vert.

Dans le courant de l'après-midi, Jack appela Julie, puis Amanda joignit Louise et Jan pour les inviter chez elle. Elle préparerait un bon dîner, puis ils leur serviraient du Champagne et leur annonceraient la nouvelle. Ainsi que le soulignait Jack, tous deux pourraient dès lors cesser de se cacher et aller où bon leur semblerait. Ils voulaient simplement leur dire qu'ils s'aimaient et qu'ils étaient heureux. La question du mariage n'avait jamais été abordée, et Amanda savait à quel point Jack y était opposé.

Ils avaient fixé la date du dîner pour la semaine suivante, et par miracle, elle convenait à tout le monde. Jack promit d'apporter le Champagne et Amanda réfléchit au menu du dîner. Il y aurait quelque chose de touchant, voire de poignant à cette réunion de famille. Dans l'après-midi qui suivit, Amanda ne put se défendre de penser à Matt, et au tournant que son existence avait pris. Elle avait sincèrement aimé son mari, mais il l'avait quittée, et elle était restée. La vie continuait, et aussi difficile que cela pût paraître, elle était tombée très amoureuse de Jack.

Après avoir déployé une activité frénétique toute la semaine, quand le grand jour se leva Amanda se sentit dans un état de nervosité extrême. Pourtant, lorsque Jack arriva avec les vins, la table était prête, le dîner, bien avancé, et elle-même était ravissante.

— Je dois admettre que tu ne ressembles pas du tout à une mère de famille. En tous les cas, on ne croirait jamais que tu as des enfants de l'âge des miens.

— Merci, répondit-elle en souriant

Elle l'embrassa, et quand il l'étreignit, elle sentit combien il la désirait.

Elle le vit alors regarder sa montre, puis lui jeter un coup d'œil interrogateur, mais elle se mit à rire et fit un signe de dénégation.

— Nous n'avons pas le temps, espèce de maniaque.

— Eh bien, si tu leur ouvres à nouveau la porte toute nue, nous n'aurons pas à leur annoncer quoi que ce soit. Ce sera une manière comme une autre de présenter les choses.

— Plus tard, lui promit-elle avec un nouveau baiser.

Il lui suffisait de l'effleurer pour que naisse en elle un désir fou. Julie, Louise et leurs maris furent ponctuels, et Jan et Paul les suivirent de près. Tous avaient fait assaut d'élégance, et ils félicitèrent Amanda pour sa maison. Elle avait mis des fleurs partout, afin de créer une atmosphère de fête. Jan et Louise furent cependant très surprises de trouver Jack chez leur mère. Il sortit de la cuisine en débouchant une bouteille de vin, et salua tous les invités avec aisance, avant d'embrasser Jan et sa fille. Julie comprit aussitôt de quoi il retournait. Elle s'était demandé toute la semaine pourquoi il l'invitait à dîner chez Amanda, et ses soupçons n'avaient fait que croître. Dès qu'elle les vit ensemble, elle n'eut aucun mal à déduire ce qu'il s'apprêtait à leur annoncer. La seule chose qui l'intéressait encore était de savoir s'ils allaient se marier, mais elle décida d'attendre qu'il leur fasse part de leur décision.

Jan se montra très froide envers Jack, et Louise, insolente à son égard, car elle l'ignora ouvertement. Tous paraissaient anxieux, à l'exception de Julie. Cette dernière avait toujours été très libérale et elle inspirait à tous de la sympathie. Heureuse en ménage, elle avait des enfants bien élevés et demeurait très attachée à son père, bien qu'il menât une vie de bâton de chaise. Paul s'était toujours montré plus critique envers ses débordements, et Julie le soupçonnait d'être jaloux. Paul était beaucoup plus modéré, plus timide, et bien qu'il fût beau, il n'avait pas hérité de l'extraordinaire séduction de son père. À peine avait-il pris place dans le salon d'Amanda qu'il parut d'ailleurs irrité et se mit à échanger des coups d'œil soupçonneux avec sa femme.

À table, la conversation demeura languissante, bien que la chère fût excellente et qu'Amanda se fût donné beaucoup de mal. Jack fit de son mieux pour la seconder, s'adressa aimablement à tous, et tint à les faire participer, mais l'intérêt retombait sans cesse. Au dessert, enfin, il leur servit du Champagne, les dévisagea à tour de rôle et déclara qu'Amanda et lui avaient une annonce à leur faire.

— Oh, Seigneur ! je n'en crois pas mes oreilles, s'écria Louise.

— Voyons, pourquoi ne pas attendre de savoir ce que nous avons à vous dire ? répondit Jack avec gentillesse.

Elle lui lança un regard noir. Elle n'avait jamais pu le supporter, et d'ailleurs, il n'avait jamais trouvé grâce non plus devant Amanda, ainsi qu'elle aurait aimé le lui rappeler.

— Votre mère et moi… commença-t-il en jetant un coup d'œil à Jan et à Louise, avant de se tourner vers son fils et sa fille… Amanda et moi nous voyons depuis quelque temps. Chacun de nous apprécie la compagnie de l'autre, et comme nous sommes très heureux ensemble, nous avons voulu que vous le sachiez. C'est tout, cela ne va pas plus loin, mais nous avons préféré vous le dire…

Il sourit à la femme qui lui donnait tant de bonheur depuis deux mois et demi, puis conclut :

— Nous sommes tous les deux certains que vous en serez tous heureux pour nous.

— Eh bien, détrompez-vous, rétorqua sèchement Louise, tandis qu'Amanda virait de la stupéfaction à l'accablement. Toute cette histoire est ridicule. Vous nous avez attirés ici pour nous dire quoi ? Que vous couchez ensemble ? Et nous sommes supposés vous féliciter ? C'est répugnant.

— Ton attitude aussi est déplaisante, Louise, intervint Amanda avec fermeté. C'est très choquant de t'entendre dire des choses pareilles.

Elle s'excusa du regard envers Jack, avant de se tourner de nouveau vers sa fille.

— C'est votre attitude qui est extrêmement choquante, répliqua Louise en laissant éclater sa colère. C'est vous qui nous avez fait venir ici, dans la maison de mon père, pour nous annoncer que vous aviez une liaison. Mon Dieu, maman, as-tu donc perdu toute notion de décence ? Et papa, alors ?

— Quoi, papa ? reprit Amanda en la regardant bien en face. J'aimais ton père, tu le sais. Mais papa est mort, Louise. Le choc a été terrible pour nous toutes, surtout pour moi. À certains moments, l'an passé, j'ai cru que je n'y survivrais pas, et j'ai même eu envie de me suicider, car je ne supportais pas l'existence sans lui. Pourtant, j'ai survécu, et j'ai le droit de continuer à vivre. Jack s'est montré merveilleux à mon égard.

Elle tendit le bras, lui prit la main et chercha à rencontrer ses yeux. Il était soucieux, bouleversé même. Amanda acheva donc :

— C'est un homme bon et généreux, et il me rend très heureuse, Louise.

— Pourquoi ne pas nous donner les détails de ta vie sexuelle, maman ? Et cette affaire dure depuis combien de temps ? Elle a commencé avant la mort de papa ? Tu avais déjà une liaison avec lui ? C'est cela ?

— Louise ! Comment oses-tu dire des horreurs pareilles ? Tu sais que ce n'est pas vrai ! J'ai commencé à voir Jack après que Jan m'a emmenée à la réception de Chez Julie.

— Oh, mon Dieu… je n'arrive pas à le croire ! s'exclama Jan, avant de se mettre à pleurer.

Pendant ce temps, Paul lançait des regards noirs à son père, et de son côté, Jerry, le mari de Louise, s'absorbait dans la contemplation de son assiette ; la question ne le concernait pas.

Julie prit la parole :

— Pourquoi ne pas nous calmer tous un instant et nous comporter en adultes ? Qu'en dites-vous ?

Sa voix était celle de la raison, et quoiqu'elle la connût à peine, Amanda lui en fut aussitôt reconnaissante.

— Je pense que c'est une bonne idée, dit Jack en s'engouffrant dans la brèche, pendant que les autres rassemblaient leurs forces. Buvons donc un peu de Champagne.

Il servit tous les convives, puis leva son verre en regardant Amanda et lui dit :

— À toi, ma chérie, merci pour cet excellent dîner.

Elle sentit les larmes perler à ses paupières, mais aucun de leurs invités ne toucha à son verre.

— Et quand allez-vous vous marier ? demanda Louise, qui les considérait avec dégoût.

— Ce n'est pas à l'ordre du jour, répondit Jack. Nous n'avons pas de raisons de le faire, car nous n'avons pas votre âge et ne voulons pas d'enfants. Nous menons une existence heureuse, sans éprouver le besoin de légaliser la situation.

Julie sourit ; elle connaissait bien sa phobie du mariage.

Déjà, Jack poursuivait :

— Nul ne va perdre d'argent dans cette affaire, si c'est là votre crainte à tous.

La contrariété qu'il éprouvait devant leur attitude hostile perçait dans sa voix, et Amanda s'en rendait compte.

— Aucun de vous n'a rien à y perdre, insista Jack. Mais vous y gagnerez d'avoir deux parents heureux. Nous vous aimons et nous souhaitons vous faire partager notre joie. Il me semble que ce n'est pas vous demander un gros effort que de vous réjouir pour nous et de l'accepter avec grâce.

Il était maintenant furieux de leur résistance collective.

— Comment as-tu pu nous faire un affront pareil, maman ? protesta Jan, les joues baignées de larmes. Tu le *détestes* !

Elle avait jeté un regard haineux à Jack, mais il se contenta de rire et de prendre la main d'Amanda dans la sienne.

— Je n'en crois rien, Jan. Et de notre côté, nous nous préoccupons beaucoup de ton bonheur et de celui de Paul. Nous parlons très souvent de vous... C'est d'ailleurs l'une des raisons pour lesquelles nous préférons vous annoncer que nous sommes ensemble.

— Eh bien, je trouve que cette affaire est tout à la fois pitoyable et écœurante, déclara Louise en se levant. On pourrait s'attendre à ce que des gens de votre âge restent chastes, bon sang ! Notre père n'était pas dans sa tombe depuis un an que notre chère mère au tempérament volcanique n'a plus eu qu'une idée en tête, sortir avec le premier venu et s'envoyer en l'air.

— Louise ! s'écria Amanda en se levant à son tour. Te souviens-tu à quel point j'étais déprimée et combien vous vous êtes inquiétées à mon sujet ?

— Si nous avions su ce qui nous attendait quand tu te remettrais…

Elle lança un coup d'œil appuyé à son mari, qui se leva aussitôt, avant d'ajouter sur un ton sarcastique :

— Eh bien, cette soirée a été riche d'enseignements. Je vous souhaite de bien vous amuser ensemble.

Sur ce, elle se dirigea à grands pas vers la sortie, récupéra sa veste au passage et claqua la porte derrière son mari et elle, tandis que Jan éclatait en sanglots et que Paul l'enlaçait.

— Jan, s'il te plaît… dit Amanda avec tristesse.

La soirée avait été éprouvante pour tous, mais en premier lieu pour Jack et pour elle.

— Maman, comment as-tu osé faire une chose pareille ? Pourquoi nous l'as-tu annoncé ? Ne comprends-tu pas à quel point cette situation est humiliante pour nous ? Nous ne tenions pas à connaître cette histoire.

— Et pourquoi ? lui demanda Jack sans détour. Pourquoi ta mère n'aurait-elle pas envie de te tenir au courant de la vie qu'elle mène ? Ne souhaites-tu pas la savoir heureuse ?

Il s'exprimait de façon si raisonnable que Jan leva les yeux sur lui et s'arrêta de pleurer.

— Pourquoi ne peut-elle être heureuse toute seule ? Pourquoi ne se contente-t-elle pas du souvenir de mon père ?

— Parce que c'est une femme encore jeune, belle et pleine d'amour de la vie, Jan. Pourquoi devrait-elle rester seule ? Le ferais-tu, toi, s'il arrivait quelque chose à Paul ?

— Ce serait différent.

— Pourquoi ? Parce que tu es plus jeune que nous ? Même les gens de notre âge ont le droit de ne pas vivre seuls, d'avoir de la compagnie, de connaître le bonheur et l'amour.

— Cela n'a rien à voir avec l'amour, coupa Paul d'un ton plein de sous-entendus. Nous savons bien que ce n'est pas ce que tu recherches, papa, n'est-ce pas ?

— Peut-être me connais-tu moins bien que tu ne le crois, mon garçon.

— Moi, je suis contente pour toi, papa, dit Julie posément.

Elle fit alors le tour de la table pour l'embrasser et aller serrer Amanda dans ses bras. Cette dernière en eut les larmes aux yeux. La jeune femme était la seule à leur avoir manifesté de la sympathie. Les autres s'étaient montrés odieux.

— Je regrette que tout ceci ait été aussi pénible pour vous, déclara Amanda d'une voix posée.

Bien qu'elle eût craint d'éclater en sanglots à tout moment, et la tentation était grande, elle ne voulait pas leur donner cette satisfaction.

— Nous ne voulions pas vous bouleverser, reprit-elle, mais il nous a paru plus honnête de vous avertir. Je ne voulais pas vous mentir.

Comme elle cherchait Jan du regard, celle-ci se rendit compte que Paul avait eu raison, le premier de l'An, quand il avait eu l'audace de suggérer qu'il y avait peut-être un homme dans la maison ; il s'agissait de son propre père. Jan ferma les yeux, horrifiée.

— Nous espérons que vous l'accepterez avec le temps, dit Jack avec calme.

Paul murmura quelque chose à sa femme, et ils quittèrent la table pour aller enfiler leur manteau.

— Nous partons, déclara Jan d'un ton boudeur, depuis la porte.

Elle arborait l'expression qu'elle avait à l'âge de cinq ans lorsqu'elle s'apprêtait à faire un caprice.

— Je t'aime, lui dit tristement Amanda, trop abattue pour quitter sa place ou tenter de la retenir.

Quand la porte se fut refermée doucement derrière le jeune couple, Julie et son mari se levèrent à leur tour. Julie s'approcha à nouveau de son père ; c'était une jolie fille, qui lui ressemblait beaucoup.

— Je regrette, papa, elles ont été infâmes.

— C'est vrai.

Il jeta un coup d'œil inquiet vers Amanda. Elle avait prédit que leurs enfants le prendraient mal, mais ni l'un ni l'autre n'avaient imaginé une attaque aussi véhémente.

— Elles reviendront. Je crois qu'elles ont subi un choc en voyant que leur père avait été remplacé, et il est bien difficile d'admettre que les parents aient envie de s'amuser… et d'avoir des relations sexuelles, dit-elle en rougissant.

Son père, très fier d'elle, lui souriait.

— Vous êtes supposés vous comporter comme des modèles, pas comme des êtres humains, ajouta-t-elle non sans sagesse.

C'était une jeune femme pleine de qualités. Les autres n'en étaient pas dépourvues, mais elles n'avaient pas sa largeur d'esprit.

— Je crois que l'émotion a été trop forte pour elles, dit Jack en s'adressant à Amanda. Tu avais raison, nous n'aurions pas dû le leur dire.

À sa grande surprise, elle affirma aussitôt :

— Je suis contente que nous l'ayons fait.

Elle s'approcha de lui, ainsi que de Julie et de son mari, puis reprit :

— Nous avons agi comme il convenait en les prévenant, et s'ils ne peuvent le tolérer, c'est tant pis pour eux. Nous avons droit à autre chose dans la vie que de tenir simplement notre rôle de parents. Ce qui m'ennuie le plus, c'est que je ne me doutais pas que mes filles étaient aussi égoïstes. Je ne renoncerai pourtant pas pour elles à mener ma vie à ma guise. Je ne vais ni refuser de les aider, ni cesser de les aimer, et si elles ne veulent plus me voir, ce sont elles qui y perdront.

Julie l'étreignit alors, tandis qu'Amanda tremblait d'émotion. Au bout de quelques minutes, la jeune femme et son mari partirent à leur tour. Jack prit Amanda dans ses bras, et elle s'abandonna aux larmes. Il se sentit plein de compassion pour elle, car la soirée s'était révélée bien décevante.

— Je regrette pour toi, ma chérie. Quelle bande de sales gosses nous avons ! lui dit-il, indigné de voir à quel point ils lui avaient fait de la peine.

— Les tiens sont très bien. Julie, du moins. Ce sont les miennes qui se sont montrées détestables.

— Tes filles regrettent leur père, et elles ne croient pas que tu aies le droit de vivre avec quelqu'un d'autre. Je ne le prends pas pour une insulte personnelle. Ce qui m'indigne, en revanche, c'est qu'elles t'aient blessée. Cela leur passera.

— Peut-être.

Si Amanda n'avait pas l'air très convaincue, elle ne regrettait pas non plus sa liaison avec Jack. Elle se sentait même plus proche de lui.

Dès qu'elle eut débarrassé la salle à manger et mis en marche le lave-vaisselle, ils partirent ensemble pour Malibu. Elle souhaitait se réfugier chez Jack, dans son grand lit, au creux de ses bras, et oublier tout le reste.

Elle avait toujours l'air triste quand il la serra contre lui et qu'ils reparlèrent de la soirée. Il aurait tant voulu adoucir sa peine…

— Accorde-leur du temps, ma chérie. J'imagine que, même à leur âge, cette situation suppose qu'elles fassent un gros effort d'adaptation.

— Elles sont heureuses. Pourquoi n'aurais-je pas le droit de l'être aussi ?

— Parce que tu es leur mère et tu as entendu Julie te le rappeler : les gens de notre âge ne sont pas supposés avoir des relations sexuelles. À Dieu ne plaise ! Tes filles trouvent que c'est révoltant.

— Si seulement elles savaient… C'est bien plus satisfaisant qu'à leur âge.

— Chut !… Gardons le secret ! dit-il.

Il l'embrassa avec tendresse, et un instant plus tard, elle sentit combien il la désirait et combien elle avait tout autant envie de lui. Ils s'aimèrent avec fougue, et par la suite, Jack l'entendit rire tout bas dans le noir. Tout content de la savoir rassérénée, il lui demanda :

— Qu'est-ce qui t'amuse ?

— Tu te souviens du matin du Nouvel An où Jan m'a vue toute nue sur le seuil de la maison, lorsque j'ai refusé de lui ouvrir. Si elle y repense maintenant, elle va en avoir une attaque. Je devais avoir l'air vraiment bizarre.

— Tu étais diablement séduisante… Bizarre n'est pas le mot que j'aurais employé pour te décrire.

Son attitude avait pourtant été des plus surprenantes, car elle avait alors cédé à la panique.

— Nous devrions peut-être abandonner nos enfants et proposer à d'autres de les adopter, dit-elle d'une voix que le sommeil gagnait, avant de se blottir contre lui, le visage près du sien, pendant qu'il l'embrassait.

— Voilà une excellente suggestion. Nous les inviterons à dîner et nous le leur annoncerons.

— Hum… Merveilleuse idée… Tu te chargeras du Champagne, et…

Elle sombra dans le sommeil avant de terminer sa phrase, et il baissa les yeux sur elle avec un lent sourire. Amanda était une femme extraordinaire, et pour rien au monde il n'aurait voulu renoncer à elle, quoi qu'en disent leurs enfants et quelle que soit leur indignation. Il allait la garder à jamais, car sa vie en dépendait.

8

La fin du mois de février passa en un éclair, et en mars, les filles d'Amanda lui battaient toujours froid. Jack et elle y faisaient parfois allusion et il savait à quel point cela continuait à la peiner, mais il leur fallait attendre que leurs enfants acceptent qu'ils vivent ensemble. Jan n'appelait presque plus sa mère, et Louise se montrait nettement hostile chaque fois qu'Amanda passait chez elle pour voir ses petits-enfants. La réaction de Louise était d'autant plus incompréhensible qu'elle ne s'était jamais entendue avec son père. Toutefois, Jack et Amanda étaient si occupés que la plupart du temps Amanda n'y pensait pas. Il était indéniable pourtant que l'attitude inamicale de ses filles l'avait beaucoup affectée. Elle semblait avoir sans cesse des problèmes de digestion ou des malaises. Jack la pressait d'aller voir un médecin.

— Cette histoire traîne depuis trop longtemps. Tu dois te faire examiner. Tu as peut-être un ulcère.

— C'est possible.

Il est vrai qu'elle ne supportait plus le café depuis des semaines et qu'elle était épuisée depuis le malheureux dîner avec les enfants, mais elle restait persuadée que son état résultait d'une trop grande émotivité. C'était leur rejet qui l'avait tant touchée. Et de temps à autre, il lui arrivait d'avoir des cauchemars à propos de Matthew. Son mari se dressait toujours en accusateur dans ses rêves, et un psychiatre n'aurait eu guère de peine à lui montrer qu'elle éprouvait un sentiment de culpabilité. Néanmoins, elle n'estimait pas avoir commis une faute telle qu'elle dût renoncer à sa liaison avec Jack. Elle l'aimait plus que jamais. Leur passion ne cessait de croître.

Il l'invita pour la cérémonie de remise des Oscars, qui avait lieu en mars cette année-là. Jack y était toujours invité par ses clients importants. Amanda n'y avait plus assisté depuis qu'elle avait eu un prix elle-même, aussi était-elle ravie à la pensée de s'y rendre en sa compagnie. Il lui fit réserver une robe de Chez Julie. Il s'agissait d'une fabuleuse robe en satin blanc de Jean-Louis Scherrer, aux épaules rebrodées de perles, à laquelle une petite traîne donnait un rare cachet d'élégance. Quand le grand soir arriva et que Jack passa la prendre, il eut le souffle coupé de la voir dans cette tenue. Avec son port de reine, elle avait retrouvé l'ascendant de la grande star qu'elle avait été. Au cours des derniers mois, elle avait même acquis une dimension supplémentaire, car le bonheur avait ajouté de la douceur à son extraordinaire séduction.

— Whaou ! s'écria-t-il, sous le coup de l'admiration.

La robe ne lui avait pas paru avoir autant de charme quand il l'avait choisie la première fois. Sur Amanda, elle était parfaite et modelait sa silhouette comme une seconde peau. La jeune femme avait torsadé ses longs cheveux blonds, puis les avait relevés en un chignon qui se terminait par une cascade de boucles souples. Son teint était aussi clair que le satin blanc et elle portait des pendants d'oreille en diamants, avec un bracelet assorti. Elle avait vraiment une allure folle.

— Tu es fantastique ! reprit-il après avoir sifflé doucement entre ses dents. Les photographes vont en perdre la tête.

— J'en doute, répondit-elle avec modestie, avant de lui prendre le bras pour gagner la limousine qui les attendait.

Jack portait sa courte veste en vison blanc.

Quand ils descendirent de voiture, au Shrine Auditorium, la foule hurla de joie en la voyant. Ainsi que Jack l'avait prédit, on la reconnut tout de suite et son nom résonna jusqu'au moment où la meute de photographes les entoura. Il sentit la main d'Amanda trembler un peu quand il s'en empara, aussi baissa-t-il la tête pour l'encourager d'un sourire. Comme son mari l'avait coupée de ce milieu pendant plus de vingt ans, elle n'était plus habituée à cette atmosphère. Elle avait pourtant acquis une élégance, une grâce sans ostentation qui la rendaient encore plus séduisante.

— Tout va bien ? lui demanda-t-il avec un regard soucieux.

Elle avait l'air un peu nerveuse, mais elle lui répondit d'un sourire et d'un hochement de tête.

Ils se frayèrent un passage à travers les journalistes et les invités qui envahissaient le hall, et gagnèrent leurs places dans l'auditorium, parmi les vedettes que beaucoup adoraient et rêvaient d'approcher. Plusieurs personnes de l'assistance les saluèrent de la main, et Jack adressa un large sourire à certains de ses clients. Il se sentait tout à la fois détendu et fier d'assister à cette manifestation.

La cérémonie commença, et comme d'habitude, dura très longtemps. Les caméras des chaînes de télévision balayaient sans cesse la salle, et quand la soirée s'acheva, ils avaient le sentiment d'être là depuis une éternité. Le prix du meilleur acteur était allé à un débutant, et celui de la meilleure actrice, à une comédienne chevronnée. Cette dernière souleva la statuette au-dessus de sa tête et poussa un tel cri de joie que toute l'assistance se mit debout pour l'applaudir.

— Enfin ! dit-elle avec un grand sourire.

Elle était actrice depuis quarante ans.

Amanda ne put s'empêcher de se souvenir de ce qu'elle-même avait éprouvé, presque trente ans auparavant. C'était l'un des moments les plus enthousiasmants qu'elle ait jamais vécus. À présent, tout cela lui paraissait lointain et sans grande importance, bien que ce souvenir lui fit encore chaud au cœur.

— Quelle impression cela t'avait-il faite, à toi ? lui demanda Jack, alors qu'ils s'apprêtaient à quitter l'auditorium au milieu d'une cohue indescriptible.

— C'était indicible, admit-elle en répondant à son sourire. J'ai failli sauter de joie, tant j'étais excitée. Je n'avais déjà pas cru que je serais sélectionnée, alors obtenir l'Oscar… J'avais vingt-deux ans… C'était prodigieux.

Elle était ravie de reconnaître combien cette récompense avait compté pour elle. Son mari avait toujours trouvé déplaisant qu'elle en parlât.

Ils progressèrent d'environ trois mètres durant les dix minutes qui suivirent. Toutes sortes de gens s'efforçaient de les approcher, de leur parler, de commenter le palmarès ou simplement de les saluer, tandis qu'ils attendaient l'évacuation de la salle. Les représentants de la presse compliquaient l'opération, car ils arrêtaient les stars à la sortie et s'entretenaient avec elles, au beau milieu de la foule, créant ainsi des bouchons monstres.

— Croyez-vous que nous sortirons jamais d'ici, ce soir ? demanda Jack Nicholson, alors que Amanda et Jack piétinaient près de lui.

Amanda fit une moue dubitative avant de lui sourire. S'il ne lui avait jamais été présenté, elle admirait son talent.

— Tu le connais ? lui demanda plus tard Jack, intéressé.

— Non, mais j'aime bien ses films.

— Nous devrions revoir les tiens, un jour, dit-il.

Cette idée ne lui était encore jamais venue à l'esprit, car il était très rare qu'Amanda fit allusion à sa carrière.

— Comme ce serait déprimant ! s'écria-t-elle en riant. Je ne saurais rien imaginer de pire que de me revoir à l'âge de vingt ans, puis de me regarder dans un miroir. En outre, je n'étais pas si bonne actrice que ça.

Jack secoua la tête pour protester devant tant d'humilité. Ils progressèrent de quelques centimètres avant d'être à nouveau coincés. La chaleur et la foule étaient oppressantes. Amanda se sentait fondre et elle imaginait volontiers que Jack devait souffrir dans son smoking. En dépit de leur inconfort, les gens restaient de bonne humeur ; chacun riait, parlait, saluait de loin ses amis. Alors que Jack venait de reconnaître l'une de ses clientes à cinq mètres de lui, Amanda sentit que la tête lui tournait. Elle vit Jack remuer les lèvres en poursuivant la conversation, puis indiquer la sortie du geste, puis les oreilles lui tintèrent et elle eut un étourdissement. Jack ne s'apercevait de rien. Elle le tira par la manche, et quand il se tourna vers elle, il vit avec stupeur qu'en quelques minutes son visage s'était décomposé.

— Je me sens mal, murmura-t-elle. Il fait si chaud, ici… Je suis navrée.

— Veux-tu t'asseoir ?

Il sentait, lui aussi, la migraine le gagner, et les projecteurs, toujours braqués sur eux, n'amélioraient pas la situation ; la chaleur devenait insupportable et ils restaient prisonniers de la foule dans les allées. Pour rejoindre les fauteuils, il aurait fallu pouvoir voler. Jack s'en rendit compte dès qu'il eut parlé. Un coup d'œil sur Amanda lui révéla qu'elle n'était plus blanche, mais verte, et qu'elle clignait des yeux comme si sa vue se brouillait. Il la saisit d'un bras ferme et tenta en vain de fendre la foule.

— Jack… commença-t-elle d'une voix faible.

Il la vit battre des paupières, puis son regard se révulsa et elle s'évanouit. Il eut juste le temps de la rattraper dans sa chute, tandis qu'un murmure s'élevait autour d'eux, et qu'une femme poussait un cri de stupeur.

Quelqu'un lança un appel. Leurs voisins cherchèrent à s'écarter, chacun demandant ce qui se passait. Jack était très inquiet pour sa compagne.

— Donnez-lui un peu d'air, s'il vous plaît… Reculez !

Près de lui, un homme cria :

— Appelez la sécurité !

L'hystérie gagnait l'assistance et Amanda restait inerte dans ses bras. Il la souleva de terre et la tête de la jeune femme roula contre sa poitrine. Deux ouvreuses surgirent de nulle part avec des sels et une poche de glace. Aussitôt après, Amanda reprit conscience et leva les yeux vers Jack, sans comprendre ce qui lui arrivait.

— Tu t'es trouvée mal, ma chérie… C'est la chaleur… Ne t'inquiète pas.

Telles les eaux de la mer Rouge, la foule s'écarta juste assez pour qu'il puisse l'emporter jusqu'à une rangée de sièges, et l'y déposer en douceur. Quelques secondes plus tard, une équipe de secouristes les rejoignit et examina Amanda.

— Comment vous sentez-vous, à présent ? lui demanda l'un d'eux.

— Toute bête, répondit Amanda avec un pâle sourire, avant de jeter à Jack un regard d'excuse. Je suis tout à fait désolée.

— Ne dis donc pas de sottises, protesta Jack, toujours anxieux.

Elle avait encore la tête qui tournait, il le voyait bien, et n'était sans doute pas capable de se lever et de sortir seule du théâtre, même si elle essayait.

— Allons chercher un fauteuil roulant, offrit l'une des ouvreuses, à la grande confusion d'Amanda.

— Non, vraiment… Je vais mieux… Nous sortirons quand la foule aura un peu diminué.

C'est alors que les ouvreuses proposèrent de les faire sortir par une issue de secours. Jack les pria de la leur montrer sans plus attendre. Les secouristes dirent à Amanda qu'elle pouvait partir si elle s'en sentait la force, puis lui conseillèrent d'aller voir un médecin dès le lendemain matin, et Jack, la mine sévère, approuva cette suggestion. Il passa un bras puissant autour de la taille de sa compagne, et la porta à demi jusqu'à la sortie de secours. Quelques instants plus tard, ils se retrouvaient à l'air libre, et Amanda se sentit mieux. Elle prit une profonde inspiration, puis remercia les ouvreuses et s'excusa de les avoir dérangées. Elle était surtout reconnaissante que les représentants de la presse ne se soient aperçus de rien. Nul ne les guettait donc, et Jack, après l'avoir laissée sous la surveillance des ouvreuses, partit chercher la limousine, puis revint et la fit monter. Cinq minutes plus tard, ils roulaient en direction de la maison de Jack, et Amanda s'appuyait au dossier de la banquette arrière avec une expression d'épuisement total.

— Je suis navrée, répéta-t-elle pour la centième fois. Je ne sais pas ce qui m'a prise.

— Voilà pourquoi il faut que tu ailles voir un médecin.

— Je crois que c'était l'effet combiné de la chaleur et de la foule. D'un seul coup, je me suis sentie incapable de respirer, dit-elle en prenant le verre d'eau qu'il avait sorti du bar de la limousine. Il y a toujours des gens qui s'évanouissent à la remise des Oscars, Jack. Je regrette beaucoup que cela me soit arrivé.

— Eh bien, ne recommence pas !

Il se pencha vers elle et l'embrassa. Elle était toujours d'une grande beauté mais sa pâleur était telle qu'il s'inquiétait beaucoup à son sujet.

— Tu m'as fait une peur de tous les diables, là-bas. Heureusement qu'il y avait toute cette foule, elle t'a empêchée de tomber quand tu as perdu connaissance. Au moins, tu n'as pas eu de commotion cérébrale.

— Je te remercie, Jack

Il veillait si bien sur elle…

Une fois chez lui, elle enleva sa robe et se coucha aussitôt. En dépit de sa coiffure sophistiquée, de son maquillage et de ses boucles d'oreille en diamants, elle avait l'air d'une adolescente. Prise de fou rire en songeant à la façon dont s'était terminée la soirée, elle lui confia :

— Je ne me résigne pas à l'idée d'avoir fait une sortie pareille.

— C'était très théâtral, convint-il d'un ton moqueur, avant de lui sourire et de desserrer sa cravate. Veux-tu que je t'apporte quelque chose ? De l'eau ? Du thé ?

Elle réfléchit, les sourcils froncés, puis répondit à son sourire : elle mourait de faim.

– Est-ce que je pourrais avoir un peu de crème glacée ?

— De la crème glacée ? s'étonna-t-il. Tu dois te sentir mieux. Je vais voir ce qu'il y a. À quel parfum l'aimerais-tu ?

— Hum… au café.

— Vos désirs sont des ordres.

Il salua et revint deux minutes plus tard avec un bol pour elle et un autre pour lui, puis il s'assit au bord du lit pour déguster sa glace en même temps qu'elle.

— Tu étais peut-être tout simplement affamée, suggéra-t-il, plein d'espoir.

Il se rendait compte que depuis quelque temps elle était souvent très pâle, et qu'il n'y avait pas prêté assez attention. Au début de leur rencontre, il l'avait trouvée rayonnante, mais à présent, elle était fatiguée. Il savait qu'elle se tourmentait toujours au sujet de ses filles, et que celles-ci ne lui facilitaient pas la tâche en refusant d'admettre qu'elle ait une relation avec lui.

Jack décida donc de prendre les choses en main dès le lendemain. À peine furent-ils levés qu'il s'enquit du numéro de téléphone du médecin traitant d'Amanda et l'appela. Il résuma à la secrétaire l'incident de la veille et demanda un rendez-vous pour Amanda, le matin même.

— Et vous êtes monsieur… ?

— M. Watson, répondit-il, avant de noter l'heure du rendez-vous. Je suis un ami et je raccompagnerai.

— Très bien, monsieur Watson. Nous vous attendons à onze heures.

Le cabinet médical était situé à Beverly Hills ; aussi, après avoir apporté une tasse de thé à Amanda et l'avoir avertie, Jack décida d'aller faire un tour sur la plage. La jeune femme paraissait heureuse de rester un peu couchée, ce matin-là, et s'il pensait à juste titre qu'elle ne se sentait pas aussi bien qu'elle le prétendait, il n'insista pas. Ils en sauraient sans doute davantage après avoir vu le médecin.

Tandis qu'il marchait sur la plage, d'horribles doutes l'assaillirent et il se mit à courir pour échapper à la terreur qu'ils lui inspiraient. Tout pouvait arriver…

Amanda avait une tumeur au cerveau… un cancer des os… des métastases s'étaient développées, puis disséminées dans son corps sans qu'ils aient soupçonné leur existence. Il imaginait les pires scénarios, et quand il cessa enfin de courir pour s'asseoir, il s'aperçut qu'il pleurait. Il allait revivre ce qu'il avait déjà connu. Parmi des millions de femmes, il avait enfin trouvé celle entre toutes qui lui inspirait un profond amour, et voilà qu'elle était frappée d'une affection redoutable et peut-être même menacée de mort. Tout allait se passer comme pour Dori, se disait-il ; elle disparaîtrait et il ne s'en remettrait jamais. Il posa la tête sur ses genoux et, ainsi recroquevillé, pleura comme un enfant. Il lui était impossible de se tourner vers elle pour chercher du réconfort, car il ne fallait pas l'effrayer. Mais par-dessus tout, il ne voulait pas la perdre.

Il s'absenta près d'une heure, et quand il revint, elle était habillée, prête à partir. Jack nota qu'elle avait meilleure mine qu'au réveil, mais son inquiétude ne s'en trouva pas dissipée pour autant. Seule parviendrait maintenant à le calmer l'assurance des médecins qu'Amanda n'avait aucune tumeur maligne, aucune maladie incurable. L'incertitude le rongeait, mais il s'obligea à parler d'un ton détendu, tandis qu'il enfilait sa veste et jetait un coup d'œil sur sa montre. Il était temps de partir pour le cas où les routes seraient encombrées.

— Tu es prête ? lui demanda-t-il, nerveux.

Il avait l'impression d'avoir été condamné à la guillotine. Tout se passait comme si sa vie allait être bouleversée, comme s'il ne reviendrait jamais dans cette maison avec la même liberté d'esprit. Il se cuirassait d'avance contre la douleur que lui causerait la pire des nouvelles, parce qu'il l'aimait.

Juste avant qu'ils ne partent, elle lui jeta un regard plein d'une douceur qui le toucha au cœur :

— Mon chéri, je n'ai rien de grave, je t'assure. On va sans doute simplement m'annoncer que j'ai un ulcère. J'en ai eu un autrefois, quand mes filles étaient petites, mais de nos jours le traitement s'est beaucoup simplifié. Il suffit d'avaler quelques gélules et l'ulcère disparaît comme par magie.

— Tu aurais dû t'en occuper depuis longtemps, lui reprocha-t-il tandis qu'ils se dirigeaient vers la Ferrari.

— J'étais trop prise, assura-t-elle pendant qu'elle s'asseyait à côté de lui.

D'ordinaire, elle aimait rouler avec lui, mais ce matin-là, alors qu'ils se dirigeaient vers le centre-ville, Jack prenait les virages si serrés et changeait si brutalement de file qu'il lui donnait mal au cœur. Mais de crainte d'accroître encore sa nervosité, elle n'osa lui en faire la remarque.

Le médecin d'Amanda était installé dans un cabinet médical au 435 North Bedford. La salle d'accueil était pleine à leur arrivée, et il leur sembla que l'attente était interminable. Pendant que Jack feuilletait des magazines, Amanda ferma les yeux. Il lui jetait un coup d'œil de temps à autre et il était frappé par sa pâleur et son air malade. Pour le lui avoir demandé, il savait qu'elle ne souffrait pas ; simplement, elle ne se sentait pas dans son état normal. Or il n'était plus possible de mettre ces symptômes sur le compte d'un virus transmis par les enfants de Louise, puisqu'ils avaient eu la grippe plus d'un mois auparavant. La cause était sûrement plus grave.

La secrétaire appela enfin Amanda. Jack suivit cette dernière des yeux et lui fit un sourire encourageant lorsqu'elle se retourna vers lui avant d'entrer dans le cabinet du médecin. Elle était nerveuse, elle aussi, et même s'ils voulaient se donner le change, ni l'un ni l'autre n'étaient très rassurés.

Amanda dut toutefois s'avouer qu'elle était soulagée de se trouver assise devant le médecin. C'était un homme courtois dont le visage lui était familier, puisqu'il la suivait depuis près de vingt ans. Comme il avait également été le médecin traitant de Matt, il commença par lui demander si elle se sentait très seule. Elle éprouva de la gêne à lui parler de Jack, bien que celui-ci se trouvât dans la pièce voisine, aussi se contenta-t-elle d'un hochement de tête avant d'évoquer ses malaises. Elle lui parla de l'épidémie de grippe qui avait touché sa famille le mois précédent, de ses problèmes digestifs, de son incapacité à supporter le café et le chocolat, autant de signes qui lui paraissaient annoncer un ulcère.

Le docteur lui demanda si elle avait vu un gynécologue récemment, si on lui avait fait une mammographie et un frottis vaginal, et elle dut admettre que non. Elle aurait dû passer ces examens à l'époque où Matt était mort, et elle ne s'en était plus souciée par la suite.

Le médecin prit un ton sévère :

— Vous devriez, vous savez. À votre âge, il faut faire ces deux examens tous les ans.

Elle lui promit de s'en acquitter sans tarder, et quand il lui demanda si elle avait remarqué des symptômes avant-coureurs de la ménopause, elle répondit qu'il lui semblait en relever quelques-uns depuis peu.

Il hocha la tête. Pour une femme de cinquante et un ans, la nouvelle n'était pas une surprise pour lui.

— Des bouffées de chaleur ?

— Non, pas encore. Je me sens simplement très lasse, et j'ai constaté une irrégularité dans mes règles.

Si certaines de ses amies se plaignaient d'une constante fatigue, elle-même ne la ressentait que depuis peu. Au début, elle avait cru qu'il s'agissait des effets secondaires de sa nouvelle vie amoureuse, mais depuis quelques semaines, elle penchait pour une autre explication. C'est à peine si elle pouvait mettre un pied devant l'autre.

Le médecin lui posa bien d'autres questions, puis conclut par le même diagnostic qu'elle. Il s'agissait sans doute des premiers effets de la ménopause, et peut-être aussi souffrait-elle d'un nouvel ulcère.

— Je vais vous envoyer à l'hôpital pour faire un contrôle échographique. Voyons ce que cela donne avant d'entreprendre des examens plus approfondis. Ne précipitons rien. Allez voir votre gynécologue dès demain. Il vous prescrira peut-être une hormonothérapie substitutive qui vous remettra d'aplomb en un rien de temps. Il sera bon d'aborder la question avec lui.

Amanda l'écouta sans l'interrompre, approuvant d'un hochement de tête, et il lui tendit une ordonnance où il avait noté ses observations, avant de lui préciser dans quel service se rendre à l'hôpital. Il ajouta qu'on lui fournirait les résultats des premiers examens sans plus attendre, si le médecin responsable du service était là. Sinon, lui-même l'appellerait le lendemain pour lui préciser si elle avait un ulcère.

— Vous avez bien compris ? demanda-t-il pour finir, avant de la raccompagner à la porte du cabinet.

Amanda alla aussitôt retrouver Jack qui l'attendait, les traits tirés ; dès qu'il la vit, son visage s'éclaira comme celui d'un enfant perdu qui apercevrait sa mère. Elle était restée absente près d'une heure.

— Alors, qu'a-t-il dit ?

— En gros, ce que j'attendais. Il a parlé de… certains changements qui s'opèrent dans mon corps, et peut-être d'un ulcère… Il demande que j'aille passer une échographie à l'hôpital, maintenant. Veux-tu rentrer à la boutique ? Cela m'ennuie de te faire perdre la journée pour cette sottise. Il m'a déjà gardée un temps fou.

— Je t'accompagne, dit-il, résolu, bien qu'il fût soulagé d'apprendre que le médecin n'avait rien trouvé de grave – du moins jusque-là.

— Croit-il qu'il existe des raisons de s'inquiéter ? reprit-il au moment où ils arrivaient à la voiture.

Un peu mélancolique, Amanda se contenta de répondre par un signe de dénégation.

— Il croit que j'ai besoin d'hormones. C'est plutôt déprimant. Je me sens devenir vieille.

— Oh, ma chérie… Voyons… Tu n'es encore qu'un bébé…

Jack avait le don de lui remonter le moral, aussi lui adressa-t-elle un timide sourire avant de s'installer dans la Ferrari. Aussitôt, ils partirent sur les chapeaux de roue en direction de l'hôpital.

Une fois sur place, il leur fallut à nouveau patienter un temps infini avant que n'arrive le tour d'Amanda. Cette fois, Jack décida de ne pas la quitter. Il n'aimait pas les hôpitaux et n'avait pas envie qu'on l'examine sans qu'il puisse savoir ce qui lui arrivait.

L'échographiste commença par leur expliquer qu'il n'y aurait pas d'exploration interne au cours de cet examen. On allait étaler un gel colloïde sur l'abdomen d'Amanda, puis y passer une sonde, reliée à un appareil d'ultrasons. Ces derniers, réfléchis par les surfaces qui limitent les différentes couches des tissus internes, seraient transformés dans la tête émettrice-réceptrice de la sonde en ondes électromagnétiques que l'on visualiserait sur un écran de contrôle. L'image ainsi formée leur permettrait de voir si elle avait des kystes ou un ulcère. Tout cela semblait d'une relative simplicité, mais Jack tenait toujours à ne pas quitter sa compagne.

Amanda se déshabilla dans un vestiaire et ressortit vêtue d'une seule blouse blanche, puis vint s'allonger sur la table d'examen. On offrit à Jack un tabouret derrière la tête de cette table, afin qu'il puisse surveiller ce qui se passait sur l'écran, et il eut d'abord l'impression d'avoir sous les yeux une carte météorologique. On appliqua la gelée sur le ventre d'Amanda, et l'échographiste y promena le capteur en forme de micro. La patiente éprouvait une sensation de froid et trouvait le tout plutôt ennuyeux. Soudain, la technicienne fronça les sourcils, puis examina avec attention un secteur du bas de l'abdomen. La pression de la sonde semblait assez désagréable à Amanda. L'échographiste leur annonça qu'elle allait chercher quelqu'un pour étudier l'image avec elle, et qu'elle serait aussitôt de retour. Ils virent arriver un interne, qui se présenta à eux, puis examina l'écran avec intérêt.

— Vous voyez quelque chose d'anormal ? lui demanda Amanda en feignant un calme qu'elle n'éprouvait pas.

Il était clair qu'ils avaient distingué quelque chose qui les intriguait ou les inquiétait. Pourtant, c'est avec nonchalance que l'interne répondit :

— Pas du tout. Nous voulions simplement nous assurer que nous voyions bien la même chose. Deux observations valent parfois mieux qu'une, même si nous avons là une image bien nette. À quand remontent vos dernières règles, madame Kingston ?

— À deux mois, répondit-elle d'une voix étranglée.

Elle avait sans doute quelque chose aux ovaires ou à l'utérus… Il n'était donc pas question de ménopause, mais de cancer… Elle n'osait regarder Jack.

L'interne acquiesça.

— Vous avez sans doute raison, dit-il avant de cadrer sur le bas de l'écran pour obtenir une image grossie du secteur qui l'intéressait.

Il appuya sur une touche du clavier et une minuscule silhouette, blanche et mobile, se détacha sur le fond sombre du liquide dans lequel elle baignait.

— Regardez bien, reprit-il en montrant la virgule avec le doigt. Vous voyez cela ?

Amanda fit signe que oui, et Jack fixa la tache sans paraître la voir. « C'est donc là que se trouve la clé du problème », se dit-il.

— Savez-vous ce que c'est ?

— Une tumeur ? demanda-t-elle d'une voix enrouée.

— Un bébé. Je dirais que vous êtes enceinte d'environ deux mois. En fait, si vous m'accordez une minute, je pourrais fixer le terme.

— Le quoi ? s'écria-t-elle en se mettant sur son séant et en faisant tomber la sonde. Je suis… quoi ?

Elle entendit un bruit sourd derrière elle et se retourna juste à temps pour voir Jack glisser du tabouret et tomber de tout son long sur le sol. Il s'était trouvé mal.

— Ah ! Je l'ai tué… Venez à son secours, cria-t-elle en se penchant sur lui.

Jack poussa un gémissement pitoyable, et à peine commençait-il à reprendre conscience qu'il porta une main à l'arrière de sa tête.

L'interne appuya sur un bouton pour appeler le personnel, et une équipe d'infirmiers arriva au pas de course au moment où Jack ouvrait les yeux. Amanda, agenouillée, sentait la bosse grossir sous ses doigts.

— Mon Dieu… Comment te sens-tu ?

L'interne renvoya les infirmiers après que l'échographiste leur eut demandé d'apporter de la glace, puis Jack s'assit lentement.

— Je vais bien. J'ai juste essayé de me suicider, voilà tout. Pourquoi m'en as-tu empêché ?

L'interne leur fit un sourire hésitant et dit :

— Si je comprends bien, c'est une surprise pour l'un comme pour l'autre. Cela arrive quelquefois, surtout dans les cas de bébés tardifs.

— *Tardifs ?* s'étonna Amanda en lui faisant face. Je croyais qu'il n'était plus question de bébés pour moi.

— Avez-vous pensé que vous aviez des troubles de la ménopause ? dit-il.

Amanda fit signe que oui, tout en aidant Jack à s'asseoir sur la table d'examen. Il s'y allongea et elle appliqua sur sa bosse la poche de glace que l'échographiste lui tendait.

— Ne faut-il pas craindre une commotion ? demanda-t-elle, pleine d'inquiétude.

L'interne examina les yeux de Jack, puis leur assura qu'il n'en était rien.

— Tu as de la chance que je n'aie pas eu une crise cardiaque, dit Jack à Amanda. Comment cela a-t-il pu arriver ?

Tous deux le savaient pourtant. Il avait renoncé à utiliser des préservatifs en janvier, quand il avait reçu les résultats négatifs du test de dépistage du sida. De son côté, Amanda s'était crue certaine de ne plus jamais avoir d'enfants.

— Dis-moi que je rêve ! gémit-il, avant de fermer les yeux, tant sa tête était douloureuse.

— La nouvelle me sidère autant que toi, répondit Amanda à voix basse, en contemplant sur le moniteur l'image de leur bébé.

Or, depuis qu'ils l'avaient découverte, une date était venue s'y inscrire, celle du 30 septembre.

— Et voilà la date du terme, celle où naîtra le bébé, déclara l'interne d'un ton guilleret qui donna à Jack envie de l'étrangler. Nous allons adresser un compte rendu d'examen à votre médecin traitant. Toutes mes félicitations !

Sur ce, il quitta la pièce pour aller voir un autre patient, et l'échographiste leur tendit un cliché, sorti du reprographe depuis quelques secondes.

— Voilà la première photo de votre bébé, leur dit-elle avec le sourire, avant de tout effacer pour accueillir la prochaine patiente.

Il fallait libérer la salle. Jack se leva avec difficulté, et dit à Amanda :

— Cette histoire me paraît toujours aussi invraisemblable.

Il était plus affecté qu'elle, car Amanda se sentait soulagée depuis qu'elle savait qu'elle n'avait ni une tumeur cancéreuse, ni un ulcère, et qu'elle attendait simplement un bébé.

— Elle l'est pour moi aussi, admit-elle en lui jetant un coup d'œil embarrassé. Je vais m'habiller.

Elle revint au bout de quelques instants, et ils sortirent à pas lents de la pièce, portant toujours la poche de glace. Ni l'un ni l'autre ne dirent mot jusqu'à ce qu'ils soient dans la voiture, et une fois là, Jack se contenta de la dévisager. Il avait l'impression que toute sa vie défilait devant lui. Il avait redouté de se trouver dans une situation comparable, mais pas avec une femme à laquelle il était attaché, et il ne s'était pas attendu à se l'entendre confirmer d'une manière aussi brutale. Avec des filles d'une trentaine d'années, on savait que si l'on ne prenait pas de précautions, on courait des risques, mais avec une femme de cinquante ans… Doux Jésus !

— Je n'arrive pas à réaliser que je suis enceinte, dit-elle.

Il vit qu'elle tenait toujours le cliché à la main et s'écria :

— Jette-moi ce document ! Cela me fait peur.

Ce qu'ils avaient vu palpiter sur l'écran, c'était le cœur de l'enfant, et l'interne leur avait déclaré que le fœtus paraissait en bonne santé.

Depuis qu'elle était dans la Ferrari, Amanda examinait ce cliché et n'entendait pas s'en séparer. Jack lui proposa alors :

— Veux-tu que nous allions dans un endroit tranquille pour en parler ? Ou simplement rentrer chez nous et absorber le choc ?

Il comprenait que c'était un moment important pour elle. Quel malheur que cela leur soit arrivé ! Au bout du compte, pourtant, ils en sortiraient peut-être mieux soudés ? Il l'espérait, du moins. Et il entendait bien rester auprès d'elle pour la soutenir.

— Faut-il que tu ailles au bureau ?

— Ce serait préférable. Pourtant, si tu veux que nous parlions, je préviendrai Gladdie. De ton côté, il faudrait que tu expliques la situation à ton médecin.

— Je ne sais plus que dire, admit Amanda à voix basse en le regardant.

La nouvelle avait quelque chose de stupéfiant, de terrifiant même. Elle ne parvenait pas encore à en envisager toutes les implications.

— C'est ma faute, reconnut-il d'un ton morne. J'aurais dû faire attention. J'étais si heureux de me débarrasser de ces maudits préservatifs, après tant d'années, que j'en ai perdu toute prudence… ce qui était tout à fait stupide.

— Je n'ai pas cru un seul instant que cela pourrait m'arriver, avoua-t-elle, toujours sous le choc.

— Il est vrai qu'une grossesse d'adolescente pour une quinquagénaire… commença-t-il, moqueur, avant de se pencher vers elle et de l'embrasser. Pourtant, je t'aime. Je suis bien content que tu sois en bonne santé, que ce ne soit pas une horrible maladie.

Sur ce plan-là, il était rassuré, en effet, et il ne leur restait plus que des regrets pour ce qui attendait Amanda.

— Au moins, c'est une affaire que nous réglerons sans difficulté, dit-il en se voulant rassurant, au moment où ils s'arrêtaient à un feu rouge.

Amanda, en plein désarroi, tourna la tête vers lui.

— Que veux-tu dire ? questionna-t-elle d'une petite voix tendue.

— Eh bien, tu ne vas pas le garder, à ton âge. Ce serait ridicule. En outre, nous ne voulons ni l'un ni l'autre de cet enfant. Que ferions-nous d'un bébé ?

— Qu'en font les autres ?

— Ils ont en général vingt ans de moins, et puis ils sont mariés.

La voyant changer de visage, il se gara le long d'un trottoir et lui demanda :

— Tu ne vas pas me dire que tu souhaites le garder ?

Elle ne répondit pas, mais ce qu'il lut dans ses yeux l'emplit de terreur.

— Tu n'es pas folle ? poursuivit-il. J'ai soixante ans, et toi, presque cinquante et un. Nous ne sommes pas mariés et tes filles me détestent déjà. Comment crois-tu qu'elles accueilleront une surprise de cette taille ?

Il ne savait plus à quoi s'en tenir. L'idée qu'Amanda voudrait garder ce bébé ne l'avait même pas effleuré.

— C'est notre vie, pas la leur, objecta-t-elle. Et pour ce qui est du bébé, Jack, tu me demandes de tuer un être humain.

Une douleur sans nom se lisait dans ses yeux, à présent.

Pour la première fois depuis qu'il la connaissait, il éleva la voix :

— Quelle idiotie ! Pour l'amour du ciel, montre-toi raisonnable, Amanda. Tu ne peux pas envisager de mettre au monde cet enfant.

— Je n'accepterai pas de le sacrifier.

Bien qu'elle n'eût pas encore pris le temps d'y réfléchir, elle savait sans l'ombre d'un doute qu'elle ne demanderait pas un avortement.

— Ce n'est pas un bébé. C'est une simple tache de rien du tout sur un écran. C'est une menace pour notre équilibre mental et notre vie commune, ne le comprends-tu pas ? Nous ne pouvons faire un choix pareil ! cria-t-il.

Elle lui lança un regard de défi, mais n'ouvrit pas la bouche.

— Alors, c'est moi qui n'accepte pas une chose pareille. Je n'en veux pas et tu ne peux pas m'y contraindre ! Tu ne m'obligeras pas à avoir un enfant à mon âge. Il faut que tu acceptes un avortement thérapeutique.

Il était tenté de la secouer, mais, malgré l'intensité de sa colère, il n'aurait jamais levé la main sur elle.

— Je ne suis obligée à rien, Jack. Et je ne suis pas l'une de tes petites amies cherchant à te piéger. Je n'ai pas voulu cette situation, et cependant, tu ne me contraindras pas à adopter une solution qui me déplaît sous prétexte que tu es trop froussard pour accepter la réalité. Je suis enceinte, et il s'agit bien de notre bébé.

— Très bien, tu es cinglée. Ce doit être une question d'hormones. Ah, mon Dieu, toute cette histoire est insensée.

Il embraya et prit la direction du quartier de Bel Air, où était située la maison d'Amanda.

— Écoute, Amanda, enchaîna-t-il tandis qu'il s'engageait dans Rodeo Drive, tu peux faire ce qui te chante, mais moi, je ne servirai pas de père à cet enfant.

Je ne veux pas me lever la nuit pour chauffer des biberons ou soigner des otites, et je n'irai pas sur un terrain de base-ball pour l'entraînement des poussins. Je n'assisterai pas non plus à une remise de diplôme de fin d'études quand j'aurai quatre-vingt-dix ans.

— Tu n'auras que quatre-vingts ans. Quatre-vingt-deux pour être précise. Et pour tout dire, tu manques de cran.

Elle avait à peine terminé qu'elle fondit en larmes. Il tenta alors de retrouver son calme et de la raisonner.

— Voyons, chérie… Je sais ce que tu ressens. Tu viens de subir un choc. D'abord, on a cru que tu avais une grave maladie, et maintenant, on sait que tu es enceinte. Tu n'as pas les idées claires. Un avortement, c'est une épreuve, je le comprends. Pourtant, pense à la manière dont un enfant bouleverserait ta vie, même en faisant abstraction de la mienne. Envisages-tu vraiment de tout recommencer ? Conduire à tour de rôle ton enfant et ceux des voisins à l'école, quand tu auras soixante ans ?

— Il me semble que tu conduis très bien, à ton âge. Je suis sûre que je pourrai conserver mon permis durant les neuf années à venir, si je m'entraîne. Je ne suis pas stupide. Seulement, il ne s'agit ni de mon choix, ni du tien ; c'est un don du ciel. On nous accorde un inestimable cadeau. Nous n'avons pas le droit de le refuser, point final…

Elle lui jeta un regard, désireuse de l'attendrir. Quand elle se rendit compte que c'était sans espoir, elle se contenta de baisser la tête et s'abandonna aux larmes.

— Jack, avoua-t-elle, je ne pourrais pas.

— Tu ne m'avais pas dit que tu avais des convictions religieuses.

Bien qu'il eût pitié d'elle, il se sentait tout à la fois trompé et furieux. Elle n'avait pas à lui imposer une telle ligne de conduite. Dori ne s'y serait pas risquée.

Quand ils s'arrêtèrent devant chez elle, il lui fit face et l'entendit déclarer d'une petite voix claire :

— J'ai des idées très arrêtées sur ce point.

— Moi aussi, Amanda, et rien de ce que tu pourras dire ne me fera changer d'opinion. Je ne veux pas tenir un rôle dans cette affaire, et je ne tiens pas à être mis au courant. Si tu choisis l'interruption volontaire de grossesse, je serai à ton côté, je te tiendrai la main, je pleurerai avec toi et je t'aimerai jusqu'à la fin de ma vie. En revanche, rien ne me forcera à élever un enfant à mon âge.

Et son ton résolu disait sa conviction profonde.

— Beaucoup d'autres hommes de ton âge l'acceptent, surtout ici, à Los Angeles. La moitié des pères que je vois accompagner des femmes d'une trentaine d'années, enceintes jusqu'aux yeux, chez mon gynécologue, sont plus âgés que toi.

Tout en parlant, elle avait dessiné dans le vide une forme de montgolfière, et il avait dû résister à l'envie de faire la grimace.

— Eh bien, ils sont séniles, assura-t-il. Ma décision est irrévocable. Amanda, si tu as ce bébé, je te quitterai.

— Au revoir, alors, dit-elle en le regardant soudain avec haine. Fais ce que tu veux, mène ta vie à ta guise, et je vivrai la mienne comme je l'entends, car c'est mon corps, et c'est mon bébé. Et comme tu n'as aucun droit là-dessus, va-t'en au diable, Jack. Va retrouver tes stupides starlettes. J'espère qu'elles tomberont toutes enceintes ; c'est ce que tu mérites.

— Merci d'avoir joué cette partie avec moi, répondit-il.

Elle sortit de la voiture et claqua la portière avec violence, puis courut jusqu'à sa porte, l'ouvrit et s'engouffra chez elle sans se retourner. Cinq secondes plus tard, elle entendit la Ferrari démarrer sur les chapeaux de roue, se laissa tomber sur une chaise et se mit à sangloter. Elle l'avait perdu ; elle avait tout perdu… Pourtant, elle ne céderait pas. Elle n'avait plus le choix, à présent : elle mettrait ce bébé au monde, mais quelles explications allait-elle fournir à ses filles ?

9

Les trois jours qui suivirent furent un véritable supplice pour l'un comme pour l'autre. Jack s'emporta même contre Gladdie, ce qui ne lui était pas arrivé depuis des années. Si cette dernière ignorait ce qu'avait son patron, elle comprenait que plus rien ne tournait rond. L'absence d'appels d'Amanda ne lui avait pas échappé. De son côté, Jack ne prenait plus les communications de Julie et de Paul. Il n'avait plus de relations avec ses amis.

Pour sa part, Amanda vivait en recluse chez elle et se comportait comme si elle avait repris le deuil. Quand Louise passa la voir avec ses enfants, Amanda refusa de les laisser entrer. Elle prétendit souffrir de maux de tête et semblait en effet mal en point.

Au bout de quelques jours, Louise appela Jan et lui demanda :

— Sais-tu si maman a des problèmes ?

Jan avait seulement appris que son beau-père n'acceptait plus les appels de Paul.

— Peut-être que ces deux obsédés sexuels ont rompu, dit-elle. Si c'est vrai, que le Seigneur en soit remercié. Alléluia ! s'exclama sa sœur.

— Oh, voyons, Lou, la reprit Jan.

— Comment, tu es de leur côté, maintenant ? dit Lou, stupéfaite.

— Non, mais tu sais bien que ce sont des adultes et que papa n'est plus là. Ils ont peut-être le droit de se comporter comme ils l'entendent, dans la mesure où ils restent discrets.

— Ce raisonnement-là ne tient pas. Ils me dégoûtent, affirma Louise sans ménagement.

— As-tu oublié tout ce que tu disais après la mort de papa, au sujet du droit qu'avait désormais maman de mener sa vie à sa guise, et ainsi de suite ? Il est possible que nous n'ayons pas celui de nous mêler de leurs affaires ni même de les désapprouver. Pourquoi porterions-nous un jugement ?

— Flûte, Jan, qu'est-ce qui t'arrive ? Tu as retrouvé la foi ? C'est de notre mère qu'il est question. Elle se conduit comme une traînée. Elle a une liaison.

— Elle vit seule et elle a plus de cinquante ans. Rien ne lui interdit de n'en faire qu'à sa tête. J'en arrive à croire que nous nous sommes conduits de façon lamentable quand elle nous l'a annoncé.

— Eh bien, moi pas. Je n'ai qu'un espoir, c'est qu'il la laisse tomber.

— C'est peut-être elle qui l'abandonnera.

— Du moment que l'un d'eux quitte l'autre…

Toutefois, comme à la fin de la semaine Amanda n'avait toujours parlé à personne, ses deux filles s'en inquiétèrent sérieusement. Amanda se contentait de rester chez elle, et sous le coup du choc que lui avait causé la séparation d'avec Jack, ainsi que des changements hormonaux qui s'opéraient en elle, elle pleurait pour un oui ou pour un non. D'un côté, elle se persuadait que l'avenir n'avait plus rien à lui offrir, et de l'autre, elle était émue à la pensée qu'une nouvelle vie commençait en elle. Il lui était pourtant difficile d'envisager sans Jack la suite de son existence. Elle n'avait plus de nouvelles de lui depuis qu'elle l'avait quitté, car il n'avait même pas essayé de lui téléphoner.

Aucun employé ne trouvait grâce devant lui et il travaillait jusqu'à minuit tous les soirs. Une fois rentré, il se laissait tomber sur un divan, les yeux dans le vague, et s'efforçait de ne pas penser à la manière dont Amanda l'avait abandonné. Il n'en était toujours pas revenu.

Comment avait-elle pu lui jouer un tour aussi pendable ? Certes, ce n'était pas sa faute à elle si elle était tombée enceinte, du moins n'était-elle pas la seule responsable de cette situation, mais son refus d'interrompre sa grossesse ressemblait à une véritable trahison. Et cependant, alors même qu'il ruminait sa colère, il repensait à l'une de ses paroles ou à l'un de ses gestes… aux expressions de son visage quand il l'aimait ou lorsqu'elle se réveillait, et elle lui manquait au point qu'il pensait en mourir. Il s'obstinait cependant à ne pas l'appeler.

Amanda hantait ses pensées et ses rêves ; elle était l'objet de tous ses désirs et le rendait fou. Le dimanche matin, il resta plusieurs heures sur la plage de Malibu. Il nagea, courut, puis s'assit et se perdit dans la contemplation de l'océan en songeant à elle, et il comprit qu'il ne le supporterait pas plus longtemps. Il fallait qu'il l'entende.

Il résista encore à la tentation tout l'après-midi, puis à huit heures, il l'appela. Il n'avait pas préparé ce qu'il allait lui dire ; il voulait simplement entendre le son de sa voix, ne serait-ce qu'une minute. Toutefois, il ne la reverrait pas ; cela n'avait plus de sens. Il ne voulait pas être aspiré dans le tourbillon de folie qu'elle avait créé. Quand il eut fait son numéro de téléphone, il tomba sur le répondeur. Amanda ne décrocha pas. Elle ne sut qu'il avait appelé que le lendemain matin, quand elle écouta les messages, ce qu'elle se donnait la peine de faire de plus en plus rarement. Durant les tout premiers jours qui avaient suivi leur dispute, elle avait écouté toutes les heures, puis au cours du week-end elle y avait renoncé. Huit jours s'étaient écoulés depuis leur séparation, et voilà qu'enfin il cherchait à la joindre au moment où elle allait se résigner à ce qu'il sorte de sa vie ; elle avait peine à le croire. Elle écouta le message, et Jack lui sembla tendu, mal à Taise. Il voulait simplement s'assurer qu'elle allait bien, puis il avait raccroché. Elle effaça le message et alla se coucher. Atteinte de léthargie, à présent, elle n'avait plus qu'une envie, dormir. Si elle se souvenait avoir eu cette réaction lors de ses précédentes grossesses, le phénomène lui paraissait plus accentué, cette fois. Qu'il soit dû à l'âge ou à la désertion de Jack, elle se sentait épuisée, et dormait dix heures par jour pour le moment.

Comme elle ne le rappelait pas, quand arriva le jeudi Jack se demanda si elle avait eu son message. Le répondeur était peut-être en panne. Cette fois, il l'appela depuis son bureau, entre deux rendez-vous, et posa la même question sur son état de santé. Amanda l'écouta tard dans la soirée, et se demanda pourquoi il se donnait le mal de l'appeler, puisqu'il lui avait parfaitement fait comprendre ses intentions. Pour sa part, elle ne souhaitait ni le revoir ni lui parler. Quand elle reconnut sa voix, elle eut cependant les larmes aux yeux, puis retourna se coucher avec un bol de crème glacée. C'était devenu sa seule nourriture.

Elle s'était toutefois mise à répondre aux appels de ses filles, car elle ne souhaitait pas qu'elles lui rendent visite. Elle prétendit avoir attrapé un virus et prendre des antibiotiques. Elle les préviendrait dès qu'elle irait mieux. Ni l'une ni l'autre ne furent dupes.

— Elle ment, assura Louise à sa sœur, le jeudi. Puisqu'elle parle d'une voix normale, elle doit être en bonne santé. Peut-être souffre-t-elle d'une dépression nerveuse ?

— Pourquoi ne la laisserions-nous pas un peu tranquille ? proposa Jan.

Le soir venu, pourtant, elle confia à Paul qu'à leur avis les amours de leur mère étaient mortes.

Il fut du même avis, car son père se comportait avec tous ceux qui l'approchaient comme un monstre.

— Je suis tombé sur lui cet après-midi, dit-il. On jurerait qu'il ne s'est pas peigné de la semaine, et il réagit comme s'il venait de tuer quelqu'un. Je crois qu'elle la laissé tomber.

— À moins que ce ne soit le contraire, répondit Jan avec tristesse, en se demandant s'ils n'avaient pas une responsabilité dans cette affaire.

Elle éprouvait un sentiment de culpabilité, car leur mère n'avait sans doute pas mérité la façon dont ils l'avaient traitée ; et maintenant, ils ne pouvaient revenir là-dessus.

Quand la femme de ménage se présenta chez Amanda, elle la trouva en train de regarder la télévision en plein jour. Elle s'était mise à suivre les séries télévisées et les débats sur les problèmes de société au cours desquels des femmes se plaignent que leur mari leur préfère la voisine, le berger allemand ou deux de leurs sœurs, à tout le moins. Amanda pleurait sur leur sort et se bourrait de crèmes glacées.

— Je vais devenir obèse, et puis après ? dit-elle à la cantonade, un après-midi où elle entamait son deuxième bol de glace.

Elle allait se suralimenter et grossir au point qu'aucune de ses relations ne lui adresserait plus la parole. Et Jack, ce lâche, avait sans doute déjà recommencé à courir après des créatures de rêve.

Et pourtant, loin de là, Jack continuait à rudoyer Gladdie et à rendre tous ses collaborateurs nerveux. Amanda et lui s'étaient séparés depuis deux semaines, à présent.

Enfin, le vendredi après-midi, Gladdie lui déclara :

— Écoutez, je voudrais vous demander de m'accorder une faveur. Pourquoi ne pas lui parler, au moins ? Vous pourriez peut-être parvenir à un accord, tous les deux ? Sinon, vous allez nous rendre fous. Nous allons bientôt devoir prendre des antidépresseurs. Appelez-la.

— Comment savez-vous que je ne lui parle plus ? dit-il, l'air embarrassé, tout en se demandant si Gladdie ne lisait pas dans ses pensées.

— Vous êtes-vous regardé dans un miroir, ces temps-ci, Jack ? Vous vous rasez deux fois par semaine. Vous ne vous êtes pas peigné depuis Dieu sait quand. Vous portez le même costume trois jours durant. Vous ressemblerez bientôt à un clochard. Croyez-moi, une allure pareille n'améliore pas l'image de la maison.

— Je le regrette, mais j'ai été trop préoccupé pour m'en soucier, dit-il, malheureux.

La situation lui était plus insupportable que la disparition de Dori, car Amanda, elle, continuait à vivre à quelques minutes de là, et il n'avait pas cessé de l'aimer. En revanche, il s'était conduit de façon affreuse avec elle, et pour sa part, elle n'avait réagi à aucun des quatre coups de fil qu'il lui avait passés.

— D'ailleurs, elle refuse de me parler, avoua-t-il d'un ton accablé.

Gladdie, toujours maternelle, lui tapota l'épaule.

— Croyez-moi, elle n'attend que cela, assura-t-elle. Elle est sans doute en plus mauvaise posture que vous. Que lui avez-vous donc fait ?

Elle supposait qu'il était responsable de la rupture, sinon il n'aurait pas paru aussi coupable.

— Vous ne tenez pas à connaître les détails, affirma-t-il, un peu honteux.

— Peut-être que non, en effet, convint Gladdie. Et pourquoi n'iriez-vous pas la voir ?

— Elle ne me laissera pas entrer. Pourquoi le ferait-elle ? Je l'ai quittée quand elle avait besoin de moi… Je l'ai menacée, Glad… Je me suis comporté comme un parfait imbécile.

— Elle vous aime sans doute quand même, car les femmes ont des trésors d'indulgence pour les imbéciles. Il arrive même qu'elles en soient amoureuses. Allez donc la trouver.

— Je ne peux pas.

Il avait tellement l'air d'un enfant têtu que sous le coup de l'exaspération, Gladdie secoua la tête.

— Je vous y conduirai, mais allez-y.

— D'accord, d'accord, j'irai demain.

— Tout de suite, insista-t-elle en refermant son agenda. Vous n'avez pas de rendez-vous, et ici, personne ne peut plus vous supporter. Rendez-nous à tous un grand service et allez la voir. Sinon, je rédige une pétition et je la fais circuler parmi le personnel.

Le sourire qu'elle lui arracha lui donna meilleure mine, et il se leva, non sans assurer :

— En dépit de votre caractère difficile, je vous aime bien. Merci de m'avoir parlé ainsi. Si elle me claque la porte au nez ou refuse de m'ouvrir, je serai de retour dans dix minutes.

— Je vais de ce pas brûler un cierge, répondit-elle.

Jack se précipita dehors, animé du désir d'être déjà arrivé, de la voir et de lui confier ses pensées. Il priait le ciel qu'Amanda accepte de le recevoir. Avec la Ferrari, il fut chez elle en cinq minutes. Il sonna à plusieurs reprises, et comme elle ne répondait pas, il se demanda si elle était à la maison. Comme la porte du garage était close, il ne pouvait savoir si la voiture s'y trouvait. Il fit donc le tour de la maison et se mit à tambouriner aux fenêtres de la chambre.

Amanda, couchée, regardait un magazine. Elle crut d'abord qu'un oiseau ou un chat heurtait la vitre, puis elle prit peur. Elle pensa qu'un cambrioleur vérifiait s'il y avait ou non quelqu'un.

Avant d'appeler la police, elle décida d'aller jeter un coup d'œil à travers les rideaux de la fenêtre de la salle de bains pour se rendre compte s'il s'agissait d'un rôdeur. Elle se faufila sur la pointe des pieds dans la pièce voisine, tout en gardant le pouce sur le bouton d'appel du système d'alarme, et c'est alors qu'elle vit Jack, méconnaissable, taper au carreau.

Elle ouvrit la fenêtre de la salle de bains et sortit la tête :

— Que fais-tu là ?

Elle se trouvait dans un état aussi pitoyable que le sien. Depuis des jours, elle se contentait de tirer ses cheveux en queue-de-cheval et de les maintenir avec un élastique. En outre, elle ne s'était plus maquillée depuis la dernière fois où elle l'avait vu. Soudain, elle s'indigna :

— Arrête donc de frapper comme ça ! Tu vas casser la vitre !

— Alors laisse-moi entrer, dit-il d'un ton enjoué, tant il était content de la voir.

Amanda fit un signe de dénégation. Elle avait l'air abattue, mais Jack trouva que son visage était un peu plus plein et qu'elle était très jolie.

— Je ne veux pas te voir, affirma-t-elle en refermant brutalement la fenêtre.

Il s'approcha alors de la salle de bains et ils se dévisagèrent à travers la vitre. Amanda avait du mal à s'avouer combien elle l'aimait encore et combien elle était heureuse de le revoir. En fait, elle se méprisait d'avoir un tel élan vers lui.

— Va-t'en ! ordonna-t-elle en le chassant de la main.

Il pressa alors son visage contre le carreau et se mit à faire des grimaces si horribles qu'elle ne put s'empêcher de rire.

— Allez, Amanda, sois gentille, dit-il.

Elle réfléchit un instant, puis disparut. Il n'avait aucune idée de ce qu'elle mijotait. Une minute plus tard, pourtant, elle apparut à la porte de derrière, pieds nus, en chemise de nuit. En la voyant, Jack tressaillit.

— À quelle heure te couches-tu donc, maintenant ?

Il était quatre heures de l'après-midi, et il se souvenait de la chemise de nuit, même si, en sa présence, Amanda ne l'avait pas conservée très longtemps.

— Je me suis couchée il y a deux semaines, et je suis restée dans mon lit depuis, à manger des crèmes glacées et à regarder des magazines. Je vais devenir grosse et laide, mais je m'en moque, déclara-t-elle.

Quand il pénétra dans la cuisine à sa suite et qu'elle se tourna vers lui, il lut tant de vulnérabilité dans ses yeux qu'il en fut ébranlé, et il se demanda à nouveau comment il avait pu être assez stupide pour la quitter.

— Pourquoi es-tu venu me voir ? reprit-elle.

Elle paraissait si bouleversée qu'il en eut le cœur serré.

— Parce que je t'aime, que je suis un idiot… et que Gladdie l'a exigé, avoua-t-il avec un sourire contraint. Elle prétend que je suis insupportable, et il est vrai que je ne suis pas à prendre avec des pincettes. Pourquoi n'as-tu pas répondu à mes appels ? poursuivit-il, l'air blessé.

Amanda haussa les épaules, ouvrit le réfrigérateur, et à son amusement, revint à son obsession.

— Veux-tu un peu de glace ? lui proposa-t-elle, l'air absente. Il ne me reste que de la vanille.

— C'est lamentable. As-tu mangé autre chose depuis quinze jours ? demanda-t-il, soucieux.

Elle fit signe que non, tout en emplissant deux coupes de glace.

— Ce n'est pas bon pour le bébé, reprit Jack.

— Qu'est-ce que ça peut te faire ? dit-elle en le regardant droit dans les yeux. Tu ne trouves pas que c'est hypocrite pour quelqu'un qui voulait que je le fasse disparaître ?

Elle lui tendit une coupe, et ils prirent place autour de la table.

— Je ne voulais pas que tu le supprimes. Je tenais à conserver mon équilibre, à ne rien changer à l'existence que nous menions… mais à tes dépens. Je me suis conduit comme un idiot. Je le regrette, Amanda, dit-il avec tristesse avant de repousser sa coupe. Comme je ne m'y attendais pas du tout, j'ai reçu un de ces chocs…

Le mot était faible, se dit-elle, avant de lui sourire.

— Moi non plus, je ne m'en doutais pas. Je déplore que les choses se soient passées comme cela, Jack.

À la minute où elle avait appris qu'elle attendait un enfant non désiré et dont elle n'avait pas soupçonné l'existence, elle avait perdu l'homme qu'elle aimait.

— Ce n'est pas ta faute… Tu n'es pas la seule responsable.

Il savait qu'elle n'avait pas cherché à le tromper. Ni l'un ni l'autre n'avaient cru qu'elle puisse concevoir des enfants. Ils avaient écarté de leur esprit toute pensée de ce genre.

— Comment te sens-tu ? reprit-il.

— Grosse, avoua-t-elle en riant. J'ai bien dû prendre trois kilos à force de manger de la glace.

— On ne le dirait pas.

Pourtant, les contours du visage d'Amanda s'étaient adoucis et ses yeux brillaient d'un éclat singulier, comme si une petite flamme s'y était allumée... Il se souvenait avoir vu ce regard lumineux chez son ex-femme, quand elle attendait leurs enfants.

— Tu es très belle, la complimenta-t-il.

— Ce doit être ma coiffure, dit-elle en lui adressant un sourire timide.

Il lui suffisait de le voir pour se rendre compte avec plus de force encore combien il lui avait manqué. Elle ignorait pourquoi il était venu la trouver, mais supposait qu'il voulait s'assurer que ni l'un ni l'autre n'éprouvaient de rancœur au sujet de cette séparation. C'était au moins une façon élégante de rompre. Peut-être qu'un jour, en dépit de ses résolutions, il viendrait voir le bébé...

— Tu n'accepterais pas de dîner avec moi chez un glacier ? Aux 31 Parfums ou chez Ben & Jerry, par exemple ? risqua-t-il, non sans un certain embarras.

— Pourquoi donc ?

Elle ne voyait pas l'intérêt de prolonger leur tête-à-tête, à présent.

— Parce que tu me manques. J'ai perdu la raison depuis deux semaines. Le plus surprenant, c'est que Gladdie n'ait pas encore démissionné.

— Je n'ai pas été bien, moi non plus. J'ai passé mes journées à dormir, à manger des glaces, et à verser des larmes devant les tragiques problèmes de société qu'expose la télévision.

— J'aurais voulu être là.

— J'aurais aimé que tu le sois, répondit-elle à voix basse, avant de tourner la tête, car elle trouvait presque intolérable de le regarder.

C'est alors qu'il se leva, fit le tour de la table et déclara :

— Je t'aime, Amanda… Je voudrais reprendre ma place près de toi, si tu l'acceptes. Je te promets de ne pas me défiler dans cette histoire. Je ferai ce que tu voudras. Tu auras ce bébé si cela te fait plaisir. Je lui achèterai des chaussons. Je t'offrirai des crèmes glacées. Je ne supporte pas de te perdre, point final.

Il avait dit cela d'une voix si enrouée que lorsqu'il s'arrêta, elle le dévisagea avec stupeur.

— Tu parles sérieusement ?

— À propos de la crème glacée ? Je te le jure… Je ne vais pas te laisser affronter cette épreuve toute seule. Je crois que tu es folle, mais je t'aime, et c'est mon enfant aussi, Dieu me pardonne. Je te demanderai simplement de ne pas rire si je perds la mémoire et que je me dirige avec la poussette vers le milieu de la rue, parce que la maladie d'Alzheimer m'aura rattrapé. Contente-toi de me trouver une garde-malade, s'il le faut.

— Je te trouverai tout ce que tu voudras, dit-elle en se levant à son tour pour qu'il l'attire contre lui. Je t'aime tant que j'ai cru mourir sans toi.

— Moi aussi, dit-il en l'étreignant plus fort. Seigneur, Amanda… Je ne veux te perdre à aucun prix.

Puis il lui demanda, non sans inquiétude, si elle pensait qu'ils devraient se marier.

— Tu n'as pas besoin de m'épouser, lui dit-elle en hochant la tête, tandis qu'ils se dirigeaient à pas lents vers sa chambre. Ce n'est pas ce que j'attends de toi.

— Non, mais peut-être que le petit, lui, serait content. On devrait peut-être le consulter.

— Il est possible que ce soit une petite.

— N'insiste pas, tu me rends nerveux. Alors, allons-nous nous marier ?

Pour elle, il était prêt à régulariser la situation, quoi qu'il lui en coûtât. Toutefois, sur ce point, elle le surprit.

— Non, rien ne nous y contraint. Aucune loi ne précise que nous devons être mariés. On pourra l'envisager plus tard. Voyons d'abord comment nous nous entendons.

— Vous êtes très moderne d'esprit, madame Kingston.

— Non, je t'aime, voilà tout.

Ils étaient entrés dans sa chambre et Jack l'avait à nouveau attirée contre lui et l'embrassait. Il était revenu et elle ne le laisserait plus jamais repartir. En un tournemain, sa chemise de nuit tomba sur le sol, puis Jack se dévêtit à son tour et ils se retrouvèrent sur le lit où ils s'étaient aimés la première fois, le jour précis où ils avaient sans doute conçu l'enfant. C'était le lit de Jack, le leur à tous les deux, maintenant. Et tandis qu'il la prenait, il sut avec une certitude absolue qu'il l'aimait à jamais.

Cette nuit-là, enlacés, ils parlèrent longuement de l'avenir et de la manière dont ils allaient en parler à leurs enfants.

— J'ai hâte d'y être, dit-il en riant. Si tu as trouvé que le fameux dîner s'était mal passé, attends-toi au pire, cette fois.

Amanda se mit à rire à son tour en songeant à cette perspective. Il ne leur restait pas d'autre solution. Elle se tourna alors sur le côté et lui demanda avec le sourire à quel point il l'aimait.

— Plus que tu ne le sauras jamais, plus que ma vie. Pourquoi ? À quoi pensais-tu ?

— Je me demandais simplement si tu m'aimais suffisamment pour aller me chercher une coupe de glace.

Il la dévisagea, éclata de rire, puis se hissa sur un coude.

— Nous devrions peut-être faire installer un réfrigérateur dans la chambre.

— Quelle excellente idée ! s'écria-t-elle en riant à son tour.

Là-dessus, il recommença à l'embrasser, et il s'écoula un long moment avant que l'un ou l'autre ne se souvienne de l'existence des crèmes glacées.

10

Cette fois, ils ne se firent aucune illusion et ne prétendirent pas que les enfants se réjouiraient de leur bonheur. Quand elle envisagea avec Jack cette réunion de famille, Amanda décida de les inviter simplement à venir prendre un verre. La rencontre serait brève, l'annonce, précise, et la réaction, horrifiée sans doute. Ils allaient avertir leurs enfants rassemblés qu'elle attendait un bébé, puis le ciel leur tomberait sur la tête, et ni l'un ni l'autre n'en seraient surpris. À six heures quinze, tout le monde était là. Julie fit preuve de courtoisie dès son arrivée, et si Jan et Louise étaient tendues, Paul se montra plus amical envers son père qu'à son habitude. Les enfants avaient discuté entre eux du but de ces retrouvailles et s'étaient raidis d'avance contre l'adversité. Ils s'attendaient qu'Amanda et Jack annoncent leur mariage. Cette idée ne les enchantait pas, aussi Louise avait-elle déjà prévenu qu'elle tenterait d'en dissuader sa mère. En cette occasion, à tout le moins, ils ne tomberaient pas des nues.

Ils s'installèrent tous au salon, et Jack leur servit à boire. Il se versa un scotch, tandis que les autres préféraient du vin, à l'exception d'Amanda, qui ne voulait rien, et Louise, qui demanda de l'eau. Comme à son habitude, cette dernière prit le taureau par les cornes.

— Très bien, dit-elle, à quand la noce ?

— Il n'y en aura pas, répondit Amanda avec calme. Nous n'allons pas nous marier, pas pour le moment, en tous les cas. Nous préférons attendre. Cependant, nous tenons à ce que vous sachiez que j'attends un enfant.

Le silence fut tel qu'on aurait entendu une épingle tomber. Louise, qui dévisageait sa mère, devint blême.

— Dis-moi que c'est une plaisanterie ? Nous sommes le 1er avril et j'ai oublié de regarder mon calendrier ? Tu n'as pas prononcé ces mots ?

— Si. Nous avons eu le même choc nous-mêmes, mais c'est ainsi. Il est inutile de se le cacher. L'accouchement est pour octobre.

Amanda jeta un coup d'œil à Jack, qui leva le pouce pour lui manifester son approbation. Elle s'en tirait bien. Il fallut cinq bonnes minutes aux enfants pour enregistrer la nouvelle.

— Si je comprends bien, tu n'as pas choisi l'interruption volontaire de grossesse, reprit Louise, qui se prenait pour le porte-parole de sa sœur.

Jan était si bouleversée qu'elle en restait muette, et Julie elle-même en était réduite au silence. Paul foudroyait son père du regard.

— Non, je n'ai pas demandé d'interruption de grossesse. Nous en avons discuté, dit Amanda en arrangeant un peu la vérité, mais je n'ai pas voulu de cette solution. À mon âge, je considère cela comme un don du ciel, et je tiens à le garder. Je comprends combien tout cela sera difficile à accepter pour vous tous, car cela a été dur pour moi aussi. Pourtant, voilà comment sont les choses, mes enfants… Je ne suis qu'un être humain.

Comme les larmes lui montaient aux yeux, Jack traversa la pièce, s'assit près d'elle et lui passa un bras autour des épaules.

— J'estime que votre mère montre un grand courage, souligna-t-il. Nombre de femmes de son âge n'en auraient pas autant.

— Moi, je trouve que ma mère n'a plus toute sa tête, rétorqua Louise.

Elle se leva, et intima d'un geste à son mari l'ordre de la suivre ; comme à son ordinaire, ce dernier se désintéressait de ce qui se passait.

— Tu es folle, maman, reprit-elle. Je crois que vous êtes débiles tous les deux. Vous ne savez plus qu'inventer pour nous plonger dans l'embarras. Je n'ose même pas penser à ce que papa dirait d'une situation comme celle-là. C'est inadmissible.

— Eh bien, Louise, il n'est plus là et son opinion ne compte plus. C'est ma vie dont il est question, déclara posément Amanda.

— Cela concerne aussi la nôtre, même si tu t'en moques…

Avant même d'avoir terminé sa phrase, Jan éclata en sanglots, se leva à son tour et jeta un regard de haine à sa mère.

— Comment oses-tu m'insulter de la sorte ? Tu sais que je n'arrive pas à avoir d'enfant, et toi, tu tiens à montrer à tout le monde que tu peux encore en avoir un. Peut-on être plus cruelle ? Plus ignoble ? Qu'est-ce qui te prend de nous faire un affront pareil ?

On voyait à l'air de Paul qu'il partageait l'opinion de sa femme. Les deux filles d'Amanda et leurs maris se dirigèrent vers la sortie. Paul aidait Jan, toujours bouleversée, et comme Amanda faisait un pas vers sa fille, il le lui interdit de la main.

— Pourquoi ne nous laissez-vous pas tranquilles ? Gardez vos excellentes nouvelles pour vous. Qu'attendez-vous de nous ? Des félicitations ? Eh bien, allez vous faire voir ailleurs, tous les deux. Que croyez-vous que Jan éprouve ?

— Je vois bien ce qu'elle ressent, Paul, répondit Amanda, tandis que des larmes coulaient sur ses joues. Pour rien au monde je ne voudrais la blesser. Mais il s'agit ici de ce qui nous est arrivé, de notre vie, de notre problème et de notre enfant.

— Eh bien, bonne chance. Mais ne nous invite pas pour le baptême, papa. Nous ne nous dérangerons pas, affirma-t-il.

Ils claquèrent la porte en sortant, et Amanda, en pleurs, se réfugia dans les bras de Jack, tandis que Julie les observait. La jeune femme n'avait pas pris la parole, jusqu'alors. Elle attendit qu'Amanda se fût un peu calmée pour le faire, mais il était manifeste qu'elle aussi était encore sous le choc.

— Je regrette ce qui vient de se passer, papa ; je le regrette pour vous deux. Mais nul ne peut prendre une annonce pareille à la légère, même nous. Vous nous demandez de faire un bond en avant considérable. Enfin, qui sait, peut-être qu'en fin de compte, ce sera une bénédiction, du moins, je l'espère.

— Moi aussi, répondit Jack à voix basse, la tête tournée vers Amanda.

Il était indéniable que le jour où elle avait pris sa décision, même en toute connaissance de cause, elle avait choisi la voie la plus difficile, et ils avaient su d'avance que leurs enfants leur mèneraient la vie dure. Julie et son mari se retirèrent alors discrètement. Jack et Amanda, demeurés seuls, restèrent un moment silencieux. Jack remarqua enfin, d'une voix pleine de tendresse :

— Tu savais que cela se passerait ainsi.

— C'est vrai, admit-elle en ravalant ses larmes, mais je ne pouvais m'empêcher d'espérer qu'il en serait autrement. Je me disais qu'elles se lèveraient, m'enlaceraient comme au temps où elles étaient toutes petites, me diraient qu'elles m'aimaient et qu'il était inutile que je me tourmente parce que j'étais « super ». Au lieu de cela, elles passent leur temps à nous juger, à se mettre en colère, à considérer qu'on a toujours tort quoi qu'on fasse, qu'on veut toujours leur nuire. On dirait que notre seul rôle, à nous, parents, est d'exister à la manière dont ils l'entendent. Tout ce qui sort de la norme ou qui les gêne, ils le condamnent. Pourquoi faut-il que les enfants de tout âge n'aient jamais la moindre compassion pour ceux qui leur ont donné le jour ?

— Il est possible que nous n'en méritions pas, répondit Jack d'un ton las. Ils nous tiennent peut-être pour des égoïstes, et il arrive que nous le soyons, mais nous avons acquis le droit de l'être. Nous leur avons tant donné durant leurs premières années ! Pourtant, lorsque nous estimons que le moment est enfin venu de songer à nous, ils nous tournent le dos et prétendent que nous sommes dans l'erreur. Nous n'avons pas le droit de réclamer un tour. Selon eux, nous sommes uniquement là pour rester à leur disposition. Je crois que tu n'as plus qu'à mener ta vie comme tu l'entends. S'ils s'en accommodent, tant mieux ; sinon, qu'ils se débrouillent. Nous ne renoncerons pas au temps qu'il nous reste à vivre pour leur faire plaisir. En revanche, ce qui me déprime, c'est que nous sommes sur le point de recommencer à zéro. Je vais finir par me diriger droit vers le soleil couchant avec, à mon côté, un gamin qui prétendra que je ne comprends rien à rien, et que j'ai brisé sa vie parce que je m'obstine à coucher avec sa mère. Et crois-moi, je le ferai. J'ai l'intention de t'aimer jusqu'à ce que la société me mette au rebut. Mais je te préviens, si jamais tu retombes enceinte, je jure que je ne te toucherai plus. Je veux que tu prennes la pilule jusqu'à quatre-vingts ans révolus.

Elle ne put s'empêcher de rire de la véhémence de ses propos, dont certains sonnaient juste. Les enfants semblaient en effet toujours persuadés que l'engagement était à sens unique et toujours en leur faveur. C'était une manière de voir qui donnait à réfléchir. Une fois son sérieux retrouvé, elle lui dit avec gravité :

— J'ai très mauvaise conscience à l'égard de Jan.

Sa fille s'était exprimée d'un ton si angoissé, si poignant…

— Moi aussi. Paul avait l'air de vouloir me tuer. On aurait dit que nous avions planifié toute l'histoire afin que je prouve ma virilité et le mette en fâcheuse posture. Seigneur ! je donnerais n'importe quoi pour qu'ils aient un enfant.

— Moi de même, reconnut-elle.

Pour lui changer les idées, il l'emmena dîner dehors. Ils avaient renoncé pour un temps à la cuisine thaïlandaise, car il suffisait à Amanda d'y penser pour souffrir de brûlures d'estomac. Cette nuit-là, une fois couchés, ils eurent encore une longue conversation. Jack finit par s'endormir, mais comme Amanda demeurait éveillée, elle se prépara du lait chaud, puis une camomille, sans cesser d'échafauder des projets. Elle en revenait toujours à Jan et au cri du cœur de sa fille cadette. Quand elle retourna se coucher, elle eut un sommeil agité. Au petit déjeuner, elle dit à Jack, non sans tristesse :

— J'ai une proposition à te faire.

Il la dévisagea et la trouva fatiguée.

— Tu te sens bien ?

Il n'avait jamais cessé de s'inquiéter pour elle, et maintenant, il se tourmentait à propos du bébé. C'était précisément le genre de soucis qu'il avait voulu s'éviter.

— Je suis en pleine forme, lui assura-t-elle, bien qu'elle eût mauvaise mine. Il m'est venu une idée, la nuit dernière.

— Dans ton état, voilà qui est peut-être risqué. Tu vas sans doute me demander de racheter un glacier comme Häagen-Dazs ou Ben & Jerry.

— Cela compte beaucoup pour moi.

— Pour moi aussi. J'ai acquis des actions dans ces sociétés, depuis que tu es devenue la première consommatrice de crème glacée à l'ouest des Rocheuses.

Elle avait pris quatre kilos et n'était encore enceinte que de trois mois.

— Très bien, très bien, ajouta-t-il, je vais garder mon sérieux. De quoi s'agit-il ?

Elle parut si émue, avant de lui parler, qu'il comprit aussitôt qu'elle allait aborder un sujet d'importance. Elle évoqua l'histoire de Jan et de Paul, rappela leurs interventions de la veille et dit combien elle en avait été peinée.

— Ma chérie, moi aussi j'en ai été touché, mais nous n'y pouvons rien. Ils n'ont d'autre solution que d'attendre et de réessayer.

— Peut-être qu'il en existe une autre, et c'est là que se trouve mon idée. De toute façon, tu ne tiens pas à ce bébé, Jack, et il est possible que nous soyons trop âgés pour élever des enfants. C'est sans doute là le plus grand des cadeaux que nous pourrions leur faire, et peut-être la raison pour laquelle nous sommes dans cette situation. J'aimerais leur donner le bébé.

Jack eut l'air saisi.

— Tu es sincère ? Tu leur offrirais l'enfant ?

Comme elle acquiesçait, les yeux humides, il l'étreignit.

— Je ne crois pas que tu devrais le proposer. C'est ton enfant ; le nôtre. Il sera si difficile pour toi d'y renoncer, une fois que tu l'auras pris dans tes bras…

— Je ne le pense pas. J'aimerais faire ce geste pour Jan et Paul. L'accepterais-tu ?

— Tu as toute liberté d'agir à ta guise. C'est une décision hors du commun, et qui fera jaser, mais qui de nous s'en soucie ? Si tu le souhaites et qu'ils acceptent, alors n'hésite pas.

— Je voulais d'abord avoir ton avis.

Il hocha la tête.

— Je trouve aussi que c'est un don extraordinaire. Et comme Paul est opposé à l'adoption, il est certain que cela résout le problème génétique. Il faut pourtant que tu sois sûre et certaine d'être capable de renoncer à l'enfant.

— Oui, j'en suis sûre, et c'est mon désir le plus cher. Si tu ne t'y opposes pas, je voudrais parler à Jan, dès ce matin. Veux-tu appeler Paul ?

— Oui, je vais l'inviter à déjeuner… s'il accepte de me voir.

— Je demanderai à Jan de le joindre après que je lui aurai parlé. Elle lui dira qu'il est important pour lui de te rencontrer.

— Tu es une femme étonnante, ma chérie, pleine de surprises et de générosité.

Un peu plus tard dans la matinée, quand il la quitta pour se rendre à la boutique, il était encore abasourdi par sa proposition. Amanda, de son côté, ne se donna pas la peine d'appeler Jan. Elle se rendit chez sa fille avant que celle-ci ne parte pour sa galerie d'art.

Jan fut si étonnée qu'en dépit de son envie de résister, elle ouvrit la porte à sa mère. Et quand Amanda lui eut fait part de ses réflexions, toutes deux s'assirent, tant leur émotion était grande. Dans un premier temps,

Jan, choquée, refusa l'offre qui lui était faite, mais quand Amanda eut un peu développé ses arguments, elle avoua être très tentée d'accepter.

— Tu le ferais vraiment pour moi, maman ?

— Oui, sans aucun doute, affirma Amanda en séchant ses larmes pour sourire à sa fille. Il n'y a rien que j'aimerais davantage.

— Et si tu changes d'avis ? Ou si Jack s'y oppose ?

— Nous ne reviendrons pas sur notre parole. Si nous la donnons, nous la tiendrons. C'est ce que nous voulons sincèrement tous les deux. J'espère que tu y consentiras.

— Je vais en parler à Paul.

Jan avait l'air tout excitée quand elle courut téléphoner. Elle fut étonnée d'apprendre que Jack avait déjà appelé son mari. Paul croyait savoir pourquoi son père voulait le rencontrer, mais Jan lui expliqua l'offre que Jack lui réservait. En l'écoutant, Paul fut à son tour très ému.

— Je n'arrive pas à croire qu'ils consentiraient à un tel sacrifice.

— C'est qu'ils nous aiment beaucoup, vois-tu, souligna Jan d'une voix enrouée. Maman affirme que nous pourrons être présents à la naissance et que l'enfant sera à nous dès la première minute.

— Et s'ils reviennent sur leur décision ?

— Je ne le crois pas, Paul. Maman y est tout à fait résolue.

— Eh bien, nous en reparlerons, dit-il simplement, de crainte de nourrir de trop grands espoirs.

Cependant, après avoir déjeuné avec son père, il examina le soir même avec Jan ce qu'impliquerait un tel don, et dès le lendemain matin, ils appelèrent leurs parents respectifs pour leur dire qu'ils acceptaient. À les entendre, ils exultaient à tel point qu'Amanda sentit combien elle allait faire œuvre utile et les comblerait.

Impressionné par un tel renoncement, Jack lui avoua :

— Il m'est difficile d'admettre que tu vas effectuer une telle démarche. J'espère simplement que tu n'auras pas de regrets.

— Non, j'en suis certaine. L'amour que j'éprouverai pour ce bébé, une fois qu'il sera né, n'entrera pas en ligne de compte. Ce sont eux qui l'élèveront. Tu avais d'ailleurs sans doute vu juste. Il est probable que je serai trop âgée pour conduire les enfants à l'école en voiture, quand j'aurai soixante ans.

— Tu seras charmante à tous les âges. Et au moins, tu pourras voir l'enfant dès que tu en auras envie.

Ce serait au moins un point positif, même s'il se doutait que la situation ne serait pas facile à vivre pour elle. C'est alors qu'il eut une idée :

— Pourquoi ne prendrions-nous pas tous les deux quelques jours de vacances ? Que penserais-tu de Paris ?

— Ah là là ! J'adorerais cela.

Elle se souvenait que ses filles le lui avaient proposé au cours de l'été précédent, mais elle ne se trouvait pas alors dans un état d'esprit favorable. Mais, à présent, rien ne lui plairait plus qu'un court voyage à Paris en compagnie de Jack.

Ils s'y rendirent au mois de juin, alors qu'elle était enceinte de cinq mois et demi. Ils descendirent au Ritz et furent enchantés de leur séjour. Ils dînèrent tous les soirs dehors, firent des achats, visitèrent le musée du Louvre, assistèrent à une soirée à l'Opéra, et firent de nombreuses promenades à pied. Amanda ne s'était jamais sentie mieux. En dépit de ses envies de crème glacée, elle n'avait pas trop pris de poids, et Jack la trouvait en bonne forme. Tout ce qu'il avait pu lire sur l'embellissement des femmes enceintes lui paraissait s'appliquer à sa compagne. Amanda, de son côté, n'avait qu'un regret, celui de ne pouvoir s'acheter des vêtements bien coupés, parce que sa grossesse était déjà trop avancée.

— Nous reviendrons au mois de novembre, je te le promets, lui dit-il.

Il craignait en effet qu'elle ne traverse alors une période de dépression. Il restait persuadé qu'elle souffrirait de renoncer au bébé, même si elle ne revenait pas sur sa décision.

Quand ils eurent bien apprécié le charme de Paris, ils se rendirent à Londres, où ils restèrent quelques jours, avant de rentrer chez eux. Et en juillet, Jack l'emmena au lac Tahoe. Mais en août, le médecin d'Amanda lui recommanda de ne plus se déplacer. Elle était alors enceinte de sept mois et demi, et elle n'était plus jeune. Le bébé était fort, maintenant, et le gynécologue craignait qu'il n'arrive avant l'heure.

— Mes filles ont toutes les deux eu du retard, remarqua-t-elle, pleine d'insouciance.

Le médecin se moqua d'elle ouvertement :

— Et quel âge aviez-vous, alors ?

— Très bien, très bien, je serai raisonnable, je vous le promets.

Ils savaient que l'enfant était un garçon et qu'il était en bonne santé, car on avait fait une amniocentèse à Amanda, avant leur voyage en Europe. Jan et Paul cherchaient des prénoms avec frénésie. Louise, en revanche, conservait ses distances, et avait rarement parlé à sa mère depuis l'annonce de la grossesse.

— Elle reviendra, affirmait Jack.

Il tenait à ce que rien ne contrarie Amanda et s'efforçait de la distraire sans cesse, bien que toute l'énergie de sa compagne fût consacrée au bébé. Elle lui achetait des vêtements, de minuscules sous-vêtements, des ours en peluche, des montagnes de couches, et garnissait un berceau. Elle faisait les boutiques spécialisées presque chaque jour, et toutes les fois où il le pouvait, elle demandait à Jack de l'accompagner.

— Que va-t-on penser, grands dieux ? J'ai l'air d'être le grand-père de l'enfant, gémissait-il, mal à l'aise.

— Et moi, qu'est-ce que je deviens dans ce cas-là ? Ta fille ? protestait Amanda.

— Et pourquoi pas ma femme ? Tu sais, on pourrait s'arranger pour que tu le deviennes…

Ils vivaient ensemble depuis huit mois, maintenant, et pourtant, chaque fois qu'il abordait le sujet, elle faisait semblant de l'ignorer. Elle n'avait d'autre préoccupation que l'enfant, et obligeait même Jack à venir à la consultation avec elle.

La première fois qu'il l'avait accompagnée chez le gynécologue, il s'était senti si gêné qu'il aurait voulu repartir aussitôt en rasant les murs, le visage caché. Il s'était donc abrité derrière un journal et avait d'abord fait semblant de ne pas la connaître.

— Je n'entrerai pas avec toi, murmura-t-il derrière le *Los Angeles Times.*

Toutes les femmes alentour avaient l'air d'avoir quatorze ans. Pour un peu, Jack se serait cru dans un camp de vacances pour adolescentes. Toutes étaient de jolies filles de Beverly Hills, des blondes en robe très courte, qui auraient très bien pu être victimes de détournement de mineures, à son avis.

— Ne sois pas ridicule, Jack. Durant cet examen, on se contente d'écouter les battements de cœur du bébé. C'est très émouvant, lui répondit-elle tout bas.

Jack pencha la tête sur le côté. Un jeune homme en blue-jeans venait de prendre place en face de lui ; on aurait dit un enfant.

— Tu me le raconteras, dit-il d'un ton ferme à Amanda. Je vais aller t'attendre dans la voiture.

Pourtant, elle parut si malheureuse quand il fit mine de partir qu'il se résigna à souffrir un peu plus dans son amour-propre. Le garçon en jeans lui demanda alors s'il allait être père pour la première fois.

— J'ai des enfants plus âgés que vous, répondit Jack, non sans difficulté.

Le jeune homme précisa alors qu'il avait vingt-trois ans, que sa femme et lui attendaient leur second enfant, et que son père et sa belle-mère en avaient eu un l'année précédente.

— Mon père a soixante-cinq ans, dit-il, tout réjoui.

— Et il a survécu à l'épreuve ?

— Ah, oui. Ils ont eu des jumeaux, après une fécondation in vitro. Ils cherchaient à avoir un enfant depuis deux ans. Ma belle-mère a quarante ans.

— Ils en ont, de la chance ! commenta simplement Jack avec un sourire mi-figue mi-raisin.

Une fois dans la salle d'examen, il fit remarquer à Amanda qu'il existait vraiment beaucoup de fous sur la terre.

— Comment un homme de soixante-cinq ans peut-il désirer avoir un bébé ! Et tu imagines, choisir la fécondation in vitro pour en arriver là ? Au moins, nous, nous y avons pris plaisir…

— Tu veux recommencer ? le taquina-t-elle, en lui arrachant une grimace.

Cependant, quand le docteur lui tendit le stéthoscope et qu'il perçut les battements de cœur de l'enfant, ce dernier devint pour lui bien réel, et il en fut tout ému.

— Voilà mon petit-fils ! s'écria-t-il d'une voix trop forte, parce qu'il avait conservé les embouts terminaux du stéthoscope dans les oreilles et croyait parler bas.

— C'est votre père ? demanda, surpris, le médecin à Amanda. Je croyais que c'était votre mari ?

— En fait, mon mari est mort depuis un an et demi, expliqua-t-elle.

Le gynécologue lui sourit avec bienveillance. Il était persuadé que comme tous les habitants de Beverly Hills, ces gens-là étaient passablement excentriques.

Tout indiquait que le bébé était en bonne santé, et Jack ne cessa d'en parler jusqu'à ce qu'ils soient de retour chez Julie.

— La prochaine fois, nous devrions emmener Jan et Paul, proposa-t-il.

Amanda accepta, heureuse de son enthousiasme. Il lui fallait se rendre à la consultation toutes les semaines, à présent. Le gynécologue tenait à la suivre de près. Il craignait de plus en plus qu'elle n'accouche avant terme, et Jack, pour sa part, la trouvait énorme. Il ne se souvenait pas que l'un ou l'autre de ses enfants aient atteint une telle taille dans le ventre de leur mère. D'un autre côté, Amanda étant très mince de nature, sa grossesse était plus visible.

Cependant, la pire expérience pour lui fut la préparation à l'accouchement, dérivée de la méthode mise au point par le docteur Lamaze, dont Amanda et lui commencèrent à suivre les cours à partir du 15 août. L'assistance était composée de douze couples dont la plupart étaient vêtus de shorts. Les femmes étaient allongées sur le sol de la salle de conférence de l'hôpital et les hommes, souvent barbus, se tenaient assis derrière elles. Jack, qui arrivait directement du bureau, vêtu d'un costume sur mesure de chez Brioni, d'une chemise et d'une cravate, fit l'effet d'un extraterrestre. Amanda, qui l'attendait, paraissait très détendue dans un short blanc, un immense T-shirt rose et des sandales. Elle sortait de chez une manucure et était aussi impeccable qu'un mannequin. Les membres de cette assemblée étaient trop jeunes pour savoir qu'elle avait été actrice. Comme on était en pleine canicule, Jack avait l'air de souffrir de la chaleur et de sortir d'une mêlée.

— Désolé d'être en retard, chérie, mais je n'arrivais pas à me débarrasser de ces gens du textile, venus de Paris. Ils n'en finissaient pas de discuter.

On avait affiché au mur des schémas pour montrer les diverses phases de l'ouverture du col. Jack les examina avec horreur.

— Qu'est-ce que c'est que ça ?

— La dilatation du col de l'utérus en cours de travail. Ne t'inquiète pas à ce sujet.

— Cela me paraît abominable.

Lors de la naissance de ses deux aînés, il avait attendu dans un bar et bu verre sur verre avec un ami. En ces temps déjà lointains, on ne demandait aux pères que de se présenter après l'événement, des fleurs à la main.

Il jeta alors un coup d'œil circulaire et se rendit compte que presque tous les membres de l'assistance avaient l'âge de ses enfants, mais il y était accoutumé, à présent. Ce qui était nouveau, c'étaient les photographies et les diagrammes qu'on leur présentait, sans parler du film annoncé pour la fin de la séance, afin que les couples abordent l'accouchement en ayant pris connaissance de ses divers aspects.

Le visage de Jack s'assombrissait de plus en plus.

La seule activité qui lui paraissait acceptable, bien qu'embarrassante, concernait le soutien qu'il fallait apporter à Amanda durant les exercices de relaxation, en lui maintenant les jambes ou en l'aidant à contrôler sa respiration, afin qu'elle parvienne à une meilleure oxygénation. Toutefois, la femme qui donnait le cours revenait sans cesse sur une période délicate de l'accouchement, celle de la « transition ».

— De quoi s'agit-il donc ? demanda-t-il à sa « femme », quand il entendit ce terme pour la sixième fois.

Comme il avait parlé à voix haute, la doctoresse lui répondit, avec un sourire qui lui parut un peu sadique :

— C'est la période la plus délicate de l'accouchement. Elle a lieu quand on va de cette phase-ci – la dilatation totale du col – à cette phase-là, celle de l'expulsion de l'enfant. C'est un peu comme si vous preniez votre lèvre supérieure et que vous tentiez de la faire passer par-dessus votre tête.

Puis elle reprit le cours de son exposé.

— Cela ne t'angoisse pas ? murmura Jack.

— Non, je sais ce qu'il en est, lui répondit Amanda, toujours à voix basse.

— Est-ce que tu as refusé les médicaments ?

L'instructrice ne cessait de les mettre en garde contre le recours aux anesthésiques et elle insistait sur le fait qu'une femme « bien préparée, bien équilibrée » ne réclamait pas d'aide artificielle.

— Bien sûr que non, protesta Amanda, tout en alternant les inspirations profondes et la respiration haletante. Ils peuvent même me donner tout ce qu'ils ont en stock. J'irais même jusqu'à acheter tout ce que l'on se proposerait de me vendre dans un parking, s'il le fallait. Je n'ai rien d'une héroïne.

— Je suis heureux de te l'entendre dire. Et moi ? Est-ce qu'ils me donneront aussi quelque chose ?

Il en arrivait à penser qu'il aurait besoin d'un soutien. Il considérait les autres couples avec dédain, du fait de leur accoutrement, de leurs interventions, des questions qu'ils posaient et qui lui paraissaient stupides. Il était surpris que de telles femmes aient pu devenir enceintes. Apparemment, n'importe quel illettré était capable de concevoir un enfant. Mais c'est pour l'instructrice qu'il éprouvait une franche hostilité. Et quand cette femme annonça que le film du jour était consacré à la césarienne, il se mit à jeter des regards éperdus vers la sortie.

— Tu n'aimerais pas que j'aille te chercher quelque chose à boire, chérie ? demanda-t-il sans avoir l'air d'y toucher. Il fait chaud, ici.

Comme il y avait l'air conditionné, il faisait presque trop frais dans la pièce…

— Contente-toi de fermer les yeux, lui suggéra-t-elle. Je n'en dirai rien à personne.

La projection du film avait surtout pour but de former les maris. S'il surgissait en cours de travail un problème conduisant l'accoucheur à recourir à une césarienne pour l'une de ces futures mères, il était préférable que les hommes soient prévenus à l'avance du déroulement de l'opération. S'ils avaient vu le film et s'étaient fait délivrer une attestation par le préparateur, ils seraient autorisés à demeurer dans la salle d'accouchement et à soutenir la patiente. Sinon, on les prierait de sortir de la salle et d'aller attendre dehors, comme les pères peu courageux. Pour sa part, Jack était persuadé qu'il n'accepterait d'être présent que si on le plaçait sous anesthésie générale.

— Je vais revenir, dit-il d'une voix trop forte.

— Où vas-tu ? s'inquiéta Amanda.

— Au lavabo, murmura-t-il.

— Nous attendrons votre retour, monsieur Kingston, intervint le professeur. Il ne faut pas que vous manquiez ce film.

Jack lança un coup d'œil d'avertissement à sa « femme », et revint en moins de cinq minutes.

C'est alors que commença la projection du film qui faillit lui valoir une crise cardiaque. Il avait passé deux ans dans l'armée, au sortir de l'adolescence, mais aucun film pédagogique diffusé alors ne lui avait semblé aussi insoutenable. Même celui sur les maladies vénériennes était supportable en comparaison de ce qu'il voyait, qui ressemblait au découpage à la tronçonneuse d'une pauvre femme. La patiente ainsi traitée pleurait la plupart du temps, paraissait souffrir le martyre et baigner dans le sang. Avant même que la lumière ne soit revenue dans la salle, Jack avait murmuré à Amanda qu'il était pris de nausées.

— Je t'avais prévenu de ne pas regarder, dit-elle avant de lui serrer la main et de se pencher vers lui pour l'embrasser.

La voix indignée de l'instructrice tomba comme un couperet :

— Monsieur et madame Kingston ! Avez-vous bien prêté attention ? Il y aura une courte interrogation sur ce sujet.

— Et puis quoi encore… Pourquoi ne pas nous montrer une opération des hémorroïdes, au point où nous en sommes ?

— Chut…

Amanda se mit à rire, tant Jack lui paraissait incorrigible. Ils ne retournèrent pas suivre la fin des cours de préparation à l'accouchement. Elle n'était plus aussi désireuse d'accoucher de façon dite « naturelle » ou « sans douleur ». Elle l'avait tenté pour Louise et s'était efforcée de dominer la situation durant quelques heures, puis elle y avait renoncé.

Les dernières semaines de sa grossesse se déroulèrent sans encombre. Au début de septembre, lors du week-end de la fête du Travail, elle était enceinte de huit mois et s'ennuyait ferme. Ils allèrent voir un film, déjeunèrent dans un restaurant chinois et firent une promenade sur la plage de Malibu, ce qui lui posait davantage de problèmes qu'auparavant. Elle se sentait bien, mais tous ses gestes étaient ralentis et elle était devenue énorme.

Jack et elle se reposaient sur la terrasse en buvant du thé glacé quand Paul les appela. Il prit des nouvelles d'Amanda et voulut savoir si Jan et lui pouvaient passer chez eux un peu plus tard. Quand il raccrocha, Jack fit remarquer que Paul lui avait paru un peu nerveux.

— Tu crois qu'ils ont des problèmes ? dit Amanda, inquiète.

— Je n'en ai pas eu l'impression. Ils sont peut-être impatients de voir le bébé.

— Moi aussi, dit-elle, soudain nerveuse, alors qu'elle avait conservé son calme durant presque toute sa grossesse. Si cet enfant continue à grossir, je n'entrerai plus dans l'ascenseur de l'hôpital.

— Les garçons sont comme ça, affirma Jack avec le sourire. Paul était un gros bébé, lui aussi. Sa mère n'a pas cessé de m'en vouloir durant les six derniers mois. C'était une femme vraiment charmante…

— Elle t'a donné de beaux enfants, lui rappela Amanda, toujours charitable.

Jack fit la grimace.

— Ne te montre donc pas toujours aussi indulgente. Cette femme-là était une véritable sorcière.

Paul et Jan arrivèrent à la fin de l'après-midi, et Jack leur servit à boire sur la terrasse, où ils regardèrent le soleil baisser sur l'horizon, en compagnie d'Amanda. La journée qui s'achevait était si belle qu'Amanda avait envie d'aller nager.

— Le bébé va bien ? demanda Jan, soucieuse.

Sa mère s'était arrondie à un point alarmant, même si elle avait l'air de ne pas y attacher d'importance.

— Il va tout à fait bien. Il n'attend plus que de t'être présenté, ma chérie, répondit Amanda, souriante.

Jack offrit au jeune couple de la sangria. Il observa que tous deux prenaient leur temps pour goûter le mélange, au lieu de poursuivre la conversation, et il se demanda ce qui se passait.

Pour briser la glace, il les interrogea sans plus attendre :

— Vous avez un problème ?

Les jeunes gens se hâtèrent de faire un signe de dénégation avec un air d'adolescents coupables, puis ils furent pris de fou rire en regardant tour à tour Amanda et Jack.

— Non, répondit Paul, tandis que Jan cachait mal sa nervosité. Il y a pourtant une chose que nous voudrions vous dire… Du moins, nous pensons que vous devez en être les premiers informés.

Jan le coupa dans son élan et s'adressa à sa mère, les yeux embués :

— Maman, j'attends un enfant.

— C'est vrai ? Oh, ma chérie, c'est merveilleux ! Et depuis quand ?

— Depuis six semaines environ. Je voulais en être certaine avant de te l'annoncer, mais le gynécologue vient de le confirmer et il me trouve en bonne forme. J'ai passé une échographie, cette semaine, et tout a l'air d'aller à la perfection. On nous a même donné un cliché.

— Je me souviens de cet épisode-là, intervint Jack, qui se demandait ce qui allait suivre.

Jan et Paul prirent alors une profonde inspiration et scrutèrent le visage de leurs parents.

— Je sais que ceci va bouleverser vos projets, dit la première, mais nous ne savons pas… Nous ne pensons pas… Je ne suis pas sûre que nous devrions…

Jack alla au plus court :

— Vous ne voulez plus de notre bébé.

Amanda, stupéfaite, vit les deux jeunes gens hocher la tête, puis les entendit confirmer :

— Sauf si vous ne voulez pas le garder… Dans ce cas-là, bien sûr… Nous sommes désolés.

Paul s'efforçait de jouer franc jeu, mais il était manifeste que s'ils attendaient leur propre enfant, ils n'auraient plus envie d'adopter celui de la mère de Jan.

— N'en parlons plus, mon garçon, déclara Jack avec calme. Il arrive parfois que tout s'arrange pour le mieux. Pourquoi ne pas rentrer chez vous, à présent ?

Il félicita sa belle-fille en l'embrassant, puis lui confia :

— Je voudrais parler à ta mère.

— Nous comprenons, dit Paul. Je sais que la nouvelle va être un peu difficile à accepter pour toi, papa.

Bien qu'ils fussent jeunes, inexpérimentés et passablement égoïstes, Jack ne pouvait leur reprocher cette décision, et en réalité, il ne la regrettait pas.

— Tout ira bien, Paul.

Le jeune couple partit, et dix minutes plus tard, Amanda était toujours aussi bouleversée. Il lui fallait changer de fond en comble son évaluation de la situation. Elle avait tout fait pour ne pas s'attacher à l'enfant, et voilà soudain qu'il redevenait sien et qu'elle était contrainte de repenser les liens qui l'unissaient à lui.

— Eh bien ! Voilà ce qui s'appelle un revirement rapide. Je suis contente pour eux, malgré tout.

Elle examina Jack dans l'attente d'une réaction négative de sa part et n'en lut pas sur son visage. Il semblait en prendre son parti.

Néanmoins, la nature même de leurs relations faisait qu'il n'avait aucune obligation envers elle.

— J'ai l'impression que nous voilà revenus au point de départ, reprit-elle.

— Peut-être, dit-il, sans s'engager. Pourquoi ne pas nous contenter de réfléchir à la nouvelle pendant un jour ou deux, puis d'en reparler ? proposa-t-il.

Cela parut une bonne idée à Amanda, quoiqu'elle eût pour habitude de résoudre les problèmes au fur et à mesure qu'ils se présentaient. Toutefois, ils se trouvaient là devant un cas exceptionnel, qui risquait de modifier toute leur existence. D'un autre côté, l'accouchement était prévu dans quatre semaines, et aucune décision n'y changerait plus rien. Elle avait acheté toute la layette pour l'offrir à sa fille. Il ne restait donc plus qu'à attendre la venue de l'enfant.

— Allons plutôt faire un tour sur la plage, proposa Jack.

Amanda ne dit rien, mais ils ne purent aller très loin. Au retour, elle se dirigea vers la chambre. Elle avait été si heureuse dans cette pièce… Et leur amour s'était enrichi de mille manières depuis qu'ils vivaient ensemble…

— Veux-tu t'allonger un peu ? proposa Jack, qui la suivait.

— Volontiers, car je me sens épuisée.

Le choc émotionnel qu'elle avait subi en comprenant que le bébé leur était rendu l'avait tout d'abord excitée, puis effrayée. Elle était remplie d'inquiétude vis-à-vis d'elle-même et de la réaction de Jack, et comme privée d'énergie. Cette solution leur avait paru parfaite, et ils l'avaient tous deux acceptée sans regrets.

— Est-ce que tu vas me quitter de nouveau ? chuchota-t-elle, tout en espérant ne pas laisser percer ses craintes dans sa voix.

La grande baie vitrée de la chambre formait un cadre parfait pour le soleil couchant.

— Bien sûr que non, répondit Jack. Je t'aime… et je me suis même attaché à ce pauvre petit bonhomme, que l'on se repasse ici et là d'un coup de pied, comme un ballon de football.

— Si tu veux mon avis, c'est lui qui donne tous les coups de pied.

Jack aimait beaucoup sentir l'enfant bouger et danser, semblait-il, dans le ventre de sa mère. Parfois, quand Amanda dormait tout contre lui, il souriait de percevoir ainsi les réactions du bébé au toucher. Il se rendait bien compte que sa compagne était inquiète et ne devait pas se sentir délaissée. Il comprenait enfin combien son attitude de rejet, à l'origine, avait été stupide.

Allongé près d'Amanda, il l'embrassa avec douceur.

— Quelles sont mes chances de te faire l'amour, à ce stade ?

Ils n'avaient plus eu de relations sexuelles depuis quinze jours, et déjà, les modifications du corps de sa compagne avaient posé problème. Amanda sourit avant de lui répondre :

— Le médecin prétend qu'il ne voit pas d'inconvénient à ce que nous continuions jusqu'au moment où nous serons sur le chemin de l'hôpital, si tu le souhaites.

— Je le souhaite, dit-il avec conviction.

— C'est courageux, murmura-t-elle avec le sourire.

Il l'aida à enlever son maillot de bain et lui caressa le ventre de la main. En réponse, le bébé donna un grand coup de pied, ce qui les fit rire tous les deux.

— Je crois qu'il a entendu ce que je t'ai demandé, et je ne suis pas sûr que cela lui ait plu.

Ils demeurèrent couchés l'un contre l'autre un long moment, tandis que Jack la maintenait contre lui, puis la passion l'emporta. Ils s'aimèrent avec douceur, sur un rythme lent, et en éprouvèrent une satisfaction beaucoup plus grande qu'ils ne s'y étaient attendus. Puis Amanda sombra dans le sommeil.

Jack se leva et enfila un maillot de bain, avec l'intention d'aller marcher sur la plage. Il souhaitait faire le point, sachant qu'ils auraient de nombreuses décisions à prendre. Mais avant de quitter la pièce, il se retourna sur le seuil pour jeter un dernier coup d'œil sur Amanda endormie, et il eut un sourire attendri.

11

Ce fut Jack qui prépara le dîner, ce soir-là, et Amanda le trouva très silencieux. Elle se mit à redouter que les paroles de Jan et de Paul ne l'aient bouleversé. Pourtant, quand elle le lui demanda, il affirma que non. Il semblait calme, en paix avec lui-même, et quand ils retournèrent s'asseoir sur la terrasse pour contempler les étoiles, il lui prit la main et se pencha pour l'embrasser. C'était une merveilleuse soirée.

— Je voudrais te demander quelque chose, finit-il par dire.

Comme elle s'interrogeait sur ce qu'il lui réservait, elle lui fit face en fronçant les sourcils.

— J'ai beaucoup réfléchi tout à l'heure, reprit-il. En fait, j'y songe déjà depuis un certain temps. Il paraissait si facile de donner l'enfant à Jan et à Paul… C'était en tout cas plus simple pour moi de te laisser prendre une telle décision.

— Cela semblait un si beau cadeau à leur faire ! dit-elle, nostalgique, bien qu'elle ne fût pas certaine de ce qu'elle éprouvait à présent.

— Ça l'était. Tu as fait preuve d'une générosité extraordinaire, mais ce n'était pas dans l'ordre des choses, et il est possible que les puissances supérieures qui nous gouvernent, si elles existent, en aient eu connaissance et aient veillé à ce que Jan tombe enceinte.

Il reprit son souffle, avant de poursuivre d'une voix altérée par l'émotion :

— Je voudrais que nous gardions ce bébé. C'est notre fils... J'y tiens sincèrement.

— C'est vrai ? Tu en es sûr ?

Pour la seconde fois de la journée, Amanda allait de surprise en surprise.

— Bien entendu que j'en suis certain ! Et je suis las aussi de cette idiotie de concubinage « moderne ». Je veux que nous nous mariions sans plus attendre. Dès demain. Tout de suite même. Je ne veux pas que notre fils naisse en dehors des liens du mariage.

— Il nous reste quatre semaines, souligna en souriant Amanda, qui hésitait encore à le croire. Tu n'es pas forcé de m'épouser. Je t'aime tout autant que si nous étions mariés.

— Moi aussi, mais pourquoi ne pas sauter le pas ? Cette manière de vivre est stupide. J'habiterais Malibu, toi, Bel Air, et nous dormirions ensemble le week-end ? Je tiens à être là pour les biberons de nuit, les rhumes, le premier pas, la première dent, ton premier cheveu blanc...

Comme elle voyait qu'il plaisantait, elle rit de grand cœur et avoua :

— J'ai le regret de te dire que dans ce dernier cas, tu as environ dix ans de retard.

— Eh bien, je ne veux pas manquer le reste. Je ne sais pas pourquoi je n'ai pas insisté plus tôt. J'ai fait tant d'efforts pour défendre ma liberté, au cours des vingt dernières années, que j'ai oublié de te protéger. Et, ce qui compte davantage, j'ai oublié à quel point une relation telle que la nôtre pouvait être enrichissante. Je ne veux pas vivre avec toi à temps partiel ni connaître simplement les bons moments. Je veux être près de toi constamment, que tu sois malade, heureuse, triste ou que tu éprouves le besoin de te tourner vers moi. Et je tiens à ce que tu sois là pour moi aussi. Même si je montre des signes de sénilité au moment où notre enfant démarrera dans la vie.

Il lui caressa doucement le ventre, et elle approcha sa main de ses lèvres pour lui déposer un baiser sur les doigts.

— Je veux être disponible pour toi, moi aussi, dit-elle doucement. Et j'ai beaucoup apprécié le soutien que tu m'as apporté jusqu'ici.

Puis elle reprit, l'air soucieuse :

— Tu ne crois pas que c'est un peu tôt ?

Cette fois, Jack éclata d'un rire si bruyant qu'il aurait pu ameuter tout le voisinage.

— Amanda, je t'aime. Est-ce que tu t'es regardée dans une glace ? De profil, tu as une silhouette intéressante, tu sais… Non, crois-moi, il n'y a pas une minute à perdre. Marions-nous le week-end prochain. Je vais appeler les enfants, et si l'un d'eux désapprouve notre décision, je le déshériterai sur-le-champ et l'en avertirai. Et c'est valable aussi pour Louise ! Il est grand temps que nos enfants montrent un peu de compréhension à notre égard, au lieu d'attendre que nous les aidions, acceptions tout ce qui vient d'eux et les laissions nous dire ce qui leur passe par la tête. Cette fois, j'attends des sourires et des félicitations de leur part. Ils nous les doivent bien.

Amanda vit à l'éclat de ses yeux qu'il ne plaisantait pas et ne l'en aima que davantage.

Le lendemain, Jack fit donc exactement ce qu'il avait dit. Il appela leurs enfants et leur annonça qu'Amanda et lui se mariaient. La cérémonie aurait lieu le samedi suivant. Il avait demandé à un juge de paix, ami de longue date, de les unir. Le mariage se déroulerait à la boutique et serait suivi d'une réception de deux cents personnes. Jack et Gladdie se chargèrent de toute l'organisation. Amanda n'aurait pas voulu l'admettre, mais elle était maintenant trop fatiguée pour jouer un rôle actif. Il lui semblait qu'elle était enceinte depuis quatorze mois… et elle en donnait l'impression.

Jack lui trouva une tenue qui lui allait à la perfection. C'était une superbe robe grège de chez Gazar, qui tombait en corolle autour de ses formes imposantes. Elle glisserait des fleurs dans ses cheveux, et porterait un bouquet de tubéreuses, d'orchidées et de freesias blancs. Ses deux filles avaient accepté de venir, et Jack leur avait proposé de faire un saut à la boutique pour y choisir une robe. Jan avait accepté, mais bien entendu, Louise s'y était refusée. Elle s'était toutefois engagée envers Jack à faire bonne figure le jour dit.

Pourtant, elle ne décolérait pas à la pensée que c'était lui et non sa mère qui l'avait appelée. Un rien la mettait hors d'elle.

Le jour du mariage, Jack et Amanda firent une courte promenade sur la plage de Malibu, puis Amanda regagna sa maison, où ses filles devaient la retrouver pour l'aider à s'habiller. Elle était d'une grande nervosité, comme toute mariée qui se respecte, et ses mains tremblaient quand elle enfila sa robe. Son coiffeur s'était déplacé pour lui faire le chignon lisse qui lui allait à merveille, et bien qu'enceinte de huit mois et demi, elle était d'une beauté rayonnante.

Jan descendit chercher les fleurs. Louise, qui se tenait derrière sa mère, s'adressa à son reflet dans le miroir, en profita pour déclarer :

— Tu es très bien, maman.

— Merci, répondit Amanda avec reconnaissance.

Elle se retourna lentement vers sa fille, et tout en sachant que cela ne changerait rien, lui demanda :

— Tu n'es plus fâchée contre moi ?

— Je ne suis pas fâchée, mais je continue à regretter papa, même s'il me semblait difficile à vivre, parfois.

Ses yeux s'emplirent de larmes. Elle avait enfin pardonné à ses parents.

— Je ne l'oublie pas non plus, Lou. Mais j'aime beaucoup Jack, maintenant.

Amanda serra un instant sa fille aînée dans ses bras, puis recula d'un pas pour mieux la regarder. En dépit de son caractère ombrageux, c'était au fond une femme de cœur.

— C'est un honnête homme, concéda Louise, avant de se rembrunir. Et l'aurais-tu fait pour moi, maman ? Je veux dire, me donner le bébé, si je n'avais pu avoir d'enfants ?

Cette question la tourmentait depuis qu'elle avait appris l'offre de sa mère à Jan.

— Bien entendu, répondit Amanda. Je l'aurais fait pour l'une comme pour l'autre.

— J'ai toujours pensé que tu préférais Jan. Elle tient une place si particulière dans ta vie !

La voix de Louise s'étrangla dans un sanglot, tandis que sa mère était bouleversée d'entendre un tel aveu.

— Toi aussi, Louise, tu tiens une place particulière dans ma vie. Je vous aime autant l'une que l'autre. Bien sûr que je te l'aurais donné en pareil cas. Comment as-tu pu en douter ?

— C'était stupide de ma part, j'imagine. Jerry m'avait bien dit que tu l'aurais fait, quand je lui en ai parlé.

— Cela prouve qu'il a plus de bon sens que toi.

C'est alors que Louise causa une surprise plus grande encore à sa mère.

— Je suis contente que tu gardes cet enfant. Ce sera une bonne chose pour toi. Cela va t'obliger à rester jeune… ou te faire tourner en bourrique.

— Les deux, sans doute.

Amanda se mit à rire à travers ses larmes, puis étreignit Louise et échangea avec elle un regard de connivence, au moment où Jan revenait dans la pièce. Elles n'avaient encore jamais partagé une telle complicité. Amanda s'adressa à ses deux filles et leur demanda si elles accepteraient de lui tenir compagnie lors de la naissance du bébé.

— Je crois que Jack ne le supportera pas. Il a failli se trouver mal lors de la préparation à l'accouchement.

Louise se mit à rire, mais parut flattée.

— Jerry n'en menait pas large non plus. Et pourtant, le moment venu, il s'est bien comporté. Jack sera peut-être à la hauteur, lui aussi.

— Je ne crois pas que les hommes de son âge se passionnent pour les accouchements.

— Eh bien nous, nous y assisterons, promit Jan en prenant sa sœur par le bras.

Toutes deux sourirent à leur mère.

— Ce n'est prévu que pour dans deux ou trois semaines. Assurez-vous simplement que l'on pourra vous joindre, ce jour-là.

— Ne t'inquiète pas, maman, promirent-elles en chœur.

Sur ces entrefaites, la limousine vint les chercher et le photographe se présenta. Elles faillirent en oublier le bouquet de la mariée.

Amanda était si énervée qu'elle avait du mal à respirer. Et quand ses filles l'aidèrent à monter en voiture, toutes trois rirent de voir combien il était difficile de l'y faire entrer… C'est à peine si elle pouvait encore bouger, à présent.

À leur arrivée à la boutique, toutes trois furent éblouies. Le décor leur parut extraordinaire, car le plafond était tapissé d'orchidées, de roses et de lis. Jamais Amanda n'avait vu plus bel arrangement floral, et quand elle eut rejoint Jack et le juge de paix, suivie de ses filles, elle fut soudain submergée par l'émotion. Ce mariage comptait au moins autant pour elle, sinon plus, que le précédent. Elle avait acquis de la maturité, et comprenait la grande chance qu'elle avait eue de trouver Jack, la chance qu'à cette période de leur existence, ils soient parvenus à s'entendre aussi bien.

Le juge de paix les déclara mari et femme, et cette fois, ainsi que Jack le leur avait demandé, leurs enfants les entourèrent avec des sourires et des félicitations, mais leur joie semblait sincère. Toute la famille posa pour le photographe et but du Champagne, à l'exception d'Amanda, qui se contenta de Canada Dry. Quand vingt minutes plus tard les invités arrivèrent pour le lunch, l'atmosphère devint très vite celle d'un grand mariage.

La fête battait encore son plein à minuit, lorsque Jack prit conscience de la lassitude d'Amanda et n'osa lui demander de rester plus longtemps. Elle jeta son bouquet depuis l'escalier, et c'est Gladdie qui l'attrapa, tandis que George Christy relevait les noms des personnalités qui s'étaient déplacées. Il était le seul représentant de la presse que Jack eût invité. Au moment où Amanda et lui se dirigeaient vers la voiture, le personnel de la boutique fit tomber sur eux une pluie de pétales de roses. Ils n'allaient pas loin, puisqu'ils avaient réservé pour deux jours une suite à l'hôtel Bel Air, à deux pâtés de maisons de chez Amanda. La mariée avait hâte d'y être et de se déshabiller. Ce jour avait été le plus beau de sa vie, mais elle était morte de fatigue, et cela se voyait. Jack lui passa un bras autour des épaules pour la réconforter, avant de démarrer. La Ferrari rouge, tout enrubannée de satin blanc, était ornée de ballons, et quelqu'un avait écrit à l'arrière « Just Married » avec une bombe de crème à raser. Enchanté que la fête se soit aussi bien déroulée, Jack déclara avec un large sourire :

— Je retrouve mon âme d'adolescent.

— Eh bien moi, dit Amanda en riant, j'ai l'impression d'être une grand-mère, une très grosse grand-mère. Gladdie et toi avez fait des merveilles. Tout a été parfait. J'ai hâte de voir les photos.

Jack avait demandé que l'on mette du Champagne au frais dans la chambre, du Canada Dry pour Amanda et une pile de films vidéo. À peine le chasseur fut-il reparti que le marié aida sa femme à se déshabiller. Elle s'assit aussitôt sur le lit, encore vêtue de son soutien-gorge et de son slip, mais incapable de faire un mouvement de plus. Elle avait mal au dos depuis des heures, mais ne voulait pas gâcher la joie de Jack en lui en parlant. Elle s'allongea avec un soupir de soulagement, posa la tête sur une pile d'oreillers moelleux et soupira en souriant :

— Ah, Seigneur ! Me voilà morte et transportée au paradis.

Jack, tout heureux, la contemplait : il était parvenu à ses fins, et le passé était oublié, maintenant.

— Aimerais-tu que je t'apporte quelque chose ? lui demanda-t-il en enlevant sa cravate.

— Un chariot élévateur. Je ne vais jamais pouvoir me redresser pour me rendre à la salle de bains.

— Je te porterai, proposa-t-il, galant.

— Tu t'effondrerais.

Jack se débarrassa de son costume sur une chaise, puis vint s'asseoir près d'elle pour boire du Champagne et goûter aux fraises et aux truffes au chocolat que l'hôtel leur offrait.

— Goûte donc une de ces truffes, lui dit-il en lui en glissant une dans la bouche.

Elle soupira d'aise une fois de plus, et Jack se mit à chercher dans la pile de vidéos.

— Que dirais-tu d'un film érotique ?

— Je ne crois pas en avoir la force, dit-elle avec un léger rire.

— Le soir de nos noces ?

Il avait l'air déçu.

— Nous n'avons plus besoin de cela. Nous sommes mariés, maintenant.

Il eut un sourire ravi, et glissa tout de même une cassette dans le magnétoscope ; l'intrigue du film était si lamentable qu'Amanda ne put qu'en rire avec lui. Toutefois, quand Jack voulut se montrer plus amoureux, elle lui dit, l'air peinée :

— Mon chéri, j'aimerais bien te faire plaisir, mais je ne crois pas que je sois encore capable d'enlever le reste de mes vêtements.

— Je vais t'aider, si tu veux, dit-il, plein d'espoir.

Amanda vit qu'il avait un peu trop bu et ne prit pas sa proposition au sérieux. Elle se leva à grand-peine, et se rendit à la salle de bains pour la énième fois de la soirée, tout en notant que ses douleurs dans le dos s'étaient aggravées au lieu de diminuer, depuis qu'elle était allongée.

— Je crois que je vais prendre une douche, annonça-t-elle.

— À cette heure-ci ?

Il était une heure du matin, mais il lui semblait qu'elle irait mieux après. Elle ne s'était jamais sentie si harassée. Elle regrettait de n'être pas en forme pour sa nuit de noces, mais la journée et surtout la soirée avaient été longues ; elle était restée debout durant des heures, et ses chevilles étaient très enflées.

Elle éprouva une impression de soulagement, après la douche, et quand elle regagna la chambre, elle vit que si les acteurs étaient toujours très occupés sur l'écran de télévision, Jack, lui, ronflait doucement. Elle s'assit au bord du lit et le regarda dormir quelques instants, tandis qu'elle songeait aux surprises que réserve l'existence et à la manière dont elle rapproche les êtres humains, aux différentes étapes de la vie. La vie, sans Jack, lui paraissait désormais inimaginable.

Ce dernier ne bougea que très légèrement quand elle s'allongea, et une minute après, elle éteignit la lumière et la télévision. Toutefois, elle n'était pas plus tôt couchée que le bébé se mit à donner des coups de pied. À ce rythme-là, la nuit menaçait d'être longue, se dit-elle. Elle resta ainsi durant une période qui lui parut interminable, mais ne put trouver le sommeil. Elle souffrait toujours du dos et percevait en outre une étrange forme de pression, comme si le bébé était en train d'engager sa tête vers le bas. Soudain, un mouvement de crispation involontaire dans le bas-ventre réveilla en elle des souvenirs : le travail préparatoire à l'accouchement commençait, et les mouvements involontaires étaient des contractions utérines.

Elles demeurèrent tout d'abord intermittentes et légères, et Amanda remarqua qu'il s'écoulait bien dix minutes avant que la suivante ne se manifeste. Puis, tout en conservant un rythme lent, elles devinrent plus régulières, et à trois heures du matin, l'intervalle qui les séparait ne fut plus que de cinq minutes. Toujours allongée dans le noir, près de son mari, Amanda se demandait si elle devait le réveiller. Ce serait stupide si le travail ne faisait que commencer. Toutefois, quand elle se rendit à la salle de bains, Jack l'entendit et marmonna, encore tout endormi :

— Tu vas bien ?

Elle revint se coucher et se rapprocha de lui.

— Je crois que le bébé arrive, murmura-t-elle.

Il se redressa d'un coup de reins :

— Maintenant ? Ici ? Je vais appeler ton médecin.

Il alluma aussitôt la lumière et tous deux, éblouis, clignèrent des yeux.

— Je pense qu'il est encore trop tôt.

À peine avait-elle fini de parler qu'une contraction, douloureuse cette fois, lui fit serrer les dents et se tordre sur le lit.

— Tu n'es pas folle ? Tu veux mettre ton bébé au monde dans un pareil endroit ?

Il sauta au bas du lit, puis enfila son pantalon. Elle voulait rire de sa précipitation, quand elle sentit venir une nouvelle contraction.

Subitement, elles se succédaient à deux minutes d'intervalle.

— Je n'ai même pas eu le temps de défaire ma valise, dit-elle entre deux contractions. J'aimerais bien passer au moins une nuit ici.

— Je t'y ramènerai après la naissance du bébé, je te le jure. Quand tu voudras. Allez, sors de ce lit pour que nous arrivions à l'hôpital avant que tu n'accouches.

— Mais tu ne comprends donc pas que je n'ai rien à me mettre !

— Et pourquoi pas ce que tu portais ?

— Je ne peux pas mettre une robe de mariée pour aller à l'hôpital. J'aurais l'air stupide.

— Je ne dirai à personne que c'en est une. Habille-toi, Amanda, pour l'amour du ciel… Qu'attends-tu donc ?

— J'ai une contraction, siffla-t-elle, les dents serrées.

Aussitôt, Jack pressa une main sur son propre estomac.

— Je crois que ce champagne était empoisonné, dit-il.

Quand l'intensité de la contraction diminua, Amanda put ironiser :

— Tu es peut-être en travail, toi aussi… Appelle Jan et Louise.

Elle se leva avec de grandes difficultés ; elle avait même du mal à se tenir debout, à présent.

— Je vais appeler une ambulance.

— Je ne veux pas d'ambulance. C'est toi qui vas m'y conduire.

Elle était encore partagée entre le rire et les grimaces, quand la contraction suivante survint.

— J'en suis incapable, car j'ai trop bu. Tu ne t'en rends pas compte ?

— Non, tu m'as l'air bien. Écoute, c'est moi qui conduirai. Contente-toi d'appeler Jan et Louise.

— Je ne connais pas leur numéro par cœur, et si tu n'enfiles pas cette maudite robe de mariée tout de suite, j'appelle la police et je te fais arrêter.

— C'est ça qui serait gentil, dit-elle d'une voix étouffée par la robe qui lui couvrait momentanément la tête.

Quand elle voulut enfiler ses chaussures, ses pieds, trop gonflés, n'y entraient plus.

— J'irai pieds nus, décida-t-elle, pratique.

— Bon sang, Amanda… je t'en supplie.

Jack jeta la valise de sa femme sur le lit, y fouilla en tous sens et par miracle, y découvrit une paire de mules.

— Mets celles-là, ordonna-t-il.

— Quelle arrogance vous avez, vous autres, marchands de prêt-à-porter ! Pourquoi ne pourrais-je pas marcher pieds nus ?

— Tu aurais l'air ridicule.

Ils étaient parvenus à la porte de la chambre, et quatre heures du matin venaient de sonner, lorsqu'une contraction plus forte obligea Amanda à s'appuyer au chambranle. Il suffit à Jack de la voir changer de couleur pour se mettre à gémir. Elle lui passa alors un bras autour de la taille pour s'appuyer sur lui, et ils sortirent à petits pas de l'hôtel, devant lequel il avait garé sa voiture. Leur progression lui paraissait d'une lenteur extrême, et de fait, il leur fallut plus de dix minutes pour arriver là. Amanda commençait à se demander si l'enfant ne ferait pas son apparition avant qu'ils n'atteignent la Ferrari.

Elle se glissa à la place du conducteur et tendit la main, en priant que Jack ait pensé à prendre les clés. Elle ne voulait plus perdre une minute. Fort heureusement, il les avait dans sa poche. Il les lui remit donc et prit la place du passager. Comme ils sortaient en trombe du parking et roulaient à travers le quartier de Bel Air, Amanda lui donna le numéro de téléphone de Jan, afin qu'il l'appelle.

— Demande-lui de prévenir Louise. Dis-leur simplement de venir me retrouver en salle de travail, à la maternité. Elles y seront en cinq minutes.

— Moi, on va sans doute m'envoyer en gérontologie.

— Détends-toi et tout ira bien, affirma-t-elle.

C'était une curieuse façon de passer une lune de miel. Dans quelques instants, ils allaient avoir un bébé. La menace se précisa à tel point qu'Amanda dut se garer le long d'un trottoir, afin de laisser passer une violente contraction.

— Ah, mon Dieu ! s'écria Jack. Qu'est-ce qui te prend ?

— J'essaye de ne pas envoyer ta Ferrari dans le décor pendant que j'ai une contraction, dit-elle d'une voix si changée qu'elle lui rappelait davantage la jeune actrice de *L'Exorciste* que la femme qu'il venait d'épouser.

Pris de terreur, il se tourna vers elle et s'exclama :

— Nom d'un chien ! Je parie que tu es entrée en transition !

— Ne me dis pas à quel stade j'en suis. Contente-toi d'appeler ma fille, et tais-toi.

— C'est… C'est… ce que cette sorcière de l'hôpital nous avait annoncé. Elle avait dit que tu changerais tellement de comportement que je croirais être en présence d'une étrangère. C'est à cela que l'on reconnaît la période de transition !

Amanda ne savait plus si elle devait rire ou l'étrangler. Enfin, il parvint à joindre Jan et lui annonça que sa mère était en transition.

Arrachée à un profond sommeil, Jan ne comprenait pas de quoi il parlait. Il lui semblait que Jack avait trop bu.

— C'est une plaisanterie ? demanda-t-elle.

— Pas le moins du monde, se mit-il à crier d'une voix hystérique. Elle va accoucher, nous sommes en route pour l'hôpital et elle est entrée en transition. Elle est méconnaissable.

— Vous êtes sûr qu'il s'agit de maman ? dit Jan en riant.

Il paraissait prendre les choses encore plus mal que sa mère ne l'avait prédit.

— Eh bien, elle porte la robe de mariée de ta mère, en tous les cas. Et elle demande que tu appelles Louise. Dépêche-toi !

— Nous y serons dans dix minutes ! affirma-t-elle avant de raccrocher.

Au même moment, Amanda faisait crisser les freins pour s'arrêter devant l'entrée de l'hôpital, ouvrait la portière de la Ferrari et jetait à son mari un coup d'œil exaspéré.

— C'est toi qui la gares, car moi, j'ai mieux à faire. Et ne raye pas la carrosserie, sinon mon mari te tuera.

— Très drôle, ma belle. Très drôle, Madame-je-ne-sais-qui. Et pourtant, elle ressemble à ma femme, ajouta-t-il à l'adresse du gardien de parking.

Ce dernier se contenta de hocher la tête et de lui indiquer du geste une place où se ranger. Il pensait être en présence de drogués, car il n'en manquait pas, à Los Angeles.

Une fois Amanda entrée aux urgences, on l'installa sur un fauteuil roulant. Elle donna le nom du médecin qui la suivait, et ainsi qu'on le lui avait appris, elle se mit à pratiquer les exercices de respiration, haletant et soufflant tour à tour, pour parvenir à la meilleure relaxation musculaire possible. Les contractions augmentaient et il lui fallait maintenant lutter contre l'anxiété et contre la douleur.

— Que fais-tu là ? lui demanda Jack en la rejoignant.

Il se souvint alors des exercices préparatoires et constata :

— J'ai oublié mon chronomètre.

Une infirmière s'approcha d'eux et fit entrer Amanda dans l'ascenseur, tandis que celle-ci se cramponnait aux bras du fauteuil. Sa nervosité gagna Jack.

— Ma chérie, tu vas bien ? Je veux dire…

— Qu'en penses-tu ?

Sa voix, à peine audible durant les contractions, redevenait presque normale à présent. Après tout, peut-être n'était-elle pas encore entrée en période de transition…

— Tu donnes l'impression d'être mal à l'aise, et même pire que cela, observa-t-il.

— C'est en effet pire que cela. On dirait qu'on vous déchire les entrailles.

— Et qu'en est-il de l'épisode de la lèvre supérieure retournée ?

— Cela viendra plus tard.

— J'ai hâte d'y arriver.

On la fit entrer dans une salle du troisième étage, où elle enfila une blouse d'hôpital délavée. On remit à Jack une tunique et un pantalon verts, ainsi qu'une coiffe assortie.

— Pour quoi faire ? demanda-t-il, pris de panique.

— Il faut mettre des vêtements stériles, si vous voulez assister à la naissance de votre enfant, répondit l'infirmière non sans une certaine brusquerie, avant d'appeler l'interne pour qu'il vienne examiner Amanda.

Le jeune interne fit son entrée dans la salle de travail deux minutes plus tard, alors que Jack se changeait. Il annonça que la distension du col avait atteint huit centimètres et qu'elle serait bientôt complète. Quand il acheva son examen, elle était en effet de neuf centimètres sur un maximum de dix.

— Faites-moi une péridurale, supplia Amanda en s'accrochant aux barreaux latéraux du lit pendant la contraction suivante… ou bien donnez-moi de la morphine… un anesthésique quelconque… n'importe quoi, mais quelque chose.

— Il est trop tard, madame Kingston, lui dit l'infirmière pour la calmer. Il aurait fallu que vous arriviez ici avant que le diamètre du col ne dépasse les sept centimètres.

— J'étais occupée. J'étais en route pour l'hôpital au volant de la fichue Ferrari de mon mari.

Amanda pleurait, maintenant. Toute cette histoire était trop injuste. Sous le coup de l'indignation, elle s'en prit à l'infirmière et à l'interne :

— Vous voulez dire que si j'étais arrivée ici une demi-heure plus tôt, vous m'auriez fait une péridurale ?

Puis, comme Jack sortait de la salle d'eau déguisé en aide-soignant, elle lui jeta, sans attendre :

— Alors, c'est ta faute tout ça !

— De quoi m'accuses-tu ? Oh, de ça, dit-il en regardant son ventre distendu. Je crois bien que c'est ma faute, en effet.

Puis il interpella l'interne d'un ton autoritaire :

— Soit dit en passant, ma femme ne s'appelle pas Mme Kingston.

— Ce n'est pas son nom ? s'étonna l'interne en s'emparant de la feuille de soins d'Amanda, sur laquelle il figurait. Il est précisé ici qu'il s'agit de Mme Kingston.

— Elle s'appelle maintenant Mme Watson, corrigea Jack, encore sous l'effet des abondantes libations de la noce.

Amanda se rendait compte qu'il faudrait attendre des heures, voire des jours, avant qu'il soit tout à fait remis.

— Ne vous préoccupez pas de savoir qui je suis, intervint-elle. Allez plutôt chercher mon médecin. Où est-il ?

— Me voici, Amanda, lui répondit d'une voix calme l'accoucheur, depuis la porte.

— Très bien. Je voudrais un analgésique et on refuse de m'en donner.

L'obstétricien prit l'interne à part, puis il approuva là demande d'un signe de tête.

— Que diriez-vous d'un petit peu de morphine ?

— Ce serait merveilleux.

On la relia à un moniteur, puis on lui fit une piqûre intraveineuse dans les cinq minutes qui suivirent.

Jack n'eut pas besoin d'en voir davantage pour éprouver de violentes nausées. Il s'affala sur une chaise dans un angle et ferma les yeux ; toute la pièce s'était mise à tourner autour de lui.

— Nous devrions offrir une tasse de café bien noir à M. Watson, qu'en dites-vous ? demanda l'obstétricien à l'infirmière, qui arqua un sourcil.

— Par intraveineuse ?

— Excellente idée

Les médecins éclatèrent de rire et Jack ouvrit un œil pour les observer. Amanda avait une nouvelle contraction, mais cette fois, la morphine atténuait un peu la douleur.

— Pourquoi les voix résonnent-elles tellement, ici ? s'étonna Jack, au moment où Jan et Louise entraient dans la pièce et se dirigeaient vers leur mère.

— Tu ne devrais pas rester là, dit Amanda à Jan, d'une voix lointaine, car la morphine la plongeait dans un état de somnolence.

— Et pourquoi pas, maman ?

La jeune femme tapota la joue de sa mère avec douceur, puis lui caressa les cheveux, tandis que Louise allait lui chercher des glaçons. Elle se souvenait que rien ne lui avait été plus agréable, quand elle mettait des enfants au monde, que de se rafraîchir avec des glaçons.

— Parce que si tu restes là, poursuivait Amanda, tu ne voudras plus jamais avoir d'enfants. C'est une épreuve, tu sais.

Elle ferma les yeux un instant et reprit :

— Il faut bien reconnaître que cela vaut le coup. Je t'aime, ma chérie, murmura-t-elle, avant de perdre à nouveau conscience.

Pourtant, quand Louise revint avec des glaçons, elle accepta avec reconnaissance d'en sucer un, et elle ajouta :

— Je t'aime aussi, Louise.

Jack demeurait dans son coin et buvait son café.

À cinq heures, quand l'obstétricien revint examiner Amanda, il décida de la faire transporter en salle d'accouchement, mais comme l'effet de la morphine s'estompait, Amanda se plaignit :

— Je me sens mal… Pourquoi est-ce que je me sens si mal ?

— Parce que tu es en train de mettre ton bébé au monde, lui dit Louise, tandis que Jack, l'air plus sobre, venait prendre place à son côté.

— Comment vas-tu, ma chérie ? demanda-t-il, plein de sollicitude.

— Affreusement mal.

— Je veux bien te croire.

Il s'adressa alors à s'infirmière d'un ton irrité :

— Vous ne pouvez pas la soulager ? Pourquoi ne pas l'endormir carrément, bon sang !

— Parce qu'elle est en train de donner naissance à un enfant, et maintenant, il va falloir qu'elle pousse.

— Je ne veux pas pousser. Je déteste pousser. Et j'ai tout ça en horreur.

La morphine l'avait un peu abrutie et lui avait fait perdre le sens de la réalité, mais n'avait pas totalement supprimé la douleur.

— Ce sera bientôt fini, assura Jack, tandis qu'il suivait le lit de travail jusqu'à la salle d'accouchement.

Il se demandait comment il avait pu accepter de se laisser entraîner dans cette affaire. Il ne tenait pas à assister à la naissance, mais d'un autre côté, il ne voulait pas non plus abandonner Amanda. De plus, ses belles-filles le suivaient pas à pas. L'équipement de la nouvelle salle était tel qu'il en eut le vertige. On leur offrit à tous les trois un tabouret près de la tête d'Amanda, dont on releva le buste jusqu'à ce qu'elle soit presque en position assise, avant de lui passer les pieds dans les étriers. Dans un angle, un petit berceau en plastique attendait sous une lampe, qui le maintenait à bonne température, qu'on y dépose le bébé. Sa présence dans la pièce rendait soudain l'existence de l'enfant beaucoup plus réelle aux yeux de Jack. Ils étaient là pour assister à un événement dont l'issue serait positive, et non pas seulement pour regarder Amanda souffrir.

Au bout d'un moment, ils commencèrent tout de même à s'interroger. Amanda poussait depuis plus de deux heures et la situation n'évoluait pas. Le bébé était très gros. L'équipe médicale se consulta à voix basse, puis l'obstétricien jeta un coup d'œil sur l'horloge et hocha la tête.

— On va lui donner encore dix minutes, puis on avisera.

Jack, bien réveillé maintenant, réagit en les écoutant :

— Que voulez-vous dire ?

— Le bébé ne bouge pas beaucoup, Jack, répondit le spécialiste, et Amanda se fatigue. Il va peut-être falloir que nous lui donnions un petit coup de main.

— Comment cela ?

Soudain, pris de panique, il comprit avant même qu'ils aient prononcé le mot, car il se remémorait le film sur la césarienne qu'on leur avait présenté lors de la préparation. Celui où une malheureuse paraissait découpée à la tronçonneuse. Il jeta aux médecins un coup d'œil terrifié :

— Le faut-il vraiment ?

— Nous allons en juger bientôt. Peut-être pas, si elle nous aide.

Amanda était dans un triste état, à présent. Elle pleurait et s'accrochait aux mains de Jack. Ses deux filles s'en inquiétaient. Jack était cependant encore plus décomposé qu'elle. Cinq minutes plus tard, on ne constatait toujours aucune évolution. Tous attendaient la prochaine contraction quand un signal d'alarme retentit et sembla envahir la pièce. L'équipe médicale se précipita vers la patiente.

— Qu'est-ce que c'est ? Que se passe-t-il ? demanda Jack, angoissé.

— C'est le monitorage fœtal, Jack, expliqua l'obstétricien. Le bébé est en difficulté.

Déjà, il était trop occupé pour s'étendre davantage. Les instructions se multipliaient et l'anesthésiste s'adressait à Amanda, qui se mit à pleurer.

— Quelles difficultés ? demanda Jack, désireux de comprendre ce qui se passait, bien que personne n'eût le temps de le lui expliquer.

— Sortez tous de la pièce, maintenant, ordonna l'obstétricien d'une voix forte.

Il se tourna alors vers l'anesthésiste et lui demanda :

— Avons-nous le temps de faire une épidurale ?

— Je vais la tenter.

L'agitation reprit, les ordres fusèrent de plus belle et la pièce fut à nouveau pleine de bruit. Immobilisée, tel un animal blessé, Amanda s'accrochait à la main de son mari. Les jeunes femmes avaient quitté la pièce, mais Jack comprenait qu'il ne devait pas abandonner sa femme.

— J'ai suivi la préparation, disait-il à qui voulait l'entendre. J'ai assisté au cours de la méthode Lamaze et j'ai vu le film sur la césarienne.

Nul ne lui prêtait plus attention, pourtant. Les médecins interrogeaient les divers cadrans et s'efforçaient en vain de délivrer le fils d'Amanda.

Après une anesthésie locale, le produit prescrit fut introduit dans l'espace péridural, et commença à se diffuser lentement pour diminuer les douleurs de l'intervention. L'obstétricien dit à Jack d'un ton ferme :

— Asseyez-vous et parlez à votre femme.

Ils posèrent un écran entre la tête d'Amanda et le champ opératoire, afin que Jack ne voie plus que le visage de sa femme et ne suive pas l'intervention chirurgicale. L'anesthésiste semblait entreprendre mille choses à la fois, et les plateaux d'instruments changeaient sans cesse de place. Jack fixait les yeux d'Amanda, et il était frappé par la terreur qu'il y lisait.

— Tout ira bien, ma chérie, je suis là. Tout va bien se terminer. On va sortir le bébé de là dans une minute.

Il espérait ne pas être en train de lui mentir.

— Il va bien ? Le bébé va bien, Jack ?

Amanda pleurait et parlait tout à la fois, mais elle ne souffrait plus, pour le moment, et ne sentait plus que des pressions et des tractions. Jack ne la quittait pas du regard et lui répétait combien il l'aimait.

— Le bébé est tout à fait bien portant, affirma-t-il, en souhaitant avoir raison et en priant pour que rien n'arrivât à l'enfant.

Il ne voulait pas qu'Amanda connaisse une déception. Elle en avait déjà assez supporté au cours de cet accouchement difficile. Il fallait que le bébé s'en tire, même si l'intervention semblait s'éterniser. Durant cette attente, des gouttes de sueur lui perlaient au front, et ses larmes se mêlaient à celles de sa femme. Un tic-tac ininterrompu de machines résonnait dans la pièce, puis le silence parut s'établir, et les pleurs d'Amanda redoublèrent. On aurait dit qu'elle appréhendait qu'une chose terrible se produise. Jack ne pouvait que l'embrasser et lui répéter combien il l'aimait. Quelle compensation pourrait-il lui offrir si le bébé mourait ? Il comprenait qu'il n'en trouverait aucune. Et alors qu'il la contemplait, appelant de tous ses vœux la survie de leur fils, un vagissement léger retentit soudain dans la pièce, et de surprise, Amanda en ouvrit tout grands les yeux.

— Est-ce qu'il est bien formé ?

Elle était épuisée, à présent, et n'avait plus que ce souci.

L'obstétricien fut prompt à la rassurer :

— C'est un beau bébé, dit-il, avant de couper le cordon ombilical.

L'enfant fut mis sur la balance, et c'est ainsi que Jack découvrit pour la première fois son fils de quatre kilos quatre cents. Le bébé avait beaucoup lutté pour voir le jour. Il avait de grands yeux étonnés, comme s'il était surpris d'être arrivé plus tôt que prévu. Et c'était bien le cas, puisqu'il avait près de trois semaines d'avance.

On lui fit sa toilette et on l'enveloppa dans un lange, avant de le coucher près de sa mère. Comme les poignets d'Amanda étaient encore maintenus de part et d'autre du lit, elle ne pouvait serrer son enfant contre son cœur. Ce fut donc Jack qui l'approcha d'elle, et ses yeux s'embuèrent quand il vit sa femme jeter un premier regard sur leur fils et presser sa joue contre la sienne. Rien ne l'avait jamais touché comme la vue de cette femme pour laquelle il éprouvait une si profonde passion, à l'automne de sa vie, et de l'enfant que ni l'un ni l'autre n'avaient imaginé avoir un jour. Ce bébé était comme un rêve qui prenait forme, une grande espérance, un don du ciel, une renaissance. Soudain, Jack se sentit rajeunir. Ils recevaient là un cadeau magique qui leur ouvrait l'avenir comme on ouvrirait une fenêtre à deux battants pour laisser entrer le soleil.

Amanda leva les yeux vers lui et murmura :

— Il est si beau… Il te ressemble.

Jack baissa la tête et l'embrassa.

— J'espère que non, dit-il. Je te remercie d'avoir refusé de renoncer à lui… d'avoir tenu à le laisser vivre, quand moi, j'y étais opposé.

— Je t'aime, murmura-t-elle d'une voix lointaine.

Il était huit heures du matin, et leur fils était âgé de dix minutes.

— Je t'aime infiniment, moi aussi, dit-il en la regardant sombrer dans le sommeil.

On transporta le bébé à la pouponnière, pendant que les médecins finissaient de s'occuper de sa mère. On fit alors passer cette dernière sur un lit, et on la plaça quelques heures dans la salle de réveil. Jack resta auprès d'elle, à la regarder. Quand on l'emmena enfin dans une chambre, elle était toujours endormie, et il ne l'avait pas quittée.

Ses belles-filles ainsi que Paul, qui s'étaient tenus informés, vinrent l'y rejoindre. Ce fut Louise, toute souriante, qui prit la première la parole. Elle lança à Jack un chaleureux :

— Félicitations !

Et pour la première fois, elle laissait parler son cœur.

LE RANCH

Traduit par
Vassoula Galangau

À Victoria et à Nancy,
mes chères et précieuses amies,
mes sœurs de cœur
qui me font rire,
qui me tiennent la main quand je pleure,
et qui sont toujours là, près de moi.
Avec toute mon affection,

D. S.

1

Dans n'importe quel autre supermarché, la jeune femme qui poussait son caddie vers le rayon gastronomique, entre les conserves de luxe et les boîtes d'épices exotiques, aurait eu l'air parfaitement déplacée. Ses cheveux bruns, mi-longs, étaient impeccablement coiffés. Elle avait une peau éclatante, de grands yeux noisette, une silhouette mince et racée, des ongles fraîchement manucures, et son tailleur de lin bleu marine semblait sortir tout droit de chez un grand couturier parisien, tout comme les accessoires, d'ailleurs, bleu marine également : escarpins à hauts talons et sac Chanel… À tous points de vue, elle incarnait l'élégance. On aurait pu penser qu'elle n'avait jamais mis le nez dans un supermarché de sa vie ; pourtant, ici, elle paraissait totalement à son aise. En fait, elle s'arrêtait souvent chez Gristede's, le grand magasin à l'angle de Madison et de la 77e Rue, en rentrant chez elle. D'habitude, la corvée des emplettes incombait à sa gouvernante mais Mary Stuart Walker était suffisamment vieux jeu pour prendre plaisir à faire certaines courses. Comme elle aimait préparer chaque soir le dîner pour Bill. Ils n'avaient jamais eu de cuisinière, même quand les enfants étaient petits. En dépit de son allure de grande bourgeoise, elle s'occupait elle-même de sa famille, passant en revue absolument tout, jusqu'au moindre détail.

Leur appartement au carrefour de la 78e Rue et de la Cinquième Avenue jouissait d'une vue panoramique sur Central Park. Mariés depuis près de vingt-deux ans, elle et Bill en avaient fait l'acquisition quinze ans plus tôt. Mary Stuart s'était révélée une excellente maîtresse de maison. Parfois, ses enfants la taquinaient sur son « perfectionnisme » et au premier coup d'œil on se rendait compte, en effet, qu'elle recherchait la perfection. La preuve était qu'à six heures du soir, par cette chaude journée de juin et après six heures d'interminables réunions, elle était fraîche comme une rose. Son rouge à lèvres n'avait rien perdu de son éclat et pas un cheveu ne dépassait de sa coiffure.

Elle prit deux filets mignons, deux grosses pommes de terre à cuire au four, une livre de fruits, des yoghourts. Autrefois, son caddie regorgeait de friandises mais alors les enfants étaient encore là. Naturellement, ils voulaient goûter à tous les produits qu'ils voyaient dans les publicités télévisées, comme ces céréales parfumées au bubble-gum qu'elle avait fini par leur acheter à son corps défendant.

Mais s'ils leur passaient souvent leurs caprices, elle et Bill, comme tous les parents new-yorkais de leur milieu, exigeaient en retour des compensations : un niveau scolaire élevé, un carnet de notes exemplaire, un sens moral sans tache. Leur progéniture avait été à la hauteur de leurs espérances. Alyssa et Todd alliaient le charme à l'intelligence. Ils étaient beaux, sains d'esprit, brillants en tout. Depuis leur plus tendre enfance, Bill leur avait enseigné leurs obligations. Il leur avait laissé entendre qu'il fallait qu'ils soient les premiers dans tous les domaines. Lorsqu'ils avaient dix et douze ans, Alyssa et Todd poussaient des soupirs pathétiques chaque fois que leur père se lançait dans une de ses diatribes préférées. Selon lui, ils devaient faire de leur mieux pour réussir à l'école et, plus tard, dans la vie. On n'obtenait rien sans l'avoir mérité. Même si leurs efforts n'étaient pas toujours couronnés de succès, ils se devaient au moins d'essayer, de mettre leurs aptitudes à l'épreuve. Sur ce point, Bill Walker se montrait intraitable. Il plaçait haut la barre aussi bien pour lui que pour les siens. Son fils et sa fille avaient fini par comprendre que c'était lui le vrai perfectionniste de la famille, même s'il arrivait à leur mère de faire preuve d'une certaine rigidité. Bill, lui, entendait que ses enfants soient parfaits. Tout comme sa femme.

Sur ce plan, Mary Stuart ne l'avait pas déçu. Durant vingt-deux ans, elle avait assuré sans faillir son rôle d'épouse dévouée. Elle lui avait donné deux enfants magnifiques. Elle prévenait ses désirs, prenait les bonnes initiatives au bon moment, le déchargeant de tous les soucis domestiques. Elle avait déployé ses talents artistiques pour décorer leur intérieur. Les résultats avaient été si impressionnants que des photos de leur appartement avaient paru dans l'*Architectural Digest* car, par-delà le superbe décor, on devinait un véritable foyer, une maison chaleureuse où il faisait bon vivre. Ce n'était que trop vrai. Ils étaient heureux, sans ostentation, sans aucune sorte de provocation. Elle avait choisi chaque meuble, chaque objet, avec un soin particulier. Elle s'attaquait aux tâches les plus ardues avec une sérénité extraordinaire. C'était sa manière de contribuer aux besoins du ménage : rendre les choses faciles pour Bill et pour leurs enfants. De fait, avec elle tout paraissait simple. Depuis des années, par exemple, elle organisait des collectes qui rapportaient des centaines de milliers de dollars au profit d'institutions caritatives. Et aujourd'hui, à quarante-quatre ans, elle travaillait comme bénévole dans un hôpital pour enfants handicapés à Harlem. Et ce n'était pas tout ! Elle faisait aussi partie du conseil d'administration du Metropolitan Muséum et du Lincoln Center, mettant sur pied des manifestations artistiques, toujours dans le même but : réunir des fonds pour soulager la misère humaine. Entre son bénévolat et ses œuvres de charité, elle ne savait plus où donner de la tête, et c'était très bien ainsi. Ses innombrables occupations constituaient un dérivatif à sa solitude. Les enfants étaient partis maintenant et Bill rentrait de plus en plus tard de son bureau. Associé senior dans un cabinet d'avocats de Wall Street, il s'était spécialisé dans le droit international. À ce titre, il s'occupait de la clientèle européenne, plus particulièrement en Allemagne et en Angleterre. Il avait débuté comme simple avocat au pénal mais les dîners brillamment organisés par Mary Stuart avaient largement contribué à son ascension sociale. Peu à peu, il s'était forgé une solide réputation. Il méritait amplement sa réussite et Mary Stuart l'avait aidé de son mieux en recevant somptueusement ses clients et ses confrères. Elle s'était dépensée sans compter, heureuse de lui rendre ce service, jusqu'à l'année précédente. Oui, depuis un an, il n'y avait plus eu une seule réception chez eux. Bill avait beaucoup voyagé à l'étranger. La préparation d'un procès compliqué qui s'ouvrirait bientôt à Londres l'avait accaparé des mois durant, et de son côté, Mary Stuart s'était jetée à corps perdu dans le bénévolat.

Alyssa avait commencé des études à la Sorbonne, laissant un vide immense dans la vie de sa mère. Un vide que celle-ci avait cherché à combler par ses nombreuses activités. Dernièrement, elle visitait des malades dans différents hôpitaux pendant le week-end. Elle ne s'accordait plus aucun répit, aucun loisir, sauf, parfois, le dimanche, quand elle s'octroyait le luxe d'une grasse matinée. Ou quand elle s'autorisait à rester au lit avec un bon bouquin ou le *New York Times* qu'elle dévorait de la première à la dernière page. Elle menait une existence confortable et bien remplie. En la regardant, on ne pouvait soupçonner un instant la moindre faille. Pourtant, elle avait perdu du poids ces temps-ci, mais cela ne la faisait paraître que plus jeune. Et plus attirante. Sa gentillesse et sa générosité la rendaient d'emblée attachante aux personnes qui la rencontraient et notamment aux enfants avec qui elle travaillait. Mais si on se donnait la peine de l'observer de plus près, on notait dans son regard une expression touchante et presque désenchantée. Elle avait le don de comprendre la souffrance d'autrui comme tous ceux qui ont subi des malheurs, mais lesquels ? Sa vie semblait si parfaite ! Ses enfants avaient toujours été les plus beaux, les plus intelligents. Son mari passait pour l'un des juristes les plus prestigieux de la côte est. Les affaires qu'il traitait lui avaient apporté à la fois la renommée et la richesse. Ses confrères et ses relations lui vouaient une immense estime.

Mary Stuart avait tout ce dont rêvent la plupart des gens. Cependant, parfois, une ombre de tristesse passait dans ses yeux. Une sorte de peine profonde, à moins que ce ne fût la solitude, ce qui n'en était que plus étrange. Comment une femme avec son allure, ses succès, un mari aussi séduisant que fortuné, une famille, pouvait-elle se sentir seule ? Il n'y avait aucune raison pour qu'elle soit triste et solitaire. Non, aucune. Il aurait fallu posséder un don de double vue pour déceler la fissure. Pour se douter que la façade polissée cachait peut-être un drame secret.

— Comment ça va aujourd'hui, ma'ame Walker ?

Le caissier lui sourit. Il l'aimait bien. Elle était belle et en plus d'une exquise politesse. Elle ne manquait jamais de lui demander des nouvelles de sa famille, de sa femme, de sa mère, maintenant décédée. Jadis, elle faisait ses emplettes avec ses enfants et, depuis qu'ils n'étaient plus là, elle venait toute seule. Mais elle prenait toujours le temps d'échanger avec lui quelques propos. Il aurait été difficile de ne pas la trouver sympathique.

— Très bien, Charlie, je vous remercie.

Elle avait un sourire lumineux, qui la rajeunissait. D'ailleurs, elle avait conservé sa ligne de jeune fille. Parfois, lorsqu'elle arrivait le week-end en tee-shirt et blue-jean, elle avait l'air d'être la grande sœur de sa fille.

— Quelle chaleur ! soupira-t-elle.

Elle n'avait pas l'air d'avoir chaud, pensa Charlie. Elle était toujours impeccable. En hiver, en dépit du froid glacial, ses tenues élégantes formaient un agréable contraste avec les gros manteaux informes, les écharpes, les bonnets de laine, les bottes de caoutchouc et les moufles. En été, c'était pareil. Quand la canicule transformait la ville en fournaise, elle faisait penser à une bouffée de fraîcheur. Il y avait des gens comme ça ! Calmes, pondérés, en totale possession de leurs moyens. Mme Walker ne perdait jamais contenance. Elle ne s'emportait jamais. Charlie l'avait déjà vue rire avec ses enfants. Sa fille était une véritable beauté, son fils un gentil garçon… Et quant à M. Walker, le caissier avait sa petite idée là-dessus. Il l'avait classé dans la catégorie des « intransigeants » mais du moment que le couple était heureux, ça ne le regardait pas. Les Walker formaient une famille unie. Il supposa que le mari devait être de retour, s'il en jugeait par les deux filets mignons et les deux pommes de terre qu'elle avait achetés.

— La météo prévoit une nouvelle vague de chaleur demain, dit-il tout en mettant les provisions dans des sacs en plastique.

Il la vit jeter un coup d'œil à L'*Enquirer,* sur l'étagère des journaux, avant de froncer les sourcils d'un air désapprobateur. Tanya Thomas, la superstar de la chanson, ornait la couverture. Le magazine titrait : « Tanya : nouveau divorce. Sa liaison avec son professeur de gymnastique a brisé son mariage. » D'autres photos fleurissaient en première page. L'une montrait Tanya en compagnie d'un hercule en débardeur moulant. Sur une autre, on voyait son mari, le visage caché entre ses mains, disparaissant à l'intérieur d'un nightclub sous les flashes des reporters. Charlie parcourut les titres du regard en haussant les épaules.

— À Hollywood tout le monde couche avec tout le monde !

Il était marié avec la même femme depuis trente-neuf ans ; à ses yeux, les aventures amoureuses de la faune hollywoodienne relevaient d'un autre monde.

— Les journalistes racontent n'importe quoi, répondit Mary Stuart un peu sèchement.

— Vous êtes trop indulgente, ma'ame Walker, sourit-il. Ces oiseaux-là ne sont pas comme nous, je vous assure.

Il avait acquis cette conviction au fil des ans. À force de voir des vedettes de cinéma changer de partenaire, il en avait tiré les conclusions qui s'imposaient. Tous des dépravés ! Ces gens-là n'avaient rien de commun avec Mme Walker. Celle-ci ne pouvait même pas imaginer leurs turpitudes.

— Ne croyez surtout pas à ces ragots de mauvais goût, Charlie, insista-t-elle d'une voix ferme.

Sur ce, elle souleva les sacs en plastique, le remercia d'un sourire, puis se dirigea vers la sortie.

Un court trajet la séparait de l'immeuble où elle habitait. Elle émergea de l'univers climatisé du supermarché dans l'air étouffant. Il était six heures passées. Bill ne rentrerait pas avant sept heures. Elle servirait le dîner à sept heures et demie. Ou à huit heures, suivant l'humeur de son mari. Elle mettrait les pommes de terre au four en rentrant, ce qui lui laisserait largement le temps de passer sous la douche. Malgré sa tenue irréprochable, elle avait affreusement souffert de la chaleur toute la journée. La réunion avait traîné en longueur. Le musée envisageait une gigantesque exposition censée rapporter des fonds en automne et quelqu'un avait lancé l'idée d'un bal en septembre. On avait proposé à Mary Stuart la présidence du conseil mais elle avait décliné l'offre, mettant toute son énergie à rester simple membre. Elle n'avait nulle envie de jouer les organisatrices de bal. Elle préférait avoir les mains libres, pour pouvoir s'occuper de ses petits handicapés et des enfants maltraités de Harlem.

Le portier l'accueillit avec déférence. Il lui prit les sacs de provisions pour les tendre au garçon d'ascenseur. La cabine se mit à monter silencieusement. L'immeuble, ancien mais solide, avait un cachet unique. C'était l'un des plus beaux de la Cinquième Avenue, situé en bordure de Central Park, dont le paysage changeait suivant les saisons. À l'étendue enneigée de l'hiver succédait la luxuriante végétation du printemps. Du haut du quatorzième étage, la distance estompait les imperfections : on n'entendait aucun bruit, on ne distinguait pas les bouts de papier gras, les mégots, la saleté ou la poussière. On ne voyait pas les rôdeurs, on ne sentait pas le danger. Tout semblait si vert et si paisible ! Depuis quelques jours, après les rigueurs d'un hiver lugubre, une splendide floraison signalait enfin l'arrivée d'un printemps tardif.

Elle remercia poliment le garçon d'ascenseur, puis ferma sa porte à clé avant de prendre le chemin de la cuisine, une vaste pièce toute blanche. Elle avait un faible pour le blanc. Et pour les grands espaces nus. En dehors de trois gravures encadrées, rien ne venait briser la blancheur lisse et immaculée des murs, à laquelle répondait celle du sol et des comptoirs de granit blanc. C'était dans sa cuisine que Mary Stuart avait posé pour le photographe de L'*Architectural Digest,* perchée sur un haut tabouret et vêtue d'un pull-over angora neigeux sur un jean de la même couleur. Malgré les excellents repas qu'elle préparait pratiquement tous les jours, tout ici paraissait si propre, si ordonné qu'on avait peine à croire que quelqu'un pût se servir de la cuisinière.

La gouvernante ne venait plus que dans la journée. Un silence absolu régnait alentour. Mary Stuart posa les provisions sur la table, alluma le four électrique, se mit ensuite à la fenêtre pour contempler le parc en contrebas. De sa place, elle apercevait le terrain de jeu à travers les frondaisons. Un carré ocre au milieu de l'explosion de verdure. Elle y avait passé des heures, quand les enfants étaient petits, bravant le froid mordant de l'hiver. Elle les avait poussés sur les balançoires, les avait regardés glisser sur le toboggan ou jouer avec leurs petits copains… Comment tant d'années s'étaient-elles envolées aussi vite ? Hier encore, ils formaient une vraie famille. Chaque soir, ils se retrouvaient tous les quatre autour de la table, parlant tous en même temps de leur journée, de leurs projets ou de leurs problèmes. Les disputes qui éclataient parfois entre Alyssa et Todd à propos de tout et de rien auraient été aujourd'hui un réconfort. Leurs éclats de voix ressemblaient à une mélodie lointaine au regard de ce silence oppressant… Heureusement, Alyssa reviendrait à la rentrée. Elle entamerait sa deuxième année d'études à Yale et pourrait regagner New York les week-ends ou tous les quinze jours.

Mary Stuart se dirigea vers le petit salon où elle avait l'habitude de trier factures et courrier. Le voyant rouge du répondeur téléphonique clignotait. Elle fit défiler la bande enregistreuse et appuya sur la touche. La voix pétulante d'Alyssa retentit, arrachant un sourire à sa mère.

— Salut, maman. Dommage, je t'ai ratée. Je voulais juste te dire un petit bonjour. Il est vingt-deux heures et je vais aller prendre un verre avec des amis à Saint-Germain-des-Prés. Ne me rappelle pas, je rentrerai tard. J'essaierai de te joindre en fin de semaine… Au revoir… On se verra bientôt, d'accord ? (Puis, dans un souffle, comme si elle venait seulement d'y penser :) Je t'aime, maman.

Un déclic signala la fin de la communication. Mary Stuart se pencha sur la machine. L'heure de l'appel était inscrite sur un minuscule écran. Elle jeta machinalement un coup d'œil à son bracelet-montre. Alyssa avait téléphoné à quatre heures, heure de New York, deux heures et demie plus tôt… Mary Stuart avait hâte de la revoir. Il ne restait plus que trois semaines à attendre. Elles s'étaient mises d'accord pour se retrouver à Paris, après quoi elles partiraient pour l'Italie en voiture en faisant une halte dans le Midi de la France. Les vacances de Mary Smart ne dureraient pas plus de quinze jours. Elle aurait voulu retourner aux États-Unis avec Alyssa mais celle-ci avait décidé de profiter de Paris jusqu'au dernier moment. Elle rentrerait fin septembre, quelques jours seulement avant l'ouverture de l'université. L'Europe l'attirait comme un aimant. Elle était tombée folle amoureuse de la

France. D'ailleurs, après avoir obtenu son diplôme, elle s'établirait à Paris, répétait-elle à qui voulait l'entendre, mais Mary Stuart faisait la sourde oreille. Elle préférait ne pas y songer. L'année passée sans Alyssa n'avait été qu'un long tunnel noir.

— Mary Stuart ? (La voix du deuxième message était celle de son mari.) Je ne rentre pas dîner ce soir. J'ai une réunion de travail jusqu'à dix-neuf heures et je viens de me rappeler que j'ai rendez-vous avec des clients au restaurant. À plus tard.

Clic ! Il avait raccroché. Il devait être drôlement pressé car il ne s'était même pas donné la peine de s'excuser mais, d'un autre côté, Bill avait la phobie des répondeurs. En fait, il les détestait. Il prétendait que pour rien au monde il n'aurait confié un message d'ordre intime à une machine. Mary Stuart le taquinait, parfois, à ce sujet… Enfin, plus maintenant. Tant de choses avaient changé en un an ! Il y avait eu tant de révélations, de déceptions et de tristesse ! Tant de douleur ! Extérieurement, ça ne se voyait pas. Ils donnaient tous les deux une impression de normalité. Comment était-ce possible ? Comment était-ce possible d'avoir eu le cœur brisé et de continuer à accomplir les gestes du quotidien : faire du café, changer les draps, retourner les matelas, se nourrir, dormir, assister à des réunions ? On se lève, on prend une douche, on s'habille. Mais une partie de vous-même est morte. Elle s'était déjà posé ces questions, lorsque des amis avaient traversé la même épreuve. Elle avait pensé alors que leur comportement était à la fois fascinant et morbide. À présent, elle savait. La vie continue. Et c'est tout. Votre cœur bat toujours, alors on n'en meurt pas. On marche, on parle, on respire, mais en-dedans, ça fait atrocement mal.

— … Tony Jones à l'appareil, disait le message suivant. Votre magnétoscope est réparé. Vous pouvez passer le chercher quand vous voudrez. Au revoir et merci.

Deux autres messages à propos de réunions ajournées. Un autre au sujet du comité chargé d'organiser le fameux bal. Un appel en provenance d'un foyer d'accueil de Harlem. Elle griffonna deux ou trois phrases sur son bloc-notes, se rappelant soudain qu'elle avait laissé le four allumé. Ainsi Bill ne dînerait pas à la maison. Cela lui arrivait de plus en plus fréquemment. Il travaillait comme un forcené. C'était sa manière de survivre.

Elle alla éteindre le four. Elle se préparerait des œufs au plat mais plus tard. Pour le moment, elle n'avait pas faim. Elle entra dans sa chambre. Les murs, d'un jaune crémeux très pâle, ornés d'un fin liseré blanc, étaient décorés de gravures anciennes et d'aquarelles. Un tapis brodé en soie qu'elle avait découvert chez un antiquaire en Angleterre resplendissait sur le parquet. Une cheminée de belles proportions dominait la pièce, avec des photos encadrées sur le manteau de marbre et deux fauteuils joufflus de chaque côté. Elle et Bill aimaient se prélasser devant le feu, un livre à la main, quand ils ne partaient pas en week-end. Cela ne leur arrivait plus maintenant. Ils avaient vendu leur maison de campagne dans le Connecticut l'été précédent. Sans les enfants et sans son mari, puisque Bill voyageait constamment, Mary Stuart ne voyait pas l'intérêt d'une résidence secondaire.

— Je me trouve à un tournant, avait-elle dit un jour à une amie sur le ton de la plaisanterie. On dirait que tout se délite. Même l'appartement est devenu trop grand pour nous deux.

Mais elle ne le mettrait pas en vente. Non. Elle ne se séparerait pas de l'endroit où ses enfants avaient grandi.

Elle posa son sac sur le lit. Involontairement, son regard se tourna vers les photos qui trônaient sur la cheminée. Les regarder l'emplissait d'un sentiment rassurant. Dans les cadres d'argent finement ciselé, les enfants souriaient. À quatre ans, à cinq ans, à dix, à quinze… Là, ils étaient encore tout petits et avaient posé avec le chien, un gros labrador indolent couleur chocolat, nommé Mousse. Mary Stuart se rapprocha. Comme toujours, un élan irrésistible la poussait vers les photos. Elle n'avait qu'à rester là et à les regarder. Et à se remémorer l'époque bénie où leurs problèmes n'existaient pas. Elle aurait voulu remonter le temps. La frimousse réjouie de Todd couronnée de bouclettes blondes la contemplait du fond de son enfance ; elle crut l'entendre l'appeler et le revit pourchassant le chien. Il n'avait que trois ans quand il était tombé dans la piscine et elle avait plongé tout habillée pour le repêcher. Elle l'avait sauvé, cette fois-là… Elle avait toujours été présente pour lui et pour Alyssa. Son regard s'arrêta sur un cliché pris lors de ce Noël merveilleux, trois ans plus tôt, qu'ils avaient passé tous ensemble. Sur la photo, on la voyait entre Todd et Alyssa. Ils étaient enlacés et riaient aux éclats. Seigneur, qu'est-ce qu'ils avaient ri ! Ils avaient tellement fait les pitres que le photographe, exaspéré, en l'occurrence Bill, leur avait intimé de garder la pose. Ensuite, Todd avait entonné des chansons cochonnes dont les rimes avaient déclenché l'hilarité générale. Alyssa l'avait supplié d'arrêter, tandis que Bill et Mary Stuart étaient pris d'un fou rire irrépressible. Ils s'étaient bien amusés, ce Noël-là. Ils s'amusaient toujours lorsqu'ils étaient ensemble… En repensant à la voix claire d'Alyssa sur le répondeur, Mary Stuart eut le cœur serré. Comme elle le faisait toujours quand les souvenirs la submergeaient, elle se détourna des photos sur lesquelles les visages du bonheur souriaient pour l'éternité. Une boule se forma au fond de sa gorge, tandis qu'elle se dirigeait vers la salle de bains. Elle se passa de l'eau froide sur le visage, puis jeta un regard sévère à son reflet dans le miroir.

— Assez ! se morigéna-t-elle.

Elle refusait de s'apitoyer sur son sort. C'était un luxe qu'elle ne pouvait plus s'accorder. Il fallait coûte que coûte aller de l'avant. Traverser le désert dans lequel elle avait été soudain catapultée. Une sorte d'étendue aride et dépeuplée. Elle savait que Bill devait errer quelque part, dans son propre enfer. Elle l'avait cherché partout depuis plus d'un an mais elle ne l'avait pas trouvé.

Elle songea vaguement au dîner qu'elle ne préparerait pas. De toute façon, elle ne se sentait aucun appétit. Elle troqua son tailleur contre une tenue plus décontractée : jeans et tee-shirt rose pâle. De retour dans le petit salon, elle se plongea dans la lecture de son courrier. Il était sept heures. Dehors, la lumière commençait à décliner. Un voile bleu-gris tamisait l'éclat de l'azur. Elle décida d'appeler Bill sous prétexte de lui annoncer qu'elle avait eu son message. Ils n'avaient plus grand-chose à se dire. Ils n'ouvraient la bouche que pour évoquer des rendez-vous de travail. Elle lui téléphona quand même. Comme si un simple coup de fil pouvait ralentir la détérioration de leurs relations. Leur mariage s'écroulait lentement mais sûrement. Mary Stuart n'était pas prête à l'accepter. Après tant d'années de vie commune ils se devaient un minimum de compréhension. On ne quitte pas son navire en pleine tourmente. Elle aurait fait un bon capitaine. Elle aurait préféré sombrer avec son bateau plutôt que l'abandonner.

Elle avait composé le numéro de son bureau. Au bout de quelques sonneries, une secrétaire décrocha. Non, M. Walker n'était pas disponible. M. Walker était en conférence. Oui, elle lui dirait que Mme Walker avait appelé.

— Merci, mademoiselle.

Ayant raccroché, elle fit pivoter son fauteuil vers la baie vitrée, afin d'admirer une fois de plus Central Park. Par cette moite soirée de juin, des couples s'y promenaient, dans la lumière pourpre du crépuscule. Elle détourna vivement le regard de ce spectacle qui ne faisait que raviver son chagrin. Le souvenir des merveilleux instants qu'elle avait partagés avec Bill revint la hanter. Un jour, peut-être, ils trouveraient une solution. *Peut-être,* se dit-elle, songeuse, évitant d'envisager le cas contraire et se forçant à se concentrer sur ses papiers. Elle s'y consacra durant une heure, élaborant une liste de noms à l'intention du comité, quelques suggestions destinées au groupe qu'elle avait rencontré cet après-midi. Lorsqu'elle leva les yeux, les ombres avaient envahi la pièce. La nuit l'engloutissait lentement dans son linceul de velours noir. Dans l'appartement, le silence n'en était que plus effrayant et elle fut tentée de dire quelque chose, mais à qui ? Il n'y avait personne. Elle était seule dans la nuit. Yeux clos, elle appuya la tête sur le dossier de son fauteuil, lançant un appel au secours muet à la providence. La sonnerie du téléphone la fit sursauter.

— Allô ?

Elle avait décroché machinalement. Ses cheveux légèrement ébouriffés lui donnaient une allure juvénile mais personne ne pouvait la voir dans la pénombre duveteuse du soir.

— Mary Stuart ?

Cette voix douce et sensuelle, à l'accent traînant du Texas, elle la connaissait depuis vingt-six ans maintenant. Cela faisait plus d'un mois qu'elle n'avait pas eu de ses nouvelles, mais elle était toujours présente dans son esprit. C'était la voix de l'amitié et elle se manifestait toujours quand Mary Smart en avait besoin.

— C'est toi ? J'ai cru que c'était Alyssa, dit la femme à l'autre bout de la ligne.

— Non, Alyssa est toujours à Paris.

Un soupir de soulagement lui échappa, à l'instar d'une naufragée qu'une main secourable vient de ramener vers la terre ferme. Il en était toujours ainsi. Les années n'avaient pas altéré les liens solides qui les attachaient l'une à l'autre. Se souvenant du magazine qu'elle avait aperçu chez Gristede's, elle reprit :

— Comment vas-tu ? J'ai lu un article sur toi aujourd'hui.

— Joli, hein ? De pures inventions ! Mon prof de gym actuel est une femme. J'ai flanqué à la porte le gars dont tu as pu admirer les pectoraux sur la couverture de L'*Enquirer* l'année dernière. Il m'a téléphoné ce matin, hors de lui. Il menace de me traîner en justice parce que sa femme lui a fait une scène de ménage à cause de cet article, évidemment. Il n'a pas encore compris jusqu'où peuvent aller les journalistes. (Tanya, elle, l'avait appris à ses dépens.) Et pour répondre à ta question, oui, je vais bien. Si l'on peut dire.

Elle émit ce roucoulement rauque qui rendait à moitié fous ses admirateurs masculins, et qui fit éclore un sourire sur les lèvres de sa correspondante. Tanya faisait penser à une brise légère au milieu de la canicule. Mary Stuart en avait ressenti les effets bénéfiques dès leur première rencontre, vingt-six ans plus tôt, sur le campus. Elles faisaient alors leurs études à Berkeley. Elles étaient si jeunes ! et si gaies ! La bande des quatre : Mary Stuart, Tanya, Eleanor et Zoe. Elles avaient partagé la même chambre à l'université pendant deux ans puis avaient loué une maison dans Euclid Street.

Pendant quatre ans, elles avaient été comme des sœurs. Ellie était morte la dernière année de leurs études, et les choses avaient changé. Après la remise des diplômes, chacune avait suivi son chemin. Tanya avait épousé un de ses amis d'enfance, originaire de la même ville du Texas qu'elle. Un an plus tard, le démarrage fulgurant de sa carrière de chanteuse avait fait exploser toute son existence et son mariage avec. Le pauvre Bobby Joe avait encore tenu le coup un an. Ensuite, il s'était senti exclu. Vivre avec une femme qui avait de l'instruction et qui, en plus, avait un talent fou constituait déjà un défi de tous les instants. Se retrouver du jour au lendemain sous le même toit qu'une superstar relevait de l'héroïsme. Et Bobby Joe ne se sentait pas l'âme d'un héros. Il avait essayé de préserver leur mariage, mais en vain. Au fond il ne rêvait que d'une chose. Que sa Tanya devienne une bonne petite ménagère et qu'ils aillent s'installer tous les deux au fin fond du Texas. Il souffrait du mal du pays. Son père était entrepreneur et Bobby Joe lui avait promis de lui succéder. Il se fichait éperdument de la célébrité de son épouse, de ses contrats mirobolants, de ses agents artistiques et des milliers de fans qui se pressaient à ses concerts en poussant des hurlements. Il considérait que les millions de Tanya ne lui appartenaient pas, ce qui était tout à son honneur. Il n'aspirait qu'à une vie tranquille, à l'abri des regards indiscrets, loin des flashes des photographes. Hélas, avec tous ses succès, sa jeune épouse ne partageait guère son point de vue. Elle aimait sincèrement Bobby Joe mais de là à lui sacrifier sa carrière, ses rêves et ses espérances, c'était trop lui demander. Ils décidèrent de se séparer le jour de leur deuxième anniversaire de mariage et obtinrent le divorce aux alentours de Noël. Le jeune époux regagna son Texas natal. Des mois durant, il erra comme une âme en peine. Il finit par se consoler, se remaria et eut six enfants. Tanya l'avait revu une ou deux fois par hasard. Il avait grossi, la calvitie l'avait gagné mais il était toujours aussi gentil, avait-elle déclaré à Mary Stuart, qui avait cru déceler une certaine amertume sous son ton désabusé. Tanya ne cessa de gravir les échelons de la gloire. Vingt ans après ses débuts, elle se trouvait toujours en tête du hit-parade. Mais elle payait cher son fabuleux succès.

Elles étaient restées amies. Mary Stuart s'était mariée, elle aussi, l'été qui avait suivi la remise des diplômes. Zoe avait voulu poursuivre d'autres études et s'était inscrite à la faculté de médecine. Elle avait toujours été la plus rebelle, la plus réfractaire aux idées passéistes, la plus anticonformiste, finalement. Elle s'était faite l'avocate des causes perdues et portait un intérêt passionné aux chiens perdus sans collier. Les autres la taquinaient gentiment. Il s'en fallait de peu pour que Zoe brandisse l'étendard de la révolte. Elle luttait contre l'injustice, disait-elle. Elle était courageuse, Zoe, la plus courageuse de toutes. C'est elle qui avait eu le cran de prévenir par téléphone l'oncle et la tante d'Ellie. Sa disparition brutale avait plongé ses amies dans la consternation ; elle avait marqué la fin de quelque chose. De leur insouciance, peut-être même de leur jeunesse.

Chère Ellie ! À l'époque, elle était la meilleure amie de Mary Stuart. C'était une jeune fille douce et romantique. Une idéaliste. Ses parents s'étaient tués dans un accident de la route durant sa première année à l'université et ses trois compagnes de chambre avaient remplacé sa famille. Mary Stuart s'était souvent posé la question de savoir si Ellie parviendrait à affronter les dures réalités de la vie, les tensions créées par le monde extérieur. Elle était si délicate qu'elle en était presque irréelle. Contrairement à ses amies, elle ne caressait aucun projet d'avenir. Elle semblait toujours perdue dans quelque rêverie sans fin. Elle aurait été incapable de survivre dans la jungle des adultes.

Sa mort survint trois semaines avant la remise des diplômes. Tanya avait voulu remettre la date de son mariage. Avec l'aide de Mary Stuart, Zoe s'y était fermement opposée. Ellie en aurait été navrée. L'argument avait porté. Tanya s'était laissé convaincre. Elle avait dit que Bobby Joe l'étranglerait si elle lui faisait faux bond. Mary Stuart et Zoe avaient été ses demoiselles d'honneur.

Tanya aurait assisté au mariage de Mary Stuart si elle n'avait dû donner son premier concert au Japon. Zoe n'avait pas pu quitter la faculté. Mary Stuart s'était mariée chez ses parents, à Greenwich.

Les secondes noces de Tanya avaient été largement commentées par la presse. Mary Stuart en avait eu vent par les actualités. À vingt-neuf ans, la superstar avait épousé son manager. La cérémonie, célébrée à Las Vegas, avait suscité une vive émotion dans le monde du show-business.

Hélicoptères, caméras de télévision, paparazzi de tous bords avaient traqué les jeunes mariés jusqu'à leur hôtel.

Mary Stuart avait toutes les raisons de ne pas apprécier le deuxième mari de Tanya. Cette dernière aurait voulu poser ses valises, souffler un peu. Elle avait déclaré lors d'une interview qu'ils achèteraient une maison à Santa Barbara ou à Pasadena pour fonder une famille. Mais cette fois-ci, ce fut son conjoint qui opposa son veto. Il n'avait que deux idées en tête : la carrière de Tanya et son argent. Il l'incita à signer de nouveaux contrats, à se lancer dans de nouveaux concerts. Il agissait en professionnel. Tanya lui devait beaucoup, elle l'admettait. Grâce à lui, elle avait changé de « look » et avait effectué ses tournées les plus glorieuses aux États-Unis et à l'étranger. Elle battait tous les records. Durant les cinq années de leur union, elle récolta trois disques de platine et deux disques d'or. Elle gagna tous les prix possibles et imaginables : des Grammy, des récompenses internationales que tous les chanteurs en vogue lui enviaient. Son manager de mari lui coûta une fortune lors de leur divorce mais à présent son avenir était assuré. Sa mère habitait une villa de cinq millions de dollars à Houston et elle avait offert à sa sœur et à son beau-frère un magnifique domaine près d'Armstrong. Elle-même était propriétaire d'une des plus somptueuses demeures de Bel Air, sans parler d'une résidence secondaire de dix millions sur la plage de Malibu. Son mari l'avait poussée à l'acheter sachant pourtant qu'elle ne s'y rendrait jamais, faute de temps. Elle avait tout : l'argent et la renommée… mais pas d'enfants, pas de véritable foyer. Après le divorce, ayant un besoin urgent de changement, elle se lança dans le cinéma. En un an, elle tourna deux films. Le second lui valut un prix de l'Académie. À trente-cinq ans, Tanya Thomas possédait tout ce dont des millions de gens rêvent, mais il lui manquait ce que Bobby Joe aurait pu lui offrir ; l'affection, l'amour, une épaule sur laquelle s'épancher, des enfants, une vraie famille.

Six ans plus tard, troisième mariage, avec Tony Goldman, un richissime promoteur immobilier de Los Angeles, qui comptait une pléiade de starlettes parmi ses conquêtes. La célébrité de Tanya l'avait impressionné, sans aucun doute, mais même Mary Stuart, toujours sur la défensive lorsqu'il s'agissait de son amie, avait dû convenir que l'ancien play-boy s'était mué en époux attentionné. Il vouait une immense tendresse à Tanya. Restait à savoir s'il réussirait à garder la tête froide dans le tourbillon qu'était devenue la vie de sa femme, s'il supporterait longtemps le vacarme des trompettes de la renommée. Les trois premières années s'écoulèrent sans incident majeur. Mary Stuart était bien placée pour savoir que les ragots colportés par la presse ne correspondaient pas à la vérité.

Le puissant attrait que Tony exerçait sur Tanya s'expliquait par le fait qu'il avait trois enfants d'un premier lit. Ils avaient neuf, onze et quatorze ans lorsqu'ils s'étaient rencontrés et Tanya les chérissait tendrement. L'aîné et le cadet, des garçons, comptaient parmi ses fans les plus fervents ; quant à la petite fille, elle était littéralement subjuguée par sa belle-mère. Elle avait peine à croire que la superstar avait consenti à épouser son papa. Au début, elle l'avait crié sur tous les toits. Ensuite, elle s'était mise à imiter Tanya en tout. Mêmes vêtements. Même coiffure. La jeune femme s'était sentie flattée. Elle emmenait la fille de Tony partout avec elle, lui offrait des cadeaux somptueux. Son affection pour les enfants de son époux faisait plaisir à voir. À cette époque, elle aurait voulu avoir un bébé à elle, bien sûr, mais à quarante et un ans, elle hésitait. De son côté, Tony ne se montrait pas très chaud. Elle n'avait pas insisté… Comment aurait-elle pu ? Les concerts se succédaient, les journalistes ne cessaient de la traquer, elle avait deux procès sur le dos. L'atmosphère trop mouvementée dans laquelle elle évoluait n'était guère propice à la conception d'un bébé. Elle s'était contentée de gâter les enfants de Tony comme s'ils avaient été les siens. Lui avouait volontiers qu'elle était meilleure mère que sa première femme. Mais Mary Stuart n'avait pas tardé à déceler la première faille à l'intérieur du couple. Tony ne témoignait aucun intérêt envers la profession de sa femme. Il la laissait se débrouiller toute seule avec ses contrats, ses managers, ses concerts, ses avocats. Lorsqu'elle reçut des menaces de mort, il ne bougea pas le petit doigt. Tandis que Tanya se débattait dans ses problèmes, il continuait tranquillement à conclure des affaires, quand il n'allait pas jouer au golf avec ses amis à Palm Springs. Il ne s'impliquait jamais dans les soucis de sa femme. Mary Stuart savait mieux que personne dans quelle solitude vivait Tanya. Elle travaillait dur, répétait jour et nuit, enregistrait des disques. Elle était seule à faire face aux exigences de son métier et de ses fans, aux trahisons de ses collaborateurs et aux médisances. Elle ne s'en plaignait pas. Mary Stuart admirait son calme, mais ne pouvait s'empêcher de grincer des dents chaque fois que Tony apparaissait à la télévision, saluant royalement les caméras, en accompagnant Tanya à une remise de prix, un Oscar ou un Grammy. Il s'était réservé la meilleure part du gâteau. Les bons moments. Et pas les ennuis. Mary Stuart y avait repensé lorsque Tanya avait parlé de la femme de son ancien entraîneur. Il ne lui manquait plus que de nouvelles poursuites en justice… Mais si son amie s'inquiétait, Tanya paraissait résignée. Il n'y avait rien à faire pour combattre les médias, elle le savait.

— En fait, Tony est dans tous ses états, dit-elle tranquillement.

Le ton las de sa voix mit Mary Stuart sur ses gardes. Elle avait l'air fatiguée. Et seule. Elle s'était trop longtemps défendue et ce combat permanent lui avait usé les nerfs.

— Chaque fois qu'une feuille de chou prétend que j'ai un nouvel amant, il devient enragé. Il se sent gêné vis-à-vis de ses amis. Et je le comprends.

Elle se tut, à bout de forces. Il n'y avait rien à faire. Rien ne pouvait arrêter les rumeurs. C'était la rançon de la gloire. Avec sa somptueuse chevelure blonde, ses immenses yeux bleus et son corps sculptural, Tanya excitait les fantasmes. On avait peine à croire qu'elle buvait de l'eau plate plutôt que du Champagne. Le temps lui avait épargné ses outrages. Grâce à des soins esthétiques constants, elle avait conservé toute sa jeunesse. Elle avouait trente-six ans et avait réussi à dissimuler à merveille les huit années supplémentaires qu'elle avait en commun avec son ancienne camarade de faculté.

— Moi aussi, j'ai horreur des cancans mais je m'y suis habituée, reprit-elle. Honnêtement, qui peut accorder crédit à ce genre d'élucubrations ? Au fond, ça ne me toucherait pas s'il n'y avait Tony. Et les enfants, bien sûr.

Tout en parlant, le pied posé sur la table basse, Tanya haussa les épaules. Les yeux mi-clos, elle s'efforça d'imaginer Mary Stuart à l'autre bout du fil. Elles avaient été très proches au sein de leur petit groupe. Mary Stuart et Zoe ne s'étaient plus parlé depuis des années. Elles s'étaient perdues de vue. Elle-même avait essayé de garder le contact avec Zoe. Elles se téléphonaient de temps à autre, échangeaient des cartes de vœux à Noël, et ça n'allait pas plus loin. Zoe avait choisi une vie très différente de celle de ses anciennes amies. Elle exerçait dans une clinique de San Francisco. Elle ne s'était pas mariée, n'avait pas eu d'enfant, s'était entièrement dévouée à son métier. Elle consacrait son temps libre à différents hôpitaux. Tanya l'avait rencontrée brièvement cinq ans plus tôt, lors d'une de ses tournées sur la côte ouest.

— Et toi ? Comment te portes-tu ? demanda-t-elle soudain.

Mary Stuart ne broncha pas. Elle l'avait vue venir.

— Bien, répondit-elle vite. (Trop vite.) La routine. Je navigue entre mes comités, mes œuvres de charité et mon travail bénévole à Harlem. J'ai passé la journée au Metropolitan Muséum à discuter d'une éventuelle exposition avec le conseil d'administration...

Tout à coup, elle était devenue volubile. Le ton uni de sa voix n'avait rien trahi de ses tourments mais Tanya n'en fut pas dupe. Mary Stuart était parfaitement capable de tromper son monde. Mais pas sa vieille amie.

— Ce n'est pas ce que j'ai voulu dire... Comment vas-tu, *toi,* Mary Stuart... ? Comment vas-tu *vraiment ?*

Un silence suivit. Mary Stuart avait tourné la tête vers la fenêtre. La nuit était tombée sur la ville. Et elle était seule, toute seule dans le vaste appartement obscur et silencieux... Et cela durait depuis un an maintenant.

— Ça va, murmura-t-elle.

L'espace d'une seconde, sa voix avait tremblé. Elle ne mentait qu'à moitié. Elle allait mieux qu'un an plus tôt, quand Tanya lui avait rendu visite en ce jour horrible où la pluie cinglait les vitres et où Mary Stuart aurait souhaité que sa vie s'arrêtât.

— Je m'habitue petit à petit, ajouta-t-elle.

Comme si on s'habituait à l'absence.

— Et Bill ?

— Il va bien. Ou du moins je le suppose. Je ne le vois jamais.

— Voilà qui est fâcheux. As-tu eu des nouvelles d'Alyssa ?

— Elle m'en donne régulièrement. Elle adore Paris. J'irai la retrouver dans trois semaines et nous passerons un mois à parcourir l'Europe. Pendant ce temps, Bill sera aux prises avec un tribunal anglais. Il s'agit d'un litige suffisamment compliqué pour le retenir à Londres tout l'été. Alors, autant partir à l'aventure avec Alyssa, tu ne crois pas ?

Elle s'était animée, comme chaque fois qu'elle évoquait sa fille. Tanya eut un sourire. Elle adorait Alyssa.

— Et après ? Iras-tu le retrouver en Angleterre ?

— N… non, répliqua Mary Stuart après une hésitation. Je rentrerai directement à New York. Il sera trop occupé avec son procès, j'aurais peur de le déranger… Et puis j'ai mille choses à faire ici.

Mille choses à faire. Elle était passée maître dans l'art de la simulation. Elle connaissait par cœur toutes les vieilles ficelles pour masquer son désespoir… « On se rappelle, okay ?… Tout va bien… Oui, formidable… Bill n'a plus une minute à lui, il est toujours par monts et par vaux… J'ai une réunion… avec le conseil d'administration… avec le comité Untel… Je dois aller en ville… Je pars en Europe… » La politique de l'autruche ! L'art et la manière de se mettre à l'abri de la pitié et de la compassion.

— Mary Stuart ! Tu n'as pas l'air d'aller.

Tanya avait son franc-parler. Et de la persévérance. Elle vous persécutait sans merci jusqu'à ce qu'elle obtienne une réponse satisfaisante. En cela, elle avait un point commun avec Zoe.

— Voyons, Stu, pourquoi mens-tu ?

— Je ne mens pas, Tan.

Stu. Tan. Tannie. Les petits noms affectueux qu'elles se donnaient autrefois. Du temps où elles étaient jeunes et pleines d'espérances. Les débuts sont toujours prometteurs. La vie se charge de vous détromper. Un coup de vent, et toutes vos illusions sont balayées. Au fil du temps, on perd tout ce à quoi on tenait. Mary Stuart détestait ce sentiment d'impuissance.

— Tout va bien, je te le jure.

— Eh bien, tu es parjure mais je ne te jetterai pas la pierre.

Zoe, elle, n'aurait pas lâché prise. Elle ne l'aurait pas laissée mentir, ni feindre. Elle l'aurait bombardée de questions jusqu'à ce qu'elle sorte de sa cachette dans l'aveuglante lumière de la vérité, la seule apte à cicatriser toutes les blessures. Tanya ne se sentait pas de taille à insister davantage. Elle avait ses propres soucis. Si les médias s'étaient trompés sur sa prétendue liaison, ils avaient vu juste dans ses problèmes de couple. Tony en avait assez de servir de cible aux journalistes. Traqué, épié, débusqué, il aspirait à une vie normale, chose impensable. Tanya était trop célèbre, trop riche, et elle comptait trop de poursuites en justice à son actif. Les tabloïds, les tout-puissants magazines à sensation, avaient fait de sa vie un tissu de mensonges pour rassasier la curiosité malsaine de leurs lecteurs. Il y avait eu trop de ragots, trop de mensonges, trop de menaces, trop de lettres et de coups de fil anonymes. Elle était entourée d'avocats, de conseillers, de toutes sortes de gens qui essayaient de tirer profit de la situation. C'était épuisant. Et ce n'était pas fini, Tony le savait. Comme il savait qu'il pouvait dire adieu à l'existence paisible et douillette que tout homme est en droit d'espérer. Il est vrai qu'au début tout ça l'avait amusé, mais l'ivresse des premiers temps passée, les vapeurs dissipées laissaient entrevoir une réalité différente. Son mariage lui était alors apparu comme un leurre. Et Tanya comme une illusion. Il s'était mis à se plaindre : ça ne pouvait plus durer, il fallait faire quelque chose. Tanya compatissait, mais que faire, à part se retirer de la scène, loin du bruit et de la fureur ? Elle ne pouvait et ne voulait renoncer à sa carrière. En contrepartie elle fit quelques propositions. Se voir plus souvent. Partir en voyage plus longtemps. Aller se cacher à Hawaii, en Afrique ou dans le Sud de la France. Tony ne parut pas convaincu. Ces petites escapades n'offraient pas de véritable solution. Il souhaitait quelque chose de plus radical. La réussite, l'argent, les millions d'admirateurs avaient fait de Tanya une victime, et Tony en était venu à détester ça. Elle avait beau lui promettre que la situation allait changer, il ne la croyait plus. De toute façon, elle n'avait pas le choix, sauf à montrer profil bas en attendant que le scandale fomenté par la presse soit calmé. Elle était pieds et poings liés. Elle n'avait même pas osé se réfugier chez sa mère au Texas pour ne pas alimenter les rumeurs en quittant la ville. Tony lui avait clairement signifié sa lassitude. Tout ce tapage l'avait poussé à bout. Les enfants aussi. Tanya s'était sentie submergée par une vague de panique. Elle ne disposait d'aucun moyen légal pour imposer le silence à ses détracteurs. Il fallait attendre que l'accalmie succède à la tempête. Sauf que Tony n'avait plus cette patience-là.

— Je serai à New York la semaine prochaine, c'est pourquoi je t'appelle, dit-elle. Comme tu as un agenda de ministre, je préfère te prévenir… J'avais peur que ce jour-là tu sois en train de dîner avec le gouverneur ou Dieu sait qui, histoire de lui soutirer des fonds pour tes pauvres.

Tanya avait déjà versé des sommes substantielles pour les bonnes causes défendues par son amie. Elle avait également donné deux concerts au profit des enfants défavorisés. Cela s'était passé quelques années plus tôt. Aujourd'hui, mieux valait ne plus y compter. Son existence n'était plus qu'une longue fuite en avant.

Entre son agent et son manager, elle ne savait plus à quel saint se vouer. Ils exigeaient d'elle toujours plus : plus de gains, plus d'albums, plus de spectacles. Tanya était au zénith de sa carrière et ils entendaient rentabiliser tous ses talents. Bientôt, elle tournerait un nouveau film.

— Je suis la vedette d'une émission télévisée à New York, reprit-elle. J'ai également rendez-vous avec un agent littéraire. Figure-toi qu'un éditeur m'a contactée pour me demander d'écrire mes mémoires. Je ne sais pas ce que je pourrais raconter qui n'ait pas été dit.

Il y avait déjà eu quatre biographies de Tanya Thomas. Quatre récits cruels et inexacts. Aucun n'avait reçu l'aval de l'intéressée, mais cela n'avait pas empêché leur publication. À la sortie du premier, elle avait appelé Mary Stuart en pleine nuit, secouée de sanglots incoercibles. Son amie l'avait consolée, puis elles avaient fini par en rire. Il en avait toujours été ainsi. Chacune protégeait l'autre. Les liens qui les unissaient étaient indestructibles. Les amitiés de jeunesse sont les plus solides, elles prennent racine dans un terreau fertile et poussent vigoureusement, comme des chênes.

— Quand arrives-tu ? Veux-tu que j'aille te chercher à l'aéroport ? proposa Mary Stuart.

— Ce n'est pas la peine. Je passerai te chercher en voiture et nous irons bavarder tranquillement à mon hôtel. Rends-toi libre mardi prochain, ma belle ! Je t'appellerai de l'avion.

Tanya voyageait toujours avec le jet privé de sa maison de disques.

— D'accord, dit Mary Stuart.

Elle se sentait pousser des ailes. La seule pensée qu'elle allait revoir Tanya lui remontait le moral. Dix minutes plus tôt encore, elle avait l'impression d'avoir mille ans, maintenant elle était aussi légère qu'une adolescente. Un sourire enchanté illumina ses traits.

— Je t'attends, ajouta-t-elle.

— Alors, à bientôt, dit Tanya de sa voix la plus douce. Et n'oublie pas que je t'aime, Stu.

— Je sais… et je… (Des larmes brouillèrent sa vue. La gentillesse était pire que l'indifférence. Et la solitude préférable aux retrouvailles.) Je t'aime aussi, réussit-elle à articuler en butant sur chaque mot… Excuse-moi.

Elle cligna des paupières pour refouler ses larmes, luttant contre le raz-de-marée de ses émotions.

— Ne t'excuse pas, ma puce, c'est normal. Je sais ce que tu ressens.

Elle n'en savait rien, pensa Mary Stuart. Personne ne pouvait savoir. Pas même son mari.

— À la semaine prochaine, dit-elle d'une voix ferme qui ne trompa pas Tanya.

Elle comprenait parfaitement ce que son amie endurait. Celle-ci avait érigé un barrage contre les flots de son angoisse mais jusqu'à quand parviendrait-elle à en endiguer les assauts ?

— Oui, à mardi. Mets-toi en jeans. Nous mangerons des hamburgers, à moins de commander deux repas au room-service. Ciao, ma belle.

La communication prit fin. Mary Stuart replongea dans ses souvenirs. Berkeley. Les belles années, avant de payer le lourd tribut à la vie. Leur jeunesse. Leur insouciance… jusqu'à la mort d'Ellie. La disparition brutale de leur amie avait marqué leur entrée dans le monde des adultes. Mary Stuart prit une photo sur sa table de nuit. Elle datait de leur seconde année d'études et toutes les quatre y figuraient. Tanya, blonde et sexy, Zoe, coiffée de longues tresses rousses, fixant l'objectif avec intensité, Ellie, très éthérée, le visage un peu flou dans le halo de ses boucles dorées, enfin Mary Stuart, tout en jambes, le cheveu sombre et l'œil ardent. Elle eut la sensation qu'un siècle la séparait de cette photo. Les images du passé rejaillirent et, sans qu'elle s'en aperçoive, le sommeil la surprit tout habillée.

Quand Bill rentra à onze heures, elle dormait à poings fermés. Il ne dit pas un mot, ne la toucha pas, et elle passa la nuit dans son jean et son tee-shirt rose. Lorsqu'elle se réveilla le lendemain matin, il était déjà reparti. Il n'avait fait que passer, une fois de plus, comme le parfait étranger qu'il était devenu.

2

Lorsque Tanya se réveilla le lendemain matin dans sa superbe villa de Bel Air, Tony sifflotait sous la douche. Leur chambre était agrémentée de deux dressing-rooms et de deux salles de bains séparées. C'était une pièce très vaste, tendue de tapisserie à motifs fuchsia, avec des meubles français d'époque et des rideaux en gaze de soie lilas. Si dans la salle de bains de Tanya le rose prédominait, dans celle de Tony le sol en marbre et la baignoire en granit noir, des serviettes-éponges et des draperies noires également composaient un univers typiquement masculin.

Elle avait acheté cette demeure des années auparavant mais l'avait fait entièrement redécorer lorsqu'elle avait épousé Tony. Bien qu'immensément riche lui-même, il se targuait du succès de son épouse ; il se flattait, avait-elle remarqué, tout au moins au début, de se présenter comme le mari de Tanya Thomas. Les fastes de Hollywood l'avaient toujours fasciné mais, jusqu'alors, il n'avait fréquenté que les coulisses. Se retrouver du jour au lendemain sur le devant de la scène l'avait ébloui. Il adorait les mondanités : réceptions de stars, événements artistiques, remises de récompenses – Academy Awards ou Golden Globes. Il appréciait tout particulièrement les soirées de gala de Barbara Davis où Tanya se rendait uniquement pour lui faire plaisir, alors que, après des heures entières de répétitions, elle n'aspirait qu'à un peu de repos bien mérité à la maison, un bain moussant en écoutant de la musique, un dîner en tête à tête.

Ayant enfilé une robe de chambre rose pâle par-dessus sa chemise de nuit en dentelle, pendant que Tony s'habillait, elle descendit au rez-de-chaussée et se dirigea vers la cuisine. Ils avaient des domestiques, bien sûr, mais elle tenait à s'occuper elle-même du petit déjeuner de son mari. Tony était sensible à ces tendres attentions. Tanya n'hésitait jamais non plus à préparer un bon repas pour les enfants, de succulents steaks-frites ou son fameux brouet de flocons d'avoine, qui lui avait valu au début quelques railleries, et qu'ils avaient fini par trouver délicieux. Elle excellait dans les recettes les plus simples, comme les pâtes aux girolles, le plat préféré de Tony. Oh, elle aimait faire un tas de choses avec lui : l'amour, des voyages, des promenades... À ceci près qu'elle n'avait pratiquement jamais le temps. Les répétitions, les concerts, les enregistrements, les tournages, la mise au point de ses contrats, que son agent et ses conseillers juridiques passaient au crible, empiétaient de plus en plus sur sa vie privée... Si l'on pouvait encore parler de vie privée ! Tanya n'était pas simplement une chanteuse et une actrice, elle était devenue à elle seule une industrie, un empire, un mythe. Et comme elle l'avait appris au fil des ans, la loi du marché supplantait tout le reste.

Elle remplit un verre de jus d'orange, cassa deux œufs dans la poêle où le beurre grésillait, glissa une tranche de pain de mie dans le toasteur et brancha le percolateur. Tandis que le café passait lentement à travers le filtre, elle ouvrit le journal du matin. Son cœur cessa de battre. C'était en deuxième page. Un de ses exemployés venait de porter plainte contre elle pour harcèlement sexuel. Elle parcourut l'article rapidement. Le nom du plaignant lui disait vaguement quelque chose, puis la mémoire lui revint d'un seul coup. Il s'agissait d'un garde du corps dont elle avait loué les services un an plus tôt. Il avait exercé ses fonctions pendant une quinzaine, après quoi elle l'avait mis à la porte, parce qu'elle l'avait surpris à voler. Évidemment, maintenant il cherchait à se venger. Dans une longue interview, il expliquait le calvaire qu'il avait enduré auprès de la superstar ; à l'entendre, celle-ci avait tenté de le séduire puis l'avait licencié sans aucune explication parce qu'il n'avait pas cédé à ses avances. Tanya secoua la tête, incrédule, l'estomac révulsé. Elle savait par expérience que les poursuites judiciaires ne s'arrêteraient que lorsque ses défenseurs proposeraient à la partie adverse un arrangement à l'amiable, c'est-à-dire de l'argent. Aussi bizarre que cela pût paraître, elle ne disposait d'aucun moyen pour clamer son innocence. Elle ne bénéficiait même plus de la présomption d'innocence. Sa célébrité la rendait d'emblée suspecte. Essayer de prouver que ce type mentait, que ses allégations se résumaient en fait à un odieux chantage, aurait apporté de l'eau au moulin des médias. Son mari serait le premier à l'inciter à payer, parce que c'était plus simple. Pourtant, si Tony tombait sur l'article, il sortirait très certainement de ses gonds. Elle replia soigneusement le journal et s'empressa de le faire disparaître. Un instant plus tard, Tony entra dans la cuisine en chemise à carreaux et pantalon de golf.

— Tu ne vas pas travailler aujourd'hui ?

Il la considéra, étonné.

— Où étais-tu donc pendant les trois dernières années ? Je joue au golf tous les vendredis, l'as-tu oublié ?

C'était un homme d'une cinquantaine d'années aux cheveux bruns, encore très séduisant, bâti comme un athlète. En dehors du golf et du tennis, il s'adonnait régulièrement à la musculation avec un entraîneur particulier, dans la salle de gymnastique qu'il avait fait construire derrière la maison.

— Où est le journal ? s'enquit-il en s'asseyant et en jetant un regard circulaire.

Il se plongeait religieusement dans le *Los Angeles Times* et le *Wall Street Journal* tous les matins. Il avait amassé une fortune colossale dans la promotion immobilière mais son argent ne présentait strictement aucun intérêt pour Tanya. C'étaient sa gentillesse, sa compréhension, ses valeurs morales et ses enfants qui l'avaient avant tout attirée. À ses yeux, Tony était un homme honnête et scrupuleux doublé d'un père de famille extraordinaire. Le fait qu'il n'appartienne pas au monde du show-biz constituait un avantage supplémentaire.

Pourtant, peu à peu, elle avait découvert certaines facettes de sa personnalité nettement moins plaisantes. Par exemple, sa fascination pour le milieu hollywoodien. Il vivait par procuration la célébrité de sa femme mais refusait, néanmoins, d'en supporter les conséquences. Tanya était bien placée pour savoir qu'à force d'être sous les feux des projecteurs de l'actualité, on se brûlait les ailes. Tony ne s'en était rendu compte que plus tard. Dernièrement, il se plaignait constamment d'être le point de mire des médias.

— On ne peut pas tout avoir, lui avait-elle dit lorsqu'ils s'étaient connus. Il faut choisir son camp : les turbulences de la gloire ou la tranquillité de l'anonymat.

Leur mariage avait défrayé la chronique, procurant à Tony un avant-goût de ce qui l'attendait. Tous les journaux avaient publié des comptes rendus sur les ex-époux et les anciens petits amis de la mariée. Certaines insinuations particulièrement inconvenantes avaient choqué Tony. Elle lui avait alors déclaré qu'elle était prête à se retirer afin de sauvegarder leur bonheur. Il n'avait pas voulu. Il avait peur qu'elle s'ennuie loin des lumières éclatantes des grandes capitales. Plus tard, elle lui avait de nouveau proposé de changer de vie, de s'installer quelque part comme n'importe quel couple normal et de faire un bébé. Là encore, il s'y était opposé. Il n'exigerait jamais que Tanya lui sacrifie son talent, avait-il répondu noblement. Et elle avait continué. Mais au fil des ans, la situation s'était dégradée et ils durent affronter les attaques, les critiques, les menaces de mort, les poursuites judiciaires.

— Alors ? Il est où, ce journal ? répéta-t-il. (Il leva le nez de ses œufs brouillés et remarqua immédiatement l'air contrit de Tanya.) Que se passe-t-il ?

— Rien, murmura-t-elle.

— Voyons, chérie, c'est écrit sur ta figure. Pour une fois, tu es bien piètre comédienne.

Elle grimaça un sourire par-dessus sa tasse de café en haussant les épaules. Il avait raison, c'était ridicule. De toute façon, il le saurait. Sans un mot, elle tira le journal de sa cachette et le lui tendit. Elle ne le quitta pas des yeux, tandis qu'il se penchait sur l'article. Sa mâchoire se crispa, signe qu'il ne tarderait pas à laisser exploser sa colère. Il reposa le journal et fixa sur son épouse un regard indéchiffrable.

— Le harcèlement sexuel, ça peut aller loin. (Il affichait un air impassible mais il était facile de deviner qu'il était furieux.) Qu'est ce que tu lui as dit exactement, à ce type ?

Tanya planta ses yeux dans ceux de son mari.

— Oh, des tas de choses ! Je lui ai indiqué où se trouvait le studio d'enregistrement, je l'ai mis au courant des horaires de mes répétitions… Oh, Tony, comment peux-tu me poser une question pareille ?

— Je me demandais s'il avait pu mal interpréter tes propos. S'il n'y avait pas un malentendu. Je veux dire… nom d'un chien, Tanya, ce mec raconte un véritable feuilleton.

— Il ment ! Par envie ou par cupidité, mais certainement pas parce que j'ai froissé sa vertu. Il veut de l'argent, point final. Il s'imagine qu'il réussira à me soutirer une grosse somme.

Elle avait déjà subi toutes sortes de poursuites. Pour discrimination, pour négligence professionnelle, pour mauvais traitements, pour fraude fiscale. Le harcèlement sexuel était une première. On aurait dit que ses anciens employés s'étaient donné le mot. Chacun espérait sa part du gâteau. Les procès intentés contre des stars sont monnaie courante à Hollywood. Tony le savait pertinemment, ce qui ne l'empêchait pas de grincer des dents. Il prétendait que cette sorte de publicité lui portait préjudice, ainsi qu'à ses enfants ; que cela permettait à son ex-femme de lui créer les pires ennuis et qu'il n'avait pas besoin de ça. Il réagissait toujours de la même manière. Comme si c'était lui la victime et Tanya la coupable. Il commençait par la culpabiliser, après quoi il décidait de lui pardonner. C'était devenu un jeu déplaisant. Oui, un petit jeu pervers.

— Vas-tu lui verser quelque chose ? demanda-t-il.

— Je n'ai pas encore parlé avec mon avocat. Je viens, comme toi, de prendre connaissance de cet article.

— Si tu t'y étais prise autrement, il y a un an, quand tu l'as fichu dehors, ça ne serait pas arrivé, lui reprocha-t-il en enfilant sa veste et en se dirigeant vers la porte de service.

— Sottises ! Ils sont tous les mêmes. Quoi que je fasse, je suis toujours fautive ! cria-t-elle, les yeux embués de larmes.

Dieu seul savait pourtant si elle faisait attention. Elle se comportait toujours vis-à-vis de ses collaborateurs et de ses employés d'une façon irréprochable. Elle gardait ses distances sans se montrer hautaine pour autant. Elle ne se droguait pas, ne s'enivrait pas, ne s'était jamais compromise dans des affaires suspectes. Pourtant, elle était sans cesse l'objet de diffamations, de calomnies malveillantes et absurdes, que le public croyait, évidemment, et Tony aussi, parfois.

— Je n'en suis pas sûr ! répondit-il, en colère. Je ne suis plus sûr de rien.

Cette histoire lui avait gâché sa journée. Il pivota sur ses talons et quitta la pièce. Une minute plus tard, elle entendit sa voiture démarrer en trombe.

Dès que Tony tut parti, elle composa le numéro de son avocat. Benett Pearson commença par s'excuser. Il avait reçu l'assignation la veille mais n'avait pas eu le temps d'avertir sa cliente.

— La prochaine fois, pensez-y. Cela m'évitera une mauvaise surprise au petit déjeuner. Tony est furieux. Il a une sainte horreur de tous ces ragots.

Il n'avait peut-être pas tort. La semaine passée, c'était son professeur de gym dans l'*Enquirer,* et aujourd'hui un ex-garde du corps. Ça commençait à bien faire. Mis à part sa réussite professionnelle parfaitement méritée, Tanya Thomas incarnait un sex-symbol. Chaque fois qu'un journal dévoilait une de ses prétendues aventures sentimentales, il était sûr d'augmenter ses tirages. Elle avait les yeux battus lorsqu'elle raccrocha. Dans ses confessions, le garde du corps n'y allait pas de main morte. D'après lui, elle l'avait poursuivi de ses assiduités sans répit, à tel point qu'il souffrait de troubles psychologiques dus au stress auquel elle l'avait soumis par ses demandes incessantes. Un psychiatre – sûrement un complice – qui l'aurait soigné se disait prêt à témoigner en sa faveur. Selon Pearson, il serait facile de démonter les arguments de l'accusation, si jamais ils en arrivaient au tribunal, ce dont il doutait. Tanya n'était pas de cet avis. Elle se rappelait bien maintenant son ancien employé. Un type sordide, qui avait à peu près autant de sens moral qu'un requin. Il s'accrocherait à ses affirmations, sachant qu'il finirait par obtenir gain de cause. Quelques années plus tôt, Tanya en aurait pleuré de rage. Plus maintenant. Cela faisait vingt ans que ça durait. Elle en connaissait la raison. Les stars sont à la fois adulées et haïes. Il existe des armées de frustrés, trop heureux de leur causer du tort. Le malheur des uns fait le bonheur des autres, ce n'est que trop connu.

Elle avait demandé à son avocat quelle attitude adopter. Il lui avait rétorqué que dans ce cas, le silence constituait la meilleure réponse. Après son coup d'éclat, ce monsieur se calmerait. Mieux, il s'empresserait de s'asseoir à la table des négociations. C'était sûrement son intention depuis le début. L'homme de loi avait précisé que les accusations pour harcèlement sexuel se monnayaient à plusieurs millions de dollars.

— Formidable ! Que suis-je supposée offrir en contrepartie, Pearson ? Ma résidence secondaire à Malibu ? Demandez-lui donc s'il aime les plages ensoleillées ou s'il préfère ma villa de Bel Air.

Le cynisme l'empêchait de se sentir trahie, abusée, utilisée par des gens dont le seul désir visait à l'abaisser, alors qu'ils la connaissaient à peine. Elle eut l'impression d'avoir été atteinte par une balle perdue, d'avoir été blessée pour rien.

Jane arriva à neuf heures tapantes, comme d'habitude. La secrétaire particulière de Tanya était une grande fille nerveuse, qui avait fait ses armes comme attachée de presse d'une maison de disques. Elle était d'une efficacité redoutable. À peine avait-elle franchi le seuil de la pièce que toutes les lignes téléphoniques se mirent à sonner en même temps. Trois appels de New York – les deux premiers émanant de deux revues de spectacles et le troisième du producteur du show télévisé dont Tanya serait la vedette. Son avocat rappela deux fois. Puis ce fut son agent ; il voulait savoir « ce qu'on allait faire avec la prochaine tournée ». Il fallait que Tanya décide sur-le-champ si, oui ou non, elle chanterait au Japon. Pendant ce temps, l'agent qui la représentait en Grande-Bretagne attendait sur l'autre ligne avec une proposition de contrat. Les sonneries n'arrêtaient pas. La presse préparait une nouvelle offensive. Puis on appela pour signaler qu'il y avait eu un problème technique dans le dernier album de Tanya. Elle devait assurer une représentation le lendemain soir. Ça lui laissait juste le temps de passer au studio pour un raccord vers midi, avant de se rendre à la répétition générale de son spectacle. Ensuite, ce fut son agent de cinéma qui téléphona.

— Mais qu'est-ce qu'ils ont aujourd'hui ? C'est la pleine lune ou quoi ?

En poussant un soupir, Tanya balaya une mèche blonde de son front. Jane lui tendit une tasse de café, lui rappelant qu'elle avait jusqu'à quatre heures et demie pour donner sa réponse concernant la tournée.

— Pour l'amour du ciel, Jane, laissez-moi respirer. Je ne peux rien répondre tant que je ne me sens pas prête.

Sans s'en apercevoir, elle avait haussé le ton. Elle semblait à bout. « Elle est sous tension », pensa sa secrétaire mais elle revint à la charge.

— Et votre entretien avec *View* ? Le rédacteur en chef voudrait fixer le rendez-vous aujourd'hui.

— Oh, non, pitié ! Débranchez tous les appareils. Dites-leur de passer par mon service des relations publiques.

— J'ai essayé. Mais ils préfèrent vous parler personnellement.

— Et moi aussi, si vous le permettez.

C'était Tony, de retour de sa partie de golf. Il se tenait dans le chambranle, les bras ballants, l'air malheureux.

— Peux-tu m'accorder une minute, Tan ?

— Oui, bien sûr, répondit-elle en dissimulant de son mieux son anxiété.

Elle avait rendez-vous au studio dans une demi-heure mais l'expression soucieuse de Tony l'avait mise sur des charbons ardents. Il paraissait au bord de l'explosion. Jane se retira discrètement et les deux époux restèrent seuls. Elle attendit qu'il prenne place dans un fauteuil.

— Tony ? Un problème ?

Il se tourna vers la fenêtre.

— Pas vraiment. Enfin, pas plus que d'habitude.

Il la dévisagea alors et elle vit la colère dans ses yeux. Il devait se sentir trahi. Pas par elle mais par ce qu'il endurait à cause d'elle. Soudain, il venait de comprendre qu'ils n'échapperaient jamais au supplice qu'était devenue leur existence. Comme tous les gens célèbres, ils auraient toujours les paparazzi à leurs trousses, les journaux à scandale bénéficiaient de la protection du premier amendement, qui défend la liberté d'expression de la presse.

— Je ne suis pas fâché à cause de l'article de ce matin, reprit-il. (Il se mentait à lui-même mais il se targuait d'être juste, même quand il ne l'était pas.) On a connu pire. Écoute, Tan, je te respecte énormément et je sais que toi aussi tu souffres de ces calomnies, mais…

Il s'interrompit, mal à l'aise. Il n'y avait pas que les calomnies. Le Noël précédent avait tourné au désastre. Ils avaient reçu des menaces de mort et avaient dû embaucher des gardes du corps pour les enfants. L'ex-femme de Tony en avait piqué une crise de nerfs.

— Tan, je pense sincèrement que tu es quelqu'un de formidable…

Elle le regarda. Tous ces préambules ne lui disaient rien qui vaille. Les yeux de Tony racontaient une autre histoire. Depuis un an, il n'avait pas décoléré. Et maintenant la lassitude avait supplanté l'indignation. Il n'en pouvait plus. Il n'avait qu'une hâte : échapper au piège dans lequel il s'était fourré en épousant une superstar. Tanya, elle, ne pourrait jamais échapper à la curiosité malsaine du public. Elle était trop célèbre. Même si elle décidait de prendre sa retraite aujourd'hui même, les journalistes la poursuivraient pendant un bon bout de temps… Oui, pendant très longtemps, elle le savait.

— Chéri, qu'est-ce que tu essaies de me dire ?

Elle s'efforçait de rester calme, mais une note d'appréhension vibrait dans sa voix. Cette pénible confrontation, elle l'avait déjà vécue avec ses précédents maris. Elle croyait en avoir l'habitude mais elle n'était pas prête à entendre la suite. On n'est jamais prêt à perdre ceux que l'on aime. Chaque fois on se dit que ce sera différent, que l'homme qu'on a choisi sera plus fort, plus compréhensif, plus apte à vous soutenir. Et chaque fois la désillusion succède au rêve. Le réveil n'en est que plus brutal. Depuis toujours, Tanya avait recherché la sécurité affective. Elle ne l'avait pas trouvée. Elle l'avait pourtant expliqué à Tony au début de leur liaison. À l'époque, il lui avait promis de l'aider. D'ailleurs, il avait essayé. Il avait tenu bon pendant trois ans. Mais aujourd'hui, il en avait par-dessus la tête.

— Serais-tu en train de suggérer que je suis trop bien pour toi ? Que je mérite plus que tu ne peux me donner ? Le genre de beaux discours que les hommes vous débitent avant de vous larguer ?

Elle le scrutait dans le blanc des yeux. Elle avait parlé d'une voix haute et claire. Il n'y avait plus aucune raison de se cacher la vérité.

— Je n'ai pas dit ça, objecta-t-il, blessé mais digne.

Elle faillit regretter ses reproches ; peut-être étaient-ils prématurés ?

— Tu ne l'as pas formulé mais tu le penses, n'est-ce pas ? dit-elle doucement.

Il ne confirma pas ses soupçons. Il ne les nia pas non plus.

— Je ne sais plus où j'en suis, murmura-t-il après un long silence. Je suis fatigué ! C'est vraiment trop dur.

— Je t'avais mis au courant, dit-elle, avec l'impression d'être une alpiniste dont le coéquipier commence à flancher à mi-chemin du sommet de l'Everest. Je t'avais prévenu que la vie de star n'était pas un chemin semé de pétales de roses. Il n'y a pas que de bons moments à partager, Tony. J'adore mon métier et je subis, moi aussi, le revers de la médaille. Je comprends que tu en sois perturbé. Mais je n'y peux rien.

— Je sais, je sais, je n'ai pas le droit de me plaindre…

Mais il se plaignait. Il avait adopté un ton perplexe qui ne trompait pas. En l'observant, Tanya comprit que tout était fini. Pour Tony, son idylle avec Hollywood s'achevait là. Son amour pour sa femme n'avait pas triomphé des obstacles ; il s'était au contraire émoussé.

Il se crut obligé de poursuivre :

— Tu as suffisamment de problèmes sans que je t'en crée d'autres. Tu donnes la priorité à ton métier et c'est normal, mais qu'est-ce qui me reste ? À feuilleter les magazines à scandale.

— Tu crois donc ce qu'ils racontent ? s'enquit-elle d'une voix blanche.

C'était donc ça ! Peut-être pensait-il, comme tout le monde, qu'il n'y avait pas de fumée sans feu. L'ex-garde du corps qui la traînait en justice était une petite ordure mais c'était aussi un garçon très attirant.

— Bien sûr que non ! Mais ça ne me réjouit pas non plus, que veux-tu. Mes amis n'ont pas cessé de me mettre en boîte, pendant la partie de golf. Ils ont dit que j'avais une sacrée chance d'avoir une femme accusée de harcèlement sexuel, alors que les leurs ne couchent plus avec eux depuis des lustres.

Il se tut, gêné. Tanya reçut le message cinq sur cinq. Les copains de Tony avaient dû s'en donner à cœur joie. Il s'était senti humilié. Et à juste titre. L'ennui était qu'il était en mesure de recouvrer sa liberté à n'importe quel moment. Pas elle. Les plaignants potentiels continueraient à s'attaquer à la reine de la chanson. Pas au prince consort.

— Je ne sais plus quoi dire, enchaîna-t-il. Mais ce n'est pas très drôle.

— Non, convint-elle tristement. Ce n'est pas drôle du tout.

Brusquement, elle n'avait plus envie de poursuivre cette discussion. Ils tournaient en rond. Les happy ends n'existaient que dans les romans. Les bons gagnaient seulement dans les films. Dans la réalité, c'étaient les méchants qui l'emportaient. Elle comptait trop de poursuites judiciaires à son actif. Les magazines en quête de sensations fortes, les exigences de ses fans, les menaces avaient transformé leur vie en un enfer. Aucun être humain normalement constitué n'accepterait de subir plus longtemps ces assauts conjugués.

— Vas-tu partir ? demanda-t-elle misérablement.

Il ne représentait peut-être pas le grand amour auquel elle avait rêvé, adolescente, mais elle l'aimait profondément. Elle chérissait tendrement ses enfants. S'il n'avait tenu qu'à elle, elle n'aurait jamais brisé leur union.

— Je n'en suis pas sûr. (Il l'avait déjà envisagé mais il n'était pas parvenu à une décision définitive.) Pour être tout à fait honnête, je crains de ne pas avoir le courage de continuer. Je ne voudrais pas me montrer injuste vis-à-vis de toi mais mieux vaut que tu le saches.

— Eh bien, voilà une bonne chose de faite. J'apprécie ta sincérité. J'aurais voulu te rendre heureux, il semble que j'ai échoué.

Elle se sentait trahie, poignardée dans le dos.

— Et moi, j'aurais voulu ne pas me laisser atteindre par les flèches de la presse. Jamais je n'aurais imaginé que ça m'arriverait. On se croit indestructible jusqu'à ce qu'on mette le doigt dans l'engrenage. Après, comme dans *Alice au Pays des merveilles,* on bascule dans l'irréel. On tombe dans un puits sans fond et rien ne peut arrêter votre chute.

Tanya hocha la tête. Elle se rappelait combien elle l'avait aimé. Combien elle l'aimait encore. C'était un homme intelligent. Malgré leurs différends, ils avaient un tas de points communs.

— C'est une façon originale de présenter les choses, dit-elle avec un sourire désenchanté, puis soudain, en proie à une nouvelle inquiétude : Et les enfants ? Je les reverrai si toi… si tu t'en vas ?

Des larmes brillèrent dans ses yeux bleus. La scène aurait pu s'intituler « fin d'un couple ». Oh, ils s'étaient comportés tous les deux comme des êtres civilisés. Il n'y avait pas eu d'esclandre, pas d'éclat, pas d'injures. Ils s'étaient livré une bataille propre, sans effusion de sang.

Voyant son visage ravagé par le chagrin, Tony lui toucha gentiment la main. Il lui avait fait mal et il s'en voulait terriblement mais il n'avait pas d'autre choix. Il se sentait au bout du rouleau. L'article de ce matin avait été la goutte qui avait fait déborder le vase.

— Je t'aime encore, Tan, dit-il dans un murmure.

Comment ne pas le détester ? En ce moment même, il paraissait plus beau que jamais. Il n'avait pas été très présent ces derniers temps, mais elle lui avait toujours pardonné ses faiblesses. Il reprit :

— Je voulais juste t'expliquer ce que je ressentais. Quoi qu'il arrive, je ne t'empêcherai jamais de voir mes enfants.

Quoi qu'il arrive ! Il était en train de lui faire ses adieux sans prononcer les mots. Tanya eut l'impression que le sol se dérobait sous ses pieds.

— Oh, Tony, je les aime tant…

Elle s'était mise à pleurer doucement. Il alla s'asseoir près d'elle et l'enlaça par les épaules.

— Ils t'adorent, Tan. Et moi aussi, à ma manière.

Elle n'en crut pas un mot. S'il l'aimait vraiment, il ne l'aurait pas abandonnée.

— Est-ce que nos projets de vacances dans le Wyoming tiennent toujours ? Viendront-ils ? Et toi ? voulut-elle savoir.

Le désespoir la submergea. Et avec lui, la peur. Elle avait perdu Tony. Elle allait perdre les enfants aussi. Au nom de quoi continueraient-ils à la fréquenter si leur père la quittait ? Avait-elle su suffisamment gagner leur affection pendant ces trois années, pour qu'ils éprouvent le besoin de la revoir ? Sentant qu'il la fixait, elle leva les yeux. Tony la considérait d'un drôle d'air.

— Oui, ils iront avec toi dans le Wyoming. Ils en seront ravis.

— Mais pas toi. Toi, tu ne viens pas, c'est ça ?

— Je ne crois pas, non. Ne m'en veux pas, mais j'ai besoin de prendre du recul. J'irai peut-être en Europe.

— Vraiment ? Quand as-tu eu cette idée ? Aujourd'hui, en jouant au golf ?

Seigneur, que se passait-il ? Depuis quand préméditait-il son départ ? Elle l'interrogea d'un regard angoissé et il se détourna, penaud.

— Non, Tan. J'y songe depuis un certain temps. Ça n'a rien à voir avec l'article publié par ce torchon. Il a peut-être agi comme un catalyseur. La semaine dernière, c'était l'*Enquirer.* La semaine d'avant, *Star.* Cela a commencé dès le premier jour de notre mariage.

— En ce cas, tu devrais être habitué.

— Personne ne peut s'habituer à servir de pâture aux vautours. Pas même toi.

Au début, il s'était fait du souci pour elle. Pour sa santé. Elle était soumise à une pression constante. Le stress pouvait tuer, il le savait. Il s'était souvent demandé par quel miracle elle arrivait à survivre.

— Je suis désolé, Tan.

— Que comptes-tu faire maintenant ?

Allait-il quitter le domicile conjugal ? Était-elle supposée l'aider à boucler ses bagages ? À quoi s'attendait-il ? Et elle, que souhaitait-elle au fond ? Elle n'en savait rien. Leur discussion l'avait vidée de toute son énergie.

— Je n'ai pas les idées claires. J'ai besoin de réfléchir. J'ai tenu simplement à te prévenir, voilà tout.

— Comme on prévient la population quand un ouragan se dirige droit sur la ville, essaya-t-elle de plaisanter, souriant à travers ses larmes.

Un coup à la porte le dispensa de répondre. Jane passa la tête dans l'entrebâillement.

— Vous êtes attendue au studio d'enregistrement. Vous avez déjà une heure de retard. Le producteur vient d'appeler ; il est dans tous ses états. Les musiciens demandent s'ils peuvent aller déjeuner… Ah oui, votre agent voudrait votre réponse concernant la tournée avant quatre heures et demie. Bennett Pearson a également téléphoné. Il souhaite que vous le rappeliez dès que possible au sujet de…

Tanya leva la main, mettant fin à ce flot de paroles.

— D'accord, d'accord. Dites aux musiciens qu'ils ont une demi-heure pour grignoter un morceau. Je vais me préparer.

C'était reparti. Elle allait enregistrer un disque, répéter son spectacle, prendre toutes sortes de décisions : la tournée, le film, si oui ou non elle céderait aux exigences de l'odieux petit maître chanteur qui avait vendu ses fausses confidences à la presse. Lorsque Jane ressortit, elle regarda son mari.

— Tu as raison. Tout ça n'est pas très drôle.

— Ça l'était au début. Plus maintenant, je l'avoue. Le prix à payer est beaucoup trop élevé.

Il s'était redressé. Il se sentait affreusement coupable mais soulagé. À ses yeux, la vie de Tanya confinait au cauchemar. Un cauchemar qu'il n'avait nulle envie de partager.

— Dépêche-toi d'aller au studio. Je t'ai mise en retard et je m'en excuse. Nous en reparlerons. De toute façon, on ne peut rien décider tout de suite. Je suis navré d'avoir abusé de ton temps.

Pas de problème ! Une heure, trois ans, quelle différence ? Au début, c'était drôle. À présent, ça l'amusait moins. Qui pouvait l'en blâmer ? Elle le suivit d'un regard désabusé, alors qu'il s'éloignait, partagée entre le ressentiment et les regrets.

Jane entra au moment où Tony sortait.

— Ça n'a pas l'air d'aller, déclara-t-elle en lui remettant un monceau de messages. Il faut que nous soyons au studio dans dix minutes.

— Okay, en route. Et… je vais bien, merci !

Mais oui, tout allait bien. Il le fallait. Elle se demanda dans combien de temps la presse découvrirait que Tony l'avait quittée. La nouvelle exploserait sur tous les télécopieurs des agences de presse. Elle crut déjà voir les manchettes des journaux et ferma les yeux, épuisée.

Elle s'aspergea la figure d'eau froide en refoulant ses larmes, se maquilla, puis chaussa des lunettes noires. Jane avait pris le volant et, pendant le trajet, Tanya passa plusieurs coups de fil de son portable. Elle donna le feu vert à son agent pour la tournée, y compris le Japon. Elle vivrait dans des hôtels et des avions quatre mois durant. C'était de la plus haute importance pour sa carrière.

Elle resta au studio jusqu'à dix-huit heures. La répétition du spectacle dura jusqu'à vingt-deux heures trente. Il était vingt-trois heures lorsqu'elle rentra à la maison. Un mot de Tony traînait sur la table de la cuisine. Il était parti pour Palm Springs où il allait rester tout le week-end. Elle resta longtemps debout, comme abasourdie, la feuille de papier dans la main. Leur mariage partait à la dérive. Il n'était pas nécessaire de posséder des dons d'extralucide pour s'en rendre compte. L'espace d'une seconde, elle fut tentée de l'appeler pour le supplier de revenir. Elle lui dirait qu'elle l'aimait, qu'elle avait besoin de lui. Elle souleva le combiné mais ne composa pas le numéro. Pour quoi faire ? Il aurait dû se trouver là, à ses côtés. Tenir ses engagements. N'avait-il pas prêté serment d'assistance lorsqu'il l'avait épousée ? Alors, pourquoi avait-il pris la fuite ? Une seule réponse s'imposait. Tony Goldman ne l'avait jamais vraiment aimée. En tout cas, elle n'en aurait jamais la preuve formelle. Elle reposa le combiné. Les yeux brûlants de larmes, elle prit la direction de leur chambre silencieuse.

3

Tanya s'envola pour New York comme prévu, à bord de l'appareil de sa maison de disques. Elle avait décidé de ne pas emmener sa secrétaire. Jane ne lui serait pas utile pour passer à la télévision, ni pour rencontrer un agent littéraire. En vérité, elle voulait être seule afin de faire le point sur ses rapports avec Tony. Après son week-end à Palm Springs, il avait regagné sagement le domicile conjugal le dimanche soir. Ils avaient dîné avec les enfants dans une atmosphère calme. Aucun des deux époux n'avait fait allusion à la campagne de presse qui se déchaînait contre la superstar. Elle n'avait eu ni le courage ni l'énergie d'en reparler et il s'était abstenu de tout nouveau commentaire. Il eut le bon goût de se taire quand l'affaire du harcèlement sexuel fut relatée dans *People Magazine*. Il devait s'imaginer qu'il avait été clair et ce fut la conscience tranquille qu'il partit pour son bureau le mardi, avant que Tanya ne se rende à l'aéroport. Le jet privé l'attendait sur la piste. Un steward prévenant l'accueillit à bord. S'il savait qui était sa passagère, il n'en laissa rien paraître. Confortablement installée dans la carlingue aménagée en salon, elle prit des notes, passa des coups de fil, écouta de la musique. À mi-parcours, elle reçut un appel de son avocat. L'ancien garde du corps réclamait un million de dollars pour retirer sa plainte.

— Dites-lui qu'on se verra au tribunal, lâcha-t-elle d'une voix cassante.

— Tanya, je ne crois pas que ce soit la bonne solution, objecta calmement Bennett Pearson.

— Je m'en fiche. Je ne céderai pas au chantage. Il ne peut apporter aucune preuve. C'est de la pure affabulation et vous le savez.

— Mais pas la cour. Ce sera votre parole contre la sienne. Vous êtes une vedette et, selon ses allégations, vous l'avez harcelé, traumatisé, flanqué à la porte. Bref, vous avez ruiné sa vie parce qu'il vous a repoussée.

— N'en rajoutez pas, Pearson. Je connais par cœur le chef d'accusation.

— Les gens le prendront en sympathie. Ils auront pitié de lui. Les jurés sont imprévisibles. Tanya, réfléchissez avant d'agir. Ils sont capables de lui accorder dix millions de dommages et intérêts, si nous passons devant une cour. Comment réagirez-vous alors ?

— Arrêtez, vous me donnez des envies de meurtre.

Bennett réprima un rire.

— Raison de plus pour éviter le tribunal. Pesez le pour et le contre et vous verrez. Avec un million, vous ne vous en sortez pas trop mal.

— Oui ? Savez-vous ce que représente cette somme en heures de travail ? Personne ne me donne un million, à moi, si je ne l'ai pas gagné à la sueur de mon front.

— Vous partez en tournée l'année prochaine. Vous gagnerez une fortune. Considérez cette somme comme... comme un dégât des eaux que votre assurance a refusé de payer.

— Un hold-up, vous voulez dire.

— Un hold-up, soit. C'est déjà arrivé, à vous comme à d'autres.

— L'idée d'indemniser ce fumier me rend malade.

— C'est à vous de voir. Je vous donne simplement mon avis. Vous avez suffisamment de procès sur le dos, sans en ajouter un nouveau. Allez déposer au tribunal et le lendemain, tous vos propos paraîtront dans les journaux. Déformés, naturellement.

— Bon, bon, je verrai…

— Je vous tiendrai au courant. Rappelez-moi de New York.

Elle raccrocha, le front plissé. Elle n'avait plus aucun droit à part celui de se taire. C'était démoralisant à la fin ! Pas étonnant que Tony ait pris la poudre d'escampette, songea-t-elle amèrement. Si elle pouvait se dédoubler, elle n'hésiterait pas à sortir de la vie de Tanya Thomas. Sauf que cette vie-là était la sienne, et qu'elle lui collerait toujours à la peau comme un mal nécessaire.

Le vol vers New York ne prit pas plus de cinq heures. La nuit était tombée quand ils aperçurent les lumières de la piste d'atterrissage. Juste avant de se poser, elle appela Mary Stuart, lui annonçant qu'elle serait en bas de son immeuble dans une heure et demie environ. Elle la rappela une demi-heure plus tard de la voiture et lorsque celle-ci tourna dans la Cinquième Avenue, sa vieille amie l'attendait sur le trottoir, plus mince que jamais, en jeans et chandail de coton. Tanya poussa la portière et Mary Stuart se glissa à l'intérieur de la longue limousine noire. L'année passée l'avait littéralement ravagée et le départ d'Alyssa à Paris l'avait achevée mais elle ne s'en plaignait jamais. Elle savait que sa fille avait besoin d'échapper à l'atmosphère étouffante de la maison. Les deux femmes s'étreignirent.

— Tu ne changes donc jamais ? s'exclama Mary Stuart, admirant du coin de l'œil le visage lisse et la silhouette élancée de son amie. (Le temps semblait glisser sur elle sans l'atteindre.) Aurais-tu découvert l'élixir de l'éternelle jeunesse, par hasard ?

— Désolée ! secret professionnel, ma chère, répondit Tanya, très mystérieuse, en partant d'un rire communicatif.

Qu'elle ait eu recours ou non à la chirurgie plastique n'expliquait pas l'éclat fantastique de sa peau, sa chevelure magnifique, son allure sensationnelle. À son tour, elle examina son ancienne camarade de collège. Elle portait son âge – leur âge – avec panache.

— Tu as l'air en forme aussi, malgré tout…

Elle parlait de cette année épouvantable, la pire de toute l'existence de Mary Smart et probablement de celle de Bill, bien que ce dernier ne l'admette pas.

— Ce n'est pas possible, tu as dû passer un pacte avec le diable. Quel âge avoues-tu maintenant ? Trente et un ? Vingt-cinq ? Dix-neuf ? Seigneur, on va penser que je suis ta mère, gémit Mary Stuart.

— Tais-toi. Tu as l'air d'avoir dix ans de moins.

— Je voudrais bien.

Ses traits accusaient le passage du cyclone, en dépit des compliments de Tanya. Elle le constatait tous les jours en se regardant dans son miroir.

Les deux amies se firent déposer chez *J.G. Melon's,* leur lieu de rencontre favori. Comme toujours, l'établissement était plein à craquer. Après quelques remarques sur les gens qui se trouvaient là et avoir évoqué quelques souvenirs, Tanya annonça à Mary Stuart que l'hiver prochain elle partirait en tournée.

— Qu'en pensc Tony ?

Il y eut un bref flottement dans la conversation.

— Je ne le lui ai pas annoncé… À vrai dire, je ne l'ai pas beaucoup vu ces derniers temps. Il… euh… est allé à Palm Springs pendant quelques jours et il a décidé qu'il avait besoin de recul. Cet été, il ira en Europe, pendant que j'emmènerai ses enfants dans le Wyoming.

— Alors qu'il sera en Europe ? S'agit-il d'un voyage d'affaires, d'un pèlerinage ou… d'autre chose ?

Tanya repoussa son hamburger et lança un regard sombre à sa vieille amie.

— Il ne me l'a pas précisé encore mais je sens que cela ne va pas tarder. Il a l'impression qu'il n'a pas encore pris sa décision, mais j'ai reconnu les signes. C'est déjà fait.

— C'est-à-dire ?

C'était une question purement rhétorique. Au fond, Mary Stuart ne s'en étonnait pas. Le star-system broyait beaucoup de gens et Tony en faisait partie. Tanya eut un sourire, qui n'effaça pas l'expression désabusée de ses yeux.

— C'est-à-dire qu'il me laisse tomber. Pour un tas de raisons. D'abord parce que je suis moins jeune que j'en ai l'air… Puis, parce que son rôle de prince consort ne l'amuse plus. Il est déjà à cent lieues de moi, Stu, même s'il ne le sait pas encore lui-même. Les calomnies ont eu raison de sa patience. Les actions en justice, les injures, les attaques, c'est plus qu'il n'en peut supporter, et je ne lui jette pas la pierre.

— Certes, certes, mais ton pauvre petit mari oublie l'aspect positif des choses, fit remarquer gentiment Mary Stuart.

— À la longue, on le perd de vue. Moi, j'ai la chance de chanter. Quand je suis devant un micro, je me dis que le jeu en vaut la chandelle. C'est une sorte de grand bonheur. En fait, je récolte les applaudissements, la gloire, et je lui laisse les inconvénients. Je crois qu'il en a assez. Cette semaine, un de mes anciens gardes du corps a porté plainte pour harcèlement sexuel. Il prétend que je l'ai licencié parce qu'il a refusé de coucher avec moi… Évidemment, tous les journaux ont sauté dessus. Tony l'a mal pris. Ses amis se sont moqués de lui et il s'est senti humilié. Il a dit que cet article avait agi comme un catalyseur. Je dirais plutôt « comme le coup de grâce ».

— Mais toi ? Qu'est-ce que ça représente pour toi ? s'enquit Mary Stuart en scrutant son amie avec anxiété. Le fait qu'il risque de s'en aller, je veux dire.

Elles s'inquiétaient l'une pour l'autre. Elles pensaient l'une à l'autre même quand elles ne se voyaient pas pendant plusieurs mois. Et lorsqu'elles se retrouvaient, on eût dit qu'elles ne s'étaient jamais séparées.

— Il ne risque pas. Il est en train de me quitter. Il ne l'a pas encore dit clairement mais ça va venir. Pour le moment, j'ai droit à des arguments éculés du genre « j'ai besoin de temps pour m'éclaircir les idées ». Et je pars dans un ranch du Wyoming avec ses gosses… Encore heureux. Je les adore.

— Je sais. Ils n'y sont pour rien, de toute façon. Cependant, permets-moi d'apporter quelques réserves sur la bonté et la grandeur de leur papa.

Tanya lui pressa la main, avec un sourire espiègle.

— C'est la vie, ma belle ! Et toi ? quoi de neuf ? Comment se porte Bill ? (Son sourire s'évanouit.) A-t-il commencé à remonter la pente ?

Mary Stuart haussa les épaules. La souffrance qu'elle avait vécue avait laissé son empreinte indélébile sur son visage fin.

— Je n'en sais rien. On n'en parle jamais. Il n'y a rien à dire. Ce qui est fait est fait.

Tanya acquiesça. La question lui brûlait les lèvres depuis un an mais elle n'avait pas encore osé la poser. Elle y voyait pourtant la racine du mal.

— Est-ce qu'il t'en veut, Stu ? Est-ce qu'il te rend responsable de ce qui s'est passé ?

Sa voix avait murmuré ces paroles mais, malgré le brouhaha du restaurant, Mary Stuart les entendit. Elle poussa un soupir.

— Probablement. Nous nous en voulons tous les deux de n'avoir rien vu venir. Mais il m'en veut particulièrement. À son avis, j'aurais dû déceler les signes avant que le drame ne se produise. Bill m'attribue des dons de prémonition, quand ça l'arrange. Mais je n'ai besoin de personne pour me sentir coupable. De toute façon, ça ne change rien. On ne peut pas remonter le temps pour modifier le cours des événements ou pour empêcher le malheur de frapper. On ne peut que subir. En tenir rigueur aux autres… et à soi-même.

Elle leva sur Tanya des yeux emplis de larmes. La chanteuse regretta aussitôt sa question. De quoi se mêlait-elle ? À quoi cela servait-il de remuer le couteau dans la plaie ?

— Stu, pardonne-moi. Je n'aurais pas dû parler. Je suis vraiment stupide.

En se tamponnant les yeux avec son mouchoir, Mary Stuart se força à sourire.

— Ne t'excuse pas, Tan. Ça n'a pas d'importance. Qu'on en parle ou pas, ça fait mal quand même. Ça fait mal tout le temps. Comme une blessure qui ne guérit pas. Parfois, la douleur est fulgurante, parfois elle devient plus sourde, plus diffuse. Mais elle est toujours là. Tu n'y es pour rien, ma chérie. Je souffre sans répit avec plus ou moins d'intensité.

— Oh, Stu, tu ne peux pas continuer à vivre comme ça, soupira Tanya, sincèrement désolée pour elle.

— Si, apparemment, c'est possible, répondit Mary Stuart sans plus chercher à cacher son désespoir. Regarde, les gens vivent avec toutes sortes de maladies : arthrite, rhumatismes, ulcères à l'estomac, cancers, et j'en passe. Et puis, il y a celle encore plus douloureuse et plus pernicieuse : celle qui brise votre cœur, qui tue vos espérances, qui vous fait perdre tout ce à quoi on tenait.

— Pourquoi ne viendrais-tu pas avec moi et les enfants dans le Wyoming ? lança Tanya à brûle-pourpoint.

C'était tout ce qu'elle avait trouvé pour essayer de consoler un tout petit peu son amie. Un sourire illumina les traits de Mary Stuart.

— J'ai rendez-vous à Paris avec Alyssa. Autrement, je vous aurais accompagnés avec plaisir. J'adore faire du cheval… (Elle regarda Tanya, heureuse d'avoir trouvé une diversion :) Si ma mémoire est bonne, tu n'aimais pas beaucoup ce sport.

Celle-ci éclata de rire.

— Je l'exècre. Mais l'endroit est fabuleux et je m'étais dit que les enfants s'amuseraient bien.

— J'en suis convaincue. Mais alors ? Te priveras-tu des joies de l'équitation ?

— Pas si les cow-boys sont beaux et forts. (Elles rirent toutes les deux.) Je dois être la seule Texane à détester les chevaux.

Elle était pourtant excellente cavalière, si les souvenirs de Mary Stuart étaient exacts.

— Peut-être que Tony changera d'avis et viendra avec vous.

— J'en doute. Il semble avoir pris sa décision. À moins que ce voyage à l'étranger ne le ramène à de meilleures dispositions…

Elle laissa sa phrase en suspens. Elle n'y croyait pas. Mary Stuart non plus, d'ailleurs. La séparation entre Tanya et son époux semblait inéluctable.

La conversation roula sur d'autres sujets. Alyssa, le prochain film de Tanya, sa tournée, son passage à la télévision le lendemain dans la matinée. Il s'agissait de l'émission la plus importante de toutes les chaînes nationales.

— Pourvu qu'on ne me pose aucune question sur cette affaire de harcèlement sexuel. Ils l'ont promis à mon agent mais on ne sait jamais… (Elle se rappela alors l'invitation. Tanya sautait facilement du coq à l'âne.) Au fait, une de mes amies, qui tient le premier rôle dans une pièce à succès de Broadway – ils jouent à guichets fermés mais je pourrais t'avoir des places, si tu as envie d'y aller avec Bill… – organise demain soir une surprise-party où je suis conviée. Tu voudrais bien m'y accompagner ? Je suis sûre qu'elle te plaira. Bill sera le bienvenu, évidemment. Je ne sais pas s'il apprécie le milieu artistique ou s'il n'est pas trop occupé…

Ou s'il adresse encore la parole à sa femme, pensa-t-elle, mais elle ne le dit pas.

— Tanya, tu es un amour !

Mary Stuart adorait sa vieille copine. Souvent, elle la comparait à un rayon de soleil, à une musique vive et joyeuse. Elle lui rappelait leur jeunesse, leur enthousiasme, leurs vingt ans. Tanya avait toujours été le boute-en-train de la bande. Elle les entraînait malgré elles dans des soirées où elles s'amusaient finalement comme des folles. Non, Bill, n'apprécierait pas la surprise-party de l'amie comédienne de Tanya. Il n'appréciait plus rien, à part son travail. Ils n'étaient pas sortis depuis des mois. Il rentrait de plus en plus tard, à des heures invraisemblables, et passait le plus clair de son temps à préparer le mieux possible la défense de ses clients à Londres. Il comptait y aller dans une quinzaine et rester jusqu'à la fin de l'été. Mary Stuart envisageait d'aller l'y retrouver un week-end avec leur fille, et avait réservé à cet effet deux chambres au *Claridge*. Ensuite, elle rentrerait aux

États-Unis. Seule. Bill lui avait promis de la tenir au courant du procès. Si tout se déroulait bien, elle pourrait peut-être revenir le rejoindre en Angleterre. En y repensant, elle se dit que les arguments de Bill n'avaient rien à envier à ceux de Tony. Tous deux s'ingéniaient à mettre de la distance entre eux et leurs épouses. Elles étaient en train de perdre les hommes de leur vie, sans pouvoir rien y faire.

— Je ne pense pas que Bill viendra avec nous mais je lui poserai la question.

— Peux-tu venir sans lui ? Felicia est une fille épatante, tu sais ? Tu vas l'adorer. (Tanya s'aperçut, embarrassée, qu'elle en parlait comme d'une petite actrice inconnue.) Euh… autant que tu le saches, il s'agit de Felicia Davenport, alors ne t'évanouis pas quand tu la verras, d'accord ? Je la connais depuis des années, elle est formidable.

Mary Stuart ne put s'empêcher de pouffer.

— Rien que ça ? Heureusement que tu m'as dévoilé son nom, imbécile ! Je serais tombée raide morte si je m'étais trouvée devant elle sans avoir été prévenue.

Immense vedette de cinéma, Felicia Davenport faisait ses débuts au théâtre à Broadway, des débuts apparemment très réussis, si Mary Stuart en croyait la critique élogieuse du *New York Times* de dimanche. Elles sortirent du restaurant bras dessus bras dessous en riant et Tanya précisa que la réception serait donnée dans l'appartement que Felicia avait loué dans l'East Sixties.

Tanya pria le chauffeur de reconduire son amie chez elle. Mary Stuart lui promit de regarder son émission, puis elle la serra fort dans ses bras.

— Merci pour cette délicieuse soirée, Tan. Ça a été si bon de te revoir.

Son dîner avec Tanya lui avait fait prendre conscience de sa solitude. Et de sa tristesse. Elle et Bill n'échangeaient pas plus de quelques propos par jour – le strict nécessaire – depuis un an. Elle ressemblait à une plante qui s'étiole faute de soins. Tanya lui avait fait l'effet d'un rayon de soleil. Revigorée, elle pénétra dans son immeuble, un sourire rêveur sur les lèvres, en saluant d'un signe de tête le portier.

— Bonsoir, madame Walker, dit-il en portant la main à sa casquette.

Le garçon d'ascenseur lui apprit que M. Walker était rentré un peu plus tôt. Elle le trouva en effet dans le salon, en train de trier des papiers. Elle lui sourit, se sentant pour la première fois depuis longtemps de bonne humeur. Il l'enveloppa d'un regard surpris, comme s'il avait oublié que, jadis, il adorait son sourire. Son regard glissa sur ses vêtements, le chandail, le jean, les ballerines.

— Mais… où étais-tu ?

On aurait dit quelqu'un d'autre, quelqu'un qu'il ne connaissait pas, ou qu'il avait connu longtemps auparavant.

— Tanya est à New York. J'ai dîné avec elle. J'ai été heureuse de la revoir.

Elle se tut, honteuse de s'être laissée aller à bavarder comme si tout allait bien. Comme si rien ne s'était produit. L'espace d'un instant, elle avait oublié son fardeau, le mur de silence qu'ils avaient érigé entre eux. Sa voix, trop claire, trop joviale, avait résonné comme une note discordante pendant une messe solennelle.

— Navrée d'être rentrée si tard, murmura-t-elle. Je t'ai laissé un mot.

Sa voix se fêla. Elle se sentit ridicule sous son regard glacial. Le visage de Bill, autrefois si expressif, si animé, faisait penser à un masque de pierre. Il avait si bien réussi à prendre ses distances, depuis un an, qu'ils avaient fini par perdre contact.

— Je ne l'ai pas vu.

C'était une constatation. Pas une accusation. Elle le regarda, étonnée de le trouver toujours aussi séduisant. Il avait cinquante-quatre ans, mesurait environ un mètre quatre-vingt-cinq. Il avait un corps d'athlète fort bien conservé, des yeux bleus… bleu gris… non ! bleu acier, remarqua-t-elle soudain.

— Excuse-moi. Je l'ai laissé dans la cuisine. Désolée.

Elle passait sa vie à se confondre en excuses. Mais ce n'était jamais suffisant. Elle avait commis une faute irréparable. Impardonnable. Une faute qu'elle continuerait à expier jusqu'à la fin de ses jours.

— J'ai mangé au bureau, dit-il en rangeant des papiers dans son attaché-case.

— Comment se présente l'affaire ?

Il ferma la mallette et composa le code de sécurité.

— Très bien, merci, répondit-il aussi froidement que s'il s'adressait à une de ses employées ou à une parfaite étrangère. Je crois que nous serons prêts à temps. Le procès promet d'être mouvementé.

Il appuya sur l'interrupteur. Les lumières s'éteignirent, signalant la fin de leur conversation. Il sortit de la pièce, l'attaché-case à la main, et se dirigea vers leur chambre. Depuis un an, il emportait son attaché-case jusque dans leur chambre. Ce n'était qu'un détail. Et de toute manière, ça n'avait guère d'importance.

— En fait, nous partirons plus tôt que prévu.

Il devait le savoir depuis un certain temps mais ne s'était pas cru obligé de la prévenir. Il prenait ses décisions seul à présent, se dispensant de la consulter. Elle aurait voulu savoir ce qu'il entendait par « plus tôt » mais n'osa le lui demander. De telles questions avaient le don de l'agacer.

Mais s'il quittait les États-Unis plus tôt, elle pourrait agir de même. Retrouver sa fille plus vite. Elle avait déjà les réservations des hôtels à Paris, à Cap-Ferrat, à San Remo, Florence et Rome et, bien sûr, celles du *Claridge* à Londres où elles resteraient avec Bill. Elle rêvait tellement à ce voyage ! Et elle avait hâte de serrer Alyssa dans ses bras. Celle-ci avait fêté ses vingt ans en avril. Son anniversaire précédait d'une semaine celui de son frère ; c'étaient deux dates très importantes pour Mary Stuart.

Bill posa la mallette. Tandis qu'il se dirigeait vers la salle de bains, elle dit :

— Nous sommes invités à un cocktail chez Felicia Davenport… une amie de Tanya.

Elle eut l'impression d'avoir quatorze ans et de demander à son père la permission d'aller au bal. Mais elle ne se laissa pas démonter par l'expression médusée de Bill.

— Je crois que cela te dériderait, insista-t-elle. Sa pièce a eu d'excellentes critiques et d'après Tanya c'est quelqu'un de très bien.

— Je n'en disconviens pas, seulement je dois travailler tard demain soir. L'affaire dont je m'occupe est d'une extrême complexité, Mary Stuart, au cas où tu ne t'en serais pas rendu compte.

Ce n'était pas un simple refus. Sa voix empreinte de reproches exaspéra la jeune femme.

— Je l'ai très bien compris, Bill, mais pour une fois nous pourrions déroger à la règle.

Elle avait envie d'y aller. De voir du monde. Elle était fatiguée de toujours rester à la maison, enfermée, à pleurer sur son sort. Revoir Tanya lui avait rappelé que la vie continuait. Qu'il existait d'autres choix que de se retirer dans sa coquille.

— C'est hors de question pour moi, répliqua Bill sèchement. Mais toi, rien ne t'empêche d'aller t'amuser, si tu y tiens.

Il claqua la porte de la salle de bains. Lorsqu'il en ressortit en pyjama, sa femme n'avait pas bougé de sa place.

— D'accord, dit-elle, avec une lueur entêtée dans le regard, comme si elle s'apprêtait à se battre.

— Pardon ?

S'il ne l'avait pas connue aussi bien, il aurait parié qu'elle avait bu. Elle se comportait bizarrement, ce soir.

— De quoi parles-tu ? demanda-t-il sans remarquer qu'elle semblait plus combative que d'habitude.

Il la regardait sans la voir. Sans voir sa beauté.

— Du cocktail. J'ai décidé d'y aller, déclara-t-elle d'un ton déterminé.

— Très bien. Et moi, je n'irai pas. Nous nous sommes bien compris ? Ça ne te fera pas de mal de rencontrer des artistes. Tanya doit compter beaucoup de relations dans ce milieu, ce qui est logique.

Il se glissa dans le lit et se mit à feuilleter une pile de revues de droit. Elles contenaient des articles sur certains de ses clients qu'il voulait étudier en toute quiétude. À son tour, Mary Stuart disparut dans la salle de bains. Elle en émergea dix minutes plus tard, en chemise de nuit de coton blanc. Eût-elle porté une cotte de mailles ou une camisole de bure, il ne l'aurait pas remarqué. Elle s'allongea tranquillement pendant qu'il restait plongé dans sa lecture. Les yeux clos, elle se remémora sa conversation avec Tanya. Ainsi Tony s'apprêtait à la quitter… Ce n'était pas juste. Mais Tanya paraissait résignée. Mary Stuart se demanda si son amie ne devait pas réagir. Si elle ne devait pas essayer de sauver son mariage. C'était facile à dire ! On voit mieux les choses de l'extérieur. On arrive même à envisager des solutions. Mais lorsqu'il s'agit de sa propre vie, c'est différent. La preuve ! Durant cette année, elle avait été incapable de renverser la vapeur, de tirer Bill de son mutisme et de son hostilité. Il était hors de portée, caché derrière le mur de glace qui, chaque jour, s'épaississait. Elle n'avait pas la moindre idée de la façon dont tout cela finirait, ni de la manière d'entamer une discussion sur leur avenir. Il la traiterait tout simplement de folle ! Comme il l'avait fait ce soir, sous prétexte qu'elle était rentrée de meilleure humeur et qu'elle lui avait souri spontanément. Il l'avait regardée comme si elle avait été une extraterrestre. Visiblement, le rire n'était plus toléré, ni aucune sorte de communication. Leur complicité appartenait à une vie antérieure. Ils avaient sombré dans un vide terrifiant et cela se reflétait, parfois, dans les yeux de leur entourage… ou de leur fille qui, lorsqu'elle était venue passer Noël à la maison, n'avait eu de cesse de repartir. La situation leur avait échappé, Mary Stuart en avait conscience. Bill aussi, probablement, mais ni l'un ni l'autre ne savaient comment s'y prendre pour endiguer la détérioration de leurs rapports.

Sans un mot, il éteignit l'abat-jour après avoir terminé sa lecture. Mary Stuart ne dit rien non plus. Elle était couchée sur le côté, les paupières fermées, feignant de dormir. Dans l'obscurité, la même question vint la hanter. Est-ce qu'un jour Bill redeviendrait humain ? Esquisserait-il jamais un geste tendre à son égard ? Rien de moins sûr. Elle se demanda ensuite si quelqu'un l'aimerait à nouveau, ou si l'amour était une notion à laquelle elle n'avait plus droit. À quarante-quatre ans, son univers s'était rétréci. Sa vie n'était plus qu'un simulacre.

4

Fidèle à sa promesse à Tanya, Mary Stuart s'installa devant son poste de télévision le lendemain en fin de matinée. L'émission se présentait sous forme d'un tête-à-tête au cours duquel l'animateur mettait sur le gril les plus grandes célébrités du moment. Elle sursauta lorsque le présentateur, glissant insidieusement de l'enfance de son invitée dans une petite ville du Texas, fit allusion à sa liaison avec son professeur de gymnastique, puis aux poursuites pour harcèlement sexuel dont elle était l'objet. Mary Stuart retint son souffle. Elle aurait volontiers donné un coup de poing au petit écran mais Tanya s'en sortit avec son aisance habituelle. Avec un sourire détendu, elle rétorqua qu'elle se considérait comme la victime d'un chantage et que le reste n'était que calomnies, dûment alimentées par certains magazines. En quittant le plateau, elle avait les mains moites et un début de migraine lui vrillait les tempes.

— Bravo pour l'objectivité de la télé, grommela-t-elle à l'intention de l'attachée de presse, qui l'avait accompagnée aux studios et qui était venue la rechercher pour la conduire à son rendez-vous avec l'un des plus grands agents littéraires de New York.

Celui-ci souhaitait qu'elle écrive un livre sur sa vie. Le sujet, tel qu'il le concevait, ne présentait aucun intérêt pour Tanya. Comme tous les autres, il ne voulait pas aller au fond des choses. Il souhaitait du commercial, du sensationnel, de quoi nourrir les fantasmes du public. L'entretien tourna court. Écœurée, Tanya regagna son hôtel. Elle passa un coup de fil à Jane pour découvrir qu'à Los Angeles son nom faisait toujours la une de la presse locale. De plus, les paparazzi avaient débusqué son mari à Palm Springs en compagnie d'une starlette qu'ils n'avaient pas identifiée.

— Starlette ou prostituée ? demanda-t-elle, et sa question arracha un rire à sa secrétaire.

Sur sa demande, Jane lui lut l'article la concernant. Tanya l'écouta en hochant la tête et en luttant contre ses larmes. L'ex-garde du corps livrait la suite de ses confidences, dans le but évident de l'acculer à un compromis en sa faveur. Il décrivait complaisamment comment elle l'avait sans cesse provoqué en se promenant toute nue dès qu'ils se trouvaient seuls dans sa villa. Elle aurait éclaté de rire si elle ne s'était sentie si déprimée.

— J'aimerais bien savoir quand nous sommes restés tout seuls dans cette maison, marmonna-t-elle entre les dents.

Elle n'osait imaginer la réaction de Tony. Jane lui demanda si elle voulait prendre connaissance de l'article relatant les aventures extraconjugales de son époux. Elle déclina la proposition. Dès qu'elle raccrocha, elle se rua dehors. C'était dans tous les kiosques. Elle se procura un exemplaire et se dépêcha de rentrer. On y voyait Tony, surpris par le flash du photographe, s'efforçant de cacher son visage derrière ses mains. La ravissante créature qui se pavanait à son bras n'était pas inconnue à Tanya. Il s'agissait d'une petite figurante en quête de rôles secondaires, qui ne devait pas avoir plus de vingt ans. Elle étudia le cliché. Impossible de savoir si c'était un montage. Les trucages photographiques ne semblaient pas poser de problème de conscience aux chasseurs de sensations fortes. Tony et sa conquête avaient pourtant vraiment l'air d'être ensemble… Tanya ne résista pas longtemps à l'envie d'appeler son mari. Elle eut la chance de l'avoir au moment où il s'apprêtait à quitter son bureau.

— Il paraît que mon nom est inscrit en lettres de feu sur toutes les manchettes, aujourd'hui ? essaya-t-elle de plaisanter.

— Ça, tu peux le dire. L'ami Léo n'est pas au bout de ses révélations. Ce garçon est intarissable… Tu as lu l'article ?

Il déployait des efforts louables pour cacher sa fureur, sans y parvenir tout à fait.

— Jane me l'a lu au téléphone. Il ment comme il respire, Tony, j'espère que tu l'as compris, répondit-elle, aussi calmement qu'elle le pouvait.

— Franchement, Tan, je ne sais plus quoi penser.

— Ce n'est pas pire que le scoop sur toi et ta prétendue petite amie à Palm Springs… Tu es photogénique, tu sais, le taquina-t-elle. J'ai les photos sous les yeux. Et je sais que ce n'est pas vrai non plus. Alors, il n'y a pas de quoi en faire un plat.

Un long silence suivit. Lorsque Tony se décida à répondre, il le fit très lentement.

— Si, c'est vrai, Tan. Je voulais t'en parler avant ton départ mais je n'en ai pas eu l'occasion.

Le cœur de Tanya s'arrêta de battre. Elle eut l'impression qu'il l'avait frappée de plein fouet avec un de ses clubs de golf. Il l'avait trompée, son infidélité s'étalait au grand jour, et il l'admettait le plus simplement du monde.

— Rien ne te gêne, Tony ? murmura-t-elle lorsqu'elle eut recouvré l'usage de la parole.

— Vas-y, insulte-moi ! je ne t'en voudrai pas. Je me demande qui a prévenu les photographes. Ils ont débarqué dans l'hôtel sans crier gare. Quelqu'un a dû les renseigner, mais qui ?

— On n'a pas idée d'être si naïf à cinquante ans ! railla-t-elle. À d'autres mais pas à moi, mon vieux ! Tu as trop traîné tes guêtres dans Hollywood pour jouer les innocents. À ton avis, qui les a renseignés ? Mais ta petite amie, bien sûr ! Quelle femme aurait hésité à s'offrir le luxe d'être immortalisée au bras du mari de Tanya Thomas ? Ça, c'est de la publicité !

C'était un coup bas mais elle avait probablement raison, il le savait. À l'autre bout du fil, Tony s'abîma dans un silence ulcéré.

— Eh bien, vous êtes une célébrité maintenant, monsieur Goldman, quelle impression cela vous fait-il ?

— Bon sang, que veux-tu que je te dise ?

— Il n'y a rien à dire. Tu aurais simplement pu faire preuve d'un peu plus de discrétion en emmenant en week-end cette petite garce qui a vendu la mèche aux photographes.

— Écoute, Tanya, je refuse de jouer ce petit jeu avec toi, dit-il d'un ton où l'embarras le disputait à la colère. Je déménagerai demain.

Nouveau silence. En réprimant ses larmes, elle hocha la tête.

— Je vois… répondit-elle d'une voix enrouée. Tu sautes sur l'occasion.

— Je ne peux plus vivre comme ça. Je ne veux plus être dans l'œil du cyclone.

— Moi non plus. Sauf que toi, tu as le choix.

— Je suis désolé.

Il n'en avait pas l'air. Il ne semblait pas éprouver l'ombre d'un regret. L'homme que Tanya avait passionnément aimé était devenu vil et mesquin.

Méconnaissable. Lui qui infligeait des scènes de jalousie à sa femme avait été pris la main dans le sac et il en était ulcéré. Mais il avait décidé de ne plus servir de faire-valoir à la superstar. Il allait sortir du cercle éblouissant des projecteurs, retourner dans l'ombre reposante où il allait pouvoir souffler. Au début, les feux de l'actualité l'avaient fasciné, mais maintenant il avait hâte d'échapper à leurs rayons brûlants.

— Désolé, répéta-t-il. Je ne voulais pas te l'annoncer au téléphone. J'allais t'en parler demain, à ton retour.

Elle ébaucha un signe de tête, les joues ruisselantes de larmes, incapable d'articuler un mot, jusqu'à ce qu'il demande si elle était encore là.

— Oui, je suis là, dit-elle.

Plus ou moins. Une partie de son esprit voguait ailleurs. L'autre partie, celle qui était présente, souffrait atrocement. De sa vie elle ne s'était sentie aussi seule. Ou alors, elle venait simplement d'en prendre conscience. Son mari précédent ne voyait en elle qu'une machine à fabriquer des billets et celui-ci illustrait parfaitement le vieil adage « courage, fuyons ! ».

— Désolé, dit-il pour la troisième fois.

Ça n'avait plus d'importance.

— Ce n'est pas grave. Je te verrai quand je rentrerai. (Elle avait hâte de raccrocher maintenant, mais une dernière question la retint encore un instant au téléphone.) Et nos vacances dans le Wyoming ?

— On fera comme on a dit. Tu peux emmener les enfants, répondit-il, magnanime.

Pour un peu, il aurait poussé un soupir de soulagement. Il venait de faire d'une pierre deux coups. Se débarrasser de son encombrante épouse et de sa progéniture pour l'été. Il comptait partir en Europe avec sa dulcinée.

— Merci… Moi aussi je suis navrée, Tony.

Des sanglots l'étouffèrent, tandis qu'elle posait le récepteur sur le combiné. Elle versait toutes les larmes de son corps quand le téléphone sonna à nouveau. Tony ! Il la rappelait pour s'excuser. Forte de cette conviction, elle décrocha. Mais ce n'était pas son mari.

— Ah… Mary Stuart, c'est toi ?

Entre deux sanglots, elle réussit à la mettre au courant de sa rupture avec Tony. Ou plutôt du fait que Tony l'avait quittée. Elle lui raconta l'épisode navrant des deux articles, dont celui lui révélant que Tony la trompait. Et elle lui confia que sa vie n'avait plus de sens. Ses phrases sortaient par saccades, dans un flot presque inintelligible, mais Mary Stuart comprit l'essentiel. Elle l'invita aussitôt à passer à la maison. Elles avaient tout leur temps avant la réception de Felicia Davenport, si toutefois Tanya avait encore envie d'y aller.

— Allez, viens. Je t'offrirai une tasse de thé, un verre d'eau ou un mouchoir, maïs ne reste pas seule. Écoute, si tu ne te mets pas en route tout de suite, c'est moi qui viendrai te chercher.

— Je… vais bien… bredouilla Tanya, dont les pleurs avaient redoublé.

— Menteuse ! Eh bien, si tu ne viens pas, j'appelle les revues à scandale ! déclara Mary Stuart, et cette ultime menace fit rire son amie.

— Sale bête ! lança-t-elle à travers ses larmes. Mon Dieu, je te perds de vue pendant un an et dès que je te revois, le ciel me tombe sur la tête. Tu n'aurais pas le mauvais œil ? Oh, Stu, Tony veut divorcer.

— Alors, tant mieux si je suis là. Tu as besoin d'être entourée. Tu viens, ou je préviens l'*Enquirer*, le *Globe* ou *Star* que notre chanteuse nationale se sépare de son troisième mari… Veux-tu que je vienne te chercher ?

— Non, ça ira, murmura Tanya en se mouchant. Bon, d'accord, j'arrive. Je serai chez toi dans cinq minutes.

Elle sonna en effet peu après, pas coiffée, les yeux et le nez rouges mais toujours « superbe », selon Mary Stuart, qui lui ouvrit les bras. Tanya s'y blottit et laissa libre cours à son désespoir pendant que son amie la berçait doucement. Elle avait l'habitude de consoler. Une longue pratique avec Todd et Alyssa. Elle était très maternelle et chaque fois que ses enfants avaient pleuré pendant ces vingt-deux dernières années, elle avait su trouver les mots et les gestes qu'il fallait... Sauf, dernièrement, pour Todd. Sinon, les choses auraient été différentes.

— Je n'y crois pas... se lamentait Tanya. Tout s'est écroulé en cinq minutes.

En son for intérieur, elle savait que la destruction avait commencé longtemps auparavant. Beaucoup plus longtemps même qu'elle ne pouvait l'imaginer. Tony avait commencé à se révolter un an plus tôt mais avant ? Comment vivait-il vraiment les inconvénients d'être le mari d'une star ? Elle s'aperçut soudain que la faille était très ancienne, qu'elle datait peut-être du jour de leur mariage. Tous les signes avant-coureurs étaient rassemblés et elle n'y avait vu que du feu. Elle suivit Mary Stuart dans sa vaste cuisine d'un blanc immaculé. Celle-ci prépara du thé, malgré la chaleur, et Tanya sirota pensivement une gorgée en jetant un regard circulaire dans la pièce.

— Qu'est-ce que tu fais ici ? de la broderie ?

Mary Stuart eut un sourire.

— Mais non, de la cuisine. Simplement, j'aime que les choses soient propres, rangées et organisées.

— Vidées de leur âme, tu veux dire ! Tu as toujours été une perfectionniste, t'en souviens-tu ? Mais la vie est loin d'être parfaite. Tu devrais peut-être accepter cette réalité. Stu, ma chérie, j'ai l'impression que tu te mortifies à cause de ce qui s'est passé.

Les deux femmes échangèrent un regard, puis Mary Stuart détourna les yeux. Il n'y avait pas de délivrance possible, aucune issue, aucun réconfort.

— Est-ce que tu ne te mortifierais pas à ma place ? demanda-t-elle doucement. Comment puis-je continuer à vivre comme si je n'y étais pour rien ? Bill me rend responsable de tout. On ne se parle plus. Il ne me voit même pas. On n'est même pas des ennemis. On n'est plus rien.

— Viendra-t-il avec nous ce soir ?

— Bien sûr que non. Il restera tard à son bureau.

— Il se cache ! fit remarquer Tanya avec pertinence.

Comme la plupart des gens, elle voyait clair dans les problèmes des autres. Elle n'avait pas sa pareille pour cerner la psychologie des maris en fuite.

— Je sais, répondit Mary Stuart alors qu'elles se dirigeaient vers sa chambre. Mais où se cache-t-il ? Tout le problème est là. Je n'ai pas réussi à le découvrir et ce n'est pas faute d'avoir cherché. L'homme qui vit ici ressemble à Bill, il a la voix de Bill, les gestes de Bill, mais ce n'est pas lui. Et j'ignore où se trouve le vrai Bill.

— Continue à chercher. On ne sait jamais. Tant que ce n'est pas complètement fini, il y a encore de l'espoir.

Mary Stuart et Bill étaient mariés depuis vingt-deux ans. Aux yeux de Tanya, une aussi longue union méritait des concessions. Des deux côtés, naturellement, pas seulement de la part de Mary Stuart. Celle-ci la regarda.

— Ce n'est pas pareil pour toi ? demanda-t-elle alors qu'elles regagnaient le salon.

— Mon cas est différent. Je n'aurais pas dû épouser Tony. Notre mariage est fichu depuis longtemps mais je ne voulais pas l'admettre. Je n'avais pas réalisé que tous ces scandales le rendaient malheureux. Les paparazzi ne me lâcheront pas et je n'ai aucun moyen de les arrêter.

Elle aimait toujours profondément Tony. Mais elle était suffisamment intelligente pour se rendre compte que tout était fini. D'une certaine manière, elle le comprenait. À la lumière des derniers événements, elle s'était aperçue qu'ils s'étaient engagés dans une impasse depuis le début.

Elles s'installèrent dans le salon où elles bavardèrent pendant un moment. Tanya voulut ensuite se repoudrer le nez. La salle de bains réservée aux invités se trouvait dans le couloir à gauche, lui indiqua son hôtesse. Tanya s'y rendit rapidement, ouvrit la porte, alluma la lumière. Sur le seuil, elle se figea. Elle se trouvait dans la chambre de Todd. Elle contempla les trophées remportés lors de compétitions sportives, les diplômes encadrés, les photos, les livres qui encombraient les étagères. Rien n'avait été déplacé… Elle n'entendit pas le pas de Mary Stuart derrière elle, ne vit pas son regard désespéré.

— Je ne viens plus jamais ici, dit-elle dans un murmure qui fit sursauter Tanya.

Son regard était empreint d'une infinie tristesse. Son amie la prit spontanément dans ses bras. Cette chambre ressemblait à un sanctuaire dédié à la mémoire de Todd. Une photo le montrant avec deux de ses camarades de classe trônait sur son bureau. Tanya avait oublié combien il ressemblait à sa mère, surtout lorsqu'il souriait.

— Oh, Mary Stuart, fit-elle, sentant les larmes lui monter aux yeux. Excuse-moi, je me suis trompée de porte.

Celle-ci sourit à travers ses larmes. Elle contemplait, elle aussi, la photo.

— Il était si merveilleux, Tanny, si gentil et si intelligent ! Tout le monde l'adorait.

Tanya hocha la tête. Toujours enlacées, elles fixaient le visage de Todd, dans le cadre d'argent. L'espace d'une seconde elles s'attendirent à le voir apparaître, sachant pourtant que c'était impossible.

— Je sais. Je m'en souviens très bien. Il était tout ton portrait, observa Tanya d'une voix douce.

— Je n'arrive pas encore à le croire.

Avec un soupir, Mary Stuart s'assit sur le bord du lit. Cela ne lui était pas arrivé depuis des mois. Depuis Noël, très exactement. Elle avait passé une partie de la nuit du réveillon dans cette pièce, à mouiller l'oreiller de Todd de ses larmes. Elle n'avait pas osé l'avouer à Bill. Il ne l'aurait pas approuvée. Bill pensait que la chambre de Todd devait rester fermée. Un jour, elle lui avait demandé ce qu'ils devaient faire des vêtements de leur fils. Il avait répondu : « Fais ce que tu veux. » Elle n'avait pas eu le cœur de les donner.

— Il faudrait que tu ranges ses affaires, dit Tanya avec émotion.

Elle pensait que ce serait plus sain. À leur place elle aurait vendu l'appartement.

— Je ne peux pas… Je n'arrive pas à enlever le moindre objet. (Au souvenir de son enfant qui vivait ici autrefois, de nouvelles larmes jaillirent.) Il me manque terriblement. Il nous manque à tous. Bill ne dit rien mais je sais que ça l'a tué… Ça nous a tous tués…

Alyssa avait été marquée, également. Elle l'avait vue une fois se faufiler dans cette chambre. La jeune fille en était ressortie les yeux rouges. Ce n'était guère étonnant qu'elle veuille s'installer à Paris. Chaque retour à la maison ne faisait que raviver sa peine. Ses parents avaient changé et rien ne laissait prévoir qu'ils s'en relèveraient un jour.

— Ce n'était pas ta faute, déclara soudain Tanya d'une voix ferme, en prenant son amie par le bras et en la regardant au fond des yeux. Il faut que tu te mettes ça dans la tête. Une fois sa décision prise, rien ne pouvait plus l'arrêter.

— Comment ai-je pu être aveugle à ce point ? L'aimer autant et me tromper à ce point ?

Elle n'avait rien vu, rien compris. Et elle ne se le pardonnerait jamais.

— Il ne voulait pas que tu t'en rendes compte. Il était adulte après tout. Il avait le droit d'avoir ses propres secrets. S'il avait eu besoin d'aide, il t'en aurait parlé. Tu ne peux pas lire dans les pensées des autres, Mary Stuart, tu n'es pas responsable.

Ce n'était pas l'avis de Bill. Pendant toute cette horrible année, il n'avait rien fait pour alléger le poids de ses remords. Au contraire, son attitude, sa froideur et son silence l'avaient confortée dans son opinion.

— Pourtant, je crois toujours que c'est ma faute, répliqua Mary Stuart tristement.

Tanya resserra son étreinte. Le moment était venu d'essayer de libérer Mary Stuart des lourdes chaînes de sa culpabilité.

— Tu n'es pas Dieu, ma chérie. Ton fils t'adorait mais tu n'étais pas le centre de son univers. Il avait sa propre vie, ses amis, ses rêves, ses déceptions. Et ses drames. Je ne vois pas comment tu aurais pu l'empêcher de mettre son projet à exécution ; sauf s'il t'avait suppliée de voler à son secours. Il ne l'a pas fait. Par dignité, probablement. En cela, il était comme toi.

— Je n'aurais jamais fait une chose pareille.

Le regard de Mary Stuart interrogeait la photo de son fils, comme si elle cherchait encore à comprendre ses véritables motivations. Mais à présent, elle savait. Ils savaient tous. Ç'avait été d'une poignante simplicité. La jeune fille dont il était amoureux depuis quatre ans avait trouvé la mort dans un accident de voiture, sur une route verglacée du New Jersey, quatre mois plus tôt. Personne n'avait mesuré l'ampleur du désespoir de Todd. Il avait sombré dans la dépression mais ils avaient cru, vers Pâques, qu'il avait remonté la pente. Ils s'étaient trompés. Ce n'est que rétrospectivement que Mary Stuart avait compris pourquoi il avait l'air si gai, justement, lorsqu'il était rentré pour les vacances de Pâques. Il avait très certainement décidé d'en finir après les fêtes. Il n'avait jamais été plus proche de sa mère. Elle se souvenait encore de cette merveilleuse promenade qu'ils avaient effectuée tous les deux dans le parc. Ils avaient discuté de philosophie, ils avaient ri, et il avait même fait de vagues allusions à son avenir. Il avait dit : « Je sais à présent que je serai toujours heureux. » Il était passé à l'acte le soir de son retour à Princeton. Il s'était suicidé deux semaines avant son vingtième anniversaire, dans sa petite chambre d'étudiant. C'était son voisin qui l'avait trouvé le lendemain. Il était entré dans la pièce pour lui emprunter un livre et l'immobilité de son camarade l'avait inquiété. Il s'était approché mais Todd ne respirait plus. Il lui avait administré les premiers soins, en attendant que les pompiers et la police arrivent. Les médecins déclarèrent plus tard que Todd était mort depuis quelques heures déjà quand son copain l'avait découvert. Il avait laissé une lettre adressée à ses parents et à sa sœur, leur expliquant qu'il se sentait enfin en paix. Il ajoutait qu'il avait peut-être agi comme un lâche mais qu'il ne pouvait plus vivre sans Nathalie. Il avait essayé, mais sans succès. Il leur demandait pardon et les implorait de penser à lui avec sérénité. Il allait retrouver sa bien-aimée au ciel. Malgré leur jeune âge, ils comptaient se marier l'été suivant, après la remise des diplômes.

« D'une certaine manière, nous sommes mariés maintenant »…

La lettre se terminait ainsi.

Lorsqu'ils avaient appris la terrible nouvelle et longtemps après, Bill en avait voulu à sa femme. D'après lui, Mary Stuart avait rempli la tête de leur fils de stupides idées romantiques. Elle l'avait laissé s'impliquer à fond dans son idylle avec Nathalie, au lieu de le raisonner. C'était elle, encore, qui lui avait inculqué ses absurdes croyances religieuses sur Dieu, l'au-delà, l'immortalité des âmes, l'idée que l'on retrouve ses chers disparus dans la mort. Bill n'avait pas tardé à considérer Mary Stuart comme la véritable responsable du drame et à lui en faire supporter le poids sur sa conscience. À l'époque, Mary Stuart avait écouté ses accusations, comme foudroyée, incapable de réagir. À l'immense peine d'avoir perdu son garçon, son aîné, son rayon de soleil, s'était ajoutée celle de sa culpabilité.

En l'écoutant parler, Tanya réprima une furieuse envie de casser la figure à l'honorable William Walker. Ses reproches étaient peut-être sa façon de se défendre contre le malheur, contre son propre sentiment d'échec en tant que père. Ils n'en étaient pas moins cruels. Il avait réussi à éteindre la dernière étincelle de vie qui habitait Mary Stuart. Il n'y avait qu'à la regarder pour s'en apercevoir.

— Mon pauvre petit, sanglotait-elle maintenant. Il était tellement amoureux d'elle. Quand il a reçu ce coup de fil, après l'accident de Nathalie, j'ai cru qu'il allait mourir.

De fait, il en était mort. Et eux aussi. Todd avait emporté dans sa tombe leur cœur, leurs rêves, la fierté qu'ils éprouvaient pour lui.

— Tu ne lui en as jamais voulu ?

Mary Stuart regarda Tanya avec étonnement.

— À qui, à Todd ? Pourquoi ?

— Parce qu'il vous a porté un coup fatal. Parce qu'il vous a retiré ce que vous aviez de plus précieux au monde… Parce qu'il a choisi la solution la plus facile pour lui, au lieu d'avoir la force de continuer à vivre… Parce qu'il vous a caché combien il souffrait…

— J'aurais dû m'en rendre compte, recommença Mary Stuart, se morigénant une fois de plus.

— Tu ne peux pas tout prévoir, ma chérie. Tu es un être humain, pas une extralucide. Tu n'as rien à te reprocher. Tu as été une mère formidable pour ton fils. Il n'aurait pas dû te faire ça. (C'était quelque chose que Mary Stuart ne pouvait pas envisager.) Il n'a pas pensé un seul instant à toi. Il n'a pas été juste vis-à-vis de toi, et tu le sais. Et Bill, c'est pareil. Il est grand temps que tu piques une bonne colère, je crois. Ils t'ont mis un sacré fardeau sur les épaules, tous les deux.

Dans le silence qui suivit, Mary Stuart la dévisagea d'un air malheureux.

— Oui, c'est vrai. Depuis sa mort, je me sens coupable.

— Je le sais. Et ça arrange bien tout le monde, ton mari en premier, n'est-ce pas ? Il n'existe pas de deuil plus long, plus difficile que celui dû à un suicide. Et Todd porte quand même la responsabilité de cet acte insensé. Il vous a imposé sa décision. Il est grand temps d'y mettre un peu d'ordre, tu ne crois pas ? Tu as mis Todd sur un piédestal, mais il n'est pas un héros. C'était un pauvre gosse qui s'est tué dans un moment d'égarement que nous regrettons tous. Bill est terriblement injuste. Il t'a fait endosser la responsabilité de la mort de votre fils, de manière à pouvoir s'absoudre lui-même. Mais tu n'es pas coupable, Stu, tu n'es que le bouc émissaire.

Mary Stuart inclina la tête.

— Admettons. Qu'est-ce que ça change ? Bill en est persuadé. Pour lui, tout est arrivé par ma faute et il n'est pas près de changer d'avis.

— En ce cas, quitte-le. Combien de temps le laisseras-tu te punir ? Pour le restant de tes jours ? C'est long, toute une vie. Vas-tu passer les prochains quarante ou cinquante ans à genoux pour faire ton mea culpa ?

Mary Stuart se taisait. À l'instar de quelqu'un qui tire les rideaux noirs masquant les fenêtres pour laisser pénétrer des flots éclatants de lumière dans une pièce obscure, Tanya lui avait apporté un réconfort singulier. Elle eut l'impression que pendant un an, elle était restée terrée dans un coin sombre à pleurer et à appeler au secours, sans espoir d'être entendue. Les paroles de son amie agissaient comme un puissant élixir contre la douleur. Sa colère contre Bill, trop longtemps enfouie, jaillit d'un seul coup. Elle aurait voulu l'attraper par les épaules et le secouer. Comment pouvait-il être aussi stupide ? aussi borné ? Comment pouvait-il détruire ainsi leur mariage ?

— Je ne sais plus quoi penser, Tan. Je nage en plein brouillard. La pauvre Alyssa a vécu un vrai cauchemar, à Noël. D'ailleurs, elle s'est empressée de repartir.

Alyssa avait écourté ses vacances de quatre jours et sa mère ne s'en était sentie que plus coupable.

— Tu as tout le temps de reconquérir ta fille. En attendant, pense à toi. Tu n'oublieras jamais Todd, mais ce n'est pas une raison pour te laisser culpabiliser par ton mari. Une bonne explication lui remettrait sûrement les idées en place. Il s'en sort trop bien.

— Je ne crois pas, dit Mary Stuart avec sagesse. Il a cherché à endormir sa douleur en se cachant derrière un mur de glace. L'idée qu'il pourrait sortir de son abri le terrifie.

— Mais pas celle de te détruire, et de briser votre mariage ?

Si ce n'était pas déjà fait. Tanya ignorait si son amie aurait la force de reconstruire sur les ruines mais elle semblait y songer. Elle se félicita secrètement de s'être trompée de porte. Si elles n'avaient pas atterri dans la chambre de Todd, cette conversation n'aurait jamais eu lieu. Mary Stuart se redressa et alla ouvrir les rideaux. Les rayons de soleil illuminèrent la fenêtre.

— Merci, Tanny, dit-elle en l'enlaçant. (Puis, en jetant un regard autour d'elle :) Il était exceptionnel. J'ai du mal à croire qu'il nous a quittés.

— Il ne nous a pas quittés, répondit Tanya avec douceur. Il vit dans nos cœurs et dans nos souvenirs.

Les yeux brillants de larmes, elles revinrent au salon. Tanya prit congé peu après, afin d'aller s'habiller pour la réception. Lorsqu'elle fut partie, Mary Stuart laissa ses pas la conduire vers la chambre interdite. Elle y jeta un ultime regard, puis ressortit en refermant doucement la porte. Peut-être Tanya avait-elle raison. Peut-être n'était-elle pas coupable. Peut-être était-ce la faute de Todd et de personne d'autre. Oh, elle ne lui en voulait pas, elle en était incapable. Il serait plus facile d'en vouloir à Bill… Bill qui l'avait jugée et condamnée depuis un an. Un coup de fil d'Alyssa la tira de sa méditation. Elle raconta à sa fille, d'une voix plus animée qu'à l'accoutumée, la visite de Tanya – en passant sous silence leur conversation dans la chambre de Todd. Tanya l'avait invitée à une soirée chez Felicia Davenport, ajouta-t-elle mais elle n'avait plus envie d'y aller.

(Leur discussion l'avait épuisée.) À l'autre bout de la ligne, Alyssa poussa un cri d'indignation.

— Oh, non, maman, vas-y. De telles occasions ne courent pas les rues. Allez, va te préparer. Fais-toi belle ! Mets ta fabuleuse robe en mousseline noire de chez Valentino.

Un soupir gonfla la poitrine de Mary Stuart. Comme chaque fois qu'elle parlait à sa fille, elle éprouvait une sensation de légèreté. Elles avaient toujours été très proches et la mort de Todd les avait rapprochées davantage. Contrairement à Bill, Alyssa avait soutenu moralement sa mère. Celle-ci voulut s'excuser d'avoir été si déprimée, pendant si longtemps, puis elle se ravisa. Évoquer un sujet aussi pénible briserait la magie du moment. Ayant raccroché, elle s'obligea à prendre un bain, après quoi elle passa le modèle de chez Valentino. Elle enfila des escarpins et se brossa les cheveux jusqu'à ce qu'ils brillent. Elle se maquilla avec un soin particulier, et paracheva sa toilette avec les boucles d'oreille en diamants que Bill lui avait offertes des années auparavant. En étudiant son reflet, elle eut un sourire satisfait, puis trouva tout drôle de sortir sans son mari.

Tanya appela peu après pour fixer l'heure où elle passerait la chercher. Mary Stuart attendait en bas quand la limousine longea le trottoir. Elle se glissa sur la banquette arrière, où son amie était déjà installée, royale dans un ensemble composé d'un pantalon moulant en satin noir, d'un haut blousant en tissu transparent mauve pâle et de chaussures montantes à semelles compensées. Son épaisse chevelure blonde cascadait dans son dos.

— Oooh, tu es superbe ! s'exclama Mary Stuart.

Tanya lui rendit le compliment.

— Quelle élégance ! Tu es vraiment très en beauté, ma chère.

Elle était sincère. Elle avait toujours envié à son amie sa distinction naturelle, son port de tête altier et sa grâce. Elle avait des jambes magnifiques, des cheveux doux comme de la soie et ce soir, pour la première fois, ses grands yeux noisette paraissaient moins tristes.

— Ah bon ? Je ne te fais pas honte ? demanda-t-elle timidement, et Tanya éclata de rire.

— Tu plaisantes ! Tu passeras la soirée à repousser tes soupirants. (Elle leva un sourcil.) À moins que tu trouves l'un d'eux à ton goût…

Mary Stuart secoua la tête. Elle ne cherchait pas à plaire aux hommes. Le seul homme qui l'intéressait s'était éloigné d'elle. Sa vie sentimentale partait à la dérive. Malgré les bons conseils de Tanya, aucune lueur d'espoir ne brillait au bout du tunnel dans lequel elle avançait à l'aveuglette depuis un an maintenant. Pourtant, il lui semblait qu'elle avait franchi une étape. Il y avait des lustres qu'elle n'était pas sortie le soir, qu'elle n'avait pas vu du monde. La réception l'enchanta. Felicia Davenport les accueillit avec chaleur. Elle et Mary Stuart se lancèrent dans un long débat sur les pièces de théâtre du moment. Leur hôtesse correspondait exactement au portrait que Tanya lui avait brossé. Belle, spirituelle, pleine de charme. Tanya passa la soirée entourée d'hommes et Mary Stuart eu droit, elle aussi, à son lot d'admirateurs. Elle ne laissa planer aucune ambiguïté, indiquant à tous qu'elle était mariée, mais elle participa avec entrain aux conversations. Lorsqu'elles prirent congé, elle était dans une forme éblouissante. Tanya lui proposa de s'arrêter dans un bistrot mais elle déclina l'offre. Elle n'osait trop profiter de cette nouvelle indépendance, au risque de vexer

Bill. La limousine la déposa en bas de son immeuble. Elle se tourna vers son amie, avec un sourire empreint de gratitude.

— Merci pour tout, Tan. Tu m'as sauvé la vie. Comme d'habitude, tu es arrivée au bon moment.

— Tu exagères. Je ne fais que passer une fois par an.

— Apparemment, ça suffit pour me donner une bouffée d'oxygène. Mais ne pense pas qu'aux autres. Prends soin de toi aussi, tu m'entends ?

Elles s'étreignirent en riant. Mary Smart resta sur le trottoir jusqu'à ce que la limousine soit hors de vue. Les visites de Tanya, si rares fussent-elles, avaient l'art de lui remonter le moral. Celle-ci, plus particulièrement. En se faufilant dans son immeuble, telle Cendrillon rentrant du bal, elle réprima une vague appréhension.

— M. Walker vient de monter, annonça le garçon d'ascenseur.

Un instant après, en pénétrant dans l'appartement, elle le vit qui se dirigeait vers leur chambre. Il ne se retourna pas quand la porte d'entrée se referma. À l'évidence, il n'avait aucune envie de la voir, et cette constatation lui fit l'effet d'une gifle.

— Bonsoir, Bill, dit-elle en lui emboîtant le pas.

Il jeta un coup d'œil par-dessus son épaule. Il tenait son incontournable attaché-case à la main.

— Je ne t'ai pas entendue rentrer, dit-il. (Il mentait, naturellement. Il l'évitait, la rejetait de toutes ses forces.) Comment s'est passé le cocktail ?

— Très bien. J'ai rencontré un tas de gens intéressants. Felicia Davenport est merveilleuse, comme presque tous ses amis. Je me suis bien amusée, ajouta-t-elle sans chercher à s'excuser pour une fois. Dommage que tu n'aies pas pu venir.

— J'ai quitté mon bureau il y a vingt minutes. Les uns travaillent pendant que les autres se donnent du bon temps, répondit-il sèchement. Nous partons pour Londres dans trois jours.

Presque trois semaines plus tôt que prévu.

— Ah… déjà…

À nouveau, elle se sentit seule et abandonnée. Il n'y avait aucune raison valable pour qu'elle ne l'accompagne pas mais, d'emblée, il lui avait fait comprendre que c'était hors de question. Il serait débordé et sa présence le dérangerait. C'était une façon comme une autre de la punir.

— On se verra quand tu viendras avec Alyssa, dit-il comme s'il avait lu dans ses pensées.

Oui. Deux jours, se dit-elle. Deux jours sur trois mois, ce n'était pas suffisant pour sauver un mariage qui battait de l'aile. Elle aurait souhaité qu'il en soit autrement, mais Bill lui avait imposé sa décision sans lui demander son avis. Après son voyage avec Alyssa, Mary Stuart passerait l'été seule à New York. L'espace d'un instant, elle songea à aller voir Tanya en Californie. Et pourquoi pas ? La plupart des institutions caritatives dont elle s'occupait fermaient pendant l'été. Elle suivit du regard Bill, qui disparut dans la salle de bains. Il en ressortit en pyjama et s'empressa de se coucher. Il n'avait pas remarqué sa robe de soirée. Encore moins sa coiffure et ses boucles d'oreille. Elle avait cessé d'être une femme à ses yeux dès l'instant où leur fils était mort.

Elle entra à son tour dans la salle de bains où elle retira lentement sa jolie toilette. L'étoffe soyeuse glissa à terre, entraînant avec elle les dernières illusions de Mary Stuart. L'espace d'un soir, elle s'était crue libérée de son fardeau. Elle s'était même trouvée attirante. Elle revint dans la chambre, ayant revêtu sa chemise de nuit.

Le dos tourné, Bill examinait un document. Submergée par un subit sentiment de révolte, elle ne put se contenir davantage. Elle se planta devant le lit. Sa voix brisa le silence, haute et claire.

— Bill, ça ne peut plus durer !

Il se retourna en ôtant ses lunettes pour la scruter de ses yeux durs où dansait une lueur d'étonnement.

— Qu'entends-tu par là ?

Il avait pris l'air et le ton de l'avocat accusant un prévenu mais elle refusa de se laisser intimider. Les paroles de Tanya résonnaient encore à ses oreilles. Elle soutint fermement son regard comme si elle cherchait à puiser au fond de son âme le courage qui lui avait fait défaut jusqu'alors.

— Tu as très bien compris. Je ne peux plus vivre ainsi. C'est au-dessus de mes forces. Tu m'adresses à peine la parole. Tu te comportes comme si je n'existais pas. Tu m'ignores, tu m'évites, tu me rejettes. Tu t'en vas à Londres pendant trois mois et tu n'acceptes de m'offrir que deux jours de ton précieux temps. Ce n'est plus un mariage, c'est de l'esclavage. Et l'esclavage est aboli depuis un siècle, Bill !

C'était la première fois depuis un an qu'elle osait lui dire ce qu'elle avait sur le cœur. Elle le vit réprimer un haut-le-corps.

— Il ne s'agit pas d'un voyage d'agrément, répondit-il d'une voix glaciale. J'y vais pour travailler, au cas où tu l'aurais oublié.

— Et toi, aurais-tu oublié que nous sommes mariés ?

Non seulement il s'en souvenait, mais il le lui faisait payer.

— Nous avons passé une année très difficile, tous les deux.

La date anniversaire de la mort de Todd avait eu lieu récemment et cela n'avait fait qu'envenimer les choses.

— Je sais. Mais j'ai la sensation que nous sommes morts avec lui, dit-elle tristement. Et notre mariage aussi.

— Ce n'est pas forcément vrai. Nous avons besoin de temps.

Il était de mauvaise foi. Il pensait peut-être que tout allait s'arranger un beau matin, qu'il suffisait de se cantonner dans une attente qui n'avait plus aucun sens pour Mary Stuart.

— Combien de temps ? Un an s'est écoulé, Bill.

— J'en ai conscience, dit-il après un silence. J'ai conscience d'un tas de choses. Mais je n'imaginais pas que tu me lancerais un ultimatum.

Il la toisait sans dissimuler sa contrariété.

— Quel ultimatum ? Je voulais juste te dire ce que je ressens. Malgré toute ma bonne volonté, je ne peux plus continuer comme ça.

— C'est comme tu veux, Mary Stuart.

— Eh bien, justement, je ne veux plus ! Je ne veux plus être traitée comme un meuble pour le restant de mes jours. Vivre avec toi est devenu un enfer.

Nouveau silence. Cette fois-ci, elle n'obtint aucune réaction. Il lui tourna le dos, chaussa ses lunettes, se replongea dans sa lecture.

— Ah non ! Tu ne vas pas recommencer ! s'écria-t-elle.

Il ne se retourna pas. En le regardant, elle eut du mal à se rappeler qu'ils avaient partagé autrefois ce lit, qu'ils s'étaient aimés, qu'ils avaient piqué des fous rires, qu'ils avaient eu des projets communs. Oui, elle avait peine à croire que cet homme qui lui tournait si ostensiblement le dos était son grand amour et le père de ses enfants.

— Je n'ai rien à te dire, rétorqua-t-il finalement sans lever le nez de ses documents. J'ai bien enregistré tes récriminations mais je n'y peux rien.

Le silence retomba comme une chape de plomb. Elle se demanda s'il déguisait sa souffrance en indifférence ou si son angoisse avait fini par le pétrifier. En tout cas, une chose était sûre : elle n'avait plus la force de le supporter.

Lorsqu'elle s'allongea à ses côtés, il éteignit la lumière. Sans un mot de plus. Sans un geste. Elle resta longtemps éveillée. Des images lui traversaient l'esprit. La réception de Felicia Davenport, Tanya, les invités. Tous ces gens qui lui avaient témoigné un peu d'intérêt… On eût dit qu'une fenêtre s'était ouverte sur l'infini, que du fond de la cellule où elle se terrait, elle pouvait enfin apercevoir d'autres horizons. Elle n'avait aucune idée de ce qu'elle allait faire maintenant. Bill devait se débattre dans le même cruel dilemme, sauf qu'il était incapable d'en parler. Le gouffre qui les séparait avait pris les dimensions du Grand Canyon.

5

Les chemins de Bill et de Mary Stuart ne se croisèrent que très rarement pendant les trois jours suivants. Il se levait tôt et ne rentrait pas avant minuit, toujours l'air renfrogné, mais Mary Stuart en avait maintenant l'habitude. Elle avait passé toute l'année pratiquement seule, ça ne faisait pas vraiment de différence. Aucun changement ne s'était produit, à ceci près qu'elle ne préparait plus de repas, puisque Bill dînait dehors. Elle avait encore perdu deux ou trois kilos. Elle était mince comme un fil, ce qui, autrefois, n'aurait pas manqué d'inquiéter son mari, qui ne le remarqua même pas.

La veille de son départ, elle l'appela à son bureau, afin de lui demander s'il désirait qu'elle fasse ses bagages. Avant, c'était toujours à elle qu'incombait cette besogne. Il répondit que, justement, il rentrerait dans l'après-midi pour s'en occuper.

— Tu en es sûr ? s'étonna-t-elle.

Elle ne le reconnaissait plus. Ses paroles, ses manières, ses gestes mêmes appartenaient à quelqu'un d'autre. La disparition de Todd l'avait transformé en iceberg. Il avait jugé que sa femme était responsable du suicide de leur fils. Elle n'avait rien vu venir, n'avait pas su déceler les sombres projets de leur enfant, manques impardonnables à ses yeux.

— Ça ne me dérange pas de faire ta valise, insista-t-elle à l'autre bout de la ligne.

Elle n'était pas encore arrivée à comprendre que son mari allait s'absenter deux ou trois mois. C'était comme une notion abstraite qui ne se matérialise jamais. Aujourd'hui seulement, la réalité lui était apparue dans toute son horreur. À part son petit voyage avec Alyssa, elle allait passer l'été toute seule. Un long été solitaire. Pour la première fois, elle avait été submergée par une vague de panique. La distance que Bill s'ingéniait à mettre entre eux se concrétisait. Il serait à Londres tandis qu'elle resterait à New York. C'était exactement ce qu'il souhaitait. S'éloigner. Ne plus la voir. À plusieurs reprises elle avait tenté de lui extorquer la promesse de l'emmener avec lui. Chaque fois, elle s'était heurtée à un refus catégorique. Pas question ! Elle s'ennuierait. Et elle le gênerait durant ce procès auquel il semblait tenir comme à la prunelle de ses yeux.

— Je pourrais faire tes bagages, réitéra-t-elle, ce n'est pas un problème.

Il répondit qu'il préférait s'en charger personnellement. Il voulait choisir lui-même les vêtements qu'il porterait au tribunal.

— Je serai à la maison à seize heures, précisa-t-il, pressé de raccrocher.

S'il gagnait ce procès, s'il remportait une vraie victoire sur ses éminents confrères britanniques, sa position parmi les ténors du barreau s'en trouverait consolidée à jamais. Il avait étudié avec soin tous les détails du dossier. Il ne laissait jamais rien au hasard. Il se fiait à son assistante, qui avait une mémoire extraordinaire. Celle-ci l'accompagnerait à Londres. Si elle avait été plus jeune et plus jolie, Mary Stuart aurait sombré dans les affres de la jalousie mais ce n'était pas le cas. C'était une corpulente sexagénaire qui compensait par une intelligence aiguë son manque de charme.

— Veux-tu dîner à la maison ou préfères-tu que nous allions au restaurant ? demanda-t-elle à tout hasard.

Elle s'était efforcée de dissimuler sa peine sous une humeur faussement joyeuse. Il n'existait plus aucun lien entre eux, pas même l'illusion d'une certaine complicité, et à mesure que l'heure du départ approchait, cela n'en était que plus apparent. Son stratagème tomba à plat.

— Non, merci, ce n'est pas la peine. Je trouverai bien un morceau à grignoter dans le réfrigérateur.

Tous deux en étaient venus à abhorrer ces dîners silencieux, pénibles face-à-face entre deux étrangers. Elle avait d'ailleurs fini par éprouver du soulagement lorsqu'il la prévenait qu'il resterait tard au cabinet.

— J'irai chercher quelque chose chez William Poil ou Fraser Morris, dit-elle mais il avait déjà raccroché.

Elle sortit comme un automate. Elle fit quelques emplettes, passa chercher les vêtements de Bill au pressing, acheta un livre et quelques magazines qu'il aurait peut-être plaisir à feuilleter durant le vol. En se hâtant le long de Lexington Avenue, elle se surprit à songer à son propre voyage. Il ne lui restait plus que quelques semaines à attendre. Malgré le fossé qui les séparait, Bill n'en était pas moins une présence. Sans lui, l'appartement allait prendre des allures de cimetière.

Elle commanda un repas froid chez William Poil et rentra à la maison. Elle avait suspendu sur des cintres dans le dressing-room toutes les chemises propres de Bill quand il revint à quatre heures et demie. Il se rendit directement dans leur chambre sans lui adresser la parole. Elle l'entendit tirer des valises du haut de sa penderie. Il ne réapparut pas avant sept heures du soir. Il entra dans la cuisine, portant encore son costume gris sombre et sa chemise blanche au col amidonné. Il avait retiré sa cravate et ses cheveux un peu ébouriffés lui donnaient un air juvénile. Il ressemblait à Todd, pensa-t-elle, au bord des larmes, en luttant vaillamment contre ce souvenir.

— As-tu fini ? J'aurais été heureuse de faire tes valises, tu sais, dit-elle doucement en disposant sur la table un assortiment de viandes froides accompagné d'une salade.

Il avait fait une chaleur caniculaire et elle n'avait pas eu le cœur de préparer un repas chaud.

— *Heureuse* ? fit-il en s'asseyant sur le tabouret, près du comptoir en granit blanc. Je ne suis pas sûr que ce soit le mot juste. Je te rends malheureuse, je m'en rends compte et je ne voulais pas, en plus du chagrin que je te cause, t'obliger à faire mes bagages. Au moins, tu ne m'auras plus sur le dos.

Elle en resta bouche bée. C'était la première fois qu'il faisait allusion à leur mésentente. Lorsqu'elle avait essayé d'aborder le sujet, l'autre soir, elle s'était heurtée à un mur d'indifférence. Peut-être avait-il tenu compte de ses récriminations, finalement.

— Je n'ai jamais dit que je ne voulais plus t'avoir sur le dos, dit-elle en le considérant de ses grands yeux noisette.

Jadis, il adorait ses yeux, son allure, son regard si expressif. Mais la douleur avait été plus forte que la passion, plus forte que la tendresse.

— Le mariage ne consiste pas à garder ses distances, reprit-elle. Il faut savoir partager, Bill.

Pendant près de vingt et un ans, ils avaient tout partagé, en effet. Les joies et les peines. La mort de Todd avait dévasté leur existence. Ils portaient son deuil mais chacun de son côté.

— Eh bien, ce n'est plus le cas, n'est-ce pas ? dit-il avec tristesse. Mon travail m'a trop accaparé, je suppose.

C'était faux, tous deux le savaient. Comme elle le regardait, sans un mot, il avança la main pour effleurer la sienne. C'était le premier geste tendre qu'il ébauchait depuis des mois. Le contact de ses doigts sur sa peau fit monter les larmes aux yeux de Mary Smart.

— Tu m'as manqué, murmura-t-elle.

Il se borna à hocher la tête. Il avait ressenti la même chose, sauf qu'il n'arrivait pas à l'exprimer.

— Et tu vas me manquer quand tu partiras, continua-t-elle doucement. Ce sera long.

— Pas tant que ça. Nous nous verrons dans un mois, avec Alyssa. J'espère revenir vers la fin août.

— Nous ne serons pas ensemble plus de deux jours en deux mois, ce n'est pas beaucoup, se défendit-elle avec l'énergie du désespoir, en dégageant sa main de son étreinte. Oh, Bill, tu ne comprends donc pas ? Notre mariage ne résistera pas à une aussi longue absence. Surtout dans les circonstances présentes. Je pourrais rester à l'hôtel, me promener pendant la journée… rendre visite à des amis.

Ils avaient pas mal de relations à Londres. Mais elle s'arrêta. Le visage de Bill s'était refermé. Elle l'implorait de la laisser venir avec lui, réalisa-t-elle, mal à l'aise.

— Je ne veux pas être dérangé dans mon travail.

C'était une fin de non-recevoir. Il ne désirait pas la voir plus d'un bref week-end, en compagnie de leur fille.

— Ce sera bien la première fois que je te dérange, fit-elle remarquer d'une voix amère. N'en parlons plus… Je tenais juste à te signaler que je trouverai le temps long.

Il l'interrogea d'un regard pénétrant.

— Qu'est-ce que tu veux dire exactement ?

Pour la première fois, il manquait d'assurance. C'était un homme séduisant. Les femmes seraient sensibles à son charme, à Londres. Les tentations ne manqueraient pas. Mais le même doute avait envahi Bill. Mary Stuart lui avait toujours été fidèle mais il ne l'avait jamais laissée seule aussi longtemps.

— Je veux dire que deux mois, c'est beaucoup. Surtout après l'épreuve que nous avons subie. Et compte tenu de nos relations actuelles… je ne sais quoi penser, Bill.

— Moi non plus, avoua-t-il, la prenant de court. Je me disais qu'une séparation nous ferait peut-être du bien… Chacun pourrait réfléchir à la situation. Prendre un peu de recul. Essayer de recoller les morceaux.

L'inquiétude de Mary Smart se mua en panique. Mais que racontait-il ? Elle croyait rêver. Cela faisait un an qu'ils vivaient chacun dans son coin, et ils n'avaient pas réussi à recoller quoi que ce soit.

— Explique-moi en quoi une séparation de deux mois nous rapprochera, dit-elle d'un ton neutre.

— Cela nous aidera peut-être à y voir plus clair. Je ne sais pas… J'ai besoin de m'éloigner de toi, de respirer, de réfléchir… et pour changer, de me concentrer sur mon travail.

Un voile de larmes faisait briller ses yeux. Elle ne l'avait pas vu pleurer depuis le jour funeste où ils étaient allés chercher le corps de Todd à Princeton. Depuis, il n'avait plus versé une larme. Pas même aux obsèques. Il s'était retranché derrière son mur de glace et c'était la première fois qu'il s'en éloignait. Peut-être son départ était-il source d'angoisse pour lui aussi. C'était déjà quelque chose.

— Je préfère travailler seul, là-bas, Mary Stuart. Parce que… (Sa lèvre inférieure se mit à trembler, tandis que, de nouveau, il saisissait la main de sa femme.) Parce que chaque fois que je te regarde, je pense à lui. Comme si nous étions tous attachés par le même cordon ombilical. J'ai besoin d'y échapper, de cesser de tourner sans cesse les mêmes pensées dans ma tête : ce que nous aurions dû faire, comprendre, comment nous aurions dû réagir… j'en deviens fou ! Je me dis que Londres est un endroit neutre. Autrement dit, le lieu idéal pour se changer les idées. Voilà pourquoi je tiens à ce que tu ne sois pas avec moi. Ça nous fera du bien, à tous les deux. Tu dois éprouver la même sensation chaque fois que tu me vois, non ?

Elle lui sourit à travers ses larmes, à la fois touchée et consternée.

— C'est vrai que tu lui ressembles. Quand tu es entré tout à l'heure dans la cuisine, j'ai cru voir Todd.

Il hocha la tête. Il comprenait. Tous deux étaient hantés par les mêmes images. Il en avait assez, jusqu'à la nausée, de cet appartement, du courrier qui arrivait encore au nom de Todd, de la chambre fermée – la chambre où il ne viendrait plus jamais. Alyssa aussi lui rappelait Todd, par moments, Todd, qui avait les yeux et le sourire de sa mère. Partout où son regard se posait, il ne voyait que son enfant disparu.

— On ne peut pas se séparer pour échapper à la mémoire de notre fils, dit-elle. Nous l'avons perdu et nous sommes en train de nous perdre l'un l'autre.

C'était déjà fait, et tous deux le savaient.

— Est-ce que ça ira, pendant mon absence ? demanda-t-il, et pour la première fois, les griffes de la culpabilité lui écorchèrent le cœur.

À l'issue d'un rude combat intérieur, il avait décidé de partir seul. Après tout, il ne partait pas pour s'amuser. Il allait en Angleterre pour travailler. Il s'était traité de lâche mais n'avait pas changé d'avis. Il fallait qu'il se libère du passé. C'était le seul moyen de s'en sortir.

— Je me débrouillerai, dit-elle avec noblesse.

De toute façon, il ne lui avait pas laissé le choix. Que pouvait-elle lui répondre ? Qu'elle n'allait pas arrêter de pleurer ? Ou qu'elle se sentirait affreusement seule ? La solitude était désormais sa compagne. En fait, Bill l'avait abandonnée le jour où il avait appris la mort de son fils. Émotionnellement, mentalement, il n'était plus là. Elle était seule depuis un an maintenant. Deux mois de plus ou de moins ne feraient pas de différence.

— N'hésite pas à m'appeler si tu as un problème. Pourquoi ne restes-tu pas en Europe plus longtemps ?

Il lui parlait comme on s'adresse à une vieille tante dont on veut se débarrasser en l'expédiant en croisière.

— Après nos vacances, Alyssa ira en Italie avec des amis. Elle a ses propres projets.

Comme lui. Comme tout le monde. Même Tanya qui emmènerait les enfants de Tony dans le Wyoming. Chacun avait ses projets. Sauf elle. En dehors de ce bref voyage avec Alyssa, elle n'avait rien. Elle allait passer l'été à attendre. Soudain, elle en voulut à Bill. Il n'avait pensé qu'à lui. Pourtant, compte tenu de ce qu'était devenue leur vie, son égoïsme ne l'étonnait pas outre mesure.

Ils picoraient dans leurs assiettes, sans appétit. La conversation dévia sur des sujets plus banals : un problème ménager, une prime d'assurance qu'il attendait, le courrier qu'il voulait qu'elle fasse suivre en Angleterre, les factures qu'elle réglerait sur leur compte joint. Il retourna ensuite dans leur chambre où il finit de ranger ses papiers et les mit dans son attaché-case, après quoi il prit une douche. Il ressortit de la salle de bains en peignoir, les cheveux mouillés, et en le voyant Mary Stuart eut un curieux petit frisson. Maintenant qu'il était sur le point de partir, il avait l'air beaucoup plus détendu, et moins distant à son égard, mais pourquoi ? Elle en chercha la raison. La culpabilité ou le soulagement, conclut-elle.

Lorsqu'ils se couchèrent, il s'allongea comme d'habitude à l'autre extrémité du lit, soucieux de ne pas la frôler, mais même ainsi, il lui donna l'impression d'être moins tendu, moins hostile. Bien que le moment fût propice aux confidences, elle le laissa passer. Ils sortaient à peine de la guerre froide qu'ils s'étaient livrée pendant un an, mieux valait respecter cette trêve encore trop fragile. Elle ne voulait pas relancer le débat, raconter son vague à l'âme, sa solitude, le sentiment de trahison qui, depuis quelques jours, ne la quittait plus. Le destin l'avait privée de son fils… non ! Son fils avait pris la décision de mettre fin à ses jours. Il avait délibérément renoncé à la vie et à son avenir. En l'emportant, la mort avait volé en même temps tous les espoirs de ses parents. On ne pouvait pas vivre sans espoir mais il était inutile de le faire remarquer à Bill. Surtout maintenant. Peut-être le reconnaîtrait-il lui-même lorsqu'il serait loin. Pour le moment, il n'était pas prêt à l'entendre. Elle resta là, allongée dans le noir, à entendre le souffle régulier de son mari. Bill s'était endormi sans un mot de plus, sans l'entourer de ses bras. Il devait estimer qu'il lui avait fourni suffisamment d'explications, tout à l'heure, dans la cuisine.

Le lendemain matin, il avait retrouvé son habituelle froideur. Seule l'organisation de son départ le préoccupait. Il passa quelques coups de fil à son bureau, boucla ses valises, se doucha, se rasa et prit à peine le temps de jeter un coup d'œil à son journal pendant le petit déjeuner. Elle lui avait préparé ses traditionnels œufs brouillés, un bol de céréales, une tasse de café qu'il avala distraitement. Elle revint dans la cuisine peu après, très élégante dans un tailleur-pantalon noir et un chemisier noir à rayures blanches.

— Tu as une réunion aujourd'hui ?

— Non, répondit-elle tranquillement.

Une boule se forma au creux de son estomac.

— Eh bien, tu es drôlement chic pour quelqu'un qui compte rester à la maison. Tu vas déjeuner dehors, alors ?

Elle faillit crier « en quoi cela t'intéresse-t-il, puisque tu pars pour deux mois », mais elle dit :

— Je n'allais tout de même pas t'accompagner à l'aéroport en blue-jean.

Bill leva un sourcil, étonné.

— Mais il n'était pas convenu que tu m'accompagnerais. J'ai réservé un taxi ; il sera là à dix heures et demie. Il ira d'abord chercher Mme Anderson, puis nous prendrons Bob Miller. Nous avons l'intention d'éclaircir un ou deux points du dossier pendant notre trajet vers l'aéroport.

Ils n'avaient pas une minute à perdre. On eût dit des robots, pensa-t-elle, à moins que ce fût une manière détournée d'abréger les adieux.

— Tu ne veux pas que je vienne ? s'enquit-elle doucement.

Il fit mine de se replonger dans son journal.

— Non, ce n'est pas utile, dit-il sans lever le regard. C'est plus simple de se dire au revoir ici.

Et moins embarrassant. Au cas où ses collègues s'imagineraient qu'ils s'aimaient encore ! Ou s'il était obligé de la serrer dans ses bras en public… oh, Seigneur ! Le peu d'intérêt qu'il lui avait témoigné la veille au soir s'était évanoui et, de nouveau, un mur de glace se dressait entre eux.

— Je suis sûr que tu as mieux à faire, reprit-il, le visage dissimulé par le journal, qu'à t'ennuyer à m'accompagner à l'aéroport. La circulation est épouvantable et tu mettras des heures pour revenir en ville.

Il lui fit un vague sourire dépourvu de chaleur. Le genre de sourire que l'on adresse à une étrangère… Lorsqu'il sortit de la cuisine, elle rangea les assiettes dans le lave-vaisselle en s'empêchant de pleurer. Quelle sensation étrange que de le voir partir… À peine avait-elle fini qu'il était déjà devant l'ascenseur, ses valises sur le palier. Il avait revêtu un costume gris clair qui mettait en valeur sa carrure athlétique. Elle lui en voulut d'être aussi séduisant. Elle se tint à la porte de l'appartement, pendant que le garçon d'ascenseur transportait les valises dans la cabine.

— Je t'appellerai, promit Bill alors qu'elle luttait vaillamment contre ses larmes.

Il n'avait pas ébauché un geste, pas le moindre signe de tendresse.

— Prends soin de toi, murmura-t-elle maladroitement.

— Tu me manqueras, dit-il en revenant vers elle et en se penchant pour effleurer sa joue d'un vague baiser.

Sans réfléchir, elle lui passa les bras autour du cou.

— Je suis désolée… pour tout…

Pour Todd, pour cette année si pénible, pour le besoin d'éloignement qu'il ressentait, pour leur mariage qui s'effondrait lentement mais sûrement.

— Ça va aller… ça va aller, Stu…

Il ne l'avait pas appelée ainsi depuis très longtemps. Et alors ? Ça ne voulait plus rien dire. Ils allaient vivre séparés pendant deux mois et elle était intimement convaincue qu'il n'avait pas choisi la bonne solution. Elle le sentait d'instinct. Il était stupide de croire que ce délai les aiderait à voir plus clair. Au contraire, cela ne ferait qu'agrandir le gouffre qui s'était creusé entre eux. Un abîme qu'il serait impossible de combler.

Il se recula, sans l'embrasser, puis il la regarda avec tristesse.

— Je te reverrai dans quelques semaines.

Elle ne put qu'acquiescer d'un signe. Les larmes, trop longtemps contenues, ruisselèrent sur ses joues pâles.

— Je t'aime, murmura-t-elle.

Le garçon d'ascenseur attendait. Bill le rejoignit et se retourna un instant, en inclinant la tête. La porte coulissante se referma sans bruit. Il n'avait pas répondu.

Lorsqu'elle se retrouva dans l'appartement, le poids de sa solitude l'écrasa. Bill n'était plus là. Il n'y avait plus personne. Il avait dit « je te reverrai dans quelques semaines ». Pendant deux jours. Le reste du temps, elle allait devoir vivre avec son absence. « C'est la fin ! se dit-elle, horrifiée, la fin de notre mariage. » Il avait prétendu avoir besoin de temps pour réfléchir mais elle n'en croyait plus un mot.

Elle s'effondra dans le canapé, secouée de sanglots. La sonnerie du téléphone brisa soudain le silence. Elle fut tentée de ne pas répondre, puis elle pensa que Bill l'appelait de son portable, parce qu'il avait oublié quelque chose ou, peut-être, qui sait, pour lui dire qu'il l'aimait. Elle décrocha. C'était sa fille.

— Bonjour, ma chérie, fit-elle en s'efforçant de masquer son désespoir. Comment va Paris ?

— Toujours aussi beau, aussi romantique.

C'était un mot nouveau dans son vocabulaire et Mary Stuart eut un sourire. Y avait-il un homme dans la vie d'Alyssa ? Un jeune Français, peut-être ?

— Pourquoi romantique ? demanda-t-elle d'une voix douce.

— Romantique ou merveilleux, si tu préfères. J'adore cette ville. Je ne voudrais pas m'en aller.

Elle allait pourtant devoir partir bientôt. Quand Mary Stuart arriverait, la jeune fille quitterait définitivement son appartement.

— Je te comprends, dit-elle en admirant Central Park, si vert et si luxuriant à cette époque par la fenêtre de la cuisine. (On ne distinguait pas les rôdeurs, les clochards et la saleté mais, de toute façon, ça ne pouvait se comparer à Paris.) Où en es-tu de l'organisation de notre voyage ? T'es-tu procuré la carte des Alpes-Maritimes ? Ah oui, il paraît qu'il y a un ravissant petit hôtel tout près de Florence… La secrétaire de ton père s'est chargée des autres réservations et… Alyssa ?

D'habitude volubile, Alyssa restait muette. Son silence finit par intriguer Mary Stuart. Que se passait-il ? Était-elle amoureuse ? Pleurait-elle ? Lorsque enfin elle répondit, sa mère décela une sorte de gêne dans le son de sa voix.

— Maman, j'ai un problème…

Oh, mon Dieu !

— Quoi donc ? Tu es enceinte ?

La question lui avait échappé. Alyssa avait vingt ans, ce serait une catastrophe si c'était cela mais Mary Stuart n'avait pas l'intention de la laisser affronter seule une telle épreuve.

— Oh, maman ! s'exclama Alyssa, outrée. Pour l'amour du ciel ! Bien sûr que non !

— Excuse-moi, ma chérie, j'ai parlé trop vite. Alors, quel est ton problème ?

La jeune fille prit une profonde inspiration avant de se lancer dans une histoire embrouillée à laquelle Mary Stuart ne comprit rien. Au bout d'un moment, elle parvint enfin à y voir plus clair. Des copains, qui se rendaient aux Pays-Bas, avaient invité Alyssa. Ils avaient l'intention de traverser la Suisse et l'Allemagne. Ils s'arrêteraient chez des amis et dans des auberges de jeunesse, et pousseraient jusqu'en Italie, où elle avait rendez-vous avec eux… Or la première partie du voyage tentait infiniment Alyssa.

— Oui, ce doit être un voyage passionnant mais… je ne vois toujours pas où est le problème.

Un soupir expira sur les lèvres d'Alyssa. Sa mère était tellement bornée, parfois, mais tout de même moins que son père.

— Ils vont partir cette semaine et ils vont voyager pendant deux mois, avant que je les retrouve à Capri. Je pourrais donc rendre les clés de mon appartement au propriétaire dès maintenant, sauf si…

La fin de la phrase se perdit dans un trémolo. *Sauf si* elle partait en vacances avec sa mère, perspective qui semblait nettement moins amusante. La main de Mary Stuart se crispa sur le récepteur. La déception lui nouait la gorge, elle dut s'éclaircir la voix. Elle avait tant rêvé de ce voyage avec sa fille, son seul enfant à présent.

— Je vois, dit-elle calmement. Tu n'as plus envie que je vienne.

Elle regretta aussitôt ces propos quelque peu amers.

— Oh non, maman, ne le prends pas mal. Je partirai avec toi, si tu y tiens. Je me disais simplement… euh… qu'une telle occasion ne se représentera plus… mais c'est comme tu veux…

Elle se donnait un mal fou pour faire montre de diplomatie. À sa place et à son âge, Mary Stuart aurait mille fois préféré s'amuser avec des amis plutôt que de tenir la main à sa mère.

— Ça m'a l'air merveilleux, offrit-elle généreusement. Tu devrais y aller.

— Tu parles sérieusement ? Vraiment ? s'écria Alyssa avec enthousiasme, et Mary Stuart crut la voir sauter de joie dans son petit appartement parisien. Oh, maman, tu es formidable ! Ah, je le savais ! Je savais que tu comprendrais. J'avais peur que tu penses que je… euh…

Nouvelle pause. Mary Stuart sut soudain qu'il y avait autre chose. Elle n'en fut pas choquée.

— Est-ce qu'il n'y aurait pas un charmant jeune homme dans ce groupe de grands voyageurs ? la taquina-t-elle.

Elle en était convaincue. Une note singulière dans la voix de sa fille l'avait trahie. Mary Stuart eut un sourire nostalgique.

— Eh… non… si, peut-être… mais ce n'est pas la raison pour laquelle j'ai envie de partir avec eux. Franchement, c'est un voyage extraordinaire.

— Et toi aussi tu es une fille extraordinaire et je t'adore. Bon ! Tu me dois un voyage en automne. Nous irons quelque part ensemble pendant une semaine, avant que tu commences tes études à Yale. D'accord ?

— Entendu.

Mais elle ne crut qu'à moitié aux promesses de sa fille. De retour aux États-Unis, elle aurait d'autres chats à fouetter. Le même problème se reproduirait. C'était de son âge. Mary Stuart pouvait d'ores et déjà dire adieu à son beau voyage en France et en Italie. Pour rien au monde elle n'aurait terni la joie d'Alyssa. Elle n'avait jamais hésité à se sacrifier pour ses enfants.

— Quand partez-vous ?

— Après-demain. Mon Dieu, j'ai mille choses à faire.

Ensemble, elles passèrent en revue les préparatifs. Alyssa rapatrierait ses affaires par bateau. Il restait un loyer à payer. Mary Stuart se proposa de lui envoyer un virement bancaire et lui conseilla de le convertir en traveller-chèques. Incidemment, elle lui demanda si elle comptait toujours faire une halte à Londres.

— Je ne crois pas. Nous n'irons pas du tout en Angleterre et quand j'ai eu papa au téléphone, l'autre soir, il m'a donné l'impression qu'il serait très occupé.

Il évitait aussi bien sa fille que sa femme. Mary Stuart en eut le cœur serré.

Lorsqu'elle eut raccroché, elle alla se planter à la fenêtre. Longtemps, elle suivit du regard les mères et leurs enfants qui se promenaient dans le parc. Elle se revit avec ses propres enfants au terrain de jeu. Ils y avaient passé des après-midi entiers. À l'époque, certaines de ses amies avaient entamé de brillantes carrières mais elle avait préféré élever ses enfants. Elle estimait qu'elle avait de la chance de pouvoir se consacrer à leur éducation. Et maintenant, ils n'étaient plus là. L'une avait grandi et allait voyager avec des amis en Europe, l'autre se trouvait pour l'éternité dans un lieu inconnu où elle espérait le retrouver un jour. De toutes ses forces elle s'accrochait à cette croyance.

— Prenez soin d'eux, murmura-t-elle à l'intention des mères dans le parc. Choyez-les, dorlotez-les pendant qu'il est encore temps.

Le temps filait si vite ! Un jour, on se réveille et tout est terminé. Comme son mariage, qui n'était plus qu'un lointain souvenir, lui aussi. Leurs relations s'étaient dégradées depuis des mois mais elle s'était caché la réalité. Et maintenant en tenant compte de ce qui avait été dit, de ce qui restait tu, et de la réaction de Bill lorsqu'elle avait déclaré qu'elle l'aimait juste avant qu'il ne parte, plus aucun doute ne subsistait. Ils ne formaient plus un couple. Bill n'avait plus aucun sentiment pour elle. Pas à cause d'une autre femme – cela aurait été presque une consolation – mais à cause d'elle, de son manque de prévoyance, du drame qui les avait frappés et qu'ils n'avaient pas pu surmonter. « C'est la vie ! » se dit-elle, reprenant à son compte ce qu'elle avait longtemps classé parmi les lieux communs. Rien ne servait de se cacher l'évidence. Son mariage n'existait plus et elle avait deux mois pour s'habituer à cette idée.

Dans l'après-midi, elle sortit faire un tour. Pendant qu'elle se promenait dans les rues, ses pensées voguèrent vers Alyssa, tout aux préparatifs de son merveilleux voyage, puis vers Bill, qui allait s'établir à Londres pendant deux mois. Avec douleur, elle sut qu'elle était seule au monde. Personne ne lui prêterait main-forte. Les propos de Tanya lui revinrent en mémoire. Son amie avait raison. Todd avait fait un choix dont il portait l'entière responsabilité. Ce n'était peut-être pas sa faute à elle. Il fallait qu'elle l'accepte, sinon elle allait y laisser sa peau.

Elle retourna à l'appartement. En posant son sac dans l'entrée, elle sut ce qu'il lui restait à faire. Cette fois-ci, le courage ne lui manquerait pas. Elle aurait préféré ne pas être seule à ce moment crucial, mais tant pis ! La solitude semblait être son lot. Elle crut sentir une présence, comme si Todd voulait lui communiquer son approbation. Elle traversa le couloir d'un pas ferme et poussa la porte de la chambre close, la chambre qu'elle avait transformée en mausolée. Elle commença par relever les stores, puis ouvrit les rideaux. Un torrent de lumière se répandit dans la pièce. Il y avait une quantité de grosses boîtes en carton dans le débarras. Elle alla les chercher. De retour dans la chambre, elle se mit à vider la penderie, la commode, le bureau. Les larmes ruisselaient sur son visage mais, d'une certaine manière, se laisser aller la soulageait. En pleurant, elle commença à ranger les affaires de son fils dans les cartons. Les heures s'égrenaient sans qu'elle s'en rende compte. La nuit était tombée depuis longtemps. Le téléphone n'avait pas sonné. Bill ne s'était pas donné la peine de l'appeler. Il devait atterrir à Londres à deux heures du matin heure locale et serait donc au *Claridge* à trois heures et demie. Mais il ne se manifesta pas.

Elle mit plusieurs heures à tout vider. Lorsqu'elle eut terminé, il ne restait plus rien, excepté trois ou quatre souvenirs auxquels elle tenait tout particulièrement : son vieil uniforme de boy-scout, le blouson de cuir qu'il portait tout le temps, un pull qu'elle lui avait tricoté. Le reste, emballé dans les cartons, irait à la Croix-Rouge. Elle avait laissé les trophées sur l'étagère et éparpillé les photos dans la maison, posant l'une sur sa table de chevet, une autre sur celle d'Alyssa. Il était deux heures du matin. L'obscurité de la nuit collait aux vitres. Elle resta un long moment au milieu de la cuisine toute blanche. Bizarrement, elle se sentit moins seule, comme si la présence de Todd s'était précisée dans l'appartement silencieux. Elle crut apercevoir son visage, ses yeux, puis elle eut l'impression d'entendre sa voix. Mary Stuart essuya ses larmes. Tant qu'elle respirerait, Todd vivrait dans son cœur et dans ses souvenirs.

Ses pas la reconduisirent dans la chambre vide. Elle avait retiré la courtepointe vert foncé comme les rideaux. Elle laissa errer son regard sur les boîtes en carton. Elle avait mis un an à lui dire au revoir. Tout était une question de temps… Elle eut la conviction que, bientôt, elle pourrait faire ses adieux à l'appartement. Et à toute sa vie passée.

Après un ultime regard sur les cloisons nues, elle referma doucement la porte de la chambre. Demain, elle appellerait la Croix-Rouge. Elle demanderait au concierge de l'aider à descendre au sous-sol les boîtes qui contenaient les papiers de Todd, ses cahiers, son courrier. En regagnant lentement sa chambre, elle se remémora l'année qui venait de s'écouler… Un instant. Une éternité. En un jour tout avait basculé dans l'horreur. En un an, rien n'avait été rétabli. Todd était mort, Alyssa voyageait avec ses amis, Bill passerait l'été à Londres. Et elle, Mary Stuart, se trouvait ici, en train d'empaqueter les affaires de son premier-né, de son bébé chéri. Elle se pencha sur la photo qu'elle avait posée sur sa table de nuit. Dans le cadre, Todd, en maillot de bain, riait aux éclats. Ses yeux pétillaient de malice. Elle avait pris la photo à Cape Cod par un jour froid et venteux.

— Allez, maman, dépêche-toi, je suis gelé.

Ils s'étaient amusés comme des fous. Et comme d'habitude, il avait fait le clown. Il avait volé le haut du bikini d'Alyssa, puis avait filé vers la plage, poursuivi par sa sœur qui s'était enveloppée dans une serviette. Oui, ils s'étaient beaucoup amusés, cette année-là. Aujourd'hui, que restait-il ? Des souvenirs, des petites choses insignifiantes dans un appartement désert, une vieille photo.

Lorsque, enfin, Mary Stuart se coucha, un pâle frisson dans la nuit annonçait l'aube nouvelle. Des rêves se formèrent derrière ses paupières closes… Alyssa, disant quelque chose en secouant la tête, Todd, la remerciant d'avoir fait ses paquets, et plus loin, sur un chemin, Bill le dos tourné. Mais elle eut beau l'appeler, il ne se retourna pas et continua de s'éloigner.

6

Tanya regagna Los Angeles bercée par l'espoir que Tony n'avait pas mis ses menaces à exécution. Dès qu'elle eut franchi le seuil de la villa, elle se précipita dans leur chambre. Le vide l'accueillit. Son mari avait déménagé. Il n'y avait plus un seul vêtement dans sa penderie. Rien dans son dressing-room… Jane était pendue au téléphone dans le salon. La campagne de diffamation menée par l'ex-garde du corps battait son plein. Tous les journaux en parlaient. L'un des chroniqueurs signalait en outre que l'époux de la superstar avait loué un appartement en ville. Peut-être temporairement, précisait-il dans un souci d'objectivité feinte. Plusieurs photos de Tony en compagnie de la même starlette illustraient l'article. Cette fois, ils étaient en train de dîner dans un grand restaurant. Ils ne se cachaient plus.

— Ça va, ça va, je suis au courant, marmonna Tanya à l'intention de sa secrétaire. (Elle avait acheté un exemplaire du journal à l'aéroport.) Je crois que je vais aller quelques jours à Santa Barbara.

Elle ressentait un besoin urgent de s'isoler, d'échapper aux regards indiscrets, à la curiosité malsaine des reporters… et aux armoires vides. Elle n'avait pas le temps de gémir sur le départ de Tony. Elle devait avant tout se protéger des coups du sort – c'était le plus important.

— Il n'en est pas question, répondit Jane tranquillement. Vous avez une représentation demain soir, et ensuite vous commencerez les répétitions de votre prochain spectacle. Je vous ai pris rendez-vous avec Bennett Pearson ce week-end, au sujet de l'action en justice que vous allez entamer.

— Tant pis. Remettez notre rencontre à la semaine prochaine.

Pour rien au monde elle n'aurait fait faux bond à son public mais passer le week-end à préparer sa déposition avec son conseiller juridique s'avérait au-dessus de ses forces.

— Je crains que cela soit impossible. Votre témoignage dans l'affaire Léo Turner est déjà programmé. Bennett a également reçu ce matin à la première heure un coup de fil de l'avocat de Tony.

Jane avait suivi Tanya dans sa chambre, et celle-ci s'était laissée tomber dans un large fauteuil capitonné de satin rose pâle.

— Ah… déjà ? Il n'a pas perdu de temps.

Trois ans de vie commune s'étaient évanouis en une nuit. Dorénavant, son existence ne serait plus que ce qu'elle avait toujours été. Une succession de simagrées, de ronds de jambes et de marchandages. Finalement, Tanya Thomas représentait une fructueuse entreprise commerciale, songea-t-elle non sans dérision. Elle rapportait énormément d'argent à pas mal de gens. Aux journalistes qui avaient jeté leur dévolu sur elle, à ses agents, ses hommes de loi, ses collaborateurs. Et à des crapules comme Léo Turner, son ambitieux ex-garde du corps, qui trouvait normal de la dépouiller sous prétexte qu'elle était riche.

— Jane, par pitié. J'ai besoin d'une journée de repos.

Une immense fatigue l'écrasait. Elle n'avait plus le courage de continuer à sourire, à saluer ses fans, à signer des autographes, à enregistrer des disques. Elle travaillait d'arrache-pied jour et nuit à seule fin d'engraisser les autres. Ses frais, ses impôts, les salaires de ses employés, les dommages et intérêts qu'on lui réclamait sans cesse s'élevaient à des sommes astronomiques.

— D'après Bennett, Léo accepterait de baisser son indemnité à cinq cent mille dollars, poursuivit Jane, insensible aux traits tirés de sa patronne.

— Oh, et puis flûte ! Au diable Léo !

La secrétaire ébaucha un vague signe de tête, qui pouvait passer pour de l'approbation, avant de revenir à la charge. Elle n'était pas seulement consciencieuse ; elle était infatigable.

— Quelqu'un a appelé ce matin. Le *L.A. Times* souhaite obtenir l'exclusivité de votre divorce. Ils voudraient savoir si Tony a l'intention de demander une pension alimentaire et, dans ce cas, si vous comptez la lui accorder ou si vous allez opter pour un consentement mutuel.

— Qui a appelé ? Le journal ou son avocat ?

Elle n'avait plus de vie privée mais cela, c'était de l'histoire ancienne.

— Le journal. Ah oui, Tony a téléphoné aussi. Il voudrait vous parler au sujet des enfants.

— Les enfants ? Pourquoi ?

Tanya appuya la tête sur le dossier moelleux. Elle ferma les yeux, épuisée. Assise en face d'elle, Jane reprit l'interminable énumération de ses rendez-vous de la journée. L'avocat du plaignant. Le comptable. Le décorateur de la villa. L'architecte qui allait diriger les travaux de sa maison à Malibu. Chacun lui présenterait la note, naturellement. Au moindre différend, ils n'hésiteraient pas à la traîner en justice. Bennett Pearson avait beau leur faire signer des accords dans lesquels ils s'engageaient à ne laisser filtrer aucune information, ça n'empêchait rien. Ils détournaient facilement les clauses des contrats.

— Pourquoi veut-il me parler des enfants ? demanda-t-elle à Jane, qui était penchée sur ses dossiers.

La secrétaire particulière de Tanya travaillait entre douze et quinze heures par jour et était rétribuée en conséquence. Elle estimait qu'elle avait beaucoup de chance de côtoyer la plus grande chanteuse d'Amérique, qu'elle considérait comme quelqu'un d'une rare générosité. Elle adorait être vue à son côté, lorsqu'elle l'accompagnait à ses concerts. Vivre dans l'ombre d'une superstar ne manquait pas d'attraits. À dix-huit ans, Jane avait débarqué à Los Angeles pour tenter sa chance dans la chanson. Malheureusement, elle ne possédait ni voix ni charisme, pas même un peu de talent. Ses débuts restèrent sans lendemain. Elle s'était vite consolée et reconvertie dans les relations publiques, où elle excellait.

— Je n'en sais rien, répondit-elle, le nez dans ses papiers. Il ne me l'a pas précisé. Il aimerait que vous le rappeliez, c'est tout.

Elle enchaîna tout naturellement sur autre chose. La cuisinière avait pris sa journée mais avait préparé de quoi manger. Ne se sentant aucun appétit, Tanya s'offrit un verre de vin, puis les deux femmes se plongèrent dans une pile de contrats. L'agent artistique de la tournée venait de démissionner, il fallait le remplacer. Lorsque Jane s'en alla enfin à neuf heures du soir, Tanya saisit le combiné et composa le numéro de Tony.

— Salut, souffla-t-elle, épuisée par cette journée interminable. Jane m'a dit de te rappeler.

— Euh… oui, fit-il d'une voix mal assurée. Comment ça s'est passé à New York ?

— Plus ou moins bien. J'ai été ravie de revoir Mary Stuart Walker. Felicia Davenport nous a invitées à une soirée tout à fait réussie. Le reste n'a eu strictement aucun intérêt. L'animateur de l'émission n'a pas pu s'empêcher de me questionner sur l'histoire du prof de gym et celle de Turner. Je crois que je ne me suis pas trop mal tirée d'affaire… Le rendez-vous avec l'agent littéraire a été une pure perte de temps et puis… (Elle s'interrompit brusquement. Elle avait oublié que ses démêlés avec les journaux et la justice ne concernaient plus Tony.) Je te demande pardon, cela ne t'intéresse pas. Je ne devrais pas t'ennuyer avec mes soucis.

— Il en a toujours été ainsi, Tanya. Tes concerts, ta carrière, tes répétitions, ta musique ont toujours passé avant tout le reste.

— Vraiment ? Tu me tenais un autre discours à une époque. Tu semblés oublier l'essentiel, mon chéri : notre mariage, nos voyages… les enfants…

L'accabler de reproches facilitait la tâche de Tony. Il s'était rabattu sur des arguments mesquins, à seule fin de justifier sa trahison. Mais à quoi bon discuter ? Elle l'avait perdu et pas seulement parce qu'elle donnait la priorité à son travail. Sa passion pour elle n'avaït pas résisté aux médisances. On n'épouse pas impunément une célébrité. Il faut avoir le cœur bien accroché pour affronter l'adversité et, visiblement, Tony manquait de courage.

— Au fait, qu'as-tu dit aux enfants ?

Elle avait failli les appeler de New York, puis elle avait préféré entendre d'abord la version de Tony.

— Je n'ai pas eu le temps de leur expliquer quoi que ce soit, répondit-il, furieux. Leur mère s'en est chargée.

Elle leur a montré tous les articles qui ont été publiés ces derniers mois.

— Je suis désolée.

Ils avaient dû tomber des nues, les pauvres petits.

— Oui, moi aussi, rétorqua-t-il, d'un ton qui voulait dire exactement le contraire. (Il semblait plus soulagé que malheureux.) À ce propos, Nancy a insisté pour que je te parle. Avec tout ce tapage autour de nous, elle ne pense pas… qu'il serait judicieux… euh… voilà : elle refuse d'exposer les enfants à ton style de vie, pour le moment.

Il avait eu toutes les peines du monde à achever sa phrase.

— Mon style de vie ? s'écria-t-elle, stupéfaite. Qu'est-ce qui a changé depuis la semaine dernière ?

Silence à l'autre bout du fil. Soudain, elle comprit. Nancy avait fait allusion à l'action en justice que Léo Turner intentait à Tanya pour harcèlement sexuel.

— Pour l'amour du ciel, Tony. Tes gosses ont pratiquement vécu avec nous pendant trois ans. Il ne leur est rien arrivé, que je sache. Je ne vois pas en quoi cela pourrait changer.

— Je ne serai plus là. C'est très différent. Nancy ne voit pas pourquoi ils resteraient avec toi sans moi. Elle est leur mère, Tan. Et elle s'oppose à ce qu'ils te fréquentent en mon absence… Elle… (Il se tut un instant, cherchant fébrilement les mots appropriés.) Elle ne veut pas qu'ils vivent sous ton toit.

— Oh, mon Dieu, qu'est-ce que tu racontes ? En sommes-nous au droit de visite ?

Comment en étaient-ils arrivés là ? Étaient-ils déjà en train de poser les termes de leur divorce ? Devraient-ils, à l'avenir, passer par leurs avocats pour se dire bonjour ?

— Chaque chose en son temps, dit Tony. (Il s'était mis d'accord avec son avocat pour réclamer la résidence de Malibu. Tanya l'avait achetée avec ses propres fonds quand ils s'étaient mariés, mais il avait été le seul à y aller.) Pour le moment, il s'agit du Wyoming.

Ce fut au tour de Tanya de garder le silence. Elle se tenait au milieu du salon, dans la lumière diffuse du soir. Ainsi l'ex-Mme Goldman refusait d'autoriser ses enfants à se rendre avec leur belle-mère dans le Wyoming. Son beau rêve de vacances s'écroulait comme un château de cartes.

— Ça ne peut pas se négocier ? s'enquit-elle d'une voix tremblante.

Non, bien sûr que non ! En un jour, tout avait basculé. Tony l'avait quittée et les enfants étaient chez leur mère. Elle s'efforça néanmoins de plaider sa cause.

— Oh, Tony, l'endroit est fabuleux. Ils vont l'adorer. Le paysage est, paraît-il, grandiose. Ils s'amuseront comme des fous. (Elle avait loué un luxueux chalet pour deux semaines.) Qu'est-ce que je vais faire de ma réservation ?

— Annule-la. Tu peux demander le remboursement des arrhes, si tu t'y prends maintenant. C'est possible ?

— Non, mais là n'est pas la question. J'aurais simplement voulu leur offrir un séjour magnifique.

— Je n'y peux rien, Tan, dit-il d'un ton cassant, comme chaque fois qu'il se sentait gagné par l'embarras. (Depuis qu'il avait quitté le domicile conjugal, il était rongé de culpabilité.) Nancy a mis son veto, comprends-tu ? J'ai pourtant tout tenté pour la convaincre mais elle ne veut rien entendre. Pourquoi n'emmènes-tu pas un couple d'amis ? Tiens, ta vieille copine de New York, Mary Smart !

— Merci pour la suggestion. (Ses doigts se crispèrent sur l'écouteur.) Tony, je t'en prie, dis-moi franchement ce qui se passe. Aurai-je le droit de les revoir ?

Elle voulait l'entendre le lui confirmer. Des larmes lui piquèrent les yeux alors qu'elle attendait une réponse qui tardait à venir.

— Qui ? fit-il étourdiment, essayant de gagner du temps.

Ça ne dépendait plus de lui mais de leur mère.

— Les enfants, bien sûr ! Serai-je autorisée à les voir ?

— Oui, sans doute… je suis sûr que Nancy…

À l'évidence, il hésitait.

— La vérité, Tony ! Quel marché as-tu passé avec elle ? Vais-je, oui ou non, revoir les enfants ?

Elle avait martelé chaque syllabe comme si elle avait affaire à un arriéré mental. Il avait parfaitement compris la question, bien entendu. Sauf qu'il ne savait quoi répondre sans l'affoler davantage.

— Parles-en à ton avocat, dit-il, espérant éviter une confrontation.

— Quoi ? Qu'est-ce que ça signifie ? hurla-t-elle.

Elle perdait son calme. Ses nerfs craquaient. La panique la submergea. Elle eut l'impression qu'on voulait tout lui enlever, l'argent qu'elle avait si chèrement gagné, sa réputation, et maintenant les enfants.

— Me laisseras-tu les revoir ou pas ?

Elle s'était mise à sangloter. Afin de la calmer, Tony adopta une attitude servile.

— Ça ne dépend pas de moi, Tan. S'il ne tenait qu'à moi, tu pourrais les avoir tous les jours. Mais leur mère…

— Leur mère ! Cette garce se fiche éperdument d'eux et tu le sais. C'était la raison pour laquelle tu l'avais quittée.

Et pas la seule. Nancy avait un problème d'alcool, un penchant pour les salles de jeu, une fâcheuse tendance à coucher avec le premier venu. Combien de fois Tony n'avait-il pas fait le tour des casinos de Las Vegas pour la retrouver ! Cette femme avait détruit l'enfance de ses fils et de sa fille, et maintenant elle allait recommencer ses ravages. Les enfants s'étaient sincèrement attachés à Tanya. Elle n'avait pas le droit de briser ce lien sous prétexte qu'elle était leur mère biologique.

— Arrange-toi avec ton avocat, répéta-t-il.

C'était lamentable. Après avoir raccroché, elle se mit à arpenter la pièce comme une lionne en cage. Elle avait du mal à y croire. En la quittant, Tony lui retirait du même coup son plus précieux trésor. Ses enfants. Il l'avait trompée, il l'avait couverte de ridicule et voilà que son ex-femme s'y mettait aussi. Elle appela son avocat et lui laissa un message. Lorsque Bennett Pearson la rappela plus tard dans la nuit, il ne fut guère optimiste.

— Il existe bien un décret qui défend les droits des parents adoptifs, commença-t-il à expliquer patiemment, et elle détesta le son de sa voix. Toutefois…

C'était toujours la même chose. Tout le monde semblait bénéficier de la protection des lois, sauf elle. Les stars devaient apparemment se contenter des avantages de leur célébrité. Une fois de plus, elle allait être lésée, abusée, laissée-pour-compte.

— Toutefois, il faut que vous compreniez, Tanya, poursuivit-il sans lui laisser le temps de réagir. La presse ne vous dépeint pas comme la Vierge Marie, et les accusations de Léo Turner ont porté une grave atteinte à votre image. L'ex-femme de Tony n'aura aucun mal à obtenir de n'importe quel tribunal une interdiction de visite en bonne et due forme. Aux yeux du public vous passez pour une femme de mauvaise vie et son avocat ne vous ratera pas lors du contre-interrogatoire. Aucun juge ne vous autorisera à emmener ces gosses à la cathédrale Saint-Paul, dans le Wyoming ou dans un salon de thé, et quant à les avoir avec vous, mieux vaut l'oublier tout de suite. Je suis navré, mon petit, acheva-t-il sans se rendre compte qu'elle pleurait. Vous n'avez aucun intérêt à vous en remettre à la justice. Laissez tomber pour le moment. Nous reconsidérerons la question quand cette histoire de harcèlement sexuel sera retombée.

— Jusqu'à la prochaine, murmura-t-elle en reniflant.

Elle connaissait le scénario par cœur.

— La prochaine ? Laquelle ? On a porté une nouvelle plainte contre vous ? s'alarma-t-il.

— Non, pas encore. Mais ça ne saurait tarder. La dernière ne date pas de plus d'une semaine. Donnez-moi quelques jours et je serai à nouveau au banc des accusés.

— Ne soyez donc pas cynique, la gronda-t-il doucement, sachant pourtant qu'elle voyait juste. (Elle était la cible idéale pour les médias, il n'y avait aucune raison pour que ça s'arrête...) Mais puisque je vous ai en ligne, parlons plutôt un peu de notre ami Léo, continua-t-il, insensible à sa frustration et à sa hargne.

Il était d'avis d'éviter le procès. La cause était perdue d'avance. Il aurait beau plaider l'innocence de sa cliente, personne n'accorderait crédit à ses arguments. La version de l'accusation, présentant Tanya Thomas comme une nymphomane se promenant nue devant ses gardes du corps et couchant avec son prof de gym, semblait autrement plus alléchante. Les jurés s'y montreraient plus sensibles, il en était convaincu.

— Je n'ai pas envie de parler de Léo, répondit-elle d'une voix blanche.

Elle était trop malheureuse. Trop épuisée.

— D'après son avocat, il serait prêt à descendre à quatre cent mille neuf cents, si nous traitons tout de suite. Franchement, je pense que la somme est raisonnable.

Elle bondit.

— Près d'un *demi-million de dollars* ? hurla-t-elle, mais Bennett ne cilla pas. Vous êtes fou ? Ce type a monté cette sinistre comédie de toutes pièces et nous allons payer sans conditions, au lieu de l'attaquer en diffamation ? Pourquoi ne pas lui offrir un rôle dans un de mes prochains films pendant que vous y êtes ?

— Parce que c'est un escroc, pas un comédien. Et puis une carrière d'acteur suppose un certain effort. C'est plus facile d'extorquer de l'argent aux gens célèbres.

— C'est dégoûtant... Je n'arrive pas à y croire.

— Le temps presse, Tanya. Si nous tergiversons, il pourrait doubler la mise. N'oubliez pas qu'il a commencé par exiger un million. Puis-je appeler son homme de loi ce soir et lui faire part de votre accord ? Selon son avocat, Léo Turner aurait été contacté par un producteur pour tourner un téléfilm inspiré de ses aventures avec vous, mais il se peut que ce soit une façon comme une autre d'exercer une pression supplémentaire.

— Oh, mon Dieu !

En poussant un gémissement, elle ferma les yeux. Le cauchemar ne se terminerait donc jamais ? L'affaire risquait de prendre des proportions colossales. Pas étonnant que Tony soit parti, se dit-elle pour la énième fois. À sa place, elle aurait peut-être agi de même.

— On sombre dans le sinistre. Comment ai-je pu tomber aussi bas ?

— Voudriez-vous jeter un coup d'œil au montant de vos taxes de cette année ? fit-il avec humour. Ça pourrait vous consoler.

Mais elle secoua tristement la tête. Elle était dépassée par les événements. L'humanité entière s'acharnait contre elle. C'était pire que tout ce qu'elle pouvait imaginer.

— Il n'y a aucune consolation pour ce genre d'humiliation, Bennett. Les gens jouent avec ma vie. Ils racontent toutes sortes de mensonges sur moi et, en plus, il faut que je les dédommage pour qu'ils se taisent. Je ne suis plus qu'un compte en banque, un objet.

Elle se sentait vulnérable, exposée à toutes les convoitises. N'importe qui, à n'importe quel moment, avait la possibilité de la soumettre au chantage. Elle n'avait aucun recours. On pouvait tout se permettre avec elle, avec la complicité des journalistes et même des magistrats.

— Tan, qu'est-ce que je dis à l'avocat de Turner ? demanda Bennett après un silence.

Il ne perdait jamais le nord.

Elle se tut un long moment puis, lentement, elle acquiesça. Elle se savait battue.

— D'accord, murmura-t-elle d'une voix éteinte. Dites-lui que nous allons le payer, ce petit salaud.

Elle allait donner un demi-million de dollars à une fripouille, qui avait su adroitement manipuler la presse. Elle passa la main sur son front comme pour en effacer l'horreur, puis, de nouveau, elle se raidit.

— Et pour le Wyoming ? Pouvez-vous faire quelque chose ?

— Non. À part acheter le ranch.

Loin de la dérider, la plaisanterie l'enfonça davantage dans le désespoir. Bennett conserva un silence compatissant. La célébrité n'était pas synonyme de bonheur. Le public ne pouvait pas imaginer les angoisses, la peur, l'insécurité des stars. Les admirateurs de Tanya ne voyaient que l'extérieur, la façade étincelante, son sourire radieux lorsqu'elle recevait les ovations et les applaudissements. Ils ignoraient le reste : les chagrins, les déceptions, la solitude sans fin.

— N'y a-t-il pas moyen de persuader Nancy ? demanda-t-elle avec une insistance pathétique. Coupons la poire en deux. Je les emmène une semaine au lieu de quinze jours.

— Je veux bien essayer mais je crois que c'est sans espoir. Demain, les journaux vont s'emparer de votre divorce. Ils diront que les révélations de votre garde du corps ont ouvert les yeux à votre mari, qui vous a laissée tomber… De nouveau, ils vous dépeindront comme quelqu'un de dépravé et ça confortera encore Nancy dans son opinion.

— Bravo ! Merci de vos bonnes paroles, Pearson.

— J'en suis navré, Tan.

— Je sais… merci. On s'appelle demain.

Du revers de la main, elle essuya ses larmes.

— Je vous appellerai demain matin pour les contrats de la tournée.

La communication achevée, le cœur serré, elle posa le combiné. Depuis des années elle avait entamé une longue descente aux enfers et elle ne s'en apercevait que maintenant. Le revers de la médaille, pensa-t-elle. La rançon de la gloire. Elle était une déesse sur scène, un objet de culte, une reine adulée par ses fans. Et en ville… comment avait donc dit Pearson ? Ah oui ! « Une dépravée. » Une moins que rien.

— Et voilà, monologua-t-elle, ton mari prend ses jambes à son cou et tu n'as pas l'ombre d'une chance de décrocher un droit de visite pour les enfants.

D'autres vedettes de Hollywood étaient passées par là. Certaines s'en étaient remises. D'autres y avaient laissé des plumes.

Cette nuit-là, elle resta longtemps assise, seule, dans son magnifique salon. Pas un bruit alentour. Elle aurait voulu être morte. Si seulement elle avait eu le courage d'en finir… Des souvenirs traversaient sa mémoire. Ellie. Puis Todd, le fils de Mary Stuart. Ils n'avaient pas eu peur d'aller de l'autre côté. Mais ils avaient mal agi. Il fallait une bonne dose d'inconscience, un curieux mélange de témérité et de lâcheté pour passer à l'acte, et elle n'avait ni l'un ni l'autre.

Elle resta assise, comme prostrée. Sa foi en la vie, sa force et son assurance venaient de se briser sous le poids de la réalité. Si seulement elle avait pu haïr Tony, elle en aurait été soulagée mais de cela aussi elle était incapable. Les premières lueurs de l'aube mouraient la nuit quand elle alla se coucher. Elle ignorait ce qu'il adviendrait de sa réservation dans le Wyoming et du reste elle s'en moquait. Elle en ferait cadeau à Jane, à son coiffeur, à son chauffeur ou encore à Tony… Mais non ! Il partait en vacances en Europe avec sa petite amie. Tout le monde avait des amis, des enfants, une réputation honnête. Tandis qu'elle, elle n'avait rien, à part une flopée de disques d'or et de platine au-dessus d'une étagère encombrée de prix divers et variés. Allongée sur le grand lit, elle laissa ses pensées dériver doucement vers Tony et ses enfants qu'elle ne reverrait probablement jamais. Comme si leur rencontre, leur mariage, leur vie commune n'avaient jamais existé. Comme si trois années de sa vie avaient été réduites en cendres sur le bûcher de la calomnie.

7

Le lendemain, elle se réveilla tard, le corps fourbu et l'esprit embrumé. Elle avait mal dormi, des rêves étranges et décousus avaient hanté son sommeil. La penderie vide de Tony lui rappela la triste réalité. Elle posa un pied sur le tapis, avec la sensation de se trouver sur un bateau qui tanguait. Elle n'avait pas bu une goutte d'alcool la veille mais une atroce migraine lui vrillait les tempes. Elle réussit à s'extirper du lit, et à se traîner vers la salle de bains.

— Si ça continue, tu vas devoir retourner chez ton chirurgien esthétique, avertit-elle son reflet dans le miroir.

Elle fit couler un bain chaud et moussant et s'y glissa avec délices. Elle resta un long moment dans l'eau parfumée, les yeux fermés, détaillant ce qui l'attendait aujourd'hui. La représentation de ce soir. Une répétition l'après-midi avec le régisseur, afin de vérifier les éclairages. Etc. Elle passa dans la cuisine, drapée dans un peignoir de velours éponge rose vif. Tout en buvant sa première tasse de café, elle ouvrit le journal du matin. Par miracle, ni son nom, ni le nom de son futur ex-époux ni même celui d'aucun de ses anciens employés ne s'étalaient à la une... Tanya tourna les pages avec les précautions de quelqu'un qui s'attend à découvrir une tarentule entre des feuilles de papier. Rien ! Le seul article qui attira son attention faisait l'éloge d'une femme médecin, du nom de Zoe Phillips… Zoe, sa vieille amie de fac ! Un sourire ourla les lèvres de Tanya. Le Dr Phillips venait d'ouvrir une clinique pour les malades du sida. Elle réussissait toujours à obtenir des fonds pour combattre le virus et soignait gratuitement tous ceux qui n'avaient pas les moyens d'assumer le traitement : sans abri, drogués et autres groupes à risque. Celle que, déjà, l'on surnommait la Mère Teresa de San Francisco ne s'épargnait aucune peine pour faire reculer le fléau, lut-elle avec émotion. Cela ressemblait tellement à Zoe ! Tanya chercha le numéro de la clinique dans l'annuaire. Elles ne s'étaient pas parlé depuis deux ans mais s'adressaient toujours des cartes de vœux à Noël. C'était une façon comme une autre de ne pas perdre contact. Ce n'était pas le cas de Mary Stuart. La violente dispute qui l'avait opposée à Zoe après la mort d'Ellie avait porté un coup fatal à leur amitié. Aucun pont n'avait enjambé le fossé qui s'était creusé entre elles depuis ce jour-là. Elles s'étaient perdues de vue. Une moue de mécontentement plissait les lèvres de Mary Stuart chaque fois que Tanya mentionnait le nom de Zoe.

Tanya composa le numéro et demanda le Dr Phillips.

— De la part ?

— De Tanya Thomas.

Un silence suivit pendant lequel l'infirmière s'abîma dans une intense réflexion. Elle aurait penché pour une homonymie si le Dr Phillips ne s'était pas attiré la sympathie de nombreuses vedettes, qui versaient régulièrement des cotisations à sa fondation de lutte contre le sida.

— *La célèbre* Tanya Thomas ?

— Euh… oui. Je suis une vieille amie du Dr Phillips. Nous étions ensemble à la fac.

Subjuguée, l'infirmière écarquilla les yeux. Zoe Phillips n'avait jamais dit qu'elle avait passé une partie de sa jeunesse avec la rock star la plus adulée d'Amérique. Mais cela lui ressemblait. Elle faisait toujours montre d'une très grande discrétion. Lorsqu'elle eut recouvré l'usage de la parole, l'infirmière pria sa correspondante d'attendre un instant. Le Dr Phillips était en salle d'examen, elle allait voir si elle avait terminé. Après une brève attente, une voix connue retentit sur la ligne, douce, un peu voilée.

— Tan, chuchota-t-elle, c'est toi ? Mes infirmières ont failli tomber à la renverse.

— C'est moi, oui. Je viens de lire un article très élogieux sur toi et j'ai eu envie de t'appeler. Il y a un temps fou qu'on ne s'est vues et tu as oublié de m'envoyer la traditionnelle carte de Noël l'année dernière.

Comme Mary Stuart, Zoe lui rappelait le bon vieux temps.

— Je n'en ai envoyé aucune. J'étais débordée. J'ai eu un bébé… dit-elle, et Tanya crut voir son sourire rayonnant.

— Sans blague ! Tu t'es mariée ? *Toi* ?

Zoe s'était toujours insurgée contre le mariage. Elle se contentait de longues liaisons dans lesquelles elle ne s'investissait pas. La médecine constituait sa véritable, son unique passion.

— Allez, raconte ! la pressa Tanya. As-tu enfin rejoint les rangs des bien-pensants ? Adhéré aux idées rétrogrades de la bourgeoisie décadente ? Que s'est-il passé ?

— Ne te réjouis pas trop vite, ma belle ! J'ai adopté un enfant. Et… non, je reste sur mes positions concernant le mariage. Je suis toujours célibataire et heureuse de l'être.

— Quel âge a l'enfant ?

Zoe aimait proclamer qu'elle n'avait pas la fibre maternelle. Elles avaient le même âge. À quarante-quatre ans, elle s'était résolue à goûter aux joies de la maternité sans subir les désagréments d'une grossesse tardive.

— Elle a presque deux ans maintenant. Sa mère était une de mes patientes. Elle n'avait pas le sida mais c'était une sans abri et elle ne voulait pas garder Jade. Alors, je l'ai adoptée. Elle est à moitié coréenne et elle est jolie comme un cœur. Ça ne pouvait mieux tomber. Je n'aurais jamais eu le temps de fabriquer un bébé moi-même.

Elle ne s'était jamais engagée à fond avec personne. Former un couple n'entrait pas dans ses préoccupations. Elle entendait être libre de tout lien, à seule fin de se consacrer à ses recherches et à ses patients.

— Quand la verrai-je ? demanda Tanya d'une voix pleine d'espoir.

Jade... D'emblée, elle avait aimé ce prénom.

— Je t'enverrai une photo, répliqua Zoe d'un ton d'excuse.

Elle congédia d'un signe de la main une aide-soignante qui venait d'apparaître à la porte. À son regard interrogateur, Zoe répondit par un signe convenu ; la paume ouverte, les doigts en éventail : « Dans cinq minutes ! » L'aide-soignante disparut. Une quarantaine de patients encombraient la salle d'attente. Certains étaient trop mal en point pour patienter plus longtemps.

— Une photo ne vaut pas l'original. Venez plutôt dans le Wyoming avec moi, toutes les deux.

La proposition avait jailli spontanément mais Tanya n'eut aucun regret : Oui, pourquoi pas ? Pourquoi n'iraient-elles pas dans le Wyoming, elle, Zoe, et la petite Jade ? Et Mary Stuart aussi ! Erreur ! rectifia-t-elle mentalement. Mary Stuart s'apprêtait à rejoindre sa fille en Europe.

— C'est juste une idée, poursuivit-elle. J'ai loué une espèce de cabane de luxe dans un ranch très huppé pour une quinzaine de jours et je n'ai personne avec qui aller.

Zoe avait décelé la pointe de lassitude dans sa voix. Cela faisait de la peine à entendre.

— Ton mari ne peut pas Raccompagner ?

— Ah ! j'ai toujours subodoré deux choses à ton propos. Un : tu t'affames ; deux : tu ne lis pas les journaux à sensation.

L'incroyable minceur de Zoe avait toujours suscité l'envie de ses anciennes camarades de fac.

— Eh bien, tes deux suppositions sont exactes, acquiesça-t-elle en riant. Je n'ai jamais le temps de manger, et il faudrait me payer pour que je lise ces torchons.

— Voilà qui est réconfortant. Mais pour répondre à ta question, non, Tony ne viendra pas avec moi. En fait, il m'a quittée cette semaine. De plus, son ex-femme refuse de m'accorder l'autorisation de revoir leurs enfants sous prétexte que mon ancien garde du corps a porté plainte contre moi pour harcèlement sexuel. Ce monsieur prétend que j'ai essayé de le séduire. Je te passe le reste, c'est trop sordide.

Sa détresse n'échappa pas à l'oreille exercée de Zoe. À longueur de journée, elle écoutait des gens qui avaient besoin de quelqu'un à qui se confier. L'aide-soignante réapparut à la porte. Elle lui fit signe de patienter. Encore cinq minutes. La femme repartit, d'un air exaspéré.

— En effet, ce genre d'accusation n'est jamais drôle. J'aurais bien voulu passer quelques jours dans ton superbe ranch, mais…

— Penses-y, Zoe. Ne serait-ce qu'un week-end.

— Malheureusement, je ne peux pas. Je manque de personnel. Je pourrais me faire remplacer mais mes patients détestent ça. Ils sont trop malades et ils comptent sur ma présence.

— Tu ne prends donc jamais un jour de congé ? s'étonna Tanya.

Elle-même ne se reposait que très rarement. Mais son métier n'était pas de soigner des mourants.

— Pas très souvent, admit Zoe. D'ailleurs, il est grand temps que je retourne à mon travail, sinon ils sont capables de défoncer la porte de mon cabinet. Je te rappellerai dès que je pourrai. Ne te laisse pas abattre, Tan. Toutes ces ordures ne t'arrivent pas à la cheville.

— C'est exactement ce que j'essaie de me dire mais ils finissent toujours par gagner… Du moins dans cette jungle plus communément appelée le show-business.

— Tu mérites mieux, affirma Zoe avec une ferveur qui arracha, pour la première fois depuis la veille, un large sourire à Tanya.

— Merci. À propos, l'autre jour j'ai vu Mary Stuart.

— Comment va-t-elle ? demanda Zoe du bout des lèvres.

Il en était toujours ainsi. Zoe se refermait comme une huître chaque fois que Tanya prononçait le nom de leur ancienne camarade. C'était pareil pour Mary Stuart. Mais ça lui était parfaitement égal. Elle continuait à les abreuver de nouvelles, caressant l'espoir qu'un jour elle parviendrait à les réconcilier.

— Pas très bien. Son fils est mort, elle et son mari ne s'en sont pas encore remis. Je crois qu'ils sont sur le point de se séparer, d'ailleurs.

— Oh… je suis désolée, murmura Zoe avec sincérité. De quoi est-il mort ? Un accident ?

— Quelque chose comme ça, dit Tanya, soucieuse de ne pas lui révéler qu'il s'agissait d'un suicide. (Mary Stuart n'aurait pas apprécié ce manque de discrétion.) Il faisait des études à Princeton. Il avait vingt ans.

— Oh, mon Dieu, quelle injustice !

La mort, sa vieille ennemie qu'elle côtoyait tous les jours, ne l'avait pas endurcie. Elle se battait à fond pour maintenir ses patients en vie. Et elle détestait ses défaites. Chaque fois qu'elle perdait un de ses malades, elle se sentait trahie.

— Je sais que tu es très occupée, Zoe, mais réfléchis au sujet du Wyoming. Ce serait si amusant…

Elle ne parlait pas sérieusement. Pour Tanya, c'était un rêve… un rêve inaccessible aux yeux de Zoe, qui n'avait pas pris de vacances depuis onze ans.

— Rappelle-moi, d'accord ?

Zoe le lui promit. Elle aurait voulu se trouver près d'elle pour la prendre dans ses bras et la réconforter. Ses fans ne se seraient jamais doutés que la superstar qu'ils acclamaient après chaque spectacle n'était en réalité qu'une pauvre petite fille malheureuse.

— D'accord. Et je t'enverrai des photos de Jade.

Zoe raccrocha, songeuse. Les infirmières étaient réapparues. Dans la salle d'attente, les malades s'impatientaient. Celle qui avait répondu au téléphone l'enveloppa d'un regard admiratif.

— J'ai eu peine à croire que c'était vraiment Tanya Thomas. Comment est-elle ?

Tout le monde posait toujours la même question idiote.

— Formidable, répondit Zoe. Honnête et intelligente. Elle travaille comme une forcenée, elle est bourrée de talent et de modestie. Elle mérite mieux que ce que la vie lui a donné. Un jour peut-être, la chance lui sourira.

L'autre femme la considéra, médusée.

— La chance ? Vous voulez rire ? Elle a raflé tous les prix de la terre : Grammys, Academy Awards, disques de platine, disques d'or, elle touche dix millions de dollars chaque fois qu'elle chante, sans parler de ses tournées. Que lui faut-il de plus ? La Maison-Blanche ?

— Le bonheur est une notion subtile et difficile à trouver, Annalee, croyez-moi. Il ne se chiffre pas, ne se mesure pas. Vous et moi sommes plus comblées par le sort que Tanya Thomas.

Elle eut une pensée émue pour la chanteuse, l'immense vedette qui en était réduite à appeler une vieille copine de fac, parce qu'elle n'avait personne avec qui partir en vacances. Au moins, Zoe avait son bébé.

— Ah oui ? fit l'infirmière, tandis que Zoe disparaissait dans la salle d'examen. Je veux bien échanger mon destin contre le sien quand elle veut.

Pendant ce temps, à Los Angeles, Tanya regardait la photo de Zoe dans le journal. Ensuite, mue par une force irrésistible, elle composa le numéro de Mary Stuart à New York.

— Salut ! Devine avec qui je viens de parler au téléphone.

— Le président ! la taquina Mary Stuart, heureuse de l'entendre.

— Raté ! Avec Zoe. Elle dirige une clinique pour des malades du sida à San Francisco. Il y a un article sur elle dans le *L.A. Times* ; alors, j'ai eu envie de l'appeler. Tu sais quoi ? elle a adopté un bébé. Une petite fille de deux ans à moitié coréenne, qui s'appelle Jade.

— Comme c'est mignon, répondit Mary Stuart d'une voix qui se voulait chaleureuse mais qui ne l'était pas. (Il est des blessures qui ne guérissent pas, même après un quart de siècle.) Je suis ravie pour elle. Et ça ne m'étonne pas… qu'elle ait adopté un enfant, je veux dire. Un enfant asiatique, qui plus est. Elle est restée fidèle à ses idéaux de jeunesse. Sa lutte contre le sida en est une preuve éclatante. Au fait, elle est mariée ?

— Non. Sur ce plan, elle est plus maligne que nous. Est-ce que Bill est à Londres ?

— Il est parti hier. Je… (Elle s'interrompit soudain et le silence emplit l'écouteur.) Tanya, ça y est ! Hier, j'ai rangé toutes les affaires de Todd. La chambre est vide à présent. J'aurais dû m'y prendre plus tôt, mais…

— On s'y prend comme on peut pour survivre, Stu.

Tanya se lança dans le récit des nouvelles dispositions de Nancy. La déception la rendait terriblement amère. Un soupir gonfla la poitrine de Mary Stuart. Elle savait à quel point son amie aimait les enfants de Tony.

— Mon Dieu, c'est affreux.

— Qu'est-ce qui ne l'est pas ? Je viens de donner à mon avocat le feu vert pour dédommager le fumier qui me fait chanter avec la complicité de la presse… Tu es assise ? Un demi-million de dollars.

— Ah… pourquoi une somme aussi énorme ?

— Parce que ce cher Pearson a une peur bleue des procès. D'après lui, je n'ai aucune chance de gagner la sympathie de la cour. L'avocat de l'accusation me dépeindra comme un monstre qui roule sur l'or. Pour n'importe quel juré, star est synonyme de prostituée. Ils devraient ajouter cette définition dans le dictionnaire.

Mary Stuart sourit à ce trait d'humour. Tanya avait l'air furieuse, désemparée peut-être, mais pas déprimée. À sa place, elle aurait été au lit, enfouie sous les couvertures. Tanya était différente. Elle puisait sa force dans sa musique. Elle avait une extraordinaire faculté de toujours retomber sur ses pieds. Une fois sur scène, sous l'aveuglante lumière des projecteurs, elle oubliait toutes ses misères.

— As-tu eu des nouvelles de Bill ?

Pour elle, Bill possédait l'art et la manière de se dérober à ses obligations les plus élémentaires. Le connaissant, Tanya voulait bien croire qu'il ne trompait pas Mary Stuart. Il s'évertuait à l'éviter et il excellait dans son rôle de grand absent.

— Non, pas encore. En revanche, Alyssa m'a appelée hier. Notre voyage est annulé.

— Annulé ? Pourquoi donc ? Que s'est-il passé ?

— Rien de grave. Elle a eu une meilleure offre. Je subodore une idylle là-dessous, expliqua Mary Stuart, déguisant son désappointement sous la plaisanterie. C'est de son âge.

— L'amour n'attend pas le nombre des années, rit Tanya. En ce cas, il ne reste plus qu'à s'incliner.

— Mais je me suis inclinée, ma chère, et de bonne grâce. Me voici donc seule et abandonnée pour l'été. Du côté de Bill, il n'y a guère d'espoir. Sur ce point, il reste inflexible. Il ne tient pas à me voir. Ma présence à Londres le dérangerait, c'est ce qu'il m'a expliqué lors de notre dernière discussion. À vrai dire, je songeais à te rendre visite, si tu as le temps. Je resterais à l'hôtel. New York est un véritable désert en juillet-août et louer maintenant une maison à Long Island ou ailleurs relève de l'impossible.

— Reste le Wyoming, déclara Tanya.

Son visage s'était éclairé. Elle se voyait déjà jouant les amazones avec Mary Smart. Même si Zoe n'arrivait pas à se libérer, la moitié de son rêve se réaliserait.

— J'ai loué un chalet dans un ranch somptueux. Le chic du chic du Far West. Me retrouver toute seule dans les montagnes est hors de question. J'allais proposer à ma secrétaire de prendre ma place.

Assise dans sa cuisine, morose et songeuse, Mary Stuart réfléchit un instant.

— Pourquoi pas ? Je crains de ne pouvoir me tenir correctement sur une selle, depuis le temps, bien que je sois rembourrée là où il faut.

— À d'autres ! Tu es mince comme un fil, mais qui se soucie des chevaux ? On n'est pas forcées de monter. Nous pourrions tout simplement admirer le paysage en sirotant du café ou du Champagne et flirter avec les cow-boys.

— Bonjour la presse à sensation ! Non merci. Je ne vais nulle part avec toi si c'est pour ruiner ma réputation.

Elles éclatèrent de rire. L'idée de partir dans le Wyoming avec Tanya plaisait infiniment à Mary Stuart. Quand son amie avait parlé du ranch, elle n'y avait prêté qu'une attention toute relative. Mais à ce moment-là Tanya était censée emmener les enfants de Tony en vacances et Mary Stuart se préparait à retrouver sa fille en Europe.

— Je serai sage comme une image, c'est promis. Eh bien, Stu, qu'en penses-tu ? J'adorerais que tu viennes. Alors ?

L'excitation faisait briller les yeux de Tanya.

— Alors, c'est oui. Quand partons-nous ?

Elles avaient tout l'été devant elles.

— Juste après la fête du 4 Juillet. Achète-toi des bottes. J'ai conservé ma vieille paire.

— D'accord, chef. Comment se rend-on dans ton vert paradis ?

Elle s'aperçut qu'elle riait de plaisir. La perspective de ces vacances en compagnie de Tanya l'enchantait.

Elle se sentait aussi légère qu'une gamine s'apprêtant à aller au bal.

— Viens me rejoindre à Los Angeles. Nous partirons en mobile-home. Nous ne mettrons pas plus de deux jours pour atteindre Jackson Hole. On fera la grasse matinée, on regardera des films vidéo et on se gavera de friandises. Mon chauffeur est la discrétion faite homme. Tu ne remarqueras même pas sa présence.

Le mobile-home de Tanya, un magnifique bus de rock star, se composait de deux vastes living-rooms munis de canapés convertibles, d'une cuisine aménagée et d'une salle de bains en marbre de Carrare.

— Entendu.

— J'irai te chercher à l'aéroport.

Tanya lui indiqua les dates que Mary Stuart nota soigneusement dans son calepin. Son cœur battait à se rompre… Comme si elle venait de s'offrir un ticket pour la liberté.

Elle envoya un fax à Bill dès qu'elle eut raccroché. Son voyage avec Alyssa était annulé, lui expliquait-elle. En conséquence, elle n'irait pas à Londres non plus. À la place, elle partait dans le Wyoming avec Tanya. Elle lui enverrait l'adresse exacte à son arrivée. Elle termina son message par un « affectueusement, Mary Stuart », en se gardant d'ajouter qu'il lui manquait. Peu après, son sac en bandoulière, elle sortit acheter des bottes d'équitation chez Billy Martin's.

En Californie, Tanya fredonnait son dernier succès dans sa villa de Bel Air. Elle se sentait un moral d'acier. Le soir, elle fit une entrée fracassante sur scène, moulée dans une robe noire brodée de strass qui mettait en relief son corps sculptural. Elle remporta un énorme succès devant des milliers de fans surexcités.

Alors que la salle croulait sous les applaudissements, elle s'échappa vers les coulisses, épuisée mais ravie. Jane la félicita de sa performance.

— Vous avez été grandiose ! Vous êtes la meilleure, Tanya !

Les rappels durèrent plus d'une demi-heure. La foule en délire poussait des cris stridents, tapant des mains et des pieds. Une avalanche de fleurs joncha l'avant-scène. Les ondes de l'adoration de son public la transperçaient. Tandis que des policiers en tenue l'escortaient jusqu'à sa limousine en se frayant un passage parmi la cohue, elle pensa une fois de plus au paradoxe de sa vie. *Superstar !* se dit-elle avec une drôle de sensation. Passionnément aimée. Et désespérément détestée.

8

Les journées de Zoe Phillips se déroulaient avec une précision soigneusement minutée. Les patients se succédaient dans son cabinet, de plus en plus nombreux. Au début, les homosexuels avaient presque exclusivement composé sa clientèle puis, peu à peu, les hétérosexuels avaient commencé à affluer, hommes et femmes ayant contracté le virus lors de rapports sexuels, à cause de la toxicomanie ou en raison de transfusions. Les enfants contaminés par leur mère séropositive avant leur naissance vinrent ensuite. Zoe les soignait avec acharnement, tout en sachant que ces bébés n'avaient pour ainsi dire aucune chance de survivre. Elle n'avait aucun traitement efficace à leur offrir, à part un geste tendre, une caresse, une présence bienveillante près de leur lit d'agonie. Elle tenait à visiter personnellement ses malades, à leur apporter le réconfort d'un sourire, d'une bonne parole. Une force singulière la portait. Il en avait été ainsi depuis que les premiers cas avaient été signalés au début des années 80. Au fil du temps, le sida était devenu sa némésis, son combat quotidien et son obsession.

Après des heures et des heures de consultations, le soir la trouvait épuisée. Le seul être au monde vers lequel elle se tournait alors était sa fille. Elle essayait de lui consacrer le plus de temps qu'elle pouvait, s'échappant parfois de la clinique pour déjeuner à la maison. Au début, quand Jade était bébé, elle la remmenait avec elle en salle d'examen, dans un panier berceau garni de volants de tulle mais dès que la petite fille avait effectué ses premiers pas, elle avait dû prendre d'autres dispositions.

Ce jour-là, après l'appel de Tanya, Zoe retrouva son rythme de travail habituel. Elle se préparait à rentrer à la maison quand le Dr Sam Warner, son suppléant, passa la tête par la porte entrebâillée de son bureau. Zoe appréciait tout autant ses aptitudes scientifiques que ses qualités humaines. Ils s'étaient liés d'amitié pendant leurs études à la faculté de médecine de Stanford. À l'époque, ils étaient inséparables. Zoe disait alors qu'ils « s'aimaient bien ». Sam avait le béguin pour elle, tout le monde s'en était rendu compte, mais elle avait feint de ne rien remarquer. Ses études constituaient alors le seul but de sa vie. Sam était parti faire son internat à Chicago. Ils s'étaient perdus de vue et, pendant ce temps, il s'était marié mais son union s'était soldée par un divorce. Revenu en Californie, il avait retrouvé son ancienne amie de fac et avait accepté de travailler dans son cabinet en tant que médecin suppléant. Leur vieille amitié avait resurgi dès l'instant où ils s'étaient revus, mais à présent ils étaient plus que de simples amis. Ils étaient des complices, des compagnons de route, des soldats se battant contre le même ennemi.

— Salut, docteur, fit-il. On ne s'est pas vus depuis des semaines… Dis donc, tu parais épuisée. Tu ne te reposes donc jamais ?

Il avait l'air sécurisant d'un gentil nounours, avec ses cheveux éternellement ébouriffés – ils rebiquaient dans tous les sens même lorsqu'il les coiffait à grand renfort de gel – et ses grands yeux bruns et doux. C'était un excellent praticien en qui Zoe avait toute confiance. Et pas seulement elle. Auprès de tous ses confrères, Sam Warner passait pour brillant. Il se trouvait parfaitement à son aise dans son rôle de médecin intérimaire. Ne possédant pas de cabinet propre, il exerçait dans différentes cliniques. Mais sa préférence allait à celle de Zoe. Il avait toujours un faible pour cette femme courageuse qui, selon ses propres termes, avait choisi un champ miné pour accomplir son parcours du combattant.

— Non, jamais, répondit-elle, comment veux-tu ? Mes patients éprouvent un sentiment d'insécurité quand je ne suis pas à leur chevet.

La plupart avaient parfaitement accepté Sam, mais Zoe se faisait un point d'honneur de ne pas les abandonner, allant jusqu'à leur rendre visite chez eux, quand ils quittaient momentanément son service.

— Eh bien, il faut te reposer, affirma-t-il tandis qu'elle retirait sa blouse blanche et la fourrait dans un panier de linge sale. Tu en as besoin. (Il sourit.) Et moi, j'ai besoin de mes émoluments.

— Je crois que je te dois ton dernier remplacement. Nous avons une nouvelle comptable qui, pour l'instant, nage dans la plus complète confusion.

Ils se sourirent. Sam avait une patience d'ange. Il lui arrivait d'attendre plusieurs semaines avant de toucher ses honoraires. Elle savait par d'anciens camarades de la faculté qu'il venait d'une riche famille de la côte est et qu'il bénéficiait d'une rente confortable mais il n'en avait jamais parlé. Rien dans son mode de vie ou dans sa manière de s'habiller ne laissait deviner sa fortune. Sam roulait dans une antique guimbarde cabossée, était vêtu simplement, et portait une vieille paire de bottes au cuir lustré à force d'être usé, à laquelle il semblait tenir comme à la prunelle de ses yeux.

— Alors, quoi de neuf ? demanda-t-il.

Il se renseignait méticuleusement sur chaque nouveau patient, de manière à ne pas être pris au dépourvu quand Zoe s'absentait. Tous les soirs, elle se dépêchait de retrouver sa petite fille. Lorsque, par aventure, elle sortait, elle avait toujours sur elle son portable. Combien de fois n'avait-elle pas quitté précipitamment un restaurant au beau milieu du repas ! Les hommes qui la courtisaient ne tardaient pas à comprendre qu'un rendez-vous avec Zoe Phillips avait toutes les chances de tourner court.

— Pas grand-chose, répondit-elle en troquant ses tennis contre des chaussures de ville. Nous avons accueilli plusieurs bébés dernièrement.

Contaminés pendant la gestation.

— Je jetterai un coup d'œil à leurs dossiers quand tu seras partie. (Elle acquiesça ; elle n'avait aucun secret pour Sam.) Embrasse Jade pour moi.

— Je n'y manquerai pas.

En quittant son bureau, elle jeta un coup d'œil à sa montre. Exceptionnellement, elle avait un rendez-vous et elle s'était mise en retard. Il était sept heures moins le quart et Richard Franklin passerait la chercher à sept heures et demie. Célèbre chirurgien, éminent spécialiste du cancer du sein, il figurait parmi les grands patrons du CHU de la ville. Ils s'étaient rencontrés deux ans plus tôt lors d'un séminaire où tous deux avaient pris la parole. Le Dr Franklin n'avait pas mâché ses mots. Irrité par l'intérêt que la presse témoignait au sida, il s'était rabattu sur les statistiques. Le cancer faisait beaucoup plus de victimes, avait-il affirmé. En conséquence, la recherche devait s'orienter en priorité vers ce domaine. Zoe l'avait contrecarré et ils avaient pris un verre après le débat. Ç'avait été le début d'une relation passionnante. C'était un homme brillant dont elle appréciait la compagnie et même plus que cela. Pourtant, elle n'était pas amoureuse de lui. Richard Franklin ne recherchait pas spécialement la tendresse. Avant lui, elle avait eu d'autres flirts mais aucun n'avait duré. Le seul homme qui avait vraiment compté pour elle était mort du sida à la suite d'une transfusion sanguine dix ans plus tôt. Il lui avait laissé toute sa fortune, ce qui avait permis à Zoe d'ouvrir sa clinique. Depuis, il y avait eu dans sa vie un ou deux hommes qu'elle avait chéris tendrement mais aucun d'eux ne lui avait donné l'envie de se marier. Encore moins Richard Franklin.

Elle prit la direction de son domicile à bord de sa vieille camionnette Volkswagen. Elle l'avait achetée lorsqu'elle avait adopté Jade et l'utilisait parfois pour transporter des patients. Elle appuya sur l'accélérateur. Elle habitait une charmante maisonnette à Edgewood, près du CHU, à l'orée de la forêt. Du salon, elle jouissait d'une vue splendide sur le Golden Gate et sur Marin Headlands. Dès qu'elle ouvrit la porte, Jade poussa un cri de ravissement.

— Maman !

Zoe la souleva dans ses bras et la tint étroitement enlacée pendant que la fillette se lançait dans le récit de ses aventures de la journée. Il était question d'un chien, de raisins, d'une partie de ballon, d'un lapin. Ce dernier semblait avoir produit une forte impression sur Jade, car elle se mit à crier en agitant les mains :

— Papin ! papin !

Zoe avait l'art et la manière de comprendre l'essentiel de ce babil d'enfant. Elle sourit à sa fille. Elle était sûre qu'elle avait vu ce lapin chez leurs voisins.

— Oui, ma chérie, je sais. Un de ces jours, nous en aurons un aussi.

Elle la posa à terre, puis passa dans la cuisine. Inge, la jeune fille au pair danoise, avait préparé le dîner de Jade. Un hamburger garni de riz, qui achevait de se refroidir. Toujours fascinée par le lapin, Jade se mit à grignoter une carotte, tandis que Zoe montait dans sa chambre. Elle avait hâte de se changer, afin d'accorder quelques instants à sa petite fille avant l'arrivée de Richard. Elle détestait la laisser, la nuit, mais elle sortait si rarement…

Elle redescendit vingt minutes plus tard, vêtue d'une longue jupe de velours noir et d'un corsage en dentelle blanche, ses longs cheveux roux coiffés en une natte épaisse qui tombait dans son dos. Elle évoquait un de ces merveilleux portraits de l'école flamande.

— Zolie, maman ! s'écria Jade en tapant dans ses mains.

Avec un sourire, Zoe l'enlaça. Elle se sentait éreintée mais la présence de sa fille effaçait sa fatigue.

— Merci, ma chérie. Comment va mon bébé aujourd'hui ?

L'enfant se blottit tout contre elle, et Zoe resserra son étreinte, emplie d'une immense tendresse. Jade donnait un sens à sa vie. Elle y avait longuement réfléchi et avait conclu que le bonheur n'avait rien à voir avec le succès, l'argent, toutes ces choses superficielles dont Tanya l'avait entretenue ce matin. Non. Il consistait en une suite de moments privilégiés, comme celui-ci. Chaque minute passée avec Jade tenait de l'enchantement.

La petite fille alla chercher sa boîte de Lego et toutes les deux se mirent à construire un château à l'aide de petits blocs roses qui s'emboîtaient les uns dans les autres, quand le carillon de l'entrée tinta. Richard Franklin, Dick pour les intimes, traversa le vestibule, frais et dispos, très détendu dans son complet sombre égayé d'une chemise immaculée et d'une cravate de marque. (Il se ruinait en cravates.) Le Dr Franklin était toujours impeccable, comme s'il allait se lancer dans une conférence devant une assemblée de généreux donateurs. Il connaissait à fond sa spécialité et il était difficile de ne pas admirer ses compétences et son érudition. Lui et Zoe étaient très différents et c'était peut-être la raison qui les poussait irrésistiblement l'un vers l'autre.

— Comment ça va, Dick ? dit-elle, sitôt que la jeune fille au pair l'eut introduit dans le salon où elle jouait avec Jade, accroupie sur le parquet.

— Je suis impressionné, répondit-il d'un air condescendant qui n'enlevait rien à son charme.

Zoe s'était maintes fois demandé si ce n'était pas son arrogance qui l'attirait comme un aimant. Dès leur première rencontre, elle avait éprouvé l'impétueux désir de le rabaisser mais, jusqu'alors, elle était toujours arrivée à se maîtriser.

— Tu joues souvent à ça ?

Il indiquait le château de petites briques roses que Jade commençait à démolir.

— Chaque fois que je peux, oui, dit-elle franchement, sachant que sa réponse l'agacerait.

Il lui avait confié un jour qu'il n'était pas à l'aise avec les enfants. Il n'en avait jamais eu et, comme elle, ne s'était jamais marié. L'occasion ne s'était pas présentée, il n'avait jamais connu la bonne personne au bon moment, disait-il. En fait, il était trop égoïste, trop nombriliste pour fonder un foyer, avait deviné Zoe.

— Tu veux jouer avec nous, Dick ?

Elle le taquinait. Elle avait du mal à imaginer l'élégant Dr Franklin à genoux, jouant à quoi que ce soit. Il aurait trop peur de se salir ou de froisser son pantalon d'alpaga. D'aucuns le traitaient de snob et d'une certaine manière il l'était. Mais sa finesse compensait ce défaut. À cinquante-cinq ans, il était extrêmement séduisant. Il correspondait exactement au genre d'homme que les parents de Zoe auraient souhaité pour gendre. Mais M. et Mme Phillips étaient morts depuis longtemps et, pour elle, Richard était juste le parfait compagnon d'un soir.

— Tu es prête ?

Il commençait à donner des signes d'impatience. L'indulgence de Zoe vis-à-vis de cette gosse lui tapait sur les nerfs. Il n'aurait pas supporté de la voir sautiller partout plus d'une minute. Il avait réservé une table au *Boulevard* à huit heures précises. Le restaurant était situé assez loin d'Edgewood. Ceux qui n'avaient pas retenu se pressaient au bar et le maître d'hôtel donnait les tables des retardataires, même s'il s'agissait de sommités de la médecine.

— Oui, mon cher, répondit-elle en enfilant une veste en velours.

Rayonnante, elle se pencha pour embrasser sa fille.

— Je t'aime, ma souris, murmura-t-elle en frottant son nez contre celui de Jade, puis elle lui fit le « baiser du papillon » en lui effleurant la pommette de ses cils, tandis que la fillette éclatait de rire. À tout à l'heure, mon trésor.

À ces mots, la lèvre inférieure de Jade frémit. Dans une seconde, les larmes allaient jaillir. Zoe la passa adroitement à Inge. Tandis que la jeune fille au pair emportait l'enfant vers la cuisine, elle quitta la maison, Richard sur ses talons. Depuis un an, Zoe était passée maître dans l'art des sorties cachées.

— Félicitations, dit-il, admiratif.

Il n'avait pas l'habitude de sortir avec des femmes qui avaient des enfants en bas âge. Il avait toujours préféré choisir ses compagnes parmi des carriéristes. Zoe correspondait parfaitement à ce critère quand il l'avait connue. Il avait été surpris lorsqu'elle avait adopté la petite Coréenne. Surpris et quelque peu déçu. Ce fait avait altéré leurs rapports mais il la trouvait trop attirante pour rompre leur liaison. Au contraire, il avait envie de rester plus longtemps avec elle. En vain, car lorsqu'elle ne s'occupait pas de son bébé, elle passait le plus clair de son temps auprès de ses patients. Richard avait dû se contenter des miettes.

— Voilà deux semaines que je ne t'ai pas vue, se plaignit-il en faisant démarrer sa Jaguar vert bronze.

— J'étais débordée, répondit-elle simplement. Plusieurs de mes patients sont très mal en point.

Elle en avait perdu un certain nombre ces temps-ci et en ressentait une immense tristesse. Elle était très liée avec ses patients, surtout vers la fin, car elle tenait à les accompagner jusqu'au bout.

— Mes patientes sont aussi très malades, dit-il un peu sèchement, tandis que la Jaguar filait comme un bolide en direction du centre-ville.

— Oui, mais tu as des collaborateurs.

— C'est vrai. Mais qu'est-ce qui t'empêche de t'associer avec d'autres médecins ? Je ne sais pas comment tu te débrouilles pour fournir tout ce travail toute seule. Un de ces quatre, tu vas attraper une saleté, une hépatite ou, pire encore, contracter le sida.

— Voilà une idée plaisante.

— Ça arrive, dit-il sérieusement. Tu devrais te ménager. Rien ne sert de jouer les héros ou les martyrs.

— Je sais mais c'est mon choix. Ils ont besoin de moi, Dick.

— Ils ne sont pas les seuls. Ta fille a également besoin de toi. Tu devrais te reposer davantage.

C'était la deuxième personne qui lui assenait ce conseil dans la même soirée. Pourtant, contrairement à Sam, Richard ne se donnait pas des airs de protecteur.

— Tu es fatiguée, Zoe, poursuivit-il, et il lui tapota la main avec un sourire. Un bon dîner te fera le plus grand bien. Je parie que tu ne manges pas correctement.

Elle avait sauté le petit déjeuner et le déjeuner aujourd'hui. Cela lui arrivait de plus en plus fréquemment. Elle se garda bien de l'avouer mais une fois à l'intérieur du restaurant, elle poussa un soupir de bien-être. La lumière douce, l'ambiance feutrée, la table recouverte d'une nappe damassée, où chatoyaient assiettes de porcelaine, verres de cristal et couverts en argent, semblaient l'inviter à un doux relâchement. Elle regretta de ne pas voir Dick plus souvent. Il commanda du vin, et ils optèrent pour la selle d'agneau pommes grand-mère. Au dessert, le maître d'hôtel leur conseilla le soufflé. Cela la changeait agréablement de sa nourriture habituelle : un reste de hamburger qu'elle picorait dans l'assiette de Jade, un morceau de pizza froide abandonné au fond du petit réfrigérateur de son bureau.

— C'est divin, dit-elle d'une voix pleine de gratitude.

— Tu m'as manqué, Zoe.

Il chercha sa main mais elle la retira. Ce soir, elle ne se sentait guère d'humeur romantique. Quelque chose l'empêchait de tomber amoureuse de Richard. Sans doute sa nonchalance qui frisait l'arrogance ou son assurance à toute épreuve. Il lui plaisait physiquement et pourtant, malgré l'excellent vin et les lueurs ambrées des chandelles, elle avait envie de garder ses distances.

— J'ai été occupée, dit-elle, expliquant ainsi ces deux semaines d'absence.

— Beaucoup trop. J'ai loué une maison à Stinson Beach pour juillet et août. Viendras-tu, ne serait-ce qu'un week-end ?

Elle lui sourit. Elle le connaissait mieux qu'il ne l'imaginait.

— Avec Jade ?

Après une hésitation, il opina de la tête.

— Si tu y tiens. À mon avis, ça te ferait du bien de t'éloigner un peu d'elle aussi.

— Elle me manquerait… Oh, Dick, ajouta-t-elle dans un rire, je serais une piètre invitée. Je suis si fatiguée que je dormirais pendant tout mon séjour.

— Je trouverais la manière de te tenir éveillée, murmura-t-il d'une voix sensuelle, en sirotant une gorgée de vin.

— Je n'en doute pas, mon cher.

Elle lui sourit. La conversation glissa sur d'autres sujets. L'hôpital où Dick exerçait et où Zoe passait quotidiennement au service des soins palliatifs. La politique suivie par le CHU qui, selon elle, était typique de tous les grands ensembles hospitaliers. Leurs spécialités. Il lui parla d'une nouvelle technique qu'il avait mise au point et qui, bientôt, figurerait dans tous les manuels de médecine. La modestie ne l'étouffait pas, se dit-elle, mais elle ne lui en voulait pas. Si Sam avait été là, il serait monté sur ses grands chevaux. Le Dr Warner prétendait qu'il évitait de sortir avec des femmes médecins pour ne pas avoir à parler de transplantations d'organes au-dessus d'un plat de spaghetti. Ce genre de conversation lui coupait l'appétit. D'après lui, Zoe aurait eu intérêt à élargir le cercle de ses relations. En fait, il ne pouvait pas supporter Dick Franklin, qu'il trouvait prétentieux et pompeux.

Après le soufflé, qui était délicieux, ils s'omirent deux cappuccinos onctueux à souhait. Il était presque onze heures du soir. L'épuisement gagnait Zoe. Elle avait du mal à garder les yeux ouverts. Le lendemain, elle avait une journée chargée. Elle commencerait ses consultations à sept heures, ce qui voulait dire qu'elle devrait se lever à cinq heures et demie, en même temps que Jade. Elles joueraient et prendraient leur bain ensemble. C'était un de ces instants privilégiés auxquels elle n'aurait renoncé pour rien au monde.

Dick ne remarqua pas sa fatigue. En la raccompagnant chez elle, il réitéra son invitation à Stinson.

— Le week-end de ta convenance, précisa-t-il en l'enveloppant d'un regard brûlant. Je suis à ta disposition.

— Il faudra d'abord que j'en parle à mon suppléant et que la baby-sitter puisse être disponible le dimanche.

Elle n'avait pas l'intention de lui infliger Jade pendant tout un week-end. Il serait devenu fou. Il aurait envie d'écouter de la musique classique, de faire l'amour, de parler des nouvelles techniques chirurgicales, pas de changer des couches-culottes ou de surveiller une petite fille turbulente. Zoe comprenait cela très bien.

— S'ils sont d'accord tous les deux, je t'appellerai.

Ils étaient assis dans la Jaguar qu'il avait garée devant la maison de Zoe. Il avait caressé le projet de l'emmener d'abord chez lui, dans son somptueux appartement de Pacific Heights, mais il l'avait surprise en train d'étouffer un bâillement. Elle s'en était excusée. Décidément, ce soir elle était de mauvaise compagnie. C'était devenu fréquent avec elle ces temps-ci, pensa-t-il, chagriné, alors qu'il changeait de direction, mettant le cap sur Edgewood.

— L'ennui, c'est que j'aime ta compagnie, remarqua-t-il en laissant errer son regard sur les persiennes closes de la maison. (Il n'osait lui demander de le laisser entrer, de peur de déranger la jeune fille au pair et Jade. Il savait également que Zoe préférait venir chez lui.) Chaque fois que je te vois, je n'ai qu'une hâte, te revoir. Mais tu es si occupée…

Lui-même n'avait pas beaucoup de temps libre. Sa clientèle n'avait pas cessé d'augmenter depuis qu'il était considéré comme le meilleur chirurgien du sein par le milieu médical. Quand il ne se trouvait pas au bloc opératoire, il donnait des conférences ou participait à des congrès internationaux.

— Voilà où réside l'intérêt de la chose, répondit-elle en le regardant.

Il était séduisant, intelligent, elle appréciait sa conversation, et pourtant, elle n'était pas amoureuse de lui et ne le serait jamais, elle le savait.

— Si nous passions plus de temps ensemble, je finirais par t'ennuyer, reprit-elle.

Il secoua la tête en riant.

— Je ne crois pas que je pourrais me lasser de toi. Il n'avait jamais connu de femme plus excitante et il le lui avait prouvé. Zoe personnifiait la féminité telle que Dick la rêvait. Vulnérable mais inaccessible, forte mais douce, ardente mais paisible… Une personnalité tout en contrastes qui l'intriguait.

— Je suppose que tu n'inviterais pas le loup dans la bergerie pour un dernier verre ? fit-il à mi-voix, avec espoir.

Lentement, elle secoua la tête. Elle n'emmenait jamais personne à la maison afin de ne pas perturber sa petite fille et ce n'était pas maintenant qu'elle allait commencer. Pas même pour le séduisant Dr Franklin.

— Non, Dick. Désolée.

Il esquissa un sourire déçu.

— Je n'en suis pas étonné. Eh bien, consulte ton agenda et appelle-moi pour fixer la date de notre week-end. Fais-le vite, s'il te plaît.

— Entendu, docteur.

Il l'accompagna jusqu'à sa porte, l'ouvrit pour elle. En lui rendant la clé, il effleura ses lèvres d'un chaste baiser. Richard Franklin ne commençait jamais rien s'il n'était sûr de le mener à terme. Il se targuait d'être l'homme le plus patient de la terre. Il était parfaitement capable de surmonter sa frustration – il avait projeté une nuit d'amour avec elle – et d'attendre une semaine ou deux. Ce n'était que partie remise, se dit-il, tandis qu'elle le remerciait d'un sourire. Dès qu'il fut parti, elle se précipita dans sa chambre, retira ses vêtements et plongea dans son lit sans enfiler sa chemise de nuit, sans se démaquiller et sans se brosser les dents. Elle était trop fatiguée pour ébaucher le moindre geste. Elle s'endormit d'un seul coup et ne rouvrit pas l'œil avant six heures du matin.

Jade était déjà réveillée quand sa maman entra dans sa chambre. La fillette jouait paisiblement avec les poupées que Inge, la jeune fille au pair, avait placées dans son petit lit. Elle semblait en grande conversation avec l'une d'elles mais poussa un cri enchanté lorsqu'elle aperçut sa mère.

— Viens ici, petit singe, dit Zoe en la soulevant dans ses bras pour lui changer sa couche-culotte.

Elle fit quelques pas et vacilla. Jade semblait plus lourde que d'habitude. Après une nuit de sommeil, Zoe titubait encore de fatigue. Elle nota d'appeler le laboratoire tout à l'heure, au bureau.

Elle quitta la maison à sept heures moins le quart. À sept heures, elle effectuait ses visites à l'hôpital et, à huit heures et demie, elle était à la clinique. Il y avait plus d'une vingtaine de malades dans la salle d'attente. La journée promettait d'être bien remplie. Elle profita de la pause déjeuner pour passer un coup de fil au laboratoire. Il lui fut répondu qu'ils n'avaient pas encore les résultats des examens qu'elle avait demandés. Zoe perdit son calme.

— Nom d'un chien, ça va faire deux semaines. C'est inhumain de laisser attendre les gens aussi longtemps. Le plus souvent, c'est pour eux une question de vie ou de mort. Il ne s'agit pas d'une simple analyse d'urine mais de quelque chose d'infiniment plus important, comprenez-vous ?

Le laborantin s'excusa platement. Il comprenait, bien sûr. Mais eux aussi avaient été débordés.

— Alors, quand aurai-je ces résultats ?

Il lui promit de les lui communiquer si elle le rappelait vers seize heures mais, avec toutes ses consultations, elle n'y songea plus avant dix-sept heures trente. Des malades se pressaient encore dans la salle d'attente mais elle prit le temps de téléphoner. Elle donna le numéro du dossier et attendit nerveusement.

— Positif, dit le laborantin d'un ton uni.

Ce n'était pas une surprise. Presque tous les patients du Dr Phillips étaient séropositifs. C'est pourquoi elle les envoyait passer le test.

— Positif, répéta-t-elle comme si elle n'avait jamais entendu ce mot, *positif* dites-vous ?

Elle avait porté la main à sa tempe. Au-dessus de sa tête, le plafond s'était mis à tournoyer.

— Oui, c'est exactement ce que j'ai dit. Pourquoi ? Est-ce une surprise, cette fois ?

Non, pas vraiment. Cela expliquait la fatigue de plomb, la perte de poids, les diarrhées, tous les symptômes dont elle souffrait régulièrement depuis Noël. Elle s'était résolue à passer le test de dépistage et elle venait d'avoir les résultats. Elle savait exactement comment et quand cela s'était produit. Elle s'était piquée accidentellement avec une aiguille infectée un an plus tôt, alors qu'elle faisait une prise de sang à une petite fille sidéenne – décédée depuis, en avril.

Elle remercia son correspondant, et raccrocha avec l'impression que la terre s'était arrêtée de tourner. Ses patients réagissaient de la même manière. Le mot fatal résonnait encore à ses oreilles comme une sentence de mort. *Positif... positif...* Elle avait été contaminée par le virus du sida. Que ferait-elle avec Jade ? Qui prendrait soin de la petite quand la maladie se déclarerait ? Comment continuerait-elle à s'occuper de ses patients ?

Comme une ronde infernale, les questions se bousculaient dans son esprit. Au début, elle avait refusé d'y penser. Ensuite, les soupçons étaient venus la tourmenter. Elle avait eu une petite plaie à la lèvre inférieure, une espèce d'écorchure qui avait disparu rapidement. Les soupçons, eux, avaient duré. Ses connaissances en la matière l'avaient forcée à regarder la réalité en face. Il est des signes qui ne trompent pas. Elle avait fini par passer le test. Mais avant même de connaître les résultats, une sombre prémonition l'avait incitée à éviter Dick Franklin, bien qu'ils aient toujours eu des rapports protégés. Depuis que son compagnon était mort du sida dix ans plus tôt, elle prenait toutes les précautions. Elle en avait parlé très librement à Dick et ne l'avait exposé à aucun risque. Mais, si elle continuait à le fréquenter, elle devait lui annoncer la vérité. Sauf qu'elle n'avait aucune envie de se confier à lui, ni de le revoir. L'idée d'une contamination même hypothétique tuerait son désir pour elle. Il ne lui témoignerait aucune sympathie, elle en était convaincue. Il l'avait suffisamment avertie des dangers qu'elle encourait. C'était déjà arrivé à d'autres médecins. Et l'élégant Dr Franklin pensait que le jeu n'en valait pas la chandelle.

Bien sûr, il était lui-même médecin et elle pourrait au moins compter sur sa compréhension même s'il n'était pas du genre à se pencher sur ses problèmes. Il faisait partie de cette catégorie d'hommes avec lesquels on passe une bonne soirée. Il prendrait ses distances lorsqu'elle le mettrait au courant. Elle sut alors, avec une absolue certitude, que leur liaison était terminée. Mais cette constatation ne résumait nullement l'horreur de sa situation. Sa vie, sa carrière, son avenir étaient en jeu. Elle se retint pour ne pas éclater en sanglots. Elle avait d'autres patients à voir et elle ne savait plus où elle en était.

— Il y a quelqu'un ?

Sam Warner passa sa tête ébouriffée par rentre-bâillement de la porte. Son sourire s'éteignit lorsqu'il vit l'expression de Zoe. Elle ressemblait à quelqu'un qui vient d'être touché à mort.

— Ça ne va pas ? Tu as une mine de papier mâché, fit-il remarquer platement.

— Oui… je crois que je couve quelque chose, bredouilla-t-elle, cherchant frénétiquement une excuse. Un rhume… la grippe…

— En ce cas, que fais-tu ici ? Je ne te gronde pas pour avoir du boulot mais, avec leur système immunitaire défaillant, tes patients ne peuvent pas se permettre d'attraper la grippe en prime.

— Je porterai un masque chirurgical, murmura-t-elle en fouillant dans son tiroir et en se rendant compte que ses mains tremblaient. (Elle sortit le masque de son sachet de plastique mais fut incapable de l'attacher.) Je… vraiment, reprit-elle sous le regard inquiet de Sam, je vais bien. J'ai juste mal à la tête.

— Tu es blanche comme un linge, dit-il en lui ôtant son stéthoscope et en le posant sur le bureau. Rentre chez toi. Je me charge de tes patients. Gratuitement. C'est un cadeau, d'accord ? Maintenant, pars.

Il la poussa presque hors du bureau. Pour une fois, elle ne protesta pas. Elle ne voyait pas clair. Son esprit ne fonctionnait plus, elle avait du mal à respirer, à croire que cette voix anonyme qui lui avait communiqué les résultats avait réellement existé, qu'elle ne l'avait pas rêvée. Mais non, c'était vrai. Seigneur, elle avait le sida… *le sida*… le tueur qui emportait tous ses patients. Elle pourrait, grâce aux traitements, prolonger sa vie de quelques années, mais le virus était là, dans son sang, comme une bombe à retardement.

— … rentre maintenant, disait Sam. Je passerai te voir ce soir.

— Ce n'est pas la peine, je me sens déjà mieux. Et merci pour tout, Sam.

C'était un garçon exceptionnel et si gentil avec les malades ! Zoe lui vouait une immense affection. Elle se demanda si elle le lui dirait. Oui, pourquoi pas, Sam était son ami. Mais d'un autre côté, elle ne voulait pas divulguer son secret. Personne n'était censé savoir que le Dr Phillips avait été contaminé. Ni ses infirmières ni Sam. Non, personne, excepté Dick Franklin. Moralement, elle lui devait la vérité, même si ça voulait dire qu'ils ne coucheraient plus jamais ensemble, mais les rapports sexuels, même protégés, n'entraient plus dans le champ de ses préoccupations immédiates. Quant aux autres, ça ne les regardait pas. Elle avait le droit de conserver son secret et ne s'épancherait sur l'épaule de personne.

Elle sentit monter les larmes et pleura sans retenue au volant de sa vieille Volkswagen. En arrivant à la maison, elle s'efforça de se recomposer une attitude normale. Son visage ravagé la trahit car Inge la regarda d'un air stupéfait et même Jade cessa de jouer.

— Triste, maman ?

— Maman t'aime, mon trésor.

Elle la serra dans ses bras en passant en revue toutes les précautions qu'elle allait devoir observer. Ne pas se blesser, ne pas approcher Jade si cela lui arrivait. Elle se demanda si elle ne devrait pas porter un masque et des gants stériles à la maison, puis chassa cette idée ridicule. Surtout ne pas céder à la panique. Elle était médecin et savait mieux que quiconque comment le mal se transmettait. Elle ne cessait de l'expliquer à ses patients. Mais cette fois-ci, c'était différent. Il s'agissait d'elle-même, de sa vie. Il lui était difficile de rester rationnelle et objective.

Elle suivit les conseils de Sam à la lettre et alla directement au lit. Jade se blottit contre elle et Zoe resta longtemps allongée, sa petite fille dans les bras. Comme si elle avait senti que quelque chose ne tournait pas rond, l'enfant se pelotonnait contre elle en silence. On eût dit qu'inconsciemment elle avait compris qu'elle pouvait perdre sa mère. Qu'elle la perdrait, de toute façon, rectifia mentalement Zoe, de nouveau tétanisée par la terreur. Ayant été directement transmise par le sang, la maladie n'allait pas tarder à se déclarer. À cette pensée, son cœur se serra. Elle n'avait personne à qui laisser Jade. Elle devait prendre ses dispositions avant qu'il ne soit trop tard.

Une heure plus tard, Inge frappa à sa porte. Le Dr Franklin la demandait au téléphone. Après une hésitation, Zoe secoua la tête.

— Dites-lui que je ne suis pas là, s'il vous plaît.

Inge revint peu après avec un bout de papier sur lequel elle avait griffonné un numéro de téléphone à Stinson Beach. Le docteur voulait qu'elle le rappelle. Mais elle ne le ferait pas. Elle avait décidé de lui envoyer une lettre. Il lui serait plus facile de s'expliquer par écrit. Elle n'avait aucune crainte le concernant, ils s'étaient protégés scrupuleusement. Elle aurait pu se dispenser de lui annoncer la nouvelle mais son honnêteté naturelle l'incitait à le faire. Elle comptait sur sa discrétion, sur le fameux secret professionnel, même si la communauté médicale de San Francisco adorait les ragots et si, lorsqu'elle serait vraiment malade, ses confrères n'allaient pas manquer de faire le bon diagnostic.

Elle lui écrivit un peu plus tard dans l'après-midi, et n'y alla pas par quatre chemins. Elle avait passé le test de dépistage et était séropositive. Elle lui rappela qu'ils n'avaient pris aucun risque, ajoutant qu'elle avait besoin d'y voir plus clair et qu'en conséquence mieux valait qu'ils cessent toute relation pour le moment. Avec sa gentillesse habituelle, elle lui épargnait l'initiative d'une telle décision. En relisant sa lettre, elle se demanda s'il se manifesterait après l'avoir reçue. Dick avait des tas de qualités mais il ne se distinguait pas par sa chaleur humaine. Elle avait peine à l'imaginer l'appelant, lui apportant le moindre réconfort ou se proposant de l'aider avec Jade. Non. Dick appartenait à la catégorie des compagnons d'un soir. On était sûr de passer une agréable soirée avec lui au théâtre, au restaurant, à l'opéra, ou au lit. Il faisait partie de ces gens qui vous fréquentent quand tout va bien… et qui vous délaissent quand vous avez des ennuis. Elle ne s'attendait pas à ce qu'il vole à son secours. Elle rédigea un post-scriptum, le priant de ne pas ébruiter l'affaire. Ce n'était pas trop lui demander.

Zoe se recoucha auprès de sa petite fille. Peu après, Inge vint chercher Jade pour la faire dîner. Elle regarda sa patronne sans dissimuler son inquiétude. Elle n'avait jamais vu Zoe dans cet état. Elle était plus pâle qu'une morte. De sa vie elle n'avait été aussi désemparée, sauf peut-être quand son ami était mort. Pourtant, elle ne se sentait pas malade… elle était terrifiée. Elle aurait voulu se cacher sous terre, tirer les couvertures au-dessus de sa tête, s'accrocher à quelqu'un, mais il n'y avait personne à ses côtés.

Elle ne se donna pas la peine d'allumer l'abat-jour. La dernière lueur du crépuscule flamboyait sur la vitre, elle entendait Jade jouer dans la pièce voisine avec Inge, qui en profitait pour la faire manger. Bercée par ces bruits familiers, elle somnola. Elle avait dû s'endormir pour de bon, car une voix la réveilla en sursaut. Elle rouvrit les yeux pour découvrir Sam. Debout près du lit, il lui tâtait le pouls.

— Comment te sens-tu ? demanda-t-il doucement.

Elle lui dédia un sourire plein de gratitude. Pas étonnant que leurs patients le trouvent si sympathique. Sa générosité, sa gentillesse les avaient tous conquis. Souvent, une bonne parole vaut mieux que le meilleur médicament.

— Je vais bien, répondit-elle honnêtement.

C'était vrai pour le moment. Elle se serait levée si cette peur atroce ne la paralysait pas.

— Tu n'en as pas l'air, déclara-t-il en s'asseyant au bord du lit et en l'examinant plus attentivement. Tu n'as pas de fièvre mais tu as mauvaise mine… Tu n'es pas enceinte, au moins ? demanda-t-il après un silence.

Ç'aurait été trop beau, pensa-t-elle avec un faible sourire, mais elle répondit tristement :

— Eh non, docteur, bien que l'idée me plaise assez.

— S'il n'y a que ça pour te remonter le moral, je serais heureux de t'aider.

Elle laissa échapper un rire et il lui prit la main.

— Zoe, j'ai peut-être l'air de vouloir prendre ton travail mais ce n'est pas le cas. (Elle hocha la tête. Sam était très demandé par d'autres médecins, il n'avait nul besoin d'elle.) Écoute, mon petit, tu dois te reposer, te changer les idées. Je ne sais pas ce qui te préoccupe. (À la réflexion, il penchait pour un problème d'ordre psychologique.) Mais je pense sincèrement que tu ne peux pas continuer comme ça. Ton travail est épuisant, la charge émotive de tes patients trop forte. Pars en vacances, tu en as besoin.

Elle songea obscurément à l'invitation de Dick mais il était hors de question qu'elle aille à Stinson Beach.

En même temps, Sam avait raison. Un peu de recul ne lui ferait pas de mal. Il fallait qu'elle se prépare à la bataille. Reprendre des forces avant que l'obscur ennemi qui dormait dans son sang se réveille pour répandre ses ravages.

— Je te promets d'y penser.

— Oh non, pas ça, je te connais. Tu es capable de débarquer à l'hôpital à sept heures. Laisse-moi au moins prendre la relève pendant quelques jours, et viens au bureau à neuf heures, comme une personne civilisée.

L'offre était tentante.

— Pourrais-tu me remplacer ce soir et demain matin ? s'enquit-elle, de nouveau au bord de l'évanouissement.

Elle ignorait si la véritable cause de sa fatigue résidait dans la maladie ou si la simple confirmation de ses craintes l'avait vidée de ses forces.

— Tu peux compter sur moi.

Il s'était exprimé si gentiment que le cœur de Zoe fondit. L'espace d'une seconde elle faillit lui avouer son terrible secret, mais se ravisa presque aussitôt. Plus tard, peut-être. Oui, plus tard, quand elle aurait vraiment besoin de lui. Pour le moment, il lui fallait digérer l'information.

— Merci, Sam. J'apprécie ton attitude. Je…

— Tais-toi et tâche de dormir. Je préviendrai ton service à l'hôpital. Et je ne veux pas te voir à la clinique, même si demain matin tu es fraîche comme une rose. Pourquoi ne viendrais-tu pas vers dix heures ?

— Sais-tu comment s'appelle ce que tu fais, Sam ? De l'incitation à la paresse.

Sur le seuil de la chambre, il se retourna.

— Péché capital s'il en est, se moqua-t-il. Mais je reste confiant. Tu es une sainte.

Il lui sourit. Il mourait d'envie de lui poser un tas de questions sur leur amitié, leur collaboration, leur affection mutuelle, mais ce n'était pas le moment. Ce n'était jamais le moment. Il avait maintes fois essayé de l'interroger depuis qu'il était revenu à San Francisco, mais elle gardait ses distances. Il l'avait aperçue deux ou trois fois en compagnie de l'illustre Dick Franklin. Il ne pensait pas que leur idylle fût sérieuse. Une fois de plus, il avait ravalé ses questions. Zoe faisait montre d'une absolue discrétion sur sa vie privée et, malgré leur vieille amitié, elle ne s'était jamais ouverte à lui. Sam en avait pris son parti. Il l'acceptait comme elle était.

— Merci encore, murmura-t-elle.

Il lui adressa un signe de la main et referma doucement la porte derrière lui. Elle resta longtemps sans bouger sur son lit, perdue dans ses pensées. Ses visites à l'hôpital, sa clinique, sa santé, sa fille, leur avenir. À présent elle savait ce que doivent éprouver les condamnés avant leur exécution. Un voile sombre tomba sur ses yeux. Elle ferma les paupières, quand soudain, comme une petite lumière dans le brouillard, un nom jaillit dans son esprit. Tanya. Son invitation dans le Wyoming. S'il s'était agi d'un de ses patients, elle lui aurait recommandé d'accepter sans plus attendre.

Elle prit son répertoire dans sa table de nuit et composa le numéro. Tanya lui avait donné sa ligne privée. Elle entendit s'égrener les sonneries dans le vide et, l'espace d'une seconde, faillit raccrocher. À la quatrième sonnerie, Tanya répondit. Elle semblait essoufflée, il y avait de la musique de fond. La jeune femme était seule à cette heure-ci. Elle avait effectué ses exercices de gymnastique dans la piscine et avait dû courir pour décrocher le téléphone.

— Allô ? fit-elle de sa voix juvénile qui rappela à Zoe leurs années de fac.

— Tanny ?

La fatigue la terrassa et Zoe s'appuya sur sa table de chevet. Mais elle se força et, à l'autre bout du fil, Tanya ne perçut pas sa détresse.

— Quelle bonne surprise ! Je ne pensais pas avoir de tes nouvelles si vite. (Elles s'étaient parlé la veille, après deux ans de silence.) Que se passe-t-il ?

— Figure-toi que mon suppléant m'a fichue dehors sous prétexte qu'il a besoin de travailler alors que, moi, je ferais mieux de me reposer.

— Ah oui ?

Tanya ne voyait pas encore très bien où elle voulait en venir.

— Oui. Alors, j'ai pensé… j'ai pensé au Wyoming, si ça ne te dérange pas, si tu ne sais toujours pas avec qui aller… je pourrais te rejoindre là-bas.

Tanya n'en crut pas ses oreilles. Son rêve allait vraiment se réaliser. Il n'y avait qu'un petit détail à régler. Si Zoe savait que Mary Stuart y allait aussi, elle se raviserait. Alors que si les deux anciennes amies se retrouvaient par la force des choses, eh bien, Tanya ne doutait pas qu'elles se réconcilieraient.

— Tu as eu raison de m'appeler. J'y vais seule, mentit-elle.

Son cerveau se mit à fonctionner à cent à l'heure. Il ne fallait surtout pas que la rencontre ait lieu à Los Angeles car, là aussi, Zoe comme Mary Stuart étaient capables de rebrousser chemin. Non, mieux valait les attirer au ranch, niché dans les montagnes. Elle donna rapidement des instructions à son amie, lui suggérant de prendre un vol direct jusqu'à Jackson Hole.

— Je ne resterai pas plus d'une semaine, déclara fermement Zoe.

À l'idée d'abandonner ses patients si longtemps, elle paniquait. Mais la peur de la maladie était la plus forte. Elle devait prendre un minimum de repos pour affronter le fléau.

— Peut-être qu'une fois sur place une deuxième semaine te tentera, répondit Tanya avec un soupir heureux.

Hier encore elle était la personne la plus seule au monde et aujourd'hui elle allait partir en vacances avec ses deux meilleures amies.

— Tanny ? Tu n'emmènes pas un de tes flirts, n'est-ce pas ?

Zoe pensait à tout sauf à Mary Stuart. Tanya la rassura, puis elle demanda :

— Et ta petite fille ?

Si Jade venait, elles trouveraient toujours une solution. Zoe réfléchit un instant puis secoua la tête.

— Non, Tan, je la laisse avec une baby-sitter. Elle est trop petite pour apprécier le paysage. Et puis ça me changera.

— Zoe ? Tout va bien ?

Quelque chose dans la voix de son amie, une espèce d'ombre presque impalpable, avait mis la puce à l'oreille de Tanya. Cette voix tourmentée, elle l'avait entendue autrefois quand Ellie était morte. Mais il y avait si longtemps qu'elle n'en était plus sûre.

— Oui, tout va bien. J'ai hâte de te revoir.

Zoe était une amie formidable, une compagne enjouée qui adorait monter à cheval. Avec un peu de chance, elle et Mary Stuart feraient la paix et toutes les trois vivraient dans une ambiance fraternelle comme au bon vieux temps.

— Rendez-vous au ranch, exulta Tanya.

— J'y serai, sourit Zoe.

Elle raccrocha, s'allongea sur le lit et roula sur le côté. C'étaient ses premières vacances depuis plus de onze ans. Des vacances obligatoires, songea-t-elle tristement. Depuis qu'elle avait adopté Jade, la vie – cette vie qui ne tarderait pas à s'étioler – ne lui semblait que plus précieuse. Dès lors, le voyage dans le Wyoming acquit une valeur symbolique.

9

La semaine suivante, Sam, aidé par Zoe, étudia attentivement les dossiers des patients. Lors de ses remplacements, il avait eu l'occasion de s'entretenir avec certains d'entre eux, mais il était loin d'imaginer qu'ils étaient aussi nombreux. Il se demanda par quel miracle elle parvenait à les soigner tous. Une cinquantaine de malades en phase terminale, sans compter ceux qui continuaient à affluer de jour comme de nuit.

Le bouche à oreille fonctionnait. Ils arrivaient avec des amis ou des parents ou simplement parce qu'ils avaient entendu parler de la clinique par la presse. Tous étaient gravement atteints. Sida, hépatites et maladies sexuellement transmissibles. Hommes, femmes, enfants... Beaucoup d'enfants dans un état si pitoyable que Sam, en se retrouvant plus tard dans la rue, la gorge serrée, éprouva un sentiment de gratitude chaque fois qu'il croisa un gosse en bonne santé. Il s'expliquait mieux à présent l'attachement que Zoe vouait à Jade, si saine et si jolie.

— Je n'arrive pas à croire que tu aies autant de consultations par jour, commenta-t-il un après-midi. C'est inhumain. Voilà pourquoi tu es épuisée.

Il aurait été facile, alors, de lui avouer qu'elle avait été contaminée mais elle garda le silence. Ça ne le regardait pas. Ce fardeau, elle ne le partagerait pas. Tant qu'elle tiendrait le coup, elle conserverait son secret. Elle avait commencé à prendre les dispositions nécessaires de manière à pouvoir faire face à sa future hospitalisation, envisageant même de s'offrir une infirmière à domicile quand le moment viendrait. Sans cesse ses pensées allaient vers Jade. Qui s'occuperait de son enfant quand elle ne serait plus là, quand l'épée de Damoclès s'abattrait sur sa tête ? Rien n'est plus dur que d'organiser ses propres funérailles, mais il le fallait. Une partie de son cerveau refusait encore le verdict implacable mais une autre en était arrivée à l'accepter. La déchéance qui la guettait mettrait fin à sa carrière brillante et à tous ses projets. Elle s'efforçait d'appliquer les conseils qu'elle prodiguait à ses patients. Ne pas céder à l'apitoiement, ne pas baisser les bras, vivre au jour le jour, apprécier chaque instant. Aujourd'hui, les traitements de pointe assuraient des rémissions de plusieurs années et elle s'était promis de tout tenter pour prolonger sa vie. Les vacances dans le Wyoming faisaient partie de la thérapie. Le repos, le paysage, l'air pur, la joie de revoir Tanya lui redonneraient des forces.

— … celui-ci ?

Elle n'avait pas entendu le début de la phrase. La voix de Sam la tira de ses méditations. Il lui tendait le dossier d'un jeune homme qui, depuis quelques semaines, présentait les symptômes d'une démence HIV. Il était entré en phase terminale et Zoe savait qu'il n'en avait plus pour longtemps. Elle avait tout tenté pour ralentir l'inexorable progression de la maladie. Il ne restait plus qu'à atténuer ses souffrances grâce à différents médicaments et à consoler son petit ami. Zoe lui rendait visite tous les jours. Elle brossa à Sam un tableau clinique net et précis. Il hocha la tête, ému par la compassion qui se lisait sur le visage fin de la jeune femme. Elle incarnait pour ses patients plus qu'un médecin. Au fil du temps, à mesure qu'ils affrontaient ensemble le spectre hideux de la mort, des liens solides se tissaient. Ils devenaient amis, compagnons, soldats d'un même bataillon. De tous les services médicaux que Sam avait fréquentés, celui-ci possédait la qualité humaine la plus exceptionnelle. Zoe n'hésitait pas à sortir des sentiers battus des thérapies classiques. Aux antiviraux, elle associait des antibiotiques, des antalgiques puissants, capables de soulager la douleur, des antidépresseurs. Elle luttait par tous les moyens pour vaincre la maladie et quand la fin survenait, c'était elle encore qui réconfortait les familles éplorées.

— Il faut tenir le coup jusqu'à ce que les chercheurs découvrent le remède miracle, dit-elle. Un jour, les malades du sida auront peut-être un peu plus de chance.

Mais elle savait qu'il était trop tard pour ses patients et pour elle-même.

— Ils ont déjà eu la chance de te rencontrer, répondit Sam, éperdu d'admiration.

L'étude des dossiers n'avait fait qu'accroître le respect qu'il éprouvait à son égard. À ses compétences s'ajoutaient une générosité sans égale et un sens aigu de la psychologie. Elle était restée fidèle au serment d'Hippocrate. Tandis que les grands pontes de la médecine demeuraient inaccessibles au commun des mortels, elle ne refusait jamais de recevoir un malade, quel qu'il soit. À maintes reprises, Sam s'était demandé si cette disponibilité n'avait pas un rapport avec son compagnon, que le sida avait emporté des années auparavant. Il s'était également posé la question de savoir si, depuis, elle avait aimé vraiment un autre homme. Probablement pas. Et certainement pas ce bellâtre de Dick Franklin. Sam rêvait de se rapprocher d'elle davantage. Mais elle lui témoignait une grande amitié… pas plus.

Ils ne seraient jamais que des copains, des associés, deux praticiens engagés dans le même combat.

Ces derniers temps, Zoe s'était retranchée derrière une sorte de rempart. Elle s'était efforcée de couper les ponts entre elle et les autres ; même avec Sam, qu'elle avait connu à l'université. Elle faisait en sorte qu'il n'y ait aucun malentendu. Elle était disponible en tant que médecin, pas en tant que femme. À un moment donné, elle avait même songé à porter une alliance afin de décourager les soupirants potentiels.

Tandis qu'ils épluchaient les derniers dossiers, Sam posa sur elle un regard interrogateur, en proie à un dilemme que, en temps normal, il aurait jugé ridicule.

— J'ai un petit creux, pas toi ? Nous pourrions terminer le travail autour d'un bon repas, qu'en penses-tu ?

Il se surprit à retenir son souffle en attendant sa réponse et se traita mentalement d'imbécile. Parfois, elle l'intimidait. Il se sentait alors comme un gamin devant sa maîtresse d'école. Bizarrement, cette sensation lui plaisait, comme tout en elle, du reste.

— Bonne idée, répondit-elle sans un enthousiasme débordant.

Elle aussi avait songé à l'inviter au restaurant pour le remercier. Ça voulait dire qu'elle rentrerait plus tard, ce soir, près de Jade, mais elle devait au moins ça à Sam. Sans lui, elle n'aurait jamais pu prendre de vacances.

— Tu es ce qu'on peut appeler un médecin à plein temps, la taquina-t-il tandis qu'ils cheminaient vers un petit bistrot italien dans le quartier pittoresque d'Upper Haight.

Leur dernier dîner en tête à tête remontait aux temps immémoriaux de leurs études. Depuis dix-huit ans, ils ne se voyaient qu'à la clinique.

Ils commandèrent tous les deux des raviolis maison. Sam lui offrit un verre de chianti qu'elle refusa. La conversation roula sur leurs patients mais, au milieu du repas, Sam la dévisagea avec un sourire espiègle. Une lueur affectueuse dansait dans ses yeux.

— Le travail… le travail… tu ne fais donc rien d'autre ?

La solitude devait lui peser, pensa-t-il. Elle se donnait à fond à son métier, mais tout de même ! Une femme comme elle ne pouvait se contenter d'une existence aussi austère. Certes, le beau Dick Franklin semblait entretenir avec elle des rapports privilégiés mais il doutait que ce fût une relation satisfaisante.

— Pas seulement. Tu oublies Jade.

— Tu n'as jamais été mariée ?

Il réalisa qu'il n'en savait vraiment rien au moment où il lui posait la question.

— Jamais.

Elle paraissait parfaitement à l'aise dans son célibat.

— Pourquoi ? Si je ne suis pas trop indiscret…

Un sourire étira les lèvres de Zoe. Excepté sa maladie, elle n'avait aucun secret pour Sam.

— Quand j'étais jeune, je considérais le mariage comme une forme d'esclavage. Le seul homme que j'aurais à la rigueur épousé est mort il y a dix ans. C'est grâce à lui que j'ai pu fonder la clinique. Adam était un chercheur brillant. Il a été opéré à cœur ouvert à quarante-deux ans. On l'a transfusé et il a contracté le sida. À l'époque, je voulais faire de la recherche avec lui. J'ai toujours été fascinée par les mystères du corps humain et par les maladies rares. Quand l'épidémie de sida a commencé ses ravages, j'ai compris soudain quelle était ma mission.

— Tu vois bien que tes malades ont de la chance.

Il le pensait sincèrement.

Il avait déjà entendu parler de cette douloureuse histoire mais c'était la première fois que Zoe lui en parlait elle-même. La tristesse se reflétait dans ses yeux mais elle semblait avoir surmonté ce deuil cruel. Visiblement, elle n'avait pas remplacé dans son cœur l'homme qu'elle avait passionnément aimé.

— Avant l'apparition du sida, je voulais m'orienter vers le diabète de l'enfant. Un mal également pernicieux, bien qu'il attire beaucoup moins l'attention des médias.

— Moi aussi je m'intéresse aux maladies incurables. En fin de compte, je ne suis qu'un fouineur, une sorte d'aventurier. J'adore travailler dans les services des autres, glaner des informations, résoudre des problèmes, puis m'en aller. Certains y voient une fuite des responsabilités, d'autres me tiennent pour un obscur gratte-papier sans aucun rapport avec la médecine. Peu m'importe. Je n'ai jamais été tenté d'ouvrir mon propre cabinet. Les lourdeurs de l'administration, les paperasses de la Sécurité sociale, les rigidités de l'ordre des médecins m'ennuient prodigieusement. Peut-être n'ai-je pas encore grandi. Ça viendra un jour. J'ai failli une fois ou deux m'associer avec d'autres praticiens mais j'ai vite abandonné. Partout, je n'ai vu que des rivalités larvées, des ambitions dévorantes, bref, la quête du pouvoir. Toi seule exerces la médecine comme un sacerdoce. Et cela me convient à merveille, Zoe.

Elle l'écoutait attentivement, avec un sourire. Il exprimait un peu la philosophie des services des urgences. Là, les hommes en blanc prennent directement en charge leurs patients sans se soucier des papiers administratifs ou de leur propre carrière.

— Le Lucky Luke de la médecine, voilà ce que tu es ! dit-elle. Mes malades t'adorent. Et tu fais du bon travail. Tu ne t'occupes pas des ragots ni des bruits de couloir et je t'en suis reconnaissante. Je suis comme toi. J'aurais pu chercher des associés mais je déteste la compétition et les petites jalousies mesquines. Après le décès d'Adam, j'ai eu les moyens de créer ma propre clinique. Je n'ai pas hésité un instant… L'absence d'associés ne me facilite pas la tâche. Heureusement, j'ai sous la main un suppléant dont je ne me lasserai jamais de vanter les compétences…

Ce disant, elle lui sourit chaleureusement. Il brûlait de savoir si elle tenait sérieusement à Dick Franklin mais il n'osa pas lui poser la question.

— Envisageais-tu d'épouser Adam avant qu'il ne tombe malade ?

La curiosité le dévorait. Soudain, il voulait tout savoir. Qui elle était en réalité, si elle demeurait attachée à la mémoire d'un fantôme, pour quelle raison elle avait adopté une petite fille, pourquoi elle avait choisi de vivre sans homme.

— Pas vraiment. C'était dans l'ordre du possible mais nous n'en avions pas parlé. Il avait été déjà marié et avait des enfants ; quant à moi, j'étais trop accaparée par mon métier. J'étais alors interne dans un hôpital que j'ai quitté quand j'ai fondé mon propre service. Je ne sais pas… je n'ai jamais été attirée par le mariage. Ce n'est jamais qu'une institution qui oblige deux êtres à rester ensemble même quand ils n'en ont plus envie. Avec Adam, on se voyait tout le temps. Nous étions très proches. Pourtant, nous ne vivions pas ensemble, sauf à la fin. Quand la maladie s'est déclarée, j'ai pris trois mois de congé pour m'occuper de lui. Seigneur, quelle horrible expérience…

Elle s'interrompit un instant, plongée dans ses souvenirs. Le temps avait apaisé la douleur, cicatrisé les blessures, atténué le chagrin. Elle voyait de temps à autre les enfants d'Adam, poursuivit-elle, mais ils ne s'étaient jamais très bien entendus. Ce n'est qu'avec Jade qu'elle s'était dit qu'elle était peut-être passée à côté d'une joie extraordinaire.

Sam la questionna sur l'enfant et elle voulut bien répondre. La mère de Jade était arrivée à la clinique un beau matin comme tant d'autres. Elle était sans domicile fixe et n'avait que dix-neuf ans. Elle avait touché à la drogue mais n'avait pas le sida. N'étant pas mariée, elle ne souhaitait pas élever son enfant. Ses parents avaient refusé de l'aider lorsqu'ils avaient appris que le père du bébé était un Asiatique.

— … c'est ainsi que je l'ai adoptée. C'est ce qui m'est arrivé de mieux, expliqua-t-elle simplement. Mais je parle, je parle… et toi, mon cher ? Qu'est-il advenu de ton mariage ?

Elle savait qu'il s'était marié à Chicago. Ils s'étaient perdus de vue pendant leurs internats ; lorsqu'il avait regagné San Francisco, il était divorcé. Il n'avait jamais été très bavard à ce sujet.

— Une erreur de jeunesse qui n'a pas duré plus de deux ans. J'étais interne et je travaillais d'arrache-pied à l'hôpital. J'avais à peine le temps de voir ma femme. Elle détestait mes absences. Quand nous nous sommes séparés, elle a déclaré que jamais, au grand jamais, elle ne se remarierait avec un médecin. Pourtant son père était un chirurgien de renom à Grosse Pointe et son frère le médecin d'une équipe de sportifs bien connue. Finalement, après moi, elle a épousé un ponte de la chirurgie esthétique. Elle a eu trois enfants, elle vit dans le Milwaukee où elle est, je crois, très heureuse. Quand je suis revenu en Californie, j'ai vécu pendant quelques années avec une autre femme mais ni l'un ni l'autre n'avons songé au mariage. Nous avions eu tous les deux de mauvaises expériences dans ce domaine, rien ne pressait. Elle te ressemblait un peu, à vrai dire.

C'était, elle aussi, une sorte de sainte. Elle avait besoin de donner, de soulager la misère. À la fin, elle a réalisé son rêve et je suis resté le bec dans l'eau. Elle est devenue infirmière dans une léproserie au Botswana.

Zoe avait vaguement entendu parler d'elle, avant que Sam vienne travailler dans sa clinique. Elle ne l'avait jamais rencontrée. Stupéfaite, elle dévisagea son ami.

— Vraiment ? C'est formidable. Pourquoi ne l'as-tu pas suivie ?

Elle se voyait déjà au fin fond de la brousse mais Sam secoua la tête avec une grimace on ne peut plus expressive.

— Non, merci ! Peu importe mon amour pour elle, je déteste les serpents, les cafards, les araignées, tout ce qui grouille et tout ce qui rampe. Je n'ai pas l'âme d'un boy-scout. Les sacs de couchage, les tentes et les feux de camp dans la jungle m'insupportent. Je tiens énormément à mon lit douillet. Pour rien au monde je n'aurais renoncé à un repas fin arrosé d'un bon verre de vin. La végétation la plus sauvage que j'aie jamais contemplée est celle du parc du Golden Gâte, et encore ! Le béton me convient parfaitement. Rachel revient une fois par an aux États-Unis, je l'aime à la folie mais c'est trop tard. Elle est tombée amoureuse du médecin-chef de la léproserie. Ils vivent ensemble et ils ont un bébé. Nous sommes restés bons amis. Le continent noir l'a envoûtée. D'après elle, je ne sais pas ce que je perds.

— Parce que tu vis ici ou parce que tu n'as pas eu d'enfants ? demanda Zoe en riant.

— Les deux, je suppose. Elle dit qu'elle ne quittera jamais l'Afrique. Rien de moins sûr, avec la situation politique de ces pays-là. La guérilla n'est pas non plus ma tasse de thé, vois-tu. Non, franchement, je ne regrette rien. Nous nous sommes quittés il y a cinq ans, le temps a passé sans que je m'en rende compte. J'ai quarante-six ans et disons que j'ai oublié de me marier.

— Moi aussi, répondit-elle dans un nouvel éclat de rire. Mon attachement aux charmes du célibat faisait le désespoir de mes parents. Les malheureux sont morts sans que leur vœu le plus cher soit exaucé.

Bah, ça ne risquait plus de lui arriver. Plus maintenant.

— Et le séduisant docteur Franklin ? s'enquit Sam, encouragé par la tournure de la conversation.

Il avait peine à croire qu'une femme aussi ravissante que Zoe ne se passionne que pour la médecine.

— Dick ? fit-elle, l'air étonnée. Nous sommes des amis, voilà tout. Je le trouve intéressant…

Sam ne l'avait pas quittée des yeux.

— Intéressant ? Es-tu certaine que le mot n'est pas un peu faible ?

— Que veux-tu savoir exactement, Sam ? Si c'est sérieux entre nous ? En ce qui me concerne, cette histoire est terminée et je n'ai pas l'intention de le revoir.

Elle s'était exprimée d'une voix ferme, presque véhémente. Sam saisit le message : elle tenait à sa liberté.

— Envisages-tu de te retirer dans un couvent ? la taquina-t-il. Ou vas-tu te lancer dans d'autres aventures éphémères ?

Sa réflexion arracha un rire involontaire à la jeune femme. Ses patients continuaient à vivre, à aimer. Lorsqu'ils rencontraient quelqu'un, ils le prévenaient en toute simplicité qu'ils étaient atteints du sida. Elle ne comptait pas les imiter. Elle préférait profiter pleinement de Jade. Si elle avait eu une liaison sérieuse, ç'aurait été différent, mais ce n'était pas le cas. On eût dit qu'une porte s'était refermée à jamais sur ce chapitre de son existence.

— Ni l'un ni l'autre. Je n'ai pas le temps de prier, pas plus que d'entretenir une relation quelconque.

Toujours ce ton déterminé, définitif. Comment elle, si chaleureuse, si tendre, en était-elle arrivée à cette affirmation catégorique ? Il la regarda, stupéfait.

— Tu veux dire que tu as pris cette décision en ton âme et conscience ? À ton âge ?

— Plus ou moins, oui… (Ils étaient en train de s'aventurer sur un terrain glissant. Il fallait coûte que coûte couper court.) Je ne peux rien donner à un homme, Sam. Je suis trop impliquée dans mon travail et dans l'éducation de ma fille.

— Balivernes ! Tu te trompes sur toute la ligne. Tu as tout pour rendre un homme heureux. Tu es trop jeune pour te dévouer uniquement à la médecine et à ton enfant.

« Elle fuit, pensa-t-il en même temps, mais pourquoi ? » Ce n'était pas la mort de son grand amour, puisqu'elle était sortie avec Dick Franklin. Mais alors ? Pourquoi cette volonté farouche de se retirer du monde ?

— Ne coupe pas tous les ponts, Zoe, reprit-il. La solitude n'est pas toujours la compagne idéale.

Elle eut un sourire un peu moqueur. Un sourire désabusé, lui sembla-t-il.

— Tu me rappelles mon père. Il prétendait que les hommes ont une peur bleue des femmes bardées de diplômes. Il considérait mes études à Stanford comme une grave erreur. Selon lui, j'aurais dû me contenter du collège. La faculté de médecine, c'était trop. Il aurait préféré m'inscrire dans une école d'infirmières, cela lui aurait évité de dépenser une fortune.

Elle se mit à rire et Sam hocha la tête. Il n'avait pas eu les mêmes problèmes. Toute sa famille, y compris sa mère, appartenait à la médecine.

— Eh bien, ton père n'avait pas tort. Si tu étais devenue infirmière, tu mènerais peut-être une vie normale.

Pendant le silence qui suivit, il se demanda si elle n'avait pas décidé d'écarter les hommes de son existence à la suite d'une expérience traumatisante. Un viol ou un chagrin d'amour. Ou si le beau Franklin l'avait déçue… Ou encore si elle n'était pas en train de lui signifier calmement, en s'efforçant de ne pas le blesser, qu'il n'avait aucune chance de la séduire.

Comme par un fait exprès, elle se mit à parler d'autre chose, ce qui ne fit qu'accroître sa frustration. Oui, c'était bien cela, elle le repoussait. Ils avaient pourtant un tas de points communs. La même passion pour la médecine, les mêmes idées sur de nombreux sujets. Plus que jamais, il était désespérément attiré par elle. Par son physique, son sens de l'humour, son esprit rapide, sa douceur. Il y avait des années qu'il n'avait pas désiré une femme avec autant de force. En fait, elle l'avait fasciné dès le début, du temps où ils étaient étudiants. Il avait hésité à se déclarer et à présent il le payait cher. Lorsqu'il l'avait retrouvée, son amour pour elle avait rejailli, intact. Le pire était qu'elle ne s'en rendait même pas compte. Elle le regardait sans le voir. Il y avait sûrement une raison, un secret, quelqu'un qu'elle essayait de protéger, mais qui ? Un homme marié, sans doute, avec lequel elle entretenait une liaison. Sinon elle n'aurait pas été là, à lui chanter les louanges de la solitude.

Il ignorait que Zoe le trouvait attachant. Ils avaient fini le repas et avaient commandé des cappuccinos. Tout en discutant de certains patients, elle lui jetait des regards à la dérobée. Il était la gentillesse même. Quelqu'un sur qui on pouvait compter. Elle ne craignait pas de lui confier sa clinique pendant son absence.

— De toutes les cliniques où j'ai exercé, c'est la tienne que je préfère, dit-il comme s'il avait deviné ses pensées. J'ai beaucoup d'admiration pour la manière dont tu traites tes patients, surtout ceux qui reçoivent des soins à domicile.

— Ah oui, les soins à domicile, quel casse-tête ! Ce n'est pas facile de trouver des aides-soignants à la hauteur. Heureusement que les malades se montrent très coopératifs.

La plupart étaient bien entourés. Leurs compagnons, leurs amis, des membres de leur famille s'organisaient pour leur administrer leur médication ou faire leurs courses jusqu'au moment fatidique où les infirmiers prenaient le relais. Mourir du sida était dur.

Elle lui donna ses ultimes instructions, sachant qu'il les suivrait à la lettre. Ils venaient de commander deux autres cappuccinos.

— Pars tranquille, l'assura-t-il. Tiens, parle-moi un peu du Wyoming. Avec...

Il n'acheva pas sa phrase. Zoe avait l'air épuisée. Pour la première fois il remarqua ses joues blêmes, ses traits tirés. Nul doute, elle avait vraiment besoin de se reposer.

— Avec qui pars-tu ? reprit-il, alarmé tout de même par sa pâleur. Tu ne vas pas camper, au moins ?

Il l'aurait volontiers accompagnée dans les montagnes mais la question ne se posait pas.

— Certainement pas. Je vais retrouver une vieille amie, une femme extraordinaire. Nous nous sommes perdues de vue pendant un certain temps et l'autre jour elle m'a appelée pour m'inviter. J'ai commencé par décliner l'offre, puis je me suis ravisée. Elle n'est pas du genre à camper. Moi non plus, d'ailleurs. (Comme Sam, elle détestait les insectes et autres inconvénients de la campagne.) Elle vit à Los Angeles et je suis persuadée qu'elle a déniché un ranch sorti tout droit d'un film hollywoodien de la grande époque. C'est là que nous irons.

— Qui est-ce ? demanda-t-il en réglant la note. Un médecin ?

— Elle est chanteuse. En ce moment, les médias lui donnent du fil à retordre. Elle a autant besoin de prendre un peu l'air que moi. Les gens sont méchants, tu sais. Dès que quelqu'un est célèbre, ils imaginent les pires horreurs.

— C'est vrai. Qui est-ce ?

— Tanya Thomas.

Elle avait prononcé le nom de son amie comme s'il se fût agi d'un nom ordinaire. Pour tous, Tanya était une légende, une voix en or, des centaines d'amants, des millions de dollars. Sam ouvrit de grands yeux ronds.

— Sans blague ! Tu la connais ?

— C'était ma meilleure amie à la fac. Nous partagions la même chambre. Elle est comme une sœur pour moi. On ne se voit pas souvent mais on a toujours l'impression de s'être quittées la veille. Les années n'ont pas altéré notre amitié.

— Ouaouh ! s'exclama Sam en poussant un sifflement. J'ignorais que tu avais des relations dans le show-biz. Excuse-moi, ça a l'air ridicule, mais j'ai peine à croire que les stars sont des gens comme nous. Je veux dire qu'elles peuvent manger une pizza, boire du café, se laver les cheveux, se mettre en pyjama. On dirait des images, pas des personnes réelles.

— Tous les malheurs de Tanya viennent de là, justement. De l'image que les journalistes lui ont collée et dont elle n'arrive pas à se dépêtrer. Elle est en train de divorcer pour la troisième fois. Il lui est impossible de vivre normalement, à cause des pressions qu'elle subit de toutes parts. Elle s'est mariée juste après la fac. Dans l'année qui a suivi, elle a remporté son premier disque d'or, et son mariage n'a pas résisté à ce succès fulgurant. Le pauvre Bobby Joe s'est senti exclu de la carrière fracassante de sa femme. Ensuite, elle a épousé son manager, qui a failli la ruiner. Ça n'a pas marché non plus, mais c'était prévisible. Il y a trois ans, elle s'est remariée avec un promoteur immobilier de Los Angeles. Je crois qu'ils étaient sincèrement amoureux l'un de l'autre. Hélas, ça n'a pas duré. Non seulement il l'a quittée mais il lui interdit d'emmener ses enfants dans le Wyoming. Elle avait loué un chalet dans une espèce de ranch somptueux et c'est la raison pour laquelle elle m'a demandé d'y aller à leur place.

— Tu as une sacrée veine.

— La seule pensée de retrouver Tanny m'a remonté le moral. Nous ne sommes pas spécialement des mordues d'équitation… D'ailleurs, je n'aspire qu'à dormir pendant toute la semaine.

— Tu as du sommeil à rattraper, dit-il en la scrutant attentivement, les sourcils froncés. Zoe, tu es sûre que tout va bien ? Tu as l'air fatiguée et depuis quelques jours je te trouve une petite mine. Tu te tues au travail, lui reprocha-t-il doucement.

Elle le regarda, touchée par sa sollicitude. Elle était si habituée à s'occuper des autres qu'il lui semblait étrange que quelqu'un s'inquiète de sa santé.

— Tout le monde se plaint d'être fatigué, dit-elle.

Avait-elle donc l'air malade ? Elle s'était longuement examinée dans le miroir. Les signes avant-coureurs du mal étaient indétectables. Pas d'herpès, pas de bouton de fièvre, pas de ganglions apparents. Rien. Il en serait ainsi pendant un certain temps. Le plus longtemps possible, espérait-elle. Mais à tout instant, ce fragile équilibre risquait d'être rompu. Elle devait se méfier des infections, se protéger du rhume le plus bénin, éviter d'attraper la moindre angine.

— C'est gentil à toi, Sam.

À sa surprise, la main de Sam chercha la sienne.

— Mais je me fais du souci pour toi, ma chère. Je ne demande qu'à t'aider. Si seulement tu n'étais pas si têtue !

Elle le regarda au fond de ses yeux, qui étaient d'un brun profond.

— Merci, Sam, murmura-t-elle.

L'émotion lui serra la gorge. Elle retira sa main. Ce n'était pas le moment de craquer, ni de perdre son sang-froid. Il y avait chez cet homme une infinie tendresse qui vous poussait aux confidences. Une gentillesse dangereuse, ne put-elle s'empêcher de penser.

Ses rapports avec Dick étaient plus simples. Une sorte d'amitié amoureuse entre adultes consentants. Elle ne se faisait aucune illusion à son sujet. Dick s'acquittait à merveille de son rôle de chevalier servant. Il l'emmenait au concert, à l'opéra ou au restaurant, parfois la soirée se terminait chez lui mais ça ne portait pas à conséquence. Dick avait l'air de savoir très exactement où s'arrêtait la ligne de démarcation entre le désir et l'amour. À une certaine étape de leur idylle, Zoe s'était crue prête à s'engager davantage mais c'est lui qui avait fixé des limites. Elle ne lui en avait pas tenu rigueur. Il lui avait fallu des années après la disparition d'Adam pour envisager de recommencer une véritable histoire d'amour. Comme elle se méfiait des imitations, elle n'avait rien investi dans sa relation avec Dick. Et maintenant, l'ironie du sort voulait qu'elle découvre soudain ce qu'elle avait toujours cherché – complicité, compassion, tendresse – chez Sam, sauf que c'était trop tard. La porte du palais enchanté de l'amour s'était définitivement refermée dans un fracas de fin du monde.

Car qu'avait-elle à offrir à un homme ? Rien, à part quelques mois – peut-être quelques années – de bonheur avant le spectacle piteux de sa déchéance ; sans parler des risques de contamination, si minimes fussent-ils. Elle avait vécu ce drame avec Adam et elle ne comptait pas l'infliger à Sam… Sam qu'elle chérissait tendrement comme un frère et comme l'excellent collaborateur qu'il était. Elle se promit de garder ses distances, de ne surtout pas le laisser se rapprocher. Comme s'il l'avait senti, il afficha un air morose lorsqu'ils quittèrent le restaurant. Il avait du mal à la cerner. L'espace d'un instant elle s'était laissée aller vers lui et tout à coup elle s'était renfermée dans sa coquille.

Ils prirent place dans sa voiture et il se tourna pour la regarder longuement.

— J'ai passé une soirée délicieuse.

— Moi aussi, Sam.

— Amuse-toi bien dans le Wyoming.

Sous son regard intense, elle détourna les yeux. Elle eut l'impression de lire ses pensées : « pourquoi me rejettes-tu ? pourquoi ne veux-tu pas de moi ? » aussi clairement que s'il les avait énoncées. Mais elle n'avait pas le droit de lui répondre et elle s'en tiendrait là.

— Merci encore d'avoir bien voulu me remplacer.

Enfin, elle se retrouvait en terrain connu. Le travail. Il restait toujours assis au volant, sans faire démarrer la voiture. Il était vêtu d'un costume de tweed et d'un col roulé gris, et dégageait une aura rassurante à laquelle il était difficile de résister.

— Tout le plaisir est pour moi. Zoe… (Il ne se décidait toujours pas à faire démarrer la voiture.) Quand tu reviendras, je voudrais te parler de quelque chose.

Elle hocha la tête en silence, sans lui demander quoi. Elle venait de découvrir ses véritables sentiments pour lui et ce n'en était que plus déchirant. Comment avait-elle pu être aveugle à ce point ?

— Je pense que certaines choses que nous avons évoquées ce soir méritent d'être développées plus à fond, reprit-il.

— Je ne crois pas que ce soit une bonne idée.

Elle le regarda. Ses yeux bleu vert étaient deux lacs de regrets et il se retint de toutes ses forces pour ne pas l'enlacer.

— Je ne suis pas d'accord avec toi. Tu es une femme courageuse dans ton métier, tu ne peux pas être lâche dans la vie.

On aurait dit qu'il connaissait les résultats de ses analyses, ce qui était impossible puisque le test de dépistage était anonyme.

— Lâche en quoi ? demanda-t-elle. Dans mes choix ? N'est-ce pas plutôt de la sagesse ?

— Fariboles !

Il se pencha vers elle mais quand son visage fut à la hauteur du sien, Zoe se tourna vers la vitre.

— Non, Sam… Je ne peux pas.

Il y avait des larmes dans ses yeux ; des larmes qu'il ne vit pas.

— Je te demande pardon, murmura-t-il en regardant droit devant lui. Zoe, je voudrais que tu me dises franchement une chose. Y a-t-il quelqu'un d'autre ? Sois honnête, il faut que je sache.

Elle hésita un long moment. Sans le savoir, il venait de lui tendre une perche. Elle n'avait qu'à répondre « oui, il y a quelqu'un d'autre dans ma vie » pour l'éloigner à jamais d'elle. Mais elle avait le mensonge en horreur.

— Non, dit-elle en le dévisageant. Il n'y a personne. Mais ça ne change rien. Sam, essaie de me comprendre. Je serai toujours ton amie mais rien de plus.

— Eh bien, non, je ne comprends pas, rétorqua-t-il en s'efforçant de dissimuler sa colère. Bon sang, Zoe, je ne te demande pas de m'épouser. Je te demande simplement d'être plus ouverte, plus accessible. Si je ne te plais pas, tu n'as qu'à me le dire. Tu jures que cette part de ta vie est close et là je ne te suis pas. Sois plus claire, voyons. Est-ce à cause de ton fiancé disparu ? Portes-tu encore son deuil ?

Onze ans semblaient pourtant un laps de temps raisonnable pour se remettre à vivre et à espérer.

— Non, pas du tout. J'ai retrouvé la paix, concernant Adam. Oh, Sam, je t'en prie, cesse de me harceler. Restons bons amis, ce sera plus simple. (Elle lui offrit un gentil sourire et lui effleura la main.) Ne te pose pas de questions… Je suis invivable.

— Je veux bien le croire, marmonna-t-il en faisant tourner le moteur.

Il était au supplice. Jusqu'alors, il s'était contrôlé. Il avait habilement déguisé son désir en amitié. Ce soir, ç'avait été plus fort que lui. Il avait voulu tenter sa chance mais il s'était cassé le nez. Après s'être enfermée dans une forteresse, Zoe en avait définitivement retiré le pont-levis. Non, décidément, il ne la comprenait pas.

Tandis que la voiture prenait la direction d'Edgewood, il lui lança un coup d'œil à la dérobée. Elle paraissait paisible, presque lumineuse. Évidemment, on ne pouvait pas tout avoir dans la vie, se dit-il rageusement. Il s'estimait victime d'une injustice. Ils auraient pu être heureux tous les deux. Il se gara devant la maison, fit le tour de son véhicule, ouvrit la portière de sa passagère. Il lui tendit la main pour l'aider à sortir de voiture. Elle était légère comme une plume. Sa main transparente avait l'air toute petite dans la sienne.

— Tâche de prendre quelques kilos quand tu seras au ranch, dit-il d'un air sérieux.

— Oui, docteur. J'ai passé une soirée exquise. Quand je reviendrai, je t'inviterai à la maison. Je fais des hot-dogs succulents, le petit péché mignon de Jade.

— Non, c'est moi qui t'inviterai, avec ta fille, répondit-il, espérant l'attirer hors de sa tour d'ivoire.

Elle lui cachait quelque chose. La pensée jaillit spontanément. Une ombre obscurcissait les grands yeux de Zoe. L'ombre de la peur… mais non ! elle n'avait pas peur de lui, tout de même.

— Merci, Sam. Je me suis bien amusée.

— Moi aussi. Je te prie de m'excuser si je me suis montré trop pressant.

Il craignait de l'éloigner encore davantage.

— N'en parlons plus. Je comprends.

— Mais pas moi, murmura-t-il tristement. Il y a des années que j'avais envie de me déclarer. Depuis la faculté. Je crois que j'ai attendu trop longtemps.

— Ne t'en fais pas. Ça va aller.

Elle lui tapota la main, puis il l'accompagna jusqu'à sa porte. Il se retint pour ne pas la serrer dans ses bras.

— À bientôt, dit-il en lui effleurant le front d'un baiser chaste.

Il la suivit du regard, tandis qu'elle disparaissait à l'intérieur.

Il remonta en voiture. Le tumulte de ses sentiments le suffoqua. La soirée ne s'était pas déroulée comme prévu. Et malgré leur longue amitié, Zoe demeurait plus que jamais une inconnue à ses yeux. Une énigme.

10

Le jour de son départ, Mary Stuart jeta un dernier regard dans son appartement. Les stores étaient baissés, les rideaux fermés. Elle avait coupé l'air conditionné et la température commençait à monter dans les pièces. La vague de chaleur qui avait sévi toute la semaine à New York se poursuivait.

La veille au soir, elle avait reçu un coup de fil d'Alyssa tout à la joie de son fabuleux voyage en Hollande avec ses amis. Son enthousiasme conforta Mary Stuart dans son opinion. Sa fille devait vivre son premier amour. Elle en fut contente pour elle… Elle avait également parlé deux ou trois fois avec Bill au téléphone. Son mari, éternellement débordé, n'avait pas caché sa surprise lorsqu'elle lui avait annoncé son intention de partir dans le Wyoming. Pourquoi n'allait-elle pas à Martha's Vineyard ou dans les Hamptons… comme tout le monde ? avait-il demandé. Il voulait parler de leurs relations huppées de Manhattan.

Visiblement, il désapprouvait son amitié pour Tanya Thomas. Et il ne voyait pas l'intérêt d'aller s'enterrer dans un ranch, surtout lorsqu'on n'a aucune affinité avec les chevaux. Mary Stuart avait écouté ses récriminations sans broncher. Un an plus tôt, l'avis de Bill l'aurait sûrement influencée, mais plus maintenant. Elle avait hâte de retrouver Tanya. Une folle envie de regarder chaque matin les cimes des montagnes nimbées des rayons du soleil levant. En fait, elle avait besoin de faire le point. Si Bill ne comprenait pas cela, c'était son problème. Une fois de plus, il essayait de la culpabiliser mais sans y parvenir. Il avait perdu tout droit sur elle le jour où il avait décidé de se rendre à Londres seul, pendant deux mois. Il semblait avoir renoncé à leur vie de couple, et de son côté, Mary Stuart commençait à envisager une éventuelle séparation d'une manière plus sereine. Le Wyoming représentait l'endroit idéal pour réfléchir, et pour tirer les conclusions qui s'imposaient. Une chose était certaine : elle ne pourrait plus vivre dans cet appartement sans espoir et sans joie, ce mausolée que Bill avait façonné à l'image de leur mariage. Il n'y avait aucune raison pour que ça change… pour que Bill soit revenu à de meilleures dispositions à la fin de l'été… Elle réalisait peu à peu qu'ils avaient franchi un point de non-retour, que leur ancienne complicité était probablement révolue à jamais. Leur mariage n'existait plus et ce qu'il en restait ne valait pas la peine qu'on s'y attarde. Comment en étaient-ils arrivés là ? Elle avait peine à le croire. Mais elle ne voulait pas reprendre la vie commune que Bill avait redéfinie, c'est-à-dire sans se parler, sans s'étreindre, sans se toucher. Ils avaient perdu leurs rêves. Ils s'étaient perdus eux-mêmes le jour où Todd était mort. Le départ dans le Wyoming lui apparut dès lors comme un voyage initiatique vers une sorte de Heu mythique d'où l'on ne revient que si l'on a vaincu ses démons intérieurs. Elle jeta autour d'elle un ultime regard comme pour dire adieu à son passé. Elle savait avec une conviction absolue qu'elle s'apprêtait à franchir une nouvelle étape. Elle n'accepterait plus de vivre dans la solitude, abandonnée par son mari.

Ou celui-ci redeviendrait le Bill d'avant, l'homme qui l'avait aimée et qu'elle avait adoré, ou elle ne reviendrait plus. Ils vendraient l'appartement et chacun suivrait sa route.

L'idée de repartir de zéro à son âge l'emplissait pourtant d'une peur insidieuse. Mais mieux valait être seule que mal accompagnée, se répétait-elle, reprenant à son compte le vieil adage populaire. Elle longea le couloir. Son pas ralentit devant la chambre qui avait été autrefois celle de Todd. La chambre vide. Il ne restait plus rien, ni draps ni rideaux. Pas un souvenir de son passage sur terre. Son âme était libre à présent.

En soulevant sa valise, elle se dirigea vers l'entrée. Mille pensées la tourmentaient. Todd. Alyssa. Bill. Leur ancien bonheur. Et comment en un tournemain le destin cruel avait tout balayé. Tout s'était terminé si vite, de façon si abrupte, si inattendue. Elle eut l'impression d'émerger des profondeurs d'une mer glacée. Aujourd'hui, elle refaisait surface. Elle était encore gelée, engourdie, blessée, couverte de bleus mais pour la première fois, l'idée qu'elle n'allait peut-être pas se noyer, finalement, se fraya un chemin dans son esprit. Oui, il y avait une petite chance maintenant pour qu'elle arrive à bon port. Elle resta un instant dans l'entrée, les clés à la main, voulant dire au revoir à quelqu'un, à son mari, à ses enfants, au passé.

— Je t'aime, murmura-t-elle à l'adresse du vide, ne sachant pas à qui cette phrase était destinée, à Bill, à Todd, ou à leur ancien bonheur.

Puis elle referma la porte derrière elle. Un taxi stationnait en bas de l'immeuble. Le portier mit son bagage dans le coffre. Une heure plus tard, elle était à l'aéroport Kennedy. Le vol à destination de Los Angeles se déroula sans incident.

Tanya se préparait à quitter sa villa dans un tourbillon d'activités. Elle emportait six valises, deux énormes boîtes à chapeaux, neuf paires de bottes de toutes les couleurs en croco et lézard. La femme de ménage rangeait des provisions dans le réfrigérateur du mobile-home garé devant la maison. Tanya avait acheté une douzaine de films vidéo pour égayer leur trajet entre le Nevada et l'Idaho, qui promettait d'être long et monotone, si elle en croyait ses amis.

Il était onze heures du matin. L'avion de Mary Stuart était annoncé à midi trente mais Tanya comptait s'arrêter chez Gelsen's, où elle dévaliserait le rayon d'épicerie fine.

Le chauffeur vérifia le niveau d'huile pendant qu'elle embrassait son chien, puis sa femme de ménage, lui rappelant comment fonctionnait le signal d'alarme au laser. Ensuite, elle attrapa son chapeau, son agenda qu'elle fourra dans son sac, avant de monter dans le bus. Les cheveux au vent, en tee-shirt blanc et blue-jean moulant, elle arborait des bottes de cow-boy jaune vif. Elle les avait achetées pour son seizième anniversaire au Texas et les avait usées jusqu'à la corde pendant ses études mais elle continuait à les porter systématiquement dès qu'elle partait en voyage ; elle y tenait absolument, comme on tient à un porte-bonheur.

— En avant, Tom, cria-t-elle une fois dans le bus.

Le conducteur se mit à manœuvrer afin de faire passer le monstre entre les grilles ouvertes du portail, puis dans l'allée étroite. Deux vastes pièces composaient le mobile-home. Un salon en teck et velours bleu marine offrait une ambiance feutrée, avec sa longue table pour huit personnes, ses fauteuils moelleux et ses deux canapés. La pièce du fond tapissée de soie émeraude servait de chambre à coucher et entre les deux s'alignaient une cuisine équipée et une salle de bains en marbre blanc. Tanya était très attachée à son palace ambulant. Elle en avait fait l'acquisition des années auparavant, avant même d'avoir gagné son premier disque de platine. Il évoquait un yacht pour milliardaire ou un luxueux jet privé et il avait coûté presque aussi cher.

Elle partagerait la chambre à coucher avec Mary Stuart pendant que Tom dormirait dans des motels, sur la route. Un système d'alarme hypersophistiqué assurerait leur sécurité la nuit. Le jour, elles bavarderaient agréablement dans le salon. En roulant pendant dix heures d'affilée, elles seraient à Jackson Hole deux jours plus tard en début de soirée.

Ils arrivèrent à l'aéroport dix minutes avant l'atterrissage de l'avion en provenance de New York. Tanya, coiffée d'un large chapeau de cow-boy, le regard masqué par des lunettes noires, attendait devant la porte de débarquement quand Mary Stuart apparut, vêtue d'un jean et d'un blazer, un grand sac Vuitton à la main. Comme à l'accoutumée, pas un faux pli ne marquait ses vêtements et elle avait l'air de sortir de chez le coiffeur.

— Je me demande comment tu t'y prends pour être toujours aussi impeccable ! s'exclama Tanya en riant et en la serrant dans ses bras.

— C'est congénital. Mes enfants détestaient mon allure. Todd ne manquait pas une occasion de m'ébouriffer les cheveux pour que j'aie l'air normale, comme il disait.

Bras dessus bras dessous, elles se dirigèrent vers le tapis roulant où les passagers récupéraient leurs bagages. Tom s'y trouvait déjà. Tanya fit les présentations. Tous les regards convergeaient vers elle. Une rumeur sourde parcourut la foule, puis un groupe d'adolescents brandissant des stylos et des feuilles de papier entoura la star.

— Miss Thomas ! miss Thomas ! Une petite signature, s'il vous plaît ! cria un jeune homme, tandis que ses copains et ses copines gloussaient en se poussant du coude.

Tanya ne refusait jamais de sacrifier au rite des autographes. Elle le fit rapidement. Si elle restait sur place plus de cinq minutes, elle allait provoquer une émeute, elle le savait. Elle dédia à ses jeunes fans son sourire le plus dévastateur, sous le regard amusé de son amie.

— Viens, on s'en va, chuchota-t-elle, sinon on ne s'en sortira pas.

À voix basse, elle donna des instructions à Tom. Mary Stuart lui décrivit sa valise avant de se laisser entraîner par Tanya vers la sortie. Plusieurs autres personnes se retournaient sur leur passage et deux blousons noirs marquèrent un temps d'arrêt pour dévisager la chanteuse. Le premier rattrapa familièrement par le bras.

— Salut, poupée, t'as pas un souvenir pour moi ? ton soutien-gorge, par exemple ?

Ils se mirent à rire, enchantés de cette phrase qu'ils trouvaient follement drôle. Tom, qui avait aperçu la scène, vint à la rescousse.

— Ça va, les gars, allez, à la prochaine, dit Tanya, imperturbable.

Avant que Mary Stuart ait le temps de réagir, elle l'attira dans la porte à tambour hors de l'aérogare. Elles longèrent la chaussée à vive allure. Deux femmes se retournèrent en les croisant. L'une d'elles braqua son appareil photo sur Tanya. Le flash explosa dans une lumière aveuglante. Tom, qui venait de les dépasser, les clés du bus à la main, ouvrit la portière et poussa à l'intérieur sa patronne et son invitée. Une seconde plus tard, elles étaient à l'abri. Le souffle court, Mary Stuart se laissa tomber sur un siège. Tanya, elle, avait conservé sa bonne humeur. Ce genre d'incident lui arrivait partout où elle allait, au supermarché, chez le médecin, au cinéma. Dès qu'elle apparaissait en public, elle attirait l'attention. Comme toutes les idoles, elle ne pouvait esquisser un pas sans être aussitôt importunée, suivie, photographiée.

— Mon Dieu, quelle horreur, soupira Mary Stuart.

Son hôtesse lui tendit un Coca-Cola par la porte de la cuisine, en souriant à son chauffeur.

— Bah, on s'habitue. Ou presque. Merci, Tom, d'avoir volé à notre secours.

— De rien, mademoiselle Thomas.

Il déclara qu'il retournait chercher la valise de Mme Walker et rappela à sa patronne de fermer la portière à clé.

— Ah oui ? Et moi qui voulais vendre des billets pour mon prochain spectacle ! plaisanta-t-elle.

Avec ses bottes et son chapeau de cow-boy elle accusait plus que jamais ses origines texanes.

— Soyez prudente, répéta le chauffeur avant de s'éclipser.

Une petite foule s'était agglutinée devant le mobile-home et l'on pouvait entendre les cliquetis des appareils photo.

Pourtant, les vitres fumées dissimulaient l'intérieur et, du reste, rien ne permettait d'identifier le véhicule. Celui-ci ressemblait à ce qu'il était. Un long bus noir sans aucune marque distinctive. Mais à présent, les gens le savaient. La nouvelle avait fait le tour de l'aéroport. Tanya Thomas avait été vue sur les lieux et elle était entrée là-dedans. Quand Tom revint avec la valise de Mary Stuart, une cinquantaine de personnes se pressaient autour de la voiture. Certains essayèrent de le questionner. Il se fraya un chemin en jouant des coudes, sans un mot. En trente secondes, il s'installa dans la cabine et verrouilla la porte.

— Doux Jésus, ils sont agressifs aujourd'hui, dit Tanya en épiant la foule derrière la vitre fumée.

Par moments, une peur étrange l'étreignait. Elle comprenait alors ce que doit éprouver une bête traquée.

Mary Stuart l'observait avec compassion.

— Je ne sais pas comment tu résistes.

Chacune prit place dans un fauteuil, tandis que le véhicule s'ébranlait.

— Moi non plus, répondit Tanya en posant sa canette de Coca-Cola sur une table basse en marbre turquin. Je crois qu'il n'y a rien à faire. Au début, on croit que les gens viennent vers vous parce qu'ils apprécient vos chansons. Erreur ! Ils vous poursuivent pour des raisons qui vous échappent. On leur accorde un doigt et tout le bras y passe. Ils sont capables de vous dévorer tout cru. Oh, pour vous aimer, ils vous aiment ! Ils vous donneraient tout, leur cœur, leur âme, leur corps. Mais ils exigent les vôtres en retour. Et ce qu'on leur donne, on ne le récupère plus jamais.

Un soupir gonfla sa poitrine. Une phrase de Tony lui revint en mémoire. « Le prix à payer est trop élevé. » Elle était bien placée pour le savoir. Tandis que le bus mettait le cap sur Winnemucca, leur première étape dans le Nevada, Tanya s'adossa à son fauteuil capitonné de velours bleu roi.

— Et toi ? As-tu fait bon voyage ? Comment va Alyssa ?

— Elle est en Hollande et elle se porte comme un charme. Je suis sûre qu'elle est amoureuse. Elle nage dans le bonheur, ça s'entend à sa voix… Bill va bien aussi, ajouta Mary Stuart. Il est terriblement occupé.

Sans moi, pensa-t-elle en même temps. Elle n'en dit pas plus, mais l'expression chiffonnée de son visage trahissait ses préoccupations.

— Vos rapports sont-ils toujours au même point, si je peux te le demander ?

— Je n'en sais rien. J'ai beaucoup réfléchi…

Sa voix se fêla. Mary Stuart regarda les yeux attentifs de son amie. Le souvenir de leurs interminables discussions à Berkeley rejaillit. Elles se racontaient tout. À l'époque, Tanya rêvait d'épouser Bobby Joe. Mary Stuart souhaitait fonder une famille. Elle s'était mariée avec Bill deux mois après la remise des diplômes, croyant avoir trouvé le bonheur. La vie s'était chargée de les détromper, toutes les deux.

— Je ne suis pas sûre que je reviendrai après l'été, dit-elle doucement, et Tanya la regarda, interdite.

— Où ça ? À New York ?

Allait-elle s'établir en Californie ? Mais ici, elle ne connaissait personne et elle avait une mentalité si typique de la côte est…

— Non, auprès de Bill. Lorsqu'il est parti, j'ai ressenti comme une cassure. Oui, quelque chose d'irréparable s'est produit. Il m'a pratiquement interdit d'aller le rejoindre. Comme s'il était libre d'agir à sa guise. Il ne se comporte plus comme un homme marié. Peut-être se considère-t-il libre de tout engagement vis-à-vis de moi. Il m'a à peine adressé la parole pendant un an, il ne m'a plus emmenée nulle part. Il me tient pour responsable du suicide de Todd et m'inflige son châtiment : je suis toujours mariée mais pas lui. Jusqu'à présent, j'ai marché dans son jeu parce que la culpabilité me rongeait. Le fait de m'être débarrassée des affaires de Todd m'a délivrée. Je suis triste, seule, perdue… (Elle avait versé toutes les larmes de son corps, ce soir-là.) Mais je ne me sens plus coupable. Ce n'était pas ma faute. Todd a choisi librement de se donner la mort. C'est une chose affreuse. Mais j'ai compris que moi, sa mère, je n'y étais pour rien.

— Tu le crois vraiment ? demanda Tanya, soulagée.

C'était exactement ce qu'elle avait essayé de lui dire à New York mais Mary Stuart n'était pas prête alors.

— Oui. Je le crois maintenant... Mais pas Bill. Bill me déteste. Et il continuera à me punir. (Elle détourna les yeux un instant vers la fenêtre, alors que le bus dépassait les faubourgs de Los Angeles.) Nous ne sommes plus mariés, Tan. C'est fini. Oh, il le nierait sûrement si je lui posais carrément la question. Mais le fait est là. Notre union est brisée, sinon je serais avec lui à Londres.

— Peut-être n'arrive-t-il pas encore à faire face aux événements, offrit généreusement Tanya.

Elle craignait que Mary Stuart n'ait raison. Bill la rejetait depuis un an de toutes les manières. Par sa froideur et son silence. Par ses reproches muets.

— Non, Tan, je ne me fais plus aucune illusion. Il m'a fallu longtemps pour le comprendre. J'ai toujours cru que j'avais fait un beau mariage. Plus de vingt ans, ce n'est pas si mal. Nous avons été heureux, poursuivit-elle avec tristesse. Hélas, rien n'est éternel. Aussi bizarre que ça puisse paraître, la disparition de notre fils nous a éloignés au lieu de nous rapprocher.

— Cela arrive souvent. Peu de mariages survivent à la mort d'un enfant. Je l'ai lu quelque part.

— Et toutes ces années passées ensemble ne comptent donc pas ? On dirait un livret d'épargne qui se retrouve vide du jour au lendemain. (Elle eut un sourire affligé. Bizarrement, elle se sentait en paix avec elle-même. Depuis le départ de Bill à Londres ses réflexions avaient porté leurs fruits.) Non, franchement, je ne vois pas de solution. En tout cas, je n'ai pas l'intention de vivre une année de plus en enfer.

— Essaierais-tu de faire un effort s'il te le demandait ?

— Je ne sais pas. Je ne veux plus retourner en arrière. Je veux aller de l'avant.

Elles sirotèrent leur Coca-Cola en silence tandis que les formes déchiquetées des montagnes de San Bernardino se profilaient en ombres chinoises sur la bande claire de l'horizon.

— Et Tony ? s'enquit Mary Stuart. Où en êtes-vous ?

— Il a pris un avocat et j'ai confié l'affaire au mien. Il réclame la maison de Malibu et je refuse de la lui céder. Je l'ai achetée avec mon propre argent mais il semble que je doive encore débourser une jolie somme pour la garder, ce qui est un comble ! Ah, oui, il a pris la Rolls et il demande une pension alimentaire, plus un dédommagement. Il aura probablement gain de cause. Il prétend que mon style de vie l'a profondément affecté psychologiquement. En conséquence, il réclame une indemnisation.

— Il devrait avoir honte ! s'écria Mary Stuart, furieuse.

Tous ces gens qui s'acharnaient sur Tanya, sous prétexte qu'elle était riche, l'insupportaient. Même Tony avait fini par chercher à se venger, mais de quoi ? De sa célébrité sans doute. Les mains derrière la nuque, Tanya eut un sourire cynique.

— Personne n'a honte quand il s'agit d'argent. Mon avocat essaie de me consoler en disant qu'il faut bien payer sa tranquillité d'une façon ou d'une autre. Mais jusqu'à quand paierai-je ? Toute la question est là. C'est *mon* argent après tout. J'ai travaillé dur pour l'obtenir. Je ne trouve pas normal qu'un homme, Tony ou un autre, en profite pour me spolier. Et mes problèmes psychologiques à moi, qui s'en soucie ? Le mois prochain, nous nous présenterons devant la cour. Les médias ne rateront pas l'occasion, je vois d'ici les manchettes.

— Les journalistes assisteront à l'audience ? s'enquit Mary Stuart, horrifiée.

— Et comment ! Les tribunaux sont ouverts à la presse et aux journaux télévisés. Le fameux premier amendement leur donne toute latitude.

— La prétendue liberté d'expression, je sais. Mais il y a des limites, tout de même.

— Dis-le au juge.

Tanya croisa ses longues jambes. À mesure que le bus s'éloignait de la ville, elle se détendait. Aucun journaliste en vue, le secret de son escapade dans le Wyoming avait été bien gardé. Elle vouait une confiance aveugle à Tom, son chauffeur. Il était à son service depuis des années et il ne s'en vantait pas. Il avait une femme, quatre enfants, mais il n'avait jamais prononcé le nom de son employeur. Parfois, quand on le questionnait, il disait qu'il travaillait pour la compagnie des autobus Greyhound. Il portait Tanya aux nues et ne demandait pas mieux que de la protéger.

— Comment peux-tu supporter toutes ces médisances ? Je t'admire, dit Mary Stuart avec franchise. À ta place, j'aurais craqué au bout de deux jours.

— Mais non. Tu te serais habituée. Au début, tout le monde est gentil avec vous. Ce n'est que plus tard que la tempête se déchaîne, mais entre-temps on est bel et bien pris au piège de la renommée.

Elle détestait les sordides rumeurs sans cesse alimentées par la presse à scandale. Mais elle adorait son métier, donc la question ne se posait pas.

Un silence suivit. Tanya disparut dans la cuisine d'où elle revint avec un bol de pop-corns qu'elles picorèrent avec délices. Tard dans l'après-midi, elles mangèrent des sandwiches. Tanya porta un plateau et une tasse de café à Tom, dans la cabine de pilotage. Ils firent une brève halte afin qu'il puisse se dégourdir les jambes, puis ils reprirent la route. Pendant que Tanya regardait un film en vidéocassette, Mary Stuart fit la sieste. Ç'avait été une longue journée pour elle, et elle était éreintée. Elle rêva de New York. Depuis que Bill était parti, elle avait tourné et retourné les mêmes questions dans sa tête. Elle pensait enfin avoir trouvé la bonne réponse. Alyssa en serait bouleversée, naturellement. Quant à la réaction de Bill, Mary Stuart n'en avait pas la moindre idée. Peut-être, au fond, serait-il soulagé. Il n'était pas impossible qu'il ait souhaité le divorce mais n'ait pas eu le courage d'y faire allusion. Elle lui en parlerait lorsqu'il reviendrait de Londres, fin août ou en septembre. En attendant, rien ne lui interdisait les projets. Après le ranch, elle regagnerait Los Angeles et resterait avec Tanya pendant une semaine, puis elle irait à East Hampton jusqu'à la fin de l'été. La plupart de ses amis y passaient leurs vacances.

Lorsqu'elle rouvrit les yeux, ils avaient quitté la Californie du Sud et traversaient les plaines arides du Nevada.

— Où sommes-nous ? demanda-t-elle en se remettant sur son séant et en regardant autour d'elle.

Même à moitié endormie, elle ressemblait à une publicité de mode. Tanya lui ébouriffa les cheveux, comme elle le faisait à la fac, et leurs rires fusèrent.

— Stu, tu m'agaces ! tu as l'air d'avoir douze ans. Je passe le plus clair de mon temps entre les salles de gymnastique et le cabinet de mon chirurgien esthétique et te voilà, naturelle et fraîche comme une rose. Ce n'est pas juste.

Leur hilarité redoubla. Les années insouciantes de la fac étaient loin et, pourtant, à ce moment précis, toutes deux ressemblaient à des écolières.

— À propos, j'ai eu à nouveau Zoe au téléphone, déclara innocemment Tanya quand elles eurent fini de rire. Elle se dévoue entièrement à sa cause.

Elles tombèrent d'accord : Zoe était quelqu'un d'exceptionnel.

— Dommage qu'elle ne se soit jamais mariée, fit remarquer Tanya.

— Ça ne m'étonne pas, répondit Mary Stuart, pensive. Elle a toujours été contre le mariage.

— Je ne sais pas pourquoi. Elle a eu plein de petits amis, non ?

— Oui, mais sa fibre maternelle a toujours été mondiale : les orphelins du Cambodge, les petits affamés de l'Éthiopie, les réfugiés en provenance de pays sous-développés. Sa clinique pour les malades du sida en est la preuve. En revanche, le fait qu'elle ait adopté une petite fille a été une vraie surprise pour moi. Je n'ai jamais pensé qu'elle aurait des enfants. Zoe est trop idéaliste ; parfaitement capable de sacrifier sa vie pour une noble cause, mais je l'imagine mal en train de torcher une gamine.

Tanya l'approuva d'un éclat de rire. Les tâches ménagères n'étaient pas le point fort de Zoe. À la fac, le nettoyage de leur chambre incombait à Mary Stuart et à Eleanor. Zoe se trouvait toujours par monts et par vaux, quand elle ne discutait pas sur le campus, et Tanya était constamment pendue au téléphone, en grande conversation avec Bobby Joe.

— J'aimerais bien la revoir, dit-elle prudemment, pour sonder Mary Stuart.

Elle priait pour que la rencontre au ranch ne dégénère pas en affrontement. Si l'une de ses amies repartait, elle en aurait le cœur brisé. Elle craignait davantage la réaction de Mary Smart, qui avait été profondément blessée par les reproches de Zoe.

Tanya attendit une réponse qui ne vint pas. Mary Stuart avait tourné la tête vers la fenêtre. La mort tragique d'Éleanor avait rompu leur amitié. Elle n'avait plus jamais revu Zoe, bien qu'elle pensât à elle de temps à autre. Tanya avait gardé le contact avec les deux, mais la réconciliation n'avait jamais eu lieu. Les paroles sans pitié de Zoe l'avaient rendue impossible.

Elle prit un des livres qu'elle avait emportés avec elle et fit semblant de s'y plonger tandis que Tanya feuilletait un magazine. Il était vingt et une heures quand le bus arriva à Winnemucca, une petite ville dont l'artère principale, bordée de salles de jeu et de casinos, était brillamment éclairée par une débauche de lumières et de néons multicolores. Tom gara le mobile-home dans l'aire de stationnement du *Red Lion Inn,* où il avait réservé une chambre.

Tanya enfila ses bottes, se coiffa de son chapeau à large bord et chaussa une paire de lunettes noires. Elle avait une petite perruque brune dans ses bagages mais au dernier moment elle décida de s'en passer. Côte à côte devant le miroir de la salle de bains, les deux amies se mirent du rouge à lèvres. À l'idée qu'elles tenteraient bientôt leur chance dans l'une des salles de jeu, une excitation toute juvénile les saisit, comme à l'époque où elles s'échappaient de la fac pour aller à une surprise-party.

— Attention, petite, avertit Tanya avec un clin d'œil espiègle. Si jamais je gagne le jackpot, ne vends pas la mèche à Tony, il serait capable de me demander un pourcentage.

Elle fut la première étonnée de sa plaisanterie. Hier encore, le nom de Tony lui faisait monter les larmes aux yeux. Aujourd'hui, ses sentiments à son égard faiblissaient. Il était devenu un étranger. Par moments, elle avait la sensation de ne l'avoir jamais connu, tant il était sorti de sa vie brusquement. De temps à autre, au contraire, une vague de nostalgie l'inondait, puis doucement tout s'apaisait. Parfois, un souvenir jaillissait, une image fugitive, qui s'éteignait aussitôt. C'était fini. Elle avait eu tort d'accepter ce mariage. Elle avait commis une erreur. Comme une spectatrice, elle regardait s'estomper un sentiment qu'elle avait longtemps pris pour de l'amour, un amour qui n'avait peut-être jamais existé. Seuls les enfants de Tony lui manquaient.

Elle donna congé à son chauffeur et lui souhaita une bonne soirée. Ensuite, les deux amies pénétrèrent dans la salle enfumée d'un établissement éclairé d'une enseigne au néon multicolore. Elles changèrent deux billets de cinquante dollars en pièces de vingt-cinq cents. Une faune bigarrée emplissait la pièce. Des femmes aux cheveux bleu électrique, vêtues d'extravagantes tenues en polyester fleuri, une cigarette vissée au coin des lèvres, s'acharnaient sur les machines à sous, tandis que la plupart des hommes se pressaient autour des tables de poker et de black jack. Une dizaine de pièces de vingt-cinq cents sortirent de la machine de Tanya, qui tapa dans ses mains en poussant un petit cri enchanté. Un homme s'approcha d'elle, avec un sourire. Grand et maigre, tout en jambes, il avait de grosses mains calleuses. Son pantalon semblait s'obstiner à glisser sur ses hanches inexistantes. Une barbe de quelques jours ombrait ses joues et son menton. Il portait un chapeau de cow-boy comme celui de Tanya.

— Alors, combien on a gagné ?

— Deux dollars, répondit la chanteuse sans lever le nez, sous le regard inquiet de Mary Stuart.

Il ne manquait plus que cet ivrogne !

— On vous a déjà dit que vous ressembliez à Tanya Thomas ? Sauf que vous êtes plus grande… et plus jeune.

— Oui, merci, fit-elle, sans se retourner. (Surtout ne jamais croiser leur regard, lui avait dit un jour Cher sur un plateau de tournage. Sans les yeux, ils ne vous reconnaissent pas.) Oui, on me prend parfois pour elle. Mais vous avez raison, elle est vraiment plus petite.

— C'est exactement ce que je vous ai dit. Vous êtes rudement plus grande. Notez, elle a du talent. Vous aimez ses chansons ?

— Couci-couça, lui répondit Tanya en exagérant son accent texan, tandis que Mary Stuart se retenait de rire. Mais je trouve qu'elle s'agite trop sur scène, pas vous ?

Elle poussait le bouchon trop loin, s'affola son amie, mais l'homme secoua énergiquement la tête.

— Pas du tout. Elle est sensationnelle.

Tanya haussa les épaules. Peu après, elle alla s'asseoir à une table de jeu et Mary Stuart se pencha au-dessus de son épaule.

— Quelle présence d'esprit, ma chère !

Tanya étouffa un rire et gagna vingt dollars. Une femme dit alors :

— Regarde, c'est Tanya Thomas.

Mais l'homme au chapeau de cow-boy se fit un plaisir de lui expliquer que cette personne ressemblait peut-être à la superstar mais qu'elle était beaucoup plus grande.

— Et plus jeune, murmura Tanya entre ses dents.

Il ne leur restait plus que cinquante dollars. À dix heures, elles passèrent dans la salle de restaurant adjacente. Au moment où elles commandaient de succulents hamburgers frites, leurs voisins de table se mirent à détailler Tanya, qui fit semblant de ne s'être aperçue de rien. La serveuse la dévorait des yeux mais, comme elle n'était pas sûre, elle n'osa rien demander. Le repas se déroula calmement, chose rare pour la chanteuse. Elles rejouèrent aux machines à sous jusqu'à minuit. Elles s'étaient mises d'accord pour ne pas dépenser plus de cent dollars. Lorsqu'elles retournèrent au mobile-home, Tanya aligna quatre billets de dix dollars sur la table.

— Oh, la ! la ! Nous avons gagné quarante dollars ! exulta Mary Stuart.

— Mais non, idiote ! Nous en avons perdu soixante. Nous avons commencé avec une cagnotte de cent dollars, tu ne t'en souviens pas ?

— Oh… mais c'est vrai, bredouilla Mary Stuart, comme pétrifiée, puis toutes les deux éclatèrent de rire.

En riant toujours, elles pénétrèrent dans la pièce du fond, tendue de soie émeraude. Une table de nuit séparait les deux confortables canapés-lits.

— Tu sais que tu as un faux air de Tanya Thomas ? affirma Mary Stuart, tandis que Tanya passait énergiquement une brosse dans sa somptueuse chevelure blonde.

Elles s'amusaient comme lorsqu'elles partageaient la même chambre vingt-cinq ans plus tôt. Tanya hasarda la tête par la porte entrebâillée. Une récente intervention chirurgicale lui avait redonné le galbe de son cou de vingt ans.

— Mais en plus grande et en plus jeune ! entonnèrent-elles en même temps dans un nouvel accès d'hilarité.

— Surtout *plus jeune,* ponctua Tanya. Normal ! ça m'a coûté une fortune.

— Décidément, tu es irrécupérable !

Pieds nus et en chemise de nuit, Mary Stuart entra dans la salle de bains en riant. Elle n'avait pas ri autant depuis très longtemps. Elle ne songeait plus à Bill. Pour la première fois, elle se sentait vivante.

— Tu n'as pas changé, tu sais, dit-elle en étudiant Tanya dans le miroir.

— Peut-être mais toi non plus. De plus, tu affirmes que tu n'as eu recours à aucun artifice. Mmmm, à mon avis, tu mens, ma belle !

Mais elle la taquinait. Mary Stuart avait une parfaite ossature de visage, une peau splendide, un corps mince et svelte. C'était une très belle femme, bien que moins éclatante que Tanya.

Une fois couchées, elles continuèrent à bavarder dans le noir jusqu'à deux heures du matin. Elles ne se réveillèrent pas avant neuf heures le lendemain. Tanya prépara le petit déjeuner dans la cuisine pendant que Mary Stuart disparaissait dans la salle de bains. À neuf heures et demie, elles étaient douchées et habillées. Elles ne s'étaient pas donné la peine de se maquiller.

— Je me sens toute nue, confia Tanya à son amie en s'examinant dans le miroir. À Los Angeles je ne sors jamais sans une bonne couche de fond de teint, du mascara et du rouge à lèvres, de peur de tomber sur un photographe. Mais ici… au diable la superstar !

Elles échangèrent un sourire. Chacune à sa manière éprouvait une grisante sensation de liberté.

Tanya appela Tom à son hôtel. Pendant qu'il allait faire le plein, elles retournèrent au casino. Chacune gagna le double de sa mise. La salle de jeu était pleine à craquer, mais cette fois-ci aucun des clients n'eut l'air de remarquer Tanya.

— Tu devrais sortir plus souvent sans te maquiller, lui dit Mary Stuart alors qu'elles se dirigeaient vers le bus où Tom les attendait.

Il avait fait le nettoyage et préparé du café. Les chambres et la salle de bains rutilaient.

— Oh, Tom, merci ! s'écria Tanya.

Il répondit par un sourire. Il prenait grand soin du mobile-home, qu'il appelait le « yacht terrestre ».

Ils quittèrent Winnemucca peu après dix heures. Le voyage à travers le désert du Nevada se poursuivit tout l'après-midi. Le paysage plus verdoyant de l'Idaho apparut enfin. Tandis que Mary Stuart s'abîmait dans sa lecture, Tanya passa plusieurs coups de fils. Sa secrétaire fut heureuse de lui annoncer que, pour une fois, il n'y avait pas de problème. Son nom n'était mêlé à aucun scandale. Personne n'avait entamé de poursuites à son encontre.

— Seigneur, je vais finir par m'ennuyer, soupira Tanya. Pas de messages, Jane ?

Si, il y en avait eu un. Mme Zoe Phillips confirmait son arrivée à Jackson Hole. Une camionnette de l'hôtel irait la chercher à l'aéroport vers dix-huit heures. Tanya avait calculé qu'elles seraient au ranch vers dix-sept heures trente. Elles auraient largement le temps de prendre une douche et de se changer avant le dîner. Elle tut le message de Zoe. Mary Stuart paraissait si détendue qu'elle n'avait pas envie de lui gâcher sa journée. Elles firent la sieste et, lorsqu'elles se réveillèrent, le bus roulait dans une luxuriante vallée entourée par les cimes granitiques des Grands Tétons. Elles en eurent le souffle coupé. Exaltée par ce spectacle grandiose, Tanya se mit à chanter. Sa voix monta, comme une étoile dans le firmament. Mary Stuart lui prit la main, tandis que la voiture traversait Jackson Hole en direction de Moose, dans le Wyoming.

11

— Aie constamment un œil sur nos stocks d'AZT, dit Zoe à Sam devant le guichet d'enregistrement des bagages. Ils s'épuisent en un rien de temps et après il faut des jours et des jours pour être réapprovisionné… N'hésite pas à donner des échantillons gratuits aux plus démunis. Le traitement est onéreux. (L'employé de la compagnie prit ses bagages et lui tendit un ticket qu'elle fourra machinalement dans sa poche.) Ah oui, le labo ! Exige les résultats des tests le plus rapidement possible. Un retard de diagnostic peut engendrer une catastrophe, surtout pour les enfants. Il importe avant tout de connaître leur taux de T 4 et de globules blancs…

Elle n'avait pas cessé de lui donner ses recommandations depuis qu'ils étaient arrivés à l'aéroport ; tandis qu'ils franchissaient le détecteur d'objets métalliques, son anxiété atteignit son paroxysme.

— Au cas où tu l'aurais oublié, j'ai fait des études de médecine, répondit Sam. Mon diplôme est reconnu par l'ordre des médecins et j'ai l'autorisation d'exercer. Je le jure !

Il joignit le geste à la parole en levant une main et un rire nerveux secoua Zoe.

— Oh, Sam, je suis désolée. Je ne peux pas m'empêcher de m'inquiéter.

— Je le sais. Essaie au moins de te détendre, sinon tu vas avoir une crise cardiaque et adieu le Wyoming.

Elle hocha la tête, de plus en plus tendue. À sa culpabilité d'abandonner ses patients s'ajoutait celle d'avoir laissé sa fille. Si elle s'était écoutée, elle aurait fait demi-tour et se serait précipitée à la maison. Elle avait bombardé Inge d'innombrables instructions et quand Jade s'était mise à pleurer, elle aurait tout annulé si Sam ne l'avait pas traînée jusqu'à sa voiture.

— Je comprends pourquoi tu ne vas jamais nulle part, dit-il lorsqu'ils s'assirent dans le hall.

Il lui trouvait une pâleur singulière, due sans doute au stress, à moins qu'elle ne couve une grippe quelconque avec tous les virus qui traînaient. En tout cas, ces vacances tombaient à point nommé. Il lui avait promis de la remplacer nuit et jour et il tiendrait parole. Depuis leur soirée au restaurant, ils n'avaient plus parlé de leur vie privée. Dès le lendemain, les discussions professionnelles avaient remplacé les confidences. Mais il n'avait pas renoncé au but qu'il s'était fixé. Diplomate, il l'avait invitée à dîner chez lui avec Jade dès son retour. Elle avait accepté. Elle n'y avait vu qu'une nouvelle démonstration d'amitié, alors qu'il s'agissait d'une entreprise de séduction, mais Sam était le seul à le savoir.

— … rendre visite à Quinn Morrison, poursuivait-elle encore. Je lui ai promis que tu passerais lui dire un petit bonjour après les consultations.

C'était l'un de ses patients préférés, un gentil septuagénaire qui avait contracté le sida à la suite d'une opération de la prostate et dont l'état n'avait cessé de se dégrader.

— Promis, juré. Et je passerai également chez toi, histoire de m'assurer que ta baby-sitter ne fait pas du strip-tease sous les yeux innocents de ta fille.

Zoe éclata de rire.

— Mon Dieu, Sam, cette pauvre Inge !

— Maintenant calme-toi, sinon je te prescris du Prozac ou du Valium, si ce n'est les deux.

— Excellente idée.

Elle avait commencé l'AZT cette semaine, à titre préventif. Elle croyait énormément à la prophylaxie antivirale, permettant de retarder l'apparition des symptômes, et la recommandait à ses patients.

— Je n'aurais pas dû partir, recommença-t-elle, de nouveau en proie aux remords.

Il lui proposa d'aller prendre un café.

— Zoe, arrête ! lâcha-t-il quand la serveuse leur eut apporté deux cappuccinos. Je ne connais personne qui ait autant besoin de vacances que toi. Si j'avais la moindre influence, je t'aurais poussée à partir deux semaines au lieu d'une.

Elle n'aurait jamais accepté.

— Peut-être l'année prochaine.

— Tiens, tiens ! on commence à prendre goût à la paresse. Et moi qui croyais que chez toi c'était interdit !

Elle lui lança un regard malicieux.

— Ça dépendra.

— De quoi ? L'endroit est superbe.

Il était allé une fois à Yellowstone Park et en avait été littéralement subjugué.

— Des cow-boys. S'ils sont beaux, j'y retournerai peut-être l'année prochaine.

Elle plaisantait mais il fit semblant de marcher.

— Ah, bravo ! D'abord tu me fais croire que tu mènes une existence de bonne sœur, puis tu pars donner la chasse aux apollons du Far West. Parfait ! Je me vengerai atrocement. Je distribuerai des placebos à tes chers patients, et voilà !

— Oh, Sam, pitié !

— Je crois bien que j'ai une paire de bottes de cheval dans mon garage. Et je pourrais m'acheter un de ces chapeaux idiots qui plaisent tant aux femmes… C'est curieux, mais je vois mal Dick Franklin déguisé en garçon de ferme, et toi ?

Elle éclata de rire. Sam ne ratait jamais l'occasion de ridiculiser le célèbre Dr Franklin. Ses airs supérieurs avaient le don de l'exaspérer au plus haut point. Ils s'étaient rencontrés lors d'un congrès sur le cancer du sein. Un désaccord à propos du traitement chirurgical les avait opposés et Dick avait traité Sam comme un débutant. Sam n'était peut-être pas chirurgien mais il avait ses idées sur le sujet, tout à fait valables d'ailleurs, à ceci près que son illustre rival lui avait coupé la parole de son air le plus méprisant.

— Je te rapporterai un chapeau de cow-boy, lui promit Zoe.

— Sans le cow-boy, s'il te plaît.

L'heure du départ approchait. Ils se levèrent. Elle allait prendre l'avion pour Sait Lake City, puis celui de Jackson Hole.

— Je t'appellerai.

— Donne mon bonjour à ton amie. J'aimerais bien la rencontrer.

— Je lui donnerai ton numéro de téléphone.

Tout le monde rêvait de rencontrer un jour Tanya Thomas en chair et en os. En soulevant le sac de voyage de Zoe, Sam redevint sérieux.

— Repose-toi. Fais-toi plaisir. Tu l'as mérité. (Les yeux étrécis, il fronça les sourcils.) As-tu pris ta trousse de médecin ?

— Oui. Elle est dans la valise que j'ai remise à l'enregistrement. Pourquoi ? s'alarma-t-elle en jetant un coup d'œil autour d'elle. Que se passe-t-il ? Quelqu'un a eu un malaise ? Il y a un blessé ?

— Oui, toi, quand je t'aurai assommée. Bon sang, tu pars en vacances, ne commence pas à jouer les médecins sans frontières. Je veux que tu laisses cette fichue trousse au fond de ta penderie, d'accord ?

— Je n'avais pas l'intention de me promener avec. Je l'emporte au cas où… Je me sens perdue sans elle. Tu en aurais fait autant.

— Ce n'est pas la même chose. Je suis suppléant. Zoe… (Il l'attira vers lui, n'osant l'embrasser.) Dorlote-toi. Ne t'inquiète pas. Si j'ai besoin de tes lumières, je t'appellerai. Je te tiendrai au courant de tout.

— C'est promis ?

Il acquiesça d'un air solennel. Elle sourit. C'était la raison pour laquelle elle lui confiait son cabinet. Non seulement Sam tiendrait ses engagements, mais en plus, il était l'un des meilleurs praticiens de la ville. Elle laissait ses patients entre de bonnes mains.

— Oui, je te le promets, dit-il. Et toi, promets-moi de te reposer et de rentrer les joues roses, avec quelques kilos en plus, même si tu passes ton temps à flirter avec de virils cow-boys. Expose-toi raisonnablement au soleil et surtout fais la grasse matinée.

— Oui, docteur.

Un ultime serrement de mains. Un dernier sourire. Son sac de voyage à la main, elle prit le couloir menant à la porte d'embarquement. Sam resta derrière la vitre. Il la vit gravir la passerelle de l'avion. Il attendit jusqu'à ce que l'appareil décolle, puis, songeur, il traversa à pas lents le hall de l'aérogare. Le bip aigu de son bruiteur le ramena brutalement à la réalité. Il courut à toute vitesse jusqu'à la première cabine téléphonique.

Le vol jusqu'à Sait Lake City dura un peu plus de deux heures. Zoe dut attendre encore deux heures sa correspondance. Elle songea à appeler Jade, puis se ravisa. Elle risquait plus de la perturber que de la rassurer. Elle décida de lui téléphoner du ranch. Elle s'installa à une table près du petit bar, commanda un café et ouvrit distraitement un journal. Elle regardait les lignes sans les lire, perdue dans ses pensées. À sa grande surprise, Dick s'était manifesté la veille. Il l'avait appelée à son bureau. Il avait reçu sa lettre qui, à l'entendre, l'avait bouleversé. Il n'avait pas demandé à la revoir mais lui avait précisé qu'en cas de besoin il serait là. Il avait ajouté qu'il garderait son secret. Il avait apprécié son honnêteté mais ne se faisait aucun souci pour lui-même. Ensuite, il lui avait demandé comment c'était arrivé. Et lorsqu'elle lui avait expliqué :

— Ah oui, une seringue usagée…

Ça ne l'étonnait pas outre mesure.

En raccrochant, elle avait eu la conviction qu'elle n'aurait plus de ses nouvelles. C'était aussi bien. À présent, il n'y avait pas la place pour un homme dans sa vie. Non, pour aucun homme.

Quelle volupté d'être simplement assise là, sans rien faire, sans téléphone, sans bruiteur, seule avec elle-même. Face à son destin. Chaque chose en son temps, se dit-elle. D'abord les vacances. Lorsqu'elle aurait repris des forces, elle rentrerait et continuerait à se battre. Pour ses patients. Et pour elle-même. Elle se rendrait utile jusqu'au bout… Restait le problème de Jade. Qui prendrait la relève ? À qui la confierait-elle ? Zoe n'avait plus de famille. Presque aucun ami capable de s'occuper d'une enfant en bas âge. À moins que Tanya… Oui, à la réflexion, Tanya offrait une possibilité. Peut-être arriverait-elle à lui en parler, en temps et en heure.

L'avion à destination de Jackson Hole partit à l'heure prévue et atterrit à dix-sept heures trente précises. Elle était convenue avec Tanya de se retrouver au ranch et savait qu'une voiture l'attendrait à l'aéroport. Elle récupéra ses bagages sur le tapis roulant, et les posa sur un chariot. En sortant de la petite aérogare, elle aperçut la camionnette, garée le long du trottoir.

Le jeune conducteur portait des jeans serrés, des bottes, une veste à franges en cuir, un Stetson. Grand et maigre, blond et dégingandé, il ressemblait à tous les habitants du Wyoming. Il se présenta. Il s'appelait Tim et suivait des études universitaires à Laramie. Il avait trouvé un job au ranch pour l'été, comme beaucoup d'étudiants. Il adorait les chevaux... Zoe, envoûtée par le paysage, ne prêtait qu'une oreille distraite à ce qu'il disait. Le soleil couchant illuminait de rose orangé les cimes escarpées. Des reflets bleutés faisaient chatoyer la neige des sommets. On aurait dit une carte postale des Alpes. Elle n'avait jamais rien vu d'aussi beau.

— Grandiose, hein ? Ça vous coupe le souffle, pas vrai, m'dame ?

Elle s'empressa d'acquiescer et il reprit son bavardage. Deux ans plus tôt, il s'était cassé un bras. Heureusement, son oncle, qui était orthopédiste, l'avait plâtré. C'était un sacré toubib, son oncle, conclut-il, parce que l'année dernière, quand il avait participé au rodéo, son bras ne l'avait pas gêné du tout. Hélas, il s'était cassé l'autre bras ainsi qu'une jambe. Mais Tim l'intrépide monterait cette année aussi. Décidément, il faisait très couleur locale, pensa Zoe en réprimant un sourire.

— Il y a beaucoup de rodéos par ici ?

— Oui, m'dame. Deux fois par semaine. Le mercredi et le samedi. La compétition comporte plusieurs sortes de défis : chevaucher un taureau, se maintenir sur un cheval sauvage en se tenant d'une main, attraper une vache au lasso. Avez-vous déjà assisté à ce genre de spectacle ?

— Pas encore mais cela ne saurait tarder. (Tanya voudrait très certainement y aller.) Mon amie est originaire du Texas.

— Oui, je suis au courant… (La phrase avait jailli spontanément et le jeune Tim prit un air embarrassé.) Bon, tant pis. Je sais qui elle est, mais les employés du ranch ont reçu l'ordre de se taire. Mme Collins devient enragée si l'on ose prononcer le nom des célébrités qui fréquentent son établissement. Alors, nous ne donnons jamais aucune information, ajouta-t-il d'un air fermé.

Voilà pourquoi Tanya avait choisi ce ranch.

— Je suis sûre qu'elle appréciera votre discrétion, dit Zoe gentiment.

— Ils seront là d'une minute à l'autre, affirma Tim.

Elle n'accorda qu'une attention toute relative à ce pluriel. Il faisait certainement allusion à Tanya et à son chauffeur. Une demi-heure plus tard, ils débouchèrent sur une route tortueuse qui traversait un terrain accidenté et il fallut dix bonnes minutes avant d'apercevoir le ranch : une douzaine de bâtiments en excellent état nichés au pied des collines, une écurie, des enclos où s'ébrouaient des chevaux, des arbres partout et dans le lointain, au fond de la vallée, les monts Tétons.

Tim l'accompagna jusqu'à la réception. Mlle Thomas n'était pas encore arrivée mais Zoe fut reçue comme une invitée de marque. Le bâtiment central possédait un cachet inimitable. Des trophées de chasse, têtes empaillées d'antilopes, d'élans et de bisons décoraient les murs aux poutres apparentes, des peaux de bêtes agrémentaient le parquet de chêne, devant une cheminée monumentale une large baie vitrée dévoilait le panorama sur les montagnes. Quelques clients bavardaient tranquillement dans le salon. L'employée de la réception expliqua qu'à cette heure-ci la clientèle se changeait pour le dîner, qui serait servi à partir de sept heures.

Ce disant, elle lui remit une brochure mentionnant tous les sites des environs, après quoi Tim l'escorta à son chalet. Le mot chalet n'était qu'un doux euphémisme. Zoe pénétra dans une maison assez vaste pour abriter une famille de cinq personnes. Une cheminée dominait le salon spacieux, un fourneau ventru occupait le coin cuisine, des tissus indiens recouvraient les canapés. La décoration inspirée de l'art navajo, typique du sud-ouest américain, semblait sortir tout droit des pages de l'*Architectural Digest.* Trois immenses chambres à coucher au mobilier rustique, chacune jouissant d'une vue imprenable sur la forêt, ouvraient sur le salon. Tim posa les valises et, dès qu'il partit, Zoe retint un cri d'admiration. Elle alla de pièce en pièce, découvrant sans cesse de nouveaux trésors. La direction, renseignée par la secrétaire de Tanya, avait tenu à prévenir tous les désirs de la star. Une coupe de fruits emplie de nectarines trônait sur la table basse près d'une boîte de chocolats, de splendides bouquets de fleurs étaient posés partout. Le réfrigérateur débordait de Coca-Cola, jus d'orange, yoghourts et bouteilles de root beer, la boisson favorite de Tanya, à base de racines et de plantes. Même chose dans les placards remplis des cookies, confitures, crackers préférés de la chanteuse. Des serviettes de toilette et du savon de marque étaient posés dans les trois salles de bains.

— Oh, la ! la ! murmura Zoe, subjuguée par le luxe ambiant.

Elle sirotait un Coca-Cola light, tranquillement assise dans le canapé, quand elle entendit le moteur du bus qui remontait laborieusement l'allée. Elle sortit aussitôt sur le perron. Le mastodonte s'immobilisa, Tanya sauta à terre. Les deux amies s'élancèrent l'une vers l'autre. Elles s'étreignirent avec joie mais, soudain, le rire de Zoe s'éteignit. Quelqu'un d'autre venait de descendre. Zoe cligna des paupières. Mary Stuart !

Celle-ci l'avait aperçue également, car elle s'était figée sur place. On la sentait prête à prendre ses jambes à son cou. Finalement, elle s'approcha. Ses yeux lançaient des éclairs et sa voix, furieuse, brisa soudain le silence.

— Qu'est-ce que ça veut dire ?

Elle s'adressait aux deux femmes, bien qu'elle eût remarqué que Zoe paraissait au moins aussi abasourdie qu'elle.

— Ce n'est pas sa faute, dit Tanya rapidement, tandis que Tom commençait à décharger leurs bagages. C'est moi qui ai tout manigancé. Laisse-moi t'expliquer…

— Ce n'est pas la peine, coupa Mary Stuart d'un ton cassant. Je repars immédiatement.

— Non, Stu, attends. Ce n'est pas juste. Il y a si longtemps que nous n'avons pas été ensemble toutes les trois… alors, je… j'ai pensé…

— Tu n'aurais pas dû. Tu aurais pu t'abstenir de m'attirer dans ce guet-apens.

Mary Stuart était devenue livide. Des larmes brillèrent dans les yeux de Tanya. Elle regrettait à présent son initiative. Elle s'était comportée en égoïste et avait pris ses désirs pour des réalités. Vingt-deux ans s'étaient écoulés depuis la rupture entre Zoe et Mary Stuart mais les blessures n'étaient toujours pas cicatrisées.

— Je suis désolée, Mary Stuart, intervint Zoe. De toute façon, je n'aurais pas dû venir. J'ai énormément de travail à San Francisco et une petite fille à la maison. Il est donc plus normal que ce soit moi qui parte. Je prendrai le dernier avion ce soir, après le dîner.

La bouillante révolutionnaire d'autrefois avait bien changé. Elle s'était exprimée très calmement, gentiment même. Elle avait passé les vingt dernières années à écouter à longueur de journée les peines de ses malades et à essayer d'apaiser les tensions qui les habitaient et qui, parfois, confinaient à la folie. Elle avait appris à maîtriser ses propres émotions.

— Tu… n'es pas obligée de t'en aller, répondit Mary Stuart en s'efforçant de se calmer. Je partirai par le premier avion pour New York demain matin. Il n'y a pas de problème.

Néanmoins elle paraissait déçue.

— Vous êtes dingues ! s'écria Tanya, au bord des larmes. Je n'arrive pas à croire que vous en soyez toujours à cette malheureuse histoire qui date de plus de vingt ans. Nous avons presque quarante-cinq ans, pour l'amour du ciel ! Tâchez de passer l'éponge ! Bon sang, je me dispute cent fois par jour et le soir je n'y pense plus. Oh, et puis zut ! Laissez-moi respirer.

De guerre lasse, elle se tut. Mary Stuart et Zoe échangèrent un long regard tandis que Tom portait les bagages et les provisions dans le chalet. Il allait s'installer dans un hôtel à Jackson Hole où Tanya l'appellerait si elles avaient besoin de ses services pour explorer les environs.

— On ne peut pas entrer ? Nous pourrions discuter à l'intérieur, supplia Tanya, tandis que le chauffeur s'éclipsait avec sa discrétion coutumière.

Peu après, les trois femmes se faisaient face, debout au milieu du salon.

— Vous ne voulez pas vous asseoir ? demanda la chanteuse en se laissant tomber dans un canapé. Vous me rendez nerveuse, toutes les deux. Écoutez, reprit-elle lorsqu'elles se furent installées, je vous prie de m'excuser. Je n'avais pas prévu les conséquences. J'ai voulu réaliser un vieux rêve : nous réunir toutes les trois. Vous me manquez. Je n'ai pas d'autres amies que vous. Personne ne m'aime. Absolument personne. Je n'ai plus de mari, je n'ai pas d'enfants, je n'ai même plus ceux de Tony. Je n'ai que vous au monde.

— Nous t'aimons, Tan, dit Mary Stuart, ayant recouvré son calme. En tout cas, je tiens beaucoup à toi, et Zoe aussi, sinon elle ne serait pas là. Nous ne sommes pas venues uniquement pour admirer le paysage. Le problème est que nous ne nous supportons pas. Nous te gâcherions ton séjour si nous restions toutes les deux ici.

Zoe approuvait de la tête, et Tanya sentit le sol se dérober sous ses pieds. Son vœu ne se réaliserait pas. Elle s'était attendue à une réaction hostile, bien sûr, mais pas aussi violente. Elle réalisa soudain qu'elle avait été stupide et naïve.

— Restez au moins ce soir. Nous avons roulé toute la journée, Stu et moi, et nous sommes éreintées. (Elle se tourna vers Zoe.) Quant à toi, tu as eu un vol avec une correspondance et tu as plutôt mauvaise mine… Euh… je veux dire que tu as l'air en forme mais que tu sembles fatiguée. Nous sommes à bout de forces. On n'a plus vingt ans, hein ? fit-elle, mais aucune de ses deux compagnes ne sourit à sa plaisanterie. La nuit porte conseil. Demain, vous déciderez de ce que vous ferez, à tête reposée. Libre à vous de m'envoyer paître toutes les deux. Tout est ma faute. Mais si vous partez, je rentrerai également. Deux semaines seule ici me déprimeraient plutôt qu'autre chose.

Zoe fut la première à prendre la parole.

— Je reste ce soir. Tu as raison. Le voyage du retour est long et je ne suis même pas sûre qu'il y a un vol de nuit. Jackson Hole n'est pas précisément l'aéroport

Kennedy. (Son regard se tourna, hésitant, vers Mary Stuart.) Cela te convient-il, Stu ?

Sans s'en rendre compte elle l'avait appelée par son vieux diminutif.

— Oui, très bien, répliqua Mary Stuart poliment. Je repartirai pour New York demain matin.

— Oh, non ! gémit Tanya, tu m'as promis de me raccompagner à Los Angeles.

La tournure des événements l'avait dépassée. Mary Stuart exagérait... Mais d'un autre côté, Tanya savait qu'il existe des blessures qui ne se guérissent pas. Elle se surprit à espérer qu'un miracle se produirait dans la nuit.

— Avez-vous choisi vos chambres ?

Tanya ôta son chapeau et l'accrocha à une patère. Chaque chambre disposait de tout ce qu'il faut pour la vie au grand air : portemanteau, tire-bottes, moufles, imperméables.

— Luxe et confort, reprit-elle, tout ce que j'aime.

Ce disant, elle leur dédia un sourire prudent et cette fois-ci, elle parvint à leur communiquer un peu de son enthousiasme. Ses deux compagnes furent d'accord pour trouver que le ranch était fabuleux, tout comme le chalet.

— À moins que cet accueil royal ne te soit uniquement réservé, fit remarquer Zoe. Je me demande si l'on entoure de tant d'égards le commun des mortels.

Elle en doutait. Ici, tout, jusqu'aux revues musicales, dénotait l'effort de faire plaisir à la star.

— Je suppose que toutes les maisons sont comme celle-ci, dit Tanya en se servant une root beer. La direction se montre très tatillonne avec la clientèle. Ils ont appelé ma secrétaire pour savoir quelle sorte de savon je voulais, combien d'oreillers, si j'avais besoin de plusieurs lignes téléphoniques. J'ai demandé simplement un fax, trois magnétoscopes ainsi que des douceurs et des boissons qui, à mon avis, vous plairaient. Si vous souhaitez quelque chose, n'hésitez pas à appeler la réception, vous l'aurez dans la minute qui suit.

— Cet hôtel est vraiment ravissant, s'émerveilla Mary Stuart en visitant les chambres.

En revenant au salon, elle faillit se heurter à Zoe.

— Comment vas-tu, Stu ? s'enquit cette dernière en l'enveloppant d'un regard empreint de regrets.

— Je vais bien.

Elle retint les questions qu'elle aurait aimé lui poser sur sa vie durant ces vingt dernières années. Tanya l'avait mise au courant des activités de Zoe.

— Condoléances pour ton fils, dit celle-ci, et spontanément, sa main effleura celle de son ancienne camarade. J'affronte la mort toute la journée mais mourir à vingt ans est vraiment trop injuste. J'en suis navrée.

— Merci, Zoe.

Mary Stuart détourna la tête afin de dissimuler ses larmes.

— Alors, avez-vous choisi vos chambres ?

Tanya entra en trombe dans la pièce. Mary Stuart avait les yeux rouges. Elle avait pleuré et pourtant ses deux amies ne semblaient pas s'être disputées, à en juger par leur air calme. Cela devait avoir un rapport avec Todd, pensa-t-elle. Elle haussa un sourcil et, en silence, Zoe inclina la tête.

D'un commun accord, les deux invitées laissèrent à leur hôtesse la plus grande chambre, dotée d'un jacuzzi. Tanya finit par accepter, à condition, précisa-t-elle, que ses amies utilisent également le jacuzzi, mais elles lui indiquèrent que, de toute façon, elles repartaient le lendemain. Tanya faillit les traiter de têtes de mule mais se tut, après quoi chacune se retira dans sa chambre afin de se préparer pour le dîner.

Zoe téléphona chez elle. Inge la rassura : tout allait bien. Elle demanda à parler à Jade, qui ne pleurait plus. Ensuite elle eut envie d'appeler Sam, mais changea d'avis. Il devait être débordé avec ses patients, inutile de le déranger.

Toutes les trois se retrouvèrent dans le salon peu avant sept heures. Tanya était très sexy dans son pantalon moulant de cuir noir, ses bottes, son blouson noir à franges ornées de perles de verre. Attachée par un ruban de velours noir, sa somptueuse chevelure cascadait dans son dos. Zoe avait revêtu un chandail bleu pâle sur un jean, tandis que Mary Stuart, fidèle à son élégance légendaire, arborait un tailleur-pantalon noir sur un chemisier beige, et des chaussures Chanel. Elles étaient, comme autrefois, complémentaires et à la fois totalement différentes. Le courant passait toujours ! pensa Tanya en regardant ses deux amies. Un fil invisible les attachait. Si elles étaient suffisamment honnêtes pour l'admettre, le fossé qui les séparait serait vite comblé. Quand la chanteuse apparut dans le salon, elles étaient en grande discussion. Zoe décrivait sa clinique et Mary Stuart l'écoutait avec attention.

— Quelle formidable entreprise, murmura-t-elle, une fois dehors, tandis qu'elles se dirigeaient vers le bâtiment principal.

Puis le silence retomba, comme si elles s'étaient rappelé soudain qu'elles étaient censées ne plus s'adresser la parole.

Une fois dans la salle à manger, la conversation reprit. Tanya parla abondamment de ses projets, concerts, tournées, disques, films, et ses amies la félicitèrent chaleureusement. Visiblement, elles la tenaient pour la plus vulnérable. Et, malgré ses allures de déesse, Tanya éveillait leur instinct protecteur. Le maître d'hôtel les avait installées à une table à l'écart. À leur entrée, quelques têtes s'étaient tournées vers la chanteuse mais sans plus. Il n'y eut pas de bousculade, pas de demandes d'autographes. Et personne ne se présenta à leur table, excepté Charlotte Collins, la directrice de l'établissement. C'était une femme remarquable, avec un sourire agréable et des yeux bleus pénétrants auxquels rien ne semblait échapper.

— Eh bien, mesdames, j'espère que vous appréciez votre séjour parmi nous, déclara-t-elle. Vos impressions sont pour nous d'une importance capitale.

Elle paraissait si sincère que ni Zoe ni Mary Stuart n'osèrent lui faire part de leur départ imminent.

— Je me renseignerai à la réception sur les vols, dit Mary Stuart quand la directrice de l'hôtel s'éloigna.

Au fond, peu importait la destination. Elle pourrait aussi bien faire un détour par Los Angeles et rester une nuit au *Beverly Wilshire* que passer par Denver. Elle avait tout son temps. Pour Zoe, c'était encore plus simple. Elle suivrait le même trajet, dans l'autre sens.

— Réfléchissez un peu avant de vous précipiter à l'aéroport, les implora Tanya. Comptez vos véritables amies avant de renoncer à une vieille amitié. Vous en avez beaucoup, vous ? Moi pas.

Elles firent la sourde oreille. Leur séparation avait été brutale, Tanya le savait. Plus de vingt ans s'étaient écoulés depuis l'affrontement qui avait opposé Zoe à Mary Stuart. Il était grand temps de passer l'éponge. Tanya n'avait jamais cessé d'espérer que leur ancienne amitié reprendrait le dessus.

La conversation roula sur différentes choses. Alyssa. Jade. Mais pas Todd. Mary Stuart et Tanya se gardèrent bien d'évoquer leurs époux. Évitant les questions épineuses, elles se rabattirent sur des sujets plus banals. La musique, les livres qu'elles avaient lus récemment. Peu à peu, insidieusement, les souvenirs du collège se glissèrent dans la discussion. Les visages du passé resurgirent. Les filles de la fac qu'elles n'aimaient pas, celles qu'elles trouvaient « sympas ». Les drôles et les sinistres. Puis les garçons, qu'elles avaient classés dans différentes catégories : les « glandeurs », les « agités », les « prétentieux » et les « héros ». Plusieurs de leurs camarades de l'époque avaient été tués au Vietnam. Des morts d'autant plus inutiles que le traité de paix avait été signé peu après entre les belligérants. D'autres avaient succombé au cancer. Zoe, qui faisait partie de la communauté médicale de San Francisco, était bien placée pour le savoir. La plupart de leurs anciens condisciples n'avaient pas bougé de San Francisco. Ils avaient quitté Berkeley pour s'installer en ville… Personne ne mentionna Eleanor pendant le repas. Ce ne fut qu'à leur retour au chalet que Tanya prononça son nom. Son souvenir n'avait pas pâli mais il fallait bien que l'une d'elles brise le tabou attaché à sa brusque disparition.

— Après toutes ces années, Ellie me manque toujours, me croirez-vous ?

Un long silence suivit, puis Mary Stuart hocha la tête.

— Oui. Elle me manque à moi aussi.

Ellie était l'âme du groupe. La plus gentille, la plus fragile, la plus drôle aussi. Elle pouvait les faire rire aux éclats, comme cette fois où elle était allée à un bal costumé avec pour tout vêtement de la peinture blanche et un abat-jour sur la tête en guise de chapeau. Sa mort les avait plongées dans un deuil cruel, surtout Mary Stuart, qui était à l'époque sa meilleure amie. Zoe rompit le silence qui s'était abattu sur la pièce.

— Si j'avais su alors ce que je sais maintenant, dit-elle doucement à l'intention de Mary Stuart, qui avait baissé la tête, je ne t'aurais pas accablée de tous ces reproches stupides. Je n'avais pas le droit de te faire la morale, mais j'étais trop jeune, trop naïve. J'y ai souvent pensé depuis. La première fois qu'un de mes patients s'est suicidé, j'ai failli t'écrire une lettre d'excuses. Ce fut comme si Dieu voulait me punir de mon arrogance… Comme s'il m'apportait la preuve que personne n'était responsable de la mort d'Ellie. J'ai compris la leçon. On n'aurait pas pu l'empêcher d'attenter à ses jours, même si on avait essayé. Je crois qu'elle avait pris sa décision et que rien ne pouvait la détourner de son but. Mais j'étais si bête, si ignorante que j'ai cru que toi, tu aurais pu prévenir la catastrophe, parce que vous étiez si proches… J'étais à peu près sûre que tu savais qu'elle prenait des tranquillisants et de l'alcool. Et cela, depuis des mois. À présent, je sais qu'elle n'a eu que ce qu'elle a souhaité.

Mary Stuart fondit en larmes. Ce discours pouvait parfaitement s'adapter à Todd mais Zoe était loin de s'en douter. Tanya l'enlaça.

— Je regrette de ne pas t'avoir envoyé cette lettre, Stu, reprit Zoe, pleurant elle aussi. Je ne me suis jamais pardonné la peine que je t'ai faite. Je sais que tu m'en as voulu, que tu m'en veux encore et je ne te blâme pas.

La mort d'Ellie avait dévasté leur paisible existence. Zoe avait considéré que Mary Stuart était responsable de la mort d'Ellie, allant jusqu'à refuser de s'asseoir près d'elle aux obsèques. Selon elle, Mary Stuart aurait pu détourner Ellie de ses desseins funestes et elle ne l'avait pas fait. Accusée de la sorte, Mary Stuart avait fini par se croire fautive ; coupable de non-assistance à personne en danger. Le cauchemar avait resurgi avec le suicide de Todd. À ceci près que Bill avait remplacé

Zoe. Elle enfouit son visage dans ses mains, tandis que Zoe se glissait à son côté.

— Je suis désolée, répéta-t-elle. Si je ne te l'avais pas dit, je n'en aurais pas dormi de la nuit. Même si nous repartons demain… *surtout* si nous repartons demain, je voudrais que tu le saches Stu. Je regrette toutes les injures que je t'ai lancées à la figure. Tu as eu raison de me détester pendant toutes ces années. Je te demande pardon.

Ses amies l'ignoraient mais pour Zoe cette confession revêtait une importance capitale. Des larmes lui mouillaient les joues lorsqu'elle eut fini. En étouffant un sanglot, Mary Stuart la serra dans ses bras.

— Je te… remercie, balbutia-t-elle. J'ai toujours pensé que tu avais raison. Comment ne me suis-je pas rendu compte de ce qu'elle faisait ? Comment ai-je pu être aussi aveugle ?

Les mêmes questions obsédantes l'avaient hantée à la mort de son fils. Devant le corps inanimé de Todd, elle avait eu l'impression de vivre le même cauchemar. Un mauvais rêve dont on ne se réveille plus jamais.

— Ellie était très secrète. Et elle voulait mourir, déclara Zoe en toute simplicité. Tu ne pouvais pas l'en empêcher.

— Je voudrais bien te croire, murmura Mary Stuart, ne sachant plus très bien de qui on parlait, d'Ellie ou de son fils.

— Le passage à l'acte est imprévisible pour l'entourage, surtout pour les plus proches, affirma Zoe avec toute l'assurance de son savoir scientifique. Eleanor ne voulait pas que tu saches, sinon elle t'aurait mise sur une piste. Mais elle ne l'a pas fait.

— Je regrette de n'avoir rien vu venir, dit Mary Stuart tristement, le regard fixé sur ses mains jointes. Je m'en veux de n'avoir pas compris combien ils souffraient, l'un comme l'autre.

Elle leva un instant des yeux dans lesquels se lisait une indicible douleur.

— L'un comme l'autre ? s'enquit Zoe, déroutée.

Soudain, comme à travers un voile qui se déchire, elle saisit l'atroce vérité. Zoe porta les mains à son visage. Elle commençait à peine à entrevoir le drame horrible de Mary Stuart. À plus de vingt ans d'intervalle, comme une malédiction, elle avait enduré le même supplice. Sauf que cette fois-ci, ç'avait été pire. Oui, bien pire.

— Oh, mon Dieu ! s'exclama-t-elle en l'enlaçant et en mêlant ses larmes aux siennes. Oh, Seigneur, Stu, je suis désolée.

— C'était affreux ! sanglota Mary Stuart. Bill m'a fait exactement les mêmes reproches. Et plus encore. Et ce n'est pas fini. Il me déteste. Il est parti à Londres sans m'y emmener parce que me voir l'insupporte. Il pense que j'ai tué notre fils ou du moins que je l'ai laissé mourir… comme tu l'as pensé pour Ellie.

— J'étais stupide, dit Zoe en resserrant son étreinte. J'avais vingt-deux ans, je n'avais aucune expérience de la vie. Ce n'est pas le cas de ton mari.

— Il est pourtant convaincu que si j'avais voulu, j'aurais pu aider Todd.

— Il devrait pourtant savoir que rien ne peut arrêter ceux qui ont décidé de mourir. La mort les attire comme un aimant. Lorsqu'ils souhaitent de l'aide, ils vous lancent des appels au secours.

— Todd n'a rien laissé paraître, murmura Mary Stuart en s'essuyant les yeux avec un Kleenex que Tanya lui tendit.

— Tu n'as pas à endosser un tel fardeau, Stu. Ni à te sentir coupable. Il faut que tu acceptes ce qui s'est passé. Tu n'as pas d'autre choix, sinon tu vas te détruire.

— C'est déjà fait, dit-elle en se mouchant et en souriant à ses deux amies à travers ses larmes. Je suis imbattable à ce jeu-là. Mon mariage n'est plus que de l'histoire ancienne.

— Évidemment, s'il continue à te rejeter la faute. Quelqu'un devrait lui parler.

— Probablement mon avocat, répondit Mary Stuart avec un rire sans joie. Je vais demander le divorce. Il l'apprendra quand il reviendra de Londres.

Un bref silence suivit. Les trois femmes se tenaient par la main, assises sur le canapé.

— Que fait-il là-bas ? s'enquit Zoe.

— Il s'occupe d'un procès qui va durer deux ou trois mois. Il n'a pas voulu que je l'accompagne.

Zoe fronça un sourcil d'un air dubitatif. Elle s'était radoucie au fil des ans, mais n'avait pas perdu son franc-parler.

— Pourquoi ? Il a une liaison ?

— Je ne crois pas, bien qu'il ne m'ait plus jamais touchée depuis la mort de Todd. C'est une façon comme une autre de me punir. Mais non, il n'y a personne d'autre dans sa vie. Sinon, sa froideur s'expliquerait mieux.

— Pas forcément, répondit Zoe du ton neutre dû clinicien se penchant sur un problème médical. Beaucoup de personnes réagissent ainsi après un traumatisme psychologique. Toutefois, l'absence de libido ne constitue pas la thérapie idéale pour un mariage en pleine dérive.

— Non, pas vraiment, admit Mary Stuart. Quant à moi, j'ai réussi à faire le point ces derniers temps. Il ne me pardonnera jamais, et je ne peux plus continuer à vivre avec quelqu'un qui me culpabilise du matin au soir.

— En effet, approuva Zoe tranquillement. Ou il accepte de regarder la réalité en face, ou tu adoptes les mesures qui s'imposent. Je crois que tu as pris la bonne décision. Et ta fille ?

Un soupir franchit les lèvres de Mary Stuart.

— Si je demande le divorce, elle me le reprochera. Elle ne se rend pas compte de la cruauté mentale de son père. Elle pense qu'il est simplement accaparé par son travail. Au début, je le pensais également. Jusqu'au jour où il m'a clairement signifié son ressentiment. En tout cas je ne resterai pas au domicile conjugal pour faire plaisir à Alyssa, ni pour ménager la susceptibilité de Bill. Je ne suis plus sa femme. Nous ne nous parlons plus, nous ne sortons plus ensemble. Il refuse de me considérer comme un être humain. Il me regarde comme s'il avait envie de m'étrangler.

— Alors, laisse-le tomber, déclara fermement Zoe.

Elles ne s'étaient pas vues pendant vingt ans mais aujourd'hui, elles avaient remonté le temps.

— Tu te sentiras mieux seule, s'il te rend aussi malheureuse, intervint doucement Tanya. Regarde-moi. J'ai survécu à ma séparation avec Tony. Tu survivras aussi. On survit à toutes les ruptures.

— Nous avons été mariés pendant vingt-deux ans. J'ai du mal à croire que tout est fini.

— Pourtant, la vérité est là, lui fit remarquer Zoe, tandis que Tanya approuvait de la tête.

Mary Stuart ne trouva rien à redire. Leur union n'avait pas résisté à la mort de leur fils. Depuis son départ, Bill ne lui avait passé qu'un seul coup de fil et il avait eu l'air pressé de raccrocher. Dernièrement, elle lui avait envoyé des fax auxquels il n'avait pas répondu.

— Tu es encore jeune, dit Tanya d'une voix encourageante. Tu pourrais rencontrer un autre homme. Refaire ta vie.

Un autre homme… Mary Stuart ébaucha un sourire désabusé. Elle n'avait nulle envie de nouvelles rencontres. D'ailleurs, Bill était parvenu à lui faire perdre toute son assurance. Elle doutait maintenant de ses capacités de séduction.

— Absolument, renchérit Zoe. Il est grand temps que tu reprennes ton destin en main.

Elles n'avaient pas tort. Pour la énième fois, Mary Stuart se demanda comment ils en étaient arrivés là. L'idée du divorce et des interminables discussions qu'elle aurait avec Alyssa lui donnait la chair de poule. Quant à refaire sa vie, c'était hors de question. D'accord, Tanya était dans la même galère, mais c'était une star, dit-elle. Elle pouvait avoir tous les hommes de la terre à ses pieds. Aussitôt, la chanteuse se rebiffa.

— Tu plaisantes ? Je n'ai pas eu un seul appel depuis que Tony m'a quittée. Ils ont une peur bleue de moi. Je suis comme l'Everest ! Personne n'a envie d'y vivre mais tout le monde voudrait y aller.

Elles se mirent à rire toutes les trois, comme autrefois. Mary Stuart oscillait entre le soulagement et l'angoisse. Le fait d'en avoir parlé rendait la défection de Bill plus évidente. L'évoquer devant ses amies l'avait sortie de l'indécision pour la pousser dans la réalité. Le problème serait résolu à la fin de l'été, songea-t-elle en cessant de rire. Le ranch, tout comme l'absence de Bill, étaient propices à la réflexion.

Elles bavardèrent jusque tard dans la nuit. Leur ancienne amitié restaurée, aucune des deux invitées de Tanya ne fit allusion à un départ imminent. Les paroles de Zoe avaient profondément touché Mary Stuart. Zoe, de son côté, était bouleversée. Avec vingt ans de retard, la cruauté de ses reproches ne lui semblait que plus dure. Le suicide de Todd avait dû raviver les anciennes blessures de Mary Stuart. La vie vous joue de drôles de tours, parfois. Le sort avait voulu que par deux fois, elle se retrouve sur le banc des accusés, alors qu'elle était innocente. Lorsqu'elles se retirèrent enfin dans leurs chambres, Zoe resta longtemps les yeux grands ouverts dans l'obscurité. Ce fut elle qui répondit au téléphone à six heures du matin. Elle avait l'habitude de se réveiller dès la première sonnerie, à n'importe quelle heure.

— Allô ?

— Zoe ?

C'était Sam. Elle bondit, tétanisée par la panique. Sa première pensée fut pour son enfant. Une crise d'appendicite… Sa mort subite… un tremblement de terre.

— Jade va bien ? fut tout ce qu'elle put demander.

Elle aimait sa petite fille aussi profondément que si elle l'avait mise au monde.

— Oui, très bien. Désolé si je t'ai fait peur. Je t'ai promis de t'appeler en cas d'urgence. J'ai pensé que tu voudrais savoir…

Il était sûr qu'elle ne lui aurait jamais pardonné son silence.

— Quinn Morrison est mort il y a une heure, reprit-il. Il s'est éteint paisiblement, entouré de sa famille. J'ai tenté l'impossible pour le maintenir en vie mais son cœur a lâché.

Dans le cas de Morrison, la mort s'apparentait à une délivrance, ce qui n'empêcha pas Zoe de fondre en larmes. Elle pleurait pour tous ses patients, surtout pour les plus jeunes. Quinn Morrison avait soixante-quatorze ans. Il avait eu une vie normale. Le sida n'avait ruiné que la dernière année de son existence. Zoe baissa la tête, accablée par la sensation familière qu'elle éprouvait chaque fois que le sida – le tueur en série, comme elle le surnommait – lui prenait un de ses malades.

— Tu vas bien ? demanda Sam à l'autre bout de la ligne.

— Oui. J'aurais simplement préféré être là-bas.

— Je sais. C'est pourquoi je t'ai appelée. Si ça peut te consoler, Morrison a dit « je suis content qu'elle soit partie dans le Wyoming ».

Elle eut un sourire. Le vieil homme avait passé l'année à l'inciter à se marier et à fonder une famille.

— Comment vont les autres ?

— Peter Williams a eu une nuit difficile. Je suis passé chez lui ce matin de bonne heure. Il a à nouveau une pneumonie. Je vais le faire hospitaliser dès aujourd'hui.

Peter avait trente et un ans. La fin était proche. Mourir si jeune avait quelque chose de révoltant que Zoe ressentait toujours violemment.

— Si j'ai bien compris, tu as eu une nuit plutôt chargée.

— Comme d'habitude, répondit-il en souriant. (Il adorait son métier. Il avait fait médecine pour soulager ses semblables.) Et toi ? Tu t'amuses bien ? As-tu rencontré de beaux cow-boys ?

— Un seul pour l'instant. Celui qui est venu me chercher à l'aéroport. Il a l'air d'avoir douze ans et demi, il est maigre comme un clou et est originaire du Mississippi. L'endroit est fabuleux, Sam. On est au paradis ici.

— Comment va ta célèbre amie ?

— Elle m'a réservé une surprise. Elle a invité une de nos anciennes compagnes de Berkeley. C'est une longue histoire. Nous ne nous étions pas adressé la parole depuis vingt ans. Elle a failli repartir à New York quand elle m'a vue. Mais nous avons fait la paix. J'ai mal agi vis-à-vis d'elle à l'époque et je suis contente d'avoir eu l'occasion de m'excuser.

— Eh bien, la nuit a été agitée pour tout le monde, on dirait.

— C'est exact.

— Rendors-toi vite. Je suis navré de t'avoir réveillée.

Il était cinq heures et demie du matin à San Francisco et il s'apprêtait à se coucher, mais il avait tenu à la prévenir avant de sombrer dans un sommeil réparateur.

— Merci de m'avoir appelée, Sam. Je suis sûre que tu l'as soutenu moralement et physiquement jusqu'au bout. Je n'aurais pas fait mieux.

Reconnaissant, Sam hocha la tête. Elle avait toujours le mot juste pour vous réconforter. C'était une femme exceptionnelle.

— Merci, Zoe. Prends soin de toi. À bientôt au téléphone.

Il raccrocha tristement. Dernièrement, la tristesse l'assaillait chaque fois qu'il pensait à elle. Sa fragilité, sa vulnérabilité le touchaient en plein cœur. Sa solitude aussi. Zoe se cachait des autres, mais pourquoi ? Elle se cachait si bien qu'il eut peur de ne plus jamais la retrouver. Il se glissa entre les draps avec un lourd soupir.

Au même moment, à Moose, dans le Wyoming, Zoe regardait les lueurs dorées de l'aube par-dessus les montagnes. Le spectacle, d'une beauté insoutenable, lui arracha des larmes d'émotion. Ses pensées allaient à Quinn Morrison qui était parti au ciel. Elle songea ensuite à Ellie, à Todd, à tant d'autres. Un merveilleux apaisement couvrait son chagrin. Elle était contente d'être venue. Quoi qu'il arrive, elle aurait vu au moins une fois le soleil se lever sur la couronne des Grands Tétons. Il était impossible de ne pas croire en Dieu, lorsqu'on admirait ce splendide paysage. Sur la pointe des pieds, elle regagna son lit, en adressant une pensée affectueuse à Sam.

12

Un bruit de pas feutrés dans le couloir réveilla de nouveau Zoe. Elle étouffa un bâillement, se leva, puis se dirigea vers la cuisine. En pantoufles et chemise de nuit blanche, Mary Stuart venait de brancher le percolateur. Elle se tourna vers l'arrivante, qui semblait en excellente forme après une bonne nuit de sommeil.

— Thé ? café ?

— Café, merci, dit Zoe en prenant une tasse. Je parie que Tanya dort encore. Sur ce plan, rien n'a changé, n'est-ce pas ?

Les deux femmes échangèrent un sourire entendu, puis Mary Stuart regarda d'un air grave sa vieille amie.

— Zoe, je suis contente, tu sais… Contente d'être venue.

— Moi aussi, Stu. Et je suis ravie de t'avoir retrouvée. Je ne regrette que ma stupidité.

Voilà plus de vingt ans qu'Ellie reposait en paix, le malentendu n'avait que trop duré. Il avait suffi qu'elles se revoient pour que les ombres du passé se dissipent dans la lumière éclatante de l'amitié.

— On doit une fière chandelle à Tanya, reprit Zoe en sirotant une gorgée de café fumant.

Mary Stuart éclata de rire.

— Quelle cachottière, celle-là ! Elle a réussi à m'entraîner jusqu'ici dans son espèce de bus insensé, sans souffler mot. J'aurais dû avoir la puce à l'oreille quand j'ai su qu'il y avait trois chambres à coucher… mais non ! Elle était supposée emmener les enfants de Tony, alors je n'y ai pas prêté attention. Par ailleurs, l'annulation de mon voyage avec Alyssa ne pouvait mieux tomber.

— Son invitation fut pour moi aussi un cadeau du ciel.

Zoe crut revoir la lumière d'ocre rose de l'aube quand Sam lui avait annoncé la mort de Quinn Morrison au téléphone, une heure plus tôt. Elle raconta ce triste épisode à son amie tandis que, accoudées à la table du coin cuisine, elles dégustaient paisiblement leur deuxième tasse de café.

— Tu as choisi un métier difficile, constata Mary Stuart, songeuse. À la fois dur et admirable. Je n'aurais pas eu la force de me battre jour et nuit contre la mort, en étant à peu près sûre de perdre la bataille.

Lorsqu'une voix anonyme lui avait appris la mort de Todd, elle avait lâché le combiné, pétrifiée, comme si la terre s'était brusquement arrêtée. Mais Todd était son fils, son enfant bien-aimé, pas un quelconque patient.

— Mais on ne perd pas toujours. Enfin, pas constamment. C'est une guerre et il n'y a pas de petite victoire. Prolonger la vie relève presque du triomphe. Chaque cas constitue un combat particulier dont l'issue demeure, certes, incertaine…

Elle laissa sa phrase en suspens ; elle s'était retenue pour ne pas dire « fatale ». Parfois, elle assimilait la mort d'un patient à une délivrance, comme celle de Quinn, par exemple. Mais Quinn avait eu le temps de vivre sa vie. En revanche, elle détestait voir mourir des jeunes gens, des enfants, des êtres qui, normalement, avaient un avenir à vivre… Comme elle-même. Et cette réalité-là, elle ne l'avait pas encore digérée.

— Tu as de la chance d'avoir un but, déclara sobrement Mary Stuart. (Le temps était aboli. Leur ancienne animosité avait fondu comme neige au soleil.) J'essaie de m'occuper, moi aussi. Œuvres caritatives, collectes, bénévolat dans différentes institutions. J'aimerais bien trouver un emploi mais je n'ai aucune qualification. Je ne suis qu'une femme au foyer, une brave ménagère doublée d'une épouse et d'une mère.

Zoe lui sourit ; elle s'était soudain rendu compte combien Stu lui avait manqué. Bientôt, elle aurait besoin de tous ses amis. Elle avait cru qu'elle avait toute la vie devant elle et venait de découvrir avec angoisse qu'il n'en était rien.

— Ce n'est pas si mal. Épouse et mère est un job à plein temps.

— Oui, mais j'ai pris ma retraite. Alyssa a grandi, Todd nous a quittés, je ne représente plus rien pour Bill. Nous avons simplement la même adresse, nos noms figurent ensemble sur les feuilles d'impôts et voilà tout. Oh, Zoe, je me sens si inutile.

— Personne n'est inutile. Peut-être le temps est-il venu de partir de ton côté.

Mary Stuart hocha la tête. Elle y avait déjà pensé. Partir, oui, bien sûr, *partir*… mais où ? comment ? dans quelle direction ? dans quel but ?

— Je me suis déjà posé la question. Je n'ai pas la réponse. Je ne sais pas où aller, que faire, quoi dire à Bill quand il reviendra. Comment s'y prend-on pour annoncer que tout est fini après vingt ans de mariage ? Je n'ai aucune envie de lui en parler au téléphone, mais de toute façon, ça ne risque pas de m'arriver, il ne m'appelle jamais. Si ça se trouve, il a abouti à la même conclusion. Que tout est fini, je veux dire.

— Pourquoi ne pas le lui demander ? dit Zoe en consultant sa montre. À quelle heure le petit déjeuner est-il servi, déjà ?

— À huit heures, si j'ai bonne mémoire.

Il était sept heures et demie. Elles n'étaient pas encore habillées, et Tanya devait dormir à poings fermés. Mary Stuart posa sur son amie un regard interrogateur.

— Est-ce que… vas-tu t'en aller aujourd'hui ? s'enquit-elle doucement.

Après un long silence, Zoe secoua la tête.

— Non, sauf si tel est ton désir.

Un sourire illumina les traits fins de Mary Stuart.

— Oh, non. Je voudrais que tu restes. Et je resterai aussi. Enterrons une fois pour toutes cette horrible histoire. Nous avons toutes adoré Ellie. Elle était si gentille, si généreuse, et si perdue en même temps. Elle aurait eu le cœur brisé de nous savoir fâchées à cause d'elle.

— Et elle ne l'aurait pas volé, après ce qu'elle nous a fait ! En fin de compte, je me suis vengée sur toi parce que j'étais furieuse contre elle. Il me fallait un bouc émissaire.

— J'ai réagi de la même manière après le suicide de Todd. J'étais furieuse contre l'humanité entière : Alyssa, ses amis, l'aide ménagère, le chien, Bill. Je n'ai pas décoléré pendant six mois. Bill, lui, continue de m'en vouloir. Et ce n'est pas fini.

— Peut-être a-t-il peur, tout simplement. J'ai eu peur, moi aussi. Une peur bleue que j'ai transformée en rancune. Quand ça m'a passé, tu n'étais plus là. Tu avais épousé Bill, j'avais commencé mes études de médecine, nos chemins s'étaient séparés. Parfois, la nostalgie de notre ancienne amitié m'assaillait, puis je laissais tomber, parce que c'était plus simple. C'est sans doute pareil pour Bill. Au lieu d'affronter sa propre terreur, il a préféré filer à l'anglaise.

Un sourire amusé étira les lèvres pleines de Mary Stuart.

— C'est le cas de le dire… Je crois qu'il est parti depuis belle lurette mais je ne l'avais pas remarqué. (Elle jeta un coup d'œil à son bracelet-montre : huit heures vingt.) Viens, allons réveiller la Belle au bois dormant.

Un peu plus tard, elles entrèrent sur la pointe des pieds dans la chambre de la star. Persiennes closes, rideaux fermés, un masque de sommeil en satin noir sur les yeux, Tanya dormait dans son grand lit, dans une somptueuse chemise de nuit en dentelle grenat. Quand les deux amies entreprirent de l'arracher aux bras de Morphée, elle laissa échapper un gémissement plaintif.

— Pour l'amour du ciel, arrêtez ! Qu'est-ce qui vous prend de me réveiller au milieu de la nuit ?

Zoe et Mary Smart lui chatouillaient impitoyablement la plante des pieds ; elles gloussaient comme des gamines. À la fac, Tanya aimait déjà vivre la nuit et ses compagnes de chambre avaient toutes les peines du, monde à la réveiller. Sans elles, elle aurait raté tous les cours du matin.

— Debout ! intima Mary Stuart. Le petit déjeuner sera servi dans un quart d'heure et le programme des réjouissances stipule que nos montures nous attendent au corral à huit heures quarante-cinq tapantes. Tanya Thomas, lève-toi et marche.

Assise sur son séant, la chanteuse retira son loup de satin. Ses yeux embrumés scrutèrent tour à tour ses deux tortionnaires.

— Ai-je bien entendu ? Nous allons au corral ? Cela veut-il dire que vous restez ?

— Nous n'avons pas le choix, répliqua Zoe, une lueur malicieuse au fond des yeux. Si nous partons, tu dormiras toute la journée ou tu te gaveras de programmes télévisés du fond de ton jacuzzi. Résultat, tu n'auras pas profité de l'air pur et de la vie saine de la campagne.

Un large sourire s'épanouit sur le visage de Tanya.

— Votre sacrifice me va droit au cœur. Revenez vers midi, quand j'aurai fini de me préparer.

— Mademoiselle Thomas ! cria Mary Stuart, imitant la voix tonitruante de la surveillante. Trêve de plaisanteries. Vous avez exactement douze minutes et six secondes pour vous brosser les dents, vous coiffer et vous habiller.

— Doux Jésus, je suis tombée chez les marines ! Soyez gentilles, les filles. Laissez-moi dormir encore une petite heure. Je suis quelqu'un d'important, vous savez ?

— Pas question ! insista Mary Stuart. L'avenir appartient à ceux qui se lèvent tôt. Sors immédiatement de ce lit et mets-toi quelque chose sur le dos. Tu prendras ta douche après.

— Formidable ! Les paparazzi pourront me suivre à l'odeur.

Douchées et habillées, Mary Stuart et Zoe, les poings sur les hanches, suivirent d'un regard sévère Tanya qui sortait du lit. Elle étira son long corps aux formes parfaites avec un bâillement qui la fit tressaillir des pieds à la tête, avant de se traîner lamentablement vers la salle de bains.

— Je vais te chercher une tasse de café, annonça Zoe en repartant vers la cuisine.

— En intraveineuse, le café, s'il vous plaît, docteur.

Tanya appuya sur l'interrupteur. Le tube lumineux s'alluma au-dessus du lavabo et elle contempla son visage auréolé de ses cheveux défaits dans le miroir, en poussant un soupir désespéré.

— J'ai l'air d'avoir mille ans ! Stu, ma chérie, rends-moi service. Appelle en urgence mon chirurgien esthétique.

— Ce n'est pas la peine. Tu es superbe.

C'était la vérité. L'ennui était que Tanya ne s'en rendait pas compte. Dès l'adolescence, elle s'était trouvée ordinaire et cette image-là ne l'avait plus jamais quittée.

— *Superbe* ! singea-t-elle en se brossant énergiquement les dents et en répandant une partie de la pâte dentifrice sur sa chemise de nuit. Superbe, à huit heures du matin, et sans maquillage ! On dirait plutôt une momie qui aurait perdu ses bandelettes. Au secours !

Mary Stuart éclata de rire. Elles se tenaient côte à côte devant le miroir. Tanya, les yeux gonflés de sommeil et elle, impeccablement coiffée, le cheveu souple et brillant, très chic dans son chemisier couleur lavande sur des jodhpurs fraîchement repassés, et ses boots en croco marron de chez Billy Martin's. Un soupçon de rouge à lèvres rose pâle rehaussait l'éclat naturel de son teint.

— Regarde-toi, fit Tanya d'une voix geignarde. Tu es belle comme une couverture de *Vogue*.

— Elle le fait exprès pour exciter notre jalousie, intervint Zoe en tendant à Tanya une tasse de café noir.

Il en avait toujours été ainsi. À la fac, Mary Stuart se distinguait déjà par son élégance. Le vêtement le plus banal prenait sur elle des allures de modèle de grand couturier. Elle avait un succès fou auprès des garçons.

Zoe, fidèle à son image de marginale, portait un blue-jean troué aux genoux, une antique paire de bottes, un chandail beige à grosses mailles. Elle avait toujours eu un faible pour les tenues simples et confortables, qui seyaient parfaitement à son physique de rousse piquante.

Enfin, cinq minutes plus tard, Tanya réapparut sur le seuil de la chambre. La star dans toute sa splendeur et encore, sans le moindre artifice. Sa riche chevelure d'or pâle ruisselait sur ses épaules et dans son dos. Elle avait enfilé un tee-shirt blanc très moulant qui, sans être indécent, attirerait tout à l'heure tous les regards masculins. Son jean était suffisamment serré pour révéler la courbe parfaite de ses hanches, ses jambes divinement galbées et sa taille de guêpe. Elle avait ses vieilles bottes jaunes vernies, un bandana rouge autour du cou. Des anneaux d'or brillaient à ses oreilles. Elle attrapa son blouson de cuir, son cher chapeau de cow-boy, chaussa ses lunettes de soleil. Les deux autres ne purent qu'applaudir. On aurait dit une publicité pour ranch de luxe.

— Si tu n'étais pas ma meilleure amie, je t'aurais haïe ! s'exclama Mary Stuart, pleine d'admiration.

Zoe souriait d'aise. Elles étaient très attirantes, toutes les trois, mais Tanya avait quelque chose de plus.

— Allez, dis-nous comment tu fais, questionna Zoe. J'ai toujours cherché à percer ton secret. C'est comme un tour de magie. On a beau regarder un million de fois le geste du prestidigitateur, on n'arrive pas à voir comment il fait sortir le lapin de son haut-de-forme. Tan, tu es la seule personne que je connaisse capable d'entrer dans une salle de bains et d'en sortir trois minutes plus tard telle une reine des Mille et Une Nuits. J'aurais pu passer trois semaines à me maquiller, je ne serais jamais parvenue à ce résultat.

— Le miracle de la chirurgie plastique, sourit Tanya, nullement impressionnée par les compliments de ses amies. Un coup magique de bistouri et on peut se passer de maquillage.

Elles avaient quitté le chalet pour emprunter l'allée menant au bâtiment principal.

— Faux ! intervint Mary Stuart. Tu étais pareille à dix-neuf ans. Tu te levais le matin comme un zombie et hop ! tu te transformais en papillon. Zoe a raison. Et si tu veux le fond de ma pensée, ton sentiment d'insécurité t'empêche de te voir telle que tu es exactement. C'est pourquoi on t'adore.

— Ah bon ? Et moi qui croyais que j'avais gagné votre affection grâce à mon accent, se moqua Tanya de cette voix traînante qu'elle avait hérité de son Texas natal. (Ses fans en étaient fous.) Dites donc, j'ai peine à croire que vous m'avez tirée du lit aux aurores. Docteur, cette altitude me donne des palpitations.

Le chemin était en pente et elle fit semblant de haleter.

— Rien de tel qu'une promenade matinale pour vous remettre d'aplomb, déclara Zoe. L'altitude n'y est pour rien. Ce soir, tu y seras habituée mais attention, à condition de ne pas forcer sur la bouteille.

— Pourquoi ? Je ne bois jamais plus de trois gorgées.

— Trois gorgées sont parfois de trop. Souviens-toi donc…

Zoe leur rappela la fameuse soirée à la fac où Tanya, après avoir bien bu, s'était mise à tituber. Elles l'avaient ramenée dans leur chambre, ivre morte, et elle avait vomi tripes et boyaux sur le lit de Zoe, qui en avait été folle de rage. Et maintenant, vingt-deux ans plus tard, Tanya prenait un air détaché, disant qu'elle avait eu une indisposition, tandis que les deux autres riaient aux éclats. Elles étaient arrivées à destination et firent une entrée très remarquée dans la vaste salle à manger.

Il y avait du monde. Des gens assis à des tables, d'autres faisant la queue devant le buffet. La rumeur que Tanya Thomas se trouvait sur place avait fait le tour du ranch et maintenant qu'elle apparaissait en chair et en os, un silence surpris l'accueillit. De nombreux résidents l'avaient vue en photo dans des revues et des journaux, d'autres avaient assisté à ses concerts, mais aucun ne semblait préparé à la côtoyer au petit déjeuner. Elle avait l'air plus jeune et plus détendue que sur les couvertures de ses albums. Tous les visages se retournèrent sur son passage, puis le bourdonnement des conversations reprit.

Elles choisirent une table dans un coin, à l'autre extrémité de la salle. Zoe alla passer commande, pendant que Mary Stuart et Tanya s'installaient. L'air s'était chargé d'électricité comme à l'approche d'un orage. La star avait accroché son chapeau sur le dossier de sa chaise mais avait gardé ses lunettes noires. Elle tournait le dos à la salle et pourtant tout le monde la dévorait des yeux.

— J'ai envie de me retourner et de pousser le cri de Tarzan, murmura-t-elle, excédée.

— Tu ne réussirais qu'à te faire remarquer davantage, si cela est possible.

Elles se mirent à bavarder en essayant d'ignorer l'entourage. Zoe revint avec un plateau chargé de salami danois, de bacon et de yoghourts.

— Les œufs brouillés et le porridge suivent, déclara-t-elle.

Horrifiée, Tanya fronça les sourcils.

— Tu es folle ! Et ma ligne ?

— Tu ne prendras pas un gramme, répliqua Zoe avec autorité. L'altitude et l'exercice physique brûleront tes calories. Un bon petit déjeuner s'impose. Ordre du médecin.

Tanya saisit un yoghourt.

— Je n'ai pas prévu de prendre dix kilos en une semaine, s'entêta-t-elle, puis, vaincue par la faim, elle s'attaqua au salami.

Entre-temps, Zoe était repartie vers le buffet. Lorsqu'elle revint, Tanya la regarda en grimaçant un sourire.

— Ça sent mauvais, hein ?

— Quoi donc, la nourriture ? s'étonna Zoe. Non, elle est excellente, au contraire.

Les pâtisseries embaumaient, comme les œufs qui venaient juste d'être servis.

— Mais non, pas la nourriture, idiote ! Les gens. Ils parlent de moi, n'est-ce pas ?

— Ah… ça, fit Zoe.

Elle n'avait pas l'intention de répéter à Tanya ce qu'elle avait entendu au buffet.

— Dis-moi tout. Comme ça je saurai à quoi m'en tenir. Sont-ils bien disposés à mon égard ? Sont-ils haineux ?

Elle espérait qu'ils finiraient par ne plus s'intéresser à elle, chose impensable, naturellement.

— Curieux, je dirais, répondit Zoe, prise de court. Il est vrai que j'ai un peu laissé traîner l'oreille. Voyons… Quatre de ces dames voudraient savoir si la couleur de tes cheveux est naturelle, deux de leurs époux se demandaient, quant à eux, si tu as des implants de silicone dans les seins. Un autre type adore tes fesses. Trois femmes, un peu plus loin, mettraient leur main au feu que tu t'es fait lifter, mais cinq autres jurent que non. Ah oui, il y a une bande d'adolescentes qui meurent d'envie de te demander des autographes mais leurs mères leur ont interdit de t'approcher… Quant aux serveurs, ils sont tous amoureux fous de toi. Ils te trouvent fabuleuse. Le petit Mexicain qui a préparé nos œufs m'a demandé si tu avais du sang espagnol dans les veines. J'ai répondu que non et il a eu l'air vraiment déçu.

Tanya ne put s'empêcher d'éclater de rire. Zoe devait exagérer pour la dérider mais pas tant que ça. Il ne lui restait plus qu'à garder ses distances si elle ne voulait pas que ses vacances soient gâchées.

— Tu peux dire au monsieur qui adore mes fesses que je lui en enverrai une photocopie sur son fax.

— Et les seins ? s'enquit Zoe, pince-sans-rire. Vrais ou faux ?

— Qu'ils achètent *People Magazine.* Il publie un article sur moi la semaine prochaine.

— J'oubliais ! Une vieille dame aimerait connaître ton signe astrologique. À son avis, tu es Poissons, comme sa sœur. Probablement ascendant Gémeaux. Elle voudrait te montrer une photo. De sa sœur, je suppose.

— Oh, mon Dieu ! gémit Mary Stuart. Comment peux-tu les supporter ?

— Je ne les supporte pas. Ils me rendent dingue. On dit pourtant qu'on s'habitue à tout. Même à être sans cesse importunée. Hélas, je ne m'y fais pas.

Elle était prête à tout accepter sauf la méchanceté. Les questions sur son signe astrologique ne la gênaient pas. Mais chaque fois que la curiosité du public dépassait les bornes, elle se sentait blessée dans sa dignité.

— À ta place, je serais devenue misanthrope, dit Zoe. Je m'énerve chaque fois que je vois ton nom sur une de ces revues à scandale.

— Moi aussi, approuva Mary Stuart. Une fois, j'ai acheté tous les exemplaires de je ne sais plus quel magazine dans un supermarché et je les ai jetés à la poubelle.

Tanya leur sourit en haussant les épaules. Elle qui, pendant une vingtaine d'années, avait fréquenté les milieux hollywoodiens n'avait jamais remplacé Mary Stuart et Zoe. Son cœur débordait d'affection pour elles. En leur compagnie, elle se sentait en sécurité.

— Le revers de la médaille, soupira-t-elle. On apprend à vivre avec. Sinon, on prend la fuite. Souvent j'ai pensé me réfugier dans le Texas chez ma mère. D'après mon agent, les paparazzi me suivraient jusqu'au bout du monde. Il arrive un moment où on ne peut plus échapper à sa propre renommée. La seule chose qui me console, c'est que je peux monter sur une scène, chanter et gagner trois sous.

Mary Stuart se mit à rire et Zoe l'imita. Trois sous pour Tanya représentaient des sommes astronomiques pour elles.

— D'accord, d'accord, reprit-elle en riant elle aussi. Beaucoup de sous mais que diable ! il faut des compensations, non ?

— Oui, et notre séjour ici en est une, affirma Zoe. Tu sais, sans ton invitation, je n'aurais pas pris de vacances pendant les dix prochaines années.

— Qu'est-ce qui t'a décidée à venir, finalement ?

Zoe n'hésita pas plus d'une fraction de seconde.

— Un mauvais rhume. La fatigue. Heureusement, j'ai un bon remplaçant. Un médecin intérimaire qui n'a pas de cabinet à lui et qui préfère offrir ses services à ses confrères. Il m'a poussée à partir.

— Un bon point pour lui ! s'exclama Tanya. Il est marié ?

— Non, mais il ne fait pas la cour à mes malades. Il les soigne.

Depuis la fac, Tanya s'était proclamée la marieuse du groupe. Elle adorait organiser des rendez-vous entre ses amies et des étudiants, sans leur demander leur avis.

— Et à toi ? Il te fait la cour ?

Ses antennes réputées infaillibles semblaient avoir capté d'étranges vibrations.

— Non. Je suis sortie avec un chirurgien de renom pendant ces derniers temps. Rien d'important. C'est déjà fini.

Mary Stuart ne perdait pas un mot de la conversation. Elle avait su pour Adam, des années auparavant, et s'était souvent demandé s'il y avait eu quelqu'un d'aussi important dans la vie de Zoe après la mort de son compagnon.

— Les médecins sont comme les comédiens, déclara Tanya. Ils ne sortent qu'entre eux. Quel ennui !

— Au contraire, on a un tas de points communs, un tas de choses à se dire, se défendit Zoe.

— Surtout avec ton toubib intérimaire, je parie. Il est beau ?

— Tanya, arrête ! C'est un confrère, sans plus.

— Peut-être mais tu as rougi. Je t'ai vue ! s'écria Tanya, cherchant des yeux le regard complice de Mary Stuart. Bon, alors, il est beau et il n'est pas marié, mais encore ?

— Il ressemble à un nounours. Grand, robuste, les cheveux frisés, les yeux bruns. Là, tu es contente ? Ah oui, nous avons dîné *une* fois ensemble au restaurant, je n'ai pas l'intention de sortir avec lui et il le sait.

Le ton déterminé de Zoe ne démonta pas Tanya.

— Pourquoi ? Il n'aime pas les femmes ? C'est un gay ?

Un soupir échappa à Zoe.

— Seigneur Dieu, tu es impossible. Okay, il est hétéro, il est célibataire et il ne m'intéresse pas. Fin du chapitre.

La fermeté de son expression aurait découragé le Grand Inquisiteur en personne. Mais pas Tanya, qui avait décidé que malgré ses farouches dénégations, son amie avait un faible pour cet homme.

— Pourquoi ne t'intéresse-t-il pas ? Qu'est-ce qu'il a ? Un casier judiciaire ? mauvaise haleine ? Est-il vulgaire ? grossier ?

Zoe avait toujours été extrêmement sensible à l'éducation de ses fréquentations.

— Je ne suis disponible pour personne. Je n'ai pas le temps. Mon travail m'accapare trop et j'ai une petite fille.

— Et alors ? Si tous les gens occupés restaient dans leur coin, la terre serait vite dépeuplée. Zoe, tu ne peux pas vivre seule pour le restant de tes jours. Ce n'est pas sain.

— J'ai passé l'âge des coups de foudre.

— Tu as un an de plus que moi, merci de me prévenir. Donc, l'année prochaine, j'aurai passé moi aussi l'âge des coups de foudre, soupira Tanya en repoussant son assiette vide. (Sans s'en rendre compte, elle avait tout dévoré, même les œufs.) À propos, si jamais tu ébruites mon âge, je t'étrangle.

Zoe sourit.

— Ne t'en fais pas. Personne ne me croirait.

— On ne sait jamais. Je pourrais toujours contre-attaquer pour diffamation… Mais revenons à nos moutons. Il s'appelle comment, ton oiseau rare ?

— Sam. Tan, tu es obsessionnelle.

— Dis-le aux journalistes. Moi, je le trouve très gentil, ton Sam. Un type formidable.

— Tu ne le connais pas. Arrête de me poser des questions, tu me fatigues.

Zoe s'efforçait en vain de garder son calme. Elle perdait contenance. L'insistance de Tanya commençait à lui porter sur les nerfs. Celle-ci la regarda d'un air sagace.

— Tu as peur de lui, ce qui prouve que votre relation est sérieuse, décréta-t-elle. Si c'était un quelconque crétin, tu te ficherais éperdument de mes questions. Avoue-le, ma grande ! Sam est l'homme qu'il te faut. Depuis quand le connais-tu ?

— Nous nous sommes rencontrés à la faculté de médecine à Stanford.

Elle avait peine à croire qu'elle répondait encore à cet interrogatoire. Tanya fit frémir ses narines, comme elle le faisait autrefois pour indiquer qu'elle avait un flair infaillible et Mary Stuart, tout sourire, remit du rouge à lèvres. C'était comme autrefois. Comme si les aiguilles des montres avaient remonté le temps et que les trois amies s'étaient retrouvées à Berkeley, en grande discussion ! À l'époque, Tanya, follement éprise de Bobby Joe, n'imaginait le monde qu'à travers l'amour et le mariage. À présent, elle regardait Zoe d'un œil outragé.

— Comment ? Tu le connais depuis la fac et tu n'as pas essayé de le séduire ?

— Non. Et lui non plus. Nous étions pris ailleurs tous les deux. Ensuite, nous nous sommes perdus de vue pendant des années. Aujourd'hui, il travaille pour moi et nous sommes bons amis. Voilà toute l'histoire. Allons-nous faire du cheval ou parlerons-nous de Sam toute la journée ?

— L'un n'empêche pas l'autre, déclara Tanya en se redressant. Donne-lui une chance. Moi, je vote pour Sam. Nous reprendrons ce passionnant débat plus tard.

Zoe leva des yeux faussement furibonds au plafond, puis les trois amies éclatèrent de rire. Il y avait longtemps qu'elles ne s'étaient pas autant amusées.

Leur arrivée au corral provoqua les réactions habituelles. À la vue de Tanya, la fièvre monta d'un seul coup. L'hôtel bourdonna de murmures et de chuchotements, des gosses la montrèrent du doigt, tandis que des appareils photo cliquetaient. La chanteuse se détourna des objectifs braqués sur elle, rapide comme un chat. Elle avait acquis l'art et la manière de se dérober aux caméras. Ses deux amies se placèrent entre elle et les photographes. Enfin une femme commença à séparer les gens en groupes et à distribuer les chevaux à leurs cavaliers. La veille au soir, elles avaient rempli un formulaire censé cerner leur niveau équestre. Tanya, excellente cavalière et fidèle à son esprit de contradiction, avait coché les cases « niveau élevé », et « déteste les chevaux ». Ses deux amies se considéraient comme de médiocres cavalières. Mary Smart était habituée aux selles anglaises, plus étroites et plus légères, Zoe n'avait pas monté depuis des lustres. Elles avaient donc choisi : pistes faciles, randonnées en groupe.

Lorsque leurs noms furent enfin cités, il ne restait plus que trois personnes après elles. Liz Thompson, la directrice du corral, s'adressa à Tanya tandis qu'un grand cow-boy aux cheveux noirs tirait un cheval par la bride hors de l'écurie.

— Excusez-nous de vous avoir fait attendre, mais nous avons préféré vous éviter d'être prise en photo le pied à l'étrier, expliqua Liz, une grande femme d'environ cinquante-cinq ans au visage marqué, en broyant les phalanges de sa célèbre cliente dans une poigne de fer… Vous avez indiqué sur le formulaire que vous n'étiez pas une passionnée d'équitation… Nous avons un bon petit gars pour vous, ajouta-t-elle sans préciser si elle faisait allusion au cheval ou au cow-boy, qui vérifiait le sanglage.

Toutefois, ce dernier ne correspondait guère à cette description. D'une quarantaine d'années, il était bâti en athlète. Le soleil de la montagne lui avait hâlé la peau. Il avait un visage long, des pommettes hautes, un menton qui, à un soupçon près, aurait pu être proéminent, un accent traînant. Lorsque Tanya lui demanda d'où il venait, il marmonna un laconique « du Texas » sans se lancer dans plus de détails. Dès qu'elle fut en selle, il s'éloigna. Il ne s'était pas présenté mais elle apprit son nom, Gordon, par l'un des palefreniers.

La monture de Zoe, une jument pommelée, se cabra mais Liz s'empressa de la rassurer. Elle était la plus docile des bêtes. Mary Smart chevauchait un palomino. Big Max, le puissant étalon marron foncé à crinière et queue noires échu à Tanya, se mit à s'impatienter sur ses jarrets fins et nerveux. Comment avait déjà dit Liz Thompson ? Un bon petit gars. Rien de moins sûr. Tanya n'avait aucune envie de monter un animal emballé. Liz lui expliqua qu'il deviendrait doux comme un agneau une fois hors de l'enclos.

— Il est un peu claustrophobe, ajouta-t-elle en riant.

La directrice du corral se montrait mille fois plus prévenante envers la star que le dénommé Gordon. Pour l'instant, il était en train de resserrer les sangles des deux alezans appartenant à un couple de Chicago d'âge moyen, qui s'étaient présentés comme le Dr Smith et le Dr Wyman mais qui étaient mari et femme. À force de vivre ensemble ils en étaient venus à se ressembler, susurra Tanya à l'oreille de Zoe, qui répondit par un sourire approbateur. Le troisième cavalier était un homme seul. Il devait avoir entre cinquante et cinquante-cinq ans. Grand, mince, il avait d'épais cheveux poivre et sel ; ses yeux bleu cobalt examinaient ses compagnons avec une attention amusée. Son visage n'était pas inconnu à Mary Stuart, mais où l'avait-elle déjà rencontré ? Elle n'aurait su le dire. C'était un homme distingué aux traits fins. Même Tanya parut sensible à son charme. Il l'avait reconnue, bien sûr – qui n'aurait reconnu Tanya Thomas ? – mais n'en laissa rien paraître.

Peu après, le groupe de cavaliers se lança au trot sur le chemin. En se penchant sur la crinière de son palomino, Mary Stuart chuchota à l'adresse de Tanya :

— Sais-tu qui c'est ? (Elle s'était souvenue du nom de l'inconnu. Elle l'avait rencontré une fois mais ici il avait l'air différent. Et comme Tanya secouait la tête :) Hartley Bowman.

Il fallut une minute à la chanteuse pour encaisser l'information.

— L'écrivain ? demanda-t-elle en jetant un coup d'œil par-dessus son épaule.

Mary Stuart acquiesça de la tête. Deux de ses livres figuraient parmi les best-sellers de l'année. Il passait pour l'un des romanciers les plus en vogue des États-Unis.

— Il est marié ? s'enquit Tanya, et Mary Stuart leva les yeux au ciel, excédée.

Décidément, son amie était obsédée par les célibataires.

— Veuf, précisa-t-elle.

Elle avait lu dans un article de *Time Magazine,* à moins que ce ne fut dans *Newsweek,* qu'un cancer du sein avait emporté son épouse un an ou deux plus tôt. Une discussion sur ses romans, qu'elle trouvait passionnants, la tentait infiniment, mais elle n'osa l'approcher. Il devait être très sollicité, se dit-elle, au même titre que Tanya.

Celle-ci éperonna sa monture, qui partit au galop. À l'arrière, Zoe avait engagé la conversation avec les deux médecins de Chicago. Ils étaient cancérologues et la femme se mit à questionner Zoe sur sa clinique de San Francisco. Au pas lent de leurs chevaux, ils traversèrent la vallée en bavardant, sans remarquer le tapis velouté de fleurs sauvages rouges, bleues et jaunes dominé par la couronne des montagnes enneigées. Loin devant, Tanya et le cow-boy galopaient à bride abattue. Mary Stuart continua à chevaucher seule mais pas longtemps.

— Magnifique, non ?

Elle faillit sursauter. Hartley Bowman l'avait rejointe.

— Vous venez souvent ici ? demanda-t-il d'un ton uni, comme s'ils étaient de vieilles connaissances.

— Non, mais je crois que je reviendrai.

Elle lui jeta un rapide coup d'œil. Une force tranquille émanait de lui. Il avait un profil bien dessiné, des mains longues et racées. Il tenait les rênes tranquillement, sans les laisser flotter. Elle lui fit remarquer qu'il montait « à l'anglaise », ce qui le fit rire.

— Oui, en effet. Je ne suis pas très à l'aise sur ces selles de cow-boys, je l'avoue. Je suis inscrit à un club d'équitation dans le Connecticut… Et vous ? Vous êtes de la côte ouest ?

Il ne le pensait pas. Le groupe des trois femmes ne lui avait pas échappé. L'une devait être médecin, s'il en jugeait par sa discussion animée avec le couple de praticiens de Chicago, la seconde était la rock star bien connue, mais celle-ci, si calme et si élégante, ne cadrait pas avec les autres.

— Non, je suis de New York.

— Moi aussi. Je venais ici tous les ans. Ma femme et moi adorions ce lieu. C'est la première fois que j'y reviens depuis sa mort.

« Comme ça doit être triste de revoir un endroit que l'on a admiré avec l'être aimé », pensa-t-elle, mais elle conserva un silence circonspect.

— Beaucoup de gens viennent de l'est, reprit-il. Le voyage est long mais le décor vaut le détour. Certains viennent ici pour les chevaux. Moi, je suis attiré par ces montagnes. Elles ont un pouvoir guérisseur, vous savez. Je m'étais juré de ne plus jamais remettre les pieds dans le Wyoming, et je n'ai pas pu tenir plus d'un an, confia-t-il, comme s'il s'étonnait lui-même de se retrouver en ce lieu. Il y a quelque chose de magique auquel on ne résiste pas.

Mary Stuart hocha la tête. Cette magie, elle l'avait déjà sentie la veille. Cela expliquait pourquoi Jackson Hole était devenu si populaire ces dernières années.

— C'est drôle, dit-elle, surprise de sa propre facilité à lui parler – mais il était si simple, si ouvert. J'ai éprouvé la même chose hier, en arrivant. J'ai eu l'impression que les montagnes m'attendaient, moi spécialement.

Elle s'interrompit, craignant de faire preuve de romantisme bon marché, mais il acquiesça.

— Oui, c'est exactement ça. Sauf peut-être pour votre amie, poursuivit-il gentiment. Tous les gens dans la salle à manger ont changé d'attitude dès l'instant où elle est apparue. Ils n'ont pas cessé de la dévisager, de la prendre en photo, comme s'ils voulaient absorber une partie de son aura.

C'était une remarque très fine, une analyse extrêmement lucide de la situation.

— Il en est ainsi pour tous les gens célèbres, répondit-elle.

Elle se garda d'ajouter qu'elle savait qui il était, qu'elle avait dévoré ses six ouvrages et qu'elle les avait adorés.

— Eh oui, la renommée comporte certains désavantages, dit-il avec un sourire, comme s'il avait parfaitement deviné qu'elle l'avait reconnu. Mais je ne fais pas partie des élus. Il existe très peu de personnes capables de galvaniser les foules. Votre amie semble s'être très bien adaptée à sa condition de star.

— C'est ma foi vrai.

— Vous travaillez avec elle ?

Il n'avait pas eu l'intention de se montrer indiscret mais sa curiosité avait été la plus forte.

— Non. Nous sommes des camarades de fac.

— Et votre amitié a survécu au temps ? Quel sujet passionnant… n'ayez crainte, pas pour les journaux à sensation, bien sûr. Pour un livre.

Ils éclatèrent d'un rire complice.

— À vrai dire, Tanya est sans cesse importunée. Elle n'a plus de vie privée et c'est injuste.

— On cesse d'être un être humain dès l'instant où l'on devient une star. On ne s'appartient plus.

— Elle dit qu'elle appartient à ses admirateurs, qu'elle est devenue un objet de convoitise. Elle est constamment harcelée par les reporters. Je ne sais pas comment elle arrive à supporter la vie qu'on lui mène.

— Elle doit être forte, constata-t-il en souriant. (Il se tourna vers elle et admira son élégance. Il avait été tout de suite frappé par son allure aristocratique mais il n'osa lui en faire compliment.) En tout cas, elle a la chance d'avoir de bonnes amies.

— Nous avons aussi la chance de l'avoir. C'est grâce à elle que nous nous sommes réunies ici. Tout s'est passé au dernier moment.

— Pour notre plus grand plaisir. Car toutes les trois, vous améliorez singulièrement les attraits du paysage.

Son regard se reporta vers Tanya, qui traversait la plaine sur sa monture comme une superbe amazone, au côté du cow-boy. Ils chevauchaient en silence, sans échanger un mot.

— Elle est vraiment très belle, déclara-t-il, et Mary Stuart répondit par un sourire dépourvu de la moindre envie. J'apprécie sa musique. Je crois que j'ai tous ses albums.

— Et moi, j'ai tous vos livres, dit-elle spontanément, et un voile incarnat colora ses pommettes.

— Vraiment ? fit-il, visiblement flatté.

Il tendit la main et se présenta, bien que ce fût inutile.

— Hardey Bowman.

— Mary Stuart Walker.

Ils se serrèrent la main par-dessus les encolures de leurs chevaux avant de poursuivre leur randonnée au pas de promenade. Tanya et le cow-boy les précédaient d'une centaine de mètres, tandis que le trio des médecins fermait le cortège, en évoquant les derniers progrès de la science en matière de cancer.

Leurs chevaux trottaient côte à côte, Mary Stuart et Hardey continuèrent à bavarder agréablement. Soudain, ils avaient mille choses à se dire. Ils se découvrirent mille points communs. Livres, auteurs, événements artistiques, expositions à New York et en Europe. Elle mentionna sa fille, qui faisait ses études à Paris, quand le cow-boy rebroussa chemin en annonçant qu'il fallait regagner le ranch. C'était l'heure du déjeuner. Hartley et Mary Stuart bavardaient encore quand ils mirent pied à terre au corral. Tanya descendit de cheval et plaça la bride dans les mains de leur guide. Elle avait un drôle d'air, nota Mary Stuart.

— Qu'est-ce qu'il y a ? voulut-elle savoir après l'avoir présentée à Hartley.

— Mais rien ! Sauf que notre cow-boy n'a pas ouvert la bouche. Il ne m'a pas dit un mot, ni à l'aller ni au retour. Il s'est comporté comme si j'avais la peste bubonique ou quelque chose d'aussi contagieux. Il me déteste !

Mary Stuart pouffa de rire. Aucun homme au monde ne pouvait détester Tanya.

— Peut-être est-il timide, offrit-elle.

Il avait l'air assez plaisant, au demeurant.

— Les natifs du Wyoming ne sont pas très bavards, expliqua Hartley. Les premiers jours, c'est à peine s'ils vous disent bonjour. Ne vous inquiétez pas, car après on ne peut plus les arrêter… Ils sont moins communicatifs que nous autres citadins.

Tanya haussa un sourcil.

— Pourquoi personne ne m'a prévenue ? J'ai passé le plus clair de mon temps à me demander si je l'avais offensé.

— À mon avis, Liz a dû lui faire la leçon, dit Hartley. Vous êtes une grande star, le pauvre homme a sûrement reçu des instructions pour bien se tenir. (Il eut un sourire de petit garçon, malgré ses cheveux gris.) Moi aussi vous m'intimidez, vous savez. J'ai tous vos CD, mademoiselle Thomas, et je les adore.

Un sourire éclaira le visage de Tanya.

— Merci. Moi aussi j'aime vos bouquins.

Elle avait peine à croire qu'un intellectuel de l'envergure d'un Hartley Bowman puisse s'intéresser à ses chansons. Malgré ses succès, elle manquait d'assurance. D'ailleurs, l'écrivain semblait très à l'aise avec Mary Smart, pensa-t-elle. Elle en était là de ses réflexions quand Zoe s'approcha en disant qu'elle avait passé une excellente matinée en compagnie des deux autres médecins. De nouveau, Mary Stuart fit les présentations.

— Enchanté, dit Hartley. Quelle est votre spécialité ?

— Le sida, ainsi que les infections inhérentes à cette maladie. Je dirige une clinique à San Francisco.

Il inclina la tête. Il avait songé à écrire un livre sur ce sujet et avait commencé à rassembler des notes, puis il avait reculé. C'était si déprimant ! Il posa néanmoins une foule de questions à Zoe sur ses recherches. Elle répondit de bonne grâce. Il les raccompagna jusqu'à leur chalet, où il les laissa à contrecœur.

— Je vous verrai au déjeuner, dit-il avant de s'éloigner.

Tanya le suivit du regard.

— Quel homme intéressant, commenta-t-elle en retirant son chapeau de cuir et en s'épongeant le front.

La chaleur avait dissipé les brumes matinales.

— Il est fou de ta musique, dit Mary Stuart, encourageante.

Dans son esprit, Tanya formerait un couple merveilleux avec Hartley. Bien que, il fallait l'admettre, ils aient peu de points communs. Il représentait le parfait homme du monde : cultivé, intelligent, policé. Elle incarnait l'exubérance, la sensualité et la joie de vivre. À la réflexion, il lui fallait quelqu'un de plus puissant pour l'apprivoiser.

— Il est peut-être fou de ma musique, mais il est aussi fou de toi, ma petite, rétorqua la chanteuse, plus pragmatique que son amie. C'est gros comme une maison. Il n'a pas cessé de te dévorer des yeux.

— Fadaises ! Il est intrigué par notre petit groupe comme il le serait par *Drôles de dames.*

— Et moi je te parie mon prochain contrat qu'il te déclarera sa flamme avant la fin de notre séjour, affirma Tanya, avec une absolue conviction.

Zoe, qui se lavait les mains dans la cuisine, leva les yeux au plafond.

— Vous deux, alors ! Vous ne pensez donc qu'aux hommes ?

— Ouais ! fit Tanya avec un sourire espiègle. Et au sexe ! Tu n'as qu'à lire les journaux à scandale.

Elle plaisantait. Tanya avait toujours été d'une moralité exemplaire et ses amies le savaient. Elle n'hésitait pas à se classer parmi les « animaux monogames », lorsqu'elles étaient encore à l'université.

— En tout cas, je persiste et signe, reprit-elle. Ce type est amoureux de toi, Mary Stuart.

— Tanya ! Je ne l'ai rencontré que ce matin.

— Et alors ? Le coup de foudre, ça existe, non ? Sa femme est morte depuis deux ans, il doit être tourmenté par des désirs inavouables. À ta place, je me méfierais. Il pourrait facilement se muer en satyre au clair de lune.

Tandis que ses deux compagnes éclataient de rire, elle releva ses cheveux et les attacha en queue de cheval. Elle n'en eut l'air que plus sexy.

— Tu devrais circuler avec un sac sur la tête ! fit semblant de s'indigner Mary Stuart. Je me demande pourquoi je perds du temps à me coiffer. Regarde-la, elle est magnifique.

— Ah oui ? Pour ce que ça m'apporte. Même ce gardien de vaches n'a pas voulu de moi. On aurait dit qu'il avait les lèvres cousues. Pas un mot, m'entendez-vous ? Quel imbécile !

Zoe agita l'index sous le nez de Tanya.

— Allez-vous essayer de séduire les cow-boys maintenant, miss Thomas ?

Une expression ulcérée se dessina sur les traits de la chanteuse.

— Je voulais juste parler un peu. Tolstoï n'a pas cessé de discuter avec Stu, toi tu n'as pas arrêté de papoter une seconde avec Pierre et Marie Curie de Chicago, pendant que moi, je m'embêtais comme un rat mort en compagnie du Roy Rogers du Wyoming. Il est nul en conversation, ce type.

— Il a mieux valu qu'il se taise plutôt que de t'assommer de questions indiscrètes, lui fit remarquer Zoe.

— Pour m'assommer, il m'a assommée. Mais d'ennui.

Le son cuivré du gong signala que le déjeuner était servi. Elles s'apprêtaient à quitter le chalet quand la sonnerie du téléphone retentit. Elles se regardèrent, peu désireuses de répondre, puis Zoe décrocha. Ça pouvait être Sam. Ou Jade. Elle passa le récepteur à Tanya. C'était Jane, son assistante. Il était question du contrat de sa prochaine tournée. Elle allait lui expédier l'original par Fédéral Express mais en attendant, à la demande de son avocat, elle le lui envoyait en fax. Il voulait que Tanya l'appelle dès qu'elle l'aurait parcouru.

— Oui, d'accord. J'y jetterai un œil.

— Téléphonez-lui dès que vous en aurez pris connaissance. Bennett insiste, comprenez-vous ?

— Okay, je le ferai. À part ça, quoi de neuf ?

Jane énuméra les nouvelles. Une ex-employée, licenciée par Tanya deux ans plus tôt, venait d'accepter de suspendre son action en justice. *Vogue* et *Harper's Bazaar* s'apprêtaient à lui consacrer des doubles pages. Une revue de cinéma annonçait des révélations, un mot qui faisait toujours dresser les cheveux de Tanya et de ses collaborateurs sur leur tête. Elle se dépêcha de raccrocher pour rejoindre les autres, qui l'attendaient sur le perron.

— Ça va ? s'alarma Mary Stuart, voyant le beau visage assombri de son amie.

— Oh oui. Pas de poursuites judiciaires pour changer, mais un magazine promet à ses lecteurs un formidable scoop me concernant… Bah, rien de bien méchant, à mon avis.

Pourtant, chaque fois que son nom se trouvait mêlé à une vilaine histoire, elle avait la sensation qu'on lui volait un morceau de son âme. Un jour, quand tous les morceaux seraient dérobés, elle ne serait plus qu'une enveloppe vide.

— Ils ne méritent que ton mépris. Tu n'as qu'à ne pas lire ce torchon, suggéra Zoe.

Lorsqu'elle avait ouvert sa clinique, elle s'était heurtée au scepticisme de la presse spécialisée mais ce n'était pas la même chose, elle en avait conscience. Les paparazzi attaquaient Tanya dans sa chair, à l'instar de prédateurs fondant sur leur proie. Leurs insinuations, trop malveillantes, trop personnelles, confinaient à la perfidie.

— Oublie tout ça, dit Mary Stuart.

Chacune passa un bras protecteur autour de la taille de Tanya, puis elles prirent le chemin de la salle à manger. Ainsi enlacées sous les ombres mouvantes des araucarias, elles composaient un charmant tableau champêtre. Et depuis sa véranda, à l'abri du porche, Hartley Bowman suivait Mary Stuart du regard.

13

L'après-midi, la promenade à cheval fut tout aussi agréable. Les cavaliers se retrouvaient dans les mêmes groupes, accompagnés par le même guide. Chacun monterait le même cheval durant son séjour, de manière qu'hommes et bêtes s'apprivoisent mutuellement. C'était une méthode qui avait fait ses preuves. Aussi, lorsque la directrice du corral leur demanda s'ils étaient satisfaits de ces arrangements, elle ne récolta que des commentaires favorables.

Seule Tanya déplorait, en son for intérieur, sa mauvaise fortune. Le groupe auquel elle appartenait se déploya dans la même configuration que quelques heures plus tôt. Les trois médecins à l'arrière, évoquant paisiblement des transplantations d'organes comme d'autres auraient échangé des recettes de cuisine, Mary Stuart et Hartley, discutant littérature. Afin de les laisser seuls, Tanya lâcha la bride en enfonçant ses éperons dans les flancs de son étalon, qui se lança à travers champs. Peu après, elle avait rattrapé le cowboy qui, sur son pinto noir et blanc, était parti en éclaireur. Ils chevauchèrent côte à côte en silence pendant ce qui parut à Tanya une éternité. L'homme, soudé à son cheval, allait de l'avant sans jamais se retourner vers elle, sans jamais lui adresser la parole. Au bout d'un moment, n'y tenant plus, elle jeta d'une voix irritée :

— Dites ! Est-ce que ma présence vous gêne, par hasard ?

Ce type lui déplaisait. Non seulement elle ne s'amusait pas avec lui mais il se comportait comme si elle n'existait pas.

— Mais non, mademoiselle Thomas. Pas du tout.

Il n'avait pas changé d'expression. Rien n'avait bougé sur ce visage de pierre. Il allait sûrement se cantonner à nouveau dans le silence. Décidément, c'était l'être le plus assommant de la terre. Gordon le taciturne ! Elle sursauta de surprise lorsqu'il ajouta :

— Vous avez une bonne assiette. Vous êtes une excellente cavalière, mademoiselle Thomas.

Elle commença par se demander si elle ne rêvait pas. Or, cette fois-ci, son compagnon la gratifia d'un rapide coup d'œil avant de se détourner aussitôt, comme on se soustrait à une lumière trop éblouissante.

— Merci, pourtant je n'aime pas les chevaux.

— C'est en effet ce que vous avez marqué sur votre formulaire. Y a-t-il une raison spéciale ? Une mauvaise chute ?

Elle se retint pour ne pas crier « mais il parle ! ». Le dénommé Gordon fournissait visiblement des efforts surhumains pour alimenter la conversation et c'était tout à son honneur. Peut-être Hardey avait-il raison. Peut-être souffrait-il tout simplement d'une gigantesque timidité.

— Non, je ne suis jamais tombée, mais je n'ai pas d'affinités avec les chevaux. Je les trouve idiots. Quand j'étais petite, j'ai fait beaucoup d'équitation… sans enthousiasme, je l'avoue.

— Moi, j'ai grandi le pied à l'étrier, dit-il d'un ton uni. Mon père travaillait dans un ranch où il m'avait fait embaucher comme garçon d'écurie.

Il ne précisa pas que son père était mort lorsqu'il avait dix ans, qu'il avait subvenu aux besoins de sa mère et de ses quatre sœurs jusqu'à leur mariage, qu'il aidait toujours financièrement sa mère ainsi que son fils, installé dans le Montana. Car en dépit de l'image négative que Tanya se faisait de lui, Gordon Washbaugh était un homme bon et généreux.

— La plupart de nos clients croient qu'ils sont capables de monter, alors qu'ils savent à peine se tenir sur une selle. Ils sous-estiment les dangers. Résultat, ils risquent de se rompre le cou dès le premier jour. Ce n'est pas votre cas, mademoiselle Thomas. (Un sourire inattendu éclaira sa figure tannée.) Vous savez, c'est la première fois qu'une star fait partie de mon équipe. Ça me rend nerveux, à vrai dire.

Sa franchise prit Tanya de court et elle regretta ses réflexions amères à son encontre.

— Pourquoi donc ? demanda-t-elle.

La fascination qu'elle exerçait sur les autres était une source constante d'étonnement. Son propre pouvoir charismatique lui échappait.

— La peur de commettre un impair ou de vous offenser par une remarque désobligeante.

Ils étaient en train de traverser une clairière baignée d'une lumière dorée. Un coyote fila comme une flèche en direction du sous-bois. Tanya laissa échapper un rire.

— Eh bien, vous avez failli m'offenser par votre silence. Vous vous rendez compte que vous ne m'avez pas dit un mot de toute la matinée ? J'ai pensé que vous me détestiez.

Il lui jeta un regard circonspect. Liz l'avait longuement instruit sur la susceptibilité des stars. On ne savait par quel bout les prendre. Il fallait sans cesse ménager leur ego démesuré. Lorsqu'il avait aperçu Tanya

Thomas en personne pour la première fois, il s'était demandé si elle était réelle.

— Pour quelle raison vous aurais-je détestée ? J'ai juste voulu vous épargner les démonstrations d'admiration habituelles. Tout le ranch est sens dessus dessous à cause de vous. Les gens se jettent sur vos CD, ils réclament des autographes, il y a même quelqu'un qui possède un vidéo-clip de vous. Si le personnel s'y mettait aussi, vous en auriez vite plein le dos. Nous avons reçu des instructions de la direction. Ne vous ennuyer sous aucun prétexte. Au début, j'ai essayé de me faire remplacer par quelqu'un d'autre à la tête de votre groupe ; comme ça n'a pas été possible, j'ai préféré me taire pour vous mettre à l'aise. De toute façon, je ne suis pas très bavard.

Il s'exprimait avec une honnêteté extraordinaire. Tanya en oublia sa rancune de tout à l'heure.

— Je suis désolé si j'ai heurté vos sentiments.

Elle ouvrit la bouche pour lui répondre que non, puis elle se ravisa. Elle mentirait si elle niait l'évidence. Elle s'était sentie blessée dans son amour-propre. Elle avait cru qu'il l'ignorait délibérément et ce manque d'intérêt était pour elle tout à fait inhabituel.

— Je me suis dit qu'il serait plus reposant pour vous que je vous fiche la paix.

— Eh bien, faites donc un peu de bruit de temps à autre, rien que pour briser la monotonie, dit-elle avec un sourire plein d'humour.

Gordon éclata de rire.

— Mais quelqu'un d'aussi célèbre que vous doit aspirer à un peu de tranquillité, non ? Il fallait voir l'agitation qui s'est emparée de tous avant même votre arrivée. Ils vous guettaient. Je présume que cela vous rend la vie impossible.

— C'est vrai, admit-elle doucement.

Sur leurs montures, ils fendaient l'air limpide, traversaient un ondoyant champ de coquelicots ceint d'une épaisse forêt de conifères, sous l'imposante barrière des montagnes. Une sensation de bien-être inonda soudain Tanya. Une sorte de plénitude fabuleuse. Le nirvana. Un calme merveilleux imprégnait le paysage. Elle y goûtait, avec une sorte d'ivresse inconnue jusqu'alors. Elle avait voulu venir dans ce coin perdu, d'abord pour faire plaisir aux enfants de Tony, puis pour réconcilier ses amies. Et soudain, elle redécouvrait, comme l'écho d'une mélodie oubliée, la partie de son âme qu'elle croyait avoir perdue à jamais.

— Oui, reprit-elle, songeuse. Souvent, l'existence des célébrités est un enfer. Tous ces gens qui veulent vous approcher, vous toucher, comme pour vous dérober quelque chose, vous pompent toute votre énergie. Parfois, j'ai l'impression que j'en mourrai. Ou qu'ils m'achèveront.

La fin tragique de John Lennon, assassiné par un de ses fans, demeurait toujours vivace dans le souvenir des autres stars. Mais il existait d'autres dangers mortels sur le chemin de la renommée, moins visibles que le coup de revolver qui avait plongé dans le deuil les fervents admirateurs des Beatles.

— Brusquement, ma vie a basculé dans le cauchemar. Au début, je n'ai rien vu venir. Après, c'était trop tard et je doute que ça changera un jour.

— Pourquoi n'achetez-vous pas une propriété par ici ? dit-il, l'œil rivé sur les Grands Tétons, pics inaccessibles recouverts de neige étincelante. Beaucoup de vedettes viennent chercher refuge dans le Wyoming, dans le Montana ou le Colorado… Vous pourriez aussi retourner au Texas.

Il lui sourit et elle émit un soupir.

— J'ai peur que le Texas soit trop petit pour moi !

Son trait d'humour arracha un rire à son compagnon. Un rire étonnamment frais, en parfaite harmonie avec son beau visage.

— En vérité, j'ai la même impression, dit-il. Le Texas est trop chaud, trop poussiéreux, trop vide. C'est pourquoi je suis venu ici.

Elle acquiesça. Il était facile de comprendre ce qui l'avait attiré dans cette contrée enchanteresse.

— Vivez-vous dans la vallée tout au long de l'année ? demanda-t-elle.

Depuis ce matin, leurs rapports s'étaient singulièrement améliorés. Même s'ils ne se revoyaient plus, ils garderaient toujours le souvenir de leur rencontre. Un refrain prenait forme dans l'esprit de Tanya. « Le cowboy silencieux. » Plus tard, elle écrirait peut-être une chanson sur ce thème.

— Oui, m'dame.

— Comment est-ce en hiver ?

La chanson se précisait.

— Froid, répondit-il en évitant de la regarder. (Elle était si belle qu'il en avait presque peur.) Souvent, on a plus d'un mètre de neige. En octobre, nous conduisons les chevaux vers le sud. On ne peut plus avoir accès au ranch sans chasse-neige.

— Vous ne vous sentez pas trop seul ?

Elle se trouvait à des années lumière de Bel Air, des studios d'enregistrement et des salles de concert. Une image jaillit : une épaisse couche de glace, un homme solitaire, un chasse-neige.

— J'aime la solitude. Je m'occupe. J'ai enfin le temps de lire, de réfléchir… d'écrire… d'écouter de la musique.

— Ne me dites pas que vous passez l'hiver à écouter mes disques sous un mètre de neige.

— Cela m'arrive. J'écoute autre chose aussi. De la country-music, du jazz parfois, de la musique classique. Beethoven. Mozart.

Elle le regarda, intriguée. Elle l'avait mal jugé. Elle aurait voulu lui demander s'il était marié, oh, par pure curiosité, mais elle n'osa pas. C'était une question trop personnelle et Gordon avait érigé une barrière difficile à franchir. Avant qu'elle n'ouvre la bouche, il tourna bride. Elle le suivit. Bientôt, ils rejoignirent le reste du groupe. Très détendus, Hartley et Mary Stuart continuaient à discuter de plus belle ; quant aux trois médecins, ils poursuivaient leur débat scientifique. Ils eurent tous l'air déçus quand leur guide leur annonça que la promenade était terminée. Ils regagnèrent le corral vers quatre heures. Ils étaient libres jusqu'au dîner. Ils avaient plusieurs façons d'occuper leur après-midi : piscine, marche à pied, partie de tennis. Ils se déclarèrent tous épuisés. Surtout Zoe. Elle semblait éreintée. Tanya avait remarqué, depuis la veille, son extrême pâleur. Zoe avait toujours eu le teint naturellement pâle mais, à présent, il était presque translucide.

Le couple des médecins de Chicago prit congé. Hartley raccompagna les trois femmes jusqu'à leur chalet. Un petit garçon était assis sur le perron et, à sa vue, Mary Stuart ralentit l'allure. Âgé de six ans environ, il semblait attendre quelqu'un.

— Salut, toi ! lança Tanya. Tu es monté aujourd'hui ?

— Ouais, fit-il en repoussant son chapeau de feutre cerise. (Il portait de minuscules bottes noires ornées de bisons rouges, un blue-jean, un petit blouson de daim.) Mon cheval s'appelle Rusty.

— Alors ? comment t'appelles-tu ? demanda Zoe en s'asseyant sur une marche, heureuse de pouvoir souffler un peu.

L'altitude rendait sa respiration laborieuse.

— Benjamin, se présenta-t-il d'une voix solennelle. Ma maman attend un bébé. Elle n'a pas le droit de faire du cheval.

Il avait l'air réjoui de leur fournir cette information qu'il devait juger de la plus haute importance. Tanya et Zoe échangèrent un sourire attendri. Mary Stuart, elle, ne souriait pas. Restée en arrière, aux côtés de Hartley, elle fronçait les sourcils. Seule Tanya nota son expression tendue. Elle en devina aisément la raison. Le garçonnet ressemblait à Todd au même âge, à tel point qu'elle en eut le cœur serré. Mary Stuart avait dû le remarquer, naturellement. De son côté, Benjamin la regardait d'un air émerveillé.

— Vous ressemblez à ma tante, expliqua-t-il enfin, fasciné par la jeune femme, bien qu'elle ne lui eût pas adressé la parole.

Elle ne répondit pas, incapable d'articuler un mot. Hartley aperçut une ombre dans ses yeux.

— Vous avez des enfants ? s'enquit-il.

Il avait remarqué son alliance mais durant leur promenade, Mary Smart était restée très vague.

— Oui… Une fille… Et un fils… qui est mort.

Elle tressaillit, comme sous l'effet d'une douleur fulgurante, et s'empressa d'entrer dans le chalet. Elle ne voulait plus voir l'enfant. Hartley la suivit. Il avança la main vers elle, n'osant cependant l'effleurer.

— Mort ? Seigneur Dieu, à quel âge ?

Tant pis si elle l'accusait d'être indiscret ou curieux. Ce n'était d'ailleurs que trop vrai. Il avait envie de tout savoir sur elle. Peut-être son fils s'était-il tué dans un accident de la route, en même temps que son père… Sa fertile imagination d'écrivain brodait à toute allure le scénario. Peut-être était-ce la raison pour laquelle Mary Smart était venue ici. À moins qu'elle soit toujours mariée… Leur rencontre ne datait que d'une journée et il avait l'impression de la connaître depuis toujours. On perdait la notion du temps en ce lieu isolé, coupé du monde.

— Todd est mort dans sa vingtième année, répondit-elle calmement en s'efforçant de ne pas entendre la voix du petit garçon, qui continuait à babiller sous la fenêtre avec Tanya et Zoe. C'était l'année dernière.

Elle baissa les yeux sur ses mains tremblantes.

— Oh, je suis désolé, murmura Hartley en lui touchant le bras.

Il avait éprouvé, lui aussi, la douleur de perdre un être cher. Lui et Margaret étaient mariés depuis vingt-six ans quand elle n'avait pu remporter l'ultime bataille contre le mal qui la rongeait. Ils n'avaient pas eu d'enfant. Elle était stérile. Il l'avait accepté. D'une certaine manière, l'absence de progéniture les avait rapprochés. Et maintenant, en scrutant le visage bouleversé de Mary Stuart, il put entrevoir, l'espace d'une seconde, la profondeur insondable de son chagrin.

— Ça doit être affreux de perdre un enfant, dit-il. Je n'arrive pas à l'imaginer. Quand j'ai perdu Margaret, j'ai cru que j'allais en mourir. J'étais étonné de me réveiller chaque matin encore vivant. J'ai souvent appelé la mort mais elle n'a pas voulu de moi. Cet hiver, j'ai écrit un livre sur ce thème.

— L'écriture est une thérapie, dit-elle en prenant place sur le canapé, Hardey à son côté. Malheureusement, je n'ai pas ce talent. Cependant je me sens un peu mieux. Il y a quelques semaines, j'ai réussi à ranger ses affaires. Avant, je n'avais pas le courage de vider sa chambre.

— Il m'a fallu deux ans pour m'habituer à l'absence de Margaret, déclara-t-il avec franchise.

Il n'était sorti qu'avec deux femmes et ne les avait pas supportées parce qu'elles n'étaient pas elle. Il fallait du temps pour s'adapter à la situation. Profitant de la tournure de la conversation, il décida d'en savoir plus sur l'époux de Mary Stuart.

— Votre mari a dû souffrir aussi.

Dieu merci, elle ne se rendit pas compte qu'il glanait des informations.

— En fait, dit-elle péniblement, notre mariage n'a pas survécu à la mort de Todd.

Hartley hocha la tête. Un de ses cousins qui avait perdu également son fils s'était séparé de sa femme.

— Où est-il maintenant ?

— À Londres.

Il supposa que M. Walker s'était établi en Angleterre et s'en félicita secrètement. De son côté, Mary Stuart ne donna pas d'autres explications. Elle s'imaginait qu'il lui posait toutes ces questions par pure amitié. Il ne représentait rien pour elle, à part un compagnon agréable de vacances, un homme plaisant, très certainement, séduisant même…

Il se leva pour prendre congé. Il avait du courrier en retard, des fax à envoyer. Comme la plupart des clients de l'hôtel, il était en contact permanent avec son bureau. Il lui demanda de le rejoindre pour le dîner et elle répondit qu'elle verrait ça avec les autres. Ils se quittèrent sur cette promesse. Quand ses amies rentrèrent, Mary Stuart les mit au courant de l'invitation. Naturellement, elles sautèrent sur l'occasion pour la taquiner, surtout Tanya.

— Toi, au moins, tu ne perds pas ton temps ! Félicitations.

Mary Stuart lui lança rageusement un coussin.

— Il nous a invitées toutes les trois, imbécile. Il se sent seul. Il a perdu sa femme et il n'a personne à qui parler.

— Mais si ! Avec toi, il est bavard comme une pie.

— Et alors ? Il est simplement gentil.

— Et très intéressé par toi. Il faut être aveugle pour ne pas s'en apercevoir. Tu as été mariée trop longtemps, ma pauvre. Tu ne te rends même pas compte quand tu plais à un homme.

Mary Stuart lui rendit la monnaie de sa pièce.

— Et ton cow-boy ? Il semble avoir recouvré l'usage de la parole. Je l'ai même vu sourire.

— Gordon a du caractère. C'est un vrai solitaire. Il vit ici tout l'hiver, dans la neige.

Tanya n'en dit pas plus. Elle pensait qu'en dehors des chevaux, ils n'avaient aucun point commun.

— Je crois que vous êtes aveugles toutes les deux, intervint Zoe. Hartley Bowman est amoureux de Stu et quant à notre guide, il tombera vite dans les filets de Tanya. C'était votre horoscope de l'été, mesdames.

Quand elles eurent fini de rire, Tanya leva un sourcil. Si Zoe croyait qu'elle s'en tirerait à si bon compte, elle se trompait complètement.

— Et toi, où en es-tu, ma chère ? Vas-tu briser ce couple de médecins et t'enfuir avec le mari ?

Il était court sur jambes, chauve et grassouillet, et à cette seule pensée, toutes les trois pouffèrent de nouveau.

— Malheureusement, il n'est pas mon genre. De plus, je m'entends mieux avec sa femme, ce qui pose un petit problème. Je crois que je repartirai d'ici aussi seule que je suis venue.

— Qu'à cela ne tienne, il te reste toujours Sam, triompha Tanya.

— Oh non, ne recommence pas. Et dire qu'il ignore qu'il te plaît tant. Quand tu viendras à San Francisco, je te le présenterai.

— Marché conclu. Nous aurons au moins un sujet de conversation : toi. Mais revenons au soupirant de Stu. Allez, ma belle, dis-nous tout sur ton nouvel ami.

— Mais je vous ai déjà tout dit : il se sent seul et voilà tout.

— On se sent seules, nous aussi. Toi, moi, Zoe. Raconte-nous quelque chose qu'on ne sait pas.

Enchantée de sa repartie, Tanya, percluse de courbatures, s'effondra sur le canapé en allongeant les jambes.

— Pardon ! dit Zoe. Moi, je ne me sens pas seule. Je suis au contraire très heureuse.

— Je sais, tu es une sainte. Mais tu te trompes. Tu es seule et tu ne t'en rends pas compte. Fais-moi confiance.

— Oublions tous ces fiancés potentiels. Ce soir, je sors avec Benjamin, sourit Zoe.

— J'approuve ton choix, rétorqua Tanya dans un rire.

Toutes deux étaient tombées sous le charme du petit garçon.

Mary Stuart ne souffla mot. Afin de faire sortir de son esprit l'image radieuse de Benjamin, elle fit semblant de se demander si oui ou non elles devaient accepter l'invitation de Hartley.

— Pourquoi pas ? On peut toujours s'asseoir à sa table, dit Tanya. Avec un peu de chance, nous réussirons à te caser.

— Calme-toi. Je suis une femme mariée, lui rappela sobrement son amie.

— Il le sait ? s'enquit Zoe, sans dissimuler sa curiosité.

Certes, l'alliance brillait toujours à l'annulaire de Mary Stuart mais elle était tout de même venue seule. Hartley était en droit de se demander où était passé le mari.

— Il ne me l'a pas demandé, dit-elle, persuadée qu'il faisait montre à son égard d'un simple intérêt amical. Ah, si ! À un moment donné il a voulu savoir où se trouvait mon mari et je lui ai répondu qu'il était à Londres.

— Oh ! oh ! fit Tanya. Tu ferais mieux d'apporter quelques éclaircissements à cette réplique sibylline, sinon tu risques de l'induire en erreur.

— En fait, je lui ai dit que notre mariage n'a pas survécu à la mort de notre fils, poursuivit Mary Stuart d'un ton uni.

Tanya en resta bouche bée.

— Vraiment ?

Même s'ils avaient passé des heures ensemble à cheval, elle estimait que son amie était allée loin dans ses confidences.

— Peut-être devrais-je lui préciser que je suis toujours mariée, hasarda Mary Stuart. Encore que je ne sache pas pour combien de temps…

Elle marqua une pause, songeuse. Il aurait été présomptueux de sa part de trop se confier à quelqu'un qui, après tout, se fichait éperdument de ses déboires conjugaux.

— Je verrai… si ça se présente. Franchement, je ne crois pas que ce soit important pour Hardey, acheva-t-elle modestement… Oh, et puis flûte ! s'écria-t-elle tandis que ses amies se tordaient de rire. Vous m'embêtez, à la fin.

Elle disparut dans sa salle de bains pendant que Zoe téléphonait à Sam. Ce fut Annalee qui décrocha. Le Dr Warner était en consultation, expliqua l'infirmière de garde. Non, il n'y avait rien à signaler, tout se passait bien à la clinique. En raccrochant, elle alla se reposer. Elle se sentit beaucoup plus tonique en se réveillant peu après, et se rappela qu'elle vantait à ses patients les mérites d'une bonne sieste.

Elles dînèrent avec Hartley, ce soir-là. Il fut un hôte charmant, intelligent, plein d'humour, cultivé. Lors de ses innombrables voyages, il avait fait la connaissance d'un tas de gens extravagants. Il les régala d'anecdotes amusantes, tout en accordant tour à tour son attention à chacune de ses invitées. D'une politesse exquise, il savait mettre en valeur ses interlocutrices de manière qu'aucune d'elles ne se sente exclue. Il semblait apprécier leur compagnie à toutes les trois mais, en les raccompagnant, il marcha près de Mary Stuart.

Après l'avoir remercié, Tanya et Zoe s'éclipsèrent discrètement à l'intérieur du chalet, les laissant seuls. Mary Stuart leva les yeux vers le ciel criblé d'étoiles. La pleine lune nimbait d'une lumière bleutée les cimes enneigées. Tandis qu'elle admirait la beauté grandiose de la nature, elle comprit que ses amies avaient raison, qu'elle lui devait la vérité. Ils s'étaient assis paisiblement sur un banc, côte à côte, dans un silence complice. La jeune femme s'éclaircit la gorge.

— Écoutez, commença-t-elle, vous allez sans doute me trouver bête, mais je ne voudrais pas créer de malentendu entre nous. J'ignore quel sens vous donnez à notre amitié mais je suis mariée, poursuivit-elle vaillamment, et elle crut voir une lueur de déception dans les yeux clairs de Hartley. Mon mari est parti travailler à Londres pour deux mois. J'ai craint que vous ayez pu mal interpréter mes propos de tout à l'heure. Toutefois, pour être tout à fait honnête avec vous… (l'honnêteté figurait en tête de la liste de ses qualités) j'ai l'intention de le quitter à la fin de l'été. J'ai eu beaucoup de mal à prendre cette décision, mais notre mariage est mort en même temps que notre fils. Nous ne sommes plus heureux ensemble, et, après mûre réflexion, j'en suis venue à la conclusion qu'il valait mieux mettre fin à notre union.

— Pensez-vous que votre mari sera surpris ? demanda-t-il tranquillement.

Il se tourna vers elle pour la dévisager avec intensité. Il la connaissait à peine mais elle lui plaisait infiniment. Il appréciait tout en elle, sa franchise, ses manières directes, sa gentillesse. À sa déception d'apprendre qu'elle était mariée se mêlait l'espoir qu'elle serait bientôt libre.

— Se doute-t-il de vos sentiments ?

— Comment le pourrait-il ? Voilà un an qu'il m'adresse à peine la parole. Notre mariage n'existe plus. Il n'y a plus rien qui nous lie l'un à l'autre, ni tendresse, ni même un peu d'amitié. Il m'en veut pour la mort de notre fils et ça ne changera pas. Je ne peux plus vivre dans ces conditions. C'est au-dessus de mes forces… Hartley, je ne veux pas vous ennuyer avec mes problèmes personnels. Je tenais juste à éclaircir ma position. Je suis toujours mariée mais ça ne durera pas longtemps.

— Merci. Votre franchise vous honore.

Un sourire fit pétiller ses yeux bleus. Il s'étonnait lui-même de l'attirance extraordinaire qui le poussait littéralement vers cette femme. Mary Stuart était en effet la première personne à lui faire un tel effet depuis le décès de Margaret. Au bout d'une journée à peine, il était profondément amoureux d'elle. On eût dit que le temps s'était accéléré et que les heures comptaient pour des semaines, voire des mois.

— Pardonnez-moi d'avoir amené ce sujet sur le tapis ; je… je ne voulais pas vous induire en erreur… balbutia-t-elle, mortifiée à l'idée qu'elle s'était sans doute couverte de ridicule.

Car il continuait de sourire, comme si les malheurs de Mary Stuart le laissaient de marbre. Elle se sentit vibrer de colère contre ses amies. Pourquoi s'était-elle laissé influencer ? De quoi se mêlaient-elles, ces deux-là ? La voix de Hartley, douce dans la nuit, la tira de ses rageuses réflexions.

— Je ne sais pas ce que je fais ici, Mary Stuart. Normalement, je ne devais pas venir cette année non plus. J'ai porté le deuil de Margaret, j'ai pleuré, je n'ai pas regardé d'autre femme depuis deux ans. Et tout à coup, vous apparaissez comme un rayon de soleil si éclatant que j'en suis ébloui. Ça ne m'était jamais arrivé auparavant et je ne sais pas où cela me mènera, comme j'ignore de quelle nature est l'intérêt que vous me portez. Sachez, toutefois, que je me sens très concerné par tout ce qui vous arrive, dit-il en l'enlaçant pour l'attirer contre son épaule. Mon Dieu, ce regard dans vos yeux quand vous avez aperçu ce petit garçon, cet après-midi ! Comme j'aurais voulu vous réconforter, vous soulager de votre douleur, alléger votre peine ! Je vous avoue que je vous croyais divorcée, mais finalement ça n'a pas d'importance. Mes sentiments vis-à-vis de vous sont trop puissants pour que je m'arrête à ce genre de détail. Je me comporte très certainement comme un idiot mais c'est plus fort que moi. Si vous n'avez pas l'intention de me revoir après les vacances, dites-le-moi et je passerai le reste de mon séjour ici à vous saluer de loin.

Un silence suivit. Dans le clair de lune, les yeux de Hartley sondaient ceux de Mary Stuart, qui s'étaient embués. Ces phrases, elle les avait tant de fois imaginées dans la bouche de Bill, mais il ne les avait jamais formulées. Son mari l'avait complètement abandonnée et, soudain, cet étranger semblait répondre à toutes ses prières.

— Je ne demande qu'à être près de vous, à vous parler, à mieux vous connaître, reprit-il avec douceur. Puis on verra.

Que pouvait-elle espérer de plus ? Elle le regarda avec attention, incapable d'en croire ses oreilles.

— Suis-je éveillée ou est-ce que je rêve ? murmura-t-elle, les yeux pleins de larmes et de souhaits inassouvis.

— J'ai eu aussi l'impression de traverser un songe cet après-midi. Ne cherchons pas de réponses trop vite. Contentons-nous de l'instant présent.

Elle s'appuyait contre lui. Il sentit ses cheveux soyeux contre sa joue et, en fermant les yeux, il huma son parfum. Ils restèrent un long moment ainsi enlacés, puis il la sentit trembler dans ses bras. De froid. Ou d'émotion. Elle était arrivée au ranch la veille et l'avait vu pour la première fois ce matin. Mais elle avait lu tous ses livres. Ils avaient parlé pendant des heures et chaque mot formait la maille d'une chaîne qui les attachait maintenant solidement l'un à l'autre.

— Vous avez froid. Venez, je vous raccompagne.

Il détestait l'idée de la laisser. Au milieu de l'allée, elle s'arrêta, se tournant pour le dévisager, et, de nouveau, il l'entoura de ses bras.

— Merci, murmura-t-elle. Merci pour tout.

Il l'accompagna jusqu'à la porte du chalet. Elle se glissa à l'intérieur en priant pour que les autres soient couchées et découvrit, avec soulagement, qu'elles s'étaient retirées dans leurs chambres. Elle gagna la sienne sans, bruit. Une feuille de papier était posée sur son oreiller. Un fax de Bill. Le texte était d'une simplicité affligeante.

« J'espère que tout va bien. Le procès suit son cours de manière satisfaisante. Mes hommages à ton amie. Bill. »

En bas de la page, Tanya avait griffonné de son écriture tarabiscotée : « À ta place, j'appellerais mon avocat. » Mary Stuart froissa lentement le message de Bill, qui crissa dans sa paume. Une drôle de sensation l'avait envahie. La tristesse d'une relation qui se termine, la joie d'un renouveau. Le destin avait choisi ces montagnes escarpées pour lui accorder une seconde chance. Une porte s'était fermée, une autre s'entrouvrait, laissant filtrer un rai de lumière dans les ténèbres.

14

Le lendemain matin, la même scène se déroula au chalet. Zoe et Mary Stuart firent irruption dans la chambre de Tanya, ouvrant rideaux et persiennes.

— Allez, debout ! cria Zoe.

Pendant ce temps, Mary Stuart ôtait le masque de sommeil de la belle endormie, qui poussa un cri strident.

— Des sadiques ! Seigneur, qu'est-ce ? Je deviens aveugle.

Elle cligna des paupières, éblouie par la lumière qui pénétrait à flots dans la pièce, et roula sur le ventre en gémissant, tandis que les deux autres la tiraient sans merci hors du lit, comme jadis à l'université.

— Ça s'appelle le soleil, expliqua Mary Stuart. Il fait un temps magnifique. Si je ne te connaissais pas aussi bien, j'aurais été prête à parier que tu es une ivrogne.

En pyjama de soie rose, Tanya se redressa sur son séant, avant de mettre le cap sur la salle de bains en titubant.

— C'est l'âge. Les vieillards ont besoin de sommeil, vous ne le saviez pas ?

— Big Max, ton cheval, t'attend.

— Dites-lui d'aller plutôt piquer un somme dans son écurie, bâilla la star.

Vingt minutes plus tard, elle réapparut, douchée et habillée, plus éclatante que jamais. Elle avait revêtu un tee-shirt et un jean rose pâle et portait ses chères vieilles bottes jaunes, alors qu'elle en avait des dizaines de paires dans sa penderie. Un bandana rose lui ceignait le front. Elle avait tressé ses cheveux en une natte épaisse, qui lui tombait dans le dos. De petites boucles s'échappaient de sa coiffure pour encadrer d'un halo vaporeux son ravissant visage.

— Ta tenue aurait attiré l'attention de ton cow-boy si tu n'étais pas aussi laide, la taquina Mary Stuart.

Elle-même avait hâte de revoir Hartley. Elle avait rêvé de lui toute la nuit. À la pensée qu'elle allait bientôt le retrouver, elle se sentait pousser des ailes. Pour l'instant ils étaient des amis mais quelque chose d'infiniment plus doux qu'une simple amitié sous-tendait leurs rapports.

Sur le chemin de la salle à manger, elles croisèrent Benjamin. À sa vue, Mary Stuart sursauta comme si elle avait aperçu un fantôme. Comme par un fait exprès, le petit garçon se mit à marcher à son côté.

— Où est ta maman ? s'enquit Zoe.

Elle avait senti la tension de Mary Stuart. Il était facile de deviner son tourment. Bien qu'elle n'eût jamais vu Todd, Zoe avait noté la ressemblance entre l'enfant et son ancienne camarade de fac.

— Elle dort, répondit-il. Papa m'a dit d'aller prendre mon petit déjeuner.

— Comment se fait-il qu'elle ait le droit de dormir, elle, et pas moi ? se plaignit Tanya.

— Elle est enceinte de huit mois, dit Zoe.

— J'aurai l'air d'une loque quand nous repartirons. Laissez-moi au moins faire la grasse matinée un jour sur deux. Se lever aux aurores nuit gravement à la santé.

— Qui est l'auteur de cette maxime ? sourit Zoe.

— Moi, cher docteur.

Elles traversèrent le hall du bâtiment central, puis entrèrent dans la vaste salle à manger. Benjamin leur emboîtait le pas. Impossible de se débarrasser de ce pot de colle, se dit Mary Stuart, passablement agacée mais déterminée à l'ignorer. Évidemment, il prit place à leur table, à côté d'elle. Tanya comme Zoe semblaient le trouver amusant mais n'osaient l'encourager à rester, de crainte de froisser leur amie. Tanya essaya de le convaincre d'aller s'asseoir avec ses petits copains. Il refusa catégoriquement.

— Ça va aller, dit Mary Stuart. Ce n'est pas grave.

— Vraiment ? s'inquiéta Tanya.

— Vraiment.

On ne pouvait se protéger éternellement. Ni recréer un monde sans enfants. Elle s'efforça de ne pas le regarder.

— Gentil, le fax de ta chère et tendre moitié, commenta Tanya, tout en sirotant son jus d'orange pressée. Chaleureux, affectueux, plein d'égards. Charmant garçon ! Pardonne-moi de l'avoir lu, je n'ai pas pu m'en empêcher. Vas-tu lui répondre ?

— Je n'ai pas grand-chose à lui dire.

Un silence. Les pensées de Mary Stuart retournaient inexorablement vers Hartley, vers leur discussion au clair de lune. Elle se demanda si elle ne l'avait pas rêvée. Si le souvenir des bras de Hartley autour de ses épaules n'était pas le produit de son imagination. Il avait déclaré qu'il voulait mieux la connaître... qu'il...

— À propos, j'ai clarifié la situation vis-à-vis de Hartley. Vous aviez raison, il avait tout compris de travers. Je lui ai expliqué que j'étais mariée. Tout est clair entre nous à présent.

— N'a-t-il pas été trop déçu ?

— Pourquoi le devrait-il ?

Elle s'était exprimée d'un ton qui se voulait détaché mais qui ne trompa pas ses compagnes.

— Parce que je ne crois pas qu'il ait simplement envie de t'offrir un poste de secrétaire, dit Tanya en détachant chaque syllabe comme si elle avait affaire à une demeurée. Tu lui plais.

— Je ne sais pas… je n'ai pas l'impression…

Du coin de l'œil, elle vit Benjamin, coiffé de son chapeau de feutre cerise, qui la regardait intensément.

— Tu ressembles à ma maman. Et à ma tante Mary.

— Je m'appelle Mary également, répondit-elle pour dire quelque chose. Mary Stuart. Drôle de nom, n'est-ce pas ? Stuart était le nom de mon père. Il souhaitait avoir un garçon et, lorsque je suis née, ils m'ont donné les deux prénoms.

— Ah bon… Et tu as des enfants ?

Elle paraissait le fasciner.

— Oui, une fille. Elle est grande maintenant. Elle a vingt ans.

— Et tu as des garçons aussi ? s'enquit-il en mordant dans une rondelle de salami.

— Non, je n'en ai pas.

Benjamin hocha la tête. Il était trop jeune pour comprendre que l'éclat subit de ses yeux était dû aux larmes.

— Je préfère les garçons, décréta-t-il. J'espère que le bébé ne sera pas une fille. Je n'aime pas les filles. Elles sont nulles.

— Pas toutes, répondit Mary Stuart.

Il haussa les épaules, trop imbu de sa supériorité masculine et de ses préjugés contre le sexe faible.

— Bah ! Elles se mettent à pleurer pour un rien.

Zoe et Tanya échangèrent un sourire. Elles pensaient la même chose. Que cet échange de points de vue ne pourrait qu'adoucir le chagrin de leur amie.

— N'empêche que certaines filles sont courageuses, dit celle-ci, défendant la gent féminine de son mieux.

Mais ce sujet ne présentait déjà plus aucun intérêt pour son jeune interlocuteur.

Benjamin engloutit une tranche de bacon, après quoi, voyant entrer son père, il se leva et courut au-devant de lui. Sa mère arriva peu après. Elle s'avançait d'un pas lent, handicapée par son ventre imposant. Son mari avait expliqué à Zoe, la veille, qu'elle se sentait fatiguée à cause de l'altitude.

— J'espère que tu n'auras pas à mettre au monde un bébé un de ces jours, chuchota Mary Stuart à mi-voix à l'intention de Zoe. Elle a l'air d'attendre des triplés.

— Grand Dieu, non. Il y a un hôpital dans la région. Ma trousse médicale ne contient pas de forceps, et je n'ai pas assisté à un accouchement depuis mon internat. Ça m'avait fichu une peur bleue. Mettre des bébés au monde comporte plus de risques qu'on n'imagine. Si j'avais eu à choisir entre l'obstétrique et la dermatologie, j'aurais pris la seconde sans hésiter.

Mary Stuart objecta que, tout de même, la plupart des naissances se déroulaient sans incidents. Tanya, de son côté, voulait savoir si les accouchements étaient aussi douloureux qu'on le prétendait. Plus jeune, elle avait souhaité passionnément devenir mère et Mary Stuart réalisa qu'elle était la seule, parmi les trois, à avoir vécu cette expérience.

— Voilà le résultat de l'éducation que nous avons reçue à Berkeley, sourit Zoe.

Elle était heureuse d'avoir adopté Jade.

— J'aurais adoré avoir des gosses, soupira Tanya. J'aimais beaucoup ceux de Tony, ils étaient vraiment formidables.

Mais allait-elle seulement les revoir ? Elle les avait perdus en perdant Tony. Elle se considérait victime d'une injustice. À la lumière des derniers événements, elle regrettait de ne pas avoir fondé sa propre famille. La vie en avait décidé autrement. Il était trop tard pour rattraper les occasions perdues.

Après le déjeuner, elles se dirigèrent vers le corral. Hartley s'y trouvait déjà. Il accueillit Mary Stuart d'un sourire ravi. Leurs yeux se fixèrent pendant un long moment et il vint près d'elle, en attendant que les palefreniers leur distribuent leurs montures. Le couple de médecins de Chicago était là également. Les mêmes groupes se formèrent. Zoe et ses éminents confrères. Hartley et Mary Stuart. Tanya se retrouva en compagnie du cow-boy qui, cette fois-ci, fit un louable effort pour engager la conversation.

— Vous êtes très jolie aujourd'hui, dit-il d'une voix de robot, le regard fixé à l'horizon et les joues embrasées.

Visiblement, la présence de Tanya l'intimidait car il se passa plus d'un quart d'heure avant qu'il ne se décide à rouvrir la bouche : comment était Hollywood ? Avait-elle rencontré des vedettes comme Tom Cruise, Kevin Costner ou Cher ? Lui-même avait aperçu Harrison Ford à Jackson Hole l'été dernier. Elle lui répondit qu'elle les connaissait tous et qu'elle avait tourné un film avec Cher. Il se tourna pour la regarder un instant, les yeux étrécis.

— C'est drôle. Vous ne ressemblez pas à ces gens-là.

— Que voulez-vous dire ?

— Que vous êtes une femme réelle, une femme normale, qui parle, qui rit, et qui a un sens fabuleux de l'humour. (Il la dévisagea, avec un début de sourire, sans rougir cette fois-ci.) Quand on vous côtoie, on a du mal à se rappeler que vous êtes une superstar.

— Si c'est un compliment, je vous en remercie. Et si vous essayez de me signifier que je vous ai déçu, ce n'est pas grave. Qui suis-je au fond ? Une fille du Texas.

Elle lui sourit, tandis qu'il admirait secrètement son tee-shirt rose pâle.

— Vous êtes plus que cela et vous le savez. Non, décidément, vous n'êtes pas comme eux.

— Comment sont-ils ?

— Arrogants, orgueilleux, faux. Quand ils viennent ici, entourés de leur cour, ils ne daignent même pas monter à cheval pour ne pas avoir à se frotter au commun des mortels. Nous en avons eu, des célébrités, à l'hôtel, et de tous bords : hommes politiques, acteurs, chanteurs. Au lieu de se détendre, ils continuent d'être en représentation… Ce qu'ils peuvent être exigeants !

— J'ai exigé un lot supplémentaire de serviettes de bain et une cafetière. De plus, je n'aime pas les chevaux.

— Je ne vous crois pas. Aucun natif du Texas ne déteste les chevaux. Je vous l'ai dit : vous êtes une femme normale.

Il ne se trompait pas. Dès le début de sa carrière météorique, Tanya s'était efforcée de rester la même. Mais Hollywood est un immense creuset d'images étincelantes et de mirages. Sa bonne volonté n'avait pas convaincu Bobby Joe. Avec Tony ç'avait été le contraire. Tandis que Bobby Joe avait eu peur de son succès, Tony, lui, avait été fier d'épouser une star à condition de ne pas partager ses ennuis.

— Je suis peut-être une personne normale mais le milieu dans lequel j'évolue a fait de moi un symbole. Et les symboles n'ont pas de vie privée. Pas de famille. Pas de foyer. Les journalistes me suivent à la trace. Ils brossent de moi des portraits qui ne correspondent à aucune réalité mais qui confortent l'opinion publique à mon égard. Les gens que je rencontre ne valent pas mieux. Ils courent derrière mon image et quand ils ont réussi à la rattraper, ils n'ont de cesse de la détruire.

— En souffrez-vous beaucoup ?

Il la regarda avec intérêt. Elle était très attachante. Complètement différente de la poupée capricieuse à laquelle il s'était attendu. Il avait commencé par refuser de lui servir de guide mais, heureusement, Liz avait insisté.

— Oui, énormément, dit-elle tristement. Parfois, je me dis que ça finira par me tuer, à moins qu'un de mes fans ne s'en charge.

— Pour quelle raison acceptez-vous de vivre ainsi ? Pour l'argent ?

Il lança sa monture au galop et Tanya suivit.

— Non, cria-t-elle. Enfin, pas seulement. La chanson est mon métier. Elle est toute ma vie.

— Une vie qui ne vous comble pas de bonheur, apparemment.

— Oui, c'est exact. Ce sont les autres qui mènent le jeu.

— Il doit y avoir un moyen de mener une existence décente. Regardez toutes ces vedettes de cinéma qui se retirent à la campagne. Vous devriez agir comme elles, mademoiselle Thomas.

Ils tirèrent sur la bride dans un ensemble parfait et leurs chevaux ralentirent. Gordon ne put s'empêcher de lancer un regard admiratif à sa coéquipière. Elle montait comme une cavalière chevronnée.

— Oh non, pas de « mademoiselle », s'il vous plaît. Appelez-moi Tanya.

Elle s'était ouverte à lui avec une facilité dont elle fut la première étonnée. Peut-être l'altitude l'avait-elle étourdie. Peut-être encore se confiait-on plus aisément à un étranger. Oui. On racontait plus volontiers sa vie, ses rêves, ses déceptions à quelqu'un qu'on ne reverrait plus. Tout comme Mary Stuart et Hartley, Tanya ressentit l'emprise magique des montagnes qui semblaient veiller sur la vallée pour l'éternité.

Au même moment, Hardey était en train de présenter à Mary Stuart ses excuses. Lorsque, la veille, il avait regagné ses appartements, il avait eu peur d'avoir été trop pressant. Ils venaient tout juste de se rencontrer et pourtant, il se sentait si proche d'elle, expliqua-t-il. Elle avait éprouvé la même chose. Il y avait si longtemps que personne ne l'avait prise dans ses bras, si longtemps qu'elle manquait d'affection. Elle lui laissa clairement entendre qu'elle n'avait pas été offensée par son attitude, loin de là. Leurs chevaux s'étaient arrêtés au bord d'un ruisseau pour se désaltérer. Hartley lança à Mary Stuart un sourire lumineux.

— Lorsque je me suis levé ce matin, ma première pensée fut pour vous. Voilà des années que ça ne m'était pas arrivé. Je n'ai même plus envie d'écrire, ce qui est rare, croyez-moi.

L'écriture exigeait une discipline de fer à laquelle il s'était plié pendant des années, sauf quand Margaret était mourante.

— Je vous comprends. On pense que sa vie est finie et soudain tout repart. Le sort vous joue de drôles de tours. On se croit à l'abri du malheur et on perd tout. Et quand on croit qu'on a tout perdu, on se retrouve en possession d'un trésor infiniment plus précieux, murmura-t-elle, songeuse, le regard levé vers les montagnes.

— Le bon Dieu a de l'humour, répondit-il alors que leurs chevaux repartaient au trot. Qu'aimez-vous faire à New York ?

Il savait qu'elle passerait une semaine à Los Angeles chez Tanya avant de rentrer. Lui irait à Seattle, puis à Boston. Il regagnerait New York à peu près en même temps qu'elle.

— Allez-vous souvent au théâtre ?

Il se voyait déjà à Broadway avec elle. Il comptait parmi ses amis des auteurs talentueux de pièces d'avant-garde qu'il voulait lui présenter. En fait, il désirait ardemment la présenter à toutes ses relations. Il avait tant de choses à lui dire, à lui faire découvrir. Il n'arrêtait plus et Mary Stuart non plus. Ils parlaient constamment, partageaient leurs idées, riaient de tout et de rien. Ils ne virent pas le temps passer. Ils ne se rendirent même pas compte qu'ils étaient de retour au corral. Tanya et Gordon les précédaient et, comme à l'accoutumée, le trio des médecins arrivait loin derrière. Mary Stuart s'apprêtait à sauter à terre quand un cheval la dépassa à la vitesse de l'éclair. Une petite silhouette se balançait sur la selle en se cramponnant au pommeau. Gordon lança aussitôt sa monture derrière le cheval emballé ; celui-ci fonçait à un train d'enfer vers l'écurie. Le cow-boy n'eut pas le temps d'intervenir. Le cheval sauta par-dessus la barrière du corral et la petite silhouette fut projetée dans les airs, où elle effectua une sorte de vol plané effroyable avant de s'écraser lourdement sur le sol rocailleux. Mary Stuart poussa un cri rauque. Sur le chemin gisait un chapeau de feutre cerise. Benjamin ! Elle le sut d'instinct avant même d'apercevoir le chapeau et elle s'élança vers l'enfant immobile, Hartley sur ses talons. Le petit garçon était inerte. Il avait perdu conscience et, en se penchant sur lui, Mary Stuart remarqua qu'il ne respirait presque plus. Elle leva ses grands yeux apeurés vers Hartley.

— Zoe ! cria-t-elle. Allez chercher Zoe !

Elle se tourna de nouveau vers l'enfant, n'osant le toucher, redoutant une fracture de la nuque. Il lui sembla soudain que plus aucun souffle ne franchissait ses lèvres livides mais, avant qu'elle ne puisse en avoir la certitude, Zoe était agenouillée près de Benjamin et lui tâtait le cou, à la recherche du pouls.

— Ça va, Stu. Il est vivant.

Elle prit elle aussi la précaution de ne pas déplacer le petit blessé. Elle lui tapota doucement la poitrine et il se remit à respirer. En soulevant ses paupières, elle étudia ses prunelles fixes, comme aveugles.

— Appelez vite une ambulance, dit-elle à Gordon, qui acquiesça. Dites-leur que nous avons un enfant sans connaissance qui souffre probablement d'une blessure à la tête et peut-être de multiples fractures. Il respire encore mais les battements de son cœur sont irréguliers. Il est en état de choc. Dites-leur de se dépêcher.

Gordon se précipita au ranch, tandis que les deux autres médecins, qui venaient juste de descendre de cheval, accouraient à la rescousse. Zoe palpait doucement le petit corps inanimé, d'un air inquiet, tandis que Mary Stuart pressait la main de Benjamin dans la sienne, espérant que, du fond de son coma, il sentirait cette pression. Zoe poursuivit son examen avec soin. Elle s'assura qu'il ne s'était pas rompu les cervicales, que sa colonne vertébrale était intacte. Elle était en train de lui tâter les membres quand ses paupières frissonnèrent comme des ailes de papillon. Il ouvrit les yeux, puis il éclata en sanglots.

— Maman ! je veux ma maman !

Il respirait par saccades de larges goulées d'air.

— J'aime mieux ça, dit Zoe. La douleur est un bon signe.

Ses confrères de Chicago opinèrent de la tête. Lorsqu'elle lui toucha le bras gauche, il lança un cri aigu.

— Il a l'humérus cassé, diagnostiqua-t-elle, mais ça aurait pu être pire.

Le petit garçon leva alors ses yeux mouillés de larmes vers Mary Smart qui lui tenait toujours la main en pleurant doucement.

— Pourquoi tu pleures ? renifla-t-il. Tu es tombée de cheval, toi aussi ?

— Mais non, bêta ! Je pleure parce que toi, tu es tombé. Comment te sens-tu maintenant ?

Zoe entreprit de redresser le bras cassé à l'aide d'une planche que Gordon lui avait apportée. La scène se déroulait sous le regard désolé de Hartley et de Tanya. Ils étaient tous bouleversés.

— Oooh, j'ai mal ! se plaignit Benjamin d'une voix chevrotante.

Mary Smart se rapprocha de lui en essayant de ne pas déranger Zoe. Elle lui caressa les cheveux. Si elle fermait les yeux, elle pouvait imaginer que c'était Todd qui gisait à terre. Ç'aurait été merveilleux que ce fût lui, même avec un bras cassé et une blessure à la tête. Il était vivant. Couvert de poussière, traumatisé, mais vivant. Alors que Todd était mort…

— Ça va aller, mon chéri, murmura-t-elle aussi tendrement que si elle s'était adressée à son propre fils. On va te mettre un plâtre sur lequel nous allons tous signer et faire des dessins rigolos.

— Toi aussi ? demanda-t-il, cramponné à elle, ignorant les autres.

L'attachement qu'il témoignait à Mary Stuart demeurait inexplicable. Mais peut-être le destin le lui avait-il envoyé pour lui rappeler qu'il existait d'autres enfants au monde en dehors de Todd. C'était une maigre consolation, car elle avait perdu son fils bien-aimé, son trésor, et pourtant ce petit garçon éveillait au fond de son âme une émotion singulière. On eût dit qu'elle venait de recevoir une visite de Todd. Un message d'amour de l'au-delà.

— Est-ce que tu viendras avec moi à l'hôpital ?

— Bien sûr, répondit-elle calmement. Mais voyons d'abord si nous trouvons ta maman. Elle voudra sûrement t'accompagner.

— Ça m'étonnerait, dit-il, de nouveau en larmes. Elle ne pense qu'au bébé.

Il se mit à bouder, tandis que, main dans la main, ils attendaient l'arrivée de l'ambulance. Mary Stuart comprit mieux son attitude à son égard. Elle ressemblait à sa maman et il en voulait à cette dernière à cause du bébé. Elle ignorait si leurs chemins s'étaient croisés afin qu'elle puisse l'aider, à moins que ce ne fût le contraire. Mais leur rencontre avait un sens.

— Benjamin, dit-elle en se couchant près de lui pour lui parler à l'oreille, je parie que ta maman t'aime plus que tout au monde. Les bébés ne sont pas très intéressants, tu sais. Bien sûr, elle sera heureuse de l'avoir. Mais tu es spécial dans son cœur. Tu es son aîné. J'avais un petit garçon comme toi et c'était mon préféré. Parce que je l'ai aimé en premier. Ta maman n'aimera jamais personne plus que toi. Je te le promets.

— Où est-il maintenant, ton petit garçon ?

Il la regardait intensément, intrigué par ses propos.

Elle n'hésita pas plus d'une fraction de seconde.

— Il est au ciel. Et il me manque beaucoup.

— Il est mort ? demanda-t-il, et elle acquiesça à contrecœur. Notre chien est mort aussi, dit-il d'un air grave, comme s'il voulait partager avec elle un sombre secret puis, tout à coup, il vomit son petit déjeuner sur les vêtements de Mary Stuart.

D'après Zoe, c'était le symptôme d'une commotion cérébrale.

— Ça va aller, Benjamin. N'aie pas peur, mon chéri.

Mary Stuart essuya le petit visage blême avec un gant de toilette humide que quelqu'un lui tendit. Enfin, une sirène brisa le silence, puis l'ambulance arriva en trombe. Benjamin semblait plus vif, Zoe moins inquiète. Il avait l'air mal en point mais elle était presque sûre qu'il l'avait échappé belle : une légère commotion, un bras cassé, quelques bosses, quelques bleus. Il avait eu une sacrée chance. Au moment où les infirmiers s'apprêtaient à le mettre sur une civière, sa mère descendit pesamment l'allée, aussi vite que son gros ventre le lui permettait. Gordon avait envoyé un de ses employés à sa recherche. Voyant son petit garçon à terre, elle fondit en larmes mais Zoe la rassura. Les blessures étaient minimes eu égard à la vitesse du cheval, la gravité de la chute, le fait qu'il ne portait pas de casque.

— Oh, Benjie, dit-elle en s'asseyant sur le talus près de lui et en le prenant dans ses bras, je t'aime tant.

Lorsque les ambulanciers le transportèrent sur la civière, elle se redressa, hagarde, et remercia tout le monde : Zoe, les deux médecins de Chicago, Gordon, Tanya, Hartley, puis Mary Stuart, qui pleurait ouvertement. Elle espérait que Benjamin avait eu la preuve d'amour qu'il avait cherchée si ardemment. Elle-même n'avait jamais aimé personne plus que Todd. Elle avait aimé passionnément sa fille bien sûr, dès sa naissance, mais pas autant que son premier bébé.

Avant que les infirmiers installent la civière dans l'ambulance, elle se pencha pour embrasser le petit blessé sur la joue. La douce odeur de l'enfance l'enveloppa et elle en eut le cœur serré. Malgré la poussière, le crottin des chevaux, le vomi, il sentait bon comme un bébé.

— Je t'aime, petit chou, murmura-t-elle.

Elle crut apercevoir le visage de Todd se superposant à celui de Benjamin, mais ce n'était qu'un sortilège. Elle sut soudain que la providence lui avait envoyé cet enfant pour l'aider à surmonter son deuil. Et à apaiser sa révolte.

— À bientôt…

Sa mère la remercia, puis monta dans la voiture avec le personnel médical. L'ambulance démarra, sirène mugissante, et Mary Stuart la suivit des yeux en sanglotant doucement, quand deux bras puissants l'entourèrent… Hartley l'attira contre lui et la tint étroitement enlacée, tandis qu'elle versait toutes les larmes de son corps.

— Je suis navrée… navrée…

Ses pleurs redoublèrent. L'élégante Mme Walker offrait un spectacle poignant avec ses cheveux pleins de brindilles, ses habits poussiéreux, souillés de vomissures.

— Oh, ma chérie, je suis désolé…

Elle le regarda, souriant à travers ses larmes et se demandant d'où lui venait cette chance subite. Peut-être Dieu avait-il jugé qu'elle avait assez payé.

— Il ressemble tellement à mon fils, expliqua-t-elle, mais cela, il l'avait déjà deviné.

Il suffisait de regarder la femme au ventre rebondi pour constater la ressemblance. Elles avaient un air de famille indéniable. La mère de Benjamin aurait pu être la sœur cadette de Mary Stuart.

— Comme vous avez dû souffrir, murmura-t-il.

Les autres s'étaient éloignés et ils étaient seuls sous un ciel limpide comme du cristal. Ils s'assirent sur une souche près de l'enclos. Mary Smart respirait à fond, s'efforçant de reprendre contenance. Se blottir dans les bras de Hartley la délivrait de ses angoisses. Peut-être parce qu'il avait lui aussi connu la même souffrance. Durant la longue agonie de sa femme, il n'avait pas quitté un instant son chevet. Il l'avait vue se débattre, se défendre, puis renoncer. Il l'avait accompagnée jusqu'à la frontière fatidique qui sépare le monde des morts de celui des vivants. Margaret s'était éteinte paisiblement dans ses bras, un matin de Noël.

— Oh, mon Dieu, regardez mes vêtements ! Quel désastre ! Mais ce gamin m'a touchée au fond du cœur. J'ignore pourquoi.

— On ne sait pas toujours le comment et le pourquoi des choses, répondit-il gentiment, tout en se demandant comment son fils était mort.

— Mon fils s'est suicidé, dit-elle comme si elle avait lu dans ses pensées. Il a mis fin à ses jours à Princeton.

Elle n'en avait jamais parlé à personne excepté à Tanya, puis à Zoe. Et de toute façon personne ne lui avait jamais posé la question. Elle poursuivit son douloureux récit. L'annonce de la catastrophe, le choc, le déni, l'effondrement pendant les obsèques, la réaction de son mari.

— Quel cauchemar pour vous tous, soupira-t-il. C'est un miracle que vous ayez survécu.

— On n'a pas survécu. Mon mari est un zombie, notre mariage n'existe plus depuis un an. Quant à ma fille, je crois qu'elle ne remettra plus jamais les pieds chez nous, et je la comprends. Oh, Hartley, je voudrais tant oublier, laisser derrière moi ces atroces souvenirs…

— En êtes-vous sûre ?

Il ne fallait présumer de rien, pensa-t-il en même temps. Toute la famille Walker était en état de choc. Mais il se pourrait qu'ils recouvrent leurs esprits. Et alors ? Que se passerait-il ? De longues années de vie commune unissaient Mary Stuart à son mari.

— Oui. Je crois. J'ai tout l'été devant moi pour réfléchir. (Elle sourit.) Je m'attendais à tout sauf à vous rencontrer, Hartley.

Sans doute ne se reverraient-ils plus après les vacances. Ça n'avait guère d'importance. Elle ne quittait pas Bill pour Hartley. Elle le quittait pour sauver sa peau.

— Oui, réfléchir, reprit-elle. Savoir où je mets les pieds. Adopter la bonne solution pour tout le monde.

Il hochait la tête, sans un mot, en resserrant son étreinte. Peu après, il la raccompagna au chalet où Zoe et Tanya dégustaient un café. Elles en offrirent une tasse à Hartley pendant que Mary Stuart allait se doucher et se changer. L'accident du petit Benjamin les avait salement secoués, et même Tanya semblait avoir perdu sa bonne humeur. En sortant de la salle de bains, Mary Stuart ne vit que Hartley dans le salon. Ses deux amies étaient parties déjeuner, lui apprit-il. Elle soutint son regard empli d'interrogations et de tendresse. Cet homme avait traversé, lui aussi, le long tunnel noir. Et il venait juste d'émerger de l'autre côté, à la lumière. Elle n'avait pas le droit de l'abuser.

— Hartley, murmura-t-elle en s'avançant vers lui, je ne voudrais pas vous blesser, mon chéri… Vous avez été si présent, et on se connaît à peine. Personne n'a jamais été aussi gentil que vous avec moi, excepté peut-être Tanya.

Elle s'en serait voulu si elle avait fait montre d'égoïsme vis-à-vis de Hartley. Il l'attirait comme un aimant mais elle n'était pas libre. Elle avait beau dire, elle n'avait pas encore résolu complètement son problème avec Bill.

— Merci, dit-il, assis sur le bras du canapé, sans la quitter des yeux. (Elle portait un chemisier rouge vif sur des jeans qui mettaient en valeur sa silhouette fine.) Mais je suis un grand garçon, Mary Stuart. Ne vous faites pas de souci pour moi. Nous avons accompli tous les deux la traversée du désert. Et maintenant que nous nous sommes trouvés, laissez-moi être près de vous. Avec vous. Je sais quels peuvent être les risques mais je veux bien les prendre.

Soudain, sans une parole de plus, il l'attira dans ses bras et ses lèvres cherchèrent les siennes. Elle sentait divinement bon et il passa les doigts dans sa chevelure d'un brun lustré. Il n'avait pas embrassé une femme depuis si longtemps qu'il avait presque oublié l'effet que cela faisait. Elle s'accrocha à lui, le souffle court. Ils ressemblaient à deux naufragés qui parviennent à bon port après avoir bravé la tempête. Deux naufragés transis jusqu'aux os, assoiffés, affamés, mais heureux d'être vivants.

Il s'écarta un instant, la regarda dans les yeux avec un sourire, puis l'embrassa de nouveau avec une tendresse infinie. Elle sut, sans même se poser la question, qu'il était un amant merveilleux. Où allaient-ils vraiment ? Elle n'en avait pas la moindre idée. Sauf que, pour le moment, ils se trouvaient au cœur du Wyoming, ensemble, et qu'ils avaient désespérément besoin l'un de l'autre.

15

C'était le troisième jour de leur séjour dans le Wyoming… Zoe s'étira paresseusement dans son lit. La pendulette sur sa table de chevet indiquait sept heures du matin ; elle décida de s'accorder encore cinq minutes de doux farniente. Des bruits de batterie de cuisine achevèrent de la réveiller et le puissant parfum de l'arabica lui chatouilla agréablement les narines. Mary Stuart, qui venait de se lever, entra presque en collision avec Tanya.

— Que fais-tu là ?

La chanteuse ne s'était jamais réveillée aussi tôt de sa vie.

— Aux dernières nouvelles, j'habite ici.

Elle avait fait du café, réchauffé des muffins dans le micro-ondes, sorti des yoghourts aux fruits du réfrigérateur. Elle avait le visage lisse de ceux qui sortent de la douche. Zoe, qui apparut à ce moment-là, écarquilla les yeux.

— Que se passe-t-il ?

Découvrir Tanya debout à une heure aussi matinale avait quelque chose de fou, voire d'alarmant. Un incident à caractère urgent aurait pu, seul, la tirer du lit aux aurores. La star foudroya ses amies d'un regard réprobateur.

— Nom d'un chien, qu'est-ce qui vous prend ? Pour une fois que je me plie à vos préceptes... L'avenir appartient à ceux qui se lèvent tôt, l'avez-vous oublié ?

Son explication ne convainquit personne.

— Oh, mais j'y suis ! s'exclama Zoe, tout sourire. C'est à cause de Gordon.

Mary Stuart approuva d'un hochement de tête vengeur, comme pour dire « chacune son tour ». Tanya les avait suffisamment harcelées à propos de Sam et de Hartley. La chanteuse adopta une expression innocente.

— Quel Gordon ? Le cow-boy ?

— Lui-même. L'homme qui ne te lâche plus d'une semelle.

— Sottises ! jeta Tanya en s'activant inutilement dans le minuscule coin cuisine.

Mais ce n'était que trop vrai. L'après-midi de la veille, lors de leur randonnée à cheval, des sujets moins superficiels avaient remplacé leurs habituelles conversations anodines. L'accident du petit Benjamin avait altéré la bonne humeur générale. Soudain enclin aux confidences, Gordon avait parlé de son fils. Un grand garçon maintenant. Son père ne l'avait pas vu depuis deux ans mais, visiblement, il lui vouait une profonde affection. Ensuite, Tanya avait raconté les péripéties de son union ratée avec Bobby Joe, qu'elle considérait toujours comme son seul vrai mariage. Elle regrettait que son premier époux ait été dépassé par les événements, avant de bien vouloir admettre que de toute façon, ils étaient trop différents pour, rester ensemble. Bizarrement, Bobby Joe lui manquait, poursuivit-elle. Et maintenant qu'elle se retrouvait de nouveau seule, elle se posait fatalement des questions sur son avenir. Elle redoutait la vieillesse, le déclin de son étoile, le jour où elle n'aurait plus, pour lui tenir compagnie, qu'une flopée de disques d'or, des millions en banque, une villa somptueuse. Elle irait grossir les rangs des « has been » et n'aurait personne à chérir, personne suis qui compter, avec qui partager ses peines et ses victoires. Elle n'aurait plus que ses souvenirs... Elle était au sommet de sa gloire, elle avait tout ce à quoi rêvait n'importe quelle star de Hollywood et pourtant, un vide terrifiant se creusait peu à peu en elle, autour d'elle... Un gouffre insondable. On se perd en route, avait-elle conclu et Gordon l'avait réconfortée par des paroles apaisantes. Il avait su trouver les mots justes. Il possédait un esprit vif et pragmatique – comme elle, d'ailleurs. D'une certaine manière, ils avaient beaucoup de points communs, finalement. Ils auraient continué à bavarder s'ils n'avaient pas dû regagner le corral. Le règlement de l'hôtel interdisait aux cow-boys de prendre leurs repas avec les clients. Ils s'étaient séparés à contrecœur et Tanya avait emprunté le chemin du chalet, l'esprit préoccupé. Elle avait pris plaisir à discuter avec Gordon, car il se démarquait de tous ces hommes qui se croyaient obligés de la courtiser, parce qu'elle était célèbre. Force fut à Tanya de s'avouer qu'il ne lui était pas indifférent. Qu'elle appréciait un tas de choses en lui : sa simplicité et même sa rudesse occasionnelle. Sa gentillesse naturelle, son manque absolu de cupidité, son intelligence. Même le fait qu'ils fussent tous deux originaires du Texas jouait en sa faveur.

— Aurais-tu des secrets pour nous, par hasard ?

La voix taquine de Zoe à laquelle fît écho le rire perlé de Mary Stuart la ramena au présent. Elle opta pour un silence hautain et partit s'habiller. Son choix s'arrêta sur un jean délavé, un tee-shirt couleur pêche, des bottes neuves abricot ornées de broderies.

Hartley, en chemise blanche et blue-jean, les attendait dans la salle à manger où le petit déjeuner était servi. Il entoura les épaules de Mary Stuart d'un bras possessif et salua avec chaleur ses compagnes. Ils formaient un couple extraordinaire, se dit Tanya et plus tard, sur le chemin des écuries, elle en fit la réflexion à Zoe, qui opina du chef. Selon elle, ils étaient faits l'un pour l'autre.

Le petit Benjamin paradait au corral, priant les arrivants d'écrire leur nom sur son plâtre. Tanya le gratifia d'un baiser sonore et d'un autographe. Des adolescentes la prièrent d'apposer sa signature sur des CD qu'elles avaient emportés exprès, avec la permission de leurs mères. L'apparition de la star ne créait plus d'attroupement. Les clients de l'hôtel, habitués à la côtoyer, ne se retournaient plus sur son passage ; ils n'essayaient plus de la prendre en photo. Lorsque Gordon l'aperçut, il lui adressa un signe de la main, avant de continuer à harnacher les chevaux. Comme toujours, ils furent les derniers à recevoir leurs montures. En attendant, Mary Stuart s'assit sur un banc, Benjamin sur ses genoux.

— Tu nous as fichu la frousse hier, petit chenapan, dit-elle en posant un léger baiser sur sa nuque et en se remémorant la petite silhouette allant rouler sur le sol rocailleux.

— Le docteur a dit que j'ai failli me rompre le cou.

— Tu as eu de la chance.

— Oui. Et ma maman a pleuré, dit-il en considérant sa nouvelle amie d'un air sérieux. Tu avais raison. Elle a dit qu'elle n'aimera jamais le bébé plus que moi.

— Tu vois ?

— Oui. Elle a dit aussi que je serai toujours son petit garçon chéri. (Sa main effleura la joue de la jeune femme.) Je suis triste pour ton petit garçon à toi.

— Moi aussi, murmura-t-elle, les yeux brillants de larmes, sous le regard ému de Hartley. Je l'aime toujours beaucoup. Il est toujours mon petit garçon chéri, exactement comme tu l'es pour ta maman.

— Tu peux le voir, de temps à autre ? s'enquit-il, fasciné comme tous les enfants de son âge par les mystères de la mort.

Todd, au même âge, aurait posé la même question.

— Non, Benjie, répondit-elle honnêtement. Sauf avec les yeux de mon cœur. Là, oui, je le vois tout le temps. Et sur les photos.

— Comment s'appelle-t-il ?

— Todd.

Comme si elle venait de faire les présentations, Benjie inclina la tête. Peu après, il sauta de ses genoux pour admirer les chevaux, avant de retourner au ranch avec sa mère. Mary Stuart s'avança vers le corral. Un soupir gonfla sa poitrine. Hartley, toujours très attentif, lui prit gentiment le bras. Peu après, calée sur ses étriers, elle emprunta la piste au pas paresseux de sa monture.

La randonnée débuta paisiblement sous un ciel limpide. Les deux médecins de Chicago étant partis faire du rafting à Yellowstone, Zoe se joignit à Mary Stuart et à Hartley. Tanya en compagnie de Gordon ouvrait le cortège. En traversant la plaine ondoyante, il l'invita au rodéo qui aurait lieu dans la soirée et auquel il allait participer, ajouta-t-il avec fierté.

— Vous plaisantez ! (Et comme il secouait la tête :) Dans quelles épreuves ?

— Les taureaux et les chevaux sauvages. J'adore le rodéo.

— Vous êtes fou !

Elle s'était presque emportée. Des souvenirs d'enfance jaillirent de sa mémoire. Des garçons ensanglantés, traînés dans la poussière jaune par des chevaux emballés, des hommes de trente ans victimes de lésions cérébrales, des jeunes gens piétines par les taureaux, se déplaçant pour le restant de leurs jours comme des vieillards.

— Je vous croyais plus intelligent, reprit-elle avec humeur. Pourquoi risquer votre vie pour deux billets de cent dollars ou un trophée en argent ?

Il avait déjà gagné une dizaine de trophées, mais il prisait les émotions fortes.

— Vous collectionnez bien les disques d'or, Tanya. Vous aussi vous prenez des risques pour recevoir un Oscar, que je sache. Les paparazzi vous donnent la chasse, vos anciens employés vous attaquent en justice. C'est plus facile de chevaucher une bête enragée pendant quatre-vingt-dix secondes que de subir les calomnies de la presse pendant des années.

Les femmes réagissaient toujours d'une manière négative à ces compétitions typiquement masculines. Sa mère détestait les rodéos. Ses sœurs aussi.

— Oui, mais je ne mets pas ma vie en péril. Je ne cours pas le risque de finir dans un fauteuil roulant. Je suis contre ce genre de sport, Gordon.

— Dois-je comprendre que vous ne viendrez pas ? demanda-t-il d'un air si déçu qu'elle esquissa un sourire.

— Si, je viendrai, bien sûr. Mais je continue à penser que vous êtes fou à lier.

Il lui sourit en retour, puis alluma une cigarette.

— Ce soir, je passe l'épreuve de dressage. Ce n'est pas la mer à boire.

— Espèce d'insolent !

Elle relâcha la bride et son cheval partit au galop. Comme sous l'effet de l'ivresse, une étrange excitation la gagnait. Au fond, les rodéos n'étaient jamais que des spectacles comme les autres… mieux que les autres, pleins d'imprévus et de rebondissements. Gordon l'avait conviée à lui rendre visite dans l'enclos, avant le début des compétitions, et elle avait accepté à condition de ne pas être importunée par des fans. Si la foule la reconnaissait, il se pourrait qu'elle soit obligée de quitter les lieux. Elle se rendrait à la fête dans son mobile-home conduit par Tom, avec Zoe et Mary Stuart. Et Hardey aussi, s'il en avait envie. Elle se surprit à rêver qu'elle y était déjà. Elle avait même choisi mentalement sa tenue pour la soirée.

Lorsqu'elle retourna au chalet pour s'habiller, sa joie faisait plaisir à voir. Elle ressemblait à un enfant s'apprêtant à aller au parc d'attractions. Elle ressortit de sa chambre habillée comme une cow-girl de western : pantalon et veste de daim beige agrémentés de franges sur le côté, écharpe beige également, chapeau de la même couleur. Personne n'aurait jamais deviné qu'elle avait acheté son ensemble à Paris. Le daim lui caressait la peau comme du velours.

— Superbes, ces Texanes ! cria Mary Stuart.

Elle avait revêtu, quant à elle, un pantalon turquoise et un sweater assorti, et avait enfilé ses bottes de croco noir. Zoe portait un jean serré et une veste militaire de Ralph Lauren. La bonne humeur régnait dans la salle à manger où ils dînèrent. Comme à l'accoutumée, les trois femmes formaient le groupe le plus attrayant de l'hôtel, et Hartley leur en fit compliment.

Ce soir-là, le repas fut particulièrement animé. Les conversations et les rires fusaient de toutes parts. Benjamin, remis de ses émotions, courait partout avec ses petits copains, tandis que sa pauvre mère avait l'air épuisée. Avec son ventre énorme, elle semblait sur le point d'accoucher. Elle avait passé une semaine difficile, se plaignit-elle, et avait hâte de retourner à Kansas City, le week-end suivant. Elle avait présumé de ses forces, sinon elle n'aurait pas entrepris ce long voyage dans son huitième mois de grossesse… Un voyage qui avait permis, toutefois, à Mary Stuart de rencontrer Benjamin. Celui-ci vint près d'elle et elle accepta de signer de nouveau son plâtre. Après le dîner, les trois amies et Hartley montèrent dans le mobile-home. Tom mit le cap sur Jackson Hole. Dès qu'il fut monté dans le palais roulant, Hartley laissa éclater sa surprise.

— Je n'y crois pas ! Je m'attendais plutôt à une Jaguar.

— Je circule dans une camionnette Volkswagen ! dit Zoe. Elle doit avoir à peu près mon âge.

Elle avait investi toutes ses économies dans sa clinique.

— Je crains que nous autres écrivains n'ayons pas les moyens de rivaliser avec les vedettes de Hollywood, remarqua Hartley. Vous nous battez à plates coutures dans tous les domaines, ma chère Tanya.

— Oui, mais à quel prix ! Vous vivez comme un gentleman. Les gens que je fréquente sont des sauvages. Alors, que voulez-vous, j'ai au moins mérité un peu de confort.

Sa repartie fit mouche et tout le monde rit. Le trajet entre Moose et Jackson Hole fut de courte durée. Ils arrivèrent avec une demi-heure d'avance. La direction du ranch leur avait procuré les billets. Ils s'avancèrent vers les gradins et, au passage, Hartley offrit à ses compagnes du pop-corn et des Coca-Cola. Les narines de Tanya frémirent, l'odeur de fauve qui enveloppait l'enclos lui rappelait son enfance. Elle se revit petite fille sur son poney fringant. Adolescente, elle avait participé aux jeux deux ou trois fois, après quoi son père avait décrété que ça coûtait trop cher. Elle s'était pliée à la volonté paternelle sans rechigner mais avait continué à aller aux rodéos comme d'autres se rendent au cirque.

À peine étaient-ils installés qu'un des organisateurs du rodéo, reconnaissable à son badge, s'approcha, fixant Tanya avec intensité. La chanteuse se raidit. L'arrivant semblait si nerveux qu'elle se demanda s'il n'avait pas reçu des menaces. Aussitôt, Hartley s'interposa.

— De quoi s'agit-il, s'il vous plaît ? s'enquit-il poliment.

— Je voudrais dire un mot à Miz Thomas, répondit l'autre avec un accent texan à couper au couteau. On a une faveur à lui demander… En tant que compatriote, précisa-t-il en la regardant par-dessus l'épaule de Hartley.

— Que puis-je pour vous, monsieur ?

Tout compte fait, le bonhomme paraissait inoffensif.

— Eh bien, voilà… on s'est demandé…

Il s'interrompit, gêné. Un voile de sueur lui laquait le front et il regrettait amèrement d'avoir à assumer cette lourde tâche. D'abord, approcher une superstar l'embarrassait terriblement et puis son garde du corps, au demeurant habillé comme un ministre, lui avait flanqué la frousse. Il jaugea un instant du regard Hartley, les bras ballants, puis reprit laborieusement :

— Miz Thomas, je ne serai pas vexé si vous refusez, car on ne peut pas vous rétribuer. Seulement, on s'est dit… ce serait un honneur pour nous si… euh… si vous chantiez l'hymne avant l'ouverture de la compétition.

Son pénible devoir accompli, il parut au bord de l'évanouissement. La surprise empêcha Tanya de répondre tout de suite. Il s'agissait d'un chant difficile mais si tentant, ici, en plein air, devant le décor grandiose des montagnes. Un sourire éclaira son visage. Le bonhomme crut qu'il lui était dédié mais c'était à Gordon qu'elle pensait. Si elle acceptait, ce serait pour lui, pour lui souhaiter bonne chance.

— Tout l'honneur est pour moi, monsieur. Où dois-ce aller ?

— Venez avec moi, je vous montrerai.

Elle hésita un instant. La foule éveillait toujours en elle une peur sournoise. Si un incident se produisait, qui la protégerait ? Un coup d'œil alentour la rassura. Les gens ne prêtaient pas spécialement attention à elle. Peut-être ne l'avaient-ils pas reconnue.

— Voulez-vous que je vous accompagne ? offrir Hartley, très convaincant dans son rôle de garde du corps.

— Non, je crois que ça ira, répliqua-t-elle à mi-voix. Je resterai bien en vue. Si par hasard des admirateurs envahissent l'arène, appelez le service de sécurité ou la police et faites-les évacuer immédiatement.

Mais dans ce cas, il faudrait agir rapidement et peut-être seraient-ils pris de court, elle le savait.

— À mon avis, vous ne devriez pas, objecta Hartley d'un ton protecteur.

— Je sais, mais ça leur fera tellement plaisir.

Elle avait envie d'offrir ce cadeau à Gordon. Et aux autres cow-boys du Wyoming. Avec un sourire, elle tapota le bras de Hartley, puis adressa un clin d'œil à ses amies.

— Ne vous inquiétez pas.

Elle dégringola les marches derrière l'organisateur qui épongeait son gros visage luisant avec un mouchoir, puis, ayant contourné les gradins, tous deux traversèrent l'arène de terre battue. Ils étaient bien en vue à présent, mais la marée humaine qui peu à peu emplissait les gradins n'y fit pas attention. Il y avait deux possibilités, expliqua-t-on à Tanya : chanter debout, sur un podium de fortune composé de caisses de bois, un micro à la main, ou, si elle préférait, entonner l'hymne à cheval. Le second scénario lui plut davantage. Et pas seulement parce qu'il offrait une mise en scène plus originale. Puisque, de toute façon, elle allait se transformer en cible, autant que celle-ci soit mouvante. Si un détraqué caché dans le public sortait un revolver de sa poche – de nouveau, l'image de John Lennon, s'affaissant sous l'impact de la balle, fulgura – il aurait plus de peine à la viser si elle bougeait sans cesse que si elle restait immobile. C'était un calcul sordide, une pensée atroce, mais elle faisait toujours attention à ses déplacements sur scène lors de ses concerts. Si son agent savait qu'elle allait se donner en spectacle gratuitement et, de surcroît, sans aucune protection, il piquerait une crise de nerfs. Mais la petite fille du Texas l'habitait encore. Enfant, elle avait toujours prié pour que ce soit elle, un jour, qui chante l'hymne au rodéo et maintenant son vœu était enfin exaucé.

— D'accord. Je chanterai à cheval.

Dans dix minutes, lui fut-il répondu. Tanya hocha la tête, puis jeta un regard alentour. Elle ne vit pas Gordon. Les visages des spectateurs se fondaient dans la pénombre. Personne ne semblait savoir que la rock star la mieux payée du globe se trouvait dans les coulisses. Aux dires des organisateurs, l'employée qui avait réservé les places avait prononcé son nom. C'était toujours pareil. Quelqu'un se montrait trop bavard et la nouvelle finissait toujours par transpirer. Mais la foule n'était pas préparée à l'annonce qui suivit.

— Mesdames et messieurs, s'époumona le shérif en entrant dans l'enclos sur un étalon noir. Bienvenue au rodéo de Jackson Hole où vous verrez nos cow-boys aux prises avec des chevaux sauvages et des taureaux… Mais… (il marqua une pause, afin de ménager un début de suspense, puis reprit :) Il y a ce soir parmi nous une grande dame de la chanson, qui nous fait l'honneur de chanter notre hymne. Elle visite notre belle contrée…

(Tanya et ses amis sur les gradins se mirent à prier qu'il n'aille pas raconter où elle avait élu domicile mais, Dieu merci, il n'en fit rien.) C'est une habituée des rodéos. C'est une fille du Texas… (Le roulement du tambour, en provenance de l'orchestre du lycée local, porta le suspense à son paroxysme.) Mesdames et messieurs, voici *Tanya Thomas* !

Un silence absolu s'abattit sur l'assistance, comme si des centaines de souffles s'étaient arrêtés au fond de centaines de poitrines. La porte de l'enclos s'ouvrit, livrant passage à la reine du hit-parade montée sur un élégant palomino. Cheval et cavalière – crinière et chevelure blondes mêlées – firent le tour de l'arène au grand galop. Les spectateurs, juchés sur les gradins, se mirent à applaudir à tout rompre. Les acclamations affolèrent le palomino, qui fit un écart, mais Tanya l'obligea à poursuivre sa course. Elle tenait le micro dans une main et les rênes dans l'autre. Aucune de ses embardées ne la désarçonna. Encore un tour de piste… « Pourvu que je ne tombe pas ! pria-t-elle, pourvu qu'on ne me tire pas dessus. » Debout, les gens l'ovationnaient, incapables de croire à leur bonne fortune et, l'espace d'une fraction de seconde, la peur la suffoqua ; comme un animal flairant le danger, elle eut l'impression qu'une immense agressivité se dégageait de la foule. Si au moins elle avait pu apercevoir Gordon ! Mais celui-ci se trouvait derrière l'enclos, en train de seller sa monture impétueuse, tandis que les cris et les applaudissements partaient à l'assaut du ciel. Pourquoi ne lui avait-elle rien dit ? se demanda-t-il en se hissant sur la barrière de bois pour la suivre du regard. Les spectateurs se déchaînaient. Ils hurlaient le nom de la star : *Ta-nya ! Ta-nya ! Ta-nya !* en tapant des pieds au même rythme. Elle revint vers le milieu du ring, la main levée. Peu à peu, la frénésie baissa d'intensité et au bout d'un moment, le silence se fit.

— Mes chers amis, moi aussi je suis contente de vous voir, mais ceci n'est pas un concert. C'est un rodéo. Nous allons chanter tous ensemble l'hymne national. Mesdames et messieurs, c'est un grand honneur pour moi.

Un calme absolu régnait. On aurait pu entendre voler une mouche. Elle sut que le moment était venu de jouer sur leur corde la plus sensible.

— Il s'agit d'un chant spécial pour tous les Américains. Je voudrais que vous pensiez à la véritable signification des paroles. Et que vous le chantiez avec moi.

Elle inclina la tête. L'instant suivant, l'orchestre du lycée attaqua les premières mesures, plus brillamment que n'importe quel orchestre professionnel. Elle se mit à chanter haut et fort, d'une voix plus claire que le cristal. Elle chantait pour les habitants de Jackson Hole, les touristes, ses amis, ses compatriotes du Texas… et pour Gordon. Surtout pour Gordon. Elle espérait qu'il l'entendait et qu'il avait compris son message. Il l'entendait, en effet, depuis l'enclos, les yeux embués de larmes. Il n'avait jamais rien vu d'aussi beau que Tanya chantant l'hymne et il regretta de ne pas avoir de magnétophone, afin de pouvoir l'écouter et la réécouter jusqu'à la fin de ses jours. Quand la dernière note, vibrante comme une flamme, s'évanouit, le public se mit à hurler. Elle salua rapidement et s'éloigna au galop avant que les spectateurs puissent se répandre pardessus le grillage dans l'arène. La porte de l'enclos se referma et elle sauta à terre. L'organisateur qui était venu la trouver la serra dans ses bras à lui broyer les os et l'embrassa sur la joue. Ensuite, elle disparut dans le dédale des boxes à la recherche de Gordon. Son cœur battait la chamade.

Plus personne ne savait où elle était. On avait perdu sa trace. Depuis les gradins, Hardey la chercha en vain du regard. Mary Stuart et Zoe commencèrent à s'inquiéter mais Tanya ne songeait pas à elles. Elle savait exactement où elle allait. Elle avait trop fréquenté les rodéos pour s'égarer. Son instinct la guidait. Elle le vit soudain, juché sur la barrière du box numéro cinq. Il sauta devant elle, les genoux plies, puis se redressa, la surplombant de toute sa carrure.

— Pourquoi ne m'avez-vous rien dit ?

Il était à la fois ulcéré et ému.

— Parce que je l'ignorais moi-même. Quand je suis arrivée, on m'a priée de chanter. J'ai accepté. Voilà tout.

— Vous avez été formidable. Je n'ai jamais entendu une voix aussi extraordinaire.

Il avait peine à croire qu'il la connaissait. Les derniers jours s'étaient écoulés comme dans un rêve et maintenant elle était là et ils bavardaient comme de vieux amis. Il était beau comme un dieu mais il n'en avait guère conscience. Il portait des « chaps » de cuir vert et argent, une chemise vert vif à manches longues, un chapeau gris. Ses éperons argentés flamboyaient.

— Merci, murmura-t-elle avec douceur, presque avec timidité. J'ai chanté pour vous. En me disant que ça vous porterait chance… et que vous aimeriez le savoir.

Le regard de Gordon se fit caressant.

— Oh… fit-il, paralysé par la timidité, lui aussi. Je ne sais quoi dire… Tanya…

Tanya ! Tanya Thomas ! Il faillit se pincer pour s'assurer qu'il ne rêvait pas. Que lui arrivait-il ? Tanya Thomas était là. Elle lui souriait et elle lui parlait. Ils étaient montés à cheval ensemble tous les jours depuis lundi dernier. Ce n'était pas possible. Il devait rêver, en effet.

— … voulu vous faire un cadeau, disait-elle. À vous de m'en faire un maintenant.

Qu'allait-elle lui demander ? pensa-t-il, terrifié, mais il était prêt à sacrifier à toutes ses exigences.

— Restez entier. Faites attention à vous. Même si ça vous prive du premier prix. Rien ne vaut plus que la vie, Gordon.

Elle avait vu trop de gens mourir de façon stupide, des personnes qui prenaient des risques gratuits. Et elle n'avait nulle envie de voir Gordon se faire écraser par une masse gigantesque de muscles et de viande, et par des sabots. Les rodéos sont comme les corridas. Excitants. Sanglants. Meurtriers parfois.

— Je vous le promets, murmura-t-il d'une voix rauque.

Leurs yeux se croisèrent et il sentit ses genoux se liquéfier.

— Faites attention.

Elle lui toucha le bras. Il sentit la caresse veloutée du daim sur sa main, puis elle disparut. Elle se dirigeait maintenant rapidement vers l'arène. Elle avait vu les autres cow-boys les observer et elle s'était éclipsée juste à temps, avant que les appareils photo ne se mettent en action. Elle contourna les barrières, gravit les marches des gradins, se fraya un chemin vers sa place. Peut-être devait-elle quitter le rodéo, maintenant qu'elle était reconnue, mais non ! elle voulait rester. Elle désirait ardemment voir Gordon. Il lui fallut cinq bonnes minutes pour atteindre son siège. Elle y parvint et s'y laissa tomber, le cœur battant, à cause de Gordon, et non pas à cause de la foule ou de sa performance. Celui qu'elle avait surnommé le « cow-boy silencieux » produisait sur elle un effet dont elle commençait seulement à mesurer l'ampleur. Mais elle le préserverait. Elle lui épargnerait les tourments inhérents à sa propre existence. Après tout, elle était une chanteuse, une star qui repartirait vers son destin dans moins de deux semaines.

— Où diable étais-tu passée ? fit Zoe dans un chuchotement exaspéré.

Ils s'étaient tous rongés d'inquiétude, elle, Mary Smart et même Hartley. Celui-ci était sur le point d'appeler les gardes de sécurité, lorsqu'elle était enfin arrivée.

— Je suis navrée. J'ai dû jouer des coudes pour fendre la foule et puis je suis tombée par hasard sur Gordon.

Son explication parut satisfaire tout le monde, sauf Mary Stuart, qui se pencha vers elle.

— Tu veux dire que tu es allée le trouver.

Une lueur espiègle dansait dans son regard. Tanya détourna la tête. Sa meilleure amie avait vu juste mais elle n'allait pas admettre qu'elle était amoureuse de lui.

— Moi ? pas du tout !

Dans l'arène, la première épreuve avait commencé. Des jeunes gens s'efforçaient d'attraper des vachettes au lasso. Tanya fit semblant de se concentrer sur ce spectacle qu'elle avait toujours trouvé ennuyeux.

— Je t'ai vue ! sourit Mary Stuart. Attention.

Une douzaine de fans les avaient entourés, quémandant des autographes qu'elle signa de bonne grâce. Dans l'enclos, les concours se succédaient : la course de fûts, la monte à cru sur des chevaux sauvages ou des taureaux. Enfin, ce fut son tour. Il chevauchait un fougueux apaloosa sellé et bridé. Tanya exécrait l'épreuve de dressage, qu'elle considérait comme la plus dangereuse d'entre toutes. Elle consistait à se maintenir le plus longtemps possible sur selle, une main coincée sous le cuir, tandis que le cheval décochait des ruades et faisait tout ce qu'il pouvait pour se débarrasser de son cavalier. Elle avait déjà vu d'horribles accidents au Texas. Des cow-boys traînés sur la tête pendant plus de dix minutes avant que les aides ne puissent intervenir. Mais Gordon semblait inamovible. Debout sur les étriers, la tête haute, le torse bombé, il n'effleura même pas de sa main libre la selle tandis que l'apaloosa se démenait comme un beau diable, lançant violemment en arrière ses postérieurs ou soulevant en hennissant ses antérieurs. Rien n'y fit. Gordon continua à le chevaucher envers et contre tout. Lorsque la cloche sonna, signalant la fin de l'épreuve, il était le seul cavalier à être resté en selle. D'un bond, il sauta à terre sous les applaudissements. Il avait marqué le meilleur score. Alors que les aides attrapaient le cheval au lasso, il agita son chapeau en direction de Tanya, puis il traversa l'arène et partit derrière l'enclos, altier et couvert de gloire. Il avait remporté une victoire éclatante. Et il l'avait dédiée à Tanya.

Ils restèrent jusqu'à la fin des concours. La dernière épreuve était une parade de jeunes bœufs montés par des garçons d'environ quatorze ans. Les bêtes étaient, certes, moins dangereuses que les taureaux ou les chevaux sauvages, mais Mary Stuart ne put s'empêcher de donner libre cours à son indignation :

— Comment des parents peuvent-ils laisser leurs gosses faire ça ? Des brutes pareilles, on devrait les jeter en prison.

Justement, l'un des garçons, de douze ans à peine, perdit l'équilibre. Il rebondit sur ses jambes aussitôt, évitant de justesse les sabots de sa monture, sous le regard attentif de Zoe, prête à intervenir s'il se blessait.

Les musiciens entamèrent un air entraînant, indiquant la fin du rodéo. Les gens commencèrent à quitter les gradins. Au milieu de la foule compacte, Tanya et ses amis eurent du mal à avancer. Ses admirateurs se pressaient contre elle, demandant des autographes, et plusieurs flashes l'éblouirent. Le shérif vint à la rescousse, escorté d'une escouade de policiers, et ils purent gagner le bus où Tom était déjà au volant, arrivé sans encombre. Devant le mobile-home, une cinquantaine de jeunes scandaient le nom de la chanteuse. Le bus démarra en trombe dès que les passagers furent à l'intérieur mais les fans se mirent à le suivre en courant et en poussant des hurlements. C'était pour ses compagnons un étrange phénomène, le même qui se produisait immanquablement chaque fois qu'elle se montrait en public : cette adoration qui ressemblait à de la haine. Si elle était restée cinq minutes de plus, ils l'auraient mise en pièces pour emporter les morceaux, à moins qu'un déséquilibré ne lui assène un coup de poignard. Elle redoutait par-dessus tout ce genre d'atmosphère surchauffée. Pourtant, elle était restée parfaitement calme.

— Tanya, vous êtes étonnante, la complimenta Hartley.

Le bus fonçait droit dans la nuit, laissant loin derrière la foule excitée. L'attitude de la chanteuse forçait l'admiration. Elle faisait montre de générosité, de gentillesse, tout en conservant une dignité extraordinaire. Et elle arrivait à combler les exigences de ses admirateurs tout en gardant ses distances. On pressentait, cependant, à quelle vitesse l'amour qu'on lui témoignait pouvait basculer dans l'horreur.

— À votre place, j'aurais été terrifié, reprit-il avec humilité. Je suis un lâche invétéré.

— Ils n'étaient pas très nombreux, observa-t-elle sobrement.

Elle avait déjà eu affaire à soixante-dix mille spectateurs déchaînés. Et elle s'en était sortie.

— Votre voix est un véritable don du ciel, poursuivit Hartley. Tout le monde a pleuré pendant que vous chantiez.

— Moi aussi, sourit Mary Stuart.

— Je pleure toujours quand tu chantes, renchérit Zoe.

Un sourire ému brilla sur les lèvres de Tanya. Elle avait de la chance de les avoir, pensa-t-elle. Ils l'entouraient d'attentions et de tendresse. Cette tendresse qui lui manquait tant…

De retour au ranch, Hartley les raccompagna à leur chalet, puis il emmena Mary Stuart faire un tour. En revenant, ils s'éternisèrent sous le porche inondé de clair de lune où ils échangèrent longtemps des serments et des baisers. Tapies derrière les persiennes, Tanya et Zoe souriaient d'aise. Elles les trouvaient vraiment touchants… et si romantiques.

— Que va-t-il se passer à ton avis ? demanda Tanya.

Elles avaient pris place dans le salon et bavardaient à voix basse afin de ne pas déranger les deux amoureux.

— Hartley est l'homme qui convient à Stu. Mais je doute qu'elle ait les idées claires. Le décor est propice à la romance. Une fois rentrée chez elle, elle devra affronter Bill, et je ne suis pas sûre qu'elle ait pris une décision définitive.

— Il a été ignoble avec elle cette année. J'espère qu'elle le plantera là, ce salaud.

Tanya ne savait pas cacher ses sentiments et Bill Walker s'était attiré son animosité par son attitude inqualifiable.

— Il a été très marqué, lui aussi, fit remarquer doucement Zoe.

L'immense chagrin provoqué par la perte des êtres chers influe sur les caractères. Elle avait vu des familles se déchirer après la disparition d'un de leurs membres. La mort ne frappe jamais impunément; ceux qui restent deviennent des saints ou des monstres et, visiblement, Bill Walker appartenait à cette dernière catégorie.

Zoe s'apprêtait à continuer quand Mary Stuart, rayonnante, fit son apparition. Tanya cligna de l'œil.

— Regarde, les rougeurs provoquées par le frottement de la barbe ! s'écria-t-elle.

Toutes les trois rirent de bon cœur.

— Mon Dieu, j'avais oublié cette expression, soupira Mary Stuart ; ça ne nous rajeunit pas. (Elle se tourna vers Tanya.) T'ai-je dit que tu étais sublime ?

— Mais j'adore chanter. C'est la partie amusante de mon métier.

— En tout cas, tu donnes beaucoup d'émotion et de plaisir à ceux qui t'écoutent.

Elles bavardèrent un moment, puis Zoe et Mary Stuart se retirèrent dans leurs chambres. Tanya resta dans le salon, un livre sur les genoux. Mais elle ne regardait pas les pages imprimées. Elle se sentait trop excitée pour lire ou même regarder la télévision. Il était minuit passé quand elle entendit un grattement à la fenêtre. En levant les yeux, elle aperçut le chatoiement d'une chemise verte. Gordon. Ses traits taillés à la serpe semblaient plus doux qu'à l'ordinaire. Sa vue fit éclore un sourire involontaire sur les lèvres de Tanya. Inconsciemment, elle l'avait attendu, songea-t-elle, alors qu'elle se glissait sans bruit hors du chalet. Le froid nocturne la fit frissonner. Elle portait encore son ensemble en daim et était pieds nus.

— Chut ! fit-il en portant l'index à sa bouche mais, de toute façon, elle n'avait pas l'intention de faire du bruit.

Elle savait déjà que le règlement de l'hôtel n'autorisait pas le personnel à fréquenter la clientèle. Il aurait un tas d'ennuis s'il était aperçu près des chalets à cette heure tardive. Il logeait à l'autre bout du ranch, derrière les écuries.

— Que faites-vous ici ? chuchota-t-elle.

Un sourire éclata dans le visage tanné. L'exaltation du rodéo étincelait encore dans ses yeux.

— Je ne sais pas. Je dois être fou. Presque autant que vous.

La voix de Tanya chantant l'hymne résonnait encore à ses oreilles. Elle avait dit qu'elle l'avait fait pour lui, et ensuite, il avait réussi l'épreuve de dressage pour elle.

— Vous avez gagné. Félicitations.

— Merci.

Il avait remporté le trophée le plus important de toute son existence. Un cadeau qu'il lui offrait. À Tanny. Il l'appelait Tanny, mentalement, pour oublier qui elle était en réalité. Il la regarda et une fois de plus sa beauté l'éblouit. Il s'était adossé contre le tronc d'un sapin ; soudain, ses mains se tendirent vers elle. Il l'attira plus près de lui.

— Je ne devrais pas rester ici. Je serais licencié sur-le-champ si quelqu'un nous voyait.

— Gordon, je ne veux pas que vous soyez malheureux. Je ne veux pas vous faire de mal.

— Moi non plus, dit-il, les yeux brillants sous ses sourcils froncés. Oh, Tanny, j'ai eu si peur pour vous ! J'étais terrifié. N'importe qui dans la foule aurait pu vous blesser. Ou pire encore…

— Ça pourrait m'arriver un jour.

C'était le triste lot des gens célèbres. Le revers de la médaille. Un sort auquel elle s'était presque résignée.

— Je ne veux pas qu'il vous arrive malheur. J'aimerais être là pour vous protéger, affirma-t-il, étonné par sa propre véhémence.

— Personne ne peut me protéger tout le temps. Chez moi, au supermarché, sur scène, dans un stade.

— Vous devriez être constamment entourée de gardes du corps.

S'il n'avait tenu qu'à lui, il l'aurait enfermée chez elle à double tour.

— J'ai essayé. C'est intenable. Je fais appel à leurs services en cas d'urgence. J'ai l'habitude des bains de foule, vous savez. Tout se passe à merveille jusqu'au moment où ils se déchaînent.

— D'après la police, il y avait plus de cent admirateurs qui se sont lancés à vos trousses ce soir, après le rodéo. J'ai eu peur pour vous.

— Et moi pour vous, sourit-elle. Vous étiez plus en danger sur votre cheval sauvage. Pensez d'abord à vous avant de vouloir protéger les autres.

Insensiblement, il l'avait attirée contre lui et elle n'avait pas résisté. D'ailleurs, le problème n'était pas là. Elle avait plutôt envie de se souder à lui, de fusionner avec lui. Il regardait intensément son visage, ce visage de femme qu'il avait découvert au-delà de la légende.

— Oh, Seigneur, Tanny, murmura-t-il dans ses cheveux. Je ne sais plus où j'en suis…

La star qui l'avait tant intimidé au début n'existait plus. Il n'y avait plus qu'un être fragile, qui frissonnait entre ses bras. Une avalanche de sensations l'engloutissait. Il sentit les bras de Tanya se nouer autour de son cou et il l'embrassa comme il n'avait jamais embrassé aucune femme. À quarante-deux ans, il n'avait jamais éprouvé cette émotion qui, à présent, irradiait tout son corps. Non, jamais aucune femme n'avait su éveiller en lui de tels sentiments. Il savait que dans moins de deux semaines, lorsqu'elle repartirait, il resterait là à se demander si cela s'était passé vraiment ou s'il avait rêvé.

— Dis-moi que je n'ai pas perdu la tête, murmura-t-il quand leurs lèvres se détachèrent. Dis-moi que je ne suis pas fou… Mais si, je le suis, pourtant.

— Nous le sommes tous les deux, Gordon. Moi non plus je ne sais pas ce qui m'arrive.

Telle une vague déferlante, une lame de fond à laquelle rien ne résiste, leur désir gonflait. Il lui reprit les lèvres, encore et encore, jusqu'à lui couper le souffle.

— Qu'est-ce que nous sommes en train de faire ? Tanny… Es-tu mariée ? As-tu quelqu'un dans ta vie ? Un petit ami ?

Il ne savait rien d'elle. Mais si elle n'était pas libre, il se retirerait, même si cela lui brisait le cœur. Elle secoua la tête et se pendit à son cou.

— Je suis en plein divorce… Et, non, il n'y a personne.

Si elle avait connu Gordon à la place de Bobby Joe, ils seraient toujours mariés, se dit-elle obscurément.

— Bien… je tenais à ce que tout soit clair. Nous penserons à la suite plus tard. Si toutefois il y a une suite. Je n'aime pas flirter avec des femmes mariées.

— Je n'ai jamais été infidèle, dit-elle doucement. Je me fiche éperdument de ce que la presse raconte sur les chanteurs ou les vedettes de cinéma. Je ne suis pas pareille.

Elle avait épousé les hommes qu'elle avait aimés. Elle ne les avait jamais trompés. Quelques jours plus tôt, elle aurait éclaté de rire si quelqu'un lui avait prédit qu'elle tomberait amoureuse une fois de plus. Or son amour pour Gordon dépassait tout ce qu'elle pouvait imaginer. Elle le détailla, s'abreuvant de la beauté virile de son visage, puis murmura :

— Il faudra faire attention, sinon tu auras des ennuis avec la direction.

Il eut un hochement de tête. Au fond, cela lui était égal. Il travaillait au ranch depuis trois ans et il aurait volontiers tout quitté si elle le lui avait demandé.

— Tanny, dit-il, l'enlaçant de nouveau et plongeant les doigts dans la masse luxuriante de sa chevelure, Tanny, je t'aime.

— Moi aussi, je t'aime.

Une petite voix intérieure susurrait à Tanya : « Tu perds la raison. » Ce n'était que trop vrai. Elle se sentait comme ivre. Mais non, elle ne renoncerait pas à Gordon.

— Reviendras-tu au rodéo, samedi prochain ?

— Oui, bien sûr…

Elle lui sourit. Elle n'aurait pas refusé de monter le cheval sauvage avec lui.

— Alors, ne chante pas. Je t'en supplie. Ne joue pas avec la violence de tes fans.

— D'accord, murmura-t-elle en se blottissant contre lui. Et toi, ne te pavane pas sur ce satané cheval.

Elle plaisantait. Il devait tenir ses engagements. Plus tard, peut-être, parviendrait-elle à le raisonner… Si « plus tard », ils étaient encore ensemble. S'il y avait un lendemain pour eux. Rien de moins sûr, tous deux le savaient.

— Maintenant, je m'inquiéterai pour toi tout le temps, dit-il d'un ton malheureux.

— Il ne faut pas. Faisons confiance au destin. Après tout, nous lui devons notre rencontre. Normalement, je ne devais pas venir mais mon ange gardien m'y a poussée. La vie est drôle, parfois.

— Toi aussi tu es drôle. Et je t'aime, répondit-il, puis la blancheur de son sourire éclata dans la semi-obscurité.

Ils restèrent longtemps sous l'arbre, à parler et à échanger des baisers. Le lendemain, dimanche, était son jour de congé et il voulait lui faire découvrir les environs. Elle proposa d'effectuer l'excursion en mobile-home mais il objecta qu'il préférait sa camionnette. Il allait falloir trouver un bon prétexte à fournir aux copines, déclara Tanya en riant. La magie de cet instant, elle ne la partagerait avec personne, pas même avec ses meilleures amies.

— À demain, murmura-t-il.

De nouveau, ils s'enlacèrent, de nouveau leurs lèvres se cherchèrent. Il leur serait impossible de se revoir le lendemain sans tomber dans les bras l'un de l'autre et sans s'embrasser. La propriétaire du ranch renvoyait sans pitié les employés qui osaient transgresser le règlement. Pas de flirts avec la clientèle constituait la règle d'or de l'établissement. Bien sûr, il y avait toujours des exceptions. Des idylles qui demeuraient secrètes. Cela n'était pas encore arrivé à Gordon. Mais, pour un novice en la matière, il avait gagné le jackpot.

Elle le regarda s'éloigner jusqu'à ce que sa haute silhouette se fonde dans la nuit. Il était deux heures du matin passées quand elle rentra au chalet. Elle pénétra à l'intérieur, un sourire rêveur sur les lèvres. Un bruit la fit sursauter. Elle croyait ses compagnes endormies mais Zoe, debout, posait la bouilloire sur la plaque électrique de la cuisine. Elle était verte et elle avait jeté une couverture sur ses épaules. Elle avait froid. Une affreuse diarrhée l'avait vidée de ses forces.

— Ça ne va pas ? s'alarma Tanya, cherchant frénétiquement une explication à son retour aussi tardif, mais Zoe ne posa aucune question. Tu as l'air malade.

— Je vais bien.

Sa voix manquait de conviction, elle tremblait des pieds à la tête. Tanya la regarda, les yeux écarquillés, et Zoe secoua la tête. Non, elle ne voulait pas en parler.

— Zoe, va te recoucher. Je vais te préparer du thé.

Elle s'exécuta et peu après Tanya entra dans sa chambre et lui tendit une tasse de thé à la menthe. Zoe semblait un peu mieux, bien que ses joues fussent blêmes. Tanya s'assit sur le bord du lit.

— Que se passe-t-il ?

— Rien de grave. Un microbe qui traînait par là, sans doute.

— Veux-tu que j'appelle un docteur ?

— Bien sûr que non. Je suis médecin, j'ai tout ce qu'il me faut.

Sa trousse regorgeait de médicaments. L'AZT, bien sûr, toutes sortes d'antibiotiques censés combattre des infections multiples et variées, des piqûres pour arrêter la diarrhée si celle-ci durait.

Un silence suivit pendant lequel Tanya couva d'un regard affectueux Zoe, qui sirotait à petites gorgées son thé à la menthe brûlant. Elle posa la tasse vide sur la table de chevet et se laissa retomber sur la pile d'oreillers. Lorsque ses yeux croisèrent ceux de sa vieille amie, elle se crut obligée de dire quelque chose.

— Dis, Tanny, sois prudente avec Gordon… Il n'est peut-être pas celui que tu crois. S'il vendait votre histoire à la presse… on ne sait jamais, tu le connais à peine.

Tanya sourit. L'esprit subtil de son amie avait tout deviné. Zoe se posait les bonnes questions. Mais l'intuition de Tanya lui disait que Gordon était sincère. Elle avait eu des ennuis chaque fois qu'elle n'avait pas tenu compte de son intuition.

— Non, je crois qu'il est honnête. Le plus drôle, c'est qu'il me rappelle Bobby Joe.

— Oui, je comprends, dit Zoe. Il me le rappelle aussi d'une certaine manière. Sauf qu'il n'est pas Bobby Joe. Ne lui donne pas le droit de te faire du mal.

Les journaux à scandale payaient des milliers de dollars la moindre information concernant Tanya Thomas. Une aventure sentimentale comme celle-ci déclencherait un nouvel ouragan dans la presse.

— Je sais, répondit-elle, songeuse. Pourtant, moi qui suis si méfiante, je lui fais confiance.

— Tu as peut-être raison, admit Zoe avec son sens habituel de la justice. (Elle avait toujours eu le sens de la justice, même lorsqu'elles étaient encore étudiantes. C'était une de ses qualités que Tanya admirait profondément.) Mais ne donne pas ton cœur trop vite. On n'a qu'un seul cœur et on souffre terriblement lorsqu'il est brisé.

Les deux femmes échangèrent un sourire lent et complice. Zoe rêvait que son amie tombe enfin sur un homme qui saurait la protéger.

— Et ton cœur à toi ? s'enquit Tanya. Est-il brisé ? Pourquoi tiens-tu à rester seule ? As-tu eu une déception amoureuse ?

— Non. Simplement mon cœur ne m'appartient pas. Et mon esprit est plein de la souffrance de mes patients. Je n'ai pas le temps de me consacrer à un homme. Surtout maintenant que j'ai mon enfant. Je n'ai pas besoin d'un homme dans ma vie, il n'y a pas la place.

— Je ne te crois pas. Nous avons toutes besoin d'amour.

— Alors, je suis différente.

Tanya la regarda, la gorge serrée. Elle semblait si triste, si solitaire… et si malade tout à coup. Tanya la chérissait tendrement, comme une sœur, mais Zoe semblait avoir choisi son chemin. Un chemin semé d'épines. En l'examinant de plus près, elle lui trouva un air épuisé qui ne fit qu'augmenter son inquiétude. Il n'y avait personne pour s'occuper d'elle en cas d'urgence… Les paupières de Zoe s'étaient alourdies. Elle glissait lentement dans une douce somnolence. Tanya éteignit la lampe et lui posa un baiser sur le front.

— Essaie de dormir. Si tu ne te sens pas mieux demain, j'appellerai un médecin.

— Je me sens déjà mieux…

Elle s'endormit d'un seul coup, avant même que son amie n'ait quitté la pièce.

Tanya regagna sa propre chambre. Ses pensées dérivaient inéluctablement vers Gordon. Zoe avait raison. Il pouvait lui causer du tort. Elle se savait plus vulnérable que les autres et ne pouvait s'autoriser le luxe d'une rencontre amoureuse comme n'importe quelle femme normale de son âge. Si Gordon relatait son aventure avec elle, toutes les maisons d'édition se l'arracheraient. Il pourrait tout aussi bien donner des interviews à des journalistes peu scrupuleux, ou pire encore, la prendre en photo et lui extorquer de l'argent… L'argent menait le monde, elle était bien placée pour le savoir. Mais pouvait-elle continuer à vivre dans l'incertitude ? Elle, si prudente, si circonspecte de nature, avait eu le coup de foudre pour un cow-boy. Un inconnu qui, demain, se trouverait propulsé sous les feux brûlants de l'actualité… En trois jours, il avait su gagner sa confiance. En sa compagnie, elle se sentait en sécurité. Elle se brossa les dents et enfila sa chemise de nuit. En se glissant entre les draps, elle revit ses yeux, lorsqu'elle lui avait dit qu'elle avait entonné l'hymne rien que pour lui. Elle brûlait de le retrouver le lendemain matin… Et tandis qu'elle sombrait dans le sommeil, une dernière image apparut sur l'écran de ses paupières closes. Le visage, les yeux de Gordon, sa main levée, ses « chaps » vert et argent claquant au vent, tandis qu'il montait le cheval sauvage… Elle chantait pour lui… et il souriait.

16

Le lendemain du rodéo, Mary Stuart se réveilla en sursaut. Des bruits inhabituels la firent sortir de sa chambre. Elle passa en vitesse un peignoir et courut dans le salon où Tanya, déjà prête, arpentait le tapis indien.

— Que se passe-t-il ?

Une fois de plus la chanteuse était la première levée mais Mary Stuart ne songea même pas à la taquiner.

— C'est Zoe. Elle n'a pas fermé l'œil de la nuit. Je l'ai entendue se lever à plusieurs reprises. Elle ne veut pas me dire ce qui ne va pas... Elle prétend qu'elle a attrapé une grippe ou quelque chose dans ce genre-là. Mais, Stu, elle a une mine épouvantable.

Des images de maladies horribles allant de l'ulcère à l'estomac au cancer généralisé traversèrent leur esprit, puis Tanya reprit d'une voix nerveuse :

— Je lui ai proposé de se faire hospitaliser mais elle ne veut pas en entendre parler.

Connaissant le caractère émotif de son amie, Mary Stuart s'efforça de garder son calme.

— Je vais y jeter un coup d'œil. Ensuite, nous aviserons.

Ce disant, elle poussa la porte de Zoe. Les avertissements de Tanya ne l'avaient pas préparée au choc qu'elle reçut en voyant la malade. Celle-ci, d'une pâleur effrayante, somnolait. Mary Stuart ressortit de la chambre, aussi affolée que Tanya.

— Mon Dieu, c'est vrai. Elle est blanche comme un linge. Si elle refuse d'aller à l'hôpital, appelons au moins un médecin.

Confortée dans son opinion, Tanya s'empara du combiné. Ayant composé le numéro de la réception, elle demanda s'il y avait un docteur à proximité du ranch.

— Quel est votre problème, mademoiselle Thomas ?

Elle expliqua qu'une de ses amies était malade. Oui, très malade, précisa-t-elle. Une crise d'appendicite peut-être, qui nécessitait sans doute une intervention en urgence, ajouta-t-elle, mue par une soudaine inspiration.

Charlotte Collins, la propriétaire de l'hôtel, rappela presque immédiatement. Elles allaient recevoir la visite d'un médecin dans la demi-heure, déclara-t-elle.

— Tu crois que c'est grave ? murmura Tanya tandis qu'elles attendaient.

Mary Stuart ne put que secouer la tête.

— J'espère que non. Seul le médecin nous le dira.

Il arriva à huit heures et demie précises. Il se présenta : Dr John Kroner. Jeune, assez beau garçon, athlétique, il ressemblait plutôt à un étudiant faisant partie de l'équipe de football de son collège qu'à un généraliste. Visiblement, il s'était préparé à affronter Tanya Thomas, car il s'efforça de ne pas paraître impressionné. La chanteuse lui sourit avec chaleur, le priant de s'asseoir.

— Eh bien, dit-il, décrivez-moi les symptômes.

— Je ne sais pas, docteur. À son arrivée ici, elle paraissait déjà pâle, fatiguée. Elle était plus ou moins en forme jusqu'à hier. Selon elle, elle a attrapé un rhume mais est-ce qu'un rhume donne mal à l'estomac ? Elle a fait l'aller-retour aux toilettes jusqu'à deux heures du matin, puis ça a recommencé. Ce matin, son état a empiré. Elle claque des dents. Je crois qu'elle a de la fièvre.

— Des douleurs abdominales ?

— Elle n'en a pas parlé.

— Vomissements ? diarrhée ?

— Oui, je crois.

Il alla voir Zoe et referma la porte de la chambre, laissant les deux amies dans le salon. Il sut qui était sa patiente dès qu'elle donna son nom. Il avait lu tous ses articles. Il se sentit presque plus intimidé par elle que par Tanya.

Après l'avoir examinée, il lui assura qu'elle irait mieux dans quelques jours. Elle rut assez honnête pour lui avouer sa séropositivité. Il lui suggéra de se reposer, d'essayer de recouvrer ses forces, d'absorber de grandes quantités de liquide, afin d'éviter la déshydratation. Le lundi suivant, elle se sentirait mieux, répéta-t-il, après quoi il lui conseilla de s'accorder une deuxième semaine de vacances.

— Pas question de rentrer chez vous dimanche.

Elle le regarda, horrifiée. Elle ignorait si Sam la remplacerait huit jours supplémentaires. De plus, sa petite fille lui manquait cruellement. Elle lui demanda ensuite si, à son avis, son indisposition ne constituait pas le signe avant-coureur du déclenchement de la maladie. Le Dr Kroner s'empressa de la rassurer. Il pouvait parfaitement s'agir d'un incident isolé qu'il fallait, naturellement, prendre au sérieux, mais de simples troubles intestinaux ne signifiaient pas nécessairement une détérioration des défenses immunitaires.

— Vous le savez mieux que moi, dit-il plaisamment. J'ai étudié tous vos écrits, afin de mieux conseiller mes patients. Mes confrères vous portent aux nues, docteur Phillips. Le plus drôle, c'est que j'ai toujours caressé le projet de vous écrire.

— Eh bien, cela ne sera plus nécessaire, répondit-elle gentiment.

Ses amies avaient raison, elle avait une mine de papier mâché. Il lui proposa un goutte-à-goutte de glucose. Elle refusa, désireuse de ne pas perturber davantage Tanya et Mary Stuart. Elle boirait des litres d'eau, promit-elle, pour ne pas être déshydratée.

— Sinon, je vous ferai une intraveineuse.

— Entendu, docteur.

Il se demanda si l'altitude n'avait pas contribué à aggraver son état. Elle acquiesça. En fait, elle s'accrochait à cet espoir. La moindre toux, le plus infime bobo, un simple bouton faisaient resurgir sa terreur. En cela, elle n'était pas différente de ses patients. Elle avait attrapé une bronchite, cet hiver, dont elle s'était remise rapidement, ce qui, a posteriori, lui parut de bon augure.

Tanya et Mary Stuart attendaient dans le couloir quand, enfin, le Dr Kroner sortit de la chambre.

— Comment va-t-elle ?

Zoe lui avait indiqué que ses amies ignoraient tout de sa maladie. Il l'avait désapprouvée mais, après tout, cette décision lui revenait. Bien sûr, il n'allait pas trahir le secret professionnel.

— Elle ira mieux demain, répondit-il calmement.

— Qu'est-ce qui vous a retenu aussi longtemps ? s'enquit Tanya.

Il était neuf heures et demie quand il avait quitté la chambre et elle avait senti la panique monter en elle. Hardey était passé une heure plus tôt. Mary Stuart lui avait expliqué qu'elles ne monteraient pas, ce matin, et Tanya l'avait prié d'avertir Gordon. Elles feraient peut-être du cheval l'après-midi si, d'ici là, l'état de Zoe s'était amélioré.

— Je crains que ce soit ma faute, s'excusa le jeune médecin. Je suis un fervent admirateur du Dr Phillips. J'ai lu et conservé tous ses articles.

Pour une fois qu'elle avait affaire au fan de quelqu'un d'autre, Tanya ne put s'empêcher de sourire.

— Alors, j'ai profité de cette consultation pour lui parler des cas les plus difficiles de ma clientèle.

Il n'avait pas menti. En dehors de son diplôme de généraliste, il était le seul spécialiste du sida de la région et avait mille questions à lui poser.

— Vous auriez pu sortir une seconde, histoire de nous rassurer, avant de poursuivre votre séminaire, lui rétorqua Tanya un peu sèchement. Nous étions mortes d'inquiétude.

— Désolé. Je repasserai demain. En attendant, obligez-la à garder la chambre et à boire beaucoup.

Il prit congé. Les deux femmes se précipitèrent au chevet de Zoe, qui était en train de siroter à petites gorgées une bouteille d'eau minérale. Elle semblait moins éteinte, bien qu'elle eût toujours les yeux cernés et le visage blême.

— Comment ça va ? demanda Mary Stuart.

Elle haussa les épaules.

— Pas très bien. D'après le Dr Kroner, ça ira mieux demain. Il m'a dit qu'il y a eu plusieurs cas de gastroentérite dans la région.

— Et dire que tu es venue pour t'amuser un peu, murmura Tanya, se sentant responsable, pendant que Mary Stuart, très maternelle, accumulait sur la table de nuit des paquets de crackers, des Coca light, une canette de ginger-ale au cas où elle aurait envie d'autre chose que d'eau minérale, ainsi qu'une banane pour remplacer le potassium qu'elle avait perdu à cause de la diarrhée.

Zoe fixa sur elles ses yeux clairs embués de larmes.

— Vous êtes merveilleuses. (Elle se sentait épuisée, à bout de forces. Plus que jamais, elle avait envie de revoir sa fille.) Je vais rentrer, dit-elle, puis soudain, elle fondit en larmes, furieuse contre sa sensiblerie mais ne pouvant pas s'arrêter. Le médecin pense que je devrais rester ici encore une semaine, ajouta-t-elle d'une voix aussi lugubre que si elle prononçait une sentence de mort. Je ne sais pas si je pourrai…

Elle s'interrompit, à bout de nerfs. Ils avaient longuement parlé de la fragilité de sa condition, des doses d'AZT et du nombre de ses T 4… *Sida, AZT, globules blancs, plaquettes*, ces termes du jargon médical l'avaient brutalement ramenée à la réalité. La maladie se venge toujours lorsqu'on ose l'oublier un instant. Malheureusement, Zoe Phillips était au courant de tout. De la façon dont le virus détruisait peu à peu le système immunitaire comme du sombre pronostic et de l'affreuse déchéance. Brusquement, sous le regard médusé de ses amies, elle éclata en sanglots. Elle eut beau se morigéner, elle ne parvint pas à endiguer ses pleurs. Leur présence, leur gentillesse n'avaient fait qu'augmenter son désespoir.

— Zoe, qu'est-ce qui te mine ?

Apeurée, Mary Smart considérait son amie. Elle avait décelé une détresse sans fond dans le regard de Zoe.

— Rien… répondit celle-ci en se mouchant et en se forçant à avaler une gorgée d'eau.

Seigneur, elle allait mourir et elle n'avait personne à qui confier sa fille. Sauf à ses amies, mais elle avait eu beau tourner et retourner la question dans sa tête, ces derniers jours, elle n'avait pas trouvé de solution. Mary

Stuart avait fini d'élever ses propres enfants et Tanya n'en avait jamais eu. De plus, leur demander une telle chose voudrait dire leur confier également son terrible secret. Le Dr Kroner le lui avait suggéré gentiment mais la peur lui imposait le silence… C'était pourtant ce qu'elle conseillait à ses patients. Ne pas se replier sur soi, chercher du réconfort auprès des autres.

— Ce n'est rien, répéta-t-elle en reniflant. J'ai trop travaillé et ça m'a déprimée.

— En ce cas, dit Tanya en feignant un calme qu'elle n'éprouvait pas, voilà une bonne leçon, ma chérie. Quand tu retourneras à ta clinique, essaie de ralentir un peu le rythme. Trouve-toi un associé.

Mais Sam n'accepterait jamais de s'associer avec elle. Il tenait trop à sa liberté.

— Je n'ai de leçons de morale à recevoir de personne ! s'écria-t-elle d'une voix irritée. Encore moins de toi. Tu travailles plus que moi, que je sache.

— Je ne crois pas ! Et puis, chanter est moins stressant que soigner des mourants.

De nouveau, Zoe fondit en larmes. Elle regrettait amèrement d'être venue, d'offrir un spectacle aussi lamentable à ses amies. Tanya lui prit la main.

— Voyons, ma chérie, calme-toi. Tu n'es pas bien et tout te paraît insurmontable. Reste au lit, dors un bon coup. Je resterai près de toi. Combien tu paries que ce soir tu iras mieux ?

— Je reste aussi, affirma Mary Stuart.

Elles ne savaient quoi faire pour la consoler. Zoe leur sourit à travers ses larmes.

— Mais non, je vous en prie, sortez et amusez-vous. Je m'en voudrais si vous vous enfermiez à cause de moi. D'ailleurs, que diront vos petits amis ?

Elle se moucha une nouvelle fois.

— Hartley serait enchanté s'il savait qu'il est promu « petit ami ».

— Quant à Gordon, il deviendrait fou s'il t'entendait le traiter de la sorte, alors qu'il ne m'a pas dit plus de trois mots.

Zoe appuya sa tête contre les oreillers.

— Tu parles ! Vous avez bavardé pendant plus de deux heures, hier soir. Fais attention, ma belle.

Mary Stuart acquiesça de la tête. Tanya se laissait souvent emporter par ses élans aux dépens de sa raison.

— Allez, essaie de dormir un peu maintenant.

Zoe hocha la tête. Bizarrement, elle appréhendait de se retrouver seule. Ses deux amies étaient sa seule famille.

— D'accord. Mais je dois d'abord appeler Sam. Je ne suis pas sûre qu'il pourra me remplacer encore une semaine. Il a peut-être pris d'autres engagements. En ce cas, il faudra que je rentre. Mes patients ont besoin de moi. En outre…

— Ce serait idiot ! la coupa Tanya. Tu n'iras nulle part, ma grande. Je ne te l'ai pas dit, mais tu es notre otage.

Zoe se mit à rire et à pleurer en même temps. Mary Stuart se pencha pour l'embrasser. Leurs regards se croisèrent. Il y avait, dans celui de Zoe, une indicible terreur, une sorte d'abîme qui mit Mary Stuart sur ses gardes. Une ultime question s'imposait. Elle n'avait pas l'intention de commettre une indiscrétion. Elle voulait juste l'aider.

— Zoe, je t'en supplie, dis-nous la vérité. Est-ce que tu nous caches quelque chose ?

Un flot de larmes brûla les joues pâles de Zoe. Tanya, qui s'était dirigée vers la sortie, se retourna sur le seuil de la porte. Sa voix s'unit à celle de Mary

Stuart. Un funeste pressentiment leur serrait le cœur à toutes les deux.

— Ma chérie… y a-t-il un problème dont tu voudrais nous parler ?

Un silence suivit pendant lequel Zoe les regarda, avec une tristesse incommensurable. Sa voix était à peine audible lorsque, finalement, elle murmura :

— Oui. J'ai le sida.

Mary Stuart la prit dans ses bras. Leurs larmes se mêlèrent. C'était pire que tout ce qu'elle avait imaginé. Elle avait pensé de manière furtive au cancer. Mais le cancer comportait des chances de guérison, de longues rémissions, alors que le sida aboutissait inéluctablement à une issue fatale.

Tanya revint vivement dans la pièce et alla se placer de l'autre côté du lit.

— Oh, mon Dieu… mon Dieu… pourquoi ne nous as-tu rien dit ?

— Je l'ai découvert récemment. Je n'en ai parlé à personne. Comment voulez-vous que je puisse soigner mes patients s'ils savent que je suis moi-même malade ? Il faut qu'ils me croient forte. Plus forte que le virus. Je n'ai pas cessé de me poser des questions sur mon avenir, ma carrière, mon enfant. Qui s'occupera d'elle quand je serai morte, ou vraiment atteinte ? Vous, peut-être ?

Ses yeux emplis d'une sourde terreur allaient de l'une à l'autre.

— Je t'en donne ma parole, déclara Tanya sans une ombre d'hésitation. J'élèverai ta petite fille.

— Et si, pour une raison ou une autre, Tanya n'avait pas la possibilité de tenir parole, tu peux compter sur moi, dit Mary Stuart d'une voix ferme.

— Et si Bill ne veut pas ?

— De toute façon, je le quitterai. S'il refuse d'accueillir Jade, il me fournira le prétexte idéal pour demander le divorce.

— Moi, je n'ai personne qui me dicte mes décisions, renchérit Tanya en pressant la main glacée de Zoe entre les siennes. Pour le moment, tu es encore là. Pense à toi. Les nouvelles thérapies prolongent la vie pendant des années. Tu es bien placée pour le savoir, non ? As-tu mis au courant ton remplaçant ? Il te sera sûrement utile, plus tard.

C'étaient les mots mêmes du Dr Kroner mais l'idée d'en parler à Sam la mettait affreusement mal à l'aise. Elle s'était fait violence pour l'avouer à Tanya et à Mary Stuart et elle estimait que c'était bien assez. Dorénavant, elles allaient être sur le qui-vive et n'allaient pas cesser de la materner, ce dont elle avait franchement horreur, mais d'un autre côté, elles la soutiendraient moralement. En pesant le pour et le contre, la balance penchait en faveur des aveux. Elle se sentit soulagée et presque légère. Puisque Tanya avait accepté de prendre Jade sous son aile protectrice si jamais l'inévitable se produisait, plus rien n'était important pour l'instant.

— J'ai peur de le lui dire, murmura-t-elle en parlant de Sam. La nouvelle se répandrait comme une traînée de poudre. Les médecins de Chicago sont si cancaniers… Je crains que, si mes patients apprennent la vérité, mon influence sur eux ne se trouve diminuée.

— Au contraire ! affirma Tanya avec conviction. Elle n'en sera que plus forte, quand ils sauront que tu es des leurs… (Elle marqua une pause, avant de demander d'un air embarrassé :) Comment l'as-tu attrapé ?

— Une aiguille infectée. J'effectuais une prise de sang sur une fillette atteinte par le virus. Elle s'est tortillée, j'ai été surprise, je me suis piquée par accident.

La malchance. Au début, j'ai pris la chose avec philosophie, et même avec désinvolture. J'ai fini par l'oublier, puis de petits maux, de petites infections sont venus me le rappeler. Je me suis réfugiée dans le refus pendant un certain temps, puis je me suis résolue à passer le test. J'ai eu les résultats le jour où je t'ai appelée, Tanya.

— Seigneur, je n'arrive pas à y croire.

— Ça ira mieux quand mes intestins se seront calmés.

Ses forces lui revenaient lentement. Elle reprenait courage. Ses amies continuaient à la couver du regard. Elles avaient l'air encore plus malades qu'elle.

— Maintenant sortez. J'insiste. Allez respirer un bol d'air pur. Je ne veux pas que vous restiez assises ici toute la journée, cela ne servira à rien.

L'heure du déjeuner approchait.

— D'accord, si tu nous promets de te reposer, dit Tanya.

— Je vais dormir toute la journée. Es-tu satisfaite ? J'espère que ce soir j'aurai repris figure humaine.

— Tâche d'être d'attaque demain, dit Mary Stuart, pratique, pour que nous puissions suivre la leçon de danse affichée au programme des festivités. Établissons des priorités, voulez-vous ?

Toutes les trois se sourirent, les yeux humides, se tenant la main. En silence, Zoe remercia la providence qui l'avait envoyée dans le Wyoming. Elle s'était réconciliée avec Mary Stuart et avait assuré à sa petite Jade un avenir sans nuages. Le premier choc passé, elle commençait à affronter la réalité. Une réalité qui portait un vilain nom : sida. Ses yeux brûlants cherchèrent ceux de ses amies. Elle leur fit promettre de ne rien dire. Quand elle se mettrait à décliner, elle laisserait entendre à son entourage qu'elle était atteinte d'un cancer. Oui, un cancer à l'estomac, par exemple. Ou au pancréas. Le nom même de sida, synonyme de déchéance, de contagion et de mort, ne serait jamais prononcé. Rien ne la révulsait davantage que la pitié. Elles firent le serment solennel de garder le silence.

Enfin, elle les renvoya. À peine hors du chalet, Tanya et Mary Stuart fondirent en larmes. Les mots n'arrivaient pas à franchir leurs lèvres. À mi-chemin de l'écurie, Stu brisa le silence.

— Dieu, quelle horrible journée !

Elles marchaient côte à côte comme des somnambules.

— C'est drôle. J'ai tout de suite été frappée par sa pâleur. Elle a toujours eu la peau très blanche, comme toutes les rousses, mais jamais à ce point. Elle est presque diaphane, l'as-tu noté ? As-tu remarqué comme elle se fatigue vite ?

— Ceci explique cela… Dieu merci, elle nous l'a dit. Le poids de ce fardeau est trop lourd à porter. Oh, Tan, que pouvons-nous faire pour l'aider ?

— La soutenir. Le seul qui puisse la soulager concrètement est ce médecin suppléant… comment s'appelle-t-il déjà ? Ah oui, Sam. À condition qu'il veuille bien, naturellement, sinon il va falloir qu'elle trouve quelqu'un d'autre.

— Je comprends maintenant pourquoi elle ne veut pas d'homme dans sa vie, murmura Mary Stuart.

— Elle le peut, si elle prend les précautions d'usage. D'autres personnes dans son cas continuent à vivre normalement. Elle a choisi de s'isoler, elle s'est retirée dans sa coquille. Ce n'est pas sain… Oh, mon Dieu ! pourquoi elle ?

Elles se mouchèrent à l'unisson, tandis que Hartley et Gordon revenaient vers le corral en tirant leurs chevaux par la bride. Ils vinrent au-devant d'elles. Du premier coup d'œil, ils s'aperçurent que les deux femmes avaient pleuré.

— Que s'est-il passé ? s'alarma Hardey.

Depuis que Mary Stuart l'avait renvoyé sous un prétexte fallacieux, disant qu'elle ne monterait pas aujourd'hui, il avait passé la matinée à se morfondre. Gordon, lui, avait interprété le message de Tanya comme une rupture. La star avait réfléchi, et, ayant recouvré ses esprits, avait rompu poliment avec son soupirant d'un soir. Or, visiblement, un incident était survenu, quelque chose de grave si l'on en jugeait par leur air hagard. Mais quoi ? Ni l'une ni l'autre ne répondirent à la question de Hartley.

— Ça va ? demanda Gordon précautionneusement.

Tanya hocha la tête. Elle avait la mine consternée de ceux qui portent le deuil inattendu d'un être cher.

— Oui, répondit-elle en lui effleurant la main du bout des doigts, faisant irradier à travers tout son corps un courant électrique.

— Il paraît que ton amie est malade ? Qu'est-ce qu'elle a ?

Elle garda le silence. Du coin de l'œil, elle chercha Mary Stuart. Celle-ci discutait avec Hartley. Elle pleurait à chaudes larmes. Elles s'étaient mises d'accord pour faire croire aux deux hommes que Zoe avait un cancer. Tanya se tourna vers Gordon pour lui annoncer l'affreuse nouvelle. Il devint livide.

— Je la connais depuis l'âge de dix-huit ans… Une amitié de vingt-six ans, te rends-tu compte ?

Il se retint pour ne pas la prendre dans ses bras, bravant ainsi le règlement de la pudibonde Charlotte Collins.

— Tu n'as pas subi les outrages du temps, fit-il remarquer à seule fin de la dérider et, soulagé, il la vit enfin sourire.

— Merci. Je suis sûrement ton aînée d'une décennie. Officiellement, j'avoue trente-six ans mais officieusement j'en ai quarante-quatre.

Il se mit à rire.

— Et moi j'ai *vraiment* quarante-deux ans, je suis *vraiment* cow-boy, je suis *vraiment* né au Texas et je commençais vraiment à m'inquiéter quand je ne t'ai pas vue ce matin au corral. La nuit portant conseil, comme on dit, j'ai cru qu'après mûre réflexion tu ne voulais plus me revoir.

Cette certitude l'avait tétanisé à tel point qu'il avait à peine adressé la parole à Hardey, qui ne s'était pas montré très bavard non plus.

— Au contraire. J'étais debout à l'aube, tout à la joie de te voir. Je ne tenais pas en place. J'avais à nouveau quatorze ans et je vivais mon premier amour. (La même sensation exaltante qu'à l'époque où elle s'apprêtait à retrouver Bobby Joe l'avait envahie.) Je n'ai pratiquement pas fermé l'œil de la nuit. Puis, ce matin, patatras ! Zoe était clouée au lit, malade comme un chien. J'ai fait venir un médecin. Il est resté des heures avec elle. Quand il est parti, elle nous a mises au courant. Le ciel nous est tombé sur la tête.

— Est-ce qu'elle va s'en sortir ? Ne serait-elle pas mieux à l'hôpital ?

— Elle refuse. Elle préfère retourner à San Francisco et à sa chère clinique. C'est quelqu'un de hors du commun.

Elle baissa la tête, les yeux fixés sur le gazon, avec la pénible sensation d'avoir déjà perdu Zoe, comme si un rideau de ténèbres les avait tout à coup séparées. Le doux visage d'Ellie flotta un instant dans la lumière… Mais perdre Zoe serait bien pire, elle le sentait.

— Toi aussi tu es quelqu'un de hors du commun, dit-il doucement. Je ne connais personne comme toi. Tu es vraie. Je croyais que j'aurais affaire à une star dans tous les sens du terme : hautaine, gâtée, capricieuse. Mais tu es la personne la plus humaine, la plus simple, la plus gentille du monde… Est-ce que nos projets pour dimanche tiennent toujours ?

— En principe oui. Ça dépendra de Zoe.

Elle, savait que le dimanche était le seul jour de congé de Gordon. Leur seule chance d'être ensemble. Il travaillait au ranch toute la semaine et le dimanche suivant, quand il serait à nouveau libre, elle regagnerait Los Angeles.

— Hier soir, je t'ai dit que je t'aimais et tu m'as répondu « moi aussi ». Tanny, étais-tu sincère ?

Ils se tenaient à l'ombre d'un chêne et il la sondait d'un regard incandescent. La peur de Gordon confinait au désespoir. Il craignait qu'une fois repartie à Hollywood, Tanya, prise dans le tourbillon de ses concerts, oublie leur rencontre éphémère. Ça ne lui ressemblait pas, bien sûr, mais il ne pouvait s'empêcher de le penser.

— Oui, je suis sincère, le rassura-t-elle d'une voix douce. Je suis incapable de me l'expliquer, mais je suis amoureuse de toi. (Elle sourit.) Je ne sais pas à quel moment c'est arrivé, peut-être dès notre première rencontre, lundi dernier, quand tu n'as pas daigné m'adresser la parole.

— Je mourais de peur. Mais j'aurais voulu galoper près de toi au milieu des collines jusqu'à la fin des temps.

Qu'allons-nous faire maintenant ?

Il risquait de perdre son emploi si on les voyait ensemble, mais il ne semblait pas s'en préoccuper.

— Puis-je revenir te voir, ce soir ? demanda-t-il à mi-voix, de manière qu'elle fût seule à l'entendre.

— Nous ferons un tour à cheval demain. Cet après-midi, je resterai près de Zoe. Ce soir aussi. Pourquoi pas demain soir ? D'après la brochure de l'hôtel, les cow-boys nous apprendront à danser le two-steps. Accepteriez-vous d'être mon professeur, monsieur Washbaugh ?

Les yeux de Gordon reflétaient un amour et une tendresse immenses.

— Oui, m'dame. Avec plaisir. Et samedi, je participe de nouveau au rodéo.

— J'y serai.

— Chanteras-tu l'hymne ?

— On verra. Si les spectateurs sont trop nerveux, je m'abstiendrai.

— Tu étais si belle, sur ce palomino… Oh, Tan, j'ai hâte d'être dimanche.

Ils s'étaient dirigés vers Hartley et Mary Stuart. Avant de les quitter, Gordon frôla discrètement la main de Tanya et ce simple attouchement, si léger fut-il, la fit tressaillir. Elle le regarda s'éloigner. Elle mourait d'envie de l'embrasser. Lorsqu'il fut hors de vue, elle se tourna vers Hartley.

— Bonjour. Votre promenade fut-elle bonne ?

— Meilleure que votre matinée, répondit l'écrivain. Mary Stuart vient de me raconter pour Zoe. La pauvre femme ! Les cancers du pancréas sont les plus durs. Un de mes cousins de Boston en est mort… Je suis navré pour elle.

— Moi aussi, murmura Tanya en échangeant un regard avec Mary Stuart. Il paraît qu'elle va bénéficier d'une rémission plus ou moins longue jusqu'à ce que de nouvelles complications se manifestent.

— Ce fut pareil pour mon cousin. Soyez auprès d'elle, laissez-la faire ce qu'elle veut, profiter de chaque instant. Soutenez-la moralement. Pour le reste, elle est entre les mains de Dieu.

Sa dernière réflexion rappela à Tanya son engagement vis-à-vis de la fille de Zoe. Elle avait oublié de le signaler à Gordon. Elle voulait étudier sa réaction pour plusieurs raisons. « Je suis folle ! » pensa-t-elle. Ils se connaissaient depuis trois jours et elle échafaudait déjà des plans, comme s'ils allaient vivre ensemble.

Elles déjeunèrent en compagnie de Hartley. Durant le repas, la conversation tourna autour de Zoe. De sa carrière, de sa clinique, de sa santé. Et de sa petite fille. Chacun évoqua son esprit brillant et sa dévotion à l'humanité souffrante. Ils ne tarissaient pas d'éloges, tandis que l'objet de leur admiration s'abîmait dans une intense réflexion. Il fallait qu'elle appelle Sam. Savoir si, oui ou non, il était disposé à la remplacer une semaine de plus. Elle redoutait par-dessus tout ce tête-à-tête téléphonique. Il n'allait pas manquer de s'apercevoir, au son de sa voix, que quelque chose ne tournait pas rond. Il serait alors difficile de lui cacher la vérité, une vérité qu'elle désirait garder secrète.

La sonnerie du téléphone mit fin à ses tergiversations. Comme par hasard, c'était lui au bout du fil, réclamant son avis au sujet d'une de ses patientes. Un changement radical de médication s'imposait et la décision en revenait selon lui à Zoe. Il parut surpris de la trouver dans sa chambre. Il avait d'abord envisagé de lui laisser un message à la réception puis avait préféré demander d'abord le numéro du chalet.

— Je suis content de t'avoir, dit-il.

Il exposa son problème et elle lui donna aussitôt la réponse adéquate. La courtoisie s'ajoutait à la longue liste de ses qualités. Les autres suppléants à qui elle avait eu affaire n'auraient même pas songé à informer le médecin traitant. Ils auraient pris l'initiative de changer le traitement sans se soucier des conséquences parfois désastreuses.

— J'apprécie ta sollicitude, Sam.

— C'est la moindre des choses, répondit-il d'un air débordé. Je suis en train de déjeuner sur le pouce. On n'a pas le temps de se détendre chez toi, Zoe. Je n'ai jamais travaillé aussi dur depuis mon internat. (C'était la première fois qu'il la remplaçait durant toute une semaine et il semblait à la fois épuisé et enchanté.) Tu fais du bon boulot, tu sais, poursuivit-il, plein d'admiration. Tes patients t'adorent.

Elle sourit.

— À l'heure qu'il est, ils sont certainement ravis d'être suivis par le bon Dr Warner.

— Bah, si seulement…

Il laissa sa phrase en suspens. L'espace d'un instant, un silence pesant flotta sur la ligne. L'instinct de Sam fonctionnait comme un radar. Il avait décelé une fausse note. Elle avait une voix bizarre, comme si elle venait de se réveiller ou comme si elle avait pleuré. Il lui posa la question abruptement, puis attendit sa réponse, qui tarda à venir. Il crut entendre un drôle de son à la place, comme un petit sanglot, et un signal d'alarme se mit à sonner dans sa tête.

— Zoe ? Qu'y a-t-il ? Quelque chose est arrivé à l'une de tes amies ? À toi ?

Il avait une intuition diabolique.

— Non, non, elles vont bien… (Elle marqua une pause avant de se jeter à l'eau.) En fait, j'allais t'appeler. Nous sommes si enchantées de notre séjour ici que je me demandais… (Sa voix faillit déraper, mais elle continua d'une seule traite en priant pour qu'il ne remarque pas qu'elle était essoufflée.)… Je me demandais si tu pourrais me remplacer une semaine de plus… Au plus tard jusqu'à l'autre dimanche. Si tu es libre, bien sûr, si tu n'as pas pris d'autres engagements, sinon…

— C'est d'accord, coupa-t-il tranquillement. (Il avait écouté attentivement chaque inflexion de sa voix et était presque sûr qu'elle avait pleuré.) Maintenant, dis-moi ce qui ne va pas.

— Tout va bien, mentit-elle. Je peux compter sur toi pour la clinique ?

— Je te l'ai dit : oui. Il n'y a pas de problème. Mais la question n'est pas là. Que se passe-t-il, Zoe ? Avec toi, il manque toujours une pièce au puzzle. Pourquoi te caches-tu ? Qu'as-tu, ma chérie ? Tu pleures, ne le nie pas, je t'entends. Ne me laisse pas dans l'incertitude, je t'en supplie, Zoe, je ne demande qu'à t'aider.

Il sentait les larmes lui piquer les yeux. À l'autre bout de la ligne, Zoe s'était mise à sangloter.

— Sam, non, je ne peux pas. Ne me bouscule pas.

— Pourquoi ? Quel est ce poids que tu tiens à porter toute seule ? Qu'est-ce donc de si terrible ?

Il se tut soudain. À peine avait-il formulé la dernière question que, comme à travers un voile qui se déchire, la vérité lui apparut. Il sut brusquement qu'elle souffrait du mal qu'elle s'acharnait à combattre. Le mal dont il voyait tous les jours les ravages. L'ultime fléau, la honte suprême, le désespoir absolu. Le sida. Elle avait le sida. Elle ne le lui avait pas avoué mais il le savait, il le sentait dans chaque fibre de son corps.

— Zoe ?

Pas de réponse. Aucun pleur. Le calme absolu. À présent, il en était sûr. Voilà pourquoi elle se complaisait dans le célibat, pourquoi elle semblait si fatiguée, si irritable. C'était déjà arrivé à d'autres médecins qui soignaient des malades du sida. Un geste maladroit, une piqûre accidentelle, une goutte de sang sur une coupure infime et votre destin était scellé.

— Zoe, répéta-t-il avec une douceur infinie, as-tu eu un accident ? T'es-tu blessée avec un instrument infecté ? Je t'en prie, dis-le-moi. Il faut que je le sache.

Un long silence suivit, ponctué d'un faible soupir. Le moment était venu de rendre les armes.

— Oui... l'année dernière, murmura-t-elle d'une voix de petite fille apeurée.

— Oh, mon Dieu, mon Dieu ! J'aurais dû m'en douter. Je ne suis qu'un imbécile. Que fais-tu en ce moment ? Es-tu malade ? (Elle avait le sida et il n'avait rien fait pour l'aider, à part la remplacer à la clinique. Il crut entendre fonctionner les rouages de son cerveau.) Zoe, es-tu malade ? reprit-il d'un ton plus ferme.

— Un peu, oui. Rien de grave. Le médecin que j'ai vu m'a prescrit du repos. D'après lui, j'irai mieux lundi. Mais il faut à tout prix éviter une infection.

— Il a raison. Qu'est-ce que c'est ? Un problème respiratoire ?

— Non. Une des horreurs ordinaires, inhérentes à cette maladie. La diarrhée. Hier soir, j'ai cru que j'allais mourir. Je m'étonne d'être encore vivante aujourd'hui.

— Tu ne mourras pas. Je ne te laisserai pas.

— Ne te mets pas ça sur le dos, Sam. Je suis passée par là, quand l'homme que j'aimais a été contaminé à la suite d'une transfusion. Le plus dur a été de le voir mourir après tant d'années de bonheur. Je n'imposerais pas cette torture à mon pire ennemi. Encore moins à toi. Laisse tomber, Sam, je ne te permettrai pas de gâcher ta vie.

— Regrettes-tu d'avoir assisté Adam ? Aurais-tu préféré le laisser tomber, comme tu dis ?

— Non, bien sûr que non !

Elle avait aimé Adam jusqu'au bout.

— L'aurais-tu écouté s'il avait voulu te renvoyer ? S'il avait essayé de te détourner de lui ?

— Il a essayé. Je ne l'ai pas écouté. Je ne l'aurais jamais abandonné dans le malheur… Mais c'est différent. Nous nous sommes aimés des années durant. Je me serais sentie trahie si je n'avais pas été là.

Elle se dit en même temps qu'elle connaissait à peine Sam… et que d'un autre côté, ils se connaissaient depuis toujours.

— Essaies-tu de me trahir, alors ? demanda-t-il sans plus chercher à cacher ses sentiments. Je suis amoureux de toi. Je t'aime depuis très longtemps… peut-être depuis nos études à Stanford. Je n'ai pas osé me déclarer à l'époque, parce que tu ne m'as pas laissé l'opportunité de le faire. Je n'ai pas l'intention de rater ma deuxième chance. Je veux être près de toi. Je me fiche éperdument de ta maladie. Que tu aies la diarrhée ou la pneumonie, ça m'est parfaitement égal. Je veux t'aider à rester en vie, travailler avec toi, m'occuper de toi et de Jade. Je t'en prie, laisse-moi t'aimer. Il y a si peu d'amour en ce bas monde, si peu d'amour et tant de misère… (Il pleurait ouvertement et elle recourait, trop émue pour l'interrompre.) Zoe, je t'aime. Si je ne te remplaçais pas ici, j'aurais pris le premier avion à destination de Jackson Hole. Tu m'étranglerais sûrement si je négligeais mes devoirs vis-à-vis de tes patients.

Il rit tout en pleurant, et elle l'imita.

— Je n'hésiterais pas. Moralité : n'essaie pas de quitter la clinique.

— Non, bien sûr. Tu me manques, tu sais. J'ai l'impression qu'il y a un siècle que tu es partie.

— Sam, tu es fou ! Comment peux-tu t'infliger un tel calvaire ?

— Parce qu'on ne choisit pas d'aimer telle personne plutôt que telle autre. Cela vous tombe dessus et on n'y peut rien. J'aurais pu tomber amoureux d'une femme acariâtre et la pousser sous un train. Au moins, avec toi, je sais à quoi m'en tenir. Nous avons du temps devant nous. Peut-être beaucoup de temps, peut-être pas, mais ça vaut la peine d'en profiter. Voilà mon point de vue. Quel est le tien ? Vas-tu refuser le bonheur sous prétexte qu'il risque d'être bref ?

— Il va falloir être prudents. Les précautions tuent le désir.

Elle essayait encore de le décourager.

— Ah bon ? Tu mens à tes patients, alors ? Oh, Zoe, tu me manques tant. Je voudrais te tenir dans mes bras et te rendre heureuse.

— Vas-tu travailler avec moi ? À plein temps, je veux dire ? Ou au moins à mi-temps ?

À ses yeux, son sacerdoce revêtait une importance capitale. Elle ne renoncerait pas à ses responsabilités vis-à-vis de ses malades et elle avait besoin de Sam.

— Oui, je travaillerai avec toi nuit et jour si tel est ton désir. Ou encore mieux, tu travailleras à mi-temps et je me chargerai du reste. Nous prendrons surtout soin de toi. N'est-ce pas ce que l'on dit à nos patients ? À présent, tu es la patiente et je suis le docteur, d'accord ?

— Oui, monsieur, dit-elle en s'essuyant les yeux.

La matinée avait été riche en émotions. Elle avait avoué son terrible secret à ses amies et maintenant à Sam. Aucun d'eux ne l'avait abandonnée à son triste sort, au contraire. Elle leur en fut immensément reconnaissante mais rien ne l'avait préparée à la prochaine déclaration de son correspondant.

— Épouse-moi... Zoe, j'ai l'honneur de te demander ta main.

Un sourire rayonna sur les traits tirés de Zoe.

— Tu es fou. Jamais je ne te laisserai commettre pareille bêtise.

— Quelle bêtise ? Je t'aime et je veux que tu sois ma femme. Et peu m'importe que tu aies ou non le sida.

Il était sincère.

— Sauf que je l'ai, dit-elle tristement. Ne tombe pas dans ce piège.

— Ce n'est pas ce que tu racontes à tes patients. Tu les incites plutôt à faire ce qui leur semble le plus juste.

— Et cela te paraît juste ? demanda-t-elle doucement.

— Forcément, puisque je t'aime.

— Je t'aime aussi, articula-t-elle lentement, mais ne précipitons pas les choses. Accordons-nous un temps de réflexion, veux-tu ?

Il acquiesça. Cela voulait dire qu'elle estimait avoir du temps devant elle. Qu'elle était plus optimiste qu'il ne l'avait imaginé. Il désirait ardemment l'épouser. Il ferait tout pour la convaincre dès son retour.

— Je suis ravi de t'avoir téléphoné, dit-il joyeusement. J'ai eu le renseignement dont j'avais besoin, et en plus, me voilà pourvu d'un emploi à plein temps et probablement d'une épouse. Notre conversation a été plus que fructueuse.

Un rire échappa à Zoe.

— Seigneur, j'ai confié mon cabinet à un fou.

— Peut-être, mais tes malades en sont satisfaits. Songe comme ils seront heureux quand ils remettront leur destinée entre les mains compétentes des Drs Warner et Warner.

— Parce que je devrai aussi prendre ton nom ?

Elle éclata de rire. Elle l'aimait profondément. Chaque fois que son attirance pour lui avait pris le dessus, elle s'était efforcée de déguiser ses sentiments. Elle était parvenue à se persuader qu'elle n'était rien d'autre qu'un médecin et une mère.

— D'accord, d'accord, fit-il, magnanime, garde ton nom de jeune fille si tu y tiens. Je suis très large d'esprit.

— Tu es fou ! répliqua-t-elle, puis, redevenant sérieuse : Sam, tu es merveilleux. Et je t'aime. J'avais peur d'admettre combien tu me plaisais. Je ne voulais pas t'entraîner dans cet engrenage. Tu y as mis le doigt tout seul… Sam, tu peux encore changer d'avis.

— Je serai là. Pour toujours.

— Je voudrais en dire autant.

— Qu'en sais-tu ? S'il ne tient qu'à moi, tu vivras très longtemps.

— Du moins pour mon travail… à la clinique… avec Jade, toi, mes amies…

— Tu veux connaître le fond de ma pensée ? Voilà un tas de bonnes raisons pour t'accrocher à la vie.

— Je m'accrocherai, Sam. Je te le promets.

— Bien. Repose-toi et reviens-moi en pleine forme. Au cas où la diarrhée persisterait, va à l'hôpital.

— C'est arrêté.

— Alors, bois beaucoup.

— Je sais, chéri. Je suis médecin. Ne t'inquiète pas. Je serai sage, je le jure.

— Zoe ? Je t'aime…

Elle raccrocha avec une drôle de sensation. Une demi-heure plus tôt, de sombres pensées l'accablaient et maintenant, un bonheur aussi immense qu'inattendu les avait chassées, comme un vent impétueux balaie du ciel les lourds nuages d'orage. Cher, cher Sam ! Elle l'aimait de toutes ses forces. Elle avait enfin trouvé une oasis dans son désert… Un sourire extasié brillait sur ses lèvres quand ses amies rentrèrent de déjeuner. Tanya lui lança un coup d'œil circonspect.

— Qu'est-ce qui t'arrive ? Tu as l'air du chat qui vient d'avaler le canari.

— J'ai parlé avec Sam. Il accepte de travailler à la clinique à plein temps.

— Formidable ! applaudit Mary Stuart.

Le regard attentif, Tanya considérait son amie d'un air pénétré.

— Attends, attends, ce n'est pas tout. Zoe, tu mens. Par omission, peut-être, mais tu mens.

— Mais non ! protesta Zoe.

Son rire musical inonda la chambre. Elle ne ressemblait plus en rien à la misérable créature de ce matin, recroquevillée sous ses couvertures.

— Mais si ! Allez, avoue. Qu'a-t-il dit exactement ?

Tout sourire, Zoe haussa les épaules.

— Rien de spécial… (Après une brève hésitation, elle reprit d'une voix sérieuse :) Je lui ai dit que j'étais séropositive.

Elle abhorrait ce mot. Les yeux écarquillés, elle regarda ses amies, d'un air incrédule. La voix chaude de Sam résonnait encore à ses oreilles. Était-ce possible qu'il…

— Et qu'a-t-il répondu ?

La voix douce de Mary Stuart la ramena au présent.

— Il… Il m'a demandé de l'épouser.

Mary Stuart en resta bouche bée et la mâchoire de Tanya faillit se décrocher, après quoi elle poussa un cri de triomphe.

— Dépêche-toi d'aller mieux et rentre vite à San Francisco avant qu'une autre ne mette le grappin sur ce type. Il est fantastique.

— Oui, il l'est, dit Zoe.

Une myriade d'idées se bousculaient dans sa tête. Pour la première fois, elle envisagea l'avenir avec un regain d'optimisme. Elle se vit travaillant avec lui, partageant ses moments libres avec lui, profitant de chaque instant de bonheur que la vie pouvait leur offrir. Et s'il tenait vraiment à l'épouser… elle sacrifierait peut-être ses convictions révolutionnaires sur l'autel du mariage.

— Le fait que de tels hommes existent, ça vous réconcilie avec l'humanité, dit Mary Stuart, sur laquelle le Dr Sam Warner avait produit une forte impression.

L'état de Zoe s'était singulièrement amélioré, ce qui permit aux deux autres de ressortir l'après-midi. Mary Stuart fit une longue promenade avec Hartley. À son tour, l'écrivain ne tarit pas d'éloges sur Sam, dont le courage forçait l'admiration. Quelle plus grande preuve d'amour que d'épouser une femme, sachant qu'elle est vouée à une mort plus ou moins proche ?

Tanya et Gordon étaient partis à cheval. Le couple de médecins de Chicago ayant opté pour une partie de pêche, les deux amoureux s'étaient retrouvés seuls sans l'avoir prémédité. Gordon la conduisit dans les montagnes et ils s'arrêtèrent près d'une cascade où la lumière faisait des arcs-en-ciel et qui était entourée de peupliers. Gordon aida sa compagne à mettre pied à terre, puis attacha leurs montures. Peu après, allongés sur l'herbe grasse piquée de fleurs sauvages, ils s'étreignaient et s'embrassaient ardemment ; ils durent déployer un effort surhumain pour résister. L'un comme l'autre ne souhaitaient pas céder aussi vite à leur désir, malgré le temps limité dont ils disposaient. Déjà, ils se sentaient partir vers une direction inconnue, comme les passagers d'un train lancé à toute vitesse dans la nuit.

Mais quel bel après-midi ! Les versants des montagnes ondulaient dans un moutonnement verdoyant, tandis que, plus haut, les cimes miroitantes de neige semblaient transpercer l'azur. Ils ébauchèrent quelques pas, main dans la main, parlant de mille choses : leurs rêves, leur enfance, Zoe, le merveilleux, l'émouvant amour de Sam pour elle. Des gens courageux dans un monde plein d'obstacles, avait dit Gordon. D'une certaine façon, Tanya leur ressemblait. Et maintenant, au bout de son long chemin difficile, un homme chaleureux et solide se tenait enfin à son côté… Quelqu'un qui possédait la force de caractère nécessaire pour rester indifférent aux cancans – car la presse ne tarderait pas à décocher au nouveau couple ses flèches empoisonnées.

— Quelle importance, du moment que nous nous faisons confiance, dit-il lorsqu'elle lui eut dévoilé ses craintes. Rien ne peut nous atteindre tant que nous serons ensemble.

— Et tant que nous aurons notre vallée secrète, murmura-t-elle en contemplant le splendide panorama et en pensant avec mélancolie à son retour en Californie.

— Oui, approuva-t-il. Nous reviendrons toujours nous ressourcer à la campagne, loin du bruit et de la fureur des grandes villes.

L'idée était plaisante. Il avait raison. Peut-être devait-elle acheter une propriété dans le Wyoming. Et vendre sa résidence de Malibu où elle n'allait jamais. Elle suivit du regard, dans la vallée, un troupeau de bisons, se laissant imprégner par la beauté de la nature.

— Je me sens à la frontière d'une vie nouvelle, dit-elle.

— Mais tu l'es, répondit-il, puis il la reprit doucement dans ses bras et l'embrassa.

17

Vendredi matin, Tanya, Mary Stuart sur ses talons, se glissa sur la pointe des pieds dans la chambre de Zoe, qui dormait paisiblement. En ressortant de la pièce, les deux amies convinrent qu'elle avait retrouvé ses couleurs.

Elles s'apprêtaient à quitter le chalet quand Zoe apparut dans la cuisine, en pantoufles et chemise de nuit, le visage lisse, presque reposé.

— Comment te sens-tu ? lui demanda Mary Stuart avec sollicitude.

— Comme un bébé qui vient de naître. Désolée de vous avoir causé tant d'ennuis, hier.

Avec le recul, ses aveux lui paraissaient inutiles. Si elle n'avait pas eu si peur, si elle avait conservé son sang-froid, elles auraient cru à son histoire de gastroentérite sans se poser de questions… Trop tard. Oh, et puis flûte ! pensa-t-elle en se servant une tasse de café. Elle ne regrettait rien. Les amis sont là pour ça, disaient-elles au collège.

— Ne sois pas bête, répondit Tanya.

Leurs yeux se croisèrent et chacune soutint le regard de l'autre. Toute la complicité, toute la tendresse du monde s'y trouvaient. Il existe des complicités qui résistent à la tourmente, des amitiés que l'on rencontre une seule fois au cours d'une vie.

— Prends soin de toi… reste au lit… repose-toi…

Tout en prodigant une avalanche de conseils, Tanya lui passa un bras autour des épaules. Sous la flanelle de sa chemise de nuit, le corps de Zoe faisait penser à un fragile bibelot de porcelaine qu'on n'ose serrer, de peur de le casser.

— Veux-tu que nous restions avec toi ? offrit Mary Stuart.

— Absolument pas. Allez faire du cheval et amusez-vous bien. Vous n'êtes pas venues ici pour jouer les gardes-malades. Vous les avez méritées, ces vacances.

Cette année avait été pour chacune d'elles l'année de tous les désastres. Le divorce, le deuil, la maladie avaient dévasté leur vie. Elles se sentaient toutes les trois en rupture avec les autres et avec elles-mêmes.

— Nous les avons toutes méritées, rectifia Mary Stuart. Toi la première.

— Oui, mais il faut que je retourne au travail.

La culpabilité d'avoir abandonné ses patients lui pesait. Si elle pouvait se pardonner une semaine de vacances, deux dépassaient carrément les limites de la bienséance. Dans l'esprit de Zoe, le repos s'apparentait à la paresse, péché capital s'il en était. Pourtant, il lui fallait quelques jours de plus pour recouvrer son ancienne énergie.

Tanya agita sous son nez un index réprobateur.

— Le travail, quel vilain mot ! Personnellement, je l'ai exclu de mon vocabulaire.

Elles partirent peu après. Hartley les attendait comme tous les matins au petit déjeuner. Son premier souci fut de prendre des nouvelles de Zoe. Ils en vinrent tout naturellement à évoquer Sam, qui faisait à présent l'unanimité.

— Quelle force de caractère ! épilogua Hartley, admiratif.

Il savait par Mary Stuart que, sachant Zoe très malade, il lui avait proposé le mariage. Bien sûr, elle s'en était tenue à la version officielle du cancer.

— Espérons qu'elle guérira. Il faut croire aux miracles, dit l'écrivain d'un ton qui manquait de conviction. Je connais un couple qui s'est marié ainsi à la suite d'un diagnostic catastrophique de phase terminale. Des gens extraordinaires. Et si heureux ! Elle a vécu beaucoup plus longtemps que ce que prévoyaient les médecins. Ensemble, ils ont bravé la mort, avec leur amour pour seule arme. Ils ont grignoté le territoire de leur implacable ennemie mais, malheureusement, ils ont fini par perdre l'ultime bataille. Je ne les oublierai jamais. Elle s'est éteinte dans ses bras et il ne s'est jamais remarié. Il a écrit un livre sur leur vie, un texte plein de dignité et d'émotion. Il est resté mon ami et je l'admire toujours autant. Aucun homme de ma connaissance n'a jamais aimé à tel point une femme…

Les yeux embués de larmes, Mary Stuart hochait la tête. Une prière muette montait à ses lèvres : pourvu que Sam rende Zoe heureuse… jusqu'à la fin.

Justement, Sam appela Zoe dans l'après-midi. Lors d'une longue conversation téléphonique, il lui demanda une fois de plus de l'épouser. Elle commença par l'accuser de « démence précoce », après quoi, redevenue sérieuse, elle ajouta :

— Comment peut-on se marier ? On se connaît à peine.

— Eh bien, qu'est-ce qu'il te faut ! On s'est rencontrés il y a plus de vingt-deux ans, voilà cinq ans que je travaille pour toi, et je suis amoureux de toi depuis ces vingt dernières années. Évidemment, pendant que je mourais d'amour, tu dispensais des trésors de tendresse à tes chers malades. Tu t'es trop occupée des autres,

Zoe… Mon amour, laisse-moi maintenant m'occuper de toi. Je veux t'aider.

— Tu m'aides déjà énormément, Sam.

— Et je continuerai aussi longtemps que tu le voudras. D'ailleurs, nous n'avons pas encore eu notre premier vrai rendez-vous.

— C'est vrai. Tu n'as pas encore goûté mes lasagnes.

— Oh, mais moi aussi je suis un cordon-bleu. Quel est ton plat préféré ?

Il s'aperçut qu'il ne savait presque rien d'elle. Il allait se rattraper. Il la gâterait, la cajolerait. Il serait à son côté et se battrait bec et ongles pour la maintenir en vie, et si le sort cruel la lui enlevait, il l'accompagnerait jusqu'au bout. Tel était son destin, désormais il en avait l'absolue conviction… À l'autre bout du fil, Zoe souriait. Elle en avait presque oublié sa maladie. Après l'alerte de la veille, elle avait remonté la pente. Un singulier bien-être l'avait envahie.

— Mon plat préféré ? Voyons… Ces plats cuisinés qui sont livrés à la clinique et que l'on avale rapidement entre deux consultations ?

— Quelle horreur ! Tu veux parler de ces morceaux de poisson ou de viande sans goût figés dans des sauces insipides ? Tu peux leur dire adieu. Tu n'auras que des mets de gourmet. Je sais maintenant pourquoi les traiteurs sont plus riches que les médecins suppléants…

Ils rirent en même temps. Sam se réjouissait à l'idée de travailler à plein temps avec elle. Il aurait ainsi l'occasion de la surveiller et il comptait tout mettre en œuvre pour l'empêcher de se surmener.

— À propos, ma douce, puisque nous allons nous associer, il faudra trouver un nouveau remplaçant.

Il prévoyait tout. Un sourire effleura les lèvres de Zoe, tandis que le souvenir de Dick Franklin jaillissait incongrûment dans sa mémoire. Il s'était contenté de lui témoigner sa sympathie, certes, avant de disparaître. Il ne lui manquerait pas. Elle se dit qu'elle avait une sacrée chance d'avoir Sam à ses côtés.

— J'ai commencé à me renseigner auprès de confrères, poursuivit-il d'une voix pragmatique. Voilà le résultat de mes investigations : un garçon que j'estime et qui, à mon avis, ferait l'affaire, ou une femme qui a débuté au service des malades du sida à l'hôpital général de San Francisco. Elle est jeune mais compétente. Je crois qu'elle te plaira.

— Jeune *et* jolie ?

— Oh oh, Zoe… roucoula-t-il, flatté malgré tout. J'ignorais que tu étais jalouse.

— Je ne suis pas jalouse. Seulement perspicace. Et prudente.

Hier encore, ils étaient de simples confrères et aujourd'hui elle se comportait comme une épouse possessive !

— Qu'à cela ne tienne. Je ferai passer le mot : on n'embauche que des suppléants de sexe masculin ou des laiderons… Zoe, ma chérie, je t'aime tant…

Sa voix, empreinte d'affection, fit monter des larmes d'émotion aux yeux de la jeune femme.

— Je t'aime aussi, Sam.

Ces tendres paroles les emplirent tous les deux d'une joie indicible.

— Ma chérie, je te laisse. La salle d'attente est bondée, il faut que j'y aille si on ne veut pas fermer boutique. Repose-toi. Je te rappellerai plus tard.

— Je crois que j'irai dîner avec les autres, ce soir. Je me sens vraiment mieux.

— Ménage tes forces. Nous irons au restaurant pour fêter ton retour. À bientôt, mon amour…

Elle crut que le rêve se mêlait à la réalité lorsqu'elle raccrocha. Un soupir gonfla sa poitrine… Elle avait envie de vivre comme jamais auparavant.

Le Dr Kroner, qui repassa dans l'après-midi, constata une nette amélioration. Pas de fièvre, aucun trouble intestinal, pas de ganglions, pas le moindre signe d'infection. Il la trouva encore un peu déshydratée et l'incita à boire davantage. Mais, à l'évidence, elle avait passé ce cap difficile. Il en serait ainsi dorénavant, tous deux le savaient. Les rémissions alterneraient avec les rechutes. Et après chaque rechute elle recouvrerait ses forces. Puis peu à peu, les moments de faiblesse deviendraient plus fréquents mais ne dureraient pas longtemps… Pas forcément. Cela dépendrait de la résistance de son organisme. Sa maladie progresserait selon son propre mécanisme. Elle était bien placée pour le savoir : certains de ses patients bénéficiaient de longues périodes de sursis, d'autres se dégradaient d'un seul coup, très vite.

— Avez-vous parlé à votre suppléant ? demanda le Dr Kroner après l'avoir examinée. Est-il d'accord pour vous remplacer la semaine prochaine ?

— Oui, répondit-elle en réprimant un rire qui aurait sans doute paru incongru au jeune médecin. Nous sommes convenus qu'il viendra travailler à la clinique à plein temps.

— Ah, voilà une bonne nouvelle, dit-il, surpris de la voir aussi radieuse, chose impensable pour quelqu'un d'aussi malade. Sans vouloir vous commander, docteur Phillips, tâchez de lui déléguer une partie de vos pouvoirs… si toutefois vous êtes d'accord…

Elle acquiesça sans pouvoir s'arrêter de sourire.

— En fait, il a les pleins pouvoirs, répondit-elle. Nous allons nous marier.

Elle eut un rire de jeune fiancée, tandis qu'un léger voile incarnat colorait son visage. Hier, elle était à l'article de la mort et aujourd'hui elle semblait touchée par la grâce. Toutes ses réticences vis-à-vis du mariage avaient fondu comme neige au soleil. Sam avait réussi à la convaincre. Elle croyait profondément à son amour et, en retour, elle le chérissait tendrement. Bientôt, ils seraient mari et femme, pour le meilleur et pour le pire… même si le pire était à craindre.

Le Dr Kroner la félicita avec chaleur. Elle lui dit qu'elle avait suivi son conseil et qu'elle avait mis au courant ses amies.

— Le premier choc passé, elles m'ont entourée d'attentions.

Elle se sentait soutenue moralement, ajouta-t-elle.

— Vous savez combien c'est important, lui rappela-t-il.

Zoe en convint. Il fallait cependant s'adresser aux bonnes personnes. Combien de ses patients ne s'étaient-ils pas retrouvés isolés au sein de leur propre famille, rejetés par leurs proches ? Souvent, en proie aux préjugés, les gens se détournaient avec horreur des sidéens, qu'ils considéraient comme des pestiférés. Mais de petits groupes de soutien s'étaient formés autour de la plupart de ses malades, et maintenant, elle avait le sien.

Ils se mirent à discuter de ses projets : la clinique, Sam, Jade. Le Dr Kroner lui répéta pour la énième fois de ne pas se surmener. Elle le lui promit et il répondit qu'il ne la croyait pas.

— Vous avez sans doute raison, admit-elle en riant.

Elle avait hâte de reprendre ses consultations. Pourtant, une semaine de plus dans le Wyoming la tentait. Une impression de sérénité absolue émanait des hautes montagnes… La voix de son interlocuteur la tira de ses méditations. Il voulait lui demander une faveur.

— Laquelle ? s'étonna-t-elle.

Le jeune homme prit un air solennel. Acceptait-elle de rendre visite à quelques-uns de ses patients ? Son avis lui serait infiniment précieux. Il s'occupait d'une demi-douzaine de malades et possédait dans sa bibliothèque tout ce qui existait, traitant de la recherche sur le sida, y compris les écrits de Zoe. Celle-ci inclina la tête en signe d'assentiment.

— Pas avant que vous ne soyez complètement remise de votre malaise, naturellement. Dans quelques jours, peut-être.

Il levait sur elle un regard plein d'espoir.

— Docteur Kroner, je vous rendrai ce service avec plaisir. Votre confiance m'honore… Comment avez-vous organisé vos soins à domicile ?

— Tant bien que mal, répondit-il modestement. Nous avons formé une équipe d'aides-soignants très efficace. Je passe chez chaque malade pratiquement tous les jours. Avec quelques amis, nous essayons d'ouvrir une sorte de restaurant du cœur pour les plus défavorisés, les plus solitaires aussi, comme les foyers d'accueil de San Francisco mais à une échelle plus réduite. Fort heureusement, nous n'avons pas beaucoup de cas… Je pense, toutefois, que nous accueillerons bientôt des gens qui fuient les zones urbaines pour se réfugier à la campagne, et qui auront besoin de soins. J'attends impatiemment votre jugement, docteur Phillips.

La conversation reprit sur les progrès accomplis par la recherche et, à la fin de l'après-midi, ils découvrirent qu'ils avaient discuté pendant plus de deux heures. La fatigue dessinait des cernes mauves sous les yeux de Zoe, mais son sourire resplendissait. Avant de prendre congé, le jeune médecin lui suggéra de faire une sieste. Elle avait l'intention d'aller avec les autres à la salle à manger où, après le repas, aurait lieu la fameuse leçon de danse qui serait certainement amusante à regarder.

— Je passerai vous voir à l'hôpital dans deux ou trois jours, à moins que vous ne préfériez que je vous accompagne pendant vos visites à domicile. À vous de voir, proposa Zoe.

Il hocha la tête, plein de gratitude. Ils étaient médecin et disciple maintenant, plus que docteur et patiente. Zoe lui serra la main et, lorsqu'il fut parti, elle s'allongea. Elle s'endormit d'un seul coup. Elle dormait toujours à poings fermés quand les autres revinrent de leur promenade à cheval. Elles avaient passé un charmant après-midi. Au corral, les couples s'étaient formés sans une ombre d'hésitation. Mary Stuart et Hartley, Tanya et Gordon… Gordon, qu'ils verraient plus tard dans la soirée. Une fois par semaine, à l'occasion de la leçon de danse, la propriétaire du ranch autorisait ses cow-boys à se mêler à son élégante clientèle.

Zoe se réveilla, fraîche et dispose. Sa bonne mine rasséréna ses amies. Au drame succéda la légèreté. Elles se mirent à bavarder en riant et en gloussant comme des gamines. Une fois de plus, elles crurent se retrouver à Berkeley.

— On retombe en enfance, dit Tanya. Vous croyez que c'est à cause de l'eau ?

Sa remarque provoqua un nouvel accès d'hilarité, après quoi elles firent l'éloge de leurs chevaliers servants. Tanya prétendit qu'elle n'avait jamais côtoyé quelqu'un d'aussi intéressant que Gordon. Mary Stuart voyait en Hartley l'homme idéal. À chaque instant ils se découvraient de nouveaux points communs. Ils étaient presque d'accord sur tout.

— Je me sens parfaitement à l'aise avec lui, dit-elle, songeuse.

Cette convergence absolue d'opinions, elle ne l'avait jamais connue avec Bill, pas même avant la mort de Todd. De temps à autre, des conflits éclataient entre les deux époux. Ils n'avaient pas la même conception de la vie. Mais ils parvenaient toujours à se réconcilier, en grande partie grâce à la douceur de Mary Stuart. Après le suicide de Todd, il n'avait plus été question de rien, plus de conflits et plus de réconciliations. Avec Hartley, tout semblait aller de soi. Ils partageaient les mêmes idées pratiquement sur tout. Ils formaient un couple uni, comme l'avaient été sur scène Fred Astaire et Ginger Rogers… alors que Bill jouait les grands absents depuis plus d'un an maintenant.

Elle se dirigeait rapidement vers la sortie, ce soir-là, toute de rouge vêtue – son rouge à lèvres assorti à sa tenue –, quand le téléphone sonna. Les autres étaient déjà parties mais elle s'était attardée à chercher ses bottes en cuir rouge vif au fond de sa penderie. La sonnerie s'égrenait, persistante. Elle fut tentée de ne pas répondre, puis se ravisa. C'était peut-être un coup de fil pour Zoe. Ou pour Tanya. Un message important. Elle pivota sur ses talons, son châle de cachemire rouge sur le bras, et décrocha.

— Allô ? fit-elle, le souffle court.

— Puis-je parler à Mme Walker, s'il vous plaît ?

Mais qui cela pouvait-il bien être ?

— C'est moi. Qui est à l'appareil ?

— Mary Stuart ? Je ne t'ai pas reconnue…

C'était Bill. Étaient-ils devenus étrangers à ce point ? Ce petit quiproquo en apportait la preuve… Ils ne s'étaient pas parlé au téléphone depuis des jours et des jours. Ils ne communiquaient plus que par fax.

— Moi non plus. Je m'apprêtais à sortir pour dîner.

— Désolé si je te dérange, dit-il sèchement.

Il était trois heures du matin à Londres. Il n'avait aucune raison de l'appeler à une heure aussi tardive. À moins que…

— Alyssa va bien ? demanda-t-elle, le cœur battant.

— Oui, pourquoi ? Je lui ai parlé hier au téléphone. Elle et ses amis venaient d'arriver à Vienne via Salzbourg… Ils s'amusent bien, je crois, ce qui signifie que nous ne la verrons pas de tout l'été.

— Si elle te rappelle, embrasse-la pour moi. Elle ne m'a pas appelée, probablement à cause du décalage horaire. Je ne suis pas inquiète, sachant qu'elle peut te joindre plus facilement. Mais il doit être tard à Londres. Que fais-tu debout à une heure pareille ?

Ils ressemblaient à deux associés échangeant des lieux communs sans aucune implication personnelle.

— Je travaille, quoi d'autre ? J'ai commis l'erreur de boire une tasse de café dans la soirée et me voilà, au milieu de la nuit, les yeux grands ouverts. Je me suis dit que j'allais t'appeler, puisque je souffre de décalage horaire.

« Notre mariage aussi », pensa-t-elle, mais elle répondit :

— Tu as bien fait.

Maintenant, sa propre voix lui paraissait méconnaissable. Trop froide. Vide. Et elle n'avait nulle envie de faire des efforts. Ni de lui témoigner une chaleur qu'elle n'éprouvait plus. Sa décision était prise. Elle souhaitait le divorce. Et pas à cause de Hartley Bowman. Bill en était le seul responsable.

— Es-tu contente de ton séjour ? Tu ne me dis pas grand-chose dans tes fax. Il me semble qu'on ne s'est pas parlé depuis plusieurs jours, ou est-ce que je me trompe ?

Il ne s'en souvenait pas. Mais ça n'avait plus d'importance.

— Toi non plus, tu ne me dis pas grand-chose.

— Parce qu'il n'y a rien à dire, voyons. Je travaille, point final. Je ne m'amuse pas. Je ne vais ni chez *Annabel's* ni au *Harry's Bar*. Je me prépare à affronter mes éminents adversaires britanniques. Ce sera un rude combat mais j'ai bon espoir de gagner.

— Tant mieux.

Elle s'aperçut qu'elle avait hâte de raccrocher. Une conversation aussi plate n'aurait jamais eu lieu avec Hartley, ne put-elle s'empêcher de constater. Les deux hommes étaient très différents et toute comparaison était en défaveur de Bill. Hartley ne lui aurait pas rendu la vie impossible pendant un an. Il ne l'aurait pas accablée de reproches muets.

— Et toi, comment vas-tu ?

Il insistait comme s'il avait perçu son malaise.

— Nous faisons du cheval tous les jours. La grandeur du paysage dépasse de loin les plus belles régions d'Europe.

— Et tes amies ? Vont-elles bien ?

Il s'efforçait de prolonger l'entretien.

— Oui, très bien… En fait, elles m'attendent pour dîner.

Elle ne souffla mot de la leçon de danse, pas plus que de la maladie de Zoe. Elle n'avait plus rien à partager avec Bill. C'était bel et bien terminé.

— En ce cas, je ne te retiens pas. Donne-leur mon bonjour.

Elle aurait voulu le remercier mais les mots se dérobaient. Ils ne s'étaient pas vus depuis des semaines. Un silence lourd s'installa entre les deux correspondants.

— Stu ? Tu me manques.

Elle marqua une pause interminable, incapable de répondre. Pourquoi lui manquerait-elle après l'enfer qu'ils avaient vécu ? Qu'est-ce qui lui avait dicté cette phrase inattendue ? La culpabilité ? Les regrets ? De toute façon, c'était trop tard. Elle avait trop souffert de son attitude, de son éloignement, de son indifférence. Vu l'heure tardive, elle se demanda s'il avait bu. Ça ne lui ressemblait pas, mais savait-on jamais ? Quoi qu'il en soit, elle n'y croyait plus.

— Ne te fatigue pas trop, fut tout ce qu'elle put répliquer.

Un mois, six mois, un an plus tôt, elle se serait accusée de cruauté mentale. Plus maintenant. Elle ne ressentit aucune émotion lorsqu'elle raccrocha pour se précipiter vers le bâtiment principal où les autres l'attendaient.

La leçon de danse s'avéra plus amusante que prévu. Ce genre de festivité attirait du monde, la salle était pleine. Zoe, trop fatiguée encore pour danser, avait pris place sur un canapé d'où elle pouvait suivre les couples de danseurs. Drapée dans un châle bleu clair par-dessus sa robe jaune chamois, de jolies boucles turquoise aux oreilles, elle rayonnait d'une sorte de joie intérieure. Tanya, plus resplendissante que jamais, avait revêtu une longue robe victorienne de dentelle blanche qui lui donnait une allure à la fois candide et sexy. Enfin, Gordon apparut, coiffé d'un Stetson noir et chaussé de bottes noires, habillé d'une chemise à carreaux et d'un jean moulant... « beau comme un cow-boy de cinéma », lui susurra Tanya. Charlotte Collins pria l'arrivant de commencer la démonstration et Tanya crut comprendre qu'il avait déjà gagné une pléiade de prix.

— Et pas seulement en montant des chevaux sauvages et des taureaux, plaisanta la propriétaire de l'hôtel.

C'était une vieille dame charmante et pleine d'esprit. Elle se tourna pour envelopper Zoe d'un regard maternel. Elle avait repris des couleurs, nota-t-elle non sans satisfaction, à en juger par l'expression animée de son petit visage, tandis qu'elle discutait avec John Kroner. Charlotte Collins avait pris le jeune médecin en sympathie et l'invitait souvent ; ce soir, il s'était empressé de venir, heureux de pouvoir s'entretenir une fois de plus avec celle qu'il admirait tant.

Charlotte frappa dans ses mains pour obtenir le silence.

— Qui d'entre vous a déjà dansé le two-steps ?

Son regard pétillant passa en revue ses invités dont la plupart levèrent les mains en un geste d'impuissance… pour s'arrêter sur Tanya, qui éclata de rire.

— Oui, d'accord, mais il y a longtemps. Je devais avoir quatorze ans…

— Mais oui, bien sûr, exulta Charlotte et son sourire fit apparaître un réseau de ridules autour de ses yeux lavande. Mes amis, nous avons une fille du Texas parmi nous.

Des applaudissements crépitèrent de toutes parts. Les clients de l'hôtel se pressaient joyeusement autour de la partie de la salle que les employés avaient dégagée pour en faire une piste de danse. Puisqu'ils n'auraient pas la chance d'entendre Tanya Thomas chanter, au moins ils la verraient danser.

— Oh, Seigneur, je vais me rendre ridicule, soupira-t-elle, quand Gordon, sur un signe de sa patronne, s'approcha et s'inclina devant elle.

Tant pis, la tentation était trop forte. L'attirance qu'il exerçait sur elle l'aida à surmonter ses réticences. Elle glissa sa main dans celle de son cavalier et se laissa conduire au milieu de la piste. Charlotte Collins fournit une brève explication sur le two-steps, après quoi la musique emplit l'espace. Gordon fit exécuter à sa partenaire les premières figures, d'abord lentement, puis plus rapidement à mesure que le rythme s'accélérait.

Leurs pas martelaient le parquet tandis qu'ils allaient en avant, puis en arrière, dans une parfaite synchronisation. Les spectateurs, enchantés, frappaient en cadence dans leurs mains. « On dirait des professionnels », murmura quelqu'un au moment où Gordon fit tournoyer Tanya dans un nuage de musique ; puis, alors que les dernières notes expiraient, elle décrivit un cercle éblouissant autour de son partenaire, qui la prit dans ses bras pour exécuter le final.

— Menteuse ! murmura-t-il à son oreille pendant les saluts. À qui veux-tu faire croire que tu n'as pas dansé le two-steps depuis des lustres ?

— C'est la vérité, pourtant.

D'autres couples avaient envahi la piste. La musique reprit et tout le monde se mit à sautiller. Il y eut des orteils écrasés, et plusieurs danseurs trébuchèrent. Mais la bonne humeur régnait, les jupes des femmes tourbillonnaient, cris et rires fusaient. Tanya et Gordon dansèrent ensemble encore quatre morceaux mais personne ne parut prêter attention à leur connivence.

— Je me suis amusé comme un fou ! dit-il, les yeux rieurs, à la fin de la quatrième chanson.

— Moi aussi. Tu es un danseur hors pair, Gordon.

— Merci, m'dame.

Il s'inclina et Tanya rit. Charlotte Collins s'était approchée, tout sourire.

— Vous devriez participer au concours de l'État, déclara-t-elle. Vous l'auriez gagné haut la main.

— Je crains d'être un peu rouillée, répondit modestement Tanya.

Elle avait déjà gagné plusieurs concours de danse au Texas, avec Bobby Joe.

— Tout va bien ? demanda Charlotte. (Elle avait été très inquiète pour Zoe mais John Kroner l'avait rassurée.) À ce que je vois, Mme Phillips se porte beaucoup mieux ce soir.

— Oui, elle se sent en pleine forme, dit Tanya.

Elle avait exagéré délibérément cette amélioration. Il suffisait d'observer Zoe de plus près pour être frappé par sa pâleur, sa fragilité, sa trop grande minceur. Mais son air animé, lorsqu'elle parlait, son sourire lumineux, son regard intense donnaient l'illusion d'une vraie convalescence.

— Je vous verrai demain au rodéo, reprit Charlotte. (Tanya et ses amis s'étaient procuré des billets à la réception.) Chanterez-vous encore ? Depuis mercredi, vous êtes devenue le point de mire de toute la ville.

Du coin de l'œil, Tanya vit Gordon froncer les sourcils. Elle rejeta en arrière sa chevelure opulente, avec un sourire incertain.

— Eh bien… ma foi… si on me le demande… tout dépendra de la foule…

Autrement dit, si ses admirateurs n'étaient pas ivres morts, ni plus agressifs que ceux de mercredi passé.

— Mais ils vous le demanderont. Pensez, vous êtes le sujet de conversation numéro un de Jackson Hole. Vous leur avez offert le plus beau spectacle de ces vingt dernières années. C'était très gentil à vous d'accepter de chanter pour eux.

La vieille dame s'éloigna vers d'autres invités.

— Je n'aime pas ça ! chuchota Gordon. Les gens deviennent fous dès que tu apparais. Si tu étais sur une scène, protégée par un service de sécurité, je ne dis pas… Mais comme ça, exposée à tous les dangers, en plein air…

— Je ne serai jamais en sécurité, avec ou sans gardes du corps, malheureusement.

Un souvenir jaillit. Un concert aux Philippines durant lequel elle avait été obligée de porter un gilet pare-balles et avait failli interrompre sa prestation pour aller vomir.

— C'est pourquoi, l'autre soir, j'ai préféré me montrer à cheval. Afin de ne pas me transformer en cible immobile.

— Je n'aime pas que tu prennes des risques.

— Et moi, je n'aime pas que tu montes des chevaux sauvages.

Ce disant, elle le regarda dans le fond des yeux. À son étonnement, il opina de la tête.

— Si on vit ensemble, je renoncerai aux rodéos.

— Attention, je te prendrai au mot. (À son tour, elle voulut être honnête avec lui.) Sauf que moi, je ne pourrai pas renoncer à chanter, Gordon. C'est mon métier.

— Je n'exige pas que tu abandonnes ton métier. Mais j'ai peur quand tes fans commencent à s'exciter. Ne t'expose pas, Tanny. Ils ne te méritent pas.

— Je sais. Ce qui m'a plu ici, c'était le côté improvisé du spectacle. Pas d'agent artistique, pas de discussions à n'en plus finir, pas de contrat. Rien que le plaisir de chanter…

— Alors, chante pour moi, sourit-il.

— J'aimerais bien. (Une vieille rengaine texane qui avait bercé toute son enfance se mit à lui trotter dans la tête.) Un jour, je chanterai rien que pour toi.

— Moi aussi, je pourrais te prendre au mot.

Ils se sourirent, enchaînés par leurs promesses. Avant de se quitter, il murmura un « à ce soir, je viendrai taper sur la vitre de ta fenêtre », puis Tanya, Mary Stuart et Zoe prirent le chemin du chalet. Hartley les accompagnait. Tanya et Zoe s'éclipsèrent à l'intérieur, comme toujours. Assise sous le porche, tout près de Hartley, Mary Stuart lui raconta l'appel de son mari.

— Ah… fit l'écrivain, songeur. Il commence à se rendre compte qu'il est en train de vous perdre. Comment réagirez-vous s'il vous propose de repartir de zéro ?

— Bill ? Pour quelle raison ? Il me rend responsable de la mort de notre fils… Mais admettons ! Je viens de réaliser, en lui parlant ce soir, que je n'avais plus envie de reprendre la vie commune. Cette fois-ci, c'est clair. On ne peut pas défaire ce qui s'est passé cette année… Ni ramener Todd à la vie… Je ne lui pardonnerai jamais son attitude. Aussi mesquin que cela puisse paraître, je voudrais le voir souffrir, lui aussi. Il a détruit notre mariage et…

— Et s'il ne l'a pas complètement détruit ? coupa Hartley. S'il tombait à vos genoux, disant qu'il a eu tort et vous déclarant sa flamme ? Que feriez-vous ?

Il voulait qu'elle réfléchisse avant de commettre une erreur. Leur attirance réciproque ne devait pas influer sur la décision de Mary Stuart.

— Je ne sais pas, Hartley. Je n'en suis pas sûre. Ou plutôt, si ! Pour moi, c'est terminé, du moins je le pense. Je sais que tant que je ne serai pas en face de Bill, je n'en aurai pas la preuve tangible, et cependant…

— Pourquoi attendre jusqu'à septembre ? l'interrompit-il de nouveau. Pourquoi ne pas vous en assurer plus tôt ?

Elle s'était posé la même question. Elle avait eu besoin de temps pour prendre sa décision, et maintenant qu'elle l'avait prise, elle avait hâte de vérifier qu'elle faisait un bon choix. Elle avoua qu'elle songeait à faire un aller-retour à Londres à seule fin d'avoir une explication définitive avec son époux.

Hartley approuva doucement de la tête.

— Bonne idée, si vous vous sentez prête à l'affronter. Je ne voudrais exercer aucune pression sur vous.

Leur rencontre datait de cinq jours. Une rencontre importante, tous deux en avaient conscience. Mais cet amour naissant survivrait-il à la fin des vacances ? Était-ce une réalité ou avaient-ils succombé tous les deux au sortilège d'un engouement passager ? Au doux mirage d'une passion fugace ? Seul le temps le dirait. Avant tout, il fallait dénouer les liens du passé... En attendant, elle n'avait rien à se reprocher. Elle n'avait pas sacrifié son honneur au désir ardent qui les dévorait tous les deux, et Hartley n'avait pas insisté.

— Je rentre avec Tanya à Los Angeles. Je comptais rester avec elle une semaine, mais tant pis. De toute façon, elle sera très occupée... Je resterai deux, trois jours, puis je m'envolerai pour Londres. (Mary Stuart formulait à voix haute ses pensées.) Je suis venue ici pour réfléchir. Au fond, je connaissais déjà la réponse. En arrivant ici, j'ai su que c'était la bonne.

La solution lui était apparue juste avant de quitter son appartement à New York. En refermant la porte, elle avait dit adieu à son passé. Elle se tourna vers Hardey, en quête d'un soutien moral. Il lui sourit et lui prit la main.

— Souvent les réponses se cachent dans ces montagnes. La vallée m'a énormément manqué après le décès de Margaret. Le plus étonnant serait que je refasse ma vie ici, justement. Que je sois revenu en ce lieu uniquement pour vous rencontrer.

Il lui jeta un regard triste avant de poursuivre :

— Mais même si j'étais venu pour rien, même si vous retournez auprès de votre mari, sachez que vous m'avez rendu heureux. Vous m'avez appris qu'on n'est jamais complètement seul, qu'on a encore de l'amour à donner. Vous êtes comme un don du destin, une bonne surprise, l'image même de ce que devrait être le bonheur.

Il représentait la même chose pour elle. La preuve vivante que l'amour existait. Comme la possibilité d'apprivoiser le bonheur. Elle n'allait pas renoncer maintenant à tous ces trésors. Hartley aurait pu tirer avantage de ce moment de confusion et de faiblesse. Il n'avait pas voulu. Il souhaitait qu'elle vienne librement vers lui, libre de toute entrave.

— Le revoir ne changera rien, dit-elle doucement en portant la main de Hartley à ses lèvres.

En quelques jours, ils avaient développé une connivence de vieux couple. Ils se disaient tout sans peur d'être jugés. Pourtant la situation n'en demeurait pas moins compliquée. Mary Stuart était toujours une femme mariée… dont l'époux ignorait encore les résolutions. Elle devait l'informer et s'assurer de ses sentiments vis-à-vis de lui.

— Ce soir, quand il m'a appelée, j'ai eu la sensation de parler à un étranger. Au début, je n'ai pas reconnu sa voix, ni lui la mienne. Je ne sais pas pourquoi il m'a téléphoné. Nous n'avions plus rien à nous dire. C'est triste, quand on s'est tant aimés… Je n'aurais jamais cru que ça nous arriverait.

— Vous avez essuyé un violent orage, répondit-il avec compassion. Peu de couples survivent au décès d'un enfant. Les statistiques sont effrayantes : 97 % des parents qui ont perdu un enfant demandent le divorce. Il faut une grande force pour surmonter un deuil aussi cruel.

— Une force que nous n'avions pas.

— J'adore votre compagnie, Mary Stuart, sourit-il, changeant soudain de sujet de conversation.

Oh, la retrouver à New York, l'emmener en Europe, partager tout avec elle, sa vie, sa carrière, ses amis ! À cet égard, le voyage de Mary Stuart à Londres avait pour lui l'aspect d'un obstacle qu'en son for intérieur Hartley redoutait. Alyssa représentait l'obstacle suivant. Elle lui en voudrait, très certainement, et le rendrait responsable du divorce de ses parents. Pis encore, elle risquait de le haïr. Il avait évoqué ce sujet avec Mary Stuart plus tôt dans l'après-midi. Elle avait admis qu'il faudrait également affronter sa fille. Elle lui expliquerait, avait-elle promis. Elle avait, elle aussi, droit au bonheur. Un bonheur que Bill ne lui offrait plus, parce qu'il ne l'aimait plus. Non, elle ne sacrifierait pas son amour sur l'autel d'une loyauté dont elle ne voyait plus le sens.

Elle voulait vivre avec Hartley.

La discussion reprit. Une fois de plus, ils examinèrent ensemble chaque étape de leur projet. Mary Stuart irait à Londres, la semaine qui suivrait leur départ du Wyoming. Elle n'y resterait pas plus de quelques jours, peut-être moins si Bill refusait de l'écouter. Sans doute s'enfermerait-il dans sa coquille en lui opposant la même indifférence glaciale, le même silence. Le face-à-face avec Alyssa pourrait attendre jusqu'en septembre, à moins que Bill ne veuille la prévenir tout de suite. Elle comptait laisser l'appartement à son mari, libre à lui de le vendre ou de l'habiter. En ce qui la concernait, elle n'avait plus l'intention d'y vivre. Son chagrin rejaillissait, intact, chaque fois qu'elle passait devant la chambre de Todd. La chambre vide. Elle crut revoir la bannière de Princeton, les trophées, l'ours en peluche, son lit qu'elle avait descendu à la cave. Il était grand temps qu'elle déménage elle aussi ses affaires, qu'elle commence une nouvelle vie. Avec Hartley, puisque le destin l'avait envoyé sur son chemin.

— … à Fisher's Island, disait-il d'une voix animée, quand vous reviendrez d'Angleterre. Je possède là-bas une bicoque un peu biscornue, qui ne manque pas de charme. Je n'y suis pas retourné depuis la mort de Margaret, mais j'aimerais bien vous la montrer.

Elle l'enveloppa d'un regard plein de gratitude. Il avait ses fantômes, lui aussi. Lui aussi se battait contre les ombres.

— Oui, pourquoi pas ? Je ne savais pas où aller cet été, après le départ de Bill. Je comptais rendre visite à des amis à East Hampton au mois d'août.

— En ce cas, venez chez moi, dit-il en lui effleurant le cou d'un baiser.

Se réveiller auprès d'elle, lui faire l'amour matin, midi et soir, pendant que l'océan déroulait ses vagues écumantes sur la grève, parler avec elle des heures durant, lui faire découvrir ses auteurs favoris. Elle était une lectrice passionnée et ils adoraient tous deux les mêmes livres. Ils se promèneraient, main dans la main, le long de la plage, au milieu des embruns, et il lui confierait tous ses secrets. Ils avaient déjà évoqué longuement leurs rêves les plus intimes, lorsqu'ils parcouraient à cheval les collines et les vallées fleuries du Wyoming.

La nuit était avancée lorsqu'il se résolut à prendre congé. Il se détacha de ses bras à contrecœur, l'esprit hanté par leurs projets : Londres, Fisher's Island… Londres constituant, bien sûr, l'étape la plus importante. Avant de la quitter, il osa poser la question qui lui brûlait les lèvres.

— Et s'il vous séduisait de nouveau ?

— Il ne le fera pas, dit-elle en se hissant sur la pointe des pieds pour l'embrasser.

— Il serait idiot de ne pas essayer, murmura-t-il en lui rendant son baiser avec ardeur. (Car si c'était le cas, il aurait du mal à poursuivre son chemin sans elle.) Nous devrions peut-être convenir d'un signal, de manière que je sache si j'ai gagné… ou perdu la partie.

— Ne vous inquiétez pas. C'est vous que j'aime.

Ces mots semblaient jaillir du fond de son âme. Hartley l'attira dans ses bras. Il la voulait comme un damné. Elle posa la tête sur son épaule, sûre d'avoir fait le bon choix, sans l'ombre d'un remords. Ce serait très différent d'avec Bill, pensa-t-elle, les yeux levés vers les étoiles. Mais sa vie avec Bill se terminait là, et elle commencerait bientôt une nouvelle vie. Avec Hartley.

18

Sur la route du rodéo, la bonne humeur générale avait repris le dessus. Cette fois-ci, Zoe leur avait faussé compagnie, préférant passer la soirée à dévorer le dernier roman de Hartley, dédicacé par l'auteur.

Dans le bus conduit par le discret Tom, Tanya se moquait gentiment de ses amis. Hartley avait acheté en ville, l'après-midi, un chapeau de cow-boy et en avait offert un identique à Mary Stuart. À entendre Tanya, ils faisaient penser à un couple de riches fermiers texans… un beau couple, acheva-t-elle mentalement. Oui, un couple uni, d'autant que, par une heureuse coïncidence, ils portaient tous deux du bleu marine. Tanya avait lu quelque part, peut-être dans l'un des ouvrages de Hartley, que les amoureux se mettaient au diapason en choisissant inconsciemment des vêtements de la même couleur, parfois exactement de la même nuance.

— Ce que vous êtes mignons ! exulta la chanteuse, confortablement installée dans le canapé, les jambes croisées.

Elle brûlait d'impatience de revoir Gordon. Et comme lui, elle s'inquiétait de sa sécurité.

— Vous auriez dû engager des gardes du corps, dit Hartley, formulant à haute voix ce que Mary Stuart pensait tout bas.

— Nous ne sommes pas à Los Angeles, le contredit Tanya, affichant une insouciance qu'elle n'éprouvait pas. Tout au plus me demandera-t-on des autographes. Mais imaginez, Hardey, arriver dans une fête locale entourée de gardes du corps… ça ferait tellement snob.

— Peut-être mais ce serait plus intelligent. Enfin, soyez prudente.

Tanya lui sourit. Elle le trouvait de plus en plus sympathique. Elle n'avait jamais porté Bill dans son cœur. Il se montrait trop dur, trop exigeant avec Mary Stuart. Il considérait que tout lui était dû. Un intérieur parfait, une épouse parfaite, des enfants parfaits. Leur existence s'était toujours déroulée selon son bon plaisir. Souvent, Tanya s'était demandé s'il appréciait Mary Stuart à sa juste valeur. Combien de fois avait-il songé à la remercier ? Probablement jamais… Ses fax, agaçants au plus haut point, reflétaient son caractère. Des messages froids, impersonnels, presque indifférents. Ah, il allait tomber des nues, quand son épouse soumise lui signifierait la fin de leur union ! Tanya regarda son amie, qui semblait merveilleusement détendue auprès de Hartley. Nul doute, ils étaient faits l'un pour l'autre. La preuve en était qu'ils avaient un vague air de famille, à ceci près qu'il était son aîné de dix ans et qu'il avait des cheveux grisonnants.

— … rester près de nous au lieu d'aller te promener Dieu sait où, l'avertissait Mary Stuart, comme si elle s'adressait à Alyssa, et le sourire de Tanya s'élargit.

— Oui, maman !

Son excitation atteignit son comble lorsqu'ils arrivèrent à destination. Le mobile-home pénétra dans l'aire de stationnement et Tom dut manœuvrer pour éviter une ribambelle de gosses juchés sur des poneys.

Mais cette fois-ci, la star était attendue. Un groupe de fans l'accueillit par des cris enthousiastes et les organisateurs du rodéo l'accostèrent aussitôt. Ils la supplièrent de chanter de nouveau l'hymne, tandis qu'elle signait des autographes, sous le regard inquiet de ses compagnons. À la fin, elle céda à leur insistance. Elle avait horreur de refuser une quelconque faveur à son cher public. Elle réclama le même cheval, le palomino sur lequel elle avait fait son apparition au rodéo précédent. Il lui fut naturellement accordé. L'un des organisateurs lui demanda de chanter un deuxième chant. Ils l'acculaient au mur. Elle choisit *God Bless America*, une chanson selon elle parfaitement appropriée à la circonstance.

— Pourquoi pas une de vos chansons à vous, miss Thomas ? suggéra le shérif d'un ton plein d'espoir.

Elle refusa catégoriquement. Elle ne se risquerait pas à massacrer un de ses tubes avec un orchestre d'amateurs, sans aucune répétition. De telles improvisations s'avéraient la plupart du temps décevantes. Non, ce serait *God Bless America* ou rien, déclara-t-elle. Ils n'eurent plus qu'à s'incliner. Accompagnée de Mary Stuart et de Hardey, Tanya longea les gradins qu'une cohue bigarrée envahissait peu à peu. En passant devant l'enclos, elle jeta un coup d'œil circulaire à la recherche de Gordon mais ne le vit nulle part. Tandis qu'ils traversaient l'arène, les gens se retournaient pour la dévisager. Quelques sifflements admiratifs saluèrent son passage. Elle incarnait la beauté et la sensualité triomphante en blue-jean et chemise rouge vif, à laquelle elle avait assorti des bottes rouges empruntées à Mary Stuart. Elles avaient la même pointure, ce qui, à l'université, leur avait souvent permis d'effectuer des échanges. Les cheveux au vent, un bandana vermillon autour du cou, Tanya faisait tourner la tête aux hommes, au propre comme au figuré, mais, à part une bande d'adolescents, personne n'osa l'approcher. Car il suffisait de la regarder, même si on ne l'avait jamais vue, pour comprendre qu'il s'agissait d'une star. Elle en avait l'allure.

— Quel phénomène ! murmura Hartley.

Ayant une fois de plus endossé, par la force des choses, le rôle de garde du corps, il ne la perdait pas de vue, tandis qu'elle fendait la foule d'un pas à la fois tranquille et gracieux, comme quelqu'un d'ordinaire, car Tanya Thomas ne tirait aucune fierté de sa célébrité.

— Je me fais du souci pour sa sécurité. La mentalité des fans des rock stars est si particulière, reprit-il d'une voix anxieuse. Le pire qui me soit arrivé fut de signer mes ouvrages au Salon du Livre. Franchement, je ne voudrais pas être à sa place.

— Moi non plus, admit Mary Stuart, les yeux rivés sur son amie.

Elle se dirigeait vers l'endroit où elle devait récupérer son cheval, à l'autre bout de l'arène, et avait dépassé un groupe de cavaliers qui s'exerçaient.

— Croyez-vous que c'est sérieux, entre elle et ce cow-boy ?

La question de Hartley décontenança Mary Stuart. Elle le regarda, en se demandant s'il avait remarqué quelque chose qui lui aurait échappé.

— Je n'en sais rien. Pourquoi ?

— Ils forment un drôle de couple. Elle est la sophistication personnifiée. Ils ne sont pas du même monde. Sa vie comporte des obstacles qu'aucun homme ne parviendrait à supporter, à moins de posséder une force de caractère exceptionnelle.

— C'est vrai. (Or Gordon lui rappelait Bobby Joe, en plus âgé, en plus averti aussi, et ce trait n'avait pas échappé à Tanya.) Mais il ressemble au premier mari de Tanya… Vous savez, elle est moins sophistiquée qu'elle n'en a l'air. Au fond, c'est une grande fille toute simple. Qui sait ? Pourquoi cela ne marcherait-il pas entre eux, après tout ?

Mary Stuart l'espérait du fond du cœur. Pourvu qu'il la rende heureuse… Au moment même où elle pensait à lui, Gordon se hissa par-dessus le toril. Assis sur la barrière, il suivait du regard Tanya, qui avait enfourché le palomino, aidée par le shérif. Il avait peine à croire en sa chance. Ce genre de rencontre n'avait lieu que dans les romans. Mais la vie n'était pas un roman. Des vedettes de l'envergure de Tanya Thomas ne se promenaient pas à cheval, avec un simple cow-boy, dans la lumière ambrée du crépuscule. Et quand bien même elles le faisaient, ça ne pouvait être qu'un jeu, un flirt de vacances. Bientôt, le doute céda la place à la certitude. Elle était spontanée et sincère. Et il croyait tout ce qu'elle lui avait dit. Ils avaient longuement parlé, en échangeant des baisers devant le chalet, jusqu'à trois heures du matin. Et maintenant, tandis qu'elle effectuait un tour de piste sur le palomino, le brouhaha des voix diminua sur les gradins. Quelques cris stridents percèrent dans la foule, des fans se mirent à scander son nom, mais lorsqu'elle conduisit sa monture au milieu de l'arène, le silence se fit. Elle avait un pouvoir de séduction et un charisme extraordinaires.

Elle chanta l'hymne, comme elle l'avait promis, puis attaqua *God Bless America,* arrachant des larmes d'émotion aux spectateurs. Sa voix, mélodieuse et ardente, s'élançait vers le ciel embrasé pour ruisseler ensuite comme une pluie d'or dans la vallée noyée d'ombre. Captivée, l'audience observait un silence recueilli. Lorsque l'ultime note s'envola comme une colombe, Gordon s'aperçut qu'il pleurait. Mais la belle amazone ne laissa pas à la foule le temps de réagir. En enfonçant ses éperons dans les flancs soyeux du palomino, elle se lança au galop hors de l'arène, en poussant un « hourrah » bien texan, qui mit ses admirateurs au bord du délire. Des grappes de fans suspendues aux barrières menaçaient de tout envahir mais Tanya avait déjà franchi l'enclos. Elle sauta à terre, donna un baiser au shérif, qui se répandait en remerciements, avant de disparaître dans le labyrinthe des boxes. Tout en avançant, elle retira sa chemise rouge dont elle attacha les manches autour de sa taille. En dessous, elle portait un tee-shirt blanc. Ses mains tressèrent habilement ses cheveux en une longue natte avec, au bout, un élastique. En débouchant dans la rangée des stalles, elle était méconnaissable et, en l'apercevant, Gordon eut un sursaut de surprise.

— Quelle rapidité ! la félicita-t-il, mourant d'envie de l'embrasser mais n'osant esquisser le moindre geste.

— Excellente idée, n'est-ce pas ?

Elle lui prit son chapeau et le posa sur sa tête, parachevant son déguisement.

— Bravo. Au fait, c'était grandiose.

Il faisait allusion à son chant.

— J'ai toujours pensé que *God Bless America* devrait devenir notre hymne national à la place du *Star Spangled Banner*.

— J'adore tout ce que tu chantes, Tanny. Tu interpréterais des comptines pour la maternelle, que tu réussirais à m'arracher des larmes.

— Merci. On a beau dire, les compliments remontent le moral.

Elle s'appuyait sur la barrière, coiffée du chapeau de Gordon, comme une vraie cow-girl, et ils se passaient une canette de bière fraîche.

— Tanny, tu me rends fou ! murmura-t-il d'une voix presque inaudible.

— C'est réciproque, sourit-elle.

Les épreuves avaient commencé, l'attention des spectateurs s'était reportée sur l'arène. C'était le moment de regagner sa place, sinon ses amis s'inquiéteraient. Elle se tourna vers Gordon et leurs yeux s'accrochèrent longuement.

— Bonne chance. Dis à ton cheval de bien se tenir, sinon il aura affaire à moi.

— À vos ordres, madame.

Elle lui remit le chapeau sur la tête et il se retint pour ne pas l'embrasser. Mais il aurait suffi qu'un photographe soit à proximité pour que le lendemain leur photo s'étale dans tous les journaux. Il ignorait si Charlotte Collins assistait au spectacle. En outre, les autres concurrents les observaient. Ils répandraient le bruit s'ils les voyaient s'embrasser.

— J'essaierai de repasser, murmura-t-elle avant de s'en aller. Sinon, à ce soir.

Toutes les nuits, ils se retrouvaient devant le chalet. Ils discutaient des heures durant au clair de lune. Le lendemain, ils avaient rendez-vous. Elle l'attendrait dans le mobile-home où il irait la chercher en camionnette et ils passeraient la journée ensemble.

Tanya regagna sa place dans les gradins où Mary Smart et Hardey étaient déjà installés. Ils l'avaient cherchée en vain du regard dès l'instant où elle avait quitté l'arène. À présent, ils comprirent pourquoi ils ne l'avaient pas repérée. Elle avait ôté sa chemise et tiré ses cheveux en arrière.

— Excellente idée, la félicita son amie avant de lui demander où elle était passée.

— À l'écurie, avec les chevaux sauvages, répondit-elle en exagérant son accent texan.

Mary Stuart pouffa.

— Oh, Tan, tu es si drôle quand tu t'y mets.

— Mais à force de vivre dans les grandes villes, je suis devenue sinistre.

Malgré son changement de toilette, les gens alentour commençaient à s'agiter en la montrant du doigt. Mary Stuart lui passa son chapeau bleu nuit tout neuf. Tanya rabattit le bord sur son visage et garda les yeux baissés.

Elle suivit avec intérêt les concours. Quand vint le tour de Gordon, elle se raidit. Ce soir, il montait à cru, ce qui rendait l'épreuve encore plus dangereuse. Tanya retint son souffle. Le cheval se démenait comme un beau diable pour jeter à terre son cavalier. Gordon se balançait sur le dos de sa monture mais il tenait bon. On avait l'impression que, d'un instant à l'autre, il allait s'écraser lourdement au sol, sous les sabots de l'animal enragé. Les secondes se muaient en minutes avec une lenteur exaspérante. Soudain, décollant littéralement de terre, le cheval effectua un bond terrible, cognant son cavalier contre la porte du toril. Gordon perdit l'équilibre et l'animal écumant le traîna sur plusieurs mètres, le laissant inerte dans la poussière. Les palefreniers volèrent à son secours et l'aidèrent à se relever. Il se redressa, plié en deux sur son bras meurtri, mais, alors qu'on le conduisait vers la sortie, il se retourna et agita son bras valide. Tanya refréna son irrésistible envie de le rejoindre. Il réapparut peu après, son bras blessé en écharpe pendant que la voix de l'annonceur le félicitait pour sa performance en lui décernant le second prix sous une avalanche d'applaudissements. Tanya pencha le buste en avant.

— Dites, Hartley, à votre avis, il est blessé ?

— Je ne crois pas que ce soit très grave, sinon ils l'auraient évacué sur une civière ou installé dans une ambulance.

Rien de moins sûr. Ces gars-là semblaient insensibles à la douleur. La plupart des concurrents quittaient l'arène dans un triste état. Ils boitaient, se traînaient lamentablement, sortaient à cloche-pied, mais ils recommençaient trois jours plus tard. L'annonceur félicita l'un des cow-boys, revenu dans l'arène après une mauvaise chute, et celui-ci salua la foule avec une fierté que Tanya trouva déplacée. Mais personne ne pouvait comprendre ces hommes endurcis, pas plus que leur code de l'honneur. À cinq ans, les gosses descendaient dans l'arène entre deux épreuves pour attraper des billets de loterie attachés à la queue des bœufs et des veaux, au péril de leur vie. Voyant les enfants courir après les bœufs, qui soulevaient des nuages de poussière, Mary Stuart s'était caché la figure dans les mains. Cette passion du danger, elle la comprenait encore moins que Tanya. Mais le rodéo faisait partie de la vie des habitants du Wyoming au même titre que les corridas ou les courses de taureaux en Espagne.

— Oh, Seigneur ! Ce jeu pour mâles me porte sur les nerfs, murmura Tanya.

Un jeune cavalier monté sur un taureau venait d'échapper de justesse à une mort certaine quand sa monture furieuse l'avait catapulté à terre avant de le piétiner sauvagement. Il se relevait, un peu voûté tout de même, en se tenant les reins, sous les ovations.

— Quel métier ! Il est pire que le mien, soupira Tanya, déclenchant l'hilarité de ses compagnons.

Peu après, elle se dirigea vers l'enclos des chevaux sauvages. Elle avait rendu son chapeau à Mary Stuart, de crainte de se le faire voler. Cela arrivait, parfois. Des fans lui dérobaient un morceau de vêtement ou un accessoire en guise de souvenir. Elle prenait ces démonstrations affectueuses pour des atteintes à sa liberté… Elle sourit en apercevant Gordon.

— Comment te sens-tu ? Et ton bras ?

Il avait posé une poche de glace sur sa main enflée et affirmait qu'il ne sentait rien.

— Menteur ! Si je te serre la main, je récolterai probablement une gifle.

— Sûrement pas. Peut-être une petite larme.

— Bon sang, Gordon, vous êtes tous cinglés. Et le gars qui a été piétiné par le taureau, comment va-t-il ?

— Il va bien. Il a refusé d'aller à l'hôpital. Il aura du sang dans les urines pendant une semaine mais il a l'habitude.

— Gare à toi, si tu continues à exposer ta vie de cette manière ! dit-elle d'un ton farouche. Oh, Gordon, je suis à bout de nerfs à cause de toi.

— Moi aussi, murmura-t-il en s'approchant et elle sentit le parfum de son after-shave se mêler à l'odeur des chevaux.

On les observait. Il pivota sur ses talons, de manière à dissimuler Tanya à la vue de l'entourage. Ce soir, comme tous les samedis, les gradins étaient bondés et beaucoup de spectateurs avaient forcé sur la bouteille.

— Tan, écoute-moi. Sois prudente quand tu repartiras, d'accord ?

— Oui, chef.

Elle plaisantait. Pas une ombre d'inquiétude n'altérait l'harmonie de ses traits. Parfois, elle jouait à la femme invisible, c'est-à-dire qu'elle ne regardait pas ceux qu'elle croisait et ce stratagème marchait à merveille. Les gens étaient venus pour voir les compétitions, pas pour elle. D'ailleurs, elle doutait qu'ils la reconnaissent. Gordon insista :

— Ils savent que tu es là. Dis à Haitley de faire appel aux policiers ou aux gardes de la sécurité quand vous quitterez l'arène. C'est samedi, il y a beaucoup de monde… beaucoup de gens ivres, surtout.

— Ne t'en fais pas… le rassura-t-elle. Je te verrai plus tard.

Elle lui frôla la joue du bout des doigts, puis s'éclipsa. Pendant le reste du rodéo, il la vit assise à sa place dans les gradins. Il manqua son départ, car une dispute avait éclaté près du toril. L'un des concurrents avait été disqualifié pendant l'épreuve de dressage. Les juges lui avaient offert une seconde chance qu'il avait refusée avec dédain. Quand Gordon se tourna de nouveau vers les gradins, Tanya et ses amis n'étaient plus là… Ils se frayaient péniblement un chemin vers la sortie. Mary Stuart ouvrait le cortège, Tanya suivait, tandis que Hartley assurait leurs arrières. Le service d'ordre gardait un œil sur eux, tout comme les policiers en tenue. Des grappes de fans dégringolèrent des gradins, brandissant des CD et des stylos, et la chanteuse sacrifia une fois de plus au rite des autographes. Quelques flashes lancèrent leurs éclairs blafards mais elle ne se sentit nullement menacée. Enfin, ils furent dehors ! Tanya précédait maintenant ses amis. Les gens s'écartaient devant elle, certains la saluaient joyeusement de la main. Il ne leur restait plus qu'une dizaine de mètres à franchir pour atteindre le mobile-home, quand deux hommes, caméra au poing, se mirent en travers de sa route. Ils se présentèrent comme les correspondants d'une chaîne régionale. Ils voulaient savoir pourquoi Tanya avait accepté de chanter l'hymne, si elle avait été payée et combien, si elle comptait s'installer à Jackson Hole. Elle afficha son sourire le plus commercial et répondit brièvement aux questions, en s'efforçant d'avancer, mais en vain. Ils lui bloquaient le passage. En désespoir de cause, elle voulut rebrousser chemin mais la foule faisait barrage. Le service d'ordre avait toutes les peines du monde à contenir les hordes de fans, qui tentaient de se resserrer autour de la star. Hartley, qui se démenait pour repousser les journalistes, ne parvint pas à les faire bouger d'un pouce. Le sourire de Tanya se figea. La foule se pressait autour d'elle, malgré les injonctions de Hartley, tandis que les reporters avec leurs caméras la mitraillaient de questions. Maintenant, la marée humaine avait cessé de s'ouvrir à son passage. Au contraire, elle gonflait de plus en plus, menaçant de l'engloutir. Excités par les éclairs des flashes, les fans accouraient de toutes parts en jouant des coudes dans l'espoir d'admirer leur idole de plus près. Celle-ci entr'aperçut Tom. Son fidèle chauffeur avait ouvert la portière du mobile-home quand un groupe d'individus en blousons de cuir clouté l'écartèrent brutalement et pénétrèrent dans la voiture, où ils prirent tout ce qui leur tombait sous la main.

Pendant ce temps, le service d'ordre s'efforçait de disperser l'attroupement. Séparés de leur amie par les remous de la foule déchaînée, Mary Stuart et Hartley assistaient, impuissants, au délire collectif. La lutte pour se rapprocher de la star prit soudain des proportions alarmantes. On la touchait, on l'écrasait, on lui tirait les cheveux, on essayait de l'embrasser. Les policiers entrèrent alors en action. La bousculade n'en devint que plus violente. Malmenée, tiraillée dans tous les sens, Tanya trébucha. Une main agrippa son tee-shirt, qui se déchira comme une feuille de papier. Les policiers dégainèrent leurs matraques en criant à la foule et aux journalistes de reculer. Pendant ce temps, une cinquantaine de fans dépouillaient le bus de ses rideaux. Tanya sentit la terreur l'envahir. Ils ne se rendaient plus compte de ce qu'ils faisaient, mais ils allaient l'étouffer, la fouler aux pieds, la mettre en pièces. Prisonnière de ses admirateurs, elle poussa un cri perçant qui se perdit dans le vacarme ambiant. Un bras lui enlaça la taille, elle vit un poing s'abattre sur une figure, qui disparut de son champ de vision. La cohue s'écarta un peu. Elle se sentit soulevée de terre, puis fut emportée à vive allure vers une destination inconnue. L'espace d'un instant elle crut qu'on l'avait kidnappée, puis son ravisseur la remit sur ses jambes et elle reconnut Gordon. Il avait perdu son chapeau, sa chemise était presque en lambeaux et une flamme meurtrière assombrissait son regard. Il représentait son unique planche de salut – les policiers et le service d'ordre étaient loin derrière.

— Allez, Tan, cours, cours !

Il la poussa en avant pendant que les autres, remis de leur surprise, repartaient à sa poursuite. Il avait garé sa camionnette le plus près possible en laissant tourner le moteur. Tous deux couraient à perdre haleine. Quatre policiers à cheval les dépassèrent au galop. Après un instant de flottement, la meute hurlante s'était lancée à leurs trousses. Trop tard. Gordon hissa Tanya dans la camionnette, sauta au volant et démarra en trombe. Il faillit faucher des passants et des chevaux mais garda le pied sur l'accélérateur. Une véritable émeute avait dû éclater devant l'arène, s'ils en jugeaient par les rugissements des sirènes et les appels de la police dans les hauts-parleurs. La camionnette fila dans la nuit. Deux kilomètres plus loin, Gordon se rangea sur le bas-côté de la route. Il se tourna vers Tanya. Tous deux étaient livides.

— Merci, dit-elle d'une voix chevrotante. Tu m'as sauvé la vie.

Elle tremblait de tous ses membres. Elle avait frôlé la catastrophe, elle le savait. Ses gardes du corps l'avaient déjà tirée de situations analogues. Or cette fois-ci, elle n'avait pas pris les précautions d'usage et sans Gordon elle serait encore là-bas, songea-t-elle en réprimant une furieuse envie de fondre en larmes. Elle prit une profonde inspiration, adossée au siège de la camionnette, sous le regard protecteur de son sauveur.

— Ose prétendre que les chevaux sauvages sont dangereux, dit-il, encore sous le coup de l'émotion. Ce sont des toutous inoffensifs comparés à ces barbares. Des gens soi-disant normaux, qui se rendent au rodéo du samedi soir et qui, d'un seul coup, se laissent gagner par une démence collective. Qu'est-ce qui leur a pris ?

— La même chose que d'habitude. Ils m'adorent jusqu'au moment où ils perdent le contrôle de leurs actes. Alors, chacun veut emporter un souvenir de moi, une mèche de cheveux, un morceau de vêtement, une oreille, un doigt… J'exagère à peine. Ils sont capables du pire.

Sa natte était défaite, sa tête lui faisait mal. Elle se revit écrasée par la cohue. Mary Stuart et Hartley devaient être fous d'inquiétude.

— C'est la faute de ces satanés journalistes, explosa Gordon en l'attirant dans ses bras. S'ils ne t'avaient pas empêchée d'avancer, tu aurais atteint le bus sans encombre. Mais ces chacals tenteraient n'importe quoi pour un scoop.

— Eh bien, ils ont eu une bien meilleure histoire à se mettre sous la dent que de savoir si j'ai été rétribuée pour chanter l'hymne au rodéo.

— Oh, zut ! grogna-t-il.

Il eut l'impression d'apercevoir les manchettes : « Tanya Thomas provoque une émeute dans le Wyoming », et il secoua la tête pour effacer l'image.

— Tan, aimes-tu cette vie ?

Elle haussa les épaules.

— Non. Souvent, je me dis qu'il vaudrait mieux me retirer. Mais ce serait leur accorder une victoire trop facile. Pourquoi cesser d'exercer mon métier uniquement parce qu'ils me rendent la vie impossible ?

— Voilà une question qui mérite réflexion. Essaie d'y penser. Protège-toi, au moins.

— Je me protège. Ma maison dispose d'un système de sécurité de pointe. Caméras cachées, signal d'alarme, portes électriques, sans parler des gardes du corps et des chiens.

— On dirait la prison centrale du Texas… Enfin, c'est incroyable. Tu ne peux pas continuer à te faire agresser chaque fois que tu veux t'offrir une glace.

Elle menait une existence inhumaine, pensa-t-il, glacé par le spectacle auquel il venait d'assister.

— Peux-tu me conduire à un téléphone ? s'enquit-elle, soudain anxieuse.

Il fallait coûte que coûte contacter Tom avant qu'il signale sa disparition à la police. Le chauffeur croirait sans doute qu'elle avait été enlevée… comme elle l'avait pensé elle-même, avoua-t-elle à Gordon. Il avait montré une telle autorité lorsqu'il l'avait arrachée à la foule que, malgré sa terreur, elle avait compris qu'il était inutile de lui résister.

— Ma pauvre chérie ! Et moi qui ne songeais qu'à ta sécurité…

— Tu m'as sauvée, répéta-t-elle, submergée de gratitude.

La camionnette redémarra. Peu après, Gordon s'arrêta sur le côté de la route devant une cabine téléphonique. Il monta la garde pendant que Tanya composait le numéro du mobile-home. Tom décrocha dès la première sonnerie. Mary Stuart, Hartley et le chef de la police étaient avec lui. Ils attendaient son coup de fil, sachant que si elle était indemne, elle les appellerait. Hartley avait subodoré que Gordon l'avait aidée à s'enfuir mais il n'avait pas prononcé son nom. Il avait simplement expliqué qu'elle avait « des amis » parmi les spectateurs du rodéo et qu'il espérait qu'elle se trouvait avec eux. Mary Stuart lui parla ensuite. Elle semblait immensément soulagée.

— Comment vas-tu ? fut sa première question.

L'horrible scène de la bousculade l'avait bouleversée ; elle avait confirmé ce qu'elle savait au fond : que la vie de Tanya était un enfer.

— Bien. Un peu décoiffée mais rien de cassé. Stu, je suis désolée. J'espère que Hartley n'est pas trop furieux.

— Il l'est mais pas contre toi, bien sûr. Il compte dire ses quatre vérités au rédacteur du journal, ainsi qu'au directeur de la chaîne qui a envoyé ses correspondants.

— Qu'il ne se donne pas cette peine. On ignore de quelle chaîne il s'agit. Toutes les chaînes câblées sont à l'affût, comme les radios. Quelqu'un a dû les avertir et ils sont arrivés avec armes et bagages… Dans quel état est le bus ?

Mary Stuart jeta un regard autour d'elle. Le salon du mobile-home faisait penser à un champ de bataille. Coussins éventrés, rideaux déchirés, débris de verres et d'assiettes. La plupart des cendriers avaient disparu. Le chauffeur lui chuchota quelque chose à l'oreille, qu'elle répéta :

— Tom me dit que c'est aussi moche qu'à Santa Fé mais moins terrible qu'à Denver ou à Las Vegas… Oh, Tan, ce genre de cauchemar t'arrive régulièrement ?

— Plus ou moins, répondit-elle calmement. Bon, à plus tard…

Elle sentit la main de Gordon sur son bras.

— Ne fais pas de promesses, murmura-t-il.

Il faillit lui proposer d'aller boire un verre dans un café mais il se ravisa. Chez lui, elle pourrait se détendre devant un bon feu dans sa cheminée. Dans ses bras…

Elle le regarda, déchiffra le message de ses yeux, inclina la tête.

— Ne t'inquiète pas pour moi, Stu. Je suis entre de bonnes mains.

— J'ai compris. À demain, dit Mary Stuart.

— Embrasse Zoe. Et fais mes excuses à Hartley.

— Ne t'excuse pas, tu n'y es pour rien. Nous sommes navrés pour toi... Remercie ton ami de ma part. Il a agi plus vite que Superman.

— Il est aussi courageux que gentil, sourit Tanya, appuyée contre la vitre de la cabine téléphonique.

— Oui, il en a l'air. Détends-toi, Tan. Je t'embrasse très fort.

— Moi aussi, Stu. Bonne nuit.

Elle raccrocha, puis se tourna vers Gordon, qui l'attira dans ses bras. Il la tint étroitement enlacée un long moment, avant de l'installer dans la camionnette et de reprendre le chemin du retour. Les lumières du ranch chatoyaient dans la nuit mais il s'engagea sur une route secondaire. Il habitait une petite maison derrière le corral. Il éteignit les phares et ils restèrent assis dans la voiture, comme prostrés, avant de recouvrer leurs esprits. L'accident qu'il avait eu pendant la compétition n'était rien en comparaison de ce qui avait suivi.

— Te sens-tu mieux, Tanny ?

— Oui... (Ils étaient à un demi-kilomètre de son chalet mais elle n'avait nulle envie d'y aller.) Je suis encore un peu secouée mais ça ira.

— Veux-tu entrer ?

Il attendit la réponse, les yeux fixés sur le volant. Si elle refusait, il comprendrait, malgré son désir d'être avec elle. Restait le fameux règlement dont il se fichait éperdument. Si l'un des employés de l'hôtel voyait Tanya entrer chez lui ou en sortir, il préviendrait immédiatement Charlotte Collins. Et si on apercevait Gordon se faufilant hors de son chalet à elle, ce serait une circonstance aggravante. Dans les deux cas, il perdrait son job, mais il s'en moquait. Une nuit avec Tanya valait tous les emplois du Wyoming.

— Ou préfères-tu que je te raccompagne à ton chalet ? reprit-il, car la réponse tardait à venir.

— Je veux bien venir chez toi… Sans toutefois te créer des ennuis.

Sa maison, à l'écart des autres, se trouvait à l'abri des chênes. Mais on ne savait jamais.

— Allons, viens. Pour les ennuis, on verra plus tard.

Il descendit de voiture et se dirigea rapidement vers sa maison. Elle le suivit. Un instant plus tard, ils étaient à l'intérieur. Il poussa le verrou de la porte et baissa les stores avant d'allumer les lumières. Une vaste pièce blanchie à la chaux s'offrit à Tanya. L'ordre et la propreté qui y régnaient la déconcertèrent. Elle s'était attendue à un fouillis de célibataire. Un large canapé en cuir faisait face à la cheminée, dans un agréable décor western. Des photos encadrées agrémentaient les murs : celles de ses parents, de son fils, d'un cheval qui avait été autrefois son préféré. Des piles de livres et de magazines s'entassaient sur une table basse, autour d'une boîte à outils. Les étagères débordaient de disques compacts. Il possédait un grand nombre de ses albums à elle, plus un tas d'enregistrements de musique moderne et classique.

Une cuisine spacieuse jouxtait la salle de séjour. Ici aussi, tout rutilait. Tanya émit un sifflement moqueur en ouvrant le petit réfrigérateur ; il regorgeait de ce qu'elle appelait « de la nourriture pour célibataire » : beurre de cacahuète, un avocat, un citron, deux tomates qui se battaient en duel. Quelques bouteilles d'eau pétillante, des Coca-Cola, de nombreuses canettes de bière. Et des cookies.

— Tu fais la cuisine ?

— Je prends mes repas dans la salle à manger du personnel, dit-il en ouvrant un compartiment du réfrigérateur, dévoilant d'autres trésors culinaires : œufs, jambon, bacon, muffins anglais.

— Oh, je suis impressionnée.

Il brancha la cafetière électrique. Pendant que le café passait lentement dans le filtre, il lui demanda si elle désirait boire un verre. La maison disposait de whisky et de vin mais Tanya s'en tint au café. Après les vives émotions de la soirée, un whisky bien tassé lui aurait fait du bien mais elle ne buvait pour ainsi dire jamais d'alcool. En sortant de la cuisine, une tasse fumante à la main, elle passa devant la chambre à coucher, une petite pièce presque nue avec, pour tout mobilier, un lit, une table de toilette et un fauteuil. Ils débouchèrent de nouveau dans le salon. Un indicible bien-être envahissait Tanya. Elle avait l'impression d'être à sa place ici, dans cette petite maison entourée par les montagnes, elle qui vivait dans un luxe tapageur.

— La maison est presque aussi grande que celle dans laquelle j'ai grandi, dit-il, souriant. Nous avions deux chambres : l'une appartenait aux parents. Les six enfants partageaient l'autre.

— La maison de mes parents était pareille. Je serais probablement encore là-bas si je n'avais pas décroché une bourse pour Berkeley. Les études ont changé toute ma vie, ajouta-t-elle, se remémorant les amies qu'elle avait rencontrées là-bas.

— Et toi, tu as changé la mienne, dit-il doucement.

Il avait glissé un CD dans le lecteur. Des volutes de musique tourbillonnèrent dans l'air. Gordon s'était rassis dans le canapé et Tanya s'était blottie dans ses bras. La paix se glissait en elle. Après l'horreur, un sentiment de sécurité l'envahissait. Maintenant plus rien ne pouvait lui arriver. Pas ici. Pas auprès de cet homme. La tension disparaissait, aspirée par la musique. Gordon resserrait insensiblement son étreinte. Leurs lèvres se rapprochèrent. Un long baiser les unit et, lorsqu'ils se détachèrent l'un de l'autre, il la sonda d'un regard interrogateur. Il était hors de question de profiter de sa faiblesse momentanée, de la pousser à commettre un acte qu'elle regretterait par la suite.

— Tanny ? murmura-t-il. Je ne veux pas que tu fasses quoi que ce soit que tu regretterais.

Il avait éteint les lumières. Le feu de la cheminée les enveloppait de rouge, la mélodie les berçait. Irrésistiblement, la spirale du désir les engloutissait.

— Je sais ce que je fais, Gordon, répondit-elle en lui offrant ses lèvres.

Son cœur, son âme bondissaient vers lui. Il retira lentement le tee-shirt déchiré, puis les autres vêtements de Tanya. Comme dans un éblouissement, il découvrit sa nudité. Elle avait un corps de jeune fille, une peau de miel, des bras déliés, des jambes qui n'en finissaient pas. En se penchant sur elle, il souriait. Elle noua les doigts autour de son cou et lui accorda ce dont il rêvait depuis le premier jour.

Longtemps après, ils gagnèrent la chambre à coucher où, enlacés, ils plongèrent dans le sommeil. Il ouvrit un œil au petit matin et la contempla, hissé sur le coude, en se demandant s'il ne rêvait pas. Seigneur, elle allait repartir. Elle allait retourner à Hollywood et elle oublierait leur brève rencontre. Se sentant observée, elle ouvrit les yeux et ils échangèrent un long regard alangui.

— J'ai peur, murmura-t-il dans la douce lumière de l'aube. (Il n'aurait jamais admis une chose pareille devant quiconque mais il n'avait pas de secrets pour elle.) J'ai peur de te perdre. J'ai peur que quand tu repartiras pour la Californie…

— Arrête. Je t'aime. Je ne vais nulle part. Je suis une fille du Texas, ne l'oublie pas.

Une nouvelle étreinte les laissa épuisés dans les bras l'un de l'autre. Lorsqu'ils se réveillèrent de nouveau, il était dix heures du matin. Peu après, entièrement nue, Tanya traversa la chambre. En revenant, elle le trouva assis dans le lit, les yeux ronds.

— Doux Jésus ! s'exclama-t-il, comment est-ce arrivé ?

Elle laissa échapper un rire heureux.

— Nous avons commis l'irréparable aux environs de minuit hier soir. Nous étions tous deux ravis et consentants… ou étais-tu ivre ? le taquina-t-elle.

— Ce n'est pas ce que j'ai voulu dire… Bon sang, regarde-toi. Regarde cette superbe créature qui déambule toute nue dans mon modeste logis. C'est Tanya Thomas ! Avec, dans les mains, une tasse de café qu'elle est allée chercher dans ma cuisine.

Ils éclatèrent de rire. Le cow-boy et la star. Il n'en croyait pas ses yeux, répéta-t-il. Il était victime d'une hallucination. Et de toute façon, cette histoire ne tenait pas debout : elle, lui, la place que chacun avait prise dans la vie de l'autre, la meute des fans qui, la veille, avait failli écraser Tanya, peut-être même la tuer. En riant, elle le détailla à son tour.

— Tu n'es pas mal non plus, tu sais.

Elle le lui prouva sur le tapis du salon, sur le canapé, puis de nouveau dans sa chambre. S'il s'était écouté, il aurait passé la journée à lui faire l'amour, mais il voulait aussi l'emmener visiter la vallée. L'heure du déjeuner était le meilleur moment pour tenter une sortie, expliqua-t-il. À midi, ils reprirent la camionnette. Comme prévu, ils ne rencontrèrent personne sur leur passage. Tanya avait réenfilé ses jeans et ses bottes, et troqué son tee-shirt déchiré contre une chemise de Gordon dont elle avait noué les pans sous ses seins. Ainsi habillée, elle aurait fait pâlir de jalousie les vedettes les plus sophistiquées de la capitale du cinéma. Dans un mouvement d'autodérision, il se frappa le front du plat de la main, lorsqu'elle s'installa sur le siège du passager et alluma la radio. Elle avait laissé à ses amies un message à la réception de l'hôtel, disant qu'elle rentrerait dans la nuit. Elle avait promis de passer la journée avec Gordon et elle tiendrait parole. La vieille camionnette grinçait de tous ses rouages en gravissant les chemins en pente. Ils firent une halte près d'une cascade limpide, puis reprirent la route en direction des sommets. La vue, de là-haut, rivalisait avec les plus beaux paysages du monde. Ils admirèrent la plaine chatoyante sertie dans l'écrin vert sombre des forêts, tandis que Gordon évoquait son enfance, sa famille, ses rêves. Ils se tenaient par la main. De sa vie, Tanya ne s'était sentie aussi à l'aise en compagnie de quelqu'un. Sur le chemin du retour, il s'arrêta devant un ranch abandonné. Il avait été splendide autrefois mais depuis la mort de son propriétaire, la décrépitude le guettait. La vieille bâtisse manquait d'éclat pour attirer les gens à la recherche de résidences secondaires dans la région. Gordon connaissait les agents immobiliers. Ils avaient eu beau baisser le prix de vente, la clientèle leur opposait toujours les mêmes arguments : trop de travaux à effectuer, trop rustique, trop loin de la ville. C'était à une quarantaine de minutes en voiture de Jackson Hole et il semblait avoir servi de décor à un vieux western. Ils entrèrent dans la cour. Le bâtiment central, de belles proportions, dominait l'écurie et les quatre habitations réservées aux employés.

— J'aimerais bien acheter une propriété comme celle-ci un jour, dit Gordon en embrassant d'un regard brillant les montagnes.

La vallée ondulait en contrebas et l'herbe grasse des pâturages habillait de vert tendre les flancs des coteaux.

— Et que ferais-tu après ?

— Je la retaperais. J'élèverais des chevaux. C'est un vieux rêve mais je n'ai pas les moyens de le réaliser.

N'empêche que les clients de l'agence immobilière de Jackson Hole passaient à côté d'une excellente affaire. Tanya tomba d'accord avec lui. Encore qu'elle eût du mal à s'imaginer dans cette maison isolée en plein hiver.

— Elle est accessible par temps de neige ?

Gordon acquiesça.

— Absolument. La route est bonne. On peut facilement monter et descendre à l'aide d'un chasse-neige. Il faudra envoyer les bêtes plus au sud, à moins d'installer le chauffage dans l'étable, ce qui est tout à fait possible…

Il s'interrompit en riant. Le voilà qui tirait des plans sur la comète avec un ranch qui ne lui appartenait pas. Mais il tenait à tout partager avec Tanya, même ses rêves qui, il le savait, ne verraient jamais le jour.

Ils reprirent la camionnette. Il l'invita à dîner dans un vieux restaurant délabré à une demi-heure de la ville, fréquenté uniquement par des cow-boys. Ailleurs, elle courait le danger d'être reconnue par les touristes et importunée une fois de plus. Elle trouva le repas excellent, puis ils rentrèrent chez lui. Ils s'étaient bien amusés, dit-elle. Elle aurait dû rentrer au chalet, seulement elle n'en avait aucune envie. Elle resta dans le salon de Gordon jusqu'à une heure avancée. Il avait mis un de ses disques dans le lecteur et elle fit un duo avec sa propre voix enregistrée. Il l'écoutait, ensorcelé, certain, cette fois-ci, qu'il rêvait.

— Mais non, tu ne rêves pas, rit-elle en s'attaquant aux boutons de sa chemise.

— Mais si, répondit-il, riant lui aussi. J'entends une chanson de Tanya Thomas, et que vois-je ? Tanya Thomas en train de me déshabiller.

— Mais non, ce n'est pas elle. Et tu ne la déshabilles pas non plus.

Leurs baisers étouffèrent leurs rires. Il la transporta dans ses bras vers le lit et ils ne regardèrent plus la pendule avant deux heures du matin.

— Je devrais apporter mes affaires ici, soupira-t-elle de cette voix enrouée et sexy qui le rendait fou.

Il sourit au souvenir de leurs ébats passionnés.

— Oh, Mme Collins sera certainement enchantée de nous aider quand je lui annoncerai que je te prête ma maison pour le restant de la semaine.

Elle pouffa de rire.

— Viens plutôt dans notre chalet.

— Bonne idée, également. Mme Collins l'appréciera à sa juste valeur.

Elle se remit à le caresser, lentement, de la langue et des doigts, et il frémit sous l'exquise torture, sentant le plaisir monter progressivement.

— Oh, ma chérie… oh, Tanny…

Ils restèrent enlacés jusqu'aux premières lueurs de l'aube. Mais cette fois-ci il fallait partir vite, avant que l'un des voisins ne l'aperçoive.

— Reste encore un peu, supplia-t-il.

Ils avaient pris une douche dans la minuscule salle de bains. Ils avaient failli succomber une fois de plus à la tentation mais avaient résisté. À présent, il la regardait se rhabiller, les yeux tristes.

— Que vais-je devenir sans toi ?

Son air d'enfant perdu fit éclore un doux sourire sur les lèvres de Tanya. Il faisait allusion au dimanche suivant, jour de son départ pour Los Angeles.

— Viens avec moi, répondit-elle, mais il secoua la tête avec une expression de sagesse.

— Combien de temps cela durerait-il, à ton avis ? Qu'est-ce que je ferais à Los Angeles ? Répondre au téléphone ? Porter les gerbes de fleurs qu'on t'envoie ? Trier ton courrier ? Devenir ton garde du corps ? On finirait par se détester. Non, ma chérie, ajouta-t-il sombrement. Je n'appartiens pas au monde des strass et des paillettes.

— Moi non plus, à vrai dire.

— Il s'agit de ta vie, pas de la mienne. Si je viens, tu me considéreras bientôt comme un intrus. Tu me prendras en grippe. Je me sentirai de trop…

Il avait analysé la situation avec finesse. C'était exactement ce qui s'était produit avec Bobby Joe.

— Mais alors, que va-t-il se passer ? s'enquit-elle, sentant la panique l'assaillir.

— Je ne sais pas. C'est à toi de voir. J'irai te rendre visite si tu le souhaites. Autant que tu le voudras et pas un jour de plus. Tu pourrais revenir ici de temps en temps. Ou t'acheter une propriété dans la région. Si tu restais ici une partie de l'année, ce serait différent. Si j'avais une vie commune avec toi ici, aller à Los Angeles aurait alors un sens. Je suis prêt à me plier à ta volonté : partir, rester, t'attendre, disparaître. Mais emménager dans ta villa de Bel Air, où tu en viendrais à me haïr, ça non, il n'en est pas question.

— Jamais je ne te détesterai.

Elle n'avait pas détesté Bobby Joe.

— Je me mépriserais et je me rendrais odieux. Tu le sais. Reviens dans la vallée, murmura-t-il en la serrant dans ses bras, si fort qu'elle crut étouffer. Je serai toujours là pour toi. Je t'attendrai toute ma vie s'il le faut.

— Oh, Gordon, viendras-tu quand même me voir à Los Angeles ? Ne serait-ce qu'un week-end ?

Elle le scrutait, apeurée. Et s'il refusait ? S'il sortait définitivement de sa vie ? S'il changeait de ranch, de ville… de maîtresse ? Oh, elle en mourrait.

— Oui, bien sûr, mais pas plus de deux ou trois jours. Et toi ? As-tu réfléchi à la possibilité de t'installer à Jackson Hole une partie de l'année ?

— Je n'ai jamais encore envisagé cette possibilité, avoua-t-elle avec franchise. L'idée est plaisante.

— Tu adoreras la vie à la campagne.

— Et si j'achetais un ranch ? Accepterais-tu de le diriger pour moi ?

— Oui… À une condition. Ne pas être ton employé.

Ils étaient assis sur le lit, enlacés. Elle le regarda, étonnée, sans comprendre.

— Que veux-tu dire ?

— Je ne veux pas que tu me paies pour ça.

Une farouche détermination se lisait dans ses yeux.

— Comment vivras-tu alors ? De la pluie et du beau temps ?

— J'ai mis de l'argent de côté. Je ne me suis pas tué au travail pour rien toutes ces années. Je comptais acheter des chevaux et me faire embaucher en extra par Mme Collins l'été. Maintenant, si tu achètes un domaine, je m'en occuperai. (Il l'attira tout contre lui.) Nous trouverons une solution.

Il l'aimait comme il n'avait jamais aimé une femme. Son argent ne l'intéressait pas. Il ne tomberait pas dans l'engrenage. Il n'endosserait pas le rôle de l'amant-employé. Tant qu'il serait son égal, leur amour s'épanouirait. Alors qu'il l'embrassait, Tanya s'abîma dans la réflexion. Les idées de Gordon lui plaisaient. Il devait bien y avoir un moyen de vivre ensemble sans que l'un se sacrifie.

— Je ne veux pas te laisser, murmura-t-elle.

Elle évoquait son départ, le dimanche suivant.

— Alors, reste.

Son désir pour elle rejaillit et il la couvrit de baisers. Cette femme était un défi de tous les instants. Il n'avait jamais eu une relation aussi forte. Sur le plan physique, elle le rendait fou.

— Ne pars pas.

— Il le faut. J'ai des engagements. Je dois enregistrer un nouveau disque et puis…

Et puis, il y avait la tournée. Elle l'avait presque oubliée. Elle en parla à Gordon et il l'écouta attentivement.

— Accepterais-tu de m'y accompagner ?

Ça voulait dire l'exposer à l'insatiable curiosité de la presse. Tôt ou tard les paparazzi auraient vent de leur idylle, tous deux en avaient conscience. Autant qu'ils soient préparés à les affronter.

— Oui, peut-être, répondit-il, songeur.

Il n'en était pas sûr. Il se vit en tournée avec elle à travers le monde, la protégeant de la folie destructrice de ses fans, partageant son lit tous les soirs… Mais sitôt qu'il eut formulé cette pensée, ses réticences reprirent le dessus. Et avec elles, la peur de la perdre, au bout du compte. Il sut alors qu'il devait faire des concessions. Il ne pouvait exiger qu'elle vienne se cacher au fin fond du Wyoming avec lui.

— Oui, d'accord, répéta-t-il. Ta vie a l'air drôlement compliquée, mais l'important est d'être ensemble, le plus souvent possible.

Elle l'embrassa, reconnaissante. Sa question la prit de court.

— Tu n'as jamais eu envie d'avoir des enfants ?

Il s'était posé et reposé cette question depuis qu'il l'avait rencontrée. Sa tendresse, sa gentillesse naturelle feraient d'elle une mère formidable.

— Si, mais je n'ai jamais eu le temps. J'ai toujours été mariée à la mauvaise personne au mauvais moment. Mes agents artistiques, mes managers me poussaient à signer des contrats, toujours plus de contrats. Ils m'auraient étranglée si j'avais été enceinte.

— Et maintenant ?

— Je ne sais pas... Il y a encore quelques années, oui, c'est vrai, je voulais un bébé mais ça n'a pas été possible. (Tony s'y était formellement opposé.) D'après mon médecin, maintenant, à mon âge, cela comporte des risques considérables.

Elle s'interrompit en souriant. Décidément, sa rencontre avec Gordon avait bouleversé sa vie. Il avait presque réussi à la persuader de se retirer dans un ranch du Wyoming et d'avoir un bébé. Elle le lui dit et il répondit par un rire.

— La superstar transformée en Heidi, se moqua-t-elle, puis son rire s'éteignit. Gordon, tu m'en voudrais si je ne voulais pas d'enfant ?

— Non, dit-il sans plus résister à l'envie de la déshabiller. Mais ce serait merveilleux d'avoir un bébé avec toi.

Elle en profita pour lui parler de la fille de Zoe qu'elle adopterait peut-être un jour. Il répliqua qu'il n'y voyait pas d'inconvénient.

Tanya déploya un effort surhumain pour s'arracher aux bras de Gordon. Elle réussit à se rhabiller. Ils étaient maintenant de nouveau dans le salon, lui en pantalon, torse et pieds nus, elle vêtue de son jean et de la chemise qu'elle lui avait empruntée. Il la tenait dans ses bras, incapable de se séparer d'elle une minute. Il était six heures du matin. Dans trois heures, ils monteraient à cheval ensemble mais ils n'arrivaient pas à se quitter.

— Je ne peux pas rester loin de toi, même pour trois heures, soupira-t-elle en le regardant longuement dans les yeux. Oh, mon Dieu, comment pourrais-je m'en aller dimanche ?

— Je ne le sais pas non plus, dit-il, les yeux clos, la serrant plus fort. (Puis, consultant son bracelet-montre :) Il faut que tu y ailles maintenant. (D'un instant à l'autre les cow-boys sortiraient de leurs maisons pour prendre le chemin du corral.) Reviendras-tu ce soir ?

Il la regarda avec angoisse. Elle sourit.

— Et comment !

Un dernier baiser. Une seconde plus tard, elle franchit le seuil de la porte. Elle se retourna en agitant la main, puis elle emprunta l'allée bordée d'arbres, dans le clair-obscur matinal. Les premiers rayons de soleil couronnaient les cimes des montagnes. Les yeux rivés vers le ciel qui peu à peu virait du gris plomb à l'or fondu, elle se mit à marcher sous les chênes bruissants. Ses pensées voguaient vers l'homme qu'elle venait de laisser. Il incarnait son rêve le plus fou, le rêve qui n'avait jamais été réalisé. Le destin leur avait fixé rendez-vous à Moose, dans le Wyoming… Bien sûr, un tas de problèmes allaient se poser mais ils trouveraient les solutions adéquates et ils prendraient les décisions qui s'imposaient. Mais pour l'instant une chose était certaine : un cow-boy du Texas avait radicalement changé sa vie.

19

Zoe préparait du café quand Tanya arriva au chalet, le lundi matin. Du premier coup d'œil, elle trouva meilleure mine à son amie. De fait, Zoe se sentait revivre. La fatigue écrasante avait cédé la place à une nouvelle énergie. Elle leva les yeux, avec un sourire espiègle, pointant un index accusateur vers l'arrivante.

— Tiens, une revenante ! Mais où étais-tu passée, petite effrontée ! Pas un mot, laisse-moi deviner… Une retraite religieuse ?

C'était l'excuse que Zoe fournissait autrefois à M. et Mme Thomas, qui cherchaient leur fille partout à l'université, tandis que celle-ci était partie en week-end avec un flirt.

— Comment l'as-tu deviné ?

Zoe haussa les épaules comme pour dire que cela se voyait comme le nez au milieu de la figure. Le visage rayonnant de Tanya révélait tout son bonheur. Oui, elle était heureuse et pas seulement à cause de ses ébats avec Gordon. La découverte de ses sentiments à son égard lui procurait une joie intense.

Zoe la scruta, une lueur malicieuse dans le regard.

— Alors ? Vas-tu abandonner Hollywood pour le Wyoming ?

— Pas encore, répondit Tanya en se servant une tasse de café.

— Est-ce une passade ou entendrons-nous bientôt l'air imposant de la marche nuptiale ?

Les montagnes environnantes semblaient décidément exercer un puissant effet sur les gens.

— Je crains que ce soit un peu prématuré, dit Tanya avec sagesse. Gordon est plus futé que Bobby Joe... C'est le privilège de l'âge. Toujours est-il qu'il refuse d'emménager à Los Angeles. Éventuellement, il accepterait d'aller me voir.

— Un bon point pour ton cow-boy. Hollywood ne ferait qu'une bouchée de lui. Le fait qu'il ait réagi de la sorte prouve son intelligence. Non qu'il ne soit pas de taille à affronter le milieu du show-biz. Mais je crois qu'il le détesterait.

— Il semble partager ton opinion. Les incidents d'hier soir lui ont ouvert les yeux.

— Oui. Mary Stuart m'a tout raconté. À propos, Tom a appelé hier soir. Le bus est réparé. Il a pu remplacer tous les objets manquants sauf les rideaux.

— Je n'arrive pas encore à y croire, murmura Tanya, écœurée, tandis qu'une Mary Stuart ensommeillée faisait son apparition dans la cuisine.

— Croire quoi ? Salut, Tan. Où en es-tu de tes folles nuits ?

— Je ne répondrai à aucune question indiscrète ! fit semblant de s'indigner Tanya.

Elles éclatèrent de rire, comme du temps où elles étaient étudiantes.

— Eh bien ? Comment est-il dans le privé ? s'enquit Mary Stuart avec un intérêt non dissimulé.

— Veux-tu arrêter ! s'écria Tanya.

Elle lui lança un coussin que Mary Stuart esquiva avec un rire plein de malice. Elle voulait tous les détails.

— Écoute, je n'ai pas dormi une seule fois avec mon mari depuis un an. Et maintenant, je sors avec un homme qui se comporte en gentleman, c'est-à-dire qu'il ne compte pas me toucher avant que j'aie demandé le divorce. Que me reste-t-il, à part vivre par procuration les aventures sentimentales de mes amies ? (Elle se tourna vers Zoe.) C'est valable pour toi aussi. Je veux le récit exact de tes faits et gestes avec Sam, quand tu rentreras.

— J'espère que d'ici là tu nous raconteras tes propres aventures, lui rétorqua Zoe du tac au tac, et toutes les trois se remirent à rire.

— On est dans de beaux draps ! soupira Mary Stuart.

Ce n'était qu'à moitié vrai. Elles étaient à l'été de leur vie et en avaient tiré des leçons. Elles avaient eu leurs lots de joies et de peines, de triomphes et d'échecs. Et d'une certaine manière, chacune devait maintenant franchir un rideau de feu pour réaliser ses désirs.

— Et moi je pense que nous allons vaincre tous les obstacles, exulta Tanya en dévisageant ses amies avec enthousiasme. Je tiens à vous préciser que je vous adore toutes les deux, au cas où vous auriez envie de le savoir.

— Ah ! La compassion pour le genre humain qui suit les étreintes amoureuses ! se moqua Mary Stuart.

Tanya lui lança un autre coussin.

— Tu es vraiment odieuse ! (Son regard allait de l'une à l'autre. Elle avait envie de partager son bonheur avec elles.) Trêve de plaisanteries. Je suis amoureuse de lui.

— Vraiment ? On ne s'en était pas aperçues ! railla Zoe.

— Non, pas simplement amoureuse… Je n'ai pas seulement envie de lui. *Je l'aime.* Vraiment.

Cette fois-ci aucun rire ne fusa. Le silence se fit, puis Mary Stuart dit gentiment :

— Tan, sois prudente. Ta vie est suffisamment compliquée comme ça. Prends le soin de t'assurer qu'il te rendra heureuse avant de sauter à pieds joints dans un nouveau traquenard.

— Je te le promets. Sur ce point, Gordon est encore plus circonspect que moi. Il a peur des mirages.

— Tant mieux… (À son tour, Mary Stuart les mit au courant de ses projets avec Hartley.) Quant à moi, je pars pour Londres.

Tanya la contempla, bouche bée.

— Pour te réconcilier avec Bill ?

— Pour lui parler. Je voulais attendre la fin de l'été mais je n'en ai plus la patience. J'ai pris ma décision avant même de quitter New York. Pourquoi reculer plus longtemps ?

— Tu es sûre de toi ?

À l'expectative stérile avait succédé le temps des grandes résolutions. Mary Stuart acquiesça de la tête.

— Certaine.

— Il est au courant ? De ton arrivée, je veux dire.

— Pas encore. Je l'appellerai dans quelques jours.

— Et s'il ne veut pas que tu y ailles ?

— Je ne lui laisserai pas le choix. Cette époque-là est révolue.

— Amen ! dit Zoe.

— Et Sam ? As-tu eu de ses nouvelles ? demanda Tanya avant d'aller se changer.

— Oui. Toujours aussi fou, répondit Zoe, tout sourire, puis elle déclara que dans l'après-midi, elle irait voir quelques patients de John Kroner, en ville.

— Tu n'es plus en vacances ? la taquina Mary Stuart.

— Je joins l'utile à l'agréable.

— À quelle heure es-tu attendue ? s'enquit Tanya.

— Puisque tu insistes, voici mon programme : cheval le matin, déjeuner à midi, départ pour Jackson Hole en début d'après-midi. Charlotte Collins m'a promis de me trouver un chauffeur.

— Je passerai un coup de fil à Tom et il viendra nous chercher toutes les deux. Je voudrais effectuer quelques achats.

Tanya demanda à Mary Stuart si elle voulait les rejoindre. Celle-ci refusa. Elle préférait passer l'après-midi en compagnie de Hartley. Là-dessus, elles se séparèrent pour se préparer, comme autrefois, lorsqu'elles couraient s'habiller avant d'aller en cours. Une heure plus tard environ, après un copieux petit déjeuner, elles se dirigèrent d'un pas alerte vers le corral. L'ombre de la déception obscurcit les yeux de Gordon lorsque Tanya l'informa de ses projets pour l'après-midi.

— Ah… tu iras en ville avec Zoe… Mais viendras-tu chez moi ce soir ?

Il affichait un air de petit garçon boudeur. Tanya et lui, comme à l'accoutumée, chevauchaient côte à côte, devançant les autres.

— Si tu insistes, dit-elle, et ils échangèrent un regard si intense, si brûlant qu'il aurait rapporté des millions à n'importe quel photographe.

— Je t'aime, murmura-t-il.

Ensemble, ils traversèrent la prairie au trot, dans une parfaite harmonie, comme si leurs chevaux exécutaient une danse. Ils formaient un couple de cavaliers exceptionnel. Depuis la veille, leurs deux âmes étaient soudées l'une à l'autre. Elle se sentait solidement attachée à lui, et il disait qu'il la suivrait partout, jusqu'au bout du monde… Ce à quoi elle rétorquait « oui, je sais, sauf à Los Angeles ».

— J'irai te voir là-bas, promit-il.

— Quand ? voulut-elle savoir, le mettant au pied du mur.

Il ne pouvait quitter le ranch plus d'une journée par mois, jusqu'à la fin août, expliqua-t-il.

— Et toi ? Quand reviendras-tu ?

Elle réfléchit, faisant le point sur son emploi du temps, et découvrit une semaine libre au début du mois d'août.

— Dans trois semaines.

— Ça va sembler une éternité ! chuchota-t-il à mi-voix, pour que Hartley ne puisse pas l'entendre.

Il hocha la tête. Ils avaient repris le chemin du retour. Lorsque le corral fut en vue, Hartley vint seul à leur rencontre. Les médecins de Chicago étaient partis durant le week-end, ainsi que Benjamin et ses parents.

Elle ressentait la même chose mais n'y pouvait rien. Elle espérait prendre une autre semaine en septembre, et revenir alors avec Gordon à Los Angeles. Tous ces allers-retours dans le Wyoming ne passeraient pas inaperçus mais elle préférait ne pas y penser.

— Quelle belle journée ! dit Hartley, les yeux levés vers le ciel sans nuages, d'un bleu d'azur.

Gordon et Tanya échangèrent un sourire. Ils se souriaient, comme ça, sans raison apparente... Tous descendirent de cheval, enchantés de leur promenade. Les trois femmes et Hartley allèrent déjeuner. Gordon, lui, avait mille choses à faire. De nouveaux clients étaient arrivés la veille et il devait former des équipes avec les autres cow-boys. Deux New-Yorkaises étaient tombées de cheval durant leur première leçon au corral, et il devait emmener chez le vétérinaire une jument qui s'était foulé la cheville.

Dans l'après-midi, Tanya conduisit Zoe à l'hôpital de la ville, où John Kroner l'attendait. Elle partit ensuite à son rendez-vous... car elle avait un rendez-vous dont elle n'avait parlé à personne. Tout se passa comme prévu. Elle eut même le temps de faire du shopping et d'acheter des bottes turquoise assez tape-à-l'œil. Elle revint à l'hôpital à l'heure convenue. Zoe et John Kroner sortirent d'un des pavillons au moment où Tom se garait. Le Dr Kroner agita la main jusqu'à ce que le bus soit hors de vue. Épuisée mais ravie, Zoe se laissa tomber dans l'un des canapés du mobile-home.

— Alors, comment s'est passée cette visite ?

— Très intéressante.

Les malades, comme le personnel, lui avaient réservé un accueil si chaleureux qu'elle en avait presque été embarrassée. Elle éprouvait de la sympathie pour John Kroner et l'avait convié à dîner « un de ces soirs » avec son ami, un radiologue de Denver, qui s'était installé à Jackson Hole l'année précédente. Tous deux avaient entouré leur illustre invitée d'attentions qu'elle avait trouvées vraiment touchantes.

— J'aime bien John, dit-elle.

Aussitôt, Tanya fronça les sourcils.

— Oh oh ! Un rival pour Sam ? Ou est-il trop jeune pour nous ?

— Ni l'un ni l'autre, pauvre idiote ! Il est gay, ne l'as-tu pas remarqué ?

— À vrai dire non. Seigneur, à qui se fier ! Mais qu'à cela ne tienne. Tu as toujours le merveilleux Sam. Qu'est-ce qu'il te faut de plus ?

La bonne humeur de son amie arracha un rire à Zoe.

— Décidément, tu es incorrigible. Mais toi ? Qu'as-tu fait cet après-midi ?

— Du lèche-vitrines. Nous sommes au pays des Stetson et des blousons de cuir. Mais j'ai craqué pour une paire de bottes turquoise.

— Je suis sûre qu'elles seront du plus bel effet quand tu iras dîner au *Spago.* J'ai eu un coup de foudre du même genre à Aspen. Des bottes vernies rose bonbon, montant jusqu'au genou. Je ne sais pourquoi, j'étais persuadée qu'elles me serviraient à l'hôpital. Elles sont toujours flambant neuves, au fond de ma penderie.

Tandis que les deux passagères riaient et bavardaient, le bus avait emprunté la route tortueuse menant au ranch. Lorsqu'elles arrivèrent au chalet, Hartley et Mary Stuart, assis dans le vaste canapé, faisaient semblant de deviser. Ils devaient s'embrasser juste avant, car ils se séparèrent brusquement quand elles entrèrent. On eût dit des collégiens que l'on surprend en train de flirter, et Tanya regarda d'un air moqueur Mary Stuart, qui devint écarlate.

— Ne commence pas ! intima-t-elle à mi-voix en la devançant afin d'aller chercher un Coca-Cola pour Hartley.

— Qu'est-ce que j'ai encore fait ?

Elles pouffèrent d'un rire complice. Après tout ce qu'elles avaient subi, suicide, divorce, sida et paparazzi, elles avaient retrouvé l'insouciance de leur jeunesse.

— Quel est le programme de la soirée ? demanda Zoe en s'asseyant dans le canapé. (Sa longue visite à l'hôpital l'avait épuisée mais elle ne regrettait rien. Sa discussion avec John Kroner avait été passionnante.) Leçon de tango ? Danse du ventre ? Quelque chose d'excitant ?

L'hôtel proposait presque tous les soirs un divertissement à sa clientèle.

— Non, rien qu'un simple repas, rétorqua Mary Stuart. (À son tour, elle lança à Tanya un coup d'œil plein de sous-entendus.) Serez-vous des nôtres, ce soir, mademoiselle Thomas ?

— Bien sûr. Pourquoi donc ne viendrais-je pas ?

— Veux-tu que je réponde à ta place ?

— Non, merci !

Elle rejoindrait Gordon après le dîner. Elle ne l'avait dit à personne mais cette petite futée de Mary Stuart n'était pas dupe. Elle ne perdait rien pour attendre.

Ils dînèrent ensemble tous les quatre. Zoe déclara qu'elle se coucherait tôt, Mary Stuart et Hartley décidèrent d'aller au cinéma en ville. Il était huit heures du soir lorsque Tanya descendit l'allée bordée de chênes en direction du corral. Elle portait ses bottes jaune vif, un blue-jean, un chandail blanc. Elle avait pris la précaution de se coiffer d'un chapeau à large bord qu'elle avait rabattu sur son visage. Une vague odeur de fumée flottait dans l'air. Une odeur de grillade, pensa-t-elle obscurément. Arrivée à destination, elle frappa un coup à la porte de la maison. Dès que le battant s'ouvrit, elle se glissa à l'intérieur. Gordon, installé sur le divan, regardait la télévision. Il avait déjà baissé les stores de manière à cacher la pièce aux regards indiscrets.

— Qu'est-ce qui t'a retenue si longtemps ?

Il ressemblait à un gosse attendant le père Noël. En refermant la porte derrière elle, Tanya se mit à rire.

— Si longtemps ? Le dîner était à sept heures et il est à peine huit heures cinq.

— La prochaine fois, mange plus vite.

Il s'était levé et l'avait attirée dans ses bras. Leurs lèvres se cherchèrent avidement. Un instant plus tard, ils étaient nus. Ils ne réussirent pas à aller jusqu'à la chambre mais roulèrent sur le canapé, où ils s'aimèrent avec fougue, devant le poste de télévision allumé. Ce ne fut que plus tard, alors qu'ils reposaient côte à côte, que la voix du présentateur brisa leur langueur. Un incendie s'était déclaré à Shadow Mountain, disait-il. Gordon se redressa aussitôt. L'inquiétude se lisait sur ses traits.

— Où est-ce ? demanda-t-elle.

— Tout près d'ici. Juste au-dessus du ranch.

Elle se souvint de l'odeur de fumée, tandis que sur le petit écran le présentateur poursuivait son exposé. Pour l'instant, le feu restait dans un espace bien déterminé mais le vent s'était levé, inspirant les plus vives inquiétudes aux responsables de la protection des parcs et forêts. Il rappela l'incendie qui, quelques années plus tôt, avait ravagé Yellowstone. Des images d'archives illustrèrent cette tragédie, puis le programme reprit normalement.

— Nous risquons d'être appelés en renfort dès ce soir, dit-il tranquillement en la regardant.

Il pensait au ranch et aux chevaux.

— Mieux vaut que je m'en aille, Gordon.

— Je ne vois pas pourquoi. Personne ne sait que tu es ici. Ils ne vont pas faire évacuer le ranch, à moins que le sinistre prenne des proportions alarmantes.

Il sortit sur le perron, les yeux rivés sur les sommets. En effet, un filet de fumée serpentait vers le ciel. Aucune lueur ne rougeoyait à l'horizon. Rassuré, Gordon rentra et bientôt il ne pensa plus qu'à Tanya.

Il joua pour elle une de ses chansons favorites à la guitare et elle fredonna, de sorte qu'on ne puisse pas l'entendre de l'extérieur. Ensuite, il se mit à chanter aussi et elle raccompagna. Quand le duo s'acheva, il avança la main pour lui caresser la joue.

— Nous chantons mieux que sur les disques, murmura-t-il.

Ils chantaient mieux que sur les disques, ils étaient plus heureux que dans les romans, plus amoureux que dans les films. Vers minuit, ils se partagèrent un sandwich arrosé d'une bière. Il était allé faire des courses en ville l'après-midi, après la traditionnelle promenade à cheval avec Mary Stuart et Hartley, des gens au demeurant très charmants, dit-il, puis un sourire éclaira ses traits.

— Ils sont amoureux, hein ? (Cela, il l'avait remarqué dès le premier instant.) Elle est divorcée ?

— Elle le sera bientôt. Elle va quitter son mari. La semaine prochaine, elle ira exprès à Londres pour lui en parler.

— À Londres ? Il est anglais ?

Il s'intéressait à tout ce qui touchait Tanya de près ou de loin. Même à ses amies.

— Non. Son travail le retient en Angleterre jusqu'à la fin de l'été.

— Pourquoi veut-elle le quitter ?

Tanya s'appuya sur la table de Formica de la cuisine avant de se lancer dans un résumé bref mais précis de la situation.

— Leur fils s'est suicidé l'année dernière, et le mari de Mary Stuart l'a rendue responsable de ce malheur. Naturellement, elle n'y est pour rien. Mais Bill n'a personne d'autre à qui s'en prendre. Leur mariage s'est effondré après le drame.

— Peut-être n'était-il pas assez solide.

— À mon avis, il l'était. Mais le coup qu'ils ont reçu a été trop fort, trop brutal. L'attitude de son mari l'a irrémédiablement blessée. C'est ça qui a mis fin à leur union.

— Crois-tu qu'elle et M. Bowman vivront ensemble ?

— Je l'espère, dit Tanya en posant la main sur l'avant-bras de Gordon. Et nous ?

— Nous ? répondit-il en se penchant pour la sonder du regard. Je considère que nous sommes sérieusement attachés l'un à l'autre. Essaie de m'écarter et on verra ce qu'on verra.

— C'est-à-dire ?

— Je descendrai Hollywood Boulevard sur un cheval sauvage et je t'enlèverai.

— Tu m'as promis que tu renoncerais à ce sport.

— Pas tant que je ne t'aurai pas enlevée.

Ils éclatèrent d'un même rire. Nue sous la chemise qu'elle lui avait empruntée, elle se pencha sur l'évier pour laver et rincer les assiettes. Il suivit du regard le galbe de ses jambes fuselées et, comme une photo, l'image s'imprima dans sa mémoire pour toujours. Elle était telle qu'elle s'était tant de fois décrite. Une fille du Texas toute simple. Il se leva, l'enlaça par-derrière et posa le menton sur son épaule.

— Tu m'as fait perdre la tête. La semaine prochaine, je serai ici tout seul en train de me demander si j'ai rêvé.

Elle se retourna pour se blottir dans ses bras. Une immense tristesse se reflétait dans les yeux de Gordon, qui se voyait seul à nouveau, immensément seul sans elle.

— M'appelleras-tu ?

— J'essaierai, murmura-t-il.

Elle le regarda, inquiète.

— Qu'est-ce que ça veut dire, « j'essaierai » ? C'est oui ou c'est non ?

— Oui... Je n'aime pas beaucoup les conversations téléphoniques mais, oui, je le ferai.

Il n'avait pas le téléphone et il était hors de question de passer par le standard de l'hôtel. À la fin du mois, la direction recevait le décompte sur lequel figuraient les numéros que chaque employé avait demandés. Il allait devoir l'appeler d'une cabine téléphonique. Le pire pour Tanya, c'était que de son côté elle ne pourrait pas le joindre.

— Tu n'auras plus qu'à revenir le plus vite possible, si je te manque, dit-il.

— Oui, oui. Malheureusement pas avant trois semaines. Oh, mon Dieu, que le temps va me paraître long… Mais toi, tu as intérêt à venir à Los Angeles après l'été.

Il la tenait étroitement enlacée et s'était penché pour s'enivrer de la douceur satinée de son cou.

— Je te le jure. Fin août. Ce sera la fin de la saison touristique. Charlotte ne me refusera pas un congé à ce moment-là.

Ils n'avaient pas choisi la facilité, tous deux en avaient conscience. Tout en serrant son amant dans ses bras, Tanya pensa à ce qui l'attendait durant le mois à venir. Les enregistrements. Les concerts. Et entre deux contrats, des retours rapides dans le Wyoming. Elle avait demandé à Jane de se renseigner sur les horaires des vols entre Los Angeles et Jackson Hole, Sait Lake City ou Denver.

Ils somnolaient dans les bras l'un de l'autre, sur le lit où ils avaient fait l'amour, quand de violents coups ébranlèrent la porte. Tanya fit un bond et Gordon attrapa son pantalon et se rua vers l'entrée à cloche-pied, en essayant de l'enfiler. Il ouvrit le battant… Un garçon d'écurie se tenait sur le perron.

— Le service des parcs et forêts a appelé. On doit évacuer.

— Maintenant ? s'écria Gordon, effaré. (Une vive lueur orangée éclairait Shadow Mountain.) Pourquoi ne nous ont-ils pas prévenus plus tôt ?

— Ils nous ont mis en attente vers minuit. Mme Collins a dit qu'ils parviendraient à contrôler l'incendie. Malheureusement, la direction du vent a changé.

Une brusque brise soufflait dans les feuillages. Des lumières s'allumaient aux fenêtres des chalets.

— Mme Collins est en train de réveiller les clients, expliqua le garçon d'écurie. Il faut emmener les chevaux vers la vallée.

Une ferme se trouvait à quelques kilomètres de là. Gordon hocha la tête en évaluant par avance les dégâts. Évacuer tant de chevaux, aussi vite, demandait une poigne de fer. Si les animaux s'emballaient, il ne répondait de rien.

— J'arrive dans cinq minutes.

Il referma la porte et poussa le verrou avant de retourner dans la chambre où Tanya l'attendait.

— Vous allez être évacués dans un autre ranch. Je pense que ce sera plus facile pour toi et tes amies si tu appelles ton chauffeur. Quant à moi, je dois m'occuper des chevaux. Nous avons deux cents têtes à faire partir d'ici le plus rapidement possible, expliqua-t-il en enfilant ses bottes et une chemise sur son jean.

La voyant anxieuse, il posa un baiser sur ses lèvres.

— Je t'aime, belle Texane ! Ne te fais pas de souci. Nous nous reverrons, dussé-je venir te chercher à Hollywood. Maintenant, habille-toi. Quand tu seras dehors, coupe à travers champs. De toute façon, ils ne feront pas attention à toi, ils ont d'autres chats à fouetter. Retourne à ton chalet et fais comme je t'ai dit. Appelle Tom. Je te verrai après l'alerte.

— Si je peux aider…

Elle ne voulait pas prendre le mobile-home, tranquillement, pendant que des êtres humains et des animaux étaient en danger, mais Gordon secoua la tête.

— Ça, c'est mon job, dit-il d'un ton ferme en plantant son chapeau sur sa tête et en attrapant un vieux blouson de cuir.

Un instant après, la porte d'entrée claqua. Tanya passa rapidement ses vêtements et sortit à son tour. Comme il le lui avait indiqué, elle prit la direction des chalets à travers champs. En remontant l'allée au volant de sa camionnette, Gordon aperçut une silhouette se faufilant dans l'herbe haute. Un sourire naquit sur ses lèvres et il offrit mentalement un baiser à sa bien-aimée.

Une vive agitation régnait dans les écuries. Il sauta de voiture et commença à donner des ordres. Une dizaine d'hommes et quatre femmes tiraient les chevaux hors de leurs stalles avant de les rassembler dans le corral principal, d'où ils les conduiraient vers le ranch voisin. Monté sur une vieille jument à la robe pommelée, Gordon prit la tête des opérations. Il s'agissait de mener le troupeau à bon port sans encombre. L'odeur de fumée venant de la montagne s'était accentuée et les animaux, apeurés, se cabraient en hennissant. Par chance, le vent soufflait dans le sens opposé.

En pénétrant dans son chalet, Tanya trouva ses amies en pleine effervescence.

— Seigneur ! où étais-tu ? s'écria Mary Stuart pendant que Zoe s'habillait à la hâte. La direction vient de nous avertir que nous allons être évacués. J'ai répondu que nous étions ici toutes les trois. J'ai passé sous silence le fait que Mlle Thomas se trouvait du côté des maisons du personnel.

— Merci, sourit Tanya en composant le numéro de Tom.

Dès qu'il décrocha, elle le pria de venir au plus vite. Elle avait décidé de mettre son mobile-home à la disposition de l'hôtel. Une centaine de clients attendaient d'être transportés.

— Mon Dieu ! tu crois que le ranch va brûler ? s'enquit Mary Stuart, au comble de l'angoisse.

À ce moment, Zoe entra dans le salon, sa trousse médicale à la main, un lourd cardigan de laine par-dessus son chemisier et son jean. Il faisait froid dehors, et un vent mordant agitait les frondaisons.

— Mais non, il ne va pas brûler. D'après Gordon, il s'agit d'une simple mesure de sécurité. Les incendies de forêt ne sont pas rares par ici mais il n'y a pas de réel danger. Et toi, qu'est-ce que tu fais ? demanda-t-elle à Zoe.

— Je me prépare à venir en aide aux blessés au cas où il y en aurait. Il paraît que les pompiers sont déjà en pleine action.

— Ils ont demandé des volontaires ?

Gordon lui avait donné l'impression que les clients de l'hôtel ne seraient pas sollicités. L'arrivée de Hartley dispensa Zoe de répondre. Il déclara qu'ils devaient se réunir dans le bâtiment central. Ils s'y rendirent presque en courant. La plupart des clients s'entassaient dans le salon, cohue bigarrée vêtue n'importe comment et transportant des objets disparates allant de la mallette de voyage à la canne à pêche en passant par des sacs de toutes sortes. Mary Stuart s'était calmée. La présence de Hartley l'avait rassurée. L'écrivain avait emporté dans un attaché-case le manuscrit sur lequel il était en train de travailler.

Charlotte Collins s'adressa calmement à ses hôtes, brossant un tableau aussi succinct que précis de la situation. Le ranch ne courait pas de danger réel mais les autorités lui avaient conseillé d'évacuer les lieux jusqu'à ce que l'incendie soit maîtrisé, de crainte que le vent tourne de nouveau. Ils seraient tous accueillis dans un ranch voisin. Ils y logeraient. Malheureusement, il n'y avait pas suffisamment de chambres pour contenir tout le monde mais c'était une question d'heures. Elle les remercia de leur compréhension et souhaita que, grâce au courage de tous, l'on vienne rapidement à bout de l'adversité.

Le personnel commença à distribuer des vivres : sandwiches, Thermos de café, bouteilles d'eau minérale, tandis que la directrice de l'hôtel poursuivait l'exposé de la situation. Le transport ne posait aucun problème. Son seul souci, avouait-elle, concernait les chevaux qui, en ce moment même, devaient être en route, encadrés par les cow-boys. À ces mots, Tanya vit le beau visage de Gordon.

Dans la prochaine demi-heure tout le monde allait être évacué et, bien sûr, si d'autres nouvelles survenaient, elle les tiendrait au courant. Un énorme brouhaha s'éleva alors, tandis que les gens s'éparpillaient dans le salon en discutant entre eux. Tanya se fraya un passage jusqu'à la directrice. Son mobile-home était à sa disposition, déclara-t-elle. Mme Collins la remercia chaleureusement. En effet, il leur rendrait un grand service, reconnut-elle, après quoi elle ajouta que des groupes de volontaires cherchaient un moyen de transport pour rejoindre les pompiers qui combattaient l'incendie à Shadow Mountain. Zoe fit un pas en avant, sa trousse médicale à la main, en disant qu'elle était prête à y aller aussi. Charlotte hésita une seconde. Ils auraient certainement besoin d'assistance médicale mais, étant donné la récente indisposition du Dr Phillips, elle se demandait s'il était sage de l'envoyer là-haut. Toute réflexion faite, elle remarqua que la jeune femme avait meilleure mine. Si elle se proposait, c'est qu'elle devait se sentir mieux.

— Merci, docteur Phillips, nous apprécions votre aide.

Deux autres médecins, reconnaissables à leurs mallettes, se présentèrent à ce moment-là. Un gynécologue du Sud et un chirurgien du cœur originaire de Saint-Louis.

— Une camionnette partira pour Shadow Mountain dans quelques minutes.

Ils n'avaient rien pour les brûlures dans leurs sacoches, mais l'infirmerie de l'hôtel disposait de gazes stériles et de pommades à profusion.

Les secours s'organisaient rapidement. Plusieurs camions étaient arrivés et les gens avaient pris place à l'intérieur. Vingt minutes plus tard, le mobile-home conduit par Tom s'immobilisa devant le perron. Charlotte fit monter les dernières personnes, dont Mary Stuart et Hartley. Tanya resta en arrière.

— Je voudrais aller sur la montagne avec vous, madame Collins, dit-elle, et la directrice la pria de l'appeler Charlotte. Si je peux aider ou donner un coup de main à Zoe, vous pouvez compter sur moi.

La directrice du ranch finit par accepter. Oui, ils avaient besoin d'aide. Aux dernières nouvelles, le feu s'était propagé dans une grande partie de la forêt mais elle s'était gardée de le signaler à ses hôtes, afin de ne pas provoquer de panique. Il était suffisamment effrayant de voir le ciel s'embraser de vives lueurs rouge vif.

Tanya monta un instant dans le bus, juste pour prévenir Mary Stuart qu'elle restait. Son amie parut prête à fondre en larmes. Hartley lui prit la main. À moitié rassurée, elle répondit par un bref hochement de tête, et Tanya sauta à terre. Le convoi des camions s'ébranla. Sous les ordres de Charlotte Collins, les volontaires s'entassèrent dans des fourgonnettes et des Jeep. Une demi-douzaine d'employés de l'hôtel, les trois médecins, Tanya, une vingtaine de cow-boys et de palefreniers. Une petite armée déterminée et efficace. Les pensées de Tanya se tournèrent vers Gordon et elle crut le voir à la tête du troupeau de chevaux dans la nuit.

Le trajet ne dura pas plus d'une demi-heure. Les premières barricades des pompiers signalaient la fin du parcours en voiture. Il fallait poursuivre à pied si l'on voulait rejoindre les autres en première ligne. Ils longèrent une file d'hommes qui se passaient des baquets d'eau, tandis qu'un avion arrosait les environs d'un nuage de produits chimiques. Le brasier faisait tordre les branches des résineux sous son haleine brûlante, rendant l'air irrespirable. Le feu dardait ses tentacules écarlates dans tous les sens, réduisant en cendres sapins, cèdres et épicéas. De longues flammèches rayaient l'ombre de la nuit, comme des comètes. Un souffle monstrueux s'enflait, tel le bruit assourdissant d'une cataracte. Tanya retira son chandail et l'attacha à sa taille. En dessous, elle portait une vieille chemise de Gordon. Elle se mit à transpirer. Une chaleur infernale les happait à mesure qu'ils foulaient l'herbe carbonisée en essayant d'aller de l'avant. Le vent poussait les flammes, de petits rongeurs affolés détalaient à toute vitesse. Tanya sentait la chaleur du sol sous ses semelles. De temps à autre, elle apercevait Zoe à travers les volutes de fumée. Aidée des deux autres médecins et de quelques infirmières, elle prodiguait les premiers soins aux brûlés qui revenaient de la première ligne. Tanya poursuivit sa pénible ascension en s'accrochant aux buissons calcinés et en regrettant de n'avoir pas mis de gants. Enfin, elle aperçut les pompiers. Elle se joignit aux volontaires et se mit à verser des baquets d'eau sur le rideau incandescent. Celui-ci reculait puis repartait en avant comme un être vivant. Un homme la dépassa. Gordon ! Il s'arrêta net, puis revint sur ses pas.

— Tanny ! qu'est-ce que tu fais là ?

Il était épuisé, comme elle d'ailleurs, mais plutôt satisfait. Les chevaux mis à l'abri, il était accouru sur le lieu du sinistre.

— Zoe et moi nous sommes portées volontaires.

— Eh bien, on peut dire que tu cherches les ennuis par tous les moyens.

Elle ne s'en rendait pas compte mais, si le vent tournait, ils seraient pris au piège. Il y aurait des blessés, peut-être même des morts.

— Reste ici, intima-t-il. Je reviendrai te chercher.

Elle voulut lui crier de ne pas s'éloigner mais il avait disparu. C'était un homme de devoir, et son devoir lui commandait de se battre pour défendre le ranch.

Les avions continuaient à répandre des torrents de mousse blanche sur l'incendie, tandis que les pompiers déroulaient et poussaient leurs lances à incendie. Peu à peu, le brasier se divisait en foyers plus petits, plus faciles à cerner. Le combat dura toute la nuit et une grande partie de la matinée. Il était environ midi quand les dernières flammes diminuèrent avant de s'éteindre. La plupart des sauveteurs tombaient de fatigue. D'autres secouristes étaient arrivés avec des matelas qu'ils posèrent à l'arrière des fourgons, pour que les combattants puissent s'allonger à tour de rôle. Une dizaine de personnes dormaient dans chaque camion, trop épuisées pour résister au sommeil. En début d'après-midi, Tanya retrouva Zoe. Elle n'avait pas revu Gordon depuis le matin.

— Ça va ? s'enquit Tanya, et son amie hocha la tête d'un air parfaitement calme.

— Oui, je vais bien. Heureusement, il n'y a pas eu trop de blessés, et rien que des brûlures au premier degré. Au fait, j'ai aperçu Gordon, qui te donne son bonjour.

— Comment va-t-il ?

— Il se porte comme un charme, à part un bras un peu roussi, rien de grave. Il doit dormir dans l'un des fourgons.

Les deux femmes prirent un Thermos et se servirent un bol de café, puis revinrent vers leur point de ralliement. Chacune à sa manière était heureuse de s'être rendue utile. Tout à l'heure, elles taquineraient Mary Stuart, qui n'avait pas voulu se jeter dans l'aventure. Leur amie avait une peur bleue des dangers, qu'il s'agisse d'incendies, de séismes ou d'accidents de la route. Tanya se félicita de l'avoir fait évacuer avec Hartley car, à vrai dire, elle n'aurait été d'aucune utilité ici. Elle, en revanche, se sentait dans son élément. Son tempérament texan l'incitait à aller au-devant du danger. Cela lui avait permis de croiser Gordon et de surveiller l'état de santé de Zoe.

À quatre heures de l'après-midi, le chef des pompiers déclara officiellement qu'ils maîtrisaient le sinistre. Il ne restait plus que quelques foyers d'incendie isolés, qui seraient éteints avant la tombée de la nuit. Des cris victorieux fusèrent d'entre les troncs noircis. Une demi-heure plus tard, les volontaires reprirent le chemin du retour, en camionnette, en voiture, à pied, sales, couverts de poussière noire, mais enchantés. On parlait, on plaisantait, chacun avait une histoire à raconter sur leur épopée nocturne. John Kroner s'était joint à l'un des groupes. Il monta dans la même Jeep que Zoe. Tanya leur adressa un signe de la main. Malgré son épuisement, elle préférait marcher. Elle se mit à dévaler la pente, en direction de la vallée.

— Besoin d'un chauffeur ?

Elle se retourna. Gordon, au volant de sa camionnette, lui offrait un sourire d'autant plus éblouissant que son visage était noir de suie sous son casque. Ses yeux brillaient. Il avait un bras couvert d'un pansement.

— Oh, mon chéri, tu vas bien ?

Il acquiesça. La direction du ranch offrait un somptueux buffet et il se demandait s'il aurait la force d'y aller. Il n'aspirait qu'au repos. Elle prit la place du passager et, sans réfléchir, elle l'embrassa sur la bouche. Il répondit tout naturellement à son baiser puis tous deux se raidirent, saisis d'un même effroi. Les volontaires dévalaient la route et ils s'étaient embrassés devant tout le monde.

— Pardon, murmura-t-elle. Je n'ai pas pensé qu'on pouvait nous voir.

— Moi non plus.

Il sourit. Il n'aspirait qu'à une chose. Dormir pendant douze heures avec elle et se réveiller à son côté. Il lui tendit un Thermos et elle but plusieurs gorgées d'une eau tiède qui sentait la fumée.

— Et les chevaux ?

— Tout s'est bien passé. Nous les ramènerons ce soir. (Son sourire s'élargit.) Je viendrai te chercher après… si cela te convient, bien sûr.

— Entendu.

Elle appuya sa tête sur le dossier, regarda par la fenêtre et se mit à chanter une vieille rengaine texane. La voix de Gordon fit aussitôt écho à la sienne. Les gens qu'ils dépassaient les saluaient de la main. À mesure que le chant s'épanouissait, ils reconnurent Tanya. Le fait que la star avait participé à l'extinction de l'incendie ne l'avait rendue que plus populaire à leurs yeux. Elle avait produit une forte impression sur tous ceux qui l'avaient côtoyée en pleine action, et plus particulièrement sur Charlotte Collins. Tanya s'était battue sans relâche toute la nuit. Elle avait transporté des seaux d'eau et secouru les blessés pendant dix-sept heures d'affilée. Chaque fois que le regard de Charlotte s'était posé sur elle, elle était en train de s'activer autant que les autres, plus que les autres même. Sa force et son abnégation, tout comme celles de Zoe, avaient forcé l'admiration générale.

Au ranch, un immense buffet ouvert à toutes les équipes de sauvetage avait été dressé dans la salle à manger ; il regorgeait de victuailles : œufs sur le plat, omelettes, saucisses grillées, bacon, steaks, hamburgers, frites, gâteaux, glaces au chocolat.

— Il manque des flocons d'avoine, fit semblant de critiquer Tanya, en s'installant près de Gordon.

— C'est vrai ! Ces gens-là ne connaissent rien à la bonne cuisine.

Ils étaient en train de s'amuser quand Zoe vint s'asseoir à leur table, accompagnée de John Kroner et de son ami. Toutes les conversations tournaient autour de l'incendie. Peu à peu, les convives quittaient la salle, repus et éreintés. Pour Gordon, ce n'était pas fini, puisqu'il devait, avec ses cow-boys, ramener les chevaux au ranch.

— Tu seras mort de fatigue, ce soir, murmura Tanya tandis qu'ils sortaient de la salle à manger. Es-tu sûr que tu veux que je vienne ?

— Et comment !

Ses yeux la caressaient.

— Eh bien, vous êtes un dur à cuire, monsieur le gagnant du rodéo.

Une fois de plus, elle faillit l'embrasser.

— Attention. Si tu t'approches encore d'un pas, demain je ferai du stop sur la route, en quête d'un nouvel emploi.

— Je sais… Je te promets de me tenir.

Charlotte Collins en ferait une maladie si elle s'apercevait que son meilleur cow-boy filait le parfait amour avec sa plus célèbre cliente.

— Je crois que cette fois tu as tiré le bon numéro, déclara Zoe confidentiellement, tandis que Gordon s'éloignait.

Elles se tenaient devant le bâtiment central quand le mobile-home pénétra dans la cour. Mary Stuart fut l'une des premières à en descendre et les chercha d'un regard anxieux. Les camions revinrent l'un après l'autre. Un dîner fut servi. Tanya et Zoe n'avaient plus faim mais elles tinrent compagnie à Hartley et Mary Stuart, qu'elles abreuvèrent de leurs aventures. Zoe en profita pour faire l'éloge de Tanya, sans oublier Gordon, et cela fit naître un sourire malicieux sur les lèvres de Mary Stuart.

Elles regagnèrent le chalet, titubantes de fatigue. Entre-temps, l'incendie sur la montagne avait été entièrement éteint. La nouvelle, qui fut annoncée aux actualités télévisées, fit rapidement le tour du ranch. Tanya prit une douche, puis elle se savonna encore longuement dans le jacuzzi. Il lui fallut plus d'une heure pour ôter l'odeur de fumée de sa peau et de ses cheveux. Elle venait de sortir du bain, drapée dans une immense serviette de velours éponge, lorsqu'un grattement à la fenêtre l'attira. Elle écarta le rideau et se retint de rire. Une figure charbonneuse aux yeux brillants s'offrait à sa vue.

— Oh, Gordon, murmura-t-elle.

Mary Stuart et Zoe s'étaient retirées depuis longtemps dans leurs chambres. Elles devaient dormir à poings fermés. Tanya s'était forcée à rester éveillée pour attendre Gordon. Il lui faisait signe de le suivre. Il tenait à peine debout mais passer une nuit sans Tanya était hors de question. Elle alla ouvrir la porte du chalet, sans allumer la lumière du porche.

— Allez, viens, chuchota-t-il avec impatience.

— Non, entre. Mes amies sont dans les bras de Morphée et je crois que ce soir personne ne veille dans le ranch. Et si, par hasard, quelqu'un te voyait, on pourra répondre que tu es venu me parler de l'incendie.

Ç'avait été une journée inhabituelle. Après avoir hésité une fraction de seconde, Gordon se glissa dans l'entrée. Tanya referma aussitôt la porte. Les persiennes étaient closes et les doubles rideaux tirés, aucun rai de lumière ne filtrait au-dehors. Elle le prit par la main et l'entraîna vers sa chambre.

— Que fais-tu ? s'alarma-t-il. Je ne peux pas passer la nuit ici.

— Tu peux au moins te détendre dans le jacuzzi. Chéri, tu es épuisé. Viens, je t'en prie. Si tu insistes pour t'en aller après, j'irai avec toi.

Il ne voudrait aller nulle part une fois qu'il aurait enlevé ses vêtements, il le savait, mais il n'émit aucune objection. Il n'en avait pas la force. Le retour des chevaux s'était avéré plus long que prévu, et il sentait ses jambes flageoler.

Elle ouvrit les robinets en grand et l'aida à se déshabiller. Il se laissa glisser dans la gigantesque baignoire, tandis que l'eau bouillonnait autour de lui. Il demeura immobile, les paupières closes, certain qu'il était mort et se trouvait au paradis. La somnolence le gagnait mais il rouvrit les yeux.

— Tanny, je n'y crois pas… c'est merveilleux.

Elle se garda de lui faire remarquer qu'elle était habituée à vivre dans le luxe. Un luxe dont il n'avait pas idée. Là résidait leur différence. Elle le laissa se savonner dans les remous de l'eau parfumée et lui lava les cheveux. Il poussa un soupir extasié, goûtant pleinement à la volupté d'un repos bien mérité.

Au bout d'une heure, il leva le regard sur elle. Il n'avait pas dormi depuis vingt-quatre heures mais il avait l'air nettement plus alerte.

— Tu viens ?

Elle fit lentement glisser sa serviette à terre. Elle lui apparut dans toute la splendeur de sa nudité, ses longs cheveux mouillés cascadant dans son dos. Elle avait peine à croire qu'il avait encore le courage de rêver à de douces étreintes, malgré sa fatigue. Dès qu'elle fut dans le bain, elle comprit qu'il avait autre chose en tête que dormir.

— Quel obsédé ! Il y a une heure, tu étais mourant.

— Je suis ressuscité !

Il était minuit passé lorsqu'ils finirent de s'aimer. Tanya se plaignit d'avoir la peau fripée comme un raisin qui serait resté trop longtemps dans l'eau.

— Mmm, je ne trouve pas, dit-il en lui tapotant les fesses.

— Chéri, veux-tu vraiment rentrer chez toi ? Ne préfères-tu pas rester ici ?

Il eut l'air de réfléchir. L'invitation était plus que tentante. Il se traita d'idiot mais il n'avait pas le courage de résister. Rien qu'une fois…

— Je pourrais le regretter, surtout si tu ne me jettes pas dehors à cinq heures et demie du matin. C'est important.

— Tu peux compter sur moi.

— En ce cas, restons ici. Je ne crois pas que j'aurais la force de me traîner jusque chez moi.

Peu après, il se glissa dans le gigantesque lit. De sa vie, il n'avait éprouvé une telle sensation de bien-être. Les draps étaient propres, la peau de Tanya douce comme de la soie, son parfum enivrant, ses cheveux offraient le plus opulent des oreillers. Il s'endormit avant même qu'elle n'éteigne la lampe de chevet. Il la tint enlacée contre lui toute la nuit. Comme convenu, elle le réveilla d'une caresse à cinq heures vingt-cinq, dès la première sonnerie du réveil.

— Mon chéri, c'est l'heure, chuchota-t-elle, et il lui passa un bras autour de la taille. (Même dans son sommeil, il lui témoignait de l'affection et elle lui en était reconnaissante.) Tu dois te lever.

— Oh non. Je suis mort et je suis au ciel…

— Allez, espèce de marmotte, ouvre les yeux et redescends sur terre.

Il réussit à s'extirper du lit avec un gémissement et remit ses vêtements. Ils étaient sales, imprégnés de poussière noire et de fumée, mais il ne les porterait pas plus loin que chez lui, où il comptait prendre une douche rapide et passer des habits propres. Il détesta l'idée de la laisser. Leurs séparations, si brèves fussent-elles, leur étaient de plus en plus pénibles.

— Merci, murmura-t-il. C'était le plus beau cadeau qu'on m'ait jamais fait.

Il faisait allusion autant au jacuzzi qu'à leur farouche étreinte.

— De rien. Je savais que ça te ferait le plus grand bien. (Soudain, elle se souvint qu'ils étaient mercredi.) Iras-tu au rodéo, ce soir ?

Ses yeux l'interrogeaient. Il vit la peur dans son regard.

— Non. Je tomberais de fatigue avant même de monter à cheval. Non, pas ce soir.

— Je n'irai pas non plus.

Elle redoutait de nouveaux incidents semblables à ceux du samedi.

— Je te propose de passer une soirée tranquille à écouter de la musique. À moins que tu n'aies plus envie de dormir dans ma misérable cabane ?

— Mais si, bêta.

Un dernier baiser. Une dernière caresse. Un ultime « je t'aime », avant de se séparer pour quelques heures. Elle le raccompagna jusqu'à la porte et le regarda disparaître dans la nuit pâlissante. Elle le revit à neuf heures au corral et le trouva plus beau que jamais dans sa chemise immaculée et son jean serré. Ses bottes aux éperons étincelants et son chapeau de cow-boy parachevaient sa mise. Les chevaux étaient prêts : bouchonnés, brossés, sellés, bridés. En dehors d'une vague odeur de fumée, rien ne rappelait les événements de la veille. Pourtant, on parla toute la journée de l'incendie de Shadow Mountain.

La matinée s'écoula paisiblement. Dans l'après-midi, après le déjeuner, Mary Stuart appela Bill à Londres. Il se trouvait dans sa chambre, plongé dans ses sempiternels dossiers. Il parut surpris de l'entendre. Dernièrement, elle lui envoyait de ses nouvelles par fax, et encore, très rarement. C'était d'ailleurs réciproque.

— Un problème ?

Il était dix heures du soir à Londres.

— Tout va bien, répondit-elle.

Elle se crut obligée de meubler le silence qui suivit en racontant les épisodes de la veille. Comment Zoe et Tanya s'étaient portées volontaires pour combattre l'incendie, pendant que les autres avaient été évacués dans un ranch voisin. Il l'écoutait sans un mot, en se demandant où elle voulait en venir. Enfin, cessant de tourner autour du pot, elle lança :

— Je pense me rendre à Londres la semaine prochaine.

— Je te l'ai déjà dit, fit-il d'une voix irritée. Je suis débordé.

— Je le sais. Mais il faut que l'on parle, Bill.

Cette perspective avait l'air de le déranger.

— Quand je reviendrai, si tu veux, fin août.

— Je n'attendrai pas six semaines avant de te revoir, rétorqua-t-elle simplement.

— Toi aussi, tu me manques, dit-il d'un air ennuyé. Mais je travaille jour et nuit. Je te l'ai déjà expliqué. Sinon, je t'aurais emmenée avec moi.

— Préfères-tu peut-être que je t'envoie un fax ?

Sans s'en apercevoir, elle avait haussé le ton. Il ne se donnait même plus la peine de sauver les apparences.

— Ne sois pas désagréable. Mais réfléchis, enfin ! Je n'aurai pas une minute à te consacrer.

— Et c'est exactement le but de ma visite. Tu n'as pas le temps de me parler, ni de m'aimer, ni d'être mon mari. Ce n'est pas très intéressant pour moi, Bill.

— Qu'est-ce que tu me chantes ? demanda-t-il, et un curieux petit frisson le traversa. (Les fax, l'absence de coups de fil, ce silence, il commençait à entrevoir les raisons… Oui, très lentement, il commençait à saisir la situation.) Pourquoi viens-tu ? demanda-t-il d'une voix blanche.

Il avait toujours détesté les surprises.

— Pour te voir. Je n'abuserai pas de ton temps. Je ne descendrai pas dans le même hôtel si cela te gêne. Mais je pense qu'après vingt-deux ans de mariage, on se doit au moins une explication avant de jeter une vie entière à la poubelle.

— À la poubelle ? C'est comme ça que tu définis notre vie commune ?

Il semblait abasourdi.

— Oui. Et je suis sûre que tu ressens la même chose. Alors, autant que nous en parlions une fois pour toutes.

— Mais non, pas du tout, je ne ressens rien de la sorte. Comment peux-tu affirmer une chose pareille ?

— Le fait que tu me le demandes est vraiment affligeant.

— Nous avons eu beaucoup de peine tous les deux… Et j'ai ce procès sur le dos. C'est très important pour ma carrière, tu le sais.

— Oui, Bill, je le sais.

Si bref fût-il, cet entretien téléphonique l'avait vidée de toute son énergie. Bill manquait totalement de perspicacité, à tel point qu'elle se demanda si ça valait la peine de parcourir des milliers de kilomètres pour un face-à-face qu'il ne voulait pas… Cette seule pensée la démoralisait mais il le fallait.

— Nous en reparlerons la semaine prochaine.

— Attends ! Qu'est-ce qu'on fait, là ? On parle ou on met au point des formalités ? demanda-t-il, brusquement en colère.

— Tout dépend de toi.

C'était faux. Ça dépendait d'elle. Lui ne voyait pas d'inconvénient à rester marié à une femme qu'il n'aimait plus, qu'il ne touchait plus, qu'il n'entendait plus. Mary Stuart, en revanche, souhaitait une vraie union. Dix jours passés avec Hardey lui avaient remis les idées en place. Recommencer cette vie morne, cette relation insipide, ces longs et effroyables silences… non ! plutôt mourir.

— On dirait que tu as déjà pris ta décision, dit Bill d'un ton malheureux.

Elle faillit répondre que oui, que c'était terminé, ce qui lui aurait épargné le voyage en Angleterre, mais son honnêteté naturelle l'incitait, malgré tout, à donner à son époux une chance de se défendre, l'opportunité de lui expliquer les raisons de son attitude hostile, cette dernière année. Comme au tribunal…

— Prendras-tu l'avion de New York ? demanda-t-il, comme si ça faisait une différence.

— Non, j'arriverai de Los Angeles, où je pars avec Tanya.

— C'est une de ses idées ? s'enquit-il, insinuant que Mary Stuart était incapable de penser par elle-même. Ou est-ce à ton autre amie, le brillant docteur, que nous devons ce coup de théâtre ?

— Elle s'appelle Zoe… et non, j'ai trouvé ça toute seule, Bill. J'ai longuement réfléchi à la question avant de quitter New York. Je ne vois pas pourquoi je devrais attendre plus longtemps pour te faire part du fruit de mes réflexions.

— Qu'est-ce que tu essaies de me dire au juste ?

Il l'acculait au mur. Et il commençait à paniquer. Il s'était exprimé d'une voix pathétique, qui n'éveilla pas le moindre écho de compassion dans le cœur de sa femme. S'il avait remarqué sa détresse six mois... deux mois plus tôt encore, ils n'en seraient pas là.

— J'essaie de te faire comprendre que je suis malheureuse avec toi... au cas où tu ne l'aurais pas remarqué. Et que tu es malheureux avec moi. Si tu n'étais pas de mauvaise foi, tu l'aurais admis depuis longtemps.

— Oui... euh... nous avons eu de durs moments, c'est vrai. Mais je suis sûr que ça va s'arranger.

Il niait en bloc l'angoisse, l'amertume, le silence. Et la haine.

— Comment cela va-t-il s'arranger ? Par quel miracle ?

Quelques mois plus tôt elle lui avait proposé de consulter un psychothérapeute et il avait refusé. Il avait continué de se cacher au lieu d'affronter la réalité. Et il n'y avait aucune raison pour qu'il se décide à sortir de sa tanière. Sauf peut-être la peur. À condition qu'il ait peur de perdre une femme qu'il n'aimait plus.

— Je ne sais pas de quoi tu parles ! s'écria-t-il, en pleine confusion.

Il marqua une pause et aspira une large bouffée d'air. Les accusations de Mary Stuart lui faisaient l'effet d'une pluie glacée. Il n'avait pas préparé sa défense. Il passa une main fébrile sur son front. Il l'avait complètement ignorée pendant toute une année. Comme si on pouvait parquer quelqu'un quelque part et aller le rechercher quand on se sentait mieux. Il prit soudain conscience de son erreur.

— Je ne comprends pas pourquoi tu viens ! dit-il, toujours sur la défensive.

— Tu verras bien quand je serai là, répondit-elle, peu désireuse de poursuivre cette conversation stérile.

— Je pourrais venir, moi, à New York pendant un week-end.

L'arrivée de Mary Stuart à Londres l'emplissait d'une sourde terreur qu'il avait du mal à s'expliquer. Peut-être se sentirait-il moins menacé chez lui, à New York.

— Non, pas question. Tu es occupé. Moi, j'ai tout mon temps. De toute façon, ce ne sera pas long. J'en profiterai pour rendre une petite visite à Alyssa…

— Elle sait que tu viens ? Elle est au courant ? demanda-t-il, en proie à la panique.

— Pas encore, répondit froidement Mary Smart. J'essaierai de la joindre avant mon départ.

Elle l'avait chéri tendrement, profondément, pendant des années et elle lui avait donné le meilleur d'elle-même. À présent, comme une source qui se tarit, elle n'avait plus rien à lui offrir. Et elle n'en éprouvait même pas de regrets.

— Peut-être pourrions-nous passer tous les trois quelques jours ensemble, dit-il d'une voix pleine d'espoir.

— Ce n'est pas le but de ma visite. Je viens à Londres pour parler avec toi. Je ne resterai pas plus d'un jour ou deux. Je reprendrai l'avion pour aller retrouver Alyssa.

Elle ne lui permettrait pas de se cacher derrière leur fille. L'affaire se réglerait entre eux deux.

— Tu peux rester plus longtemps, tant qu'à faire…

Sa voix se fêla. En bon avocat, il sut que ses arguments manquaient singulièrement de force. Bill Walker n'était pas tombé de la dernière pluie. Il avait senti la colère dans la voix de Mary Stuart. Une colère froide. Implacable. Il ne se demanda pas s'il y avait un autre homme dans sa vie. Elle lui avait toujours témoigné une scrupuleuse fidélité. Mais il ne l'avait jamais sentie aussi furieuse… aussi indignée… non, ce n'était pas de l'indignation. C'était du mépris, s'aperçut-il, effaré. Il avait trop tiré sur la corde. Il sut soudain quelles paroles elle allait prononcer quand elle serait à Londres. Il ne put s'empêcher de l'admirer. D'autres s'en seraient sorties par une lettre. Pas elle. Mary Stuart ne s'était jamais cachée, elle, elle n'avait jamais eu peur de la vérité.

Il raccrocha, anéanti. Oh, elle aurait pu éviter le voyage. Il imaginait parfaitement ce qu'elle allait lui annoncer. Son esprit s'était arrêté de fonctionner. Il finit par lui envoyer un fax – ce fut tout ce qu'il put trouver. Une heure plus tard, lorsqu'elle le reçut, elle le froissa, en fit une boule qu'elle lança en direction de la corbeille à papiers. La boule manqua sa cible. Zoe trouva la missive par terre, dans l'après-midi. Elle la parcourut en hochant la tête. Le pauvre homme n'avait plus aucune chance de sauver son ménage. Il n'avait décidément rien compris aux femmes, ou du moins à la sienne, sinon il n'aurait pas écrit ce message sublime de naïveté :

« Je t'attends avec impatience la semaine prochaine. Mes hommages à tes amies. »

Bill Walker faisait penser à un naufragé en pleine tempête qui s'accroche à un cure-dent. Pour ceux qui connaissaient Mary Stuart, et de toute évidence, son mari avait sous-estimé son esprit d'initiative, il n'avait aucune chance d'arriver indemne jusqu'au canot de sauvetage.

20

Le jeudi, les trois femmes se mirent à compter les jours, chacune pour une raison différente. L'excitation gagnait Zoe ; se sentant beaucoup mieux, elle avait maintenant hâte de rentrer à la maison. Chaque jour, de longues conversations téléphoniques avec Sam l'avaient soutenue moralement, mais elle entendait profiter jusqu'au bout de l'air pur de la campagne, son « ballon d'oxygène », disait-elle, comme s'il la régénérait. D'ailleurs, ces montagnes si grandioses et si paisibles vous insufflaient leur force millénaire, avait-elle confié à John Kroner, qui avait opiné de la tête. Il avait remarqué lui aussi les pouvoirs magiques des montagnes… Mais si, pour Zoe, le départ évoquait la joie des retrouvailles, il signifiait pour ses amies le déchirement de la séparation. Le compte à rebours avait commencé et chaque jour qui s'écoulait représentait un trésor perdu, un chapelet d'instants irremplaçables que plus jamais elles ne retrouveraient. Hartley était, quant à lui, la proie d'une indicible angoisse. Il regrettait à présent d'avoir endossé le simple rôle du soupirant, se contentant de quelques baisers, de quelques caresses furtives. Il aurait dû insister, se montrer plus pressant. S'il avait tenu Mary Stuart dans ses bras, s'ils s'étaient mieux connus, plus à fond, il n'aurait pas éprouvé la pénible sensation que dès l'instant où ils se sépareraient ils ne se reverraient plus. Tanya et Gordon étaient amants, il l'avait compris à mille détails et il en était venu à les envier. Il exposa ses tourments à Mary Stuart le jeudi après-midi, lors d'une promenade dans la forêt. Elle répondit qu'au contraire il serait mauvais de fonder leur relation sur une trahison. Elle n'avait pas l'intention de tromper Bill, ni de le quitter pour quelqu'un d'autre. Une fois la rupture consommée, une fois libre, elle pourrait refaire sa vie avec Hardey, sans remords et sans traîner le poids de la culpabilité « jusqu'à la fin de nos jours », avait-elle conclu, et cette dernière phrase qui présumait un long avenir avait apaisé les inquiétudes de Hartley.

— Jusqu'à la fin de nos jours ? Voulez-vous le répéter, madame, s'il vous plaît ?

Mais ils avaient beau se murmurer des « jamais » et des « toujours », l'issue du voyage à Londres n'en demeurait pas moins incertaine. Pourtant, ils semblaient faits l'un pour l'autre. Or, par son expérience et son métier, Hartley se méfiait des apparences.

— Je deviendrai fou, vous sachant de l'autre côté de l'Atlantique, dit-il d'un air penaud.

Elle était si attirante que ce mari, dont il redoutait les ressources cachées, tenterait tout pour la reconquérir. Il l'avait invitée à Seattle où il inaugurerait à la bibliothèque municipale une aile qui porterait son nom. Ensuite, il irait à Boston discuter avec le doyen de l'université d'un sujet de conférence qu'il se proposait de donner à Harvard. Ce périple convenait parfaitement aux aspirations intellectuelles de Mary Stuart. Hartley lui avait déjà soumis la première partie du manuscrit qu'il était en train d'écrire. Elle en avait été flattée. Soudain, la perspective de trouver un emploi lui paraissait moins importante. Vivre avec un écrivain constituait une occupation à plein temps.

Pourtant, elle déclina son offre. Elle s'en tenait à son projet initial. En quittant le Wyoming, elle resterait à Los Angeles un jour ou deux avant de s'envoler pour Londres. Il lui fallait un peu de recul, de manière à y voir clair. Elle le rejoindrait à New York dès qu'elle aurait mis de l'ordre dans sa vie privée. Alors, elle serait libre et irait passer l'été à Fisher's Island, dans la résidence secondaire de Hartley. Il voulait organiser une réception pour la présenter à ses amis et relations, et leur annoncer qu'après deux ans de solitude, il avait rencontré l'âme sœur.

— Je vous appellerai dès que je lui aurai parlé, lui dit-elle en souriant, tandis qu'ils marchaient dans le sous-bois.

Ils avaient renoncé à leur promenade à cheval de l'après-midi, désireux de se retrouver seuls.

— Peut-être devrions-nous convenir d'une sorte de signal.

— Comme quoi ? demanda-t-elle.

Elle pensait qu'il exagérait, que le voyage en Angleterre – une visite de pure courtoisie en ce qui la concernait – avait pris des proportions alarmantes dans l'esprit tourmenté de Hartley.

— Je ne sais pas, murmura-t-il en la scrutant d'un air anxieux. Une sorte de message codé sous forme de fax, pour que je vienne vous chercher à l'aéroport… ou que je reste chez moi, au cas où vous auriez changé d'avis.

— Cessez de vous inquiéter, sourit-elle.

Elle se hissa sur la pointe des pieds pour l'embrasser, puis ils reprirent le chemin du ranch en se tenant par la main.

Pendant ce temps, Tanya et Gordon revenaient à cheval de Shadow Mountain, où ils avaient constaté les ravages de l'incendie. Le feu avait dévasté plusieurs hectares de forêt et ils étaient en train de dresser la liste des conséquences quand un homme longea l'orée d'une clairière. Tanya le remarqua la première. Vêtu de guenilles, les cheveux longs et mal peignés, il marchait pieds nus sans se soucier de la rocaille et des épines. Il les suivit du regard avant de disparaître dans l'ombre de la futaie.

— Qui ça peut bien être ? demanda-t-elle.

L'individu avait une allure inquiétante, impression accentuée par le fusil qu'il portait en bandoulière.

— Sûrement un de ces pauvres bougres qui ont élu domicile dans la montagne. Ils sont nombreux à faire le tour des parcs nationaux. L'incendie a dû détruire sa tanière et il cherche un refuge pour la nuit. Ils sont inoffensifs.

Ils lancèrent leurs montures au galop. Tanya souriait comme si elle venait de se souvenir de quelque chose. Elle demanda à Gordon de l'accompagner le lendemain à un endroit qu'elle voulait lui montrer. Il répondit par l'affirmative, à condition de partir de bonne heure.

Ils se séparèrent au corral, en fin d'après-midi. Ils savaient qu'ils se retrouveraient le soir, chez lui. Après avoir dîné avec les autres, Tanya passait ses nuits dans la maison de Gordon, d'où elle repartait à l'aube. Il y avait longtemps qu'elle ne s'était pas sentie aussi heureuse et aucune de ses deux amies ne songeait plus à se moquer de sa mine épanouie.

Le dîner se déroula dans l'allégresse. Hartley et Mary Stuart, très détendus, devisaient gaiement avec Zoe. Elle s'était une nouvelle fois rendue dans le service de John Kroner à l'hôpital et en était revenue plus enthousiaste que jamais. Tous riaient et plaisantaient, et lorsque Tanya les laissa au chalet, il était plus tard qu'à l'accoutumée. Personne ne lui posa de questions lorsqu'elle sortit, car même Hartley avait deviné aisément sa destination.

Elle descendit l'allée d'un pas léger, sous le ciel criblé d'étoiles. C'était une nuit claire, limpide comme du cristal, peuplée des hennissements des chevaux. Gordon l'attendait, comme toujours. Il avait préparé du café, de la musique emplissait la maison. Ils s'assirent sur le canapé en bavardant, puis, inéluctablement, ils basculèrent sur les coussins dans un doux corps à corps. Longtemps après, tandis qu'ils reposaient enlacés, elle regretta de ne pouvoir remonter les aiguilles des pendules... Le temps filait, s'envolait à une vitesse hallucinante. La nuit profilait ses ombres dans la pièce et ils s'étaient remis à parler de mille choses, quand un bruit se fit entendre. Un aboiement de chien, suivi de hennissements furieux. Gordon bondit sur ses jambes, à raffut, puis le chien se remit à gronder, tandis que les chevaux s'agitaient bruyamment dans leurs stalles.

— Que se passe-t-il ? demanda-t-elle.

— Je ne sais pas. Parfois, un rien les effraie. Un passant ou un animal de la forêt... Ce n'est probablement rien de grave.

Dix minutes plus tard, le calme n'était pas revenu. Des heurts sourds s'ajoutèrent aux hennissements comme si les chevaux décochaient des ruades contre les cloisons de leurs boxes. Gordon décida de se rhabiller et d'aller y jeter un coup d'œil. Charlotte Collins lui avait confié la responsabilité des écuries, il entendait se montrer digne de cette confiance.

— Je suis sûr qu'ils n'ont rien.

Hélas, elle ne pouvait pas l'accompagner, elle le savait.

— Je t'attends ici. Fais vite.

Il avait enfilé ses jeans et ses bottes, et passé un sweater sur son torse nu. Il était si beau, inondé du clair de lune, qu'elle ne résista pas à l'envie de l'embrasser. Elle se blottit contre lui. Il la serra dans ses bras avec un rire bas, dans l'obscurité, et son ardeur pour elle lui coupa le souffle.

— Je reviens tout de suite.

Elle le regarda par la fenêtre de la cuisine courir en direction du corral. Il disparut au tournant, et elle ne vit plus rien. Le silence retomba soudain, mais Gordon ne réapparut pas. Au bout d'une heure, il n'était toujours pas revenu. À mesure que l'attente se prolongeait, la peur rongeait Tanya. Que s'était-il passé ? Un cheval était-il tombé malade ? Avait-il dû l'emmener d'urgence chez le vétérinaire ? Mais alors, ne serait-il pas revenu pour l'avertir ? Il était hors de question d'appeler la réception. Elle passa en vitesse ses vêtements, décidée à aller se rendre compte par elle-même. Si elle rencontrait quelqu'un, elle pourrait toujours raconter qu'elle faisait une promenade. Personne ne saurait, après tout, d'où elle venait.

Elle partit vers le corral, dans le silence oppressant. En tournant au coin de l'allée, elle les vit. L'homme en guenilles qu'ils avaient croisé un peu plus tôt sur le chemin de montagne et Gordon. Le vagabond braquait son vieux fusil sur Gordon et celui-ci, immobile, semblait parlementer calmement. Elle aperçut ensuite des chevaux alentour, maculés de sang. L'un d'eux était à terre. Un long couteau de chasse brillait dans l'autre main du vagabond. Elle repartit à reculons, puis se mit à courir mais l'homme armé tourna la tête dans sa direction. Un coup de feu explosa. Elle ignorait s'il avait tiré sur Gordon ou si la balle lui était destinée. Une prière fervente monta à ses lèvres, tandis qu'elle forçait l'allure. Deux autres coups de feu claquèrent dans la nuit au moment où les pieds de Tanya martelaient le perron d'une des maisons les plus proches. Elle cogna de toutes ses forces contre le battant, encore et encore, jusqu'à ce qu'il s'ouvre. Un jeune cow-boy apparut dans l'entrebâillement, une couverture autour des reins. C'était un garçon du Colorado avec lequel elle avait déjà échangé quelques mots. Il se demandait s'il y avait une nouvelle alerte au feu. Cela arrivait après un incendie. Une braise oubliée, un souffle de vent, et le feu qui couvait sous la cendre repartait. Le visage bouleversé de Tanya s'offrit à sa vue. Il la reconnut aussitôt mais n'eut pas le temps de poser des questions. Elle l'attrapa par le bras, essayant de l'entraîner dehors.

— Il y a un homme avec un couteau et un fusil dans le corral. Quelques chevaux sont blessés et il tient Gordon en joue. Venez, venez vite.

Il fit glisser la couverture sur ses hanches, et elle se détourna pendant qu'il enfilait son pantalon. Il ressortit rapidement en tirant sur sa fermeture Éclair et commença à taper comme un sourd à la porte de la maisonnette voisine. La lumière du porche s'alluma, la silhouette d'un homme se profila dans le chambranle.

— Appelle le shérif, cria le garçon d'écurie avant de s'élancer vers le corral, Tanya sur ses talons.

Ils coururent à perdre haleine et arrivèrent juste à temps pour voir le vagabond sauter sur un cheval. Il leur cria deux ou trois injures obscènes avant de partir au grand galop en direction de la montagne. Deux chevaux étaient couchés par terre, inanimés, l'un poignardé, l'autre mortellement blessé par balles. Un peu plus loin, Gordon gisait dans une mare rouge sombre. Son sang giclait à flots de son bras tailladé. Une artère avait dû être sectionnée par la lame affûtée et il serait bientôt saigné à blanc. Ce n'était plus qu'une question de minutes. Agenouillée près de lui, Tanya exerça une forte pression au-dessus de la blessure mais le sang continua à sourdre. Affolée, elle cria au jeune cow-boy le numéro de son chalet, lui intimant d'aller chercher le Dr Phillips. Le jeune homme s'exécuta aussitôt. Gordon s'affaiblissait à vue d'œil. Tanya était couverte de son sang mais ne relâcha pas la pression.

— Mon chéri… Gordon… reste avec moi… dis-moi quelque chose.

Surtout le maintenir éveillé. Surtout l'empêcher de perdre conscience. Mais déjà, les yeux du blessé se fermaient. Pour le gifler, il aurait fallu cesser d'appuyer sur l'artère. Elle ne s'y risqua pas.

— Gordon, non ! Réveille-toi !

Elle criait et pleurait en même temps. Les autres commençaient à affluer. Des palefreniers et des cow-boys effarés. Il leur fallut un moment pour comprendre ce qui s'était passé. Ils n'avaient rien vu, rien entendu, ni les hennissements, ni les coups de feu. En levant un regard désespéré, elle aperçut Zoe qui dégringolait la pente, en chemise de nuit, sa trousse médicale à la main. Elle avait pris la précaution d'enfiler des gants de caoutchouc afin de protéger Gordon de sa maladie.

— Place ! place ! écartez-vous s'il vous plaît, merci !

Une seconde plus tard, elle était à genoux, à côté de Tanya.

— Coup de couteau, déclara celle-ci. Artère sectionnée.

Elle n'avait pas oublié les cours de secourisme qu'elle avait suivis à l'université.

— Continue la pression, ordonna Zoe.

Ce disant, elle voulut remuer un peu le bras lacéré. Un geyser de sang les inonda avant de dessiner des rigoles d'un rouge brillant sur la terre battue. Zoe posa un garrot qu'elle serra aussi fort qu'elle le put pour ralentir l'hémorragie. Gordon ne bougeait plus. Une pâleur mortelle figeait ses traits. Il était visiblement en état de choc. Tanya continua à crier son nom sous les regards atterrés des hommes du ranch, mais il ne l'entendait plus. Prévenue par l'un de ses employés, Charlotte Collins arriva peu après. Deux des cow-boys pleuraient leurs chevaux morts. D'après le garçon d'écurie, l'auteur de ce massacre avait certainement agi dans un accès de démence.

— Quand arrive l'ambulance ? voulut savoir Zoe.

— Dans cinq, dix minutes, lui fut-il répondu.

Pourvu qu'il tienne le coup jusque-là, pria-t-elle en silence. L'état de Gordon avait sensiblement empiré. Il avait désespérément besoin d'une transfusion, d'oxygène, d'un bloc opératoire. Si les sauveteurs n'arrivaient pas dans les minutes qui venaient, l'irréparable risquait de se produire. Au moment où elle commençait à perdre espoir, le hurlement d'une sirène déchira la nuit. Guidée par les cow-boys, l'ambulance, gyrophare allumé, s'arrêta à la hauteur du blessé. Celui-ci avait perdu conscience. Son pouls battait irrégulièrement, faiblement, comme prêt à s'éteindre. Il avait perdu une quantité de sang incroyable. Tanya sanglotait. Zoe essaya de la rassurer. Il possédait une robuste constitution et avait toutes les chances de s'en sortir. Elle-même n'y croyait qu'à moitié. Elle annonça son diagnostic aux infirmiers, qui allongèrent doucement Gordon sur une civière. Ses paupières fermées dessinaient deux demi-lunes sombres sur sa figure d'un blanc crayeux.

En quelques secondes, il fut transporté dans l'ambulance. Zoe s'engouffra à l'arrière du véhicule. L'un des cow-boys lui avait prêté une vareuse, qu'elle avait passée par-dessus sa chemise de nuit. Tanya demanda à un ambulancier si elle pouvait les accompagner mais ne reçut aucune réponse.

— Je vous y emmène, fit une voix dans son dos.

C'était Charlotte Collins. Elle avait assisté aux dernières scènes du drame et scrutait Tanya d'un regard plein de gratitude. L'ambulance avait démarré sur les chapeaux de roue. Il n'y avait pas eu de place pour elle à l'intérieur et, de toute façon, Zoe ne voulait pas qu'elle soit présente, de peur que Gordon rende son dernier soupir, chose tout à fait plausible. Tanya s'installa à côté de Charlotte, qui démarra dans le sillage de l'ambulance. Tanya lui raconta sa version des faits : comment, lors de sa promenade nocturne, elle avait aperçu les deux hommes. Elle ajouta que plus tôt, alors qu'ils se promenaient à cheval, ils avaient entrevu le vagabond dans la forêt mais que Gordon avait dit qu'il était inoffensif.

— Beaucoup de ces rôdeurs sont des détraqués, répondit Mme Collins, les yeux fixés sur la route. Il y a quelques années, un fait divers sanglant a secoué toute la région. Un gars qui venait de sortir de prison d'un autre État a assassiné toute une famille de campeurs dans leurs sacs de couchage. L'horreur ! Heureusement, ce genre de crime se fait de plus en plus rare. La plupart du temps, nous dormons sans fermer nos portes à clé.

Une franche terreur se lisait sur les traits ciselés de Tanya. Elle aurait voulu être près de lui, dans l'ambulance. Tout s'était passé si vite qu'elle avait peine à y croire.

Il lui sembla qu'elles mettaient un siècle pour arriver à l'hôpital. Le trajet se déroula dans le silence. Tanya n'avait guère envie de parler et Charlotte Collins respectait le chagrin de sa passagère. Elle en savait beaucoup plus que Tanya ne l'imaginait. Très peu de choses échappaient à son regard acéré. Elle voyait tout, notait tout. Elle infligeait de sévères pénalités au personnel qui enfreignait le règlement mais, après tout, la vie était la plus forte. Elle espérait seulement que Gordon s'en sortirait. Ensuite, elle aviserait.

Lorsque, enfin, elles pénétrèrent aux urgences, le « code bleu » venait d'être instauré, signe qu'on transportait un blessé grave, peut-être mortellement atteint. Rapides et efficaces, les infirmiers étaient entrés en action. Allongé sur un chariot, Gordon fut poussé en vitesse dans le couloir menant au bloc opératoire. Ils avaient demandé à Zoe si elle voulait assister à l'intervention mais elle avait préféré rester avec Tanya dans la salle d'attente. Elle serait plus utile à son amie qu'à Gordon. Elle l'avait maintenu en vie pendant le trajet. Le reste dépendait des chirurgiens.

Tanya alla au-devant de Zoe dans le hall des urgences grouillant de monde.

— Comment va-t-il ? demanda-t-elle d'une voix rauque.

— Vivant… mais à peine, répondit Zoe, ne voulant pas lui donner de faux espoirs.

Tanya fondit en larmes. Elle avait tort de pleurer devant la directrice du ranch mais cela lui était égal. On pleure pour l'homme que l'on aime… Charlotte Collins ne parut pas s'en formaliser. Elle et Zoe l'emmenèrent dans une petite salle d'attente où elle s'effondra sur une chaise.

Une longue attente commença. La police vint peu après recueillir le témoignage de Tanya. Elle répondit franchement à toutes les questions. Où elle se trouvait avant et pendant le drame. Comment cela s'était passé. Zoe se faisait un sang d'encre. Les journaux à sensation ne tarderaient pas à s'en mêler. Les paparazzi n'hésiteraient pas à traîner dans la boue leur proie favorite afin d'augmenter leurs tirages. Elle imaginait sans peine les titres : Tanya Thomas compromise dans un nouveau scandale – vacances dans un ranch de luxe et nuits d'amour avec les cow-boys.

Charlotte, qui y avait pensé également, suivit les policiers. Ils lui promirent de rester discrets. Non, nul besoin d'alerter la presse, admit l'un d'eux avec respect. Charlotte Collins représentait une des personnalités les plus estimées de la région. Ils lui promirent de lancer un avis de recherche contre l'agresseur de Gordon et d'essayer de récupérer le cheval volé.

John Kroner arriva peu après. Il avait été prévenu en tant que médecin officiel du ranch. Il salua gentiment Zoe, puis alla en salle d'opération. La vie de Gordon oscillait encore. L'artère avait été recousue mais il fallait suppléer à la perte de sang et poser des points de suture sur d'autres blessures, plus superficielles. Il redescendit dans la salle d'attente. Tanya était assise dans un coin, les yeux fermés, seule au monde.

— Elle semble en état de choc, dit John à Zoe tout en traversant le hall pour se dégourdir les jambes. Elle a été attaquée, elle aussi ? Que faisait-elle à minuit près du corral ?

— Elle est amoureuse de lui, John.

Cela expliquait tout. Le jeune médecin hocha la tête.

Une heure passa avant que le chirurgien apparaisse à la porte vitrée de la salle d'attente. Il affichait une expression si sombre que Tanya faillit s'évanouir. Elle se mit à pleurer, et Zoe lui entoura les épaules. L'homme s'avança vers les deux femmes enlacées.

— Tout s'est bien passé. Il va se remettre, déclara-t-il d'une seule traite.

Les larmes de Tanya se transformèrent en sanglots. Elle s'accrocha à Zoe, qui la serra dans ses bras.

— Ça va aller, Tan, ça va aller. Il s'en sortira. Chut, ma chérie…

— Oh, mon Dieu, j'ai cru qu'il était mort.

Le chirurgien poursuivit ses explications à l'adresse de Charlotte. En dehors de l'artère, le coup de couteau avait endommagé des ligaments et des nerfs. Peut-être aurait-il besoin d'une deuxième intervention, en tout cas de rééducation pendant un certain temps, et d'une ou deux semaines de convalescence. Il avait perdu énormément de sang et, si Tanya et Zoe n'étaient pas intervenues aussi rapidement, ils n'auraient pas pu le sauver. Ils allaient lui faire une transfusion. Si tout allait bien et s'il n'avait pas de fièvre, il pourrait retourner au ranch le lendemain matin. Charlotte le remercia chaleureusement, puis le chirurgien se tourna vers Tanya.

— Voudriez-vous le voir ? demanda-t-il avec un sourire. Vous et votre amie le Dr Phillips ayez fait un sacré bon boulot, vous savez. Si vous n'aviez pas eu la présence d'esprit d'exercer une forte pression sur l'artère, il serait mort en quelques minutes.

— Il est réveillé ? demanda Tanya en suivant le médecin dans le couloir.

Les autres avaient choisi de rester dans la salle d'attente.

— Plus ou moins…

Le chirurgien lui sourit de nouveau en se disant qu'elle était fort jolie femme. Il n'avait aucune idée de son identité.

— Il est un peu groggy, comme s'il avait la gueule de bois, mais il vous a réclamée dès qu'il a ouvert les yeux. Vous êtes bien Tanny, n'est-ce pas ?

Elle acquiesça. Ensemble, ils entrèrent dans la salle de réveil. Une demi-douzaine d'infirmières s'activaient près d'un lit entouré de moniteurs auxquels Gordon était lié par des fils. Il sourit dès qu'il la vit.

— Ma chérie… dit-il en levant la tête.

Elle lui effleura le front d'un baiser avant de s'asseoir près du lit étroit.

— Tu m'as fait peur, murmura-t-elle.

— Désolé. J'essayais de parlementer mais il m'a eu.

— Tu as de la chance. Il aurait pu te tuer.

— D'après le docteur, tu m'as sauvé.

Leurs yeux s'accrochèrent et ils échangèrent un long regard, avec une expression que seuls se lancent les amoureux, et qui n'échappa à personne.

— Je t'aime, murmura-t-elle en se penchant pour l'embrasser.

— Moi aussi, je t'aime.

Ses paupières s'alourdirent un instant. Tanya demanda au chirurgien si elle pouvait rester ; il répondit que oui.

Elle alla prévenir Zoe.

— Vous en êtes sûre ? s'enquit Charlotte Collins. Je pourrais vous ramener demain, si vous voulez.

— Non, je reste. (Elle regarda la patronne de Gordon dans les yeux.) Je suis désolée… vous avez dû vous en rendre compte. Pour rien au monde, je n'aurais voulu lui créer des ennuis.

Dorénavant, il était inutile de se cacher.

— Je sais, répondit Charlotte avec un sourire. Ne vous inquiétez pas. Tout va s'arranger. Mais soyez prudente.

Elle faisait allusion à la presse à scandale, et Tanya lui rendit son sourire. Personne ne savait qu'elle se trouvait dans cet hôpital.

Les deux femmes partirent, accompagnées de John Kroner, et elle regagna sa place près de Gordon. Il s'était endormi. Elle passa la nuit assise près de lui, dans la salle de réveil. À six heures du matin, les aides-soignants le transportèrent dans une chambre. Elle les suivit. Il était totalement réveillé et clamait qu'il était en pleine forme.

— Je me sens bien, rentrons à la maison.

La tête lui tourna et il dut se rasseoir sur son lit. Tanya le calma.

— Attention, cow-boy. Couche-toi et reste tranquille.

Il fit mine de se fâcher.

— Le fait de m'avoir sauvé la vie ne t'autorise pas à me dicter ma conduite pour le restant de mes jours… (Il l'observa de plus près.) Tan, tu as l'air fatiguée.

— Je me reposerai plus tard. Dieu que j'ai eu peur…

Il ne lui restait qu'une chose à faire, avant de retourner au chalet. Elle aurait voulu qu'ils soient seuls tous les deux pour lui montrer sa dernière acquisition mais cela n'était plus possible. Elle appela Tom et le pria de venir. Gordon pourrait se reposer pendant le trajet.

Le chirurgien avait donné son accord : le patient ne subissant aucune complication et n'ayant pas de fièvre, il pouvait quitter le service des urgences vers midi. Calé dans une chaise roulante, Gordon émit un sifflement quand le mobile-home pénétra dans la cour de l'hôpital.

— Je crains le pire. Comment vais-je expliquer à Charlotte ce petit détail ? Mais peut-être avons-nous été démasqués ?

— Je crois qu'elle possède pas mal d'indices, depuis qu'elle m'a vue pleurer à chaudes larmes en attendant que le docteur nous donne de tes nouvelles. Je dois dire qu'elle a été parfaite. Elle sait tout, Gordon. C'est une grande dame. De plus, elle est très compréhensive.

— Espérons-le. Nul besoin d'être Sherlock Holmes pour déduire que si tu étais dans les parages en pleine nuit, au moment où j'ai été attaqué, il devait y avoir un lien entre ces deux faits.

Sans le vouloir, il avait bougé son bras blessé et avait tressailli. L'hôpital lui avait fourni des antalgiques qu'il ne voulut pas prendre. Il s'en tenait à la vieille tradition de l'Ouest selon laquelle un whisky bien tassé calme toutes les douleurs.

Aidée de Tom, Tanya l'installa sur l'un des canapés-lits, le bras et la tête appuyés sur des oreillers. Le bus démarra en douceur pendant qu'elle lui offrait un verre de Coca-Cola. Il sourit, les yeux mi-clos, heureux et béat. Peu après, il jeta un coup d'œil étonné par la fenêtre.

— Chérie, ton chauffeur s'est trompé de route.

— Mais non. J'ai pensé qu'une promenade te ferait du bien.

Il n'osa répondre que la beauté des lieux n'était pas sa principale préoccupation du moment, craignant de la vexer. Alors qu'elle se penchait sur lui, il tendit le cou et l'embrassa.

— Ce petit incident n'affectera pas nos habitudes.

— Permets-moi de te signaler qu'hier soir tu songeais à tout, sauf à nos habitudes, le taquina-t-elle.

Ils étaient presque arrivés à destination. En se mettant à la fenêtre, elle le vit enfin. Le lourd véhicule avait négocié un virage en épingle à cheveux pour déboucher dans une clairière surmontée d'à-pics. Elle avait visité ce lieu enchanteur une semaine plus tôt avec Gordon. Celui-ci, l'ayant reconnu, s'était assis dans son lit et contemplait le paysage.

— Pour quelle raison avons-nous fait ce détour ? Il est vrai que j'adore cet endroit, mais…

Elle l'interrompit en riant.

— Je l'espère.

— Pourquoi ?

— Parce qu'il m'appartient.

— Pardon ? s'enquit Gordon, les sourcils froncés, s'efforçant de mettre de l'ordre dans ses pensées. Qu'est-ce que tu racontes ? C'est le vieux ranch de

Parker. Je le connais depuis des années. Je t'ai emmenée ici dimanche dernier et…

— Exact ! coupa-t-elle, rayonnante. Et je l'ai acheté lundi.

— Tu es folle ! folle à lier !

Elle eut peur qu'il soit fâché. Pour l'instant, il la regardait d'un air incrédule, visiblement dépassé par les événements. Elle avait visité le ranch le dimanche et elle l'avait acheté le lendemain, lundi. Cela dépassait son entendement.

— Pour… pourquoi ? bredouilla-t-il.

— N'est-ce pas toi qui m'as suggéré d'acheter une propriété dans la région ? J'ai suivi tes conseils.

La mâchoire de Gordon faillit se décrocher.

— Ah oui ? Comme ça ?

— Comme ça. D'après l'agence immobilière, il s'agit d'un excellent investissement. Le prix est raisonnable, et il doublera si les travaux sont effectués correctement. Je me suis dit : voilà l'occasion d'essayer. Tu élèveras ici tes chevaux pendant que je ferai la navette entre Los Angeles et le Wyoming. Naturellement, rien ne t'empêchera de continuer à travailler pour Charlotte Collins… à condition de m'aider à diriger mon petit domaine. Mais les travaux d'abord ! Nous aviserons ensuite. Si la vie à la campagne m'ennuie, je pourrai toujours le revendre. Et si tu renonces à l'élevage pour t'installer à Bel Air, tu seras le bienvenu. En tout cas, cela valait la peine d'essayer, non ?

— Oh, mon amour, dit-il en l'attirant contre lui de son bras valide. Tu es étonnante.

— M'aideras-tu à tout remettre sur pied ?

— Oui, bien sûr.

Il ne pouvait plus rien lui refuser. Elle s'était impliquée dans leur relation avec une confiance absolue qui le touchait profondément.

— En ce cas, nous reviendrons demain tous les deux, à cheval.

Il lui adressa son sourire qui la faisait fondre.

— Je n'en crois pas mes yeux. Tu le veux vraiment, Tan ? Comment peux-tu m'accorder une telle confiance ?

Elle incarnait le don du ciel qu'il avait toujours espéré. Il repensa à ce qu'il lui avait dit la veille ; qu'il devait être mort et qu'il se trouvait au paradis.

— J'ai gardé mon âme d'enfant, sourit-elle en sirotant une gorgée de Coca-Cola. Le lieu m'a plu, je l'ai acheté. Me suis-je trompée ?

— Oh, non ! Tu auras le plus beau ranch des environs. Quand veux-tu commencer les travaux ?

— Dès que tu seras valide… La promesse de vente est signée. Et la semaine prochaine, il sera à nous.

Elle n'avait pas dit « à moi ». Elle le lui offrirait comme cadeau de mariage, si toutefois ils décidaient d'unir leurs destinées. C'était son plus cher désir, mais il fallait d'abord régler son divorce avec Tony. Les formalités traîneraient jusqu'à Noël, après quoi elle serait libre… oui, enfin libre de voler vers l'homme dont elle était follement éprise.

Lorsqu'ils arrivèrent au ranch, tous les employés de Mme Collins s'étaient rassemblés devant la maison de Gordon. Tom l'aida à descendre le marchepied, sous une avalanche d'applaudissements. Le héros fut aussitôt entouré par le personnel du ranch. Tous déposèrent sous le porche un monceau de cadeaux : bouquets de fleurs, livres, disques, friandises. Gordon considéra d'un œil reconnaissant mais distrait les présents. Il avait tout ce dont il avait besoin : une femme qui l'aimait, le ranch dont il avait rêvé depuis sa plus tendre enfance. Lorsqu'ils se retrouvèrent enfin seuls chez lui, il leva sur Tanya un regard embué de larmes d'émotion.

— Je n'arrive pas à croire à ce qui m'arrive.

— Moi non plus. Ce pays m'a conquise. J'ai envie d'être avec toi.

— Je viendrai à Los Angeles chaque fois que je le pourrai.

— Mon chéri, ce n'est pas une obligation.

Elle avait appris sa leçon. Elle ne lui imposerait pas les rudes aléas de sa vie de star.

— Je sais. Mais si toi, tu as accepté mon univers, il n'y a pas de raison pour que je ne m'habitue pas à ton mode de vie.

— Attention, dit-elle tristement. Là-bas, c'est la jungle. Ils ne respectent rien, aucun sentiment noble, aucune valeur. Je n'ai pas l'intention de les laisser te faire du mal.

Elle ne croyait pas si bien dire. Le lendemain, un journal à sensation publiait toute l'histoire jusqu'au moindre détail. L'affaire se résumait en termes grivois : en vacances dans le Wyoming, Tanya Thomas, bien connue pour ses innombrables aventures sentimentales, n'avait pas perdu son temps. Ayant passé des nuits torrides dans les bras d'un cow-boy de la région, la chanteuse l'avait récompensé de ses services en lui offrant un ranch… Un petit bijou qu'elle avait payé fort cher, continuait le chroniqueur en gonflant allégrement le prix d'un bon million de dollars. Après quoi, à seule fin de rafraîchir les mémoires, suivait la sempiternelle liste des anciens maris et autres ex-petits amis de la star. Certaines allusions frisaient l'indécence ; quant au titre « Petit coup ou petit mari n° 4 ? », il rivalisait de vulgarité avec le texte. Ce n'était pas tout. Tous les deux étaient dépeints sous un jour franchement déplaisant, lui comme un chaud lapin, elle comme une nymphomane. Après quoi, s'étant lancé dans une vague estimation des revenus annuels de la superstar, l'auteur de l'article se demandait combien elle avait touché pour chanter l'hymne au rodéo. Des photos prises lors de la bousculade devant l'arène illustraient la première page. L'incident du corral était présenté comme une bagarre sanglante entre deux soupirants de la belle qui se serait terminée par un coup de poignard.

Assise dans sa chambre au chalet, Tanya parcourut les colonnes du journal, en proie à une rage froide. Comme chaque fois que les journalistes lui décochaient leurs flèches empoisonnées, elle réprima une sensation de nausée qui lui soulevait le cœur. L'ennui était qu'ils se basaient toujours sur un fond de vérité suffisamment crédible pour accrocher les lecteurs. Elle essaya d'imaginer la réaction de Gordon.

— Ne lis pas ces ignominies ! s'écria Zoe, furieuse. (Puis, cédant à la curiosité :) Tu as vraiment acheté un ranch à Gordon ?

— Non, je *me* suis acheté une propriété. Il m'aidera à la retaper. J'ai cru que ce serait plus intelligent que de le forcer à me suivre à Los Angeles. Il est heureux ici. Je ne voulais pas gâcher notre relation, mais d'autres s'en sont chargés.

— Mon Dieu, Tan, je suis désolée.

— Et moi donc… Avant, je me serais posé des questions. Qui a parlé ? Qui m'a trahie ? Aujourd'hui, je soupçonne tout le monde. Les policiers, les infirmières, les ambulanciers, n'importe qui. Peut-être le directeur de l'agence immobilière, comment le savoir ? Les gens sont si bavards ! C'est sans espoir. Les journalistes récoltent des bouts d'informations de-ci de-là jusqu'à ce qu'ils soient en possession d'assez d'indices pour vous planter un couteau en plein cœur.

Et Gordon ? Comment se sentait-il ? Atteint dans sa dignité, très certainement, et à juste titre. Les calomnies, les insinuations vénéneuses, chaque mot semblait étudié pour réduire leur belle histoire d'amour à une partie de jambes en l'air. La nuit précédente, elle était restée près de lui et lui avait fait la cuisine. Elle l'avait quitté au petit matin et c'est en regagnant le chalet qu'elle avait découvert le journal. Ses amies avaient failli le faire disparaître puis elles avaient changé d'avis. De toute façon, elle aurait fini par l'apprendre.

— Les ordures ! Tant de malveillance me rend malade ! disait au même moment Mary Stuart à Hartley.

Il se contenta de hocher la tête. Lui aussi avait eu quelques démêlés avec la presse mais rien de comparable. Ses succès littéraires ne suscitaient pas l'envie. En règle générale, les écrivains échappaient à la curiosité morbide des médias, sauf quelques-uns particulièrement en vue. Le cas de Tanya était différent. Avec elle, tous les coups semblaient permis, surtout les plus bas, les plus laids. Les journalistes adoraient la rabaisser.

Le journal plié sous son bras, Tanya prit la direction de la maison de Gordon. Les autres, auxquels s'était joint John Kroner, étaient partis pour une dernière randonnée à cheval. Elle descendit l'allée bordée de chênes et d'araucarias, le cœur lourd. Mais elle ne se cacherait pas de Gordon. Puisque son nom était cité dans l'article, il avait le droit de le savoir.

Sitôt qu'elle pénétra dans la maison, elle sut qu'il était au courant. Cela se voyait à l'expression de ses yeux. Ils se regardèrent un long moment. Assis sur le canapé, il buvait à petites gorgées une tasse de café devant le poste de télévision. Le scoop avait explosé sur son petit écran pendant le journal télévisé. Une photo de lui accompagnait les révélations. Le présentateur n'avait pas manqué de relater le coup de poignard qu'il avait reçu de son « rival » et, incrédule, il s'était demandé comment ces gens-là se permettaient de dénaturer à ce point la vérité.

— Comment va ton bras ? s'enquit-elle.

Il esquissa un léger mouvement, de manière qu'elle puisse apprécier les progrès accomplis, mais, à vrai dire, ce n'était pas la blessure de Gordon qui la préoccupait le plus.

— Tu as payé ce ranch une fortune, observa-t-il calmement.

Ainsi il avait lu l'article.

— Quel effet cela te fait-il d'être à la une ?

Elle avait posé cette question sans le quitter du regard. Il n'avait pas ébauché un geste vers elle, ne lui avait pas dit qu'il l'aimait. Il n'avait pas encore digéré la nouvelle.

— Il y a plusieurs façons d'attirer l'attention des médias, dit-il. Comme, par exemple, casser la figure à un journaliste.

— Tu ferais mieux de t'habituer, répondit-elle d'une voix dure.

Elle avait déjà subi de multiples attaques mais aucune ne l'avait atteinte comme celle-ci.

— Parce qu'il en sera ainsi tout le temps, Gordon. On te porte aux nues un jour pour mieux te détruire le lendemain. On me harcèle sans pitié. Je suis constamment jetée en pâture aux amateurs de sensationnel. Tout ce que j'entreprends se retourne inexorablement contre moi. À leurs yeux, je suis une sorte de prostituée qui a réussi. Ma vie est un scandale permanent et ceux qui ont le malheur de me fréquenter en sont vite éclaboussés. Peux-tu vivre dans cette angoisse permanente ?

— Non ! dit-il simplement en la fixant droit dans les yeux, et le cœur de Tanya cessa de battre. Et toi non plus, j'en suis convaincu. S'ils te traitent ainsi, alors, je te demande de rester ici.

— Ils me suivraient. Comment crois-tu qu'ils ont eu vent de cette histoire ? Qui a parlé ? Tout le monde. Le type de l'agence immobilière, les infirmières, les brancardiers, les organisateurs du rodéo. Les gens feraient n'importe quoi pour se rendre intéressants.

— Ils n'ont pas le droit.

— Ils le prennent. Autant que tu le saches tout de suite. Mes moindres faits et gestes sont régulièrement relatés dans la presse. Si nous avons un bébé, ils diront que nous avons eu recours à une mère porteuse, parce que je suis trop âgée pour en avoir un, ou ils prétendront que je l'ai fabriqué avec le facteur. Si nous engageons une aide ménagère, ils décréteront qu'elle est ta maîtresse, et si je t'offre un cadeau, non seulement ils sauront son prix, mais ils te feront passer pour un gigolo. Ce sont des prédateurs et nous sommes leurs proies. Que je vive ici, au pôle Nord ou au Venezuela, ça ne changera rien. Ils sont capables de me traquer en voiture, en hélicoptère ou en sous-marin. Je veux que tu en prennes conscience, sinon un jour tu me détesteras. Si tu t'affiches avec moi, tu entreras dans l'œil du cyclone. Ils feront le siège du cabinet de ton dentiste. Tu les trouveras partout sur ton chemin, que tu ailles au pressing ou chez ta petite amie… et alors, gare à toi, parce que je te tuerai ! (Il sourit mais elle continua :) Tu te sentiras sali, humilié, dépouillé de ta dignité, privé de ton honneur. La centième fois que ça t'arrivera, tu commenceras peut-être à me haïr. Et je sais de quoi je parle. Mes précédents maris sont passés par là. Ils ont pris leurs jambes à leur cou. Et je les comprends. Deux m'ont quittée et le troisième s'est vengé en donnant des interviews.

Elle faisait allusion à son deuxième époux, le manager, qui avait organisé une campagne de presse infamante.

— Formidable ! dit-il après un silence. Qu'attends-tu de moi au juste, Tanya ? Que je prenne la fuite ? Parce que si tu penses que je te quitterai, moi aussi, tu te trompes. Je n'ai pas peur de tous ces chacals. J'ai compris depuis le début qu'on te menait une vie infernale. Je sais comment fonctionne la presse à scandale. Évidemment, quand on voit son propre nom dans les journaux, ce n'est pas pareil. L'article de ce matin m'a donné des envies de meurtre. Mais tu n'y es pour rien. Tu n'es pas coupable, tu es victime.

— Les gens l'oublient trop souvent, répondit-elle misérablement. Ils adorent les faits divers racoleurs. Nous sommes sous le règne des magazines à sensation, et sous celui des indices d'écoute. Même si tu ne crois pas à leurs mensonges, tu finiras par m'en vouloir.

Gordon s'était redressé.

— Je t'aime. Rien ne pourra me détourner de toi. Oui, c'est vrai, j'aurai du mal à supporter de voir mon nom mêlé à toutes ces calomnies. Je vois d'ici les manchettes. Je ne suis qu'un cow-boy sans le sou. Ils affirmeront que j'ai été séduit par ta fortune... Et alors ? Notre amour existe. Il est vrai. Et je n'ai plus l'intention de rester à l'abri pendant que tu affrontes leurs calomnies. Je me dois d'être près de toi, de te protéger. Je viendrai à Los Angeles. Peut-être en auras-tu assez un jour, et accepteras-tu de venir élever des chevaux avec moi.

— Je ne renoncerai pas à ma carrière. J'aime passionnément mon métier, Gordon.

Elle se tut brusquement, craignant d'être allée trop loin.

— Je ne te demande pas de renoncer, ma chérie. Simplement d'essayer de revenir te ressourcer ici de temps à autre. Nous verrons bien comment les choses évolueront. Mais je veux être près de toi, avec toi, ici ou là-bas ou au bout du monde. Je t'aime, mon amour, et je me fiche éperdument du reste.

Il l'attira sur le canapé et l'embrassa.

— C'est vrai ? Malgré ça ? murmura-t-elle en indiquant le journal.

— Oui, malgré tout. (Il eut un sourire malicieux.) D'après l'article, tu m'as entraîné dans ton lit en me faisant miroiter le ranch. J'ai dû manquer une partie du feuilleton.

Elle lui rendit son sourire.

— Je te l'ai promis pendant que tu dormais.

— Eh bien, tout s'explique. Bon sang, j'ignore comment tu arrives à supporter toutes ces accusations.

— J'y arrive de moins en moins. Je les déteste.

Elle avait posé la tête sur son épaule et il l'avait entourée de son bras valide.

— Ne perds pas ton énergie. Ils ne méritent même pas ton ressentiment. Mais sois plus prudente. Plus rusée aussi. Ne chante plus aux rodéos, ne te montre pas dans les hôpitaux, imaginant que personne ne te dénoncera. Et, pour l'amour du ciel, n'achète plus de propriétés sans te faire représenter par ton avocat. Je serai ta forteresse, Tanny. Et peu m'importe ce que les journalistes inventeront à mon sujet.

— Gordon, je t'adore. J'ai eu si peur que tu ne veuilles plus jamais me revoir !

La peur familière l'avait assaillie dès qu'elle avait aperçu le journal.

— Ce n'est pas mon genre. Quand tu es arrivée, j'étais en train de te préparer une surprise. J'allais demander deux jours de congé à Charlotte pour aller te voir à Los Angeles. Avec mon aile brisée, je ne lui sers plus à grand-chose. Alors…

— Oh, Gordon ! Ce serait en effet une merveilleuse surprise.

— Chaque chose en son temps. Je compte avoir une discussion sérieuse avec ma chère patronne. Par exemple travailler ici à mi-temps à la rentrée.

— N'oublie pas la tournée de l'hiver prochain. Nous traverserons l'Asie, puis l'Europe… Seigneur, quel cauchemar !

— J'ai toujours rêvé de grands voyages, sourit-il.

— Oh, Gordon, répéta-t-elle dans un murmure heureux.

Personne ne lui avait jamais témoigné une telle tendresse.

— Au fait, où serons-nous aux environs de Noël ?

Elle réfléchit.

— Je ne sais plus… à Londres, ou à Paris. À Munich, peut-être.

— Nous pourrions nous marier à Munich, dit-il avec douceur.

— Je préfère t'épouser dans le Wyoming. Au milieu des montagnes où je t'ai rencontré.

— D'accord, répondit-il en se levant et en la tirant hors du canapé. Pour le moment, il est l'heure de ma sieste.

Il l'entraîna vers la chambre. Ils s'aimèrent tout l'après-midi, pendant que leurs amis se promenaient à cheval dans la nature. Il s'endormit dans ses bras et elle le contempla longtemps, incapable de croire à sa bonne étoile.

Tandis qu'ils galopaient à travers champs, Hartley s'efforçait de s'habituer à l'idée que, peut-être, Mary Stuart ne lui reviendrait pas après son voyage à Londres. Zoe et John Kroner étant rentrés, ils restaient seuls au milieu de la couronne des montagnes. Il ne put s'empêcher de lui faire part de ses inquiétudes.

— Cessez de vous morfondre, répondit-elle gentiment.

— Je ne peux pas. Je suis littéralement hanté par la crainte de vous perdre, alors que je viens tout juste de vous trouver. (Il n'aurait plus, alors, qu'à sublimer son chagrin dans l'écriture.) Vous ne m'avez pas promis solennellement que vous reviendrez, Mary Stuart. D'ailleurs, vous n'en savez rien vous-même.

— C'est vrai. Mais nous avons eu tant de malheurs déjà ! Pourquoi les anticiper ?

— Pour s'y préparer. Pour en atténuer le goût amer. Vous me manquerez cruellement, ma chérie, si jamais vous changiez d'avis…

Ils s'étaient arrêtés près d'une cascade. En se penchant par-dessus l'encolure de son cheval, Mary Stuart effleura les lèvres de Hartley d'un baiser.

— J'essaierai de retourner auprès de vous très vite.

La phrase suivante de Hartley la laissa sans voix.

— Ne revenez pas si vous pouvez sauver votre mariage.

Comme elle le regardait sans comprendre, il reprit :

— Nous avons failli divorcer, avec Margaret, il y a des années. Nous étions mariés depuis dix ans quand j'ai connu une autre femme. C'était la première fois. Et la dernière, d'ailleurs. J'ai été sans doute stupide mais j'ai entretenu une liaison pendant quelque temps. Nous traversions une de ces crises de couple qui, souvent, se soldent par des ruptures définitives. Nous venions d'apprendre que Margaret ne pouvait pas avoir d'enfant et j'ai dû lui en tenir rigueur inconsciemment. De son côté, se sentant coupable, elle avait pris ses distances. Je crois qu'elle s'en voulait de ne pouvoir être enceinte. Bref, c'est toujours pour de mauvaises raisons que les maris commettent des infidélités. Elle ne tarda pas à s'en apercevoir et nous avons vécu séparément pendant six mois. Je me croyais amoureux de l'autre femme. Elle était française et je l'ai suivie à Paris. Au bout de quelque temps, je suis rentré à New York dans l'intention de demander le divorce à Margaret. En arrivant, j'ai retrouvé soudain, intact, tout ce que j'avais aimé en elle. Ses défauts, qui m'avaient peut-être poussé à la tromper, c'est-à-dire ses angoisses et son intransigeance, et ses qualités : son honnêteté, sa loyauté, sa créativité, son esprit brillant et son sens de la justice. (Il aspira une large bouffée d'air, le regard perdu vers les cimes enneigées, étincelantes contre le bleu pur du ciel.) En allant dire adieu à Margaret, je suis de nouveau tombé éperdument amoureux d'elle… Je ne suis plus jamais retourné à Paris. Et je n'ai plus jamais donné de nouvelles à ma maîtresse. Elle n'a pas dû s'en étonner, elle l'avait prévu. Nous étions convenus d'un mot de passe car elle détestait les longues et pénibles explications, tout comme moi d'ailleurs. Deux mots dans un télégramme… à l'époque les fax n'existaient pas. « Bonjour Arielle » voudrait dire que j'avais mis en route le mécanisme du divorce. « Adieu Arielle » signifierait que je m'étais réconcilié avec mon épouse. Je me suis envolé pour New York en lui promettant qu'elle n'avait rien à craindre, j'ai retrouvé ma Margaret et je ne l'ai plus jamais quittée. Le télégramme disait « Adieu Arielle ». Nous ne nous sommes plus jamais revus. Mais je ne l'ai jamais oubliée. Eh bien, si cela nous arrivait, Mary Stuart, sachez que je ne regretterais rien. Je continuerai à vous aimer. Je poursuivrai mon chemin et je m'en remettrai. J'ai su par des amis communs qu'Arielle avait épousé un ministre et qu'elle était devenue un auteur à succès. Je suis certain qu'elle ne m'a jamais oublié non plus. Mais mon cœur appartenait à Margaret. Je crois qu'avec le temps elle en est venue à me pardonner… La vie est ainsi faite, ma chérie. D'instants malheureux et de minutes heureuses, comme celles que vous m'avez offertes durant ces deux semaines.

Grâce à elle, il avait fini de porter le deuil de Margaret.

— Ce furent les deux semaines les plus heureuses de ma vie, dit-elle, songeuse. Et je ne vous oublierai jamais non plus. Pourtant, je ne crois pas que je resterai avec Bill, Hartley. Franchement, non, je ne le pense pas.

Elle était sincère.

— On ne sait jamais ce qui peut arriver entre deux personnes. Vous vous en rendrez compte quand vous le reverrez. Si j'avais quitté Margaret, je me serais privé de seize ans de bonheur. Soyez ouverte à tout. Je ne peux pas mieux vous dire.

— Je vous aimerai toujours, affirma-t-elle doucement.

— Moi aussi. Envoyez-moi un fax pour me tenir au courant de votre décision. (Il la regarda avec un petit sourire de connivence. Il venait de trouver leur message codé.) « Bonjour Arielle » ou « Adieu Arielle ». Ça suffira.

— Ce sera « Bonjour Arielle », déclara-t-elle avec conviction, alors que, guidés par le cow-boy qui remplaçait Gordon, ils reprenaient lentement le chemin du corral.

Pendant ce temps, Zoe dégustait un café en compagnie de John Kroner. Ils étaient devenus amis durant ces quinze jours si riches en émotions diverses. Elle lui avait rendu visite plusieurs fois à l'hôpital et avait fait connaissance avec ses patients. À son tour, il lui avait promis d'aller la voir à San Francisco.

— J'ai un patient au sujet duquel je voudrais votre avis, disait-il en remuant sa petite cuillère dans sa tasse. Je lui ai prescrit de l'AZT cette semaine. Il est séropositif, ainsi que son compagnon, bien que tous deux soient porteurs asymptomatiques.

— Vous avez fait exactement ce qu'il fallait, John.

Elle lui sourit, très à l'aise. Sam le trouverait sympathique quand elle les présenterait… Oh, cher, cher Sam ! Il n'avait pas manqué de l'appeler chaque jour, parfois deux ou trois fois, pour lui parler d'eux, de leur avenir. Grâce à ces appels, elle se sentait de nouveau un moral d'acier.

— Vous êtes plein d'égards pour vos patients, le félicita-t-elle, et c'est ce qu'ils apprécient le plus. Quant à moi, je me croyais capable d'appréhender ce qu'on ressent quand on entend son médecin prononcer la phrase fatidique, synonyme de mort à plus ou moins brève échéance. (Son regard se planta dans celui de John.) Je me trompais. J'ai compris d'un seul coup, lorsque ça m'est arrivé à moi aussi. (Sa main s'avança pour effleurer la sienne.) Vous ne pouvez pas savoir ce que c'est, John. Vous ne pouvez pas vous imaginer.

— Si, je peux, dit-il tranquillement. Je suis séropositif. C'est moi le patient dont je viens de parler… Nous sommes atteints par le virus, mon ami et moi. Et lorsque nous développerons les premiers signes de la maladie, nous aimerions venir vous consulter.

Elle le regarda, stupéfaite. Il avait l'air en si bonne santé !

— Je suis désolée…

— Ne le soyez pas, la rassura-t-il. Nous sommes tous dans la même galère.

Des larmes piquèrent les yeux de Zoe quand elle le serra dans ses bras.

Rien ne vint perturber le calme de cette dernière nuit. Hartley et Mary Stuart restèrent dehors, sous les étoiles, à parler des heures durant. Zoe, pendue au téléphone, parlait avec Sam. Tanya se trouvait dans la petite maison de Gordon.

Chacun songeait à ses projets, à ses rêves et aux événements qui avaient eu lieu pendant leur séjour dans les montagnes – un séjour qu'ils n'étaient pas près d'oublier.

Comme les autres, Tanya et Gordon parlaient de l'avenir, de leurs futures retrouvailles, du ranch qu'elle avait acheté. L'article ignominieux du matin n'était plus qu'un vague souvenir. Charlotte Collins avait accepté d'accorder quelques jours de congé à Gordon, qui irait à Los Angeles le week-end suivant. C'était le début d'une longue histoire d'amour, tous deux le savaient. Tanya rêvait déjà de descendre avec lui Sunset Boulevard, de le présenter à ses amis, de l'emmener quelques jours chez elle à Malibu, et de se promener sur la plage de sable irisé en dînant le soir au *Spago.* Dans quinze jours, elle reviendrait dans le Wyoming.

— J'aurais voulu partir avec toi demain, murmura-t-il tristement. Je déteste l'idée de te savoir seule, là-bas, à la merci des paparazzi.

— Et moi, j'aurais voulu rester ici.

Cette région paradisiaque, ces hautes montagnes l'avaient envoûtée.

— Tu vas revenir, dit-il, l'attirant contre son cœur.

Elle ferma les yeux, comme pour enregistrer à jamais ces merveilleux instants qui, elle le savait, appartenaient déjà au passé. Dorénavant, plus rien ne serait pareil. Ils ne se retrouveraient plus dans cette maisonnette ignorée du reste du monde. Ils habiteraient leur propre maison et le monde les rattraperait. Mais elle pourrait toujours recréer un lieu magique et secret dans sa nouvelle propriété.

— Je veux que notre ranch soit la réplique exacte de cette maison !

Sa déclaration arracha un rire à Gordon.

— En plus grand, ma chérie. Je me cogne le nez au mur chaque fois que je sors du lit.

Tandis qu'elle pensait à la décoration, il songeait au haras, son rêve d'enfant qui serait bientôt exaucé.

Ils discutèrent jusque tard dans la nuit et l'aube les trouva enlacés dans une ultime étreinte. Lorsque le soleil apparut, ils sortirent pour contempler les sommets illuminés d'or et de rouge vif.

— Une belle journée s'annonce, dit-il. Je me sentirai bien seul sans toi.

L'heure du départ vint trop vite. Tous se dirent au revoir, en larmes, devant le mobile-home. Hartley prit Mary Stuart dans ses bras et la tint enlacée très longtemps. John Kroner et son ami embrassèrent Zoe, et des applaudissements saluèrent le premier baiser en public de Tanya et Gordon.

Les dernières minutes filèrent à une vitesse folle. Les trois femmes remercièrent Charlotte Collins, venue personnellement les saluer. Elles avaient les larmes aux yeux lorsqu'elles montèrent en voiture. Le bus s'ébranla et, par la vitre, elles agitèrent la main jusqu'à ce que, après un tournant, le ranch disparût. Zoe fut la première à s'éloigner de la vitre. Elle se demandait si elle reverrait jamais ce lieu. Tanya avait hâte de retrouver Gordon et Mary Stuart priait pour que ses retrouvailles avec Hartley à New York, après son fameux voyage à Londres, se passent comme prévu… Chacune se posait des questions dont elle n'avait guère la réponse. Tandis qu'ils débouchaient sur l'autoroute, le silence tomba à l'intérieur du bus. Étendues sur les canapés, les passagères semblaient perdues dans leurs pensées. Comme un film qu'on voit et revoit, elles revivaient, jour après jour, leur étrange et merveilleux séjour.

D'après Tom, ils arriveraient à San Francisco à minuit.

21

Lorsque le bus s'immobilisa devant la maison de Zoe, les trois passagères dormaient. Des heures durant, elles avaient évoqué leur séjour et parlé des hommes de leur vie. Elles avaient préparé un repas qu'elles avaient partagé avec Tom lors d'une halte, puis, après cette longue journée épuisante, leurs yeux s'étaient fermés. Levée la première, Tanya secoua doucement Zoe, qui dormait profondément. Elle ouvrit les paupières et sourit. Elles réveillèrent ensuite Mary Stuart. Toutes trois descendirent de voiture et montèrent les marches de la maison. Elles avaient promis à Zoe de s'arrêter un instant pour faire la connaissance de Jade, qui serait sûrement couchée.

Zoe fouilla dans son sac, en sortit la clé, l'introduisit doucement dans la serrure. La porte s'ouvrit. Sur la pointe des pieds, elles franchirent l'entrée. Elles s'apprêtaient à traverser le salon, en direction de l'escalier menant aux chambres, quand elles les virent. Des jouets dans tous les coins, une bouteille, une assiette, et là, sur le canapé, Sam endormi, la petite Jade dans ses bras. Ils avaient attendu l'arrivée de Zoe des heures durant. Inge était montée depuis longtemps mais Sam avait essayé de tenir la petite fille éveillée, afin qu'elle puisse accueillir sa maman. Et maintenant, ils dormaient profondément, sous le regard attendri des trois femmes.

Zoe se pencha pour embrasser son enfant, qui ne bougea pas d'un pouce. Sam ouvrit les yeux. Leurs regards se croisèrent et ils échangèrent un doux sourire. Zoe l'embrassa aussi, d'abord sur la joue, ensuite sur les lèvres, devant ses amies attendries.

— Tu m'as manqué, murmura-t-il avant de se lever pour aller au-devant de Tanya et de Mary Stuart.

Il tenait toujours Jade endormie sur son épaule. Pendant ces deux semaines, ils étaient devenus amis et la petite fille l'adorait. Ce soir, elle avait tenté l'impossible pour garder les yeux ouverts, mais le sommeil l'avait vaincue. Sam la regarda.

— Pauvre chou, elle mourait d'envie de te voir.

— Moi aussi, sourit Zoe en effleurant du bout des doigts la joue satinée de l'enfant.

Le regard de Sam se reporta vers elle.

— Et toi ? Ça va ? s'enquit-il d'un air attentif.

Elle répondit par un signe affirmatif de la tête.

Tanya et Mary Stuart étaient pressées de repartir. Tom, qui avait ingurgité une quantité phénoménale de café, était prêt à conduire toute la nuit. Il prévoyait d'arriver à Los Angeles le lendemain de bonne heure. Six heures de route les séparaient de leur destination finale, il fallait se dépêcher si elles voulaient éviter les embouteillages du matin. Elles embrassèrent leur amie, émues aux larmes, sachant qu'elles la laissaient en de bonnes mains. Sam l'enlaçait et, debout sur le perron, ils agitèrent la main jusqu'à ce que le bus eût disparu au coin de la rue. Ensuite, Sam rentra avec Zoe. Il posa doucement Jade sur le canapé. Enfin, il prit la jeune femme dans ses bras et l'embrassa.

À six heures du matin, le bus emprunta Sunset Boulevard en direction de Bel Air… Presque vingt-quatre heures après avoir quitté le Wyoming. Chez Tanya, un fax de Bill attendait Mary Stuart. Il voulait connaître la date exacte de son arrivée. Elle avait déjà réservé sa place d'avion mais ne l'en avait pas informé. Le courrier de Tanya – énorme pile de messages de ses avocats, de sa secrétaire et de ses agents – encombrait le bureau d'ajacou. Elle y jeta un vague coup d'œil. Après quinze jours dans le Wyoming, cela avait peu d'importance.

Alors que le soleil éclairait les tours et les buildings de Los Angeles, les deux amies, assises dans la cuisine, dégustèrent en silence une tasse de café. Leur cœur, leur esprit, était resté là-bas, dans les montagnes magiques.

— Finalement, quand pars-tu pour Londres ? demanda Tanya.

— Je reste ici aujourd'hui et demain et je prendrai l'avion jeudi… À moins que tu ne préfères que je m'en aille plus tôt.

— Tu plaisantes ! J'aurais voulu que tu restes pour toujours. Surtout, j'espère que tu reviendras bientôt.

Nouveau silence. L'une rêvait à Gordon, l'autre à Hartley. Et leurs pensées communes voguaient vers Zoe. Elles s'étaient promis de se revoir, de passer un week-end toutes les trois quelque part, à Carmel peut-être, si Zoe se sentait d'attaque, à Malibu ou même à San Francisco. Au terme de leur voyage, à la fois singulier et magnifique, elles s'étaient retrouvées et n'avaient pas l'intention de se perdre de vue à nouveau. Rien, ni la distance ni aucun drame, ne pourrait plus les séparer.

Tanya travailla toute la journée avec sa secrétaire, cherchant frénétiquement quelques jours de liberté sur son planning. En fin d'après-midi, coup de fil de

Gordon. Il allait bien, dit-il. Il avait passé la matinée au corral à broyer du noir. Afin de se changer les idées, il était retourné au ranch de Tanya et avait même embauché un entrepreneur pour les travaux. Elle lui répondit qu'elle avait la sensation de s'être réveillée dans le monde réel, un monde sans attraits.

— Tiens bon, jusqu'à ce que j'arrive, ma chérie.

— Je ne peux plus attendre, murmura-t-elle d'une voix brûlante d'excitation.

— Moi non plus, dit-il en fermant les yeux et en se laissant transpercer par la vision fulgurante de Tanya, nue comme la déesse de l'amour, dans sa maison.

Il avait hâte de retaper le ranch. Ils parlèrent longuement de leurs projets. Gordon l'appelait d'une cabine publique et, bien sûr, lorsqu'elle lui proposa de la rappeler en PCV, il refusa. Comme il refusa de lui communiquer le numéro de téléphone de la cabine. Il était têtu comme une mule. Il promit de lui passer un coup de fil le lendemain et lui demanda de donner son bonjour à Mary Stuart. Celle-ci n'avait pas eu de nouvelles de Hartley et ne s'en étonnait pas. Ils étaient convenus de ne pas essayer de se joindre avant le retour de Londres de la jeune femme… si retour il y avait. Hartley ne lui avait pas laissé son numéro de téléphone à Seattle ni à Boston, mais elle savait qu'il serait chez lui à New York le mercredi suivant. C'était là qu'elle lui enverrait le mot de passe, *Adieu* ou *Bonjour Arielle,* suivant les résultats de sa discussion avec son mari.

Cette nuit-là, Tanya l'invita au *Spago* où elle la présenta à Wolfgang Puck, le propriétaire, à tout le personnel, et même à certains convives. Elle en connaissait beaucoup. Victoria Principal dînait avec des amis à une table voisine, on apercevait George Hamilton plus loin. Il y avait aussi Harry Hamlin, Jaclyn Smith, Warren Beatty… George Christy, le correspondant du *Hollywood*

Reporter, occupait sa place habituelle. De très nombreuses célébrités se pressaient dans l'établissement. Ici, on était sûr de ne pas être dérangé, expliqua Tanya.

Le repas fut succulent et les deux amies s'attardèrent, continuant à discuter de leur vie. Elles étaient toutes deux à un tournant fatidique. Pour Tanya, c'était clair et, de son côté, Mary Stuart semblait avoir pris sa décision.

Le lendemain, pendant que Tanya répétait son prochain spectacle, elle alla faire du shopping. Le soir, elles se couchèrent tôt. Gordon avait rappelé, bien sûr, et Bill avait renvoyé un fax confirmant qu'il l'attendait. Un message froid, impersonnel, que Mary Stuart parcourut avec un haussement d'épaules.

Le jour de son départ, les deux femmes s'accrochèrent l'une à l'autre en pleurs. Elles auraient voulu remonter le temps, se retrouver dans la vallée enchanteresse du Wyoming.

— Ça va aller, dit Tanya d'un ton encourageant. Le plus dur est fait. Pense à Hartley.

C'était à lui que Mary Stuart pensait, précisément. Lui qu'elle voyait, pendant que son taxi se dirigeait vers l'aéroport. À lui encore qu'elle écrivit, dans l'avion qui survolait l'Atlantique... Un sourire ému éclaira ses traits lorsqu'elle glissa la lettre dans une enveloppe. Leur premier courrier. De sa fine écriture, elle avait essayé de traduire ses sentiments. Sa nostalgie. Le vide de sa vie qu'il avait su si bien combler. Elle rangea l'enveloppe dans son sac. Elle la posterait à Londres.

L'hôtel avait envoyé une voiture avec chauffeur la chercher. Elle avait loué une chambre au *Claridge,* une chambre différente de celle de Bill. Elle ignorait si son mari était au courant et cela, à vrai dire, lui était parfaitement égal. En fait, la direction l'avait prévenu.

Elle arriva rapidement à l'hôtel. Le portier s'effaça pour la laisser passer et elle se retrouva dans un univers luxueux auquel elle n'accorda pas un seul regard. Le directeur l'accueillit comme une invitée de marque, et un groom la conduisit à sa chambre. M. Walker se trouvait dans la suite qui lui tenait lieu de bureau, avec sa secrétaire, lui avait-on précisé. Elle avait répondu par un hochement de tête. Une fois dans ses appartements, elle commanda du thé. Elle n'appela pas tout de suite Bill, désireuse de se détendre un peu. Elle se passa de l'eau froide sur le visage, se peigna et se remaquilla légèrement. Elle paraissait fraîche, reposée, comme à l'accoutumée, son tailleur de lin noir n'avait pas un pli, alors qu'elle venait de traverser l'Atlantique.

Elle ne composa pas le numéro de la suite avant d'avoir fini son thé, qu'elle dégusta à petites gorgées, sans se presser. Il était dix heures du matin. Elle ignorait dans quelles affres se débattait Bill. Il savait que son avion avait atterri à sept heures et avait suivi mentalement son itinéraire. Il avait calculé qu'elle avait dû arriver à l'hôtel à neuf heures, qu'elle devait se trouver dans sa chambre et qu'elle ne l'avait pas appelé tout de suite. C'était jeudi. Il avait cherché à joindre Alyssa sans succès. Leur fille repartait à New York vendredi.

Enfin, le téléphone sonna. Il décrocha dès la première sonnerie. Quelle sensation étrange que de se parler d'une pièce à l'autre ! Un malaise singulier l'envahit. Elle lui donna le numéro de sa chambre et il répondit qu'il descendait immédiatement. Avant de sortir, il intima à sa secrétaire de ne le déranger sous aucun prétexte.

Mary Stuart ouvrit la porte. Le visage à la fois si distant et si familier de son mari apparut. Oui, il ressemblait à s'y méprendre à l'homme qu'elle avait adoré pendant longtemps, jusqu'à l'année précédente. Mais celui qui se tenait maladroitement sur le seuil de la chambre n'était pas le même, elle le savait. Il avait changé. Tout comme elle, d'ailleurs.

— Bonjour, Bill, dit-elle tranquillement tandis qu'il entrait dans la pièce. Comment vas-tu ?

Il faillit l'enlacer mais l'expression de ses yeux le retint.

— Pas très bien, répondit-il.

— Non ? Des ennuis ?

Elle avait posé la question avec une politesse teintée d'indifférence.

— Oui, j'en ai peur.

Il prit place sur une chaise et allongea ses longues jambes.

— Que se passe-t-il ?

Sans doute le procès lui donnait-il du fil à retordre, supposa-t-elle. Il leva alors sur elle un regard désemparé. Un regard presque poignant.

— Il se passe que j'ai détruit ma vie. Et la tienne par la même occasion.

Ses traits accusaient une immense lassitude. Elle se demanda s'il n'allait pas lui annoncer qu'il avait une liaison. Mais oui, bien sûr… Il avait rencontré quelqu'un à Londres. Bizarrement, ce soupçon la soulagea. Il lui faciliterait la tâche. Ce n'était guère facile de lui annoncer que leur mariage était terminé. Elle le regarda plus attentivement. Ce visage qu'elle avait tant aimé, et dont elle avait vu naître chaque ride au fil du temps, toucha en elle quelque chose qui ressemblait à une vague émotion.

— Que veux-tu dire ?

— Tu as très bien compris. C'est pourquoi tu es ici, n'est-ce pas ? Je sais que j'ai été stupide. J'ai passé l'année dernière la tête enfouie dans le sable pour ne pas voir la tragédie qui s'est abattue sur nous. Comme si, en refusant la réalité, mon chagrin et ma culpabilité allaient s'atténuer par miracle ou, qui sait ? Todd allait revenir parmi nous. Hélas, rien de tout cela n'est arrivé. Au contraire, la situation n'a cessé de se dégrader. Chaque jour c'était pire, je me sentais de plus en plus mal et tu en es venue à me détester... réaction prévisible, compte tenu de mon comportement. Évidemment, comme j'étais enfermé dans ma bulle, je n'ai rien vu, rien compris. (Son air de petit garçon repenti arracha un faible sourire à Mary Stuart, un sourire que Bill ne vit pas.) Oh, à quoi bon, reprit-il, désespéré. Je suis le seul à blâmer. Je suppose que tu as pris la peine de venir en personne, ce qui est extrêmement courtois de ta part, pour m'annoncer que tu veux divorcer.

On eût dit un criminel qui aiderait le bourreau à affûter la lame de la guillotine devant servir à sa propre exécution.

— Où étais-tu toute cette année ? demanda-t-elle. Comment as-tu pu me rejeter à ce point ? C'est à peine si tu m'adressais la parole, si tu me répondais quand je te posais une question.

Pendant un an, elle avait vécu avec un automate. Avec un corps sans âme.

— J'étais malheureux, dit-il. (Il avait résumé en une phrase son enfer personnel, et Mary Smart se força à penser très fort à Hardey.) Eh bien, qu'allons-nous faire maintenant ? Tu as apporté les papiers avec toi ?

Après leur conversation téléphonique dans le Wyoming, il s'était figuré qu'elle avait fait appel à un avocat, et que c'était la raison de son arrivée inopinée à Londres.

— Les papiers ?

— Oui. Tu les as apportés ?

Il semblait insensible, anesthésié. Surtout prêt à baisser les bras, à renoncer à vingt-deux ans de vie commune. Son indifférence ne fit qu'exacerber le ressentiment de Mary Stuart.

— Tu veux dire les papiers du divorce ? s'écria-t-elle, furieuse. Non, je ne les ai pas. Tu n'as qu'à prendre un avocat ou les rédiger toi-même. Bon sang, Bill, je suis venue te parler, pas te faire signer des papiers.

— Oh... fit-il, sans dissimuler sa surprise.

Lorsque le concierge du *Claridge* lui avait signalé que son épouse avait réservé une chambre à part, il avait parfaitement saisi le message. Une douleur fulgurante l'avait transpercé lorsqu'il avait compris qu'elle ne comptait pas partager sa suite.

— Tu m'en veux, Stu, reprit-il tristement, sachant qu'il ne pouvait revenir en arrière pour éviter la catastrophe. Et je ne te blâme pas. Je me suis comporté comme un salaud et j'en suis entièrement conscient. Tout ce que je peux te présenter, ce sont mes excuses. Le suicide de Todd m'a plongé dans la plus complète confusion. J'ai désespérément cherché un responsable à ce drame. J'ai commencé par m'en attribuer la faute, puis, comme c'était insupportable, je l'ai déplacée sur toi. Mais ce n'était qu'un leurre, car je n'ai cessé de me sentir coupable. Oui, j'ai toujours été persuadé que le coupable, c'était moi.

— Comment as-tu pu t'accuser d'une chose pareille ? Ce n'était la faute de personne. Ce fut affreux pour nous tous, y compris Alyssa. Nous n'avions pas mérité ça. J'en ai voulu à Todd le jour où j'ai rangé et vidé sa chambre. Bizarrement, après, je me suis sentie libérée d'un poids.

— Tu as rangé et vidé sa chambre ? Pourquoi ?

Elle le surprenait, une fois de plus.

— Parce qu'il était temps. J'ai fait descendre les meubles à la cave, j'ai emballé ses affaires, et j'ai donné ses vêtements. Jusqu'alors, j'avais l'impression qu'il reviendrait dans cette pièce. Quand je l'ai vidée, j'ai réalisé que cela n'arriverait pas.

— J'ai réalisé la même chose en venant à Londres.

— Bill, je voudrais vendre l'appartement… ou te le laisser, se corrigea-t-elle. En tout cas, je ne peux plus y vivre. C'est trop déprimant. Trop imprégné de souvenirs. Libre à toi d'y habiter si tu en as envie. Pour moi, c'est au-dessus de mes forces.

Elle comptait chercher un logement dès son retour à New York, à moins qu'elle n'emménage chez Hartley. Elle n'avait pris encore aucune décision à ce sujet.

— Laisse tomber l'appartement, lâcha Bill d'une voix blanche. La question n'est pas là. Veux-tu continuer à vivre avec moi ou non ?

Il s'attendait à la réponse. Mais lorsqu'elle la formula, il faillit quand même tomber de sa chaise.

— Non. L'année dernière n'a été qu'une longue descente aux enfers. Non, Bill, tout est fini.

— Et si nous repartions de zéro ? Si nous recommencions notre vie comme avant… avant la mort de Todd ?

— Tu sais bien que ce n'est pas possible, dit-elle avec tristesse.

Des larmes étincelèrent dans les yeux de Bill. Elle éprouva un élan de compassion pour lui mais ses yeux à elle restèrent secs. Elle avait tellement pleuré l'année passée que ses larmes s'étaient taries.

— Je suis vraiment désolée.

— Moi aussi…

Sa voix se brisa. Il s'interrompit. Il était redevenu humain, mais trop tard. En le regardant s'essuyer les yeux, Mary Stuart se réentendit disant à Tanya : « Cet homme ressemble à Bill mais ce n'est pas lui. Et je ne sais pas où est le vrai Bill. » Et maintenant que le vrai Bill avait refait surface, au lieu de se réjouir, elle n'avait qu'une hâte, le voir disparaître à nouveau.

— … Je suis navré, réussit-il à articuler, les lèvres tremblantes, les yeux fiévreux. Je n'ai pas été à la hauteur. Je n'ai pas su prendre en main la situation.

— Moi non plus, Bill. Mais j'avais besoin de toi. Je n'avais personne…

Un sanglot la fit suffoquer.

— Moi non plus. Je ne pouvais même plus me regarder en face. C'était comme si j'étais mort en même temps que Todd. Et en plus, j'ai détruit notre mariage.

— Oui, tu t'y es employé jour après jour, l'accusa-t-elle ouvertement.

Elle était venue à Londres pour ça. Pour lui expliquer les raisons qui la poussaient à le quitter. Elle le lui devait. Il avait le droit de savoir. Il resta là, effondré, le visage dans les mains, pleurant sans retenue, et elle réprima l'envie de le prendre dans ses bras.

— Je voudrais tant effacer la peine que je t'ai faite, Stu. Je ne peux que dire et répéter que je suis désolé. Je sais, cela ne suffit pas. Tu ne méritais pas les humiliations que je t'ai infligées. Un salaud, doublé d'un crétin, voilà ce que j'ai été !

Elle s'était mise à arpenter la pièce, le visage en feu.

— Non, arrête, tu ne t'en sortiras pas avec des larmes et des lamentations. Ni en t'accusant d'avoir été un salaud. Puisque tu en avais conscience, pourquoi n'as-tu rien fait pour te reprendre ?

— Je ne savais pas comment m'arrêter. J'ai commencé à mieux comprendre le problème une fois ici. La solitude m'a submergé à tel point que je n'arrivais même pas à réfléchir. J'ai failli te supplier de venir mais après tous les refus que je t'avais infligés, je n'ai pas osé te le demander. En plus tu semblais t'amuser comme une folle avec tes amies dans ce fichu ranch. Tu as dû tomber amoureuse d'un cow-boy, non ? essaya-t-il de plaisanter sans y parvenir, et elle le regarda avec commisération.

— Tu es vraiment ridicule.

— Excuse-moi. Je n'ai pas voulu t'insulter. Je voulais dire que je l'aurais bien mérité.

— Tu aurais mérité plutôt un bon coup de pied au derrière, Bill ! Si tu t'es senti si seul en arrivant ici, tu n'as qu'à t'en prendre à toi-même. Comment as-tu pu être suffisamment idiot pour venir t'enfermer au *Claridge* pendant plus de deux mois en m'abandonnant à New York ? Maintenant donne-moi une bonne raison pour rester mariée avec toi.

— Je n'en vois pas. Il n'y en a pas, murmura-t-il humblement.

— Parfait. Je suis ravie que nous soyons au moins d'accord sur un point. Il ne nous reste plus qu'à divorcer.

Elle poussa un soupir de soulagement. C'était enfin sorti ! Elle l'avait dit. Bill leva sur elle un regard chaviré.

— Je ne veux pas, dit-il de l'air obstiné de l'enfant qui refuse d'aller chez le dentiste. Je ne veux pas divorcer.

Elle le dévisagea un instant, exaspérée.

— Et pourquoi ?

— Parce que je t'aime.

Il chercha frénétiquement à accrocher son regard, mais elle tourna la tête vers la fenêtre.

– Je crains que ce ne soit trop tard.

Elle ne croirait plus jamais à son amour. Pendant un an, il lui avait trop prouvé le contraire. Il l'avait abandonnée, délibérément ignorée. Il l'avait exclue de ses projets, n'avait pas ébauché le moindre geste de tendresse et de réconfort pour la consoler de la disparition cruelle de leur fils. Il l'avait trahie en se soustrayant à tous ses devoirs d'époux.

— Il n'est jamais trop tard, affirma-t-il en la fixant, mais elle secoua tristement la tête. Es-tu en train de me dire que jamais tu ne me pardonneras ? Cela ne te ressemble pas. Tu m'as souvent pardonné, avant.

— Trop souvent. N'insiste pas, Bill, pour moi tout est fini. C'est trop tard. J'en suis navrée.

Plantée devant la fenêtre qui donnait sur les toits de Londres, elle lui tourna le dos, signifiant par là que la conversation était terminée. Elle lui avait dit qu'elle avait l'intention de divorcer. Elle avait accompli sa mission. Il ne lui restait plus qu'à envoyer un fax. « *Bonjour Arielle* ». Hartley le trouverait en rentrant chez lui le lendemain, vendredi.

Elle sentit les mains de Bill sur ses épaules. Lorsqu'il l'enlaça par-derrière, elle bondit.

— Non, pas d'effusions inutiles, s'il te plaît.

— Laisse-moi te serrer dans mes bras, murmura-t-il d'un air malheureux. Une dernière fois, je t'en supplie.

— Non, je ne veux pas.

Elle se retourna pour lui faire face. Les bras de Bill s'étaient noués à sa taille, son visage se rapprocha du sien. Il resserra son étreinte. Elle essaya de lui crier qu'elle ne l'aimait plus mais les mots se dérobèrent… Ce n'était même pas vrai, réalisa-t-elle soudain. Un jour, oui, elle l'oublierait. Mais elle l'avait aimé trop fort et trop longtemps pour que son amour pour lui meure en un instant. Il l'avait blessée et elle ne voulait plus l'aimer, ce qui était totalement différent.

— Je t'aime, répéta-t-il.

Il la fixait dans les yeux et elle baissa les paupières pour ne plus voir son visage. Il la tenait toujours dans ses bras et tentait de l'attirer contre lui.

— Je ne te crois pas, dit-elle sans lever le regard mais sans le repousser non plus. Et je n'ai pas envie d'entendre tes déclarations.

— C'est pourtant vrai. Je t'aime… Crois-le, même si tu me quittes. Je t'ai toujours aimée. Comme j'ai aimé Todd…

Il fondit en larmes et, sans réfléchir, elle posa la tête sur son épaule. Elle repensa au jour où ils avaient appris que leur fils s'était donné la mort et où Bill ne s'était pas approché d'elle, pétrifié par la douleur. Et maintenant, il venait enfin d'accomplir le geste qu'elle avait attendu si longtemps, avec un an de retard. Il la serrait dans ses bras, et il pleurait son enfant. Les yeux de Mary Stuart s'emplirent de larmes, tandis qu'elle s'accrochait à son mari.

— Je t'aime tant, dit-il de nouveau, puis il l'embrassa, alors qu'elle essayait de s'arracher à son étreinte, sans y parvenir.

Elle se retrouva collée à lui, en train de répondre à ses baisers. Elle se détesta. Comment pouvait-elle être aussi faible ? Comment pouvait-elle lui céder aussi facilement ? Le pire, c'était qu'elle en mourait d'envie.

— Arrête ! intima-t-elle, le souffle court.

Pourtant, ces baisers passionnés avaient radouci sa peine. Ils avaient mis du baume sur son cœur blessé. Lorsqu'il l'embrassa à nouveau, elle ne songea plus à le repousser.

— Ce n'est pas très intelligent, fit-elle entre deux baisers, hors d'haleine. Je suis venue te dire que j'allais demander le divorce.

— Je sais, répondit-il tout bas, dans le creux de son cou, et soudain, un désir impétueux les embrasa.

Leurs bouches s'unirent avidement. Incapables d'analyser cette explosion de passion subite, ils se retrouvèrent sur le lit, leurs habits jonchant le tapis. Il y avait longtemps qu'ils ne s'étaient pas sentis aussi attirés l'un par l'autre, et ils assouvirent fiévreusement leurs sens. L'extase les surprit en même temps, les laissant pantelants au terme d'une longue étreinte. Allongée près de Bill, leurs membres mêlés, Mary Stuart éclata de rire.

— C'est affreux ! Je suis venue t'annoncer que je voulais divorcer.

— Je sais, dit-il avec un large sourire. Je n'arrive pas à y croire. Je ne sais pas ce qui nous a pris… Mais rien ne nous empêche de recommencer.

Ils s'aimèrent de nouveau une heure plus tard. Puis ils se mirent à parler, brisant enfin le mur de glace qui les avait séparés pendant un an. Dans les bras de son mari, elle pleura une fois de plus leur fils. Et pour la consoler, il lui refit l'amour. Il ne revit pas sa secrétaire de la journée. Il était sorti, disant simplement qu'il avait un important rendez-vous d'affaires.

À six heures, ils étaient toujours au lit, épuisés. Il lui demanda si elle désirait dîner sur place, et elle répondit qu'elle préférait dormir dans ses bras. Lorsqu'elle se réveilla le lendemain matin, il la contemplait, en se demandant s'il n'avait pas été victime d'un songe. En dehors de leurs différends et de leurs incertitudes, il savait qu'il ne voulait pas la perdre. Il le lui dit en dégustant le copieux petit déjeuner qu'il fit monter et qu'ils dévorèrent en un rien de temps. Ils étaient affamés de nourriture et d'amour.

— Que souhaites-tu faire aujourd'hui ? s'enquit-il, comme s'ils étaient en vacances.

— Et ton travail ? demanda-t-elle en finissant son omelette et en buvant une gorgée de café.

— Je prends ma journée. Si tu veux rentrer à New York, je voudrais rester avec toi jusqu'à ton départ… Je t'accompagnerai à l'aéroport, ajouta-t-il misérablement.

Elle hocha la tête mais, peu après, ils s'égaraient à nouveau dans le brûlant labyrinthe de leur désir, et lorsque leurs ébats prirent fin, elle avait quasiment manqué son avion. Il aurait fallu qu'elle s'habille à la hâte et file immédiatement en taxi à Heathrow, en priant pour qu'il n'y ait pas d'embouteillages. Or Mary Stuart se pelotonna sous le drap. Elle n'avait plus envie de partir.

— Tu restes ? voulut-il savoir peu après, tandis qu'ils se détendaient dans la baignoire emplie d'eau chaude et moussante.

— Oui. Mais je te préviens, à part deux tenues correctes, je n'ai que des jeans et des bottes de cow-boy.

Elle lui sourit et il afficha une expression de bonheur sans mélange.

— Tu feras des ravages… Mais, dis-moi, faut-il que nous ayons deux chambres séparées ?

— Non… Mais je n'ai pas changé d'avis au sujet de l'appartement, répondit-elle d'une voix sérieuse.

Il répondit qu'en effet, le vendre lui paraissait une excellente idée. Il était grand temps de changer d'horizon. Et de panser leurs blessures. Repartir de zéro… commencer une vie nouvelle… se guérir du passé. Il ne laisserait pas passer sa seconde chance, la seconde chance qu'elle avait bien voulu lui accorder. Il lui avait juré que le cauchemar de l'année passée était bel et bien terminé et elle l'avait cru.

L'après-midi, il lui proposa de sortir, faire un tour en ville. Il avait hâte de retrouver la douce sensation de marcher à son côté. Il devait d'abord s'arrêter à son bureau. Il avait appelé un peu plus tôt sa secrétaire, qui l'attendait pour lui faire signer du courrier. Les deux époux convinrent de se donner rendez-vous dans le salon de l'hôtel.

Seule dans la chambre, elle s'habilla lentement, en pensant à Bill et aux délicieux moments qu'ils venaient de partager. D'une main tremblante, elle griffonna quelque chose sur une feuille de papier à l'en-tête du *Claridge.* Elle avait revêtu une élégante robe de lin beige mais sa coiffure semblait moins impeccable que d'habitude. Les mèches brunes qui s'obstinaient à lui tomber sur le front lui donnaient une allure plus juvénile. Si elle prolongeait son séjour à Londres, elle allait devoir faire une razzia dans les boutiques, mais ce n'était pas le shopping qui la préoccupait. Ses pensées voguaient vers l'homme avec lequel elle avait parcouru à cheval les plaines fleuries du Wyoming.

Elle descendit au rez-de-chaussée, où elle demanda un service au concierge. Celui-ci répliqua qu'il n'y avait aucun problème, bien que son mari possédât un fax privé. Elle lui expliqua qu'il s'agissait d'une affaire personnelle. En lui remettant le feuillet, des larmes lui piquèrent les yeux.

— Il va partir immédiatement, madame.

Elle se détourna, en s'efforçant de ne pas imaginer la peine qu'elle infligeait à Hartley. Il avait été plus perspicace qu'elle. Il avait prévu comment cela se terminerait.

En dehors du numéro de fax qu'elle avait inscrit au-dessus de la page, le message ne comportait pas plus de deux mots. Il disait « *Adieu Arielle* ». Rien de plus. Elle ne lui enverrait pas la lettre qu'elle avait écrite dans l'avion, cela n'avait plus de sens. Elle lui en avait fait la promesse. Juste deux mots, deux simples mots, et pas d'explications.

— Prête ? fit Bill en sortant de l'ascenseur.

Elle lui parut anormalement calme. Ses yeux, trop brillants, trahissaient une grande tristesse. Elle avait dû pleurer. Ils avaient passé presque deux jours enfermés dans la chambre et il avait cru qu'ils avaient résolu leurs problèmes. Il l'enlaça et la serra contre son cœur, au milieu du hall.

— Ne t'en fais pas, Stu. Ça va aller, ma chérie. Je te le jure. Je t'aime, mon amour…

Mais elle ne pensait pas à lui. Ses larmes s'adressaient à un autre. À un ami à qui elle venait de dire adieu. Elle glissa la main dans celle de son mari et, ensemble, ils sortirent sur le trottoir inondé de soleil. Le portier les suivit du regard, tandis qu'ils s'éloignaient, puis il sourit. Cela remontait le moral de voir des couples heureux. La vie leur était facile, à ces deux-là, se dit-il. Ou alors, ils avaient tout simplement de la chance.

Composé par Nord Compo
à Villeneuve-d'Ascq (Nord)

Imprimé en Espagne par
Cpi Blackprint Iberica
en septembre 2011

POCKET – 12, avenue d'Italie – 75627 Paris cedex 13

Dépôt légal : octobre 2011
S21942/01

La vie offre parfois une chance
de tout recommencer...
DANIELLE STEEL
Paris retrouvé
POCKET
Tous les grands succès de DANIELLE STEEL
sont chez Pocket
POCKET
www.pocket.fr
Il y a toujours un Pocket à découvrir

DA
ST

Renaissance

Lorsque Amanda devient brutalement veuve, elle se retrouve totalement désemparée. Son époux était toute sa vie et l'amour de ses filles, toutes deux mariées, ne parvient pas à la sortir de la profonde dépression dans laquelle elle s'enfonce. Jusqu'à ce qu'elle croise la route de Jack...

Le Ranch

À l'université, elles étaient les meilleures amies du monde. Alors quand elles se retrouvent vingt ans après, dans ce Ranch perdu dans les montagnes du Wyoming, elles ont beaucoup de choses à se raconter. Et si en apparence ce sont trois femmes heureuses, la vie n'a pas toujours été tendre avec chacune d'entre elles. Ces vacances ensemble vont être l'occasion d'un nouveau départ.

Textes intégraux

ISBN 978-2-266-21942-6

9 782266 219426

www.pocket.fr